KB261102

백년의 악몽

L'ANCRE DES RÊVES
by Gaëlle Nohant

Copyright © Editions Robert Laffont, S. A., Paris, 2007
All rights reserved.

Korean Translation Copyright © MUNHAKDONGNE Publishing Corp., 2008
This Korean edition is published by arrangement with Editions Robert Laffont
through Sibylle Books Literary Agency, Seoul.

이 책의 한국어판 저작권은 시빌에이전시를 통해
Robert Laffont 사와 독점 계약한 (주)문학동네에 있습니다.
저작권법에 의하여 한국 내에서 보호를 받는 저작물이므로
무단 전재 및 무단 복제를 금합니다.

이 도서의 국립중앙도서관 출판시도서목록(CIP)은
e-CIP 홈페이지(http://www.nl.go.kr/cip.php)에서 이용하실 수 있습니다.
(CIP제어번호: CIP2008001744)

백년의 악몽

L'ancre des rêves

가엘 노앙 장편소설 | 임호경 옮김

문학동네

한국 독자들에게 보내는 글

놀람, 기쁨, 그리고 호기심…… 이것이 제가 저의 작품『백년의 악몽』이 한국어로 번역된다는 소식을 듣게 되었을 때 차례로 느꼈던 감정이었습니다.

우선 놀랐습니다. 무릇 작가라면 자신의 작품이 가급적 많은 독자들에게 읽히기를 바라는 마음이 있을 것입니다. 그런데 제 소설이 다른 언어를 사용하는, 멀리 떨어진 독자들에게 읽히게 된다니, 참으로 저의 작업에 주어진 무한한 영예요, 값을 따질 수 없는 영광입니다.

두번째로는 기뻤습니다. 제게 한국은 아직 낯선 나라이지만, 아주 흥미롭고도 매력적인 나라라는 이야기는 많이 들어왔습니다. 이런 훌륭한 나라에 살고 있는 여러분들이—재능 있는 번역가이

신 임호경 선생님(그에게 무한히 감사하는 바입니다!) 덕분으로—
제 소설을 읽고, 저의 내밀한 감동을 나눌 수 있게 되었다는 사실
이 기뻤습니다. 여러분과는 너무도 먼 곳에 살고 있는 어떤 소년들
이 겪은 모험을 읽으면서 여러분이 느낄 즐거움은 제게도 큰 행복
입니다.

마지막으로 호기심을 느꼈습니다. 제 책이 저와는 전혀 다른 세
계, 전혀 다른 문화권에서 살면서 전혀 다른 준거점들과 전혀 다른
언어를 사용하는 독자들에게 읽힌다고 생각하니 너무도 놀랍고도
기묘한 느낌이 들었습니다. 이런 문화적 거리로 인하여 프랑스 독
자에게는 아주 하찮게 느껴질 수도 있는 조그만 세부들이 여러분
의 눈에는 엄청난 중요성을 띠고 나타날 수도 있는 일이니까요. 이
책을(다시 말해서 저의 분신을……) 먼 곳에 있는 독자들의 손에
맡기는 일이야말로 진정 흥미롭고 매혹적인 경험이 아닐 수 없습
니다. 왜냐하면 여러분은 우리 프랑스 독자와는 시각도 다르고, 제
책의 또 다른 양상들을 눈여겨볼 것이며, 만일 이 책을 사랑한다면
이곳 프랑스와는 또 다른 이유로 사랑할 독자들이기 때문입니다.

그렇습니다! 문화와 국경의 차이에도 불구하고, 이 책 『백년의

악몽』이 여러분의 마음에 와 닿기를, 여러분을 황홀하게 해주기를
바랍니다. 최소한 책 읽는 시간이 유쾌한 시간이 되기를 바랍니다.
이 책에 여러분의 관심과 시간, 또 '말(언어)에 대한 사랑'을 쏟아
주셔서 감사합니다. 이 책이 한국에서 출간되었다는 사실은 저에
게 큰 자부심으로 남을 것입니다.

감사합니다.

가엘 노앙

차례

* 각주는 모두 옮긴이 주입니다.

제1부

악몽과 아이들

……우리 쪽 브르타뉴 지방—코르누에이유와 아르모리크 지역—에서는 예로부터 한 가지 믿음이 전해 내려오고 있답니다. 이에 따르면 죽음이란 인간 존재의 두 단계 사이를 건너는 한 걸음—혹은 통과하기—이라는 것이죠. 그리고 이러한 인간 존재의 단계들은 아주 많고, 우리의 생은 그중 하나에 불과하며, 또 이 수많은 세계들은 동심원적으로 동시에 존재하며, 어쩌면 군데군데에서 상호침투하고 있을지도 모른다고 합니다. 그래서 이 세상에는 항상 불확실한 공간들이 존재하는 법입니다. 예를 들어 검은 밤이 그렇고, 또 굳건한 육지와 유동하는 대양이 만나는 지점에 위치한 해변에 하얀 커튼처럼 드리워진 거품 띠도 마찬가지입니다. 대양 그 자체도 그 위를 항해하여 사방팔방으로 떠날 수 있는 인간들에게는 항상 죽음의 문턱인 셈이죠. 하여 이런 공간들에서는 사자使者들이 돌아다닐 수 있는 것입니다.

A. S. 바이어트, 「소유」

1
그날 밤

여느 저녁과 마찬가지로, 그날도 브누아 게렝델은 잠자리에 드는 시간을 1분이라도 늦추기 위해 온갖 잔꾀를 짜내야만 했다. 당연한 일이었다. 누가 서둘러 그곳에 올라가고 싶겠는가? 속을 완전히 뒤집어놓는 격렬한 영상이 기다리고 있는 그 방에 말이다. 하지만 초대받지 않아도 때가 되면 두려운 잠의 시간은 어김없이 찾아오는 법이다. 마치 죽음이 그러하듯이……

항상 그렇듯이 그날 저녁도 브누아는 복도에서 들려오는 엄마의 발소리에 자신도 모르게 신경이 쓰였다. 그리고 벌써 잠든 동생 녀석과 함께 사용하는 방의 닫힌 문 앞에서 망설이고 있는 엄마의 기척을 느꼈다. 그녀가 두 아들에게 굿나잇 키스를 하지 않게 된 지도 이미 오래였다. 이것은 그와 동생이 합의하여 얻어낸 관례였다. 형제는 조용히 진행된 서로 다른 과정을 통하여 동일한 결론에 도달했던 것이다. 그 결론이란 그들의 삶에서 엄마를 떼어놓아야 한다는 것이었다. 엄마는 그들을 위해 아무것도 해줄 수 없었다. 조금은 서글픈 일이었다. 특히 엄마를 생각하면…… 어쨌거나 그들을 사랑하는 좋은 엄마가 아니던가?

형제가 더 어렸을 때, 엄마가 입만 열면 하는 잔소리가 두 가지 있었다. 하지만 브누아는 좀처럼 납득하기 힘들었다. 엄마가 금지하는 다른 사항과는 달리, 그가 보기에 이 두 가지만큼은 아무런 의미가 없었기 때문이다.

브누아가 어린아이였을 때, 엄마는 늘 이렇게 말하곤 했다. "안 돼! 불에 가까이 가지 마라! 손 델라!" 당시 한창 조직되고 있던 브누아의 조그만 두뇌는 이 '안 돼'라는 말의 의미를 충분히 이해하고 있었다. 하지만 아이는 불에 손을 내밀었고, 뜨거움을 느끼자 겁이 나서 생각을 바꿨다. 도전의 대상은 잔소리쟁이 엄마가 아니라 바로 자기 자신이었던 것이다. 또 아이는 기어코 계단을 기어올라가다가 엄마가 화를 내야만 다시 내려오곤 했다. 잘못하면 굴러 떨어진다는 것이었다. 쳇! 굴러 떨어진다고? 누가 알아? 하지만 어느 날 동생이 정말로 굴러 떨어졌고, 그제야 그는 두려움을 느꼈다.

그렇게 엄마는 입만 열면 위험하다는 말뿐이었고, 그럴 때마다 브누아와 동생은 짜증이 났다. 그들은 단지 손을 뻗어 아무 탈 없이 불을 통과해보고 싶었을 뿐이다. 엄마는 끊임없이 상기시켜주었다. 너희의 작은 야심을 이루기에 너희는 아직 너무 어리단다. 하지만 그들은 한계를 모르는 생의 욕망으로 들끓고 있는 존재였다. 아직 제대로 걷지도 못하면서 벌써 뛰고 싶어하는 그들이었다. 심지어 세 동생 중에서 가장 어린 막둥이 상송*조차도 순수한 에너지의 농축체가 아니던가? 아직 두 살도 안 된 꼬마인데도 말이다.

브누아는 묘한 아이러니를 느끼며 생각했다. 그런데 이렇게 자식들을 사랑한다는 엄마가 정작 가장 중요한 경고는 소홀히 하고 있지 않은가? "얘들아, 잠들지 말거라! 절대로 눈을 감지 마! 절대로. 알겠지?"

불에 손을 덴다는 것, 그 정도는 꿈속에서 벌어지는 그 죽음의 춤판 가운데서 그가 겪어야 하는 끔찍한 일들에 비하면 아무것도 아니지 않은가?

이 모든 사실로 인해 브누아의 마음속에서는 엄마에 대한 미움이 울컥울컥 치밀어 오르곤 했다. 그러다 언뜻 엄마와 시선이 마주치게 되면 증오는 타는 듯한 후회로 바뀌곤 했다. 가엾은 엄마는 너무도 많은 것을 모르고 있었던 것이다. 또 겉으로는 강인해 보이지만, 한 꺼풀만 벗겨보면 너무나도 불안하고 연약한 존재였던 것이다.

다른 사람들도 이 사실을 알고 있을까? 아니면 이 고통스러운 혜안은 장남인 그만의 특권인 것일까?

바로 아래 동생 녀석은 약아빠졌기 때문에 본질적인 것은 눈치채고 있을 터였다. 하지만 다른 사람들은…… 다른 사람들은 진실을 보려 하지 않았다. 인정하기에는 너무도 두려운 진실인 탓일까?

---

* '상송'은 구약성서에 나오는 '삼손(Samson)'의 프랑스어 발음이다.

하지만 네 형제는 그들에게 휘몰아치는 악으로부터 엄마를 지켜주고 있었다.

깊은 밤, 악몽은 마치 익살극 후의 마리오네트 같은 모습으로 브누아를 다시 침대 위에 내뱉어놓았다. 그렇게 그로기 상태로 널브러진 브누아는 어둠 속에서 잠든 동생의 검은 실루엣을 찾았다. 동생의 모습을 보면 그는 언제나 안심이 되곤 했다. 하지만 브누아는 뤼네르보다 두 살이나 위였다. 그러니 자기가 공포에서 벗어나려고 동생에게 매달린다는 사실, 또 동생의 존재가 자신에게 너무나도 중요하다는 사실을 어떻게 고백할 수 있단 말인가? 이런 것들을 입 밖에 낸다면 자신은 그대로 허물어져내릴 터였다. 그리고 힘도 용기도 없는 그 존재, 즉 꿈속의 자신의 분신에게 자리를 내줘야 할 터였다. 그 분신이 꿈속에서 했던 말이 다시 들려왔다.

아가야! 어디에 있니? 왜 네 시신이 물 밑에 누워 있지 않는 거니?

브누아의 눈앞에는 청록색 수면 아래로 사라지는 섬세한 금발의 곱슬머리가 스쳐 지나갔다.

그때, 방의 정적 가운데 아기 울음소리가 들려왔다. 순간 극도의 공포감이 엄습해왔다. 하지만 곧 그 목 쉰 흐느낌의 주인공이 막둥이 상송이라는 사실을 깨달았다.

그는 침대를 박차고 일어날까도 생각해보았다. 상송의 방은 복도 끝에 있고 엄마의 방은 좀더 먼 곳, 아래층에 있다. 지금 일어나야 할 사람은 바로 자신이었다. 상송은 특별한 이유가 없는 한 밤중에 깨는 일이 없는 튼튼한 아이였다. 어딘가 아픈 게 분명했다. 아니면 곰 인형을 침대에서 떨어뜨린 모양이다. 그것을 찾아주기만 하면 그 착한 꼬마는 이내 다시 잠들 것이다.

문제는 지금 자신에게 그럴 만한 능력이 없다는 사실이었다. 아직 꿈에 사로잡혀 있는 브누아는 오그라든 두 다리를 펴고 일어설 용기가 없었다.

아래층에서 무슨 소리가 들려왔다. 엄마가 일어나고 있었다. 그의 몸은 부끄러움으로 파르르 떨렸다. 결국 자신은 아무짝에도 쓸모없는 녀석인 것이다. 아기의 울음소리를 들으면서도 그냥 누워 있을 수 있는 이 특권, 그것은 다 그 악몽 덕분이었다.

기이한 밤이었다. 새벽 3시, 에노가는 막내 아이가 흐느끼며 우는 소리에 잠에서 깼다. 어둠 속에서 벌떡 일어난 그녀는 몇 초 간 믿기지 않는다는 듯한 표정을 지었다. 이어 그녀의 마음속 깊은 곳에서 들려오는 어떤 친근한 목소리가 현명하게 생각하라며 그녀를 안심시켜주었다. 왜 그렇게 놀라지? 아이들이란 때로 밤중에 괜한 불안감에 사로잡히기도 한다는 것을 잊었니? 아기는 지금 그래서 울고 있는 거야. 좀 울고 있다고 해서 형들을 사로잡은 그 저주가 막둥이 상송의 발목까지 잡아버린 거라고는 할 수 없잖아?…… 그녀는 아기의 울타리침대에 달려갔다. 그리고 두 팔을 뻗어 뜨겁게 젖은 아기의 몸을 안아 들고는, 눈물방울이 흘러내리는 작은 얼굴에 입을 맞추고, 땀에 젖어 착 달라붙은 적갈색 머리카락을 쓰다듬어주었다.

"자, 괜찮다, 우리 아기! 엄마가 왔어. 그래, 이젠 끝났어, 응? 이젠 끝났단다."

품에 안긴 아기는 울음이 잦아지는 딸꾹질을 했다. 아기는 엄마와의 접촉으로 조금씩 진정되었다. 그리고 동그랗게 뜬 눈으로 엄마를 올려다보면서 뭔가를 말하려는 듯 웅얼대고 있었다.

"상송, 왜 그러니?"

"땅송 어떤 아찌 봤쪄……"

"꿈에서 나쁜 아저씨를 봤니? 그랬어? 하지만 아가야, 그건 꿈이란다! 아주 못된 꿈이지. 그리고 이젠 끝났단다."

"아찌가……"

아이는 고집스럽게 계속했다.

"아찌가 물속에 있었쪄."

에노가는 팔뚝의 잔털이 일제히 곤두서는 것을 느꼈다.

"아저씨가 물속에 있었다고?…… 바다 속에?"

아기는 고개를 끄떡였다.

"엉! 물속에. 땅송은 그 아찌가 무서워쪄."

상송은 항상 '응'이 아니라 '엉'이라고 말했고, 그때마다 그녀는 아기의 발음을 교정해주느라 시간깨나 들이곤 했다. 하지만 지금은 그런 일에는 관심조차 없었다. 꼬마는 파도 사이로 불쑥불쑥 솟구치며 울부짖는 남자의 모습을 보았다고 했다. 익사자의 모습인 듯했다. 두려움에 질린 표정으로 절망에 휩싸여 외친 마지막 비명을 바다가 삼켜버리는 어떤 익사자…… 에노가는 상송의 분명치 않은 말을 자신이 잘못 들은 것이기를 진심으로 빌었다. 오, 제발, 하느님! 내가 잘못 들은 것이기를! 내가 잘못 해석한 것이기를!……

그녀는 아기를 진정시켜주고는 아기가 잠들 때까지 곁에 앉아 잠옷의 폭신한 천 위로 배를 토닥여주었다. 그러고는 다시 침실로 돌아왔지만, 불길한 예감에 잠을 이룰 수 없었다. 그렇게 밤새 뒤척이다가 장밋빛 미광이 침실 커튼에 스며들어 아이들을 밤의 손아귀에서 해방시켜준 새벽녘에야 겨우 잠이 들었다.

밤은 물러가면서 아이들의 공포 역시 쓸어가버렸다. 하지만 공포가 완전히 사라져버린 것은 아니었다. 그 공포는 이제 미세한 가루가 되어 아이들의 머리카락과 생각에 은밀히 달라붙어 있었다.

아이들이 썰물처럼 빠져나가고 집 안에는 에노가와 막둥이 단둘만 남았다. 남들 눈에는 행복한 가정으로 보일 수도 있으리라. 결혼 전에, 그리고 셋째 아이 기누가 태어나기 전에 그녀가 꿈꾸었던, 개구쟁이 사내아이들이 벅적대는 행복한 가정이라고 할 수도 있으리라. 하지만 그녀의 꿈은 브누아가 밤마다 울기 시작하면서부터 금이 가기 시작했다.

세 아들은 꽤 많은 타르틴*을 뜨거운 코코아에 대충 적셔 꿀떡꿀떡 삼킨 다음, 일제히 버스를 향해 뛰어나갔다. 에반…… 말로 세세하게 표현하지는 않지만, 또 그가 그런 사랑을 요구한 적도 없지만, 그녀가 너무도 사랑하는 남편 에반은 아이들이 깨어나기 훨씬 전에 일터로 나갔다. 생피에르드플레강 성당의 공사 일정이 촉박

---

* 바삭하게 구운 바게트 조각으로 그 위에 햄, 치즈, 버터, 과일 등을 올려 먹는다. 프랑스 사람들이 아침식사로 즐겨 먹는다.

했던 것이다. 막내 상송은 간밤의 악몽을 까맣게 잊어버린 듯, 엄마가 나무토막을 하나하나 쌓아 올려 만들어준 탑을 허물어뜨리는 장난에 열중하고 있었다.

저녁마다 에반은 우리 집도 여느 집처럼 평범한 가정이라고 안심시켜주곤 했다. 그럴 수도 있겠지…… 브누아가 이유 없는 분노에 사로잡혀 있는 것은 그애가 단지 열다섯 살 사춘기 소년이기 때문이리라…… 하지만 오늘 아침처럼 장남의 모습을 흘깃 볼 때마다, 석탄처럼 새카만 그애의 두 눈에서 알 수 없는 분노를 읽을 때마다 에노가는 형언할 수 없는 불안감을 느끼곤 했다. 은은한 분노가 서려 있는 두 눈은 브누아를 훨씬 조숙해 보이게 했다. 어린 나이에 인생의 쓴맛을 본 아이들의 엄숙함이라고나 할까? 브누아는 거의 말을 하지 않았다. 동생 녀석들도 그랬다.

아이들은 최대한 말을 아끼고 있어. 내가 고약한 기숙사 사감선생도 아닌데 말이야. 항상 입 조심 하고 있는 녀석들 같아…… 생각하면 할수록 가슴 아픈 일이었다.

브누아는 항상 빈정거리듯 차갑게 말을 했다. 하지만 이러한 냉정함은 겉모습에 불과할 뿐, 그 이면에는 불안스런 분노가 웅크리고 있었다. 그렇다고 이 분노를 동생들이나 부모에게 마구 표출하는 것은 아니다. 단지 그것을 폭발시킬 불똥을 기다리며 웅크리고 있을 뿐이다. 아들과 마음을 터놓고 대화할 수만 있다면 얼마나 좋을까!

에노가는 아들이 참 잘생긴 소년이라고 생각했고, 실제로 그는 미소년이었다. 그는 이탈리아 프레스코화에 등장하는 소년들처럼 자연스럽고 기적과도 같으며 과도기적인 아름다움을 지니고 있었다. 브누아는 형제 중에서도 가장 잘생긴 아이였다. 또한 가장 접근하기 어려운 아이이기도 했다. 에반은 아내에게 늘 이렇게 말했다. 아이들이란 혼자서 자라나는 법, 브누아를 그냥 내버려둘 필요가 있어. 어차피 어른이 되면 제 갈 길을 가게 해줘야 할 거야…… 브누아가 결국 부모 곁을 떠나리라는 것, 에노가는 이 사실을 아들의 눈을 통해 읽어내곤 했다. 두 개의 어두운 호수 같은 브누아의 두 눈은 브누아가 붙잡을 수 없는 존재임을 말해주었다. 이 아이는 왜 그렇게 우리 곁을 떠나려고 하는 걸까? 내가 충분히 사랑해주지 않은 걸까? 브누아가 없는 집은 생각하고 싶지도 않았다. 너무도 공허하고 쓸쓸한 것이겠기에.

그녀는 오늘 저녁, 가족들이 학교와 성당 신축공사장에서 돌아오면 맛난 음식을 차려주리라 마음먹었다. 그래! 내 남자들을 배불리 먹여줘야지…… 그런 생각만으로도 그녀의 입가에는 미소가 떠올랐다.

주린 배를 따뜻하고 부드러운 것으로 채워주는 것은 얼마나 쉬운 일인가! 그것은 어떤 형이상학적 문제를 해결하는 것이나, 왜 자기 아이들은 여느 아이들처럼 내밀한 소망을 이루는 꿈을 꾸지 않는 것인지 그 이유를 알아내려 고민하는 것보다는 훨씬 쉽고도 간단한 일이었다…… 왜 우리 아이들은 그런 꿈을 꾸지 않는 걸까? 배가 터질 정도로 과자를 실컷 먹는 꿈, 학교에서 인기짱이 되는 꿈, 푸른 하늘 뭉게구름 사이로 날아다니는 꿈, 솜사탕보다도 달콤한 구름을 뜯어먹는 꿈, 악당과 신나게 싸운 뒤 공주와 결혼하는 꿈, 열한 마리의 토끼가 종양에 걸려 차례로 죽어간 토끼장이 있었던 자리에 묻혀 있는 보물을 발견하는 꿈, 해적이 되는 꿈……

아니야, 내가 지금 무슨 말을 하는 거지? 해적은 절대로 안 돼…… 그래, 해적 대신 연인이나 길 잃은 사람들을 강탈하는 도적이 되는 꿈……

이 소망을 이루는 꿈의 세계에는 한 가지 철칙이 있었다. 여기에는 절대로 바다가 존재하지 않아야 했다. 설혹 존재한다 하더라도 추상적으로만, 까마득히 멀어 우스꽝스러울 정도로 희미한 수평선, 하나의 푸른 부재不在로서만 존재해야 했다.

에노가는 바다를 끔찍이도 싫어했다. 가슴속에 평생 남을 깊은 상처를 남겨놓은 무언가를 증오하듯. 그녀는 바다 냄새만 맡아도 속이 뒤집어졌다. 그 비릿한 바다 냄새…… 또한 너울이 으르렁대는 소리도 견뎌내지 못했다. 하여 그녀는 내륙 쪽에서 살았다. 그녀와 에반이 16년 전에 선택한 땅은 주변이 나무와 밭으로 둘러싸여 있었다. 호시탐탐 모든 것을 집어삼키려 출렁대는 라망슈 해*를 막아주는 전원의 방벽인 셈이었다. 하지만 바다는 그리 먼 곳에 있지 않았다. 약 20분만 걸어가면 생자쾨드라메르 만이 펼쳐져 있었다. 저녁때 그쪽을 바라보면 수평선 저쪽에 생말로에서 흘러나온 불빛이 깜빡였고, 그것에 화답하듯 디나르와 생카스트르길도의 불빛도 가물거렸다.

그들은 바다와 좀더 멀찌감치 떨어진 곳으로 가서 살 수도 있었

---

* 프랑스와 영국 사이에 끼어 있는 바다. 도버 해협도 여기에 속한다.

을 것이다. 어느 날 아침, 짐을 싸들고 내륙으로 이사해 들어갈 수도 있었을 것이다. 숲으로 둘러싸인 곳, 혹은 어느 도시로…… 하지만 그들은 그렇게 하지 않았다. 에노가 스스로도 그 이유를 설명할 수 없었다.

반면 그녀는 아이들만큼은 절대로 바다에 접근하지 못하게 했다. 그녀의 아들들은 헤엄칠 줄 몰랐다. 또 웅크린 고양이의 등처럼 둥글게 솟은 바위에 앉아 철썩이는 파도를 바라보며 피크닉을 해본 적도 없다. 처음에는 쉬운 일이 아니었다. 남편은 아이들을 바닷가에 못 가게 하는 것에 찬성하지 않았다. 그는 해안 지방에 살고 있는 아이들에게 바다에 대한 강박관념을 심어주는 것은 자연스럽지 못하다고 했다. 이러는 에반에 맞서 에노가는 필사적으로 싸웠다. 그 다음에는 학교와 맞서야 했다. 학교에는 '바다 수업'이 왜 그리도 많은지! 해변에 나가 놀기, 요트 견학, '해양 환경 탐사의 날' 등등……

"자, 분명히 말씀드리겠어요. 우리 아이들은 안 갈 겁니다! 우리 애들은 수영도 안 할 거고, 요트 견학도 안 할 거예요. 저는 선생님들이 말씀하시는 '해양 환경'이 뭔지 잘 알고 있어요. 안 돼요! 안전이 보장된다고 말씀하시지만, 전 안심할 수 없어요. 물론 선생님들은 신뢰합니다. 하지만 우리 아이들이 바다에 가는 건 원치 않아요. 차라리 숲이나 산으로 데려가주세요. 바다만 빼놓고 아무 곳이라도 좋아요. 왜 있잖아요? '농장 일일 체험'이라든가…… 하지만 바다만은 절대 안 돼요. 절대로요."

에노가는 어쩌면 사람들이 자신을 미친 여자로 여길지도 모른다고 생각했다. 사실 자신이 이렇게까지 하는 이유를 사람들에게 설명해주어 그들의 오해를 쉽게 풀어줄 수도 있었다. 하지만 그녀는 집안의 내력과 죽은 가족들에 대해 발설하지 않았다. 소문이란 항상 퍼지게 마련이니까. 소문이 이야기를 들은 교사의 입에서 나와 학교 벽의 균열과 통풍구를 통해 학교 전체로 퍼져나갈 수도 있으니까. 그녀는 이 옛이야기 때문에 자기 아이들이 학교에서 따돌림받는 걸 원치 않았다. 그녀는 죽은 자들의 망령이 그녀의 집과 정원에만큼은 접근하지 못하게끔 애를 썼다. 그리하여 네 아들은 그녀가 바랐던 대로 활기차고 튼튼하게 자라났다. 또 그녀가 시키는 대로 절대로 물가에 접근하지 않았다.

그런데 이 아이들이 밤마다 잠을 설치고 있는 것이다.

형제들은 엄마의 말씀을 거역하고 싶은 충동을 여러 차례 느꼈다. 다만 엄마가 무서웠기에 꾹 참고 있을 뿐이다.

하지만 친구들의 유혹을 떨쳐버리기란 얼마나 어려운지! 어떤 섬에 놀러가서 자고 오자, 해적 놀이를 하자, 랑스 강 하구의 댐과 부자들이 즐겨 찾는다는 디나르 해변 사이의 어딘가로 해수욕을 가자, 왕새우와 붉은 새우를 잡으러 가자…… 만일 먹을 만한 크기의 바다가재라도 잡아오게 된다면 그 얼마나 신나고도 대단한 일이겠는가!

다른 아이들과 구별되는 일종의 결함으로 인해 형제들은 친구들 사이에서 신비스런 명성을 획득하게 되었다. 왜 게렝델 형제들이 먹을 감지 않는지 그 이유를 정확히 아는 아이가 한 명도 없었기 때문이다. 그리하여 말도 안 되는 상상과 추측과 소문이 난무했다. 낭만적인 성향의 소녀들은 이렇게 말했다.

"에노가 아줌마는 전에 인어였대. 그래서 쟤들 몸이 바다에 닿으면 다시 몸에 지느러미가 돋고 피부는 반투명하게 되어서 바다 깊은 곳에 살고 있는 사람들의 나라로 돌아가게 된대."

또 다른 아이들은 이렇게 주장했다.

"쟤들 부모님은 바다와 비밀 계약을 맺었대. 바다 덕분에 네 아들을 얻는 대신 언젠가 바다가 아들 중 한 명을 데려가기로 약속했다는 거야. 하지만 부모님은 아들들을 너무도 사랑하기 때문에 바다가 약속을 지키라고 할 것이 두려워 절대 바다에 접근하지 않는 거래."

학교에서 특히 인기가 많았던 것은 두번째 이야기였다. 왜냐하면 이곳 사람들에게 있어서 라망슈 해는 항상 복수만을 생각하며 호시탐탐 기회를 노리고 있는 음험한 바다였기 때문이다.

물론 형제들은 은밀한 욕구를 간직하고 있었다. 흔들리는 바다에 다가가고 싶었고, 파도의 불타는 혀가 발목을 훑어오는 것을 느껴보고 싶었고, 촉수를 뻗은 해초들로 줄무늬 진 청록빛, 에메랄드빛의 망망대해에 시선을 빠뜨려보고도 싶었고, 그 성난 짐승의 아가리에 거품이 이는 모습도 바라보고 싶었다. 엄마의 금지는 태곳적 이야기에 나오는 그 전설적이고도 신화적인 바다를 아이들에게 되돌려주는 결과를 낳았다. 히브리인들이 지나갈 때 쫙 열렸다가 이집트인들이 뒤쫓아오자 다시 닫혀 수많은 사람과 말을 삼켜버렸다는 그 성난 대양을 아이들은 상상하게 되었던 것이다. 바다는 그들의 밤에만 군림하지 않았다. 바다는 소년들의 은밀한 몽상까지 지배하고 있었다. 그리하여 어느 날, 그들은 에노가가 투명한 분필로 그어놓은 원을 벗어나게 될 터였다. 아마도 브누아가 씩씩한 장남답게 앞장을 서겠지. 그러면 동생들도 밀가루처럼 하얀 모래 위에 찍힌 형의 발자국을 뒤따르게 되리라.

3월 21일 아침, 햇빛은 첩첩히 낀 구름의 제방에 막혀 희미하기만 했지만, 적어도 그들 위에는 그 어떤 위험도 드리워져 있는 것 같지 않았다. 낮의 빛 아래, 모든 것은 여전히 평온해 보였다.

2
뤼네르

여느 날과 다름없이 우중충한 날이었다. 하지만 오늘은 게렝델 형제 중 둘째인 뤼네르가 만 열네 살이 되는 날이다. 그날 아침도 다른 날과 다름이 없었다. 두려움에 질려 깨어나 주위를 살펴보며 비로소 안도하는 그 의식儀式은 그날도 여전했다. 깊은 수심이 드리워진 엄마의 얼굴을 제대로 살피지도 못한 채, 학교로 향하는 버스에 올라타기 위해 창백하게 얼어붙은 낮의 빛 속으로 다른 형제들과 함께 도망치듯 뛰어나갔다. 여느 날과 다름없는 평범한 하루를 보낸 후, 마침내 2층으로 얹은 생일케이크와 갖가지 선물이 기다리고 있는 집으로 돌아갈 시간이 되었다.

동생 기누는 뤼네르가 검정색 가죽 케이스에서 화려한 구리 나침반을 꺼내는 것을 보고 시샘의 빛을 감추지 못했다. 하지만 이 선물을 하라고 부모에게 귀뜸한 것은 바로 기누 자신이었다. 게렝델 부부는 비밀스런 소년 뤼네르가 숲 속 깊은 곳을 헤매어 돌아다니면서 — 헤매다가 길을 잃어버려 그대로 영원히 숲 속에 파묻혀버리기를 바라면서 — 대부분의 시간을 보낸다는 사실은 전혀 모르고 있었다.

가족이 모두 모였다. 뤼네르는 가족끼리 벌이는 이 유치한 생일 파티를 무시하는 척했지만, 그래도 속으로는 행복했다. 놀랍게도 브누아 형까지 시간에 맞춰 와 있었다.

그는 케이크의 촛불을 한 번에 훅 불어 끈 다음, 그 지겨웠던 열세 살을 영원히 떠난다는 기쁨에 시드르* 잔을 번쩍 들어 올렸다. 그 순간, 강한 불안감이 엄습했다. 자신의 미래에 대해서 아무것도 알 수 없었지만, 한 가지만은 확실했다. 매일 밤 꿈속에서 유령 같은 배의 긴 선체가 흔들거리는 그 검은 물을 대면해야 하리라. 그리고 이 꿈은 생이 끝나는 날까지 계속되리라.

뤼네르는 아주 오래전부터 이 꿈을 꾸어왔다. 하도 오래되어서 언제부터 시작되었는지 모를 정도였다. 엄마는 그가 상송 나이 때부터 악몽을 꾸기 시작했다고 말했다. 하지만 어떻게 그렇게 단정할 수 있단 말인가? 악몽은 그 이전부터 존재했을지도 모르는데…… 어쩌면 그가 엄마 뱃속에서 두 팔과 허파를 펼쳐가고 있을 때, 그의 작은 머리통 한구석에 이미 깃들어 있었는지도 모른다.

아주 어린 시절부터 뤼네르의 삶은 공포와 빛 사이에, 스스로 선택한 편안한 고독과 남몰래 속으로 울부짖게 하는 고독 사이에 걸

---

* 프랑스 특산의 낮은 도수의 사과주. 노르망디 산과 브르타뉴 산이 특히 유명하다.

쳐져 있었다. 그런데 낮과 밤이라는 이 두 개의 삶이 완전히 분리된 것은 아니었다. 아침이면 밤새 묻은 꿈의 냄새를 흩어버리기 위해 오랫동안 몸부림쳐야 했다. 잠에서 깨어날 때마다 잠옷에 배어 있는, 그가 끔찍이도 싫어하는 그 세돛대범선의 냄새를 말이다. 그것은 썩은 목재, 요오드, 시체 썩는 냄새, 부패된 생선의 역겨운 냄새 등이 한데 뒤섞인 악취였다. 감기 걸린 사람의 꽉 막힌 코도 한방에 뚫어버릴 만큼 강렬한 냄새였다. 처음에 그는 이 냄새가 상상에 불과하다고 믿었다. 그런데 어느 날 아침, 브누아가 코를 틀어막으며 이렇게 말하는 게 아닌가?

"아니, 인마! 너 밤새 정어리잡이 갔다왔냐? 무슨 냄새가 이렇게 지독해?"

이 말을 듣고 뤼네르는 부끄러움과 두려움을 동시에 느꼈다. 이것은 꿈과 현실 사이에 놓인 벽에 구멍이 뚫려 있다는 증거였다. 그가 악몽에서 아무 탈 없이 빠져나오지 못했다는, 옷과 정신에 무언가를 붙인 채 현실로 빠져나왔다는 부인할 수 없는 증거였다. 그는 학교에서 배운 대로 이성은 모든 광기와 공포를 막아준다고 생각했고, 그것을 신뢰하고 있었다. 그런데 이성으로 설명될 수 없는 것이 구체적인 현실 가운데 생생하게 숨을 쉬고 있다는 사실, 이성의 방벽에 난 틈을 애초에 제대로 막아놓지 못했다는 사실을 발견한 것이다. 지옥문을 단속한다는 삼두견三頭犬 케르베로스들은 다 어디로 갔단 말인가?

침대를 벗어난 일이 없는데도, 심지어는 복도 끝에 있는 화장실에 다녀온 적이 없는데도, 깨어나보면 바다와 죽음의 냄새가 옷에 묻어 있는 것은 대체 무슨 까닭인가?

그리하여 뤼네르는 동시에 꺼진 열네 개의 생일 촛불과 농가에서 만든 시드르와 초콜릿 케이크의 향기 속에서 한 가지 결심을 했다. 꿈속 어디엔가 분명히 숨어 있을 그 틈, 악몽의 냄새를 현실에 스며들게 하는 그 틈을 찾아내겠노라고. 그는 이 결심을 혼자만의 비밀로 간직했다.

그러고 나니 마음이 한결 편안해졌다. 그렇다! 한 가지 편견을 떨쳐버리기만 하면 되는 일이다. 악몽의 세계도 결국은 정돈될 수 있는 공간, 그 안에 있는 사물과 존재들에게 힘을 행사할 수 있는 공간이라는 사실을 깨닫기만 하면 되는 일이다. 악몽…… 그것 역시 그 지리와 역사를 알기만 하면 이성의 힘을 부과할 수 있는 하나의 영역일 것이다. 이런 면에서 볼 때 뤼네르는 율리시스의 후예라 할 수 있었다. 전략과 인내심을 갖춘 그는 당황스럽고도 비논리적인 적과 전투를 벌일 준비가 되어 있었다. 조각조각 끊어진 실을 이어 길을 찾아내고, 아무런 단서도 보이지 않는 곳에서 빠진 퍼즐 조각을 찾아낼 준비가 되어 있었다. 그 퍼즐 조각을 찾아내기만 하면 체스게임은 통쾌한 승리로 끝날 수 있으리라!

뤼네르는 자신이 이처럼 용감하게 탐험해 들어가려는 장소가 어디인지조차 몰랐다. 어쩌면 전혀 모르는 장소일 수도 있다. 하지만 미지의 장소는 종종 좋은 출발점이 되곤 한다.

그날 밤, 시드르의 은근한 알코올 기운으로 한껏 용기를 얻은 뤼네르 게렝델은 결연한 마음으로 새로운 실험을 시작할 준비를 했다. 그것은 그가 리포터가 되어 떠나는 여행과도 같은 것이었다. 이 다른 세계, '악몽'이라는 이름의 기이하고도 불확실한 세계에서는 과연 어떤 도구를 사용할 수 있을지조차 알 수 없었다. 그의 기억은 꿈속의 광경을 사진처럼 찍어놓을 수 있을 것인가? 그의 대뇌는 꿈속의 세계에서 적절한 명령을 내릴 수 있을 것인가? 사람들이 달과 화성에 날아가는 세상이었다. 하지만 꿈의 세계는 아직도 위험한 세계였다. 그렇기에 탐험가들에게는 더욱 매력적인 세계이기도 했다. 뤼네르는 꿈에서 돌아오면 자신의 것이자 동시에 미지의 장소이기도 한 그 세계에 대해 탐험기를 쓸 작정이었다. 그리고 그것을 책으로 출간하리라! 그의 이름은 유명해질 것이고, 사람들은 앞을 다투어 그 책을 사겠지! 노벨 문학상을 받게 될 것이고, 인류의 정신을 풍요하게 해주리라!

뤼네르는 이런 생각으로 흥분이 되어 빨리 잠들지 못했다. 그리고 잠시 후, 필름이 돌아가기 시작했다.

처음 시작은 느렸다. 잉크와 기름을 섞어놓은 듯한 망망한 바다…… 물과 하늘 사이의 경계도 잘 보이지 않았다. 신이 하늘에 별을 달아놓기 이전의 성서적 허무의 시간인 양, 모든 것은 밤의 어둠 속에 잠겨 있었다.

처음 뤼네르의 눈에 들어온 것은 무수한 물결의 덩어리인 양 일렁이는 무한한 하늘과 바다였다. 이어 자신의 두 발과 하반신을 내려다보았다. 낯익은 낡은 청바지에 두터운 양말, 겨울철에 즐겨 신는 발목까지 올라오는 농구화를 착용하고 있었다. 이 꿈이 누군가가 만든 영화라면, 그 시나리오 작가는 밤바다가 춥다는 점을 고려한 모양이었다. 그 순간, 난바다의 냄새가 훅 하고 느껴졌고, 자신이 망망대해 위에 떠 있다는 사실, 알 수 없는 어느 곳, 어떤 보트 안에 서 있다는 사실을 깨닫게 되자 갑자기 엄습해온 공포에 온몸이 얼어붙었다. 보트는 매끄럽게 빛나는 수면 위에서 미세하게 흔들렸고, 보트를 이루고 있는 목재는 조그맣게 신음하듯 삐걱거렸다.

물은 고요했지만 마음은 불안했다. 널판 몇 개를 못질해 만든 호두껍데기 같은 이 보트가 조용히 숨어 고동치는 바다로부터 나를 제대로 보호해줄 수 있을까? 그것은 침대 밑이나 빠끔히 열린 옷장 안에 웅크리고 있다가, 슬리퍼의 숨죽인 발소리에 깨어나 뛰쳐나올 것만 같은 괴물들을 생각할 때 느끼는 불안감이었다.

뤼네르는 그 배가 도착하는 것을 한 번도 본 적이 없었다. 하지만 어느 순간, 그 거대한 배는 홀연 그의 조그만 보트 옆에 다가와 있었다. 각기 높이가 다른 세 개의 돛대는 총검처럼 하늘을 찌르며 우뚝 솟았고, 그 무거운 돛은 바람 한 점 없는 공기 중에 활짝 펼쳐져 있었다. 그런데 바람도 받지 않고 어떻게 온 것일까? 너무 나이 들어 거대한 뼈다귀로 화해버린 이 배는 이제 항해의 법칙마저 오만스레 무시해버리고 있는 걸까? 이 배를 이루는 백 년이 넘은 목재는 수십 년 동안의 충직한 봉사 끝에 야생의 상태로 되돌아간 걸까? 그리하여 자체의 생명력을 되찾은 걸까?

배는 고요한 수면 위에 움직이지 않고 우뚝 서 있었다. 다행히 보트와는 충분히 떨어져 있어 충돌할 염려는 없었다.

항상 그랬듯이, 뤼네르는 자신이 혼자가 아니라는 사실에 안도했다. 때맞춰 커다란 배가 나타나기를 바라는 심정, 그것은 어쩌면 모두의 자연스런 본능이 아니겠는가?

몇 분 후, 범선은 물 위를 천천히 미끄러져 보트 쪽으로 다가왔다. 홀리는 듯한 우아함으로, 덩치에 어울리지 않는 가벼움으로 서서히 다가오는 범선의 뱃머리에서 뤼네르는 몇 개의 글자를 식별할 수 있었다. 마리 루이즈…… 바닷물에 퇴색되어 흐릿해져가는 그 글자는 바로 그 배의 이름이었다. 그는 지금까지 이 글자를 본 적도 없었고, 생각해본 적도 없었다. 그런데 오늘 저녁, 듣도 보도 못한 이 이름이 갑자기 나타난 것이다. 새로운 사건이 일어난 것이다…… 이때, 어떤 생각 하나가 잠의 어둠을 뚫고 그에게 도달했다. 흐릿하고도 모호한 상태였으나, 명확한 의식 속으로 들어가게 해달라고 문을 두드려가며 호소하고 있는 어떤 생각이었다. 무슨 생각인지 기억해내야 한다. 하지만 지금처럼 피곤하고 마비된 상태에서 그걸 기억해낸다는 건 얼마나 어려운 일인가! 하지만 해야만 한다. 무슨 수를 써서라도 기억해내야 한다. 아주 중요한 일이니까. 그래, 조금만, 조금만 더! 그래, 뭔가가 올라온다. 그것은 집요한 자취였다. 현실에서 꿈의 세계로 건너왔기에, 다른 두 세계 사이를 통과해왔기에 처음에는 제대로 이해할 수 없었던 어떤 명령이었다. 찾아야 한다. 그래, 이제 생각난다! 그래, 맞아, 나는 뭔가를 찾아내려고 여기 온 거지! 그래, 찾아야 해! 주위를 똑똑히 살펴봐야 해!

이제 배는 가까이 다가와 있었다. 너무도 가까워서 보트가 보내는 물결 하나가 나무로 된 범선의 뱃전에 부딪쳤다. 하지만 큰 너울이 아닌, 찰랑이는 잔물결일 뿐이었다.

기다란 줄사다리가 긴 선체를 따라 내려왔고, 사다리의 첫번째 막대가 요란한 소리를 내며 보트에 부딪쳤다. 뤼네르는 눈을 들어 위쪽을 올려다보았다. 하지만 배가 너무 높아 갑판 위에 누가 있는지 알 수 없었다.

하지만 누군가가 있어. 그들이 거기 있어. 나를 기다리고 있어.

그는 머뭇거렸다. 불안감에 가슴이 꽉 막혀왔다. 그건 경고의 신호였다. 저 위에는 무엇이 있을까?

"어이, 꼬마! 어서 기어올라오지 않고 뭐 해? 거기서 밤샐 건가?"

빽빽한 정적을 깨고 누군가의 음성이 들려왔다. 어떤 사내의 목소리였다. 목소리가 너무도 험악해서 뤼네르는 지체 없이 흔들거리는 사다리를 두 손으로 꼭 붙잡고 기어오르기 시작했다. 오르기 시작하자마자 배와 보트 사이의 간격이 점차 벌어졌고, 그는 현기증이 일까봐 아래를 내려다보지 않으려 애썼다. 흔들거리는 긴 사다리를 잡고 있는 그의 두 손바닥은 거친 삼으로 만든 밧줄을 너무 세게 쥐어 불타는 듯 쓰라렸다. 벌써 스무 개의 막대를 기어올랐다. 이제 여남은 개만 더 올라가면 된다. 손바닥이 너무 아파 눈물이 절로 솟구쳤다.

"어디, 잘 하고 있나? 아니, 뭐 이런 약해빠진 녀석이 다 있어? 빨리 기어오르지 않으면 사다리를 놔버릴 테다! 바닷물에 빠지고 싶진 않겠지? 엉, 꼬마야?"

뤼네르는 격심한 고통도 잊은 채 정신없이 마지막 몇 미터를 기

어울랐고, 거인 같은 체구의 사내가 정말로 밧줄사다리를 어둠 속에 던져버리는 순간, 간발의 차로 갑판 위에 안착했다. 공포에 질린 소년은 떨어져내린 사다리가 희미한 소리와 함께 저 아래로 아득히 보이는 수면과 부딪치고, 이윽고 물속에 잠겨드는 광경을 내려다보았다.

"봤어? 너도 저렇게 될 수 있었다고." 사내는 살벌한 미소를 지어 보이며 말했다. "나는 참을성이 없어. 그 점을 조심해야 할 거야."

소년은 주위를 둘러보았다. 우선 놀리는 듯한 눈으로 그를 쏘아보고 있는 거인. 그 뒤에는 한 무리의 사내들이 거인과 약간의 거리를 두고 서 있었다. 최소한 서른 명은 돼 보였다. 어떤 공동체를 이루고 있는 것 같은 사람들…… 하지만 그들의 부동자세와 침묵은 어딘가 부자연스러웠고 불안스러웠다. 그들은 소년을 쳐다보고 있었다.

구역질이 치밀 정도로 불편함을 느끼는 와중에 그 말이 다시 떠올랐다. 나는 무언가를 찾아야 한다. 정신을 집중해야 해! 집중해야 해!

갑판은 창백한 빛을 발하고 있었다. 그 빛은 무대에서 사용하는 인공 안개처럼 갑판 위에 피어올라 사람들 사이를 떠다니고 있었다.

"밤 날씨가 제법 쌀쌀하군……" 거인이 말했다. "바다는 너무 조용하고. 안 그러냐, 꼬마야?"

뤼네르는 고개를 끄덕이고는 두려움을 억누르고 사내의 모습을 쳐다보려고 애썼다. 거대한 상체에 꼭 끼는 조악한 선원복, 그 제복 밖으로 올라온 어두운 색의 롤칼라, 그리고 돛을 잘라 만든, 가죽장화의 뒤축까지 내려오는 통 넓은 바지…… 뤼네르의 시선은 황소 같은 그의 목을 따라 올라갔다. 네모난 턱, 감각적인 두툼한 입술, 양 끝이 뾰쪽한 콧수염, 그리고 울퉁불퉁하게 찌그러진 코. 마지막으로 소년의 시선이 닿은 곳은 덤불 같은 적갈색 눈썹 아래의 두 눈, 영리함과 잔인함으로 이글거리는, 용해된 강철 같은 두 눈이었다. 그 눈이 소년을 잡아먹을 듯 노려보았다.

"뭐야, 이 녀석! 누가 사람을 그렇게 훔쳐보라고 가르쳐주던? 난 약아빠진 녀석들을 아주 싫어해. 너, 조심해! 오늘 밤은 죽은 놈들이 어슬렁거리는 밤이야."

너, **조심해!**

이미 흠뻑 젖은 몸에 삭풍이 몰아치듯, 긴 전율이 그를 얼어붙게 했다.

오늘 밤은 죽은 놈들이 어슬렁거리는 밤이야.

까맣게 잊고 있었던 어린 시절의 셈 노래* 하나가 머릿속을 스치고 지나갔다.

바다 밑에 가라앉아,
무더기로 쌓여 있는
친구들을 위해 건배!

"맞아, 꼬마야! 놈들은 무더기로 쌓여 있어." 거인이 말했다. "그놈들을 보고 싶으냐? 그리 볼만한 꼴들은 아니야. 아주 호되게

---

* 아이들이 놀이를 할 때, 술래나 차례를 정할 때 부르는 단순한 리듬의 노래.

당했거든. 저 바다 밑바닥에 곤죽이 되어 있지. 네 형이라 해도 알아보기 힘들걸."

아니, 난 아무것도 보고 싶지 않아. 그런데 저 사람은 내 생각을 다 읽고 있잖아! 뤼네르는 가슴이 서늘해졌다. 그리고 불길한 예감이 스쳐갔다. 저 사람에겐 아무것도 감출 수 없어. 저 사람은 자기 마음대로 모든 걸 다 보고, 다 듣고 있어. 저 사람이 대장이거든.

거인은 그의 뒤에서 미동도 없이 기다리고 있는 사내들에게 몸을 돌렸다. 무기력한 표정, 하지만 소년을 응시하고 있는 그 기이한 시선들…… 그들의 모습은 직접 사냥할 생각은 않고 누가 먹잇감을 요리하여 던져주기만을 기다리는 굶주린 늑대 떼 같았다.

"어이, 모르방! 네 꼴이 어떤지 한번 보여줘!"

하지만 잠시 동안 아무도 움직이지 않았다.

"모르방!"

거인은 항아리가 깨지는 듯한 소리로 고함쳤다. 무기력한 누군가를 후려치는 채찍 같은 고함 소리였다.

한 남자가 군중 사이에서 느릿느릿 걸어 나왔다.

꼬마야, 오늘 밤은 죽은 놈들이 어슬렁거리는 날이야.

얼어붙어 옴짝달싹할 수 없게 된 소년의 정신은 있는 힘을 다해 몸부림쳤다. 그러자 무성한 엉겅퀴 덤불에 뒤덮여 잊혔던 어떤 경로를 통해, 어떤 말들이 하나의 흐름처럼 흘러나왔다. 중간중간 끊기며 들려오는 그 말의 흐름은 소년을 구하러 달려온 소리였다.

"내일 새벽 일찍 나는 떠나가리라."

꼬마야, 들리냐?

"한 무리의 비둘기처럼 들떠 있는 새벽."

듣고 있어? 그게 갑판바닥을 긁어대는 소리가 들리냐고?

"신비스런 열망들은 때로 깨어지는 법

내 단벌 바지에는 큼직한 구멍이 뚫렸고

그것은 강물 졸졸 흐르는 녹음綠陰의 구멍,

강물 졸졸 노래하며 흐르는……"

꼬마야! 죽은 놈들이 난리 치는 소리가 들리냐고?

"오른쪽 옆구리엔 붉은 구멍 두 개 뚫렸지."*

그렇지, 꼬마야! 예쁜 구멍 두 개가 선명하게도 뚫렸지…… 얼마 안 있어 다 썩어버릴 테지만!

모르방이라는 사내는 이제 손가락만 뻗으면 닿을 정도로 가까이 다가와 있었다. 하지만 그러면 안 돼! 그가 손을 뻗어 날 만지면 안 된단 말이야!

맞다, 꼬마야! 그건 전염되는 거거든.

"자, 모르방! 저 꼬마에게 보여줘! 그렇게 얌전 빼지 말고!"

---

* 위로부터의 일련의 시행들은 빅토르 위고의 시(첫번째 시행)와 아르튀르 랭보의 여러 시(그 다음의 시행들)에서 가져온 것이다. 작품을 끝까지 읽어보면 밝혀지겠지만, 이렇게 여러 조각의 인용된 시행으로 구성된 시는 배의 선창 밑에 갇혀 있는 존재의 비극적인 운명을 암시하고 있다. 하지만 그것이 반드시 비극적인 것만은 아니라는 사실은 벌써 이 시행의 몇 부분('강물 졸졸 흐르는 녹음의 구멍')에서 암시되고 있다. 결론을 앞질러 말하자면 시 전체의 주제는 죽음과 생명, 죽음을 통한 새로운 탄생이다. 여기서 시의 해석은 원작의 본뜻에서 약간 어긋난 것일 수도 있겠지만, 이 작품에서의 뜻에 맞춘 것이니 박식한 독자들은 너그러이 용서해주기 바란다.

사내는 몸을 돌렸다. 그의 오른쪽 얼굴은 어둠 속에 잠겨 있었지만, 왼쪽은 태워버릴 듯 강렬한 빛 아래 드러났다. 그의 왼쪽 얼굴은 붉은색과 갈색 살점의 무더기에 불과했고, 그 가운데 기적적으로 박혀 있는 눈알도 금방이라도 흘러내릴 듯 간신히 붙어 있었다. 뤼네르는 얼어붙었다. 그 눈…… 무너져내리는 살 더미 가운데 뻐딱하게 박혀 있는 그 눈, 썩은 고기 가운데 허우적대며 최소한의 존엄을 찾아보노라 발버둥치는 그 눈, 치열한 노력으로 반쯤 열려 있는 그 눈을 보니 소년은 최면에 걸린 듯 꼼짝할 수 없었다.

"모르방 저놈도 한때는 꽃미남이었지." 거인은 킬킬거리며 말했다. "진짜배기 수탉이었단 말씀이야. 동네 처녀들이 서로 차지하려고 싸울 정도였으니까. 지금은 그렇지 않지만. 안 그래, 모르방?"

모르방은 움직이지 않았다. 그는 만사가 귀찮다는 듯 옴짝달싹하지 않았다. 서서히 진행되는, 피할 수 없는 석화石化를 겪고 있기 때문일까? 인간이 아닌 다른 존재로 변형되는 도중에 있기 때문일까? 아니, 다른 이유 때문인지도 모른다. 억누른 원한, 몸과 얼굴의 근육을 마비시킬 정도로 꼭꼭 억누른 분노……

맞아, 그거야! 뤼네르는 자신이 발견한 것에 흥분되어 속으로 외쳤다. 분노야! 분노가 리고르 모르티스*처럼 모르방을 경직시키고 있는 거야! 피를 응고시켜 흐르지 못하게 하는 거야! 마치 독처럼 말이야.

그런 분노를 숨기고 있다는 사실을 저 거인도 알고 있을까? 아

---

* rigor mortis. 사후경직상태.

마 알고 있겠지. 그렇다면 오만하기 짝이 없는 저자는 이런 그를 조롱하며 장난치고 있는 거겠지.

소년은 추론을 더 발전시켜보려 했다. 하지만 너무도 어려운 일이었다. 지금 그는 꿈이 펼쳐 보이는 인상 속에 갇혀 있는 것이다. 그 인상과 혼연일체가 되어 사실을 객관적으로 생각할 수 없는 것이다.

찢어지는 듯한 비명이 갑판 밑에서 흘러나왔다. 뤼네르는 온몸의 피부가 곤두서는 것을 느꼈다. 그 순간, 한 번도 배운 적이 없건만 그는 이미 알고 있었다. 공포에 짓눌려 마지막 방어의 의지마저 포기해버린 사람만이 저런 날카로운 비명을 지를 수 있다는 사실을. 그것은 광기에 사로잡혀 육체를 벗어나려는 자의 목소리였다. 이미 목이 잘려나갔건만 황급히 뛰어가는 오리처럼.

"어럽쇼!" 거인은 얼굴이 일그러진 남자에게 한쪽 눈을 찡긋하며 말했다. "아벨이 깨어나셨네?"

그는 동화 속 거인이 신는 것 같은 커다란 장화로 갑판 바닥을 쿵쿵쿵 구르며 소리쳤다.

"아가리 닥쳐! 시끄럽단 말이야!"

그는 웃음을 터뜨렸다.

"선창 밑바닥에 처박혀 지내는 걸 못 견디는 거야. 예민한 녀석이거든."

찢어지는 듯한 비명은 계속되었다. 뤼네르는 두 귀를 틀어막고 싶었다. 하지만 거인의 눈은 그가 두 손으로 귀를 막는 것도, 저 밑에서 고통 받고 있는 '그것'에서 멀어지려 뱃머리 쪽으로 뒷걸음치는 것도 허락하지 않았다.

난 할 수 없어! 더이상 저 소리를 듣고 있을 수 없다고!

"고티에! 랑벡! 뚜껑문 열어!" 거인이 포효했다.

이번에도 잠시 시간이 흐른 후, 두 사내가 무리에서 느릿느릿 걸어 나왔다. 번개가 번쩍이고 얼마 지나서야 우르릉 소리가 들려오듯, 거인의 명령이 그들에게 전달되기 위해서는 얼마간의 시간이 필요한 것 같았다. 그들의 발걸음은 모르방만큼이나 무거웠으며, 얼굴 역시 무표정했다.

뤼네르는 깨달았다. 그들은 뚜껑문을 열려고 걸어 나온 것이다. 그리고 자신은 갑판 밑에서 비명을 지르고 있는 그것을 봐야만 할 터였다.

두 사내는 소년을 한 걸음 물러서게 했다. 뚜껑문은 방금 전까지 소년이 서 있던 자리에 있었다. 토할 것 같은 불안감이 엄습했다. 그 위에 서 있었다는 이유 때문에 자신이 다음 번 희생자로 지목되기라도 한 것처럼. 뚜껑문은 크고도 무거웠다. 그것을 들어 올리는 고티에와 랑벡의 팔 근육이 일제히 경직되었고, 숨을 몰아쉬는 두 얼굴도 동시에 찌푸려졌다.

모르방은 그 광경을 지켜보고 있었다. 밤중에 못된 장난을 벌이고 다니는 동네 깡패들이 훼손해놓은 석상과도 같은 모습으로.

뚜껑문이 열리면서 녹슨 돌쩌귀가 끼익 하며 끔찍한 마찰음을 냈고, 그 소리는 갑판 바닥이 더이상 막아내지 못하는 그 동물적인 비명에 섞여들었다.

마침내 뚜껑문이 열렸다. 뤼네르는 누군가의 손이 마치 강력한 바이스처럼 자신의 목덜미를 잡아오는 것을 느꼈다. 전혀 힘들이지 않고 그대로 목을 부러뜨릴 수 있을 것 같은 억센 손아귀 힘이 느껴졌다. 그 손아귀 아래, 자신은 한갓 떨고 있는 어린 토끼일 뿐이었다. 거인은 소년을 번쩍 들어 올렸고, 그러자 소년은 갑판 구멍 위에 대롱대롱 매달린 꼴이 되었다.

"내 단벌 바지에는 큼직한 구멍이 뚫렸고……"

자, 봐라, 꼬마야!

보면 안 돼!

하지만 그는 내려다보았다. 아직 살아 있는 건, 그래서 그를 세상에 붙들어 매고 있는 건 오직 두 눈뿐이었으니까.

저 아래에는 더럽고 축축하고 벌레 먹은 멍석 위에 동체만 남은 한 사내가 꿈틀대고 있었다. 멍석이나 사내의 몸이나 모두 구멍투성이어서 별 차이가 없었다. 사내는 두 다리가 없었다. 오른팔 하나만 남아 있었는데 그마저도 팔꿈치까지였다. 여기저기 구멍이 뚫려 속이 훤히 들여다보이는 배와 가슴에는 장기가 여럿 모자랐다. 왼팔은 아예 어깻죽지까지 없는 상태였다. 얼굴은 다 맞춰지지 않은 퍼즐 같았다. 어떤 부분은 다른 부분보다 심하게 잘리고 뭉개지고 찢어졌다. 가지 없는 등걸이 된 사내는 아직도 남은 육체에 집착하는 것인지, 아니면 완전히 포기해버린 것인지, 팽팽하게 긴장된 신경은 각각 제멋대로 펄떡이고 있었다. 그것은 분해된 육체가 연주하는 무질서한 교향곡, 불협화음 가득한 실험음악이었다. 해체되어가는 몸의 조각들은 고통 받고 있었고, 울부짖고 있었고, 반항하듯 꿈틀대고 있었다.

"아벨! 친구가 필요해?" 거인은 구멍 위로 소년을 흔들어 보이며 물었다.

현기증 나는 공포 속에서도, 뤼네르는 형벌 받는 자의 비명 소리가 한층 높아지고 있다는 느낌을 받았다. 하지만 그 소리가 부정인지 긍정인지 분간할 수는 없었다. 아니, 과연 그것을 어떤 대답이라고 할 수나 있을까?

"미안해, 꼬마! 아벨의 뜻이 저러하니 나도 어쩔 수 없구면." 거인은 쉰 목소리로 자못 부드럽게 말했다. 어쩔 수 없는 자신의 행동을 못내 유감스럽게 느끼기라도 하듯이. 소년의 목덜미를 쥐고 있던 손가락들은 이미 펼쳐지고 있었다. 그 손가락이 놓아버린 것은 무엇이었던가? 그건 아직 허공에 떠 있는 모가지였다. 한때는 금방이라도 날아오를 듯 쑥쑥 자라났었지만 지금은 날기는커녕 너무 빨리 땅에 떨어지지 않기만을 바라며 꼼짝도 못 하고 있는 몸뚱이, 그리고 손가락을 펼치자마자 중국 무희와도 같은 우아한 동작으로 천천히, 아주 천천히 사지를 펼치며 떨어지는 어린 닭의 몸뚱이였다……

뤼네르는 방의 어둠 속에서 깨어났다. 공포로 온몸이 흠뻑 젖고, 비명도 제대로 지르지 못한 채였다. 추락하면서 사지는 겨우 펼쳐졌지만 오그라든 비명은 그렇지 못했던 것이다. 하지만 바닥에 떨어지기 전에 그를 깨운 것은 바로 이 숨죽인 비명이었다. 떨어지기 전에 깨어났으므로, 그 다음에 자신이 어떻게 되었는지 전혀 알 수 없었다. 아벨의 몸뚱이 위에 떨어져 박살이 나버렸는지, 아니면 마지막 순간에 빛의 천사들이 날개로 자신을 받아주었는지.

오늘도 뤼네르는 그런 상태로 거기 있었다. 가슴은 답답했고, 손가락 하나 까딱할 수 없었다. 형을 깨우게 될까봐 그를 안심시켜주는 유일한 행동, 즉 스탠드를 켜는 일조차 못 하고 있었다.

이젠 끝났어! 아무것도 아니야! 그는 어렸을 적 엄마가 해주던 말을 본능적으로 따라 하며 스스로를 안심시켰다. 자, 봐! 여기 네 침대가 있잖아. 두 발을 포근하게 누르고 있는 이불, 머리맡 탁자의 반들거리는 목재, 그리고 저기, 덧창 사이로 새어 들어온 빛 덕분에 희미하게 분간되는 옷장의 윗부분, 그리고 좀더 멀리 방 저쪽 끝에 있는 브누아의 침대…… 뤼네르는 그 침대 쪽으로 시선을 모으며 이불 밑에 누워 있을 형의 모습을 찾았다. 그 순간, 형이 신음을 발하며 잠에서 깨어났다.

브누아는 여기가 어딘지 모르겠다는 듯한 표정으로 벌떡 일어나 앉았다.

"그애는 어디 있지? 그애는 어디 있지? 그 여자애는 어디 있어?" 갈색 곱슬머리가 온통 헝클어진 채, 형은 얼빠진 표정으로 물었다.

브누아는 항상 이런 식이었다. 꿈의 세계에서 빠져나오기 위해서는 반드시 몽유상태라는 중간단계를 거쳐야 하는 사람 같았다. 깨어나면 항상 알아들을 수 없는 말을 뇌까렸으며, 뤼네르가 불을 켤라치면 초점 없는 눈으로 그를 응시하곤 했다. 전혀 낯설지는 않은데, 자신의 적인지 친구인지 정확히 기억나지 않는 사람을 쳐다보듯이.

"나야, 형!" 뤼네르는 목소리를 낮춰 말했다.

"봤어?"

"누굴?"

"그애 말이야, 여자아이. 그애를 봤어?"

"아니. 아무도 못 봤어."

"이런…… 정신 차리고 있었어야지! 이제 난 어떡해? 난 어떡하지? 오, 안 돼! 정말로…… 난 이제 결코……"

브누아는 갑자기 말을 멈췄다. 자신이 자기 방에, 그것도 동생 가까이에 있다는 사실을 깨달은 것이다. 그는 잠시 동안 아무 말도 하지 않았다.

"…… 내가 지금 너한테 뭐라고 말했냐?" 그는 다시 평소의 목소리로 물었다. 동생에게 사용하는 퉁명스러운 목소리였다.

"아니. 아무 말도 안 했어."

"아, 그래?" 그는 안심하여 말했다. "그럼 내일 보자!"

"그래."

방에는 다시 정적이 내려앉았다. 뤼네르는 움직이지 않았다. 형과의 두서없는 대화는 그의 가슴을 꽉 죄고 있던 바이스를 풀어주었다. 이제 그가 꾼 악몽의 이미지와 느낌과 흔적을 다시 살펴볼 준비가 되었다. 그는 잘 알고 있었다. 꿈에서 깨어난 후, 꿈속의 사건이 명료하게 기억나는 이 순간은 오래 지속되지 않는다는 사실을. 벌써 점점 흐려져가고 있었다. 시간이 없었다. 그는 머리맡 탁자의 서랍을 살그머니 열고 그 안에 손을 넣어 스프링에 연필이 끼어 있는 수첩과 손전등을 더듬어 찾았다. 오늘 밤을 위해 미리 넣어둔 준비물이었다. 물건을 꺼내든 그는 포근한 이불로 얼굴을 덮었다. 이렇게 꾸민 자기만의 포근한 은신처 속에서 그는 손전등을

켰다. 폐차장 가기 직전의 고물차 전조등 같은 노란색 불빛이 하얀
이불을 비추었다.

자, 서두르자…… 뭐였더라? 잠에서 완전히 깨어 기억이 다 지
워져버리기 전에 최대한 많은 것을 적어놔야 했다.

3월 21일에서 22일 사이의 밤…… 꿈에 대한 첫번째 기록.

정확하게 기록하자!

배. 돛대가 셋 달린 낡은 범선. 해적선일까?

갑판 위에는 그자가 있다. 무시무시한 사내. 내게 개인적인 감정
이 있는 것 같다. 왜일까?

덩치가 매우 크다. 제대로 묘사하기 힘들다. 아주 위협적인 태
도. 심지어 미소까지 무서웠다. 아니, 미소가 제일 무서웠다.

방수복. 선원과 관련된 물건들.

가죽장화.

그 뒤에 있는 남자들. 한 사람은 얼굴 반쪽이 온통 부풀어 있었
다. 모르강. 아니, 모르방. 모-르-방.

뚜껑문 아래 있는 사내. 그의 이름은? 완전히…… 사지가 잘려
나간 것인가? 정확하게 말할 수 없다. 갑판 아래 웅크리고 있었다.

나는 모르방을 만지는 게 두렵다. 그가 나를 만지는 것도 마찬가
지다. 그에게 어떤 병이 있는 것일까?

나는 떨어지면서 잠에서 깨어났다. 꿈의 초반부에서 나는 사다
리를 재빨리 기어올라가, 사다리와 함께 바다 속으로 던져지는 신
세를 간신히 모면했다. 내가 천천히 올라간다면, 그래서 처음부터

물속에 떨어져버린다면 잠에서 빨리 깨어날 수 있을까?

오늘 밤에는 이게 전부였다. 다른 것은 생각나지 않았다. 이 정도만으로도 상당한 수확이었으나…… 하지만 이걸 갖고 뭘 할 것인가? 사용할 수 있는 유일한 단서는 이름 하나뿐이었다. 그나마 이름이 아닌 성姓이어야 제대로 쓸모 있을 테지만.

그런데 만일 이 모든 것이 존재하지 않는 것이라면? 단지 소년의 상상의 창조물에 불과하다면? 우리의 상상은 종종 괴상망측하고도 끔찍한 것들을 만들어내지 않는가?

그럴 수도 있지. 하지만…… 배의 냄새는?

그것 역시 상상의 결과일 수 있다. 두려움에 사로잡힌 상태에서는 상상의 냄새까지 맡을 수 있는 일이다. 하지만 깊은 밤중에 이처럼 모든 것을 하나하나 의심해가기 시작하면 세계 전체가 산산이 부서져버릴 터였다. 반쯤 미쳐버릴 것이고, 자신의 존재마저 불확실해질 것이다. 그래, 다시 잠이나 자자! 이런 생각은 낮에 하는 게 좋아. 내일 생각해보자고!

잠들기 위해 뤼네르는 레이먼드 챈들러의 『호수의 여인』 몇 페이지를 손전등으로 비춰가며 읽었다. 어제 중단했던 페이지를 다시 펼쳐 다음의 구절을 읽었다.

"'그냥 문득 떠오른 생각이었을 뿐입니다' 하고 내가 말했다. 그러자 그가 내게 말했다. '그런 생각이 또 떠오르거들랑 그냥 지나가게 놔두쇼. 헛생각이니까.'"

뤼네르는 미소를 지었고, 눈꺼풀이 무거워지는 것을 느꼈다.

3
브누아

브누아 게렝델이 아홉 살이었을 때, 선생님은 수업시간에 아이들에게 『헨젤과 그레텔』을 읽게 한 후 질문을 던졌다. "나를 무섭게 하는 것은 무엇인가요? 내가 보는 것인가요, 아니면 내가 상상하는 것인가요? 존재하는 것인가요, 존재하지 않는 것인가요?"

브누아는 필기체 l자와 e자의 고리를 과도하게 둥글린 서툰 글씨로 또박또박 써나갔다. '미쳐버린 어떤 아줌마.'

호기심에 사로잡힌 교사는 브누아의 아버지에게 물었다. "브누아 가족들 중에 정신병 걸린 여성분이 계신가요? 혹시 머리가 좀 이상한 왕고모 같은 분이나, 밤중에 벌떡 일어나 복도를 배회하면서 아이들을 놀라게 하는 증조할머님이라도?"

에반은 재미있다는 듯 껄껄 웃었다. "없어요. 아내는 고아고, 저 또한 가족과는 별 왕래가 없긴 하지만, 우리 가족 중에도 그런 분은 없지요. 오, 잠깐! 한 사람 있기는 해요……" 그는 짐짓 심각한 표정을 지어 보이며 말했다. "아내가 애들에게 화낼 때 그 눈을 들여다보면 섬뜩한 광기가 어른거리긴 하지요…… 하하하, 아닙니다!…… 농담이었어요!" 그는 다시 너털웃음을 터뜨렸고, 대화는 이렇게 끝났다.

에반은 이 일화를 자신만의 비밀로 간직해두었다. 아내는 이 사실을 자신만큼 대범하게 넘기지는 않을 테니 말이다. 평소 그는 아내가 아이들을 가만히 내버려두지 않는 게 불만이었다. 아이들에겐 그들만의 공간이 필요하지 않은가? 제멋대로 세상을 만들었다 부쉈다 해볼 수도 있고, 가끔은 어떤 미친 여자들을 상상해보기도 하는 그들만의 세계 말이다. 에반은 아이들이 생각하고 말하는 것을 모두 알아내야만 직성이 풀리는 어른들의 태도가 못마땅했다. 왜 아이들의 내밀한 세계를 모조리 해석하고 설명하려고 드는가? 왜 가만히 둬도 잘 자라날 과수밭을 마구 파헤치고, 또 사방에 버팀목을 세워 성장을 통제하려 드는가? 오히려 이런 부모들이야말로 정신치료가 필요한 존재가 아닐까?

브누아의 머릿속에는 선생님의 질문이 계속 맴돌았다. 나를 무섭게 하는 것은 무엇인가? 내가 보는 것인가, 아니면 내가 상상하는 것인가? 존재하는 것인가, 존재하지 않는 것인가?

날 무섭게 하는 건 그 아줌마야. 주머니 속에 자갈을 잔뜩 넣고 해변을 걸어다니는 아줌마. 한데…… 그 아줌마는 밤에만 볼 수 있잖아. 어쩌면 실제로는 존재하지 않는 사람인지도 몰라.

좀더 나이를 먹은 지금, 브누아는 해변의 여인이 악몽 속에만 존재한다는 사실을 알고 있다. 하지만 잠이 들 때 불안해지는 것만큼은 여전했다. 그는 어떤 영화에서 소년들이 잠들지 않으려고 엄청난 양의 커피를 들이켜는 것을 본 적이 있다. 하지만 그건 정말 쓸데없는 짓이다. 결국 잠을 이겨낼 수는 없는 노릇이니까. 그런데…… 왜 사람들은 잠으로 시간을 허비하는 걸까? 왜 평생의 반을 잠으로 보내야 하는 걸까? 도대체 과학자들은 뭘 하고 있는가? 왜 그들은 사람들이 깨어 있는 시간을 연장하기 위해 노력하지 않는가?

브누아에게는 매일 저녁 잠들기 전에 하는 한 가지 습관이 있었다. 그것은 자신과 꿈 사이에 무수한 이미지를 심어놓는 일이었다. 무수한 만화의 페이지들, 그리고 영화 장면들…… 이 모든 것으로 정신을 다른 곳으로 돌려보려고, 그래서 오늘 밤만은 다른 꿈을 꿔보려고 애썼다. 하지만 꿈은 어김없이 똑같은 장면, 똑같은 방식으로 시작되었다. 우선 희미한 빛이 스며 들어오는 거실에서 놀고 있는 금발의 조그만 여자아이와 아이를 지켜보는 갈색 옷을 입은 여인이 보였다. 풍경이 끈적끈적한 안개 속에 잠겨 있는 회색빛 아침이었다. 조그만 집의 정원에 서 있는 너도밤나무 잎사귀들의 가장자리가 붉게 물들어 있는 것으로 보아 계절은 초가을이었고, 여인의 치마가 길고 풍성한 것으로 보아 시대는 옛날이었다. 여인은 아이에게 미소를 지었다. 그러고는 손뼉을 치기 시작한다. 이에 아이는 웃음을 터뜨리며 엄마를 따라 서투른 동작으로 손뼉을 친다. 브누아는 이 도입부를 좋아했다. 아이와 엄마의 놀이로 진행되는 이 정겨운 프롤로그. 엄마는 브르타뉴 말로 어떤 노래를 불러준다. 아이는 노래를 듣자 두 팔을 흔들면서 깔깔댄다. 심지어 몇 마디를 따라 해보기도 한다.

이때 누군가가 초인종을 당긴다. 단 한 차례. 여인은 소스라치게 놀란다. 벌떡 일어나 문을 열러 간다. 가는 도중에 엄마를 향해 두 팔을 벌리는 아이를 번쩍 안아든다.

브누아는 여인의 즐거워하던 표정이 방문객을 보는 순간 돌처럼 굳어버리는 것을 볼 때마다 이상한 느낌이 들었다. 너무도 갑작스런 이런 변화에 그는 늘 당황스러웠다. 하지만 시간이 지남에 따라 그는 이해할 수 있게 되었다. 여인의 얼굴이 그처럼 빨리 어두워지는 것은 그녀가 무언가를 이미 알고 있기 때문이라는 사실을. 아이와 놀고 있을 때부터, 웃고 노래하고 있을 때부터 불안감이 그 아래에 웅크리고 있었다는 사실을.

방문객은 챙 달린 선장 모자를 벗어들고 어색한 자세로 서 있었다. 닳아빠진 선원복은 바다 일로 잔뼈가 굵은 억센 체격을 드러냈고, 위엄 있는 검은 수염은 이 자리에 있고 싶지 않은 그의 심정을 제대로 감추지 못했다.

"안녕하슈, 로젠!" 사내는 말했다. 그 허스키한 저음, 그것은 바람과 바다의 나라에서 거칠게 소리치는 데 익숙한 사내의 목소리였다.

여인은 대답하지 않았다. 대신 손님을 맞는 희미한 미소가 입가에 어른거렸다. 아이는 엄마의 품속에서 종알대며, 사내의 검은 수염이 신기한지 그것을 만져보려 포동포동한 손을 뻗쳤다. 엄마는 그 손을 막으려 했다.

"아니오. 그냥 놔두시오." 사내가 말했다. "귀엽구먼. 이 아이, 이름이 뭐였죠? 잘 기억이 안 나는구먼."

"카텔이에요."

"아, 그래요! 카텔…… 아가야! 아저씨 수염이 따갑지? 그래, 이제 생각나는구먼. 출항할 때 이애가 배에 왔었지. 제 아빠 어깨에 올라타고 자랑스러워하던 모습이라니! 그때는 키가 요만 했소. 내 장화에 쏙 넣어도 될 만큼 작았는데……"

"내년 봄에 만 세 살이 돼요."

사내는 말을 중단하고 대담하게도 자신의 수염을 잡아당기는 아이를 미소 띤 얼굴로 내려다보았다. 조금도 아프지 않았다. 이 아이 말고도 그의 수염은 지금까지 다른 많은 아이들을 거쳐왔던 것이다. 갑자기 그의 시야가 뿌옇게 흐려졌다. 그는 자신의 수염을 잡은 아이의 포동포동한 손가락을 하나씩 수염에서 떼어놓았다. 거친 삶을 경험한 사내들만이 가능한 지극히 부드러운 손길로.

"로젠…… 오늘 내가 여기 온 건 좋은 소식을 전하려 함이……"

"안 돼요!" 여인이 소리쳤다. "더이상 말하지 말아요!"

아이는 공포의 물결에 휩싸여 엄마 품속에서 소스라친다.

사내는 움직이지 않는다. 아마도 이런 슬픔의 피상적인 몸부림에 익숙해져 있기 때문이리라.

"3주 전, 귀항하던 생미셸 호는 제르세 섬 앞바다에서 침몰했소. 끔찍한 폭풍이 있었소. 진짜배기 태풍이었지. 배가 견뎌내지 못했다오."

"아니에요! 말도 안 돼요! 며칠 전, 마리 호를 타고 돌아온 사람이 내게 말했어요. 그 사람이 탄 배가 뉴펀들랜드뱅크*를 떠난 지 열흘 되었을 때 생미셸 호와 마주쳤다고! 그때 그 배엔 아무 문제가 없었다고!"

"로젠…… 생말로의 어떤 대구잡이 어선이 도리스**를 타고 있던 두 생존자를 기적적으로 구조했다오."

"거봐요! 생존자가 있잖아요!"

"그런데 두 사람 외에 다른 생존자는 없소."

"그걸 어떻게 알 수 있죠?"

"쓸데없는 희망은 품지 마시오." 사내가 엄하게 말했다. "소용없는 짓이오. 그건 가슴을 갉아먹는 독일 뿐이니까. 사람을 미치게 만들 따름이지."

여인은 입술을 앙다물고 도전하는 듯한 눈빛으로 사내를 노려보았다.

"더이상 생존자는 없소." 사내는 결론을 내리듯 한 마디 한 마디 힘주어 말했다.

"가세요!" 여인은 폭발했다. "선장님에게 사람을 죽일 권리라도 있는 건가요? 어쩌면 그렇게 말을 쉽게 하시죠?"

"이런 소식을 전하고 다니는 것은 정말이지 빌어먹을 짓이오! 하지만 누군가는 해야 할 일이오. 그래야 살아 있는 사람들이 죽은 자들을 위해 울어줄 수 있는 것 아니겠소? 자, 그래요. 이제 난 떠

---

* 캐나다 뉴펀들랜드 앞바다에 펼쳐져 있는 수심 200미터 이하의 대륙붕 지역. 대구, 청어, 고등어, 새우 등이 풍부한 세계 4대 어장 중의 하나이다.
** 카누와 비슷한 형태로 생겼으며, 조업시나 비상시에 본선에서 내려 타는 보트.

날 테니 걱정 마시오. 하지만 한 가지 말해줄 게 있소. 다음주에 디
낭에 있는 구제금고로 꼭 가시오. 거기 가서 강하게 요구하시오.
그럼 약간의 돈을 줄 것이오. 얼마 되지는 않겠지만 전혀 없는 것
보다는 낫지 않겠소? 로젠, 꼭 가야 하오. 잊지 마시오. 이 어린 것
을 위해서라도 말이오."

"돈이요? 그 따위 돈 필요 없어요! 앙리는 반드시 돌아올 테니까
요. 그는 우릴 저버리지 않아요! 당신이 아무리 거짓말을 늘어놓아
도 그는 결국 돌아올 거라고요!"

그녀는 방문객의 얼굴에 대고 문을 세차게 닫았고, 사내는 힘없
이 발길을 돌렸다. 안개 속으로 떠나가는 사내의 넓은 어깨는 고통
에 짓눌려 축 늘어져 있었다.

브누아는 밤마다 이 장면을 꿈꾸었다. 아이의 울음소리와 함께
문이 쾅 닫히는 장면까지는 그런대로 견딜 만했다. 물론 썩 즐기는
장면이라곤 할 수 없었다. 그것은 뭐라고나 할까…… 사람들에게
꿈을 분배해주는 자가 꾸며낸 고약한 장난이라고나 할까? 이를테
면 아이들에게 잠을 가져다준다는 모래장수*가 금지된 음산한 꿈
을 섞어 만들어낸 어둡고도 유독한 시럽 정도로 볼 수 있었다.

그러고 나서 꿈은 악화되었다. 이 장면 바로 다음부터였다.

낮에는 그는 평범한 소년 브누아 게렝델이었다. 답답한 교실에
갇혀 수업종이 울리기만을, 한 학기가 끝나기만을, 한 해가 지나가

---

* 졸리면 모래가 들어간 것처럼 눈이 따가워지기 때문에 프랑스에서는 모래장수가 아
이들에게 잠을 가져다준다고 믿는다.

기만을, 대학입학자격증을 손에 들고 저녁 9시만 되면 거리가 텅
비어버리는 이 가난한 벽촌을 떠나는 그날만을 기다리는 평범한
고등학생이었다. 그래, 그때는 탈출하리라! 인간관계가 좀더 헐렁
한 곳으로, 자신을 동생들과 부모와 동일시하지 않아도 되는 곳으
로, 어딜 가나 지겨울 정도로 낯익은 얼굴들과 마주치지 않는 곳으
로, 자유롭게 호흡할 수 있는 곳으로, 자신의 흔적을 모두 지워버
리고 스스로도 알아볼 수 없는 다른 사람이 되어 지겨운 삶의 쳇바
퀴에서 벗어날 수 있는 곳으로…… 자유에 맛이 있다면 어떤 맛일
까? 아마 아직까지 가보지 못한 장소들의 맛이겠지…… 여기는 모
든 것이 좁았다. 바다와 사방에 펼쳐진 밭과 들판으로 꽉 막혀 있
었다. 그의 친구 중 몇몇은 자기들끼리 비밀 클럽을 만들었다. 지
루한 일상과 평행하게 존재하는 또 하나의 삶인 셈이었다. 하지만
브누아는 벌써 오래전부터 이런 놀이에 흥미를 잃었다. 자신의 원
안에 갇혀서는 한계를 벗어날 수 없는 법, 그 안에서는 진정으로
신선한 공기를 마실 수 없는 법이다. 그냥 꾹 참고 기다려야 했다.
 자신의 희망을, 지루함과 답답함을 억누르고 있어야 했다. 브누
아는 그럭저럭 잘 해나가고 있었다.
 하지만 밤이면 이런 그의 겉모습은 허물어져내렸다. 밤만 되면
자신이 전날 밤에서 한 걸음도 나아가지 못했음을, 여전히 제자리
걸음을 하고 있음을, 벌써 어른이 된 듯 멋진 말과 거창한 꿈을 늘
어놓고 있지만 그 밑의 살은 오들오들 떨고 있다는 사실을 다시금
확인하게 되는 것이다.
 꿈.

꿈은 모든 것의 시작이었다. 무無요, 어느 육지에도 가닿지 않는 최초의 외침이요, 메아리로 되돌려지는 무한한 허공일 뿐이었다.

어디 있니이이이이……?

아가야아아아아……!

매일 밤, 그는 물속을 찾아 헤맸다. 해초가 뒤얽힌 그 역겨운 늪, 목까지 잠겨오는 변질되고 해로운 그 섬유질 뭉치 수프 속을……

그의 옆에는 여인의 기다란 시체가 아직도 둥둥 떠 있었다. 두꺼운 해초들이 이룬 침대에 떠받혀진 몸통, 바닥의 모래를 긁고 다니는 무거운 다리, 부풀어오른 얼굴에 흰자만 보이는 두 눈, 그리고 한껏 팽만한 복부…… 바다로 임신되어 과도하게 비대해진 암컷……

하지만 시체는 하나밖에 보이지 않았다. 다른 하나는 어디 있단 말인가?

그는 미친 듯이 찾았다. 녹색 물이끼 속을 뒤져보기도 하고, 그물처럼 다리를 휘어 감는 갈색 해초 숲을 헤쳐보기도 했다. 웩 하고 토하고 싶은, 당장에라도 도망쳐버리고 싶은 마음을 억누르면서.

빌어먹을! 도대체 넌 어디 있는 거야?

어떻게 나한테 이럴 수 있는 거니? 정말 너무해! 내가 얼마나 애를 썼는데, 얼마나 노력했는데, 나한테 이러면 안 되잖아! 자, 아가야! 착하지. 어서 올라와! 응? 제발 부탁이야.

뜨거운 눈물이 펑펑 솟아올랐다. 콧물도 줄줄 흘러내렸다. 너무나 힘들었다. 너무나 고통스러웠다.

이 고통은 오래전부터 시작된 것이었다. 하지만 지금 느끼는 고통이 가장 끔찍했다. 왜냐하면 여기, 이 녹색의 물 위에 시체가 떠 있기 때문이었다. 옆에 있는 것이라고는 너무 무겁고, 이미 죽음이 진전되어 아무리 흔들고 두드려보아도 정신이 돌아오지 않는 이 시체뿐인 것이다. 또 갈매기들의 새된 울음소리에 찢어지는 정적, 시체를 노리는 새들의 날카로운 홍채, 그리고 시체와 함께 잠긴 그의 몸을 서서히 끓이고 있는 이 거대한 배양액…… 지금까지 미친 듯이, 절망적으로 노력해보았지만 그 결과는 모든 것이 분해된 이 진흙수렁뿐이었다. 참담한 패배뿐이었다. 탈진 상태가 목까지 차올랐다. 기계적으로 휘젓는 손에 무언가가 걸린다. 한 자락의 천, 그리고 힘없는 종아리였다.

브누아는 울부짖었다. 갈매기들은 그를 조소하듯 끼룩끼룩 화답했다.

이 모든 것이 시작된 것은 이 장면에 앞서서였다. 시작은 좀더 부드럽고 조용하게 이루어졌다…… 이 모든 것은 아이가 수염을 잡아당기게 놔두었던 선장의 면전에 대고 여인이 문을 세차게 닫으면서 시작되었다. 문을 닫은 여인은 아이를 부드럽게 바닥에 내려놓았다. 그러고는 금발의 여자아이가 문에 등을 기대고 흐느껴 우는 걸 보지도 듣지도 못한 채 집 안 깊숙이 걸어 들어갔다. 여인은 침대 옆 서랍장을 열고, 그 안에 있는 남자 셔츠에 얼굴을 파묻었다. 일부러 세탁하지 않은 상태로 놔두어 아직 희미한 체취가 남아 있는 셔츠였다. 그녀는 셔츠에 코를 대고 깊이 들이마신다. 올 사이사이에서 미세하지만 집요한 체취가 느껴졌다. 어쩌면 그녀가 꾸며낸 체취일지도 모른다. 너무도 간절히 원하기에 느껴지는 냄새인지도 모른다. 그녀는 베개에 얼굴을 묻듯 셔츠를 코와 입에 대고 지그시 눌렀다. 브누아가 답답함을 느끼기 시작한 것은 아마도 이 장면부터일 것이다. 그 베개-셔츠 때문이었으리라. 그것의 강력한 힘 때문이었으리라. 여인이 셔츠에서 다시 얼굴을 들었을 때, 그녀의 눈빛은 변해 있었다. 이상해져 있었다.

아줌마! 아기가 울고 있어요! 저 울음소리가 들리지도 않나요?

어쩌면 듣고 있는지도 모른다. 하지만 그녀는 움직이지 않았다. 그녀는 침대에 앉아 자신의 두 손을 내려다본다. 두 손을 앞으로 내밀고 손가락을 살펴본다. 손가락 하나하나를 조심스레 펼쳤다가 다시 접어본다. 그러기를 반복한다.

아이는 복도에서 큰 소리로 울고 있다. 너무도 서러운 모양이다. 아이는 다시 일어서서 머뭇거리며 걷기 시작한다. 마침내 침실에 당도하고, 엄마가 앉아 있는 침대에 다가온다. 울음을 그친 아이의 볼에는 눈물이 묻어 있고, 새빨개진 얼굴은 놀란 표정이다.

"오, 카텔이구나! 이리 오렴!" 여인은 짐짓 가볍고도 명랑한 목소리로 말한다. "이리 오렴, 우리 예쁜이! 어머나, 이런! 근데 이게 무슨 꼴이니?"

그녀는 아이를 자기 쪽으로 끌어당긴다. 그리고 눈물콧물 범벅이 되어 얼굴에 붙어 있는 곱슬곱슬한 머리카락을 하나하나 떼어주고, 베개 아래에서 손수건을 꺼내 콧물을 닦아준다. 아이는 몇 차례 딸꾹질을 한 다음 진정된다. 엄마의 얼굴이 조금만 풀리면 언제라도 밝은 웃음을 터뜨릴 준비가 되어 있는 천성이 명랑한 아이임이 분명했다. 여인은 아이에게 미소를 짓는다. 그 순간 어떤 기이한 몽상이 그녀의 눈동자에 어른거린다.

"이젠 끝났단다. 그 나쁜 아저씨는 아주 멀리 가버렸어. 이제 우린 아무 걱정 없어."

그녀는 말을 멈췄다. 언뜻, 그녀의 얼굴에 근심스런 빛이 스쳐 갔다.

"…… 그리고 말이야. 그 아저씨가 아빠에 대해서 한 말, 그건 모두가 거짓말이란다. 하나도 사실이 아니야."

아이는 미소를 지었다. 꿀 냄새가 느껴지는 미소, 작은 태양처럼 따스함이 물결치는 미소였다. 아이는 알까? 아까 찾아온 선장이 문 앞에서 어떤 말을 했는지? 거기서 어떤 무서운 비극이 벌어졌는지? 브누아로선 알 수 없는 일이었다. 하지만 항상 엄마의 얼굴만을 주시하는 아이는 엄마 얼굴에 나타나는 미세한 떨림 하나하나를 즉시 해독해내고 있으리라.

"자, 저길 보렴!" 여인은 창문을 가리키며 말했다. 커튼 군데군데 나 있는 흰 레이스의 투명 장식을 통해 희미한 빛 몇 가닥이 새어 들어오고 있었다. "날씨가 화창한 모양이야…… 날씨가 화창하면 엄마가 우리 예쁜이를 밖에 데리고 나가야겠지. 어때, 나가고 싶니?"

아이는 신이 나서 고개를 끄덕였다.

꿈의 이 대목에서 여인은 아이의 곱슬곱슬한 머리를 반짝반짝 윤이 나도록 정성껏 빗질해준 다음, 그녀가 코바늘로 직접 짠, 머리와 어깨를 함께 덮을 수 있는 팥죽색의 조그만 숄을 입혀주었다. 숄 아래로 몇 가닥 빠져나온 머리카락이 아이의 눈 위에서 춤을 추며 속눈썹을 간질였고, 여인은 거친 모피 스톨을 아이의 어깨에 다시 한번 덮어주었다. 그리고 모녀는 햇빛 아래로 나왔다. 그네들의 몸은 가볍게 휘청거렸고, 눈은 부신 듯 깜빡거렸다. 태양이 안개를 흩으며 구름 밖으로 빠져나왔던 것이다. 갑자기 빛 가운데 노출된 엄마와 아이의 모습…… 참으로 아름다웠다!

청명한 오전이 끝나가는 시간이었다. 어디선가 불어온 한 줄기 훈훈한 바람은 그네들의 몸을 간질여주었으며, 바닷가로 통하는 흙길을 걸을 때도 내내 따라왔다. 도중에 그들은 해안을 따라 꼬불꼬불 이어진 세관원 오솔길로 접어들었다. 길가에는 말라붙은 오디 열매가 달린 관목들이 바다를 가려주었다.

그렇게 한 20여 분 걸었을까? 갑자기 아이는 나막신을 신은 발이 아프다며 칭얼대기 시작했다. 여인은 조금도 동요하지 않고 몸을 돌려 아이를 안아 들었다. 그렇게 끝까지 안고 갈 작정이었다. 곧 오솔길이 끝나고 모래사장이 나타났다. 발을 딛으면 피해 도망가는 곱디고운 크림색 모래의 언덕이 펼쳐진 곳이었다.

"자, 카텔, 보렴." 여인은 아이의 볼에 얼굴을 갖다 대면서 속삭였다. "얼마나 아름다운지 한번 보렴."

고운 밀가루 같은 모래사장이 해변을 따라 길게 펼쳐지며 물속에 몸을 담그고 파도의 애무를 기다리고 있었다. 과연 파도가 줄지어 밀려오며 차례로 모래를 핥아주었다. 각각의 파도는 탐욕스럽고, 연속적이고, 지치지 않는 거대한 혀의 움직임이었다. 그리고 성벽처럼 우뚝 선 절벽에서부터 저기 섬들에 이르기까지, 아니 더 멀리 저기 수평선까지, 에메랄드빛으로 번득이는 바닷물이, 검고 푸른 해초와 허연 잔거품이 뒤섞인 바닷물이 끝없이 펼쳐져 있었다. 그리고 그 위에 까불대는 수천의 파도는 이글거리는 태양 아래 동시에 윙크를 던지고 있었다. 그렇게 밀물이 차오는 바다는 휘황하게 반짝이고 있었다. 그것은 찬란한 바다, 만물을 배불리 먹여주는 장엄한 바다였다.

"예쁘다! 예쁘다!" 아이는 손뼉을 치며 연신 소리쳤다.

아이는 모래 위에 뛰어내리려고 엄마 품에서 빠져나오려 했다. 하지만 꽉 잡은 팔은 아이를 놓아주지 않았고, 오히려 아이의 통통한 다리를 더욱 세게 붙잡았다. 다시 한번 브누아는 가슴이 답답해져오는 것을 느꼈다. 어쩌면 그 베개-셔츠의 기억 때문인지도 모른다.

처음으로 그는 자신이 단순한 구경꾼이 아니라 바닷가에 서 있는 모녀와 같이 있다는 느낌이 들었다. 발가락 사이에 모래의 감촉도 느껴졌다. 그는 분명 모녀 곁에 서 있었다. 하지만 그들은 그를 보지 못하는 것 같았다. 나는 투명인간이 된 것일까? 한편으로는 이 여인과 대화를 나누지 않아도 된다는 것이 다행스럽기도 했다. 대체 그녀에게 무슨 말을 할 수 있단 말인가? 지금 그녀는 제정신이 아니지 않은가? 하긴 그렇게 슬픈 소식을 듣고 나서 저렇게 되지 않는다면 오히려 이상한 일이겠지. 아니야! 난 아무 말도 할 수 없어…… 이 여인은 브누아를 불안하게 했다. 그 희고도 긴 손으로 아이의 작은 종아리를 꽉 붙들고 있는 그녀를 보고 있으려니 문득 얼음덩어리의 이미지가 떠올랐다. 더 정확히는 금이 가기 시작한 빙판이었다. 아니, 수면 아래로는 무수한 잔금의 가지가 재빠르고 가차 없이 퍼져나가는, 속은 이미 산산조각이 나 있는 빙판이었다.

하지만…… 브누아는 투명인간이 되어 여기 이렇게 서 있어야 하는 것이 싫다. 이 상황이 싫고, 이 해변도 싫다. 피에타를 연상시키는 엄마와 아이의 감동적인 모습마저 싫다. 모녀가 피에타를 이룬다면 여인은 성모일 터이다. 하지만 긴 드레스에 꿈꾸는 듯한 눈빛의 성모의 모습에는 뭔가 섬뜩한 구석이 있다. 아이를 안고 있는 두 손은 너무 힘을 주어 핏기를 잃고 새하얘졌다.

아이는 벗어나려 한다. 아이는 웃으며 몸을 약간 뒤틀기까지 한다. 팔짝팔짝 뛰고 싶은데 붙잡혀 있는 동물의 모습이다.

"얘야, 얌전히 있어야지. 착하지, 나의 작은 새." 낮고 허스키한 목소리가 속삭인다.

그녀는 바다 쪽으로 나아간다.

그녀의 나막신은 축축하고 단단해진 모래톱 위에 깊은 홈을 남긴다. 놀랄 만큼 차분한 어떤 말이 남기는 발굽 자국 같다. 그것은 우주적 의미로 충만해져 있는 말, 그래서 결연하게 물속으로 걸어 들어갈 수 있는 신화 속의 말이다. 아이는 엄마의 목에 바짝 매달리면서도 호기심 가득한 눈으로 넘실거리는 물을 본다. 바닷물을 이렇게 가까이서 보는 건 처음인 것이다. 하지만 저러면 안 되는데…… 바닷물은 더럽고 위험한데…… 그리고 아이는 너무 어리지 않은가? 너무나도 어리고 조그매서 선원의 장화 속에 집어넣을 수 있을 정도가 아닌가? 누군가가 아이를 그 속에 넣어 이 세상 끝으로, 얼음과 길 잃은 배들만이 있다는 그곳으로 데려가버리면 어쩌려는가?

이제 모녀는 물 바로 앞에 있다. 브누아는 그네들을 눈으로 좇는다. 여인의 얼굴은 석상처럼 평온하다. 석질의 눈은 깜빡이지도 않고 바닷물을 바라보았고, 통통한 두 팔은 역시 통통한 아이의 몸을 감싸 안았고, 아이의 치마는 무릎 위로 걷어올려져 이빨을 박을 핑크빛 살을 드러내고 있다.

브누아는 감히 끼어들 수 없다. 물을 두려워하는 그는 바짝 긴장해 있다. 아줌마! 물에 접근하면 안 돼요! 거긴 금지 구역이에요! 위험해요! 그 선을 넘어가면 용이 나와요. 녀석이 불같이 갈라지는 혀로 당신들을 휘감아, 숨도 쉴 수 없고, 부글거리는 짜디짠 가래로 허파를 가득 채워 질식시키는 곳으로 데려갈 거예요. 자루 속 고양이처럼 숨 막혀 죽을 거라고요!

그녀는 물이 허리까지 올라오는 곳까지 걸어 들어간다. 물결과 치마의 무게 때문에 허위허위 천천히 나아간다. 브누아는 소리치고 싶다. 그는 다가간다. 하지만, 과연 나에게는 타인의 삶에 개입할 만한 충분한 근거가 있는 걸까? 이렇게 타인의 삶 가운데 무단 침입할 수 있는 권리가 있는 걸까?

어떤 힘이 그의 몸을 마비시켜 기다리게 했다. 조금만 더 기다려! 아주 조금만 더 기다리라고!

아이는 두려움과 기쁨이 뒤섞인 새된 비명을 지르며 엄마의 목에 매달린다. 출렁이는 파도가 아이의 두 다리를 적신다. 여인은 아이의 핑크빛 허벅지를 잡고 있던 한 손을 들어 올려, 미소로 안심시키며 아이의 머리 위에 얹는다. 소금기 있는 진흙물이 줄줄 흘러내리는 그 손, 길고 창백한 해초가 걸려 있는 그 손은 아이의 머리카락을 부드럽게 쓰다듬으며 물로 적셔준다. 차갑고 축축한 모래톱 위에 돌처럼 굳어 그 모습을 바라보는 브누아는 어떤 세례식이 생각난다. 생길렘 성당의 부속 예배당에서 있었던 막내 상송의 세례식, 신부님이 손가락 끝에 성유를 발라 아기의 민둥머리에 십자가를 찍어주는 그런 세례식이 아니다. 어떤 미국 영화에서 본 적이 있는, 신과 거의 닿을 듯 가까이 있어 반쯤 미쳐버린 남자들과 여자들이 찬송하며 열광하는 가운데 격류 속에 서서 행하는 그런 종류의 세례식이다. 물의 격렬함 속에서 하늘을 찾고, 죽음 속에서 탄생을 찾는 원초적이면서도 야성적인, 종교적이면서도 이교적인 세례식이다.

타는 듯한 소금물이 눈 속에 흘러 들어가자 아이는 울음을 터뜨린다. 세례 받는 아기들처럼 울부짖기 시작한다. 얼굴이 새빨개지도록 울부짖는다. 아가야! 그래, 하느님의 백성이 된 걸 환영한다. 넌 엄마의 뱃속에서 나왔을 때만큼이나 맹렬하게 울어대고 있구나. 사지를 버둥대면서 울어대는 아가야! 하느님께선 다시 태어난 너의 모습이 예쁘다고 하신단다. 지극히 높으신 분의 신비가 네 분노한 얼굴을 스쳐갈 때, 모인 무리는 미소 짓고 너의 분노와 너의 건강에 기뻐하는구나.

그런데…… 일이 이상하게 돌아가고 있어! 엄마의 두 손은 모정으로 충만하여 청동으로 변하고 있다. 그렇게 아이가 울부짖는데도 아랑곳 않고, 왼손으로는 차갑게 후려치는 파도 속에 고동치는 허벅지를 꽉 붙잡고, 오른손으로는 국자처럼 바닷물을 떠서 곱슬곱슬한 금발 위에 끼얹는다. 이제 물은 아이의 벌어진 입속으로 흘러 들어가 흐느낌을 틀어막고 눈물 자국을 지워버리고 있다. 엄마는 거듭하여 말한다.

"나의 사랑스런 아기. 나의 예쁜 아기. 나의 소중한 아기."

미소는 그녀의 얼굴을 환히 밝히며 아이의 울음과 눈물을 지워버린다.

괜찮다, 우리 아가. 괜찮아. 이젠 거의 다 끝났어.

안 돼요! 브누아는 외친다. 그렇지 마세요!

그는 앞으로 나아가 물속으로 들어가려 한다. 하지만 천근만근 무거운 두 다리가 말을 듣지 않는다. 엄마는 왼손으로 아이의 목덜미를 받쳐 들고, 두 팔로 아이의 몸을 안아 들고 어르듯 기울여 그대로 물속에 담그려 한다.

안 돼요! 멈춰요! 기다려요!

그녀는 그의 말을 듣지 못한다. 그를 보지도 못한다. 그녀는 미소를 짓는다. 모정으로 충만한 그 팔을 막을 수 있는 건 아무것도 없다. 참으로 기이한 모정이다. 봄날의 해빙 속도만큼이나 빠르게 얼음을 깨는 모정이다. 균열이 처음 생긴 이후, 문이 쾅 닫히고, 서랍이 열리고, 셔츠가 은밀하고도 위험한 허파처럼 펼쳐지고 난 이후로 기이하게 변해버린 모정이다.

멈춰요! 제발 그러지 말아요!

브누아는 소리치고 애원한다. 한 걸음, 그리고 또 한 걸음, 앞으로 나가보려 애쓴다. 하지만 한 걸음 내딛기가 너무도 힘들다. 그의 맨발 아래 모래는 달아나버리고 두 다리는 너무도 아프다. 어떤 신비스런 힘이 그를 방해하고 저지하고 있다.

엄마는 아이를 요동치는 물속에 집어넣는다. 아이를 꽉 붙잡아 일렁이는 수면 아래로 집어넣고 참을성 있게 기다린다. 그렇게 붙잡고 있는 것은 아이를 세상으로부터 지켜주기 위해서이다. 고통으로부터, 금이 간 얼음으로부터 구해주기 위해서이다. 인생이 어떠한 것인지 잘 알고 있기 때문이다. 그녀의 미소는 결코 약해지지 않을 것이다. 따스한 애정은 결코 사그라지지 않을 것이다. 지금 그녀가 하고 있는 행동은 결코 쉬운 일이 아니다. 그 누가 쉽다고 말했던가? 이렇게 하기 위해서는 힘이 필요하다. 크나큰 사랑이 필요하다.

제발요……

브누아는 흐느낀다. 물은 무릎까지 차왔고, 그녀는 불과 몇 미터 거리에 있다. 하지만 그는 투명 상태 속에 갇혀 있다. 또 몸을 움직이는 게 너무나도 어렵다. 1미터를 나아가려면 수천 걸음을 내딛어야 할 것 같다. 머리는 폭발하여 가루가 돼버릴 것 같다.

아이가 잠겨 있는 수면에 물거품이 부글부글 올라온다. 세찬 파도가 치기 전 아주 잔잔한 바다에서나 볼 수 있는 물거품이다. 이 미약한 물거품은 잠시 아이의 생명을 붙들어주고 있다. 그러나 그 강철 같은 손아귀에 맞설 수는 없는 노릇, 물거품은 곧 수그러들고 줄어들기 시작한다. 결국은 힘이 다해 조용해진다. 엄마는 여전히 작은 몸을 붙잡고 있다. 몸은 앞으로 숙었고 늘어뜨린 긴 머리카락은 넘실대는 너울에 적셔진다. 그녀의 미소는 조금도 약해지지 않았다. 육체적, 감정적 피로 때문에 변질된 기색이라곤 조금도 없다.

손가락 아래 아이의 몸이 굳어버리고 더이상 바르르 떨지도 않자 여인은 몸을 일으킨다. 그리고 맹금의 발톱처럼 아이를 쥐었던 손에 힘을 풀고 해변 쪽으로, 브누아 쪽으로 몸을 돌린다. 그녀는 눈살을 찌푸린다. 그를 본 것일까?

브누아는 두려움에 사로잡혀 그녀를 응시한다.

그녀는 무언가를 골똘히 생각하는 표정으로 아이의 몸을 바다에 버리고, 수월히 걷기 위해 무거운 치맛자락을 들어올린 채 물 밖으로 나온다. 브누아 쪽으로 걸어오지만 그를 보지는 못한 채 지나친다. 그의 마음은 한없이 고통스럽다.

브누아는 아이가 잠겨 있는 장소를 바라본다. 투명한 물속에는 물방울이 다닥다닥 붙어 있고, 자잘한 반점투성이 해초며 정체불명의 끈적거리는 검은 물질이 뭉쳐진 풀숲이 어른댄다. 하지만 어디에도 시체는 보이지 않는다. 아무것도 없다.

거기엔 바다에 속한 것들만 있을 따름이다. 구불구불한 해초와 뒤엉켜 있을 곱슬곱슬한 금발은 어디에도 보이지 않는다.

아기는 어디 있지?

잔뜩 움츠러들었던 심장이 다시 깨어나 뛰기 시작한다. 몸을 돌려 눈으로 여인을 찾는 그의 관자놀이에는 형언할 수 없는 미친 듯한 희망이 고동치기 시작한다. 그녀는 해변에서 자갈을 줍고 있다. 버섯 따는 사람들처럼 가장 큰 것을 정성껏 골라 주머니에 잔뜩 쑤셔 넣는다. 쪽머리에서 풀려 흘러나온 긴 머리카락, 바람에 나부끼는 옷자락, 그녀의 모습은 이제 어린 소녀 같아 보인다.

브누아는 전율한다. 황급히 그녀에게 손짓을 하려다가 이내 생각을 바꾼다. 그녀가 다시 물속으로 돌아오리라는 걸 알고 있는 것이다. 그래, 그냥 여기서 준비하고 있자! 그는 다시 아이를 찾아 모래 깔린 물 바닥을 들여다본다. 맨발에는 날카로운 조개껍데기가 부딪쳐오고, 뭔지는 모르지만 발바닥에 느껴지는 푹신푹신한 감촉으로 발목에 전율이 인다. 그는 자신을 감싸오는 진흙과 발밑에 있는 것들을 생각하지 않으려 애쓴다.

그의 눈은 여전히 여인을 좇고 있다. 머리를 풀어헤치고 해변을 성큼성큼 걷는 이 팡틴*은 이제 다른 모습으로 보인다. 위험한 짐승, 살인자로 보인다. 그는 잠시 후에 그녀의 몸을 건드려야 한다는 사실을 알고 있다. 그렇게 그녀를 그녀 자신으로부터 구해줘야 할 것이다. 하지만 지금은 그런 생각만으로도 혐오감이 인다.

그녀는 계속 자갈을 줍고 있다. 멀찌감치 떨어져 있지만 브누아의 귀에는 치마의 큼직한 주머니 속에서 자갈들이 절그덕거리는 소리가 들린다. 주머니가 가득 차자 그녀는 문득 동작을 멈추고 머릿속에 무언가를 떠올리는 듯한 표정을 짓는다. 그리고 굽혔던 허리를 펴는데, 놀란 빛이 어린 두 눈에서 홀연 닭똥 같은 눈물이 솟구친다. 눈물은 눈동자를 덮으며 잠시 번뜩이다가 아래로 흘러내려 얼굴을 온통 엉망으로 만든다. 영원과도 같은 한순간 동안, 그녀는 마치 어린아이처럼 아무 절제 없이 목 놓아 운다. 그녀의 이런 모습이 브누아의 눈에는 음란해 보이기까지 한다. 그의 집에서는 눈물이란 어둠 속으로 추방해버려야 할 것, 조롱 받아 마땅한 것으로

---

* 빅토르 위고의 소설 『레미제라블』의 등장인물로 여주인공 코제트의 어머니.

간주해왔던 터였다. 흐느껴 우는 것은 자신의 벌거벗은 내부를 공개하는 것, 흉한 상처를 노출시키는 것이 아닌가? 배를 갈라 내장을 보여주는 것보다도 훨씬 은밀하고 노골적인 행위 아닌가?

이윽고 소리 없이 두 볼 위로 흘러내리는 눈물을 닦을 생각도 없이, 여인은 머리를 앞으로 조금 기울이고 무언가를 품에 안고 까딱까딱 흔들어 재우는 시늉을 한다. 그녀는 빈 공간을, 부드러운 공기를, 갯내를, 태양을, 모래사장을, 송진으로 포화된 소나무를, 시시각각 변하는 무한한 하늘을 흔들어 재운다. 부재하는 누군가를 흔들어 재운다. 그리고 벌써 잠이 들어 다시 깨워서는 안 될 누군가에게 나지막한 음성으로 자장가를 불러준다.

그녀는 갑자기 흠칫하더니 다시 몸을 추스른다. 그러고는 치맛자락을 들어 올려 보자기처럼 만들어 그 안에 다른 자갈들을 미친 듯이 주워 담는다. 브누아의 눈에는 물에 젖은 흰 면양말에 감싸인 그녀의 섬세한 다리가 얼핏 들어온다. 거의 에로틱하기까지 한 기이한 광경이다.

치마가 자갈로 가득 채워지자 그녀는 물로 돌아간다. 무례한 파도에게 얻어맞으면서도 돌멩이 하나라도 떨어뜨리지 않으려는 듯 몸을 앞으로 굽히고 조심조심 걸어간다. 거센 해류에 비틀거리면서도 거친 숨을 몰아쉬며 힘겹게 나아간다. 이제 가슴팍까지 물이 차올랐다. 브누아가 그녀를 따라잡으려면 해초 숲을 헤치고 더 깊이 들어가야 한다. 하지만 꿈은 마치 장난이라도 치듯 다시 그를 붙잡고 약을 올린다. 한 발자국 떼는 일이, 팔 한 번 내젓는 일이 서사시처럼 어마어마하고, 수백 년에 걸친 탐구처럼 고단하다. 그는 꿈이 가지고 노는 절망한 꼭두각시일 뿐이다. 패배의 쓴맛과 함께 온몸이 탈진되었음을 느낀다. 더이상 한 방울의 힘도 남아 있지 않다. 그는 그녀와 불과 몇 미터 떨어진 곳에 있고, 곧 그녀가 죽는 걸 보게 될 것이다. 일의 흐름을 바꿔놓을 수 없을 것이다. 그녀가 있는 곳까지 몇 걸음 더 내딛을 수도, 천근만근 무거운 팔을 내뻗을 수도, 그녀의 옷자락을 잡을 수도, 머리카락을 잡아당길 수도, 그녀의 머리가 푸르뎅뎅 부풀어오르기 전에 물위로 들어 올릴 수도 없을 것이다.

갑자기 그녀의 얼굴에 비탄에 잠긴 사형수의 표정이 떠오른다. 그것은 더이상 잃을 게 아무것도 없다고 믿고 있다가 갑자기 시리도록 격렬한 마지막 생의 욕망이 남아 있음을 발견한 사람이 보이는 공황상태였다. 그녀는 불현듯 솟아오른 살고 싶은 욕망에 얼굴이 일그러져 브누아 너머의 육지 쪽을 바라본다. 그 시선이 통과하는 소년은 보지 못한 채.

빌어먹을! 나 여기 있어요. 왜 날 보지 못하는 거죠? 나 여기 있단 말이에요. 날 쳐다보세요! 이쪽으로 오세요!

하지만 브누아는 그녀의 홍채 뒤에 버티고 있는 얼음덩어리를 본다. 급속도로 부서져내리는 그 얼음덩어리, 그녀에게 속한 그 무엇도, 이전의 그 어떤 따스함이나 그 어떤 모습도 남겨두지 않으려 하는 그 가차 없는 얼음덩어리를……

그녀는 두려움을 무릅쓰고 계속 물속으로 들어간다. 이제 물은 어깨까지 차올랐고, 후려치는 파도에 짠물 몇 모금이 그녀의 입속으로 들어간다. 그녀는 겁에 질린 눈알을 굴리며 캑캑 기침하지만,

짜디짜고 깔깔한 바닷물은 목구멍을 사정없이 찢어놓는다. 그녀는 비장한 방패인 양 두 팔을 높게 들어 얼굴을 가린다. 이 음울한 광경 앞에서 브누아는 외면할 수도, 어디로 빠져나갈 수도 없다.

그리고 그 일은 예상보다 빨리 일어난다. 뒤로 물러서려던 그녀는 어떤 구멍에 발을 헛디뎌 휘청거린다. 발밑엔 더이상 모래가 없고, 나막신을 잃어버린 그녀의 두 발은 해류 속에서 버둥거리며, 머리는 물결이 만드는 소용돌이 함정 속으로 사라졌다가 다시 떠오른다. 물속에서 철퍽대며 사방으로 날뛰는 가련한 개와도 같은 꼴이다. 수면에 떠오른 그녀는 공기를 들이켜려고 황급히 입을 벌려보지만 물만 가득 삼키고, 주머니 속 자갈의 무게에 이끌려 다시 깊은 물속으로 기울어진다. 쇳물처럼 시뻘건 물속에서 두 눈을 크게 뜨고 있지만 이미 폐에는 공기가 거의 없다. 그녀는 다시 떠오르지 않겠지만, 자신의 약혼녀를 찾아 나선 바다가 그녀의 몸을 덮어버릴 때 두 다리는 물속에서 아직도 발버둥치고 있다.

브누아는 분노와 무력감에 울부짖는다. 난 대체 무얼 했던가? 물속으로 겨우 몇 미터 들어갔을 뿐이다. 수영할 줄 몰라서, 아니, 사실은 무서워서, 그녀처럼 끝나게 될까 두려워서 이내 멈춰 서버렸던 것이다. 그는 전투에서 패배했다. 시체가 다시 수면에 떠오른다. 눈은 허옇고 흐릿했으며 죽은 피부는 퉁퉁 불어 있다. 잠시 후엔 다시 가라앉을 것이다. 해초의 포로가 되어 바닥에 붙잡히겠지. 아니면 조류에 실려 해변으로 밀려와, 그곳에 흩어져 있는 새들의 시체 가운데 던져질 것이다.

그는 아이를 찾는다. 끓기 직전의 죽 같은 물속을 뒤져보고, 머리카락 같은 해초를 헤치며 손을 휘저어 시체를 찾는다. 하지만 제발 시체가 발견되지 않았으면 하는 마음뿐이다. 그 몸이 어디론가 휘익 날아가버렸기를, 곱슬거리는 금발과 나머지 몸이 보드라운 모래의 함정을 벗어나 단단한 땅 위 어딘가에 무사히 있기를 간절히 바랄 뿐이다.

그때 갈매기들이 눈에 들어온다. 놈들은 바다 위에 바짝 붙어 날면서 먹을 수 있는 살을 찾고 있다. 식성이 그리 까다롭지 않은 게 갈매기 놈들이다. 죽음의 냄새에 이끌려 무수히 몰려온 놈들을 보니 희망이 수그러든다. 불길한 징조처럼 공중을 맴돌고 있는 놈들은 브누아를 조롱하듯 끼룩거린다.

그는 아이를 부르기 시작한다. 처음에는 새들의 주의를 끌지 않으려 작은 소리로 부르다가 점점 더 큰 소리로, 바위절벽과 나무들이 서 있는 먼 곳에 대고 소리쳐 부른다. 대답이 없다. 그애도 저 갈매기들을 본다면 아주 무서워하겠지……

뒷걸음치는 그의 손에 무언가가 닿는다. 죽은 여인의 얼어붙은 종아리이다. 갈매기들은 그의 울부짖음에 화답한다. 그는 또다시 울부짖는다. 하지만 그가 벌떡 일어나 앉은 곳은 어둑한 방 안이다. 온몸은 아직 끈적끈적하게 젖어 있고 지금 앉아 있는 곳이 어디인지조차 모른다. 여기가 어디지? 아기는 어디 있지? 그애는 죽지 않았어. 죽는 건 말도 안 돼. 너무 끔찍한 일이야! 너무 끔찍한 일이라고!

그는 매일 아침 이런 식으로 잠에서 깨어나곤 했다. 이른 새벽이라 아직 어둑한 방 안에 앉아 있는 그의 망막에는 너무도 힘겹게 악몽에서 빠져나오느라 생긴 상흔이 남아 있었다. 그리고 입고 있는 잠옷 자락을 만져보고는 그것이 뽀송뽀송하다는 사실에, 또 무덤 저편에서 뻗쳐온 끈끈한 송악 덩굴 같은 해초가 자신의 팔목에 걸려 있지 않다는 사실에 놀라곤 했다.

매번, 그는 아무도 구해낼 수 없었다.

이제 낮 동안 흩어진 조각들을 주워 모아 박살난 자신의 모습을 다시 꾸며보려 애쓸 것이다. 하지만 과연 그것이 가능할까? 스스로가 얼마나 무력한 존재인지 잘 알고 있는데 어떻게 자신감을 가질 수 있단 말인가?

이런 그에게 학교는 하나의 은신처였다. 악몽을 잊을 수 있는 가장 확실한 곳, 고립되고 차단되어 안전한 장소였다. 그곳이라면 해변의 미친 여인이 그를 결코 찾아낼 수 없을 것이다.

교실 책상에 앉아 꾸벅꾸벅 졸다가 잠드는 일만 없다면……

4

아르델리아

3월 22일 아침, 뤼네르는 조사에 착수했다. 혼자서 해나갈 계획이었다. 자신만의 은밀한 꿈에 관련된 일인데 누구와 상의한단 말인가? 그는 이 꿈을 누구에게도 털어놓은 적이 없다. 브누아에게도 안 했고, 동생 기누에게 말할 생각은 더더욱 없었다. 이 겁쟁이 동생 녀석에게 남다른 애착을 느끼고는 있지만, 뤼네르는 냉철했다. 아직은 너무 약한 녀석이라 모든 걸 엄마에게 털어놓을 위험이 있었던 것이다. 하지만 가끔은 뤼네르 자신도 모든 걸 아빠에게 털어놓고 싶은 유혹에 사로잡혔다. 아빠의 널찍한 어깨 위에 자신의 모든 고민을 올려놓고 싶었다. 하지만 항상 마지막 순간에 스스로를 억제했다. 첫째, 아빠와 엄마는 결국 한 사람이나 마찬가지 아닌가? 아빠가 비밀을 지켜준다는 보장이 있는가? 둘째, 밤에 꾸는 악몽 따위는 어른들이 그러하듯 자기 스스로 해결해야 할 문제라고 생각했던 것이다. 소년의 신비로운 예감은 모든 것이 여기에 달려 있다고 말해주고 있었다. 그가 앞으로 어떤 사람이 될 것인지, 또 그의 내부 깊은 곳에 있는 무언가가 변하게 될지, 아니면 현 상태 그대로 굳어지게 될지는 바로 여기에 달려 있는 것이다. 그래서 그가 계획한 조사에 대해서도 철저히 함구할 생각이었다. 심지어 브누아 형에게까지 말이다. 이 기상천외한 생각을 털어놓는다면 형의 반응은 어떨까? 아마도 미친 듯이 웃어대겠지? 그러면 얼마나 기분 나쁠 것인가! 기상천외하든 어떻든 간에 자신은 벼랑 끝에 몰려 있는 처지 아니던가? 아니, 그들 모두 벌써 괴물의 아가리 속으로 떨어져내리고 있는지 누가 알랴!

뤼네르는 무엇부터 시작해야 할지 알 수 없었다. 문득 그는 자신이 바다와 배를 중심으로 엮어지는 사람들의 삶에 대해서는 아무것도 모르는 이방인에 불과하다는 사실을 깨달았다. 그는 과연 무엇을 알고 있었던가? 대양에 대해, 지구의 모든 바다를 항해하는 사람들에 대해, 또 바다 사나이들이 전쟁을 벌이고 고기를 잡는 일들에 대해 무엇을 알고 있었던가? 파도의 움직임이며 바람의 변덕스런 변화를 해석하는 방법도 몰랐고, 각종 신호와 등대불과 부표와 현등舷燈, 서로 부르고 응답하면서 어둠을 밝히는 이 모든 빛이 보초를 서는 바다의 밤을 측량하는 법도 몰랐다. 이 모든 것은 그 신비로운 악보를 해독해낼 수 있는 전문가들에게만 열려 있는 비밀스러운 음악이었다. 결국 바다에 대해서 뤼네르가 구체적으로 아는 건 전혀 없었다. 있다면 그가 자신의 이야기를 만들어낼 수 있게 된 때부터 그의 상상력이 꾸며낸 기상천외하고도 휘황찬란한 이야기뿐이었다.

그는 바닷사람들의 세계를 보여주는 박물관으로 갔다. 박물관은 그냥 시청 옆에 붙어 있는 허름한 건물이었다.

성당의 후진後陣 같은 형태로 지어진 널찍한 홀 안에 들어서자, 뤼네르는 문득 이상한 생각이 들었다. 왜 난 진작 이 안에 들어와보지 않았을까? 호기심에 이끌려 바깥을 기웃거리면서도 왜 정작 문 앞에 서면 어떤 보이지 않는 실에 붙잡혀 멈춰 서야만 했던 걸까? 유리 진열장 안에는 녹슨 물건들이 전시되어 있었다. 1세기 전에 폐기된 닻들, 해적 이야기나 선상 반란 이야기에서 이제 막 빠져나온 것처럼 보이는 키들, 그리고 특히 어부들의 손때가 묻은 고기잡이 도구들, 꺼칠꺼칠한 모직으로 된 벙어리장갑, 추위와 물보라를 막기 위해 턱 아래까지 올라오게 만든 가죽 앞치마, 크기와 형태가 다양한 그물과 낚싯줄, 낚싯바늘에서 떨어져나간 물고기를 찍어 올리는 데 사용하는 쇠창…… 또 옛날 사진들…… 옷을 두껍게 껴입고 승선하는 어부들, 그리고 소년 수부들…… 작업중이거나, 입에 꽁초를 물고 갑판에 서 있거나, 이마가 안 보이도록 모자를 푹 눌러쓴 그들의 앳된 얼굴…… 그중 하나는 가무잡잡한 얼굴에 곱슬머리, 담배를 빨면서 제법 인상을 쓰고 있는 품이 꼭 브누아 같았다.

사진을 다 본 뤼네르는 목판화를 전시해놓은 쪽으로 걸음을 옮겼지만, 여전히 정신은 사진에서 본 영상으로 꽉 차 있었다. 생생하게 포착된 얼굴과 자세, 핏물 흐르는 허연 살을 자르는 도구를 손에 들고 펄떡이는 생선 앞에 서 있는 그 사내들, 거칠고 투박하지만 이따금 눈으로 웃음 짓는 그 얼굴들, 마치 학급사진을 찍듯 뒤죽박죽 모여서서 함께 포즈를 취하는 야성적인 바다 사나이들, 그들의 헝클어진 수염과 옆에 굴러다니는 싸구려 브랜디 병…… 그것은 하나의 세계였다. 검댕과 때에 찌든 잿빛 사내들, 잊힌 가난, 참혹한 일상의 이야기를 간직하고 있는 옛날 광산 사진만큼이나 그 모짊과 잔혹함으로 보는 이의 영혼을 강렬하게 사로잡는 과거의 한 세계였다.

다른 홀에 들어간 뤼네르는 거대한 마네킹과 딱 마주쳤다. 선장 복장을 하고 있는 마네킹의 덩치는 호시탐탐 진열창을 깰 기회를 엿보는 갈매기 녀석들을 겁주기에 충분했다. 그 허수아비의 피부는 황마포黃麻布로 재단한 것이었고, 두 개의 반짝이는 검은 돌멩이가 눈을 대신하고 있었다. 마도로스 모자가 과묵한 얼굴 위로 그림자를 드리웠고, 건장한 몸은 번들거리는 긴 방수포, 조잡한 롤칼라 스웨터, 나팔같이 퍼진 아랫단이 가죽장화를 덮고 있는 두터운 바지로 감싸여 있었다. 꽉 주먹 쥔 오른손은 호주머니에 들어가 있었고, 토기 파이프를 쥔 왼손은 입이 있어야 할 위치에 올려져 있었다. 이 모든 것이 조합된 결과는 놀라울 정도로 사실적이었다. 이 허수아비 선장이 자신을 노려보고 있는 것 같은 느낌이 들 정도였다.

박물관 관장은 사람 좋아 보이는 텁석부리였는데, 텅 빈 홀 한구석에 놓인 책상에 앉아 잡다한 서류에 코를 박고 있었다.

“저, 죄송한데요……” 소년이 머뭇거리며 말했다. “저기 서 있는 큰 사람 말이에요, 선원인가요?”

남자는 눈을 들어 올려 미소 띤 얼굴로 소년을 머리에서 발끝까지 훑어보았다. 뤼네르는 자신의 꼴이 우스꽝스러울 것이라 생각했다. 키만 껑청하니 가냘픈 체격, 팔꿈치와 무릎까지만 내려오는 낡아빠진 짧은 옷, 그럴듯한 모습은 분명 아니었다.

"마네킹 말이냐? 저건 이른바 '원양어업' 시대의 선장이란다." 관장이 대답했다.

"그럼 어부였나요?"

"정확한 용어를 사용한다면 '고기잡이 선원'이라 할 수 있지. 원양어업의 역사에 대해 좀 알고 있니?"

"음…… 잘 몰라요. 사실은 수업시간에 발표하려고 조사하는 중이에요."

"발표라…… 그럼 뉴펀들랜드 어부들에 대한 거냐, 아니면 아이슬란드 어부들에 대한 거냐?"

"글쎄요, 저는 잘……"

"잘 모르겠단 말이지, 응?" 관장은 미소를 지었다. 이 꼬마가 최소한의 준비로 20분간의 발표를 대충 때우려는 속셈을 가진 게으름뱅이라고 추측한 것이다.

하지만 사람 좋은 관장은 어쨌거나 소년을 도와주리라 마음먹었다.

"좋아. 대충 말해서 이곳 브르타뉴에는 16세기 이래로 저기 먼 뉴펀들랜드 바다로 떠나 어획을 해오는 전통이 있었고, 아이슬란드 원양어획은 좀더 나중인 17세기에 시작되었단다. 그런데 19세기에 참혹한 대기근이 브르타뉴 지방을 휩쓸었어. 어떤 마을에선

주민의 절반이 구걸로 연명하는 신세가 되었지. 바로 이런 곳에서 원양어업이 발전하게 된 거란다. 다시 말해서 농사일로 더이상 입에 풀칠할 수 없게 된 사내들, 대부분 그물 한 번 잡아본 적 없는 사내들이 스쿠너*에 올라 뉴펀들랜드뱅크나 아이슬란드 인근 해역으로 원양출어를 떠나게 된 거지. 한번 떠나면 수개월 동안 육지를 밟지 못하는 아주 고된 일이었어. 2월에 떠나면 가을에나 돌아오니 봄과 여름, 그 좋은 계절은 구경도 할 수 없었어. 물론 육지에 남은 아내와 아이들과는 생이별을 해야 했지. 그리고 많은 사람이 돌아오지 못했단다……"

"왜 돌아오지 못했죠?"

"왜냐고? 하하, 애야…… 그건 아이슬란드와 뉴펀들랜드 바다가 매우 위험하기 때문이지. 더욱이 당시 어업 환경은 몹시 열악했단다. 요즘이야 모두가 저인망어선이지만 당시에는 뉴펀들랜드 바다에서도 도리스 크기만 한 평저어선으로 어획을 했단다. 도리스처럼 위태로운 배는 세상에 다시없을 거야! 때문에 난파가 잦았고, 죽는 사람도 많았어. 자, 저기 벽에 걸려 있는 판이 보이지? 그곳에서 침몰한 배들의 이름이 적혀 있단다. 생미셸 호, 생탄 호, 조제핀 호……"

뤼네르는 더이상 듣고 있지 않았다. 무언가가 겹겹이 쳐진 기억의 장막을 뚫고 나오려 했다. 관장의 말 중 어느 부분이 기억 속에 잠들어 있는 것을 깨운 것일까? 너무도 잦았던 난파…… 너무도

---

* 2개 이상의 돛대에 세로돛을 단 서양식 소형 범선.

많았던 죽음……

"그런데요……" 그는 다시 질문했다. "배에는 항상 성자의 이름을 붙이나요?"

"종종 그렇게 한단다. 종교적인 이유 때문이기도 하고 미신 때문이기도 하지. 결국은 배와 선원들을 보호하려는 마음이겠지…… 여자 이름을 붙이는 경우도 있단다. 그 경우는 감상적인 이유에서지."

뤼네르는 입을 다물고 정신을 다시 집중해보았다. 그러나 어떤 기억도 떠오르지 않았다. 꿈의 장막을 뚫고 들어가 그 어두운 세계를 밝혀줄 수 있는 건 아무것도 없었다. 모든 시도는 빽빽한 안개에 부딪쳤다.

"아, 그렇군요……" 그는 실망을 감추며 말했다. "그런데요, 아까 관장님은 왜 '어부'라고 하지 않고 '고기잡이 선원'이라고 하셨어요?"

"원양출어를 위해 승선하는 사람들은 우선 선원등록소에 등록을 해야 했어. 그래서 '고기잡이 선원'이라고 부른단다. 다시 말해서 국가, 더 정확히 말해서 해군은 전시에 쉰 살 이하의 선원을 징병할 수 있었어. 정식 선원은 유사시에 징병 대상이었거든. 이러한 징병제도는 콜베르* 시대에 시작되었지. 콜베르 재상은 평화시에는 어선이나 상선에서 활동하다가 유사시에 왕립 해군의 전함에 승선할 전문 선원을 확보하기 위해 이런 제도를 만들었던 거야."

---

* 17세기 루이 14세 시대의 프랑스 재무장관.

"그렇다면 뉴펀들랜드로 고기잡이를 떠나려면 반드시 해군에 들어가야 했단 말인가요?"

"그렇지!" 관장은 지금 소년이 무슨 생각을 하는지 추측하며 대답했다.

"만일 본인이 원치 않는다면요?"

"아, 선택의 여지가 없었어! 그래서 어떤 불쌍한 사내가 깊이 생각해보지도 않고 등록했다가 승선할 때가 되어서야 생각이 바뀌어 배를 타지 않으려 하면 기마헌병대가 찾아왔단다. 그래서 두 헌병에게 양팔이 붙들린 채로 강제로 배에 올라야 했지……"

뤼네르는 잠시 아무 말도 못 했다. 피 속에 탈출 본능이 꿈틀거리는 소년은 헌병의 털북숭이 팔뚝을 물어뜯은 다음, 속속들이 잘 아는 숲 속으로 야만인처럼 뛰어들어가는 자신의 모습을 상상해보았다.

"수업 발표를 한다니까 말인데," 관장이 마지막으로 덧붙였다. "각 마을 성당에 있는 '망자의 벽'도 한번 둘러보도록 하렴. 또 도서관에도 가봐. 체험기 같은 관련 서적을 찾아볼 수 있을 테니까."

뤼네르는 고개를 끄덕였다. 그리고 홀을 나서면서, 손에 든 파이프를 집어넣을 수 있게끔 얼굴 적당한 위치에 입을 뚫어주기만을 기다리고 있는 허수아비에게 마지막 눈길을 던졌다.

그날 그는 여러 성당을 돌아다녔다. 밤이 오는 것을 두려워하는 흡혈귀 사냥꾼처럼 마음이 급했다. 그가 찾는 비밀로 통하는 길은 극히 험난할 것이라고 무언가가 말해주고 있었다. 어쩌면 그 떡 벌어진 어깨의 유령 같은 마네킹이 그 은밀한 오솔길을 지키고 있는

지도 모를 일이었다. 그가 마지막으로 방문한 성당에는 '바다에서 죽어간 이들의 벽'이 바깥에 있었다. 조그만 문을 통해 건물 밖으로 나오면, 나이 먹은 보리수나무 한 그루가 한가운데 점잖게 서 있고 담장으로 둘러싸인 안뜰이 나오는데, 그 벽은 거기에 있었다. 사후에 남긴 것이라곤 십자가 아래 걸린 목판에 새겨진 이름 몇 글자가 전부인, 무덤도 없는 망자들을 애도하러 찾아오는 사람들에겐 더없이 어울리는 적막한 장소였다. 뤼네르는 그 목판 아래에 무언가가 놓여 있는 것을 보았다. 관 모양으로 만든 조그만 나무상자였다. 마치 병에 걸려 죽은 못된 인형들을 매장하기 위해 아이들이 어른을 흉내 내어 꾸며낸 무덤 같았다. 이 나무상자들이 상징하는 것은 무엇인가? 그것은 시체를 잃어버려 유령이 되어버린 망자, 그래서 살아 있는 사람들의 키스도 받지 못하고, 차디차게 식어 피부의 감각도 박탈당한 망자, 그로 하여금 죽음 속에서나마 슬픔의 위로를 맛보게 하여 조금씩 한을 풀고 마침내는 체념하여 거대한 죽음 속으로 들어갈 수 있게 해주는 그 모든 것마저 박탈당한 가련한 망자에 대한 비통한 애도였다.

뤼네르는 목판에 새겨진 명문銘文을 차례로 읽었다. '1877년 3월 21일, 질드레 호에 승선하였으나 바다에서 실종된 이브 마리 게넥과 그의 두 아들 장 피에르와 로낭을 추모하며. 그들을 위해 기도해주십시오.' '1920년 2월 11일, 마흔한 살의 나이로 바다에서 실종된 뤼시앙 플뢰외르를 추모하며. 주여, 그를 당신의 낙원에 받아들여주옵소서.' '1907년 9월 8일, 뉴펀들랜드 앞바다에서 폴린 호의 선원 전원과 함께 사망한 폴 르기아데르와 프랑수아 르기아

데르를 추모하며. 우리 모두의 어머니이신 성모 마리아여! 그들을 돌보아주소서!'

또 하나의 목판이 눈길을 끌었는데, 역시 폴린 호의 난파를 언급하고 있었다. 1907년 9월 8일, 기욤 르누아르와 그의 네 아들이 실종되었다고 적혀 있었다. 네 청년과 아버지가 동시에 물에 삼켜져 바다 속 영원한 곳으로 빠져 들어간 것이다. 이젠 더이상 집에 들어와 마비된 사지를 흔들어 물을 털어내고, 폭풍과 집채만 한 파도더미에 닳아 반들반들해진 방수포를 벗어던질 수 없게 된 것이다. 네 장정이 사라진 식탁, 그 빈 공간이 얼마나 크게 느껴졌을까?

"안녕!" 뒤에서 어떤 목소리가 그에게 인사했다. "처음 보는 애로구나. 찾고 있는 사람이 있니? 가족 중에 돌아가신 분이 있어?"

뤼네르는 몸을 돌렸다. 검은색 사제복으로 구부정한 몸을 감싼 늙은 사제가 그를 유심히 쳐다보고 있었다.

"모르방이라는 사람을 찾고 있어요. 선원이에요."

"그래, 그 선원을 여기 죽은 사람들 중에서 찾고 있단 말이냐?"

소년은 창피하여 대답하지 못했다.

"그럼 그가 탔던 배 이름은 알고 있니?"

"아뇨. 기억이 안 나요."

사제가 고개를 끄덕이는 것을 보면서 뤼네르는 지금 자신이 얼마나 어처구니없는 행동을 하고 있는지를 느꼈다. 시간이 지나면 산산이 흩어져버릴 악몽의 흔적을 도대체 왜 쫓고 있는가? 개의 코앞에 대고 흔드는 넝마조각처럼 아무짝에도 쓸모없는 어떤 이름에 왜 그토록 집착하는가?

조제 산텐 신부는 너무 빨리 자라서 옷이 우스꽝스럽게 작아져 버린 창백한 푸른 눈의 소년을 물끄러미 쳐다보았다.

"모르방이라고 했지? 모르방이라…… 글쎄, 딱히 떠오르지 않는구나. 혹시 종이 가지고 있니? 자, 한 장 줘봐라. 내 친구의 이름과 전화번호를 적어줄게. 왕년에 '해양구호사업소'에서 일했던 사람이야. 지금은 은퇴해서 이곳에서 멀지 않은 플루발레에 살고 있지. 가서 조제 산텐이 보내서 왔다고 해라. 아직도 기억이 말짱한 양반이니 널 도와줄 수 있을 게다."

소년에게 친구의 이름을 써주고 부속 예배당으로 들어간 신부는 방금 자신이 한 행동이 스스로도 이해되지 않았다. 가장 가까운 친구에게 어디서 나타났는지도 모르는 꼬마를 덜컥 보내다니, 대체 내가 무슨 짓을 한 거지? 어떤 직감이 작용한 것일까? 아니면 나도 드디어 노망이 든 건가? 노망이란 이렇게 음험한 방식으로 슬그머니 다가오는 것일까?

잠시 후, 뤼네르는 공중전화 부스에서 옛날식으로 글자를 옆으로 기울여 쓴 번호를 돌렸다. 운 좋게도 그 사람은 집에 있었고, 조제 산텐이라는 이름을 듣자 몹시 반가워했다.

"아아, 조 말이군!" 그는 소리쳤다. "그래, 조제 신부는 잘 지내나?"

"글쎄요, 그게…… 그러신 것 같아요." 뤼네르가 더듬거리며 대답했다.

"그래! 뭘 알고 싶다고 했지? 아까 한 말을 잘 못 들었어."

소년은 실종된 한 선원을 찾고 있다고 말했다. 남자는 흥미를 느끼는 것 같았고, 플루발레 시청 광장에 위치한 '마르셀 카페'에서 커피를 곁들인 점심을 같이하자고 청했다.

플루발레는 잿빛 하늘을 향해 열린 신발상자만 한 조그만 읍이었다. '카페'라고 해봐야 마을을 통틀어 두 개밖에 없었으므로 약속 장소를 찾는 것은 조금도 어렵지 않았다. 마르셀 카페는 성당 옆에 있었다. 는개 흩날리는 찬바람을 피하여 도망치듯 카페 안으로 들어가보니, 반들반들한 나무 테이블 위에 놓인 나지막한 스탠드가 군데군데 켜진 훈훈한 실내가 기다리고 있었다. 선술집을 겸한 이 카페에서는 크레프* 등속도 만들었고, 버터를 발라 노릇하게 구운 구수한 사과 냄새가 향기롭게 피어오르는 암스테르다머 담배 연기에 섞여 공기 중에 떠돌았다. 그리고 홀 한구석, 뿌옇게 김이 서린 유리창 가까이에 계란과 치즈가 들어간 크레프 하나를 마주하고 앉아 있는 사람이 보였다.

뤼네르는 잠시 카페 입구에 서 있었다. 물에 흠뻑 젖은 모자 달린 재킷, 엄마가 뜨개질해준, 엄지와 검지 부분에 구멍이 뚫린 털장갑, 너무도 작은 청바지, 더러운 농구화…… 자신의 이런 우스꽝스런 차림새를 의식하고 있는 걸까? 소년의 모습은 어딘지 모르게 부자연스러워 보였다.

모락모락 김이 나는 크레프 앞에 앉아 있던 남자는 소년이 들어오는 것을 보자 몸을 일으켜 망설이지 않고 손을 내밀었다. 카페 안에 있는 손님이라곤 그 남자뿐이었으며, 뤼네르는 이 부근에서

---

* 묽은 반죽을 얇게 부쳐 그 위에 설탕, 잼, 계란, 햄 등을 얹어 먹는 프랑스 음식.

보이는 유일한 아이였다.

"안녕! 이리 와서 앉거라. 조 신부님을 오래전부터 알고 있었니? 커피 좀 들겠니? 아니면 다른 거라도? 그런데 네 이름이 뭐였더라? 그래, 뤼네르…… 성은 뭐였지?"

관자놀이가 희끗희끗한 남자는 늑대처럼 가늘게 뜬 눈으로 뤼네르를 살피며 폭포수처럼 질문을 쏟아냈다. 미소와 알 수 없는 그림자로 가득한, 통찰력이 느껴지는 눈빛이었다.

"게렝델이에요."

"게렝델, 게렝델이라…… 어느 분파지?"

"에반 게렝델이요. 우리 아빠세요. 엄마 이름은 에노가고요."

"아, 그래, 에반! 아마 루카 쪽 분파일거야. 에밀리엔의 분파가 아니라면 말이지. 어느 쪽이니?"

"전 잘 몰라요."

"흠, 족보에 대해 별 관심이 없는 모양이구나. 뭐, 그럴 수도 있지."

뤼네르는 족보에 관심을 갖지 않은 것은 자신의 뜻이 아니었노라고 설명하려다 그만두었다. 사실 '집안'이라고 해봤자 그의 부모와 형제들이 전부였으므로 족보에 관심을 가져볼 기회조차 없었다.

"저…… 할아버지 이름은 정말로 '에브'인가요?" 뤼네르가 물었다. 질문을 던지는 순간, 자신의 질문이 오해를 살 수도 있다는 사실을 깨닫고는 아차 싶었다.

사실 뤼네르의 이름 역시 그렇게 평범한 이름이라곤 할 수 없었다. 오랫동안 그는 이름 때문에 고민했다. 왜 내 이름은 브누아 같은 멋진 이름이 아닌 거야? 아니, 최소한 로랑이나 토마, 혹은 좀 멍청해 보이기는 하지만 가에탕이라는 이름 정도는 붙여줄 수 있었잖아? 초등학교 때 그의 별명은 피에로 라 륀*이었다. 친구들에게 놀림을 받으며 얼마나 인내심을 발휘해야 했던가! 아홉 살 때, 결국 그는 어느 날 엄마를 향해 폭발하고 말았다. 하지만 엄마는 그녀만이 낼 수 있는 부드러운 목소리로 이렇게 대답했다. "갓 태어났을 때 너는 공기처럼 가벼웠단다. 너를 쳐다보고 있으려니 당장에라도 두둥실 떠올라 날아가버릴 것 같더구나. 또 사르르 눈을 감아버리는데, 마치 별하고 얘기하고 있으니 방해하지 말아달라는 듯한 표정이었어. 그것이 우리와 사귀는 일보다 훨씬 재미있다고 말이야. 마침내 네가 눈을 떴는데 어땠는지 아니? 두 눈이 너무도 푸르고 창백해서 엄마는 오랫동안 홀린 듯이 들여다보았단다. 그러자 보답이라도 하듯 그 눈이 네 이름을 말해주더구나. 그래, 넌 네 이름이 그다지 마음에 들지 않는 모양이구나. 하지만 언젠가는 좋아하게 될 거야. 왜냐면 그 이름은 이 세상에서 오직 너만이 가질 수 있거든."

뤼네르는 이 대화를 통해 엄마에게는 더이상 따지지 않는 편이 좋겠다는 결론을 얻게 되었다.

그리고 어느 오후, 아빠와 지붕에 걸터앉아 이야기를 나누고 있었는데, 아빠가 지나가는 말로, 선원들이 바다에 떠 있는 안개가 걷히게 해달라고 기도드리는 성자가 바로 '뤼네르'라고 알려주었

---

* 연극이나 팬터마임에 등장하는 순진하고도 몽상적인 인물. 흰옷에 흰 분칠을 한 모습으로 많이 나타나며, 순진하고 어리석은 사람을 뜻하기도 한다. 여기서 라 륀(la lune)은 '달'이란 뜻이며, 뤼네르(Lunaire)는 la lune의 형용사형이다.

다. 뤼네르는 짐짓 아무렇지도 않은 척했지만, 이 이야기는 단박에 그의 마음을 사로잡았다.

노인의 웃음소리가 그를 추억에서 깨어나게 했다.

"암, 물론이지! 에브 고트로야! 좀 괴상한 이름이긴 하지. 안 그러냐? 한 가지 고백하자면, 사실 내 진짜 이름은 에브네제르란다. 찰스 디킨스 소설에 나오는 영감, 성탄 전날 밤에 지난 생을 모두 되돌아봤다는 그 구두쇠 영감*과 같은 이름이야. 우리 어머니는 그 이야기를 무척 좋아하셨어. 그래서 그 멍청한 영감의 이름을 내게 주실 생각을 하신 거지. 우리끼리 얘기지만, 정말 괴상한 생각 아니냐?"

"뭐, 글쎄요." 뤼네르는 제법 무람없는 어조로 대답했다. 하지만 그는 어머니들이란 때로 이상한 생각을 한다는 사실을 이미 잘 알고 있었다.

"자, 수다는 그만 떨고, 뭘 먹고 싶으냐? 이 식탁이라도 집어삼킬 듯 배고픈 표정이구나. 마르셀! 오늘 내 손님에게 대접할 맛있는 거라도 있나?"

시뻘건 얼굴에 흰 앞치마를 두른 마르셀은 부엌 입구의 흔들문 위로 고개를 내밀었다.

"어이, 꼬마! 뭘 먹고 싶은데?"

뤼네르는 노인의 접시에 놓인, 계란노른자가 관능적인 햇볕인 양 부드럽게 발려 있는 메밀 크레프를 내려다보았다.

---

* 찰스 디킨스의 소설 『크리스마스 캐럴』의 주인공 스크루지를 가리킨다.

"할아버지와 같은 걸로요."

"잘 골랐어!" 에브가 음성을 낮춰 말했다. "여기선 이게 최고야. 괜찮은 게 한두 가지 더 있긴 하지만."

에브는 크레프를 다 먹어치운 다음, 비로소 모르방에 대해 이야기하기 시작했다.

"그래, 모르방이라고 했지? 어느 시대 사람이냐?"

"'원양어업' 시대요."

에브는 또다시 너털웃음을 터뜨렸다.

"그런 막연한 말이 어디 있어? 그럼 그 사람이 탔던 배 이름은 알고 있니?"

"아뇨."

"그럼 그자에 대해서 아는 게 하나도 없단 말이냐?" 노인이 놀라며 물었다.

고양이 눈처럼 가늘어진 에브의 눈은 마치 길게 파인 두 개의 홈 같았다. 그는 파이프에 불을 붙인 다음 한동안 말없이 연기만 뻐끔거렸다.

뤼네르는 심하게 손상된 모르방의 얼굴에 대해 말하고 싶었다. 하지만 추리소설에 쓰는 용어로 그것이 '사후 손상'의 결과가 아니라고 어찌 장담할 수 있단 말인가!

"미남이었대요." 뤼네르는 불현듯 떠오른 어렴풋한 기억을 되살려 에브에게 설명했다. "여자들이 많이 쫓아다녔다고 해요. 갈색 머리에 키가 크고요."

"꼭 전설 같은 얘기구먼…… 그런데 네가 왜 그 사람을 찾고 있는지 물어봐도 되겠니?"

"말씀드리기가 좀 복잡해요." 뤼네르가 사과했다.

"좋아. 알겠어…… 그런데 그런 이름은 생각나는 게 없는걸. 내가 일을 시작하기 전에 죽은 게 틀림없어. 만일 오래전에 죽었다면 그의 자취를 많이 찾아내긴 힘들 거다. 가슴 아픈 기억을 간직한 여자들도 이젠 모두 천국에 가버렸을 테니까. 그 사람 뒤꽁무니를 따라다녔다는 아가씨들 말이다!"

뤼네르는 실망스러운 듯 어깨를 으쓱해 보였다.

에브는 점점 더 당혹스러워지는 기분으로 소년을 쳐다보았다. 참으로 기묘한 녀석이군! 짧지 않은 세월을 살아오면서 무수한 아이들을 보아왔다. 하지만 하얀 조약돌을 찾듯이 죽은 사람을 찾아 헤매는 아이는 브르타뉴 지방 어딜 가도 만나기 힘들 것이다.

"아니야! 벌써 그렇게 어깨를 으쓱할 필요는 없다. 끝까지 노력해보고 난 후에 실망해도 늦지 않아."

크레프를 다 먹고 난 후, 에브는 나지막한 회색 가옥 사이로 난 오르막길을 걸어 소년을 자기 집으로 인도했다.

그는 공동소유주에 의해 여러 세대로 나뉜 가옥의 3층에 살고 있었다. 두 사람은 집 외부에 난 시멘트 계단을 통해 올라갔고, 거기서 꾸벅꾸벅 졸던 털 빠진 잿빛 고양이를 쫓아내고 유리문을 열었다. 차근히 살펴보니 에브의 거처는 첫인상과는 달리 그리 좁은 공간이 아니었다. 물건을 쟁여놓은 벽장, 중이층 방, 그리고 정성껏 꾸며진 은밀한 구석 공간에 이르기까지…… 보통 아이들이 그러하듯 뤼네르도 지루한 일상에서 벗어나기 위해 다른 사람들의 집에서 살아보고 싶은 욕망을 느끼곤 했는데, 에브의 거처는 그가 기꺼이 자신의 '작전본부'로 선택하고 싶은 곳이었다. 얼핏 보면 뒤죽박죽 널려 있는 것 같지만 가만히 살펴보면 잘 정돈되어 있는 잡동사니, 잡다한 책이 피라미드 모양으로 수북이 쌓여 있는 나무 선반, 낡은 가죽 소파, 그리고 벽에 높직하게 걸려 있어 금방이라도 하늘이 쏟아져 들어올 것만 같은 창문. 그것은 늙은 현인의 은신처이자 수집가의 창고였다. 뤼네르는 이곳이 무척이나 마음에 들었다.

에브는 어디론가 사라졌다가 잠시 후 다시 돌아왔는데, 연도별 색인딱지가 붙은 문서철을 한 아름 들고 있었다. 그는 그것들을 뤼네르 앞에 내려놓으며 눈을 찡긋했다.

"자, 이게 1930년대와 40년대 서류다. 이 지방 친구들이 뉴펀들랜드 원양출어를 했던 마지막 시기였지."

"할아버지는 정확히 어떤 일을 하셨나요?"

"해양구호사업소에서 하는 업무는 선원들을 지원하기 위해 어로 현장에 병원선을 파견하는 일이었지. 구호물자를 보내고, 의료 지원을 하고, 종교적으로 보살펴주기도 했어. 내가 맡은 업무는 육지에 남아서 승선자, 실종자, 과부, 고아 등을 정확하게 파악하는 일이었어. 사무실에 찾아와 선원들에게 전해달라며 조그만 꾸러미를 맡기는 가족들도 있었고, 쳐들어와 따지고 항의하는 사람, 우는 사람, 심지어는 난동을 부리는 사람들도 있었지…… 난 모든 것을 기록해놨어. 그렇게 하지 않을 수 없었지. 그 많은 사람들 이름을 다 기억할 순 없는 노릇이니 말이야. 한번은 어떤 사람이 불쑥 나타나 3개월 전에 바다로 나간 자기 자식한테 전해달라며 새 신발 한 켤레를 내미는 거야. 생각해보렴, 나름대로는 얼마나 절절한 사연이겠니? 그러니 그 이름이며 사연을 알아두는 것은 정말로 중요한 일이었지."

"이게 바로 그때 할아버지가 기록해둔 것들인가요?"

"아직 건들지 마라. 가서 다른 것들도 가져올 테니."

"다른 것들이라고요? 얼마나 더 있는데요?"

1년에 두 권씩, 모두 스물네 권의 문서철이 있었다. 그 첫번째 권은 에브 고트로가 해양구호사업소에 처음 들어온 해인 1929년의 것이었다. 뤼네르는 속으로 이걸 전부 훑어보려면 적어도 몇 날 며칠은 걸리겠다고 중얼거렸다. 동시에 고통 받는 민초들에 대한 따스한 열정으로 무장한 문헌기록자의 이 세밀하고도 정확한 작업에 감탄을 금할 수 없었다. 거기엔 모든 것이 다 있었다. 수두에 걸린 막내아들에게 보내는 담배 꾸러미, 삶과 죽음의 원무圓舞, 알코올과 아기들의 탄생, 광기, 조난, 이듬해 선장이 되어 배를 타지만 괴혈병에 걸려 죽게 될 사내의 약혼식, 쌍둥이 두 쌍이 동시에 태어나 마을 전체의 경사가 된 일 등등…… 잠들지 않을 수만 있다면 뤼네르는 이 행복한 보물창고에 묻혀 그대로 며칠 밤을 지새우고 싶은 심정이었다. 한 가지 문제는 이따가 저녁이 되면 잠이 그를 다시 그 어두운 물로 데려갈 것이며, 현재로서는 악몽을 해결할 수 있는 실마리가 어디에도 보이지 않는다는 점이었다. 오후 3시가 될 때까지 두 사람은 다섯 권의 파일을 훑어보았다. 두 명이 함께 하니 진도가 빨랐지만, 모르방이라는 인물은 흔적조차 찾을 수 없었다.

"내 이럴 줄 알았어." 에브가 새 파일을 펼치며 말했다. "내 기억력이 그다지 나쁜 편은 아니거든. 네가 찾는 모르방은 내가 이 일을 시작하기 전에 배를 탔던 게 틀림없어."

"만일 그가 실제로 있었던 사람이라면……" 소년이 중얼거렸다.

"뭐야? 실제로 있었던 사람인지 아닌지조차 모른단 말이야? 지금 나랑 장난치는 거냐?" 에브가 소리를 질렀다.

뤼네르는 입을 다물었다. 감히 노인의 눈을 마주볼 수 없었다.

에브는 펼쳤던 노트를 탁 덮고는 창문가로 걸어가 뤼네르에게 등을 돌리고 섰다. 정말로 기가 막히는 꼬마였다. 마음 같아서는 당장이라도 정중히 내보내고 싶었다. 그리고 조제 신부에게 전화를 걸어, 왜 교리문답 제자 중 가장 덜떨어진 녀석을 골라 자기에게 보내며 장난질을 하냐고 호통 치고 싶었다.

그런데 이 소년은 머리가 모자라 보이지는 않았다. 심지어 언뜻언뜻 소년의 얼굴을 스치는 어두운 그림자도 느껴졌다. 저 나이에는 절대 있어서는 안 될 그림자였다. 어린아이라고 해서 고민이 없으랴만은, 지푸라기를 살살 흩날리는 훈풍이 불어오는 이런 따스한 봄날에는 도무지 어울리지 않는 모습이었다. 소년에게 아주 심각하고도 무거운 어떤 문제가 있는 것이 분명했다. 꼭 보살펴줘야 했다.

에브는 곰곰 생각해보았다. 이렇게 힘들게 기억력을 돌려보는 것도 참으로 오랜만이었다. 하지만 이 빌어먹을 늙은 머리는 삐걱거리기만 한다. 그는 아무 말도 하지 않고 다시 앉아 파일을 넘기기 시작했다. 1935년도 파일에 푹 빠져 있는 소년을 지그시 쳐다보면서.

자식은 없지만, 그의 기억 속엔 수많은 아이들이 남아 있다. 팔팔한 나이에 해양구호사업소에 처음 몸담게 되었을 때, 그는 매일 비참한 삶과 마주치게 되는 이 장소에서도 냉정하게 할 일만 하자는 심산이었다. 별의별 경우를 다 보았다. 2년 전부터 남편이 탄 배가 돌아오기를 기다리다가 머리가 이상해진 과부들. 떡 벌어진 어깨에 무뚝뚝한 얼굴이었지만, 아들이 뉴펀들랜드뱅크의 짙은 안개 속에서 열병으로 죽었다는 소식을 접하자 허물어져내린 아버지. 이 모든 가슴 아픈 광경 앞에서도 에브는 꿋꿋이 버텼다. 가급적 사무적인 말을 사용하면서 흔들리는 사람들을 단단하게 붙잡아주려 애썼다.

하지만 아이들의 참혹한 모습을 볼 때면 그의 가슴도 무너져내렸다. 얻어맞아 온몸에 퍼런 멍이 들고, 슬픔과 동심을 꾸욱 억누르고 있는 열네 살 소년 수부들이었다. 밥 먹듯 끼니를 거르는 가난뱅이들은 학교 가는 것보다 다른 일을 하는 것이 낫기에 일을 찾는 고아들, 그래서 선장에게 팔려간 고아들, 서서히 죽어가는 고아들, 선원들이 마시는 독주를 먹고 자라 나이도 제대로 가늠할 수 없는 고아들…… 그들의 움푹 꺼진 눈, 추위에 빨개진 얼굴, 잔뜩 겁을 먹었거나 혹은 어울리지 않는 허세를 부리려드는 그 가련한 실루엣은 에브의 영혼을 후비듯 파고들어 영원히 사라지지 않았다.

죄책감이 느껴졌다. 따뜻한 사무실에 편안히 앉아 그 불행한 사람들이 줄지어 들고 나는 모습을 보고 있는 자신이 부끄러웠다. 이 타는 듯한 부끄러움을 조금이나마 가라앉히기 위해 그들을 위해 휴일도 없이 일했고, 소식을 모두 전해주려 애썼다. 그래도 남는 부끄러움은 신학교에 다니던 친구에게 고백했다. 그후 많은 시간이 흘렀지만, 지금도 두 사람은 이따금 당시의 일을 이야기하곤 한다.

달콤하면서도 쓰라린 몽상에 빠져 있던 에브는 속으로 작은 탄성을 발했다. 아까부터 이 뤼네르 게렝델이란 소년이 누구와 많이 닮았다고 생각했는데, 그 사람이 누구인지 드디어 생각난 것이다. 상냥한 성품이었지만 항상 수심에 차 있던 사내, 뉴펀들랜드 원양어부로 몇 번 출어를 한 뒤 일을 그만둔 사내였다. 아내의 강요에 의해서였다. 하긴, 1년에 한 번 획 하니 나타났다가 임신한 아내를 문 앞에 버려두고 바람처럼 훌쩍 떠나가는 남자를 누가 좋다 하겠는가? 그렇다! 의심할 바 없이 뤼네르는 그 사람을 꼭 닮았다. 뭐라 말하기 힘들지만 정면에서 본 눈 모양이 그랬다. 그리고 옆모습은 영락없이 그 남자였다.

뤼네르와 그 사내는 성이 달랐다. 하지만 누가 알겠는가? 피의 흘러내림이란 오묘한 것 아니던가!

땅에 묻힌 지 이미 오래인 친구를 기억해내자, 이번에는 그녀가 떠올랐다. 아르델리아…… 순간 에브의 얼굴이 환해졌다.

"됐어! 바로 그거야!" 에브가 외쳤다.

뤼네르는 고개를 들어 신중한 눈으로 에브를 살폈다.

"이봐! 내가 1896년에 태어난 부인을 한 명 알고 있는데, 만일 모르방이 실제 있었던 사람이라면 이 부인이 그를 알지도 몰라. 그분의 이름과 주소를 줄게. 아니다! 직접 전화하는 게 낫겠다!"

소년은 그냥 도망가버리고 싶은 생각이 들었다. 한걸음에 시멘트 계단을 달려 내려가 거리에 서서 소리를 지르고 싶었다. 그래서 뚜껑처럼 답답하게 하늘을 덮고 있는 구름을 확 뽑아버리고 싶었다. 뭐야, 그게 좋은 생각이라고? 나이가…… 여든아홉이나 되는 할머니? 그런 골동품 같은 할머니가 자기 이름이나 제대로 기억할까? 하물며 그 옛날 옛적 젊은 시절 일을 기억하겠느냔 말이야! 이 할아버지도 이상해진 거 아냐?

하지만 에브는 이 새로운 생각에 신이 난 기색이었다. 뤼네르는 힘이 쭉 빠지는 것을 느꼈다. 그래! 이 할아버지가 생전 처음 보는 날 위해 수고를 아끼지 않은 것은 사실이야…… 하지만…… 전화할 생각을 하니 눈앞이 캄캄했다. 거의 아흔이 다 된 할머니 아닌가? 귀도 먹었을 것 아닌가? 반은 소경일 것이고 온몸이 삐거덕거릴 터였다. 거의 살아 있는 미라와 비슷할 것이다.

"아냐, 아냐!" 에브는 잠시 생각했다. "아냐…… 직접 가보는 게 더 좋겠어. 이 시간에는 집에 있을 거야."

그럼 그 노구를 끌고 어딜 그리 돌아다니겠는가?

"내 차로 가도록 하지. 생솔랑 마을, 쾨캉 숲가에 있는 작은 집에 살고 계시지. 시간은 있니? 집에서 기다리지는 않니? 어쨌든 내가 차로 집까지 데려다주마."

생솔랑, 쾨캉…… 뭔가 알 것도 같은 지명이었다. 바로 그 숲에서 돌아다닌 적도 있는 것 같다.

"저어, 에브 할아버지……" 그는 거북해하며 말을 꺼냈다. "그다지 좋은 생각이라고는……"

"잠깐, 애야." 노인이 미소를 지으며 말을 끊었다. "네가 무슨 생각을 하고 있는지 알겠다. 그렇게 늙은 할머니를 찾아갈 생각을 하다니 내가 제정신이 아니란 얘기겠지? 안 그러냐? 맞아, 네 얼굴에 그렇게 씌어 있어. 하지만 말이다, 선입견이 꼭 맞는 건 아니란다. 자, 그것보다 여섯시 이후에 집에 들어가도 혼나지는 않겠냐?"

"네…… 괜찮아요." 뤼네르는 가느다란 목소리로 대답했다. 지금 그는 거짓말을 하고 있다. "저녁 시간만 맞추면 상관없어요."

아내가 '탱크'라고 별명 붙인 고물 자동차는 좀처럼 시동이 걸리지 않았다. 에반 게렝델은 잠시 마음을 가라앉히려고 음악을 틀었다. 그는 몹시 지쳐 있었다. 길고도 피곤한 하루를 보낸 참이었다. 또 지난밤에는 어린 기누와 상송이 간간이 잠에서 깨어 울어댔고, 에노가는 늙은 호두나무 가지가 바람에 흔들려 집요하게 침실 유리창을 두드려댄다고 바가지를 긁어댔다.

벌써 오래전부터 그녀는 남편이 이 빌어먹을 호두나무를 없애주기를 바랐지만, 그는 좀처럼 결심할 수 없었다. 봄이면 잎사귀 살랑거리는 가지들이 아늑한 오두막 지붕과도 같았고, 겨울이면 그 구불구불한 가지의 형태가 사뭇 보기 좋았던 것이다. 어떻게 보면 그 형상은 짐승의 얼굴 같기도 했고, 기누를 무섭게 하는 울퉁불퉁한 콧등의 사람 옆모습 같아 보이기도 했다. 에반은 이 나무에 애착을 느끼고 있었다. 그에게 이 나무는 고분고분하지는 않지만 우리를 보살펴주는 친숙한 정령 같은 존재라고 할 수 있었다. 그래서 그는 에노가의 계획에 대해 끈질긴 무기력으로 저항했다. 대놓고 거절하기에는 아내를 너무 사랑했던 탓이다.

마침내 시동이 걸린 '탱크'는 생피에르드플레강의 주차장을 벗어났고, 그는 록 그룹 다이어 스트레츠의 베이스기타 리듬에 맞춰 손가락으로 핸들을 톡톡 두드리기 시작했다. 아내와 아이들이 기다리는 집으로 간다는 생각에 가슴은 벌써 훈훈해졌다.

운전을 하고 있으려니 그동안 애써 묻어두었던 우울한 상념들이 머릿속을 스쳤다. 참으로 이상한 일이었다! 한 녀석이 악몽에 시달린 얼굴로 잠에서 깨어나는 날이면—이런 현상은 허겁지겁 학교에 달려갈 필요가 없는 일요일 아침에 특히 심했다—아침 식탁에 앉은 형제들 모두가 해쓱한 얼굴을 하고 있었다. 형제들 간에 뭔가가 무의식적으로 전염되는 것 같았고, 이는 에반을 불안하게 만들었다. 이러한 전염 현상을 보고 있자니 아이들 모두가—심지어는 어린 상송까지도—매일같이 악몽을 꾸고 있는지도 모른다는 생각이 들었다. 미신을 단호히 거부하는 에반은 그의 확신을 흔드는 이러한 현상을 아예 무시해버렸다. 하여 그는 "그 나이 때는 당연한 거야"라거나, 이보다는 좀더 완곡하게 "그건 자연스런 일이야. 애들이란 모두 그런 과정을 거치는 법이지"라고 반복해 말하곤 했다.

그렇다! 이 모든 것은 당연한 일이었다. 뤼네르가 어디론가 사라져 온종일 보이지 않는 것도, 기누가 뜬금없이 우울해하거나 아침에 눈물로 퉁퉁 부은 눈으로 깨어나는 것도, 또 브누아가 그 처연하고도 어두운 표정을 하고서 배회하는 것도 모두 자연스런 일이었다. 이런 종류의 문제는 우리가 '사춘기'라고 부르는 생의 가장 힘들고 혼란한 시기에 흔히 나타나는 현상이 아닌가? 이 시기의 아이들은 갑자기 닥쳐온 생의 문제에 사로잡혀 오로지 자신 안으로만 파고드는 법이 아니던가? 마치 금세기 초반, 바다의 난폭한 파도에 시달리는 생 섬의 암초에 악착같이 매달려서, 적의에 차 휘몰아치는 대자연을 가까스로 견뎌가며 겨우겨우 아르망의 등대를 건축했던 사람들처럼. 이 시기에는 어제까지만 해도 오직 자신의 삶에만 도취해 있던 어린아이가 갑자기 흔들리고 괴로워하고 불안해하지 않는가? 그렇다! 자신을 다시 정복하기 위해서는, 통일된 자아를 되찾기 위해서는 시간이 필요한 법이다. 하지만—에반은 생각을 계속 이어나갔다—결국 우리 모두는 이 거센 태풍을 뚫고 나오지 않았던가? 대부분은 아무 탈 없이 빠져나오지 않았던가?

그렇다. 사춘기 때 우리의 몸과 정신은 엄청난 변화를 겪는다. 이 변화는 너무도 급격하여 스스로조차 생소하게 느껴지고, 자신이 심신에 갇힌 이방인으로 느껴질 정도다. 어떤 소년들은 이 격렬한 과정을 감당치 못하고 어디론가 도망가고 싶어한다. 하여 그들은 약국에서 극약을 훔치기도 하고, 이 힘든 시기를 견뎌내지 못해 포기해버리고, 고통 앞에 굴복한다. 그렇기 때문에 항상 정신을 똑바로 차리고 아이들을 살펴주어야 하고, 어른들의 크고도 강한 손으로 쓰러지려는 그들을 붙들어 단단한 대지 위에 다시 올려줘야 한다.

그런데 에노가는 잘 모르고 있다. 남편 에반이 바로 그 크고 강한 손을 가지고 있다는 사실을. 그는 나름의 방식으로 아이들을 보살펴주고 있었다. 다만 아이들을 좀더 자유롭게 내버려둘 뿐이었다. 자기들 스스로 헤엄을 쳐서 이 복잡하고도 고통스런 강을 건널 수 있도록. 그리하여 거친 격랑 속의 등대처럼 견고하게 성장할 수 있도록. 물론 그들을 자유롭게 풀어준다는 것은, 즉 그들이 실수를 하고 아픔을 겪도록 놔둔다는 것은 큰 위험을 수반한다. 특히 우리가 이성을 초월하여 맹목적으로 사랑하는 새끼들을 그렇게 방치하고 옆에서 지켜보기만 한다는 것은 참으로 힘든 일이다. 모든 것을 잃게 될 가능성도 있기 때문이다…… 그렇다고 해서 아이들을 철통같이 보호하기만 한다면 그 결과는 뻔한 것, 아이들을 반드시 잃게 될 것이다. 보호라는 미명하에 아이들을 감시하는 그 폭력이란 태풍보다 위험한 것이어서, 결국 아이들을 아무것도 없는 허공으로 내몰 뿐이다.

에노가는 항상 근심걱정에 사로잡혀 있는 엄마였다. 에반은 이런 아내를 이해하려고 노력했다. 그녀가 조금의 여유를 갖는 법만 배운다면 인생은 보다 즐거워지리라 확신했다. 대부분의 친구들과 마찬가지로, 에반은 식전기도와 미사를 반복하면서, 또 주일이면 정장을 차려입은 채 신부님이 흔드는 줄향로 연기에 재채기를 하면서 자라났다. 하지만 그는 '신'이라는 거추장스러운 관념에서 빨리 벗어날 수 있었다. 사람들로 하여금 의문을 품게 하여 결국 이 세상을 불과 피의 바다로 만들고, 수많은 사람들에게 위궤양과 불면증을 선사하는 그 음험한 가정假定으로부터 말이다.

그 대표적인 희생자가 바로 에노가라고 할 수 있었다. 그녀의 정신은 마치 '빅브라더'처럼 저 하늘 위에 요지부동 버티고 앉아 있는 그 전지전능한 신의 관념에 의해 심하게 망가져 있었다. 강력한 힘을 지닌 부모와도 같은 누군가가 자신을 끊임없이 감시하고 있다는 믿음은 어린 시절의 그녀를 조숙한 죄의식, 위선, 그리고 비싼 대가를 요구하는 타협책으로 이끌었다. 그리고 그것들은 거대한 바오바브나무처럼 그녀의 무의식 깊은 곳에 뿌리를 내려, 중세 프레스코화에 그려진 악마의 삼지창보다도 집요하게 아직까지 그녀를 괴롭히고 있었다.

에반은 단번에 종교에서 뛰쳐나온 이후, 평생을 종교 없이 살아왔다. 하지만 모나지 않은 성격이었던지라 아들들이 세례를 받는 것은 군소리 없이 받아들였다. 에노가가 그들을 보호해줄 성자들의 이름을 아이들에게 붙여주었을 때도 그냥 좋다고 동의했다. 또 자기 전에 기도를 드리는 것도 받아들였다. 기도란 보이지 않는 자에게 바치는 일종의 시에 불과한 것 아닌가? 또 아이들에게는 옛날이야기가 필요한 법 아닌가? 또 '자비로 충만하신 마리아님'이면 어떻고, 성 니콜라*면 어떻고, 성 이브면 어떻고, 동방박사면 또 어떤가? 사랑스런 아내가 아이들에게 두 손 모으는 법을 가르쳐주면서 미소 지을 수만 있다면, 꼬마들이 '하늘에 계신 우리 아버지'의 말씀을 떠듬떠듬 읽는 걸 들으면서 밝게 웃는 모습을 볼 수만 있다면 아무래도 상관없는 일 아닌가?

하지만 그는 아내가 아이들을 바다에 접근하지 못하게 하고, 헤엄도 치지 못하게 하는 것만큼은 납득할 수 없었다. 다만 아무 말도 하지 않을 뿐이다. 바로 이 문제에 대한 에노가의 강박증은 표

---

* 산타클로스.

현은 하지 않았지만 그를 상당히 힘들게 했다. 좀처럼 밝히려 들지 않는 비밀로 가득한 아내의 집안, 그것은 에반에게 있어서 '모든 것을 보고 계시며 아무것도 숨길 수 없는 하느님'의 관념만큼이나 치유하기 어려운 또 다른 골칫덩어리였다. 사실 에반 역시 뱃사람 가문 출신이었다. 비록 그의 부친은 바다에서의 힘든 삶을 땅의 삶과 맞바꾸며 바다에서 대지로 돌아오긴 했지만 말이다. 그의 가문에도 바다에서 죽어간 조상들이 꽤 있었다. 그 숫자로만 따진다면 죽은 자들을 기리는 만성절萬聖節 축제 행렬에 끼어 행진해도 부끄럽지 않을 정도였다. 그렇다고 해서 에노가처럼 바다 소리만 들으면 벌벌 떠는 일은 없었다. 오히려 정반대였다. 바다에서 죽은 조상들이 많다는 사실, 이것은 학교 친구들에게 떠벌릴 수 있는 무한한 자부심이 되었다. "우리 할아버지가 어땠는지 알아? 그분은 폭풍우 속에서 돌아가셨어! 너희들의 그 멍청한 머리로는 상상도 못할 엄청난 폭풍이었지. 그분은 엄청 용감했고 힘도 무지하게 셌대! 너희들 할아버지하곤 격이 다르지. 우리 할아버지 신발 끈도 맬 자격이 없는 그런 지렁이 같은 노인네는 아니라고!"

이렇듯 바다에서 돌아가신 할아버지는 머리가 허옇게 세고 손을 벌벌 떠는 마을의 모든 노인네들을 일격에 쓰러뜨렸다. 이가 다 빠지고 이두박근은 형체도 없어진 노인들, 맨날 투덜거리기나 하다가 동네 선술집 가까이만 오면 비로소 얼굴에 생기가 도는 한심한 영감들 말이다. 에반과 맞설 수 있는 아이들은 1차 대전의 참호전에서 얼굴이 사정없이 망가진 할아버지를 둔 애들뿐이었다. 아니면 그 전투에서 아예 돌아오지 못했거나, 산산조각이 나버린 할아버지가 있어야 했다. 그래, 인마! 그 정도면 존경 받을 만하지! 내가 인정한다! 참호전, 진흙, 쥐떼, 포탄…… 이런 것들은 아이슬란드의 폭풍, 봉소직염, 콜레라, 대구의 피, 동상 걸린 손가락, 괴저, 박살 난 배만큼이나 굉장한 것이니까.

에반은 고기잡이 선원이 되는 꿈을 일찌감치 접어버렸다. 그 일이 쉬웠던 적이 언제였으랴마는, 기후는 갈수록 나빠져만 갔고, 1년 동안 뼈가 휘도록 일한 어부들의 손에 쥐어지는 건 쥐꼬리만 한 봉급뿐이었다. 개인적으로는 매우 좋아하는 직업이었지만 미래는 너무도 불투명했다. 냉철해야 할 필요가 있었다. 더욱이 그 시기에 그는 에노가를 만났다. 그리고 만일 그가 집안의 다른 사람들처럼 어부가 된다면 그녀가 자신을 거들떠보지도 않으리라는 사실을 깨달았다. 그녀는 배에 대해, 또 육지보다 배를 좋아하는 사람들에 대해 거의 본능적인 거부감을 지니고 있었던 것이다. 이렇게 하여 에반은 바다에 대한 사랑을 머리 한구석에 처박아버렸지만, 대신 그 사랑은 아름다운 몽상으로 모습을 바꿔 그의 곁에 남게 되었다.

현재 그는 건물의 목골조 설치를 전문으로 하는 조그마한 건설 회사를 운영하고 있는데, 이는 결코 우연만은 아니었다. 집과 학교와 성당의 골조를 볼 때면 그는 언제나 대형 범선의 골조, 다시 말해서 '살아 있는 작품'이라는 매우 시적인 명칭으로 불리는 배 밑부분의 놀라운 건축미와 우아함을 마주하는 듯한 느낌을 받았다. 비록 몸은 떠나 있지만 정신만은 언제나 옛적의 낡은 세돛대범선을 향해 날아가고 있는 것이다.

그가 가족이 살 집으로 배처럼 길쭉한 농가를 구입했을 때, 그 집은 완전히 폐허 상태였다. 하지만 에반은 인내심을 가지고 집 골조를 새로이 세워갔고, 그 일에서 무한한 즐거움을 느꼈다. 그는 자신의 희망대로 아이들로 바글거리는 대가족이 비바람을 피할 수 있는 튼튼한 은신처를 만들기 위해 2층을 올렸다. 지붕 밑에 아늑한 다락방까지 꾸며놓았다. 어린 시절 할아버지 집에 있던 다락방의 매혹적인 기억을 아직도 간직하고 있었기 때문이다. 선원이었던 할아버지의 고미다락방은 얼마나 놀라운 공간이었는지! 닻줄, 나침반, 녹슨 밧줄걸쇠 등 기이한 물건이 가득하고, 숱한 태풍을 겪은 낡은 키 하나가 위엄 있게 놓여 있던 그 방! 심지어는 텐트 천으로 사용하곤 했던 스팽커 돛*까지 볼 수 있었던, 가슴 뛰는 선실과도 같던 그 방!

에반은 이따금 가족들에게 기억 속에 소중히 간직된 이 할아버지와 여러 실루엣들을 이야기해주고 싶었다. 그의 허풍과 몽상을 키워온 그 이야기들을 아이들에게 전해줄 수만 있다면 얼마나 행복할까! 또 아들들에게 아빠 역시 한때는 어린아이였다는 사실, 그것도 누구 못지않은 개구쟁이였다는 사실을 보여줄 수만 있다면……

하지만 그는 이런 생각을 스스로 접었다.

에노가에게 상처를 주지 않기 위해서였다. 이는 그가 가장 소중하게 생각하는 집안의 평화를 지키기 위해 반드시 치러야 할 대가였다. 에반은 결혼을 통하여 그녀를 구해주었다. 물론 자신이 아니었더라도 그녀는 살아남았으리라. 하지만 문제는 단순히 목숨이

---

* 활대가 비스듬한 고물쪽 돛.

아니라 그보다 더욱 중요한 것, 즉 삶에 대한 본능이었다. 그녀는 바로 이 삶에 대한 본능을 보존하려고 가출했던 아가씨였다. 하지만 그가 아내를 처음 만났을 때, 그녀의 본능은 풀이 죽고, 움츠러들고, 기진맥진한 상태였다. 용감하게 짐을 싸들고 뒤도 보지 않고 집을 뛰쳐나왔지만, 섬약한 그녀는 그 결행을 위해 너무도 많은 힘을 소진해버린 것이었다.

에반은 그리 많은 질문을 하지 않았다. 그녀에게서 가끔씩 새어 나오는 몇 마디 말을 듣는 것으로 만족했다. 그는 이 가련한 여인을 품에 안았고, 피부에서 그 고동이 느껴지는 상처도 함께 안아주었다. 그리고 그녀에게 많은 아이들을 선사했다. 삶의 본능을 더 강하게 하기 위해서는 그 이상의 것이 없었기 때문이다. 그렇게 두 사람은 그토록 바라던 생명을 이 세상에 내놓았다. 그것은 명랑하면서도 복잡하고 당황스러운 생명, 한마디로 혼란스런 생명이었다.

하지만 그에게도 가슴을 갉아먹는 한 가지 고민이 있었다. 아이들에게 느긋한 마음이 부족하다는 사실을 발견한 것이다. 셋째 기누가 특히 심했다. 무슨 고민이 그리 많은지 항상 침울한 얼굴이었다. 에반은 아이가 지고 있는 그 짐을 어떻게 덜어줘야 할지 알 수 없었다. 하여 그는 비슷한 시기에 그애의 형들에게 그리했듯, 가끔 지붕을 수선할 때 아이를 지붕 위로 데려가곤 했다. 거기 오르면 세상이 전혀 다른 모습으로 보이기 때문이다. 그곳에서 부자는 진정 행복한 시간을 보낼 수 있었다. 때로는 서로 한 마디 말도 하지 않았지만, 청명한 하늘 아래 두 사람은 천국에 온 듯 평화로웠다.

하지만 평생을 지붕 위에서 보낼 수는 없는 노릇이었다. 그리고

어떤 일요일에는 에반이 마술적 힘이 있다고 믿는 음악마저 아무
런 도움이 되지 못했다. 초콜릿 그릇 위에 걸려 있는 아이들의 얼
굴은 더없이 침울하기만 했다. 대체 어느 녀석이 깨어나면서 그 시
커머니 불길한 해적기를 게양하여 다른 녀석들에게까지 전염시킨
것일까? 이를 분간해내려면 아버지의 혜안이 필요할 터이나, 그에
게는 바로 이 점이 부족했다.

에반은 입가에 미소를 띠고 가족들이 기다리는 집으로 차를 몰았
다. 지구는 그 찬란한 규칙성 속에서 회전하고 있었고, 그 위에 있
는 에반의 가족, 즉 우주 가운데 각자의 자리에 서 있는 여섯 요소
도 함께 돌고 있었다. 집 안에 들어서자마자 그는 늘 그랬듯 큼직
하고 힘센 손으로 어린 상송을 번쩍 들어 공중으로 던져줄 것이다.

에브는 나이답지 않게 카레이서처럼 자못 거칠게 차를 몰았다.
역시 그다지 젊다고는 할 수 없는 2마력짜리 소형차는 옅은 안개
로 덮인 구불구불한 시골길을 덜컹거리면서도 잘도 달렸다. 그와
뤼네르가 생솔랑 마을이 보이는 곳에 당도했을 때는 아직 다섯시
가 안 된 시각이었다. 그들은 마을에서 멀어져 숲으로 통하는 시골
길로 접어들었다. 이제 자동차는 우뚝하고 어두컴컴한 나무들의
실루엣 사이를 달리고 있었고, 뤼네르의 마음은 점점 더 불안해졌
다. 하지만 자동차는 이런 소년의 마음을 아는지 모르는지 덜컹거
리며 무심히 잘만 달렸다. 역마차는 경솔한 승객들의 호주머니를
노리는 피도 눈물도 없는 늑대와 살인자들이 도사리고 있는 황혼

의 고장으로 접어들건만, 짐짓 모르는 척 마차를 몰고 있는 태평스런 마부처럼 말이다.

에브의 말이 옳았다. 잿빛 돌 벽으로 둘러싸이고, 점판암 지붕에 작은 종루 두 개가 솟아 있는 집은 정확히 숲의 가장자리에 위치해 있었다. 사방을 에워싼 숲의 검은 벽들은 당장에라도 튀어나와 담벼락을 무너뜨릴 듯한 기세였다. 사실 뤼네르는 숲을 좋아했다. 숲 속 흙냄새를 들이마시며 쌓인 잎과 진흙 위에 발자국을 남기면서 종일 시간을 보내도 전혀 지루하지 않았다. 하지만 모든 일에는 한계가 있는 법이다. 다시 말해서 야생의 영토에는 분명한 경계가 그어져야 하며, 그 한계를 존중하지 않는 인간에게는 위험이 따르게 마련이다. 지금 뤼네르가 서 있는 곳에는 모든 것이 안전했다. 모든 것이 제자리에 있었다. 숲에는 그곳에 속한 피조물들, 다시 말해서 표독한 야생의 상태로 방치된 자연이 있었지만, 이곳 집들의 정원에는 인간의 굄을 받는 식물들이 있었다. 이곳에는 모든 것이 세계의 균형 속에서 제자리에 서 있었다.

그 집은 뤼네르를 단번에 매혹시켰고, 강렬한 호기심은 불안감마저 억눌렀다. 그는 대문 옆 회색 담벼락에 걸려 있는 새 편지함을 쳐다보았다. 거기에는 'A. 루됭'이라는 이름이 적혀 있었다.

"A는 무엇의 약자인가요?" 뤼네르는 오른쪽에서 걷고 있는 에브에게 물었다.

"아르델리아."

그들은 화강암으로 된 현관 계단을 올랐다. 네 칸의 계단에는 파란 수국이 활짝 피어 있는 묵직한 토기 항아리가 하나씩 놓여 있었다.

문에 초인종은 없었고 대신 줄을 당기는 종이 하나 달려 있었다. 하지만 에브는 문에 달린 망치 모양의 노커를 사용했다. 처음에 다섯 번, 이어 두 번 두드렸다.

"우리끼리 정한 암호야." 그가 설명해주었다. "그래야 그녀가 귀찮은 잡상인이 아니란 걸 알 수 있거든."

뤼네르는 고개를 갸우뚱했다. 아무리 '여호와의 증인'이나 전단지 뿌리는 잡상인이라 한들, 설마 이 후미진 곳까지 찾아올까?

곧 그녀가 문을 열었다. 밝은 미소가 얼마나 환하게 피어올랐던지 얼굴 윤곽을 제대로 분간할 수 없을 정도였다.

"에브! 이게 웬일이야? 이렇게 찾아오리라곤 생각도 못 했어요!"

그는 그녀의 한쪽 볼에 입을 맞추며 인사했다.

"실례인 줄은 알지만 이렇게 불쑥 찾아왔어요. 자, 여기는 내 젊은 친구 뤼네르."

"안녕하세요?" 소년은 조그만 목소리로 인사했다.

"실례는 무슨 실례! 에브 당신은 언제나 환영이야." 그녀는 이렇게 대답하고는 뤼네르에게 따라오라고 청했다. "안녕? 어서 들어오렴, 어서!"

그녀는 두 사람을 거실로 인도했다. 벽난로 속에 타닥타닥 나무 조각 타는 소리가 아름다운 음악처럼 정적을 깨뜨렸고, 그 향긋한 냄새는 방 전체에 감돌고 있었다.

"두 사람 다 자리에 앉아요. 큼직한 장작 한 개를 더 넣어야겠네!"

뤼네르는 그녀를 도와주려고 벌떡 일어났다. 하지만 그녀는 앉으라고 손짓했다. 예상과는 달리 매우 정정한 할머니였다.

아르델리아는 벽난로 속에 장작을 넣은 다음 에브에게는 약간의 럼주를, 뤼네르에게는 큰 컵으로 시드르를 대접하고 나서 안락의자에 앉았다. 그리고 자신을 유심히 살펴보는 소년의 시선을 느꼈다. 그것은 끊임없이 움직이는 모델의 모습을 제대로 포착할 수 없어 답답해하는 화가의 눈빛이었다.

처음부터 뭔가 좀 이상했다. 뤼네르 앞에 앉아 있는 사람은 그가 예상했던 꼬부랑할머니가 아니라, 무어라 한 마디로 규정할 수 없는 기이한 존재였다. 황금빛 불꽃이 춤추는 검은 눈, 가늘고도 깊은 주름살로 온통 덮여 있지만 너무도 유동적이어서 조금도 굳어지지 않은 얼굴, 낮고도 부드러운 음성, 말 한 마디 한 마디를 힘차게 강조하는 손짓…… 이 모든 것이 모여 그녀를 나이보다 훨씬 젊어 보이게 했다. 참으로 기묘한 느낌이었다. 그녀의 모습에 홀린 뤼네르는 방문의 목적마저 잠시 잊고 있었다.

"그런데 젊은 친구! 자네는 시드르 한잔 얻어먹자고 날 찾아온 건 아니겠지? 이름이…… 뤼네르라고 했던가?"

뤼네르는 당황하여 고개를 끄덕였다. 에브가 나섰다.

"이 친구는 모르방이라는 사람을 찾는답니다. 선원이죠. 내가 사업소에서 근무하기 전에 사망한 것 같은데, 혹시 아르델리아 당신이 기억하고 있을까 해서요……"

이 간단한 몇 마디 말에 그녀는 긴 침묵에 빠져들었다. 정적 속에 들리는 것이라곤 벽난로 속에서 장작이 타닥거리며 타는 소리

뿐이었다. 뤼네르는 그들이 뭔가 실수를 저질렀다고 느꼈다. 하지만 어떤 실수지? 그는 슬쩍 에브를 돌아보았다. 하지만 그는 조금도 불안한 기색이 아니었고, 그저 차분한 얼굴로 기다리고 있었다.

"그런데 얘야, 대체 질 모르방은 어떻게 알게 되었니?" 질문을 던지는 노부인의 음성은 얼음같이 차가웠다.

그 순간, 탁 하고 튀어오른 시뻘건 잉걸불 조각 하나가 그들 쪽으로 날아와 양탄자의 가장자리 술에 떨어졌고, 서서히 꺼져갔다. 아르델리아의 말에 뤼네르는 기겁을 했다. 얼마나 놀랐던지 자신도 모르게 진실을 실토하고 말았다.

"꿈에 그 사람이 나왔어요."

다시 정적이 흘렀다. 뤼네르는 이번에는 옆에 앉은 에브의 시선을 피했다.

"그가 나오는 꿈을 꿨다고?" 그녀가 되물었다. "잠깐! 내가 정확히 이해했는지 보자. 지금 너는 질 모르방이 누구인지도 모르면서 그를 찾고 있다는 말이냐? 단지 그의 꿈을 꾸었다는 이유만으로?"

뤼네르는 미안한 마음에 어쩔 줄 몰라하며 고개를 끄덕였다.

"하지만 그는 죽었어. 질 모르방은 아주 오래전에 죽었지. 최소한 그 정도는 알고 있겠지?"

"아뇨……" 뤼네르는 대답했다. 부끄럽기도 했지만, 너무도 놀랍고 실망스러웠다.

그렇다! 모르방이라는 인물은 분명히 존재했던 것이다! 이것부터가 그의 이성이 받아들이기에는 너무 어려운 사실이었다. 하지만 이런 결과는 어느 정도 예상하지 않았던가? 그러나 그자가 실존 인물일 뿐 아니라 오래전에 죽은 사람이라니…… 이것은 그의 어린 두뇌가 감당해내기 힘든 사실이었다.

"아니라고?…… 그럼 모르방이란 사람에 대해서 들어본 적도 없단 말이냐?" 그녀는 엄하게 물었다.

"없어요."

"그렇다면 왜 그토록 애써서 그를 찾으려는 거지? 단지 그가 네 꿈에 나왔기 때문에?"

뤼네르는 고개를 끄덕였다. 에브는 여전히 입을 다물고 있었다. 뤼네르는 쥐구멍이라도 찾고 싶었다. 이렇게 한심한 일로 이곳까지 왔다는 것을 알게 되었으니 얼마나 화가 나실까? 아마도 날 형편없는 놈이라고 생각하실 거야. 뤼네르는 진실을 밝혀버린 것이 후회스러웠다. 하지만 노파가 하도 불시에 물어와서 자신도 모르게 내뱉을 수밖에 없었다.

"그럼 네 꿈에서 모르방은 어떻게 나오던?" 아르델리아가 물었다. 그녀의 목소리엔 호기심이 묻어 있었다.

꿈에 대해 말하기는 죽기보다 싫었지만, 또 지금껏 누구에게도 말한 적 없지만, 이렇게 된 이상 어쩔 수 없었다. 그래, 조금만 더 나가보자!

"제 꿈속에서 그 사람은……"

말끝이 안개처럼 흐려졌다.

"그 사람은?"

"…… 얼굴 반쪽이 망가져 있었어요. 그리고…… 음…… 어떤

선장 같은 사람이 말하길, 모르방이 한때는 아가씨들이 줄을 설 정
도로 미남이었는데, 지금은 더이상 아니라고 했어요."

나머지는 말하고 싶지 않았다. 그 배에 대해서는, 무엇보다도 그
뚜껑문 아래의 어두운 공간에 대해서는.

"맞아요." 노부인이 에브에게 말했다. 마치 꿈이 아닌 확실한
사실에 대해서 말하는 듯한 어투였다. "맞아요. 말도 못할 바람둥
이였어요. 선원으로선 훌륭한 사내였지만, 사생활은 형편없었지
요. 당신은 잘 모를 거예요. 당신이 일하기 훨씬 전에 있었던 사람
이니까."

에브는 여전히 아무 말 없이 고개만 주억거렸다. 아르델리아는
다시 소년을 돌아보았다. 악몽 속의 존재가 현실 가운데 들어왔다
는 사실에 뤼네르는 경악했다. 아주 까마득한 옛날 일이고, 또 그
가 어느 정도 예상했고 두려워하던 일이긴 했지만 말이다. 그는 이
제 더이상 무슨 말을 해야 할지, 무엇을 해야 할지 알 수 없었다.

"분명히 그 사람에 대해서 한 번도 들어본 적이 없단 말이지? 누
군가 그 사람에 대해 말하는 걸 본 적도 없고?"

"예. 그런 기억은 전혀 없어요. 전 기억력이 좋은 편이거든요."

뤼네르는 다른 시대에 속해 있고 다른 시대의 언어로 말하는 이
부인 앞에서 몹시 주눅 들어 있었지만, 그래도 용기를 내어 한 가
지 질문을 했다.

"근데요…… 그렇게 많은 시간이 흘렀는데…… 할머니께선 어
떻게 그 모르방을 잘 기억하시는 거죠?"

약간은 무례할 수도 있는 질문이었다. 그녀가 그를 사랑했을 수

도 있고, 그가 그녀를 유혹하고 그녀에게 상처를 주었을 수도 있는
데…… 지금은 비록 늙은 노파지만 아르델리아는 젊었을 때 자못
아름다웠을 것이다. 깊고 검은 눈동자, 도톰한 입술 옆에 파인 보
조개…… 아니, 아주 뛰어난 미인이었을 것이다. 이 지방의 돈 후
안을 사로잡을 정도로 매력적이었을 것이다.

"아니란다." 그녀가 미소를 지었다. "네가 생각하는 그런 건 아
니란다. 그가 나를 울리지는 않았어…… 만일 그런 일이 있었다
해도 이렇게 많은 세월이 흘렀는데 무슨 감정이 남아 있겠니? 정
확히 말하자면 그는 나를 울리기 전에 죽어버렸어. 그래서 내가 다
른 아가씨들보다 더 약았었노라고 지금 이렇게 뻐길 수 있는 거지.
모르방…… 그는 정말 잘생긴 남자였어. 그리고 머리도 과히 나쁘
진 않았지. 가끔 머리가 아닌 다른 것으로 생각하는 게 문제였지
만…… 하지만 그해, 나를 유혹하려 했던 그해에 그는 바다에서
죽었어. 5월 말에 그 소식을 듣게 됐지. 한 화물선이 파도 위에서
표랑하고 있는 어떤 사람을 구조하게 되었단다. 난파선의 유일한
생존자였지. 하지만 차가운 바닷물에 온몸이 얼어붙은 그 사람은
구조된 지 하루인가 이틀 만에 결국 죽어버렸어. 그래도 그 사람
덕분에 우리는 모르방이 선원 전원과 함께 죽었다는 사실을 알게
되었지. 그들을 위해 열린 미사가 아직도 기억나는구나. 그가 울린
여자들이 모두 나타나 눈물바다가 되었지."

아르델리아는 그 장례식을 떠올리며 슬프게 미소 지었다. 모르
방은 더이상 여인의 감정을 비웃는 경박한 바람둥이가 아니었다.
이제 그는 여인의 몸을 애무할 수도 없고, 그 누구도 울릴 수 없게

되었지만, 동시에 결코 늙지 않는 영원한 청년이 된 것이다. 죽음이 그를 구원한 셈이다…… 그리고 그가 정복했던 여인들은 처음으로 단순한 사랑의 슬픔이 아닌 진정한 슬픔의 눈물을 흘릴 수 있었다.

그녀는 잠시 말을 멈추고 시드르를 한 모금 마셨다. 어느덧 뤼네르와 에브는 그녀의 이야기에 빨려 들어가 있었다. 특히 뤼네르는 이야기에 완전히 매혹되었다. 수많은 여인을 울렸다는 한 사내의 이야기, 그것은 모든 소년이 꿈꾸는 낭만적인 무용담이 아니던가?

"사실 모르방은 이렇게 오랜 시간이 지난 후에도 기억날 만큼 특별한 사람이었어. 쉽게 잊히는 그런 사람은 결코 아니지. 아니고말고! 아냐…… 지금 내가 솔직하지 못하구나. 그래! 지금까지 내가 한 말은 반쪽 진실에 불과해. 사실 1912년 4월 8일, 마리 루이즈 호가 침몰할 당시, 그 배에는 내게 아주 소중한 사람이 타고 있었단다. 너무나도 소중하여 그와 함께 나의 일부분도 얼음처럼 차가운 바다에 가라앉고 말았지."

그녀는 말을 멈추고 떨리는 입술에 시드르 잔을 갖다 대었다. 그녀는 잠시 고개를 숙이고 있었다. 그녀가 다시 고개를 들었을 때 젊은 처녀의 눈으로 되돌아온 그녀의 두 눈은 눈물로 흐려져 있었다.

"바로 내 오빠였단다."

그 순간 소년의 머릿속에는 전혀 다른 생각과 감정이 뒤얽혔다. 우선 그녀가 우는 모습을 보고 있으려니 알 수 없는 감동이 가슴속을 파고들었다. 그것은 어떤 소녀의 손이 그의 팔목에 와 닿을 때의 느낌과도 같았다. 그런데 갑자기 그의 머릿속 깊은 곳에서 어떤 영상 하나가 천둥처럼 으르렁대며 모습을 드러냈다. 그 영상은 눈앞에 보이는 거실의 배경을 난폭하게 찢고 나와 그의 모든 정신을 지배했고, 맹목적인 힘으로 횡단해갔다. 그것은 거대한 검은 배의 이미지였다. 목재가 삐걱거리는 그 범선은 물 위에서 미끄러지듯 유턴을 하면서 뱃머리를 드러냈는데, 거기에는 바다의 소금기로 퇴색된 글자들이 씌어 있었다. 마리 루이즈.

그렇다. 모든 것이 사실이었다. 그리고 그 모든 것이 시간이라는 모자이크 어딘가에 존재하고 있었다.

에브네제르 고트로는 친구가 눈꺼풀을 가볍게 깜빡이고 숨을 깊게 들이마시면서 감정을 억누르고 있는 모습을 애정 어린 눈으로 바라보았다. 그 역시 기억에서 떠나지 않는 그만의 유령이 있었다. 눈이 움푹 꺼진 그 아이들의 얼굴은 오래전부터 그를 따라다녔으며, 결국 그는 그 유령을 하나의 숙명으로 받아들였다. 그렇다고 해서 엄청난 비극이라고 할 것까지는 없었다. 우리가 살아가면서 모든 걸 떨쳐버릴 순 없는 법이니까. 인간이 타자기 리본보다 더 튼튼한 존재라고 할 수는 없으니까…… 리본에 세차게 부딪쳐온 어떤 글자들은 거기에 흔적을 남긴다. 자판에도 종이 위에도 보이지 않는 숨겨진 상흔인 셈이다. 그렇게 시간이 흐르면 결국 리본은 진이 빠져 다른 것으로 교체해야 할 때가 온다. 기계는 새 잉크를 필요로 하는데, 글자들은 종이를 두드리는 해머 끝에서 제자리걸음만 한다. 우리의 기억 역시 제자리걸음만 한다……

평소 에브는 입가에 잡히는 주름이나 속눈썹의 미세한 떨림만으로도 거짓말쟁이를 분간해낼 수 있다고 자부해왔다. 이 능력으로 그는 장난꾼, 위선자, 그리고 무수한 아첨꾼을 가려낼 수 있었다. 그는 뤼네르를 자세히 살펴보면서 이 아이는 거짓말쟁이는 아닌 것 같다고 속으로 중얼거렸다. 또 황당무계한 일들로 수놓인 삶을 꾸며내는, 미워할 수만은 없는 공상가인 것 같지도 않았다. 에브가 보기에 뤼네르는 하나의 수수께끼였다.

그래, 그는 꿈을 꾼다고 했다. 한 번도 본 적이 없고, 그보다 두어 세대 전에 죽었으며, 이름 외에는 아는 것이 전혀 없는 인물이 등장하는 꿈을 꾼다고 했다. 에브는 이 신비한 수수께끼를 둘러싼 몽상이 앞으로 그의 불면의 밤을 채우게 되리라는 예감이 들었다.

"솔직히 말해보렴. 모르방에 대해 알고 나면 더이상 그가 나오는 꿈을 꾸지 않게 되리라고 생각하는 거지?"

아르델리아가 물었다. 얼굴의 깊이는 여전히 가늠할 수 없었다.

"아뇨…… 글쎄요, 잘 모르겠어요."

"모른다고? 그럼 최소한 안 꾸길 원하겠지. 안 그러니? 내가 생각하기엔 썩 유쾌한 꿈은 아닐 것 같구나."

"맞아요! 그래서…… 사실은, 네, 이 악몽을 그만 꾸고 싶어요. 하지만……"

하지만 그건 내 삶의 일부분인걸. 그리고 악몽이 결코 나를 놓아주지 않을 거야.

"그래. 이제 좀 알 것 같다." 아르델리아가 그의 말허리를 잘랐다. "너는 악몽에 나타나는 인물들과 맞서 싸울 수 있는 단서나 요소를 찾고 있는 거야…… 그것을 찾을 수만 있다면 이 꿈은 없어져버릴 테니까…… 맞니?"

뤼네르는 파르르 떨었다. 그런가? 정말 난 이 꿈을 떨쳐버리려 했던가? 악몽의 파괴가 그를 여기까지 오게 한 출발점이자 원동력이었다는 사실은 부인할 수 없었다. 하지만 지금 막상 질문을 대하니 자신 안에 숨겨져 있던 또 다른 진실을 고백하지 않을 수 없었다. 이 체험, 이 실험을 멈추고 싶지 않았던 것이다. 단순히 악몽을 중단시키는 것으로 만족하고 싶지 않았다. 오히려 이 꿈을 꽉 붙잡고 싶었다. 거기에 자신의 지문을 찍고, 자신이 지나갔다는 흔적을 남기고 싶었다. 하여 그것을 그 내부로부터 폭발시켜버리고 싶었다.

"예, 맞아요." 뤼네르가 대답했다.

"좋아, 그럼 내가 모르방에 대한 한 가지 정보를 줄게. 사실 그가 사랑한 여인은 단 하나뿐이었어. 살아가면서 많은 아가씨들이 스쳐 지나가긴 했어도 그의 마음에 있었던 건 단 한 사람뿐이었어. 이름은 엘리자베트 브뇌르였고, 렌에 사는 예쁜 갈색 머리 아가씨였지. 주말이나 휴가철이면 이곳에 오곤 했어. 물론 그녀 역시 바람둥이 모르방의 명성을 모르지는 않았지. 하지만 그녀는 부잣집 딸이었고, 순진한 여학생의 모습 안에 영악함을 숨기고 있었어. 그녀는 모르방을 데리고 논 거야. 듬직한 아빠와 보장된 미래가 있는 부잣집 처녀들이 한 번쯤 해보는 장난이었지. 그러고 나서 그녀는 생말로에서 자신을 기다리고 있는 어떤 선주船主와 결혼하기 위해 떠나버렸단다. 이미 예전에 약혼한 사이였거든. 모르방은 큰 상처를 받았어. 자, 그 다음엔 어떻게 됐겠니? 그는 어디를 가든 이 엘리자베트 브뇌르라는 못된 여자를 잊지 못했을 거야…… 하지만 꼭 그녀를 욕할 수만 있겠니? 결국 그가 다른 여자들에게 했던 짓

118

을 돌려준 것에 불과한데. 하지만 이런 경우 여자는 남자보다 심한 비난을 받는단다. 너도 크면 알게 되겠지…… 자, 시간이 너무 늦었구나." 아르델리아는 창문을 통해 푸르스름한 땅거미가 미끄러지듯 숲을 감싸오는 광경을 바라보며 말했다. "에브가 집까지 데려다줄 거다."

그녀는 일어나서 출발하라고 손짓을 하면서 두 사람을 문까지 배웅해주었다.

"그런데…… 나중에 또 뵈러 와도 될까요?" 뤼네르가 물었다.

"물론이지." 그녀가 대답했다. "아까 말해준 여자의 이름은 기억할 수 있겠지?"

"예." 그는 문을 밀면서 속삭이듯 말했다. "엘리자베트 브뇌르요. 고맙습니다……"

"이 집 문은 항상 열려 있으니 언제고 오너라." 아르델리아는 떠나가는 두 사람과 숲, 그리고 나무들을 살랑이는 저녁의 숨결에 미소 지으며 문을 닫았다.

집으로 돌아가면서 에브는 오늘 일에 대해 아무런 말도 하지 않았다. 끝나가는 겨울 날씨와 자고새 사냥과 숲 속의 산책에 대한 이야기만 했다. 아르델리아와 달리 그는 숲을 그다지 좋아하지 않았다. 그녀의 집을 방문하고 나면 자신이 '관측대'라고 이름 붙인 그의 작은 거처로 서둘러 돌아가곤 했다. 그에겐 또 다른 욕구가 있었기 때문이다. 더불어 사는 사람들의 삶을 느끼고, 덧창 틈으로 새어 들어오는 이웃집 불빛에 감싸여 잠이 들고, 거리의 소음을 들어야 했다. 심지어는 귀를 쫑긋 세우고 하루 종일 사냥하며 싸돌아다니다가 다시 지붕 위로 기어올라가는 고양이 녀석들의 사뿐한 발걸음 소리도 들어야 했다.

에브는 때때로 고개를 흔들며 중얼거렸다. 아르델리아처럼 나이 먹은 양반이 어떻게 그런 숲에서 혼자 살 수 있지? 생솔랑 마을의 인가에서 5킬로미터 이상 떨어진 그 외진 곳에서 말이야…… 어느 날 그는 그 점에 대해 아르델리아에게 슬그머니 물어보았고, 이에 그녀는 이런 독립적인 삶이 좋고, 이 집이 너무 편안하다고 대답했다. 물론 에브가 예상했던 뻔한 대답이었다. 하여 최근에 다시 한번, 이제는 생솔랑 시내로 이사하는 것이 어떻겠느냐고 넌지시 묻자, 그녀는 눈꺼풀을 덮은 그 신비한 주름을 드러내며 웃음을 터뜨렸다.

"친구, 지금 나를 걱정하는 거예요? 짐승이 이 늙은 몸을 덮쳐서 산 채로 꿀꺽 해버릴 것 같아서? 오, 에브…… 그 나이에 아직도 그런 어린아이 같은 상상을 하다니 우습네요. 늑대들은 할머니의 살은 그리 좋아하지 않는답니다."

에브는 에반 게렝델의 길쭉하고 나지막한 집에서 얼마 떨어지지 않은 곳에 뤼네르를 내려주며, 혹시 형제가 있느냐고 물었다. 그리고 형제가 셋 있다는 대답에 깜짝 놀랐다. 그렇게 많은 형제들 틈에서 자라난 소년으로 보이진 않았기 때문이다. 저 집 안에 사내아이들이 우글거리고 있단 말이지…… 에브는 식구 많은 가족은 어떻게 생활하는지 잘 알지 못했다. 아마도 저런 집에서는 부모의 감시에서 벗어나 자기만의 세계를 갖기가 좀더 수월하겠지. 혼란한 틈을 타서 집 밖 좀더 먼 곳까지 모험을 해볼 수도 있을 거야.

그날 저녁, 뤼네르는 브누아와 말다툼을 벌이고, 뤼네르를 거들 떠보지도 않는 계집애 오로르 브르쇨을 좋아한다고 약 올리는 기 누에게 달려들어 한바탕 혼내주고, 아빠와 축구경기의 결과에 대 해 이야기를 나누었다. 그리고 나서 엄마의 볼에 굿나잇 키스를 한 다음 침실로 올라갔다.

잠시 후면 브누아도 방에 들어와 저쪽 침대에 무너져내리듯 몸 을 눕힐 것이다. 침실로 올라가기 전에 우선 잠들기를 꺼려하는 마 음을 이겨내려 애쓸 것이다. 텔레비전 영상이나 『스피루』 『땡땡』 『코르토 말테제』* 같은 만화책의 그림으로 머리를 꽉 채워 그런 거 리낌을 떨쳐버리려 할 것이다. 그리하여 더이상 자신의 몸과 싸울 수 없게 되었을 때, 다른 사람들의 상상력이 창조해낸 이미지로 머 릿속이 포화되었을 때, 그는 비로소 영화나 만화의 이야기들을 내 려놓고 무거운 걸음으로 2층에 올라올 것이다. 침실의 어둠 속에 옷을 벗고 투항하듯 잠 속에 떨어질 것이다.

뤼네르는 잠드는 문제로 고민해본 적은 없었다. 다만 악몽에서 깨어나 다시 잠드는 게 힘들 뿐이었다. 추리소설 몇 페이지만 읽으 면 스스르 잠이 왔다. 마치 챈들러의 소설이 태평스러운 음악을 들 려주기라도 하듯이 불안이 진정되었다.

오늘 밤에는 소설을 읽는 대신에 몇 개의 이름을 되뇌어보았다. 마리 루이즈 호, 1912년, 질 모르방, 엘리자베트 브뇌르, 엘리자베 트 브뇌르, 엘리자베트 브뇌르…… 정신의 흐름은 느려지고 온몸

---

* 셋 다 프랑스 어린이들이 즐겨 읽는 고전적인 만화의 제목이다.

이 둥둥 뜨는 느낌이 들었다.

이어 그는 각자의 침대에 누워 '네버랜드'*의 검은 기슭을 향해 떠날 준비를 하고 있을 그의 세 형제를 상상해보았다. 아기의 꿈을 꾸는 상송―아직 바다 안개가 그 행복한 꿈을 흐려놓지 않았다면!―, 밤마다 꿈속에서 울다가 눈물 젖은 얼굴로 깨어나곤 하는 기누, 그리고 퀭한 눈 위로 헝클어진 곱슬머리를 늘어뜨리고 텔레비전 앞 소파에 못 박혀 있을 브누아…… 또 침대 곁에 놓인 부엉이 모양의 스탠드를 껐다가, 잠이 오지 않아 다시 불을 켜고 서가에서 마르쿠스 아우렐리우스의 책을 집어 드는 에브도 보였다. 마지막으로 아르델리아의 모습도 떠올랐다. 뭐라 설명하기 힘든 미묘한 꽃 향기가 가득한 방 안, 가녀린 어깨 위에 긴 머리를 늘어뜨리고 누워 있는 모습…… 침대 위에는 조그만 십자가가 걸려 있고, 그녀가 방금 머리를 묻은 베개 쪽의 벽에는 창문이 하나 있으며, 그 너머로는 숲이 파르르 떨며 호흡하고 있다. 눈을 감으니 숲에서 올라오는 부엉이 울음소리가 들렸고, 어린 시절의 노랫소리도 메아리처럼 들려왔다.

뤼네르는 미소를 지으며 잠이 들었다.

바다는 여전히 잔물결 하나 없이 펼쳐져 있었고, 반짝이는 수면에 비친 검은 하늘은 잔뜩 웅크리고 있었다. 아니, 무언가를, 배와

---

* 소설 『피터팬』에 나오는, 아이들이 영원히 늙지 않는다는 섬.

함께 도래할 어두운 무언가를 기다리고 있는 것 같았다. 배의 축축한 선체가 지나갈 때 비로소 모습을 드러낼 그것은 폭발 직전에 있는 어떤 분노, 거대한 너울을 깨워내고 수평선을 벌겋게 물들이며, 거치적거리는 것은 모두 다 파괴하려드는 어떤 분노이리라.

꿈은 항상 뤼네르가 가까스로 보트 위에 균형을 잡고 서 있는 장면으로 시작됐지만 그 다음은 어떻게 진행되는지 잊어버렸다. 단지 막연한 불안감과 함께 살갗에 돋는 소름이나 어떤 속삭임 같은 신호들이 데자뷔의 느낌을 한층 증폭시킬 뿐이었다. 그리고 매일 밤 그러하듯이 그는 다시 희망에 찬 눈으로 세돛대범선이 도착하는 것을 보았다. 비록 배의 몰골은 사뭇 흉물스럽고 그 썩는 냄새가 그다지 유쾌하진 않지만, 오늘 밤은 괜찮을 거야, 모든 게 다 잘될 거야, 저 배가 나를 이곳에서 멀리 떨어진 곳으로 데려다줄 거야, 바다가 요동치기 전에 육지에 내려놓아줄 거야…… 하지만 미동도 없이 버티고 있는 마리 루이즈 호의 적의에 찬 모습, 요란한 소리를 내며 보트에 떨어지는 줄사다리, 채찍 끝부분의 금속처럼 모질게 떨어져내리는 험상궂은 목소리, 이 모든 불길한 신호들이 동시에 요동치기 시작했고, 불현듯 도망가고 싶은 마음이 솟아올랐다. 하지만 사방이 무한한 물로 둘러싸인 이곳을 어떻게 벗어날 수 있단 말인가?

더욱이 꿈속에서 그의 존재의 중심은 겁 많은 어린애처럼 졸아붙어버렸고, 그의 뇌는 일종의 최면에 걸려 꿈이 이끄는 대로 끌려가고 있었다. 여정의 한 부분도 빠뜨리지 않고 악몽의 끝까지 그를 이끄는 꿈의 의지대로 끌려가고 있었다. 그렇다. 자신의 일부분은 보고 싶지도, 느끼고 싶지도, 경험하고 싶지도 않은 무언가와 공범이 되어 있었다. 물론 그는 아직 자신의 생각에 명령을 내릴 수도 있고, 동물적인 반사작용도 간직하고 있다. 하지만 이 다른 세계 안에서 그는 더이상 자신을 신뢰할 수 없었다. 그의 기억은 구멍투성이였고, 그의 존재 중 그를 배신한 일부분은 꿈을 가지고 장난치며 그가 고통 받는 모습을 보며 즐기고 있었다. 그의 불안감은 점점 더 커져만 갔다.

이번에도 손바닥을 화끈거리게 만드는 줄사다리를 타고 마지막 순간에 갑판으로 뛰어내려, 까마득한 바다로 떨어지는 신세를 간신히 면할 수 있었다. 사실, 전날 그는 번지점프를 하듯 어두운 심연으로 뛰어내리는 상상을 해보았다. 과연 바닥에 떨어지기 전에 깨어날 수 있는지 확인해보기 위함이었다. 깨어 있을 때는 그것이 충분히 가능해 보였다. 심지어는 게임인 양 재미있게도 느껴졌다. 하지만 악몽은 몇 시간 혹은 몇 분 동안 현실의 특성을 훔쳐왔고, 이로 인해 상황은 복잡해졌다. 악몽 속에서 심연으로 떨어지는 것은 현실 가운데 창문에서 추락하는 것만큼이나 위험한 일이었던 것이다. 추락의 공포와 죽음의 공포…… 우리 안의 깊은 곳에 숨어 있는 이 어두운 힘 앞에서 합리적인 가정과 추론 따위는 아무런 쓸모도 없었다. 아니면 그가 수첩에 미리 적어놓았던 대응책을 재빨리 기억해냈어야 했다. 하지만 그 기억은 링거 병에서 한 방울 한 방울 듣는 해독액처럼 너무도 천천히 떠올랐다.

"난 별로 참을성이 없어. 그걸 조심해야 한다고!" 뤼네르를 까마득한 아래로 던져버리려 했던 그가 낄낄댔다.

갑판에 내려선 순간 뤼네르는 자신이 어딘가 좋지 못한 곳에 떨어졌다는 사실을 직감했다. 앞에 떡 버티고 선 사내를 보자마자 등골이 오싹해졌던 것이다. 그런데 그 거한을 보고 있으려니 어떤 생각 하나가 안개를 뚫고 그에게 다다랐다. 선장. 험난한 길을 헤치고 다다른 그 단어에 뒤이어 다른 단어와 생각 들이 줄줄이 따라왔다. 뤼네르는 저쪽 구석에 흐릿한 떼거리를 이루며 모여 서 있는 사내들에게 몸을 돌리고 속으로 또박또박 뇌까려보았다. 선원들.

뤼네르는 이 배가 어선임을 알려주는 표식들을 눈으로 찾았다. 쇠사슬과 도르래에 매달린 엄청난 크기의 저울 두 개가 보였다. 그리고 주돛대와 뒷돛대 사이에서 카누처럼 앞뒤쪽이 뾰쪽한 기다란 보트 열두 척을 발견했다. 여섯 척씩 두 줄로 서로 맞물려 있는 그것들은 밧줄로 단단히 묶여 차곡차곡 쌓여 있었다.

도리스다! 뤼네르는 속으로 중얼거렸다. 거룻배보다 더 작으면서도 다루기 편리한 소형 어선, 그가 디낭 박물관의 사진에서 보았던 바로 그 배였다. 원양어업시대의 뉴펀들랜드 어부들은 하루에도 몇 차례씩 그 허술한 배를 타고 주낙을 물속에 담갔다 뺐다 하면서 수 킬로미터를 나아갔다고 한다. 물론 영영 돌아오지 못하는 경우도 꽤 있었다고 한다.

"뭐야, 이 녀석! 누가 사람을 그렇게 훔쳐보라고 가르쳐주던? 난 약아빠진 녀석들을 아주 싫어해. 너, 조심해! 오늘 밤은 죽은 놈들이 어슬렁거리는 밤이야."

너, 조심해!

흠뻑 젖은 몸에 삭풍이 몰아치듯, 긴 전율이 그를 얼어붙게 했다.

오늘 밤은 죽은 놈들이 어슬렁거리는 밤이야.

까맣게 잊어버렸던 셈 노래 하나가 머릿속을 스치고 지나갔다.

바다 밑에 가라앉아,
무더기로 쌓여 있는
친구들을 위해 건배!

"맞아, 꼬마야! 놈들은 무더기로 쌓여 있어." 거인이 말했다. "그놈들을 보고 싶으냐? 그리 볼만한 꼴들은 아니야. 아주 호되게 당했거든! 저 바다 밑바닥에 곤죽이 되어 있지. 네 형이라 해도 알아보기 힘들걸."

너의 형.

선장의 이 말에 어떤 이미지 하나가 떠올랐다. 그 이미지 안에는 마치 인형 속에 또 다른 인형이 들어 있는 러시아 공예품처럼 또 다른 이미지가 들어 있었다. 첫번째 이미지는 반짝이는 눈물이 두 눈에 고여 있다가 은빛 개울을 이루며 뺨으로 흘러내리는 어느 여인의 얼굴이었다. 언젠가 본 적이 있는 듯한 이 얼굴은 그의 마음을 세차게 흔들어놓았다. 그녀를 그렇게 슬프게 한 책임이 자신에게 있는 듯한 먹먹한 느낌이었다. 첫번째 이미지와 접촉하자마자 그는 곧바로 두번째 이미지로 옮겨졌다. 그것은 붉고도 어두운 점액질에 잠겨 뒤죽박죽 뒤엉키듯 서로를 부둥켜안고 있는 세 개의 분해된 시체였다. 셋 다 눈이 감겨 있었고, 반쯤 열린 입에서는 푸르스름하고 걸쭉한 액체 한 줄기가 흘러내렸다. 머리가 온통 끈끈하게 뒤엉켜 있는 그것은 바로 브누아와 기누, 그리고 좀더 성장한 모습의 상송이었다. 죽어 뻣뻣이 굳어 있는 세 형제였다.

온몸이 부들부들 떨렸다. 이미지가 너무도 강렬하고 가슴을 꽉 옥죄어와서, 이 음울한 배와 갑판에서 올라오는 뿌유스름한 빛 가운데 서 있는 선원들의 모습이 오히려 반가울 정도였다.

"멋지지 않아? 응?" 선장이 미소를 지었다. "내가 뭐라고 했냐? 저 아래에서는 아무도 봐주는 법이 없다고 했잖아. 안 그래, 모르방?"

정적만이 대답을 대신하여 움직임 없는 배 위에 떠돌았다.

"모르방!" 사내는 비수처럼 정확한, 쉰 목소리로 외쳤다.

오늘 밤은 죽은 놈들이 어슬렁거리는 밤이야.

모르방! 뤼네르는 생각했다. 난 당신을 알고 있어.

그리고 갑자기, 이 숨 막히는 장소에서 친숙한 사람을 만났다는 생각에 공포로 마비된 그의 뇌 안에 한 가닥 온기가 흘러들었다.

저쪽 중앙 돛대 아래, 미동도 않고 소년을 주시하고 있는 조용한 선원들은 전혀 믿을 수 없는 존재로 느껴졌다. 그 사내들은 늑대의 얼굴을 하고 있었다. 하지만 그들 가운데 모르방이 섞여 있다는 생각을 하니 꽉 조였던 흉곽이 조금이나마 풀어지는 것 같았다.

한 사내가 느릿느릿 무리를 빠져나왔다. 큰 키에 늘씬한 체격의 사내는 소년이 손가락을 뻗으면 닿을 정도의 거리까지 다가왔다.

하지만 그렇게 하지 말아야 했다. 손을 뻗어 그에게 손을 대어서는 안 될 일이었다. 하지만 왜 하고 싶은 대로 하면 안 된단 말인가? 왜 친구의 손을 잡아줄 수 없단 말인가? 모르방이 그를 알아보지 못한다면 또 모르겠지만……

"자, 모르방! 꼬마에게 보여줘! 그렇게 얌전 빼지 말고!"

모르방은 얼굴을 돌렸다. 그의 오른쪽 얼굴은 어둠 속에 잠겨 있었지만, 왼쪽은 태워버릴 듯 강렬한 빛 아래 드러났다. 그의 동작은 십장의 모욕적인 지시에 따라 움직이는 공사장 인부만큼이나 어색했다. 순간 오른쪽 눈에 위험스런 불똥이 나타났고, 그것은 메아리치듯 왼쪽 눈으로 옮아갔다. 그 왼쪽 눈알, 그것은 사람 얼굴이라기보다는 다진 고기와도 같은 붉은 살 무더기 틈에 박혀 아래로 미끄러져 내리지 않으려고 안간힘을 쓰는 희고 동그란 물체에 불과했다. 하지만 그 분노의 불똥은 분명히 존재했다! 비대칭적으로 허물어져내리는 그의 얼굴에 한순간 분노의 표정이 스치고 지나갔다! 뤼네르는 그 미세한 신호를 알아보았다. 이러한 소통 덕분에 두 사람 간에는 어떤 연결고리가 생겨났다. 그리고 이 피로 홍건한 살의 폐허 가운데, 깜빡거리는 눈과 열려 있는 눈 사이에서 숨바꼭질을 하는 이 분노의 발견에 뤼네르는 살갗이 벗겨져나간 얼굴을 보는 공포마저 잊었다.

"모르방 저놈도 한때는 꽃미남이었지." 거인은 킬킬거리며 말했다. "진짜배기 수탉이었단 말씀이야. 동네 처녀들이 서로 차지하려고 싸울 정도였으니까. 지금은 그렇지 않지만……"

동네 처녀들이 서로 차지하려고 싸울 정도였으니까. 지금은 그렇지 않지만…… 이 말은 꿈을 꾸는 소년의 정신 속에 또 하나의 문을 열어주었다. 문 뒤에는 또 다른 이미지가 기다리고 있었다. 그것은 검은 옷을 입고, 머리를 위로 모아 올려 하얀 머릿수건을 쓴 아가씨들의 행렬이었다. 그녀들은 둘씩 손을 잡고 천천히 나아가고 있었는데, 그중 둘은 눈물에 젖어 금방이라도 쓰러질 듯 비틀거리는 세번째 여인을 양쪽에서 부축하고 있었다. 모두의 손에 들려 있는 싱싱한 꽃은 검은 땅 한가운데 커다랗게 입을 벌리고 있는 구덩이에 바치기 위한 것이었다. 그런데 가장 앞에 섰던 아가씨가 구덩이가 비어 있는 것을 발견하고는 비명을 내질렀다.

흐릿한 이미지에서 빠져나온 한 마리 나비인 양, 소년의 머릿속에서 이름 하나가 천천히 춤을 추었다. 엘리자베트 브뇌르.

엘리자베트…… 잃어버린 사랑의 집요한 냄새가 이 이름에서 풍겨져 나왔다.

"안 그래, 모르방?" 선장이 다시 물었다.

모르방은 움직이지 않았다. 동의하는 기색이 조금도 없었다.

그런 사내의 모습을 보니 알 수 있었다. 추악함도 파괴하지 못한 아름다움을 지닌 이 사내의 행동이 그토록 굼뜬 것은 비단 무기력함 때문이 아니라 분노 때문이기도 하다는 사실을.

뤼네르는 살갗 벗겨진 이 사내가 측은하게 느껴졌다. 모르방에게서는 힘과 자부심의 후광이 발산되고 있었다. 그것은 실추된 권능의 희미한 그림자였고, 노예로 전락한 켄타우로스가 내비치는 위엄이었다. 증오의 불꽃은 아직 완전히 꺼지지 않았지만, 두 눈 안에 꽁꽁 갇혀 주먹질이나 총질로도 분출되지 못하고 있었다. 누군가가 그의 자유를 속박하고 있는 것이다. 바로 선장인지도 모른다. 날카로운 시선으로 그의 영혼을 샅샅이 훑어보면서, 빗장이 모두 잠겨 있는지, 가련한 먹잇감들이 자신의 처지를 잘 알고 있는지 확인하는 저 선장 말이다.

가만 있자, 내가 어디까지 기억해냈더라? 뤼네르는 다시 정신을 차렸다. 아주 짧은 순간 동안, 그는 잊어버렸던 무언가를 다시 의식 가운데 끄집어내려 애썼다. 그래, 엘리자베트 브뇌르였지…… 모르방은 이 아가씨를 알고 있었다. 또 사랑했었다. 그래, 모르방에게 그녀에 대해 말해줘야 해! 하지만 어떻게?

갑판 밑바닥에서 찢어지는 듯한 비명 소리가 올라왔다. 뤼네르는 온몸의 피부가 곤두서는 걸 느꼈다. 더이상 온전한 인간이 아닌 존재만이 이런 식으로 울부짖을 수 있다.

"어럽쇼!" 거인은 모르방에게 한쪽 눈을 찡긋하며 말했다. "아벨이 깨어나셨네?"

그는 장화로 갑판 바닥을 쿵쿵쿵 구르며 소리쳤다.

"아가리 닥쳐! 시끄럽단 말이야!"

그러고는 웃음을 터뜨렸다.

"선창 밑바닥에 처박혀 지내는 걸 못 견디는 거야. 예민한 녀석이거든."

하지만 아무것도 그 비명을 멈추지 못했다. 소년은 공포에 질려 정신이 나갈 것만 같았다. 그는 마법의 주문인 양 엘리자베트 브뇌르의 이름을 수없이 되뇌며 자신을 보호하고 두려움을 잊으려 했다. 하지만 어떻게 그녀에 대해 말할 수 있단 말인가? 아픔만을 안겨준 사랑을 어찌 다시 그에게 언급할 수 있단 말인가? 아, 엘리자베트가 자신이 실수했음을, 모르방을 무시한 것은 잘못이었음을 깨닫고 살아 돌아올 수만 있다면! 모르방을 움직일 수 있는 능력이 자신에게 있음을 깨달을 수만 있다면! 하지만 그런 일은 불가능하겠지…… 그녀는 살아 있을 때 가졌던 그 감정과 확신을 그대로 지닌 채 죽었으니까. 그런 비천한 인간은 그렇게 당해도 싸다는 확신.

"고티에! 랑벡! 뚜껑문 열어!" 사내가 포효했다.

안 돼! 뚜껑문은 안 돼!…… 난 할 수 없어. 그 뚜껑문 아래를 내려다볼 수 없단 말이야!

엘리자베트! 엘리자베트!

엘리자베트, 당신이 내게 어떤 소식을 전해달라고 부탁했던가요? 하지만 그 소식이 생각나지 않아.

비명은 계속되었다. 끊이지 않고 이어졌다. 옷은 땀에 젖어 몸에 찰싹 달라붙었다.

두 사내가 느릿느릿 무리에서 걸어 나왔다. 그들의 발걸음은 무거웠고, 얼굴 역시 무표정했다.

뤼네르는 그들이 무얼 할지 알고 있었다. 끔찍한 예감이 가슴을 죄어왔다.

온몸이 얼어붙은 소년은 손이라도 덥혀보려고 두 손을 청바지 주머니에 쑤셔 넣었다. 그런데 구멍이 숭숭 뚫린 주머니 속에서 뭔가가 그의 오른손에 닿았다. 종이쪽지였다.

그래, 이거야! 그는 중얼거렸다. 메시지야.

그것은 손으로 쓴 서신이었다. 긴 세월을 여행해온 듯 가장자리가 누렇게 퇴색되어 있었다. 옛날식으로 정성스럽게 기울여 쓴 글자들이 이렇게 호소하고 있었다.

나의 사랑!—당신에게 큰 아픔을 안겨준 내가 당신을 이렇게 불러도 될까요?—당신의 아픔은 곧 나의 아픔이 되어버렸음을 알려주고 싶어요. 결혼한 후, 내 심장에는 매일매일 대못이 하나씩 박혀갔답니다. 그 오랜 세월을 고통 속에서 보내야 했어요. 그 숱한 세월 동안 선량하지 않은 한 사내를 안아야 했고, 당신에 대한 추억으로 빚어갔기에 당신을 닮아버린 아이들을 그에게 주어야 했으며, 당신의 공백을 느껴야 했어요. 하지만 난 이 모든 고통을 당신에게 고백할 용기가 없었지요…… 당신은 4월에 죽었다고요? 나 역시 4월의 어느 날에 죽었답니다. 아주 편안하게 죽은 것 같아요. 잘 생각나지는 않아요. 남편이 18일 동안 간호해주었죠. 이불을 올려 덮어주고 마실 수도 없는 어떤 액체들을 가져다주었어요. 때로는 아이들도 곁에 있었어요. 하지만 내 임종 시에는 없었죠. 그래도 아주 좋았답니다. 어쨌든 그 순간 나는 이미 거기 없었으니까요. 벌써 저승길을 걷고 있던 중이었으니까요. 당신을 생각하면서 말이에요. 나는 서둘렀지요. 걸음을 재우쳤지요. 하지만 당신을 찾을 수 없었어요. 그래서 아직도 당신을 찾고 있답니다. 당신을 기다리고, 당신을 소망하고 있어요. 이 편지를 소년에게 맡깁니다. 그 아이를 믿어도 괜찮을 거예요. 이젠 당신이 나를 찾아나서야 해요. 내게로 와야 해요. 우리에겐 '영원'이 남아 있으니까요. 누가 보면 별것 아니라고 생각할지 모르지만, 그건 우리 거예요. 누가 그걸 우리에게서 앗아갈 수 있겠어요?

아르델리아

뤼네르는 혼란스러웠다. 아니야, 이름이 맞지 않아. 편지 아래에 쓰인 이름 말이야. 그는 정신을 집중했다. **엘리자베트, 엘리자베트.** 새 잉크가 이름을 다시 써나가기 시작했다. 하지만 마치 어떤 조롱하는 손이 그 이름을 지워버리듯, 바로 옆에 다른 이름, '아르델리아'가 흔들흔들 나타나 붙었다. 뤼네르는 화가 나서 그 이름을 지워버리려 애썼지만 결국 두 이름은 서로 단단히 달라붙어버렸다.

이제 더이상 어떻게 해볼 시간이 없었다. 두 사내는 천천히 다가왔고, 뤼네르는 흠칫 한 걸음 물러섰다. 뚜껑문은 방금 전까지 소년이 서 있던 바로 그 자리에 있었다. 불안감이 엄습했다. 뚜껑문은 크고도 무거웠다. 그것을 들어 올리는 고티에와 랑벡의 팔 근육이 일제히 경직되었고, 숨을 몰아쉬는 두 얼굴도 동시에 찌푸려졌다.

모르방은 이 광경을 지켜보고 있었다. 공원 문이 닫힌 후 침입한 술 취한 불량배들이 마구 긁어놓은 석상과도 같은 모습이었다.

사람들의 관심이 잠시 두 사내 쪽으로 돌려진 틈을 타서 뤼네르는 후들거리는 걸음으로 모르방에게 다가갔다. 가까운 거리에 이르자 사내는 천천히 소년에게 몸을 돌려, 그의 오른쪽 얼굴을 드러냈다. 그리고 그곳에 박혀 있는 성한 눈에는 소년의 의외의 행동에 놀랐는지 의문의 빛이 떠올랐다―이런 망가진 얼굴에 그런 표정이 떠오르는 것은 그저 소년의 부질없는 꿈에 불과한 것일까? 소년이 내민 손에는 편지가 쥐어져 있었다. 뤼네르는 모르방의 손이 자신의 손에 닿고, 손가락을 풀어 편지를 빼내는 것을 느꼈다. 그의 손은 얼음장처럼 차가웠다. 불안감이 다시금 흉곽을 꽉 조여왔다.

아냐, 아냐! 이건 중요하지 않아! 이건 중요한 게 아니라고!

뚜껑문이 애절한 신음 소리를 내며 열렸다. 선장의 눈이 아이를 찾았다. 그의 눈동자에는 칼날처럼 섬뜩하고, 동물적이며 빈틈없는 영리함이 번뜩였다. 성큼성큼, 단 두 걸음에 그는 소년 앞으로 왔다. 그가 아이의 목을 움켜쥐려는데 또 다른 손이 뻗어 나와 그 손을 막았다. 뤼네르는 꼼짝도 않고 쳐다만 보았다. 소년 위에는 두 개의 손이 서로 맞댄 두 개의 검처럼 대치하고 있었다. 두 사내의 목덜미에 정맥이 살짝 부풀어오르는 게 보였다. 이 광경에 빨려 들어간 소년은 바로 옆에서 벌어지는 또 하나의 전선戰線은 미처 보지 못했다. 선장의 시선이 반란을 일으킨 수부를 노려보고 있었던 것이다. 완전히 삭아버렸다고 생각한 사내가 보이는 의외의 저항에 놀라면서.

선장이 으르렁댔다. "이거 못 놔?"

모르방의 손은 꿈쩍도 안 했다. 배의 주인을 향해 쳐든 그의 눈에는 야생의 본능에 휩싸인 개의 눈빛이 어른거리고 있었다.

정적이 두 사내 주위를 감싸고 있었지만, 그 밀도는 점점 낮아졌다. 그것은 뚜껑문 아래서 솟아나오는 비명에 의해 구멍 뚫리고 바람 빠진 기다림의 정적에 불과했다.

"지금 무슨 짓을 하고 있는 거지?" 선장은 마치 성당 아래 묻힌 시체처럼 뻣뻣한 완력으로 자신의 오른손을 꽉 붙잡고 있는 사내에게 물었다.

꿈이 주는 비상한 통찰력 덕택에 뤼네르는 선장의 말을 해석해낼 수 있었다. 지금 무슨 짓을 하고 있는 거지? 넌 아무것도 아니잖아. 이 배에서는 내가 대장이고, 넌 내 거야. 잘 알잖아. 내게 맞서봐야 아무 소용없어. 이까짓 꼬마를 위해 그런 위험을 감수할 필요가 있나? 잘 생각해보라고. 네게 남은 시간은 별로 없잖아.

울부짖음은 한층 더 높아졌다. 그 소리는 고막을 뚫고 모든 것을 처참하게 부숴버릴 것만 같았다.

갑자기 발밑의 갑판 바닥이 흔들리기 시작했다. 뤼네르는 공포에 질려 수평선 쪽으로 얼굴을 돌렸다. 어둠 속에서 짙은 연기 같은 것이 수면에서 솟아오르고 있었다. 짜디짠 잔거품을 머금은 바람이 그의 얼굴을 후려쳐왔다.

바다였다. 바다가 깨어나고 있었다.

그는 눈으로 선장을 찾았다.

계속 모르방을 노려보는 거인의 붉은 콧수염 밑 입술에는 승리의 미소가 떠오르고 있었다. 그는 바다에게마저 명령할 수 있었던 것이다.

선장이 곧 바다였다. 그 분노, 맹렬한 철썩임, 심해의 들끓음, 서서히 일어나는 두려운 너울 위에 피어오르는 뿌연 김이었던 것이다.

자, 꼬마야, 내가 뭐라고 했지? 밤은 저 아래 있는 녀석들 차지라고 그랬지?

바람이 잦아들자 대폭풍이 몰려와 바다가 뒤집힐 것 같은 예감이 들었다.

"자, 뭐 하는 거냐?"

선장이 비웃는 듯한 눈으로 모르방을 쳐다보았다.

그 순간, 배 아래 바닷물이 좌우로 요동쳐 키와 활대를 흔들고, 맹렬히 펄럭이는 돛을 간신히 지탱하는 세 돛대가 끔찍한 소리를 내며 삐걱거리고 있을 때, 뤼네르는 모르방의 눈에서 희미한 빛이 떠오르는 걸 보았다. 그것은 몰려오는 폭풍이 꺼버린 마지막 불꽃이었다. 모르방은 선장의 손을 놓아주었다. 바다가 결정하도록 놔두었다.

안 돼! 제발 나를 버리지 마! 소년은 소리 없이 모르방에게 간청했다.

하지만 사내는 이미 몸을 돌렸다. 그리고 몰려오는 폭풍을 살피려는 듯 상체를 바다 쪽으로 기울였다.

동시에 엄청나게 큰 파도가 배의 앞쪽을 높이 들어 올렸고, 그 바람에 돛대지탱줄 끝을 잡고 간신히 균형을 잡고 있던 뤼네르의 몸은 벌렁 나자빠졌다. 그리고 양초를 발라서 닦아 반들반들한 갑판 위를 주르륵 미끄러져 탐욕스레 벌린 뚜껑문의 아가리 쪽으로 이끌려갔다. 그 아가리가 소년을 삼키기 직전, 소년은 아래에서 자신을 기다리고 있는 그것을 보았다.

떨어져내리면서 그는 꿈에서 깨어났다. 몸속에 갇혀 제대로 새어 나오지도 못하는 비명은 멧비둘기를 관통한 총알처럼 타는 듯한 고통을 안겨주었다.

또다시 밤의 침실이었다. 베개의 냄새, 숨죽여 헐떡이는 숨소리, 브누아가 이불 속에서 몸부림치는 모습…… 그리고 공포 때문에 두 견갑골 사이로 흘러내리는 식은땀, 갈조류와 생선과 썩은 물질과 피의 냄새, 축축한 목재의 냄새…… 다른 세계에서 가져온 이 악취가 몸 주위를 떠돌고 있었다.

하지만 그날 밤에는 뭔가 다른 것이 있었다. 단단한 땅처럼 꼭 붙잡고 매달릴 수 있는 어떤 새로운 느낌이 솟아올랐던 것이다. 그래! 나는 **꿈의 흐름**을 바꿔놓았어. 뿌연 안개가 모든 것을 흐려놓기 전, 잠시 지속되는 그 초롱초롱한 상태에 힘입어 뤼네르는 꿈의 내용을 떠올려보았다. 그래, 생각난다! 그는 모르방과 어떤 관계를 맺음으로써, 느릿느릿 움직이는 그 떼거리에서 그를 분리해냄으로써 꽉 막힌 벽에서 한 줄기 틈새를 찾아냈다. 그리고 파도도 있었다. 어디서 왔는지 알 수 없는 그 파도는 그리 깊지 않은 바다 속에 숨어 있다가 느닷없이 요동치며 난폭한 동물처럼 배를 들어 올렸고, 이 때문에 그는 갑판에 등을 부딪히며 벌렁 나자빠졌다. 뤼네르는 얼굴을 찡그렸다. 부딪힌 곳이 아직도 아팠기 때문이다. 하지만 말도 안 돼! 잠옷에 달라붙은 냄새처럼 여기 있어서는 안 될 통증이라고!

뤼네르는 급히 수첩을 꺼내어 아직 생각나는 것들을 되는대로 휘갈겨 적었다. 그것은 기억력을 작동시키는 놀이와도 같았다. 이 수첩을 덮고 나면 넌 목록에 적은 것 중 몇 개나 기억해낼 수 있지? 자, 정신을 집중해봐! 배에는 선원이 몇 명이나 있었지? 수염 난 사람은 몇 명이었지? 너를 쳐다보는 눈에 야수 같은 불꽃이 떠올랐던 사람은? 그리고 그 방수복들, 선장의 장화 색깔, 거기서 들은 말들, 뭐였지? 기억해봐! 거기서 들은 것, 생각한 것, 본 것, 다 기억해보라고! 그래…… **모르방이 나를 배신했지.**

그 편지…… 그가 읽었을까? 그는 정말로 선장에게서 나를 지켜주려고 했을까? 그런데 왜 나를 놓아버렸을까? 그래, 아직은 때가 아니야.

뤼네르는 전율했다. 뚜껑문 아래에서 울부짖는 그 퍼즐 인간의 모습이 떠오른 것이다. 대체 그에게 무슨 일이 있었던 걸까? 마구 흐트러진 퍼즐처럼 수많은 조각이 빠져 있는데도 그렇게 살아 있다는 건 정상이 아냐, 정상이 아니라고…… 그 순간, 모르방의 그 차디찬 손의 감촉이 다시 떠올랐다.

몰려오는 안개 속에 모든 것이 흐려지기 시작했다. 뤼네르는 마지막으로 편지의 내용을 기억해내려고 애써보았지만, 떠오른 것은 오직 하나, '영원'이라는 단어뿐이었다.

그는 다시 잠에 빠져들었다. 수첩을 손에 꼭 쥐고서.

잠시 후, 브누아가 격심한 흥분에 사로잡혀 잠에서 깨어났지만, 동생은 그 옆에서 죽은 듯이 잠들어 있었다. 아무것도 다시 빼낼 수 없는 어느 깊은 곳으로 옮겨진 듯한 모습이었다.

5
기누

아르델리아의 집의 벽난로 불은 마치 저절로 타오르는 것 같았다. 바깥의 축축하고 차가운 는개와 오들오들 떨고 있는 나무들로부터 인간을 보호해주는 그 너그러운 힘의 순수한 발현인 것일까?

이슬비 부슬거리는 안개 낀 아침에 뤼네르를 쾨캉 숲까지 차로 데려다준 사람은 에브네제르였지만, 이번에는 함께 있으려 하지 않았다. 뤼네르는 자신과 아르델리아, 이렇게 둘만의 시간을 갖게 해주려는 그의 배려를 읽을 수 있었고, 이로 인해 마음이 놓였다. 물론 그녀와 단둘이 있어야 한다는 생각에 약간 불안하기도 했다. 브르타뉴 사람들의 심성을 너무나 잘 이해하고 있는 에브, 아버지처럼 자신을 품어주고 챙겨주는 그의 존재가 아쉬울지도 모른다는 생각이 들었던 것이다.

노부인은 뤼네르가 오전 일찍부터 문 앞에 말뚝처럼 서 있는 모습을 보고도 조금도 놀란 기색이 아니었다. 지금은 학교나 체육관 등 학생에게 마땅한 다른 곳에 있어야 할 때지, 이렇게 자기 집 현관 앞에 있어야 할 시간이 아니지 않은가? 게다가 물어보니 아이는 아직 아침도 못 들었다고 했다. 그녀는 소년에게 큼직한 카트르 카르 케이크*를 대접했다. 그녀가 집에서 손수 만든 그 노릇노릇한 케이크는 아직도 따스했으며 은은한 오렌지 향이 났다. 차에서 내리자마자 후려치는 차가운 비에 꽁꽁 얼었던 소년은 김이 피어오르는 커다란 찻잔을 감사히 받아들었다. 잔에 담긴 검은 차는 불덩이처럼 뜨겁게 목구멍을 타고 내려가며 목소리를 틔워주었다.

"애야, 간밤에 네 꿈을 꿨단다!" 그녀는 의미심장한 미소가 어린 눈으로 소년을 바라보며 말했다. "그래, 좀 뒤죽박죽 복잡한 꿈이긴 했지만…… 어쨌든 오늘 네가 찾아오리란 걸 알고 있었지."

뤼네르는 입속을 가득 채운 케이크를 우물거리면서 고개를 끄덕였다. 꿈이라는 지하 세계에서 빠져나온 지 얼마 되지 않은 터라 지금 무슨 말을 들어도 별로 놀랍지 않았다. 갑자기 어젯밤 잠들기 전에 얼핏 보았던 아르델리아의 모습이 떠올라 약간 불안한 느낌이 들었다. 머리를 어깨까지 늘어뜨린 그녀는, 바깥에서는 숲의 신음 소리가 올라오는데 머리를 베개에 묻고 침대에 누워 있었다. 그것은 마치…… 임종 순간과도 같았다. 뤼네르는 과연 그녀의 방에 그 형언할 수 없는 꽃향기가 떠돌고 있는지, 침대 머리맡 벽에는 조그만 십자가가 걸려 있는지 확인하고 싶어서 그녀에게 방을 보

---

* 밀가루, 설탕, 버터, 물 등 네 가지 재료를 동일한 분량으로 넣어 만든 케이크. '카트르카르'란 '4분의 4'라는 뜻이다.

여달라고 부탁하고 싶었지만, 그런 마음을 꾹 억눌렀다. 안 돼, 그건 예의에 어긋나는 행동이야.

"자, 그래." 그녀는 짐짓 가벼운 어조로 물었다. "모르방을 또 봤니?"

"예." 뤼네르는 향긋한 장작불의 맛이 배어 있는 차 한 모금을 삼키면서 대답했다.

"네가 꿈을 꿀 때마다 항상 나타나니?"

"예. 항상 나와요."

"그런데 그가 배에 있었다고 했지? 그렇다면 그가 혼자 있지는 않았겠지? 안 그러니?"

뤼네르는 고개를 끄덕였다. 지금 그는 흔들거리는 위험한 땅으로 들어서고 있었다. 그는 알고 있었다. 진실을 알기 위해서는 모든 걸 털어놓아야 하고, 꿈의 핵심부로 나아가야 하고, 그 내밀한 비밀을 드러내야 한다는 사실을. 하지만 동시에 어떤 것은 절대 밝혀서는 안 된다는 생각도 들었다. 이 모든 것―온몸이 난도질되고, 열린 가슴에서 무덤 저편의 소리인 양 새된 비명이 솟아나오는 선창 속의 남자, 핏물에 잠긴 자신의 세 형제, '밤은 저 아래 있는 녀석들 차지야'라고 속삭이는 선장의 허스키한 목소리―이 아르델리아에게 어떤 영향을 주게 될지 알 수 없기 때문이다. 물론 어제 조소가 섞인 차분한 목소리로 모르방과 그의 관 주위에 모여든 상심한 여인들의 이야기를 들려주던 그녀의 모습은 참으로 믿음직했다. 하지만 다음 순간 그녀가 보인 눈물 때문에, 지금 그가 고고학자와도 같은 호기심으로 파헤치는 이 이야기가 그녀의 삶과도 깊이 연관되어 있을지도 모른다는 생각을 하게 된 것이다. 악몽의 몇몇 부분은 그녀에게 충격을 줄 수도 있다. 조심해야 했다. 겉으로는 단단해 보이는 존재도 가장 민감한 부분을 건드리면 우습게 부서져내리기 일쑤지 않던가?

"누가 모르방과 함께 있었지?" 그녀는 참을성 있게 다시 물어보았다.

그는 노부인의 목소리에서 어떤 불안스럽고 내밀한 어조를 느낄 수 있었다. 그녀가 감추려 함에도 불구하고 드러나는 박동과도 같은 것이었다.

"배에는 여러 사람이 있었어요. 그 배의 선원들일 거예요. 거기엔 선장도 있었어요…… 무서운 남자였어요."

'무서운' 이라는 단어는 용광로에서 꺼낸 듯한 그 시뻘겋고 사납고, 때로는 낮에도 소년을 쫓아다니는 눈빛을 지닌 그 개자식을 수식하기에 너무도 부족했다.

아르델리아는 사냥을 하는 매의 눈과도 같은 시선으로 소년을 뚫어지게 쳐다보았다. 하지만 지금 그녀가 찾고 있는 건 자신이 아니었다. 그 시선은 저 너머 훨씬 먼 곳에 있는 기억 속의 평원과 계곡과 협곡 들을 조망하고 있었다.

"키가 아주 크고, 적갈색 머리에 콧수염이 있고, 살인자의 눈, 그리고 술꾼처럼 수천 갈래로 갈라지는 음성이지?"

뤼네르는 소스라쳤다. 단 하나의 문장으로 아르델리아는 다른 세계에서 선장을 아이 앞에 데려다놓은 것이다. 가죽장화를 신고 우뚝 버티고 선 그 모습을 옮겨놓은 것이다.

살인자의 눈…… 맞아!

"바로 그자지? 안 그래? 그 남자가 맞지?" 그녀는 계속 다그쳤다.

"맞아요. 그 사람은 누구인가요? 할머니는 아세요?"

그녀는 만족해하며 몸을 일으켰다. 그리고 미소를 지었지만, 부드러운 표정은 이미 싹 가셨다.

"아무렴, 알고말고! 그자에 비하면 모르방은 천사지. 하늘에서 내려온 천사. 그는 이봉 카르덱이란 자야. 그 이름 들으니까 뭐 생각나는 거 없니? 한번 잘 생각해보렴."

뤼네르는 정신을 샅샅이 뒤져보았다. '이봉 카르덱'이라는 다섯 글자를 입속에 넣고 입천장과 혀로 이리저리 굴리며 음미해보았다. 하지만 아무것도, 정말 아무것도 생각나지 않았다. '피터 팬'이라는 이름이 달링 집안 아이들에게 그랬듯, 이 이름은 의식의 밑바닥까지 뒤져봐도 흔적조차 찾을 수 없는 이름이었다.

"죄송해요. 그런 이름은 한 번도 들어본 적이 없어요." 소년은 알아내지 못한 것이 마치 자기 잘못인 양 풀이 죽어서 대답했다.

"한 번도? 세상에 그럴 수가…… 그런데 어떻게 꿈에서 **그들을** 보았단 말이니? 그들은 대체 어디서 튀어나온 걸까?"

아르델리아의 시선은 다시금 부드러워졌다. 자신도 설명할 수 없는 신비에 당황스러워하는 소년을 본 것이다. 아직은 아이로구나…… 저 입술의 선을 보면 알 수 있지.

"애야, 꿈을 만드는 것은 **우리 자신**이란다. 심지어는 가장 끔찍하고 무서운 꿈들까지 말이야. 무슨 뜻이냐 하면…… 우리가 일부러 그렇게 끔찍한 꿈을 만드는 건 아니야. 우리도 모르는 사이에 만들어지는 거지…… 하지만 그 꿈들은 바로 우리 자신이야. 꿈이 우리의 욕망과 두려움을 말해주는 거야. 내 말 이해하겠니?"

아니, 뤼네르는 이해할 수 없었다. 그렇다면 그는 얼마나 흉측한 괴물이란 말인가? 스스로 목을 졸라 죽여도 시원찮을 괴물 아닌가? 그는 어린 시절 잠자리에 들 때면 언제나 엄마 아빠가 말하는 '예쁜 꿈'을, 가볍고 달콤하여 영원히 깨어나고 싶지 않은 그런 꿈을 꾸기를 바랐다…… 하지만 얼마 후, 두 뺨이 눈물로 흠뻑 젖어 깨어나곤 했다. 무서움은 흐느낌으로 폭발하여 엄마를 침실에 달려오게 했다. 복도를 급히 뛰어오는 엄마의 발소리, 아이를 위로해주려고 엄마가 반복해주던 말들…… 그리고 겁쟁이처럼 굴어 한밤중에 가족들을 깨워버렸다는 창피한 마음…… 또 처참하게 망가지고 온몸의 털이 곤두선 채 악몽에서 빠져나온 브누아의 모습도 보였다. 더이상 나이도 가늠할 수 없는 괴상한 형의 모습이 보였다. 아니야! 아르델리아의 말은 사실이 아니야!

그녀는 자신의 말을 후회하고 있는 듯이 보였다.

"아니야, 미안해, 내가 제대로 표현하지 못한 것 같구나. 그래, 네 나이 때는 너무 복잡해서 이해하기 힘들겠지. 하지만 그건 별로 중요한 일이 아니니까 신경 쓰지 말거라. 사실은 이 꿈이라는 수수께끼의 정체는 아직 다 밝혀지지 않았단다…… 성경을 보면 하느님께서 인간에게 경고하려고 보내신 꿈들이 있단다…… 그리고 고대인들은 꿈을 어떤 전조로 여겨 해석하려고 했지. 어쩌면 네 꿈 역시 너에게서 나온 것이 아닐지도 모르겠구나……"

완전히 수긍되지는 않은 듯한 눈으로 뤼네르는 말없이 고개를 끄덕였다.

"꿈이 사람을 잘못 찾아온 것일 수도 있어. 잘은 모르겠지만 말이야."

"근데요, 할머니, 아까 그 카르텍이라는 남자에 대해 말씀하려 하셨죠?" 뤼네르는 기어들어가는 목소리로 말했다.

"혹시 너에겐 적이 있니? 진짜 원수 말이야." 그녀가 불쑥 물어왔다.

소년은 생각해보았다. 그는 태어났을 때부터 끊임없이 짜증나게 하는 형제들과 다투어왔고 보복을 하기도 했다. 하지만 그들 사이에 증오의 감정이라곤 전혀 없었다. 평소 형제들이 아무리 짜증스럽다 할지라도, 만일 다른 사람이 그들을 공격한다면 필사적으로 보호해줄 준비가 되어 있었다. 그런데 지금 아르델리아가 말하는 '적'이란 어떤 강력한 독으로 연결되어 있는 사람을 의미하는 것 같았다. 너무나도 강력하여 두 사람 중 하나에게서 모든 것을 영원히 앗아가버릴 수 있는 그런 치명적인 독 말이다.

"아뇨." 그는 잠시 생각해본 후 대답했다.

"그건 아주 좋은 일이다. 그리고 앞으로도 절대로 적을 만들지 마라. 물론 적이 있다는 게 어찌 보면 멋지게 보일 수도 있지. 하지만 그건 환상일 뿐이야. 넌 누구하고 테니스를 쳐서 한 세트를 이겨본 일이 있니? 그때 상대방이 네게서 뭔가를 훔쳐간 듯한 느낌이 들지 않던? 적을 갖게 되면 우리 속은 결코 편치 않은 법이야. 누군가를 진정으로 증오한다는 것은 그에게 자기 집 열쇠를 내주는 것과 마찬가지다. 집에 들어와 나의 모든 것을 다 쓸어가버리라고 허락해주는 셈이지. 내 말 이해하겠니?”

이 말을 들으니 뤼네르는 과거 자신이 브누아를 몹시 질투하던 때가 생각났다. 그 질투의 불길이 너무도 거세어 모든 것이, 심지어는 평소에 좋아하는 것조차 쓰디쓰게 느껴졌던 때였다. 그 시기가 그리 오래가지는 않았다. 하지만 그는 이후에도 형이 보여준 태도를 계속 의식하고 있었다. 못되게 굴었던 동생에게 형은 똑같은 것으로 되돌려주는 대신, 오히려 여러 가지 자잘한 상황 속에서 세심한 도움을 주었던 것이다. 뤼네르가 집 안에서 아주 일찍부터 진정한 독립을 획득할 수 있었던 것도 부분적으로는 이런 형 덕분이었다. 하지만 자신이 한때 형을 격렬하게 증오했다는 죄의식은 시간이 지남에 따라 두 형제 사이에 은밀하게 가로놓였고, 둘의 사이가 소원하게 된 것도 어쩌면 그 때문일 것이다. 형만 보면 자신도 어찌할 수 없는 죄책감이 느껴졌던 것이다. 겉으로 보면 도무지 속을 알 수 없는 냉정한 소년이었지만, 그 속에는 이러한 불편한 감정이 꿈틀대고 있었다.

“그렇단다! 우리는 우리의 적이 자신의 일부분이 되었다는 사실을 곧 깨닫게 되지.” 아르델리아가 말을 이었다. “어느 날, 나는 카르덱이 멸망하기를 간절히 원한 나머지, 나 자신이 어느덧 그를 닮아버렸다는 사실을 깨닫게 되었단다. 이러한 나 자신을 바꿔보려 했으나 이미 때는 늦었어. 그리고 몇 달 후, 그는 난파중에 죽어버렸단다. 그런데 혼자만 죽은 게 아니라 내게 가장 소중한 사람마저 함께 데려가버렸어…… 자신의 죽음을 내가 즐거워할 수 없도록 미리 손을 써두는 이런 수법, 너무나도 그 인간다운 짓이지! 그 이

후, 나는 아주 오랜 시간 동안 이 모든 일에 대해서 생각해왔단
다…… 죽어간 모든 사람들과 화해하려 애썼지. 하지만 그런 상태
에 완전히 도달할 순 없었어. 카르덱을 만나기 이전의 나로 돌아갈
수만 있다면 얼마나 좋을까 생각해보았지. 하지만 그렇다고 해서
우리가 다시 태어날 수는 없는 법이잖니. 순진무구했던 삶이 한번
망가지고 나면……"

아르델리아는 뤼네르에게 카트르카르 케이크 한 조각을 더 권했
고, 그는 더이상 배가 고프지 않았지만 거절할 수 없었다.

"내가 어떻게 카르덱을 알게 되었는지 알고 싶지? 아주 긴 이야
기란다…… 지루하진 않겠니?"

"아뇨, 천만에요!"

"오빠와 난 아주 어린 나이에 어머니를 여의었어. 몸이 약한 분
이셨는데, 우리 남매가 각각 네 살, 여덟 살이었을 때 독감으로 쓰
러지셨지. 어머니가 돌아가신 후에는 아버지가 우릴 키우셨어. 아
버지는 부유한 공증인이셨지. 우린 원래 생말로에 살았는데, 아버
지는 디낭에 있는 당신 숙부님의 공증인 사무실을 물려받기로 결
정하셨단다. 우리 세 가족은 아주 멋진 저택에서 함께 살았어. 아
버지는 재혼하지 않으셨지만, 우린 아버지가 시내에 사는 어떤 여
자분을 만나고 계시다는 걸 눈치챘지. 가정부와 함께 학교에서 돌
아올 때, 함께 있는 두 사람과 여러 차례 마주쳤거든. 오빠는 그 여
자에게 '클로버 퀸'이라는 별명을 붙여주었어. 정말로 잘 어울리는
별명이었어…… 어쨌든 우리 세 사람은 너무도 행복했어. 아버지
의 사업은 순조로웠고, 또 숨겨놓은 예쁜 애인도 있었고, 우리 역

시 학교를 다니고, 맛있는 간식을 먹고, 노르망디에 있는 외갓집에서 방학을 보내는 등 부족함이 전혀 없었거든. 그런데 아버지는 우리 남매와 '클로버 퀸' 말고도 좋아하는 것이 또 한 가지 있었단다. 바로 자동차였지. 언제 새로운 모델이 나오나 항상 기다리셨고, 프랑스며 유럽 각지의 수집가들과 어울렸고, 경주용 자동차를 여러 모델 소유하고 계셨어. 그런데 내가 열세 살 되던 해 성탄절 방학 때, 아버지는 노르망디의 어느 도로에서 코탱 데구트 자동차를 운전하시다가 사고로 돌아가시고 말았어."

아르델리아는 잠시 머뭇거리다 다시 말을 이었다.

"아버지가 돌아가신 날, 우리는 아버지에게 산더미 같은 빚이 있었다는 사실을 알게 되었지. 특히 그 망할 놈의 자동차 때문이었어. 따라서 앞으로 우린 앞길을 스스로 헤쳐나가야 한다고 생각했지. 엄마가 남기신 유산은 우리가 스물한 살이 될 때까지 묶여 있었어. 그렇다고 해서 우리가 완전히 빈털터리가 된 것은 아니었고, 폴린 숙모님이 우리더러 캉에 있는 당신 집에 와 있으라고 하셨어. 하지만 오빠는 누구의 도움도 받지 않고 자기 혼자 힘으로 우리 둘을 보살피겠노라 마음먹고 있었고, 난 그런 오빠가 너무나도 멋져 보였지! 우리 두 남매는 방학을 보내던 외갓집에서 디낭으로 돌아와서 아버지 장례식을 치렀지. 클로버 퀸 아줌마는 다른 공증인들과 함께 관을 따르고 있었고, 우리 둘은 관 옆에서 걸었어. 그러고 있으려니 주위에서 사람들이 수군대는 소리가 들리더구나. '쟤들이야! 저 갈색 머리를 땋아내린 계집애하고 키 큰 소년이 바로 에두아르 루됭의 아이들이야……'

참으로 힘든 시절이었단다. 오빠는 학업을 중단했어. 매우 총명한 학생이었던지라 선생님들이 몹시도 아쉬워했지. 우리는 크루아카르 거리에 있는 좀더 작은 집으로 이사해야 했어. 매일 아침, 오빠는 나를 자전거 뒷자리에 태워 노빅 아저씨 집에 데려다주었지. 그분이 내게 그리스어와 라틴어를 가르쳐주셨거든. 그러면서 오빠는 여기저기 일자리를 알아봤어. 그리고 일주일 후에는 눈을 반짝반짝 빛내면서 내게 오더니 고기잡이 선원이 되겠다고 선언하는 거야. 토마라는 선주에게 자신을 팔고, 다음번 출어를 떠나게 된 거야. '뉴펀들랜드라고! 상상이 가니?' 오빠는 벌써 모험으로 가득한 삶을 상상하면서 외쳤지.

나는 하늘이 무너지는 것만 같았어. 아버지가 돌아가시고 이제는 오빠마저 잃게 되었으니까. 오, 물론 정말로 잃는 건 아니었지. 하지만 앞으로 칠팔 개월 동안 보지 못한다고 생각하니 남아 있는 마지막 용기마저 허물어져내리는 것 같았어. 오빠 역시 나를 두고 가게 되어 울적했겠지만, 머릿속은 이미 그 새로운 일에 대한 달콤한 상상으로 꽉 차 있었지. 바다가 그를 매혹시켰던 거야. 그런 오빠를 붙잡고도 싶었어. 하지만 그때 난 자존심이 너무 강한 아이여서 어린애처럼 질질 짜는 모습을 보이고 싶지 않았어. 오빠의 고집만큼 내 자존심도 강했지. 우리 집 가정부였던 놀벤이 오빠가 없는 동안 날 보살펴주기로 했어. 아버지는 돌아가셨지만 그녀는 우리가 한 가족이나 마찬가지라고 선언하면서 우리 곁을 떠나지 않겠다고 했어. 물론 우리는 그녀에게 돈을 지불할 형편이 못 되었지. 하지만 그녀는 디낭에 사는 부잣집 마나님들의 옷을 다림질해주는 일을 하면서 작은 집에 함께 기거하며 우릴 보살펴준 거야.

매일 저녁, 오빠는 내게 해적들이며 난파된 사람들 이야기, 대양이 삼켜버렸다는 저주받은 도시 이스* 이야기를 들려주었어. 듣고 있으면 시간 가는 줄도 모르는 너무도 재미난 이야기였지! 하지만 재미있을수록 오빠를 보내기 싫은 마음은 더욱 커져만 갔어! 출발 날짜는 금방 다가왔단다. 그 유명한 생말로의 뉴펀들랜드 원양어부 순례제 바로 다음날이었지. 뉴펀들랜드로 떠나는 선원들이 벌이는 이 전통적인 대축제는 종교 행렬로 시작된단다. 예복을 입은 신부들이 원양어선을 축복해주는 것으로 이 행렬이 끝나면, 모든 사람이 술에 진탕 취하는 밤이 기다리고 있었어…… 난 이미 잠자리에 든 시간이었지만……

드디어 다음날이 되었단다. 비가 부슬부슬 내리는 2월의 어느 날이었지. 놀벤과 나는 부두까지 오빠를 따라갔어. 그날 본 오빠의 모습은 지금도 눈에 선하구나. 키만 껑청하니 홀쭉한 소년이 짐 보따리 하나 들고서 글도 읽을 줄 모르는 그 무식한 사내들 틈에 서 있는 모습이라니! 거친 행동, 덥수룩한 수염, 난폭한 웃음…… 난 그 사내들이 너무도 무서웠어. 오빠는 다른 선장들과 뭔가를 상의하고 있는 자기 배의 선장을 가리켰어. 더부룩한 적갈색 머리에 체격이 엄청나게 큰 사내였어. 그 거한 옆에 서니 아벨이 너무나도 연약해 보이더구나. 카르덱은 사람들에게 여유 만만한 미소를 지

---

* 브르타뉴 지방 두아르느네 만에 있었다고 하는 전설의 항구도시. 죄악이 창궐하여 하느님의 저주를 받아 물속에 잠겨버렸다고 하며, 지금도 바다가 잔잔한 날이면 물속에 잠긴 교회의 종소리가 들려온다고 한다.

어 보였어. 하지만 그 미소와는 대조적인 섬뜩한 눈빛을 보니 등이 오싹해지더구나. 당시 난 겨우 열다섯이었지만, 그를 처음 본 순간부터 경계하게 됐던 거야."

뤼네르는 강렬한 빛줄기 하나가 뇌를 찢는 듯한 느낌을 받았다. 아벨. 소년은 느닷없이 악몽의 한 조각 안으로 빨려 들어갔다. 그때, 선장이 그 앞에 불쑥 솟아오르더니 갑판 마루를 가리키며 낄낄대는 것이었다. '꼬마야, 아벨이 깨어났어. 아벨이 깨어났다고.' 영상은 즉시 흩어졌지만, 마음속엔 멍든 흔적이 남았다.

아르델리아가 그에게 미소를 지었다.

"잠시 쉬어야 할 것 같구나. 나도 좀 쉬고 싶다. 자, 다시 차를 끓여올게."

정말이지 구질구질한 날씨였다. 기누는 테오도르 보트렐 중학교의 높다란 창문 뒤에 서서, 떨어지는 빗줄기에 푹푹 패는 운동장을 멍하니 바라보았다. 말할 수 없이 지루하고 답답한 삶이었다. 무한히 반복되는 수업 시작 종소리와 마침 종소리, 공책에 그은 작은 칸을 하나하나 지워나가는 일분 일분들…… 소중한 시간을 잃어가고 있다는 느낌은 느리지만 확실하게 다가왔고, 야생마처럼 온 세상을 뛰어다니는 몽상으로도 위로되지 않았다. 열두 살도 거의 꽉 차가는 기누에게는, 많은 흥미로운 일들이 자신을 기다리고 있다고 믿는 이 들끓는 소년에게는 끝없이 계속되기만 하는 학교 생활이 엄청난 낭비로 느껴졌던 것이다. 소년의 앞에는 영원히 계속

될 것만 같은 여러 가지 의무가 펼쳐져 있었다. 앞으로도 얼마나 많은 분分들을 지워나가야 할 것이며, 얼마나 많은 시간표를 만들어야 할 것인가! 이 모든 것을 마치고 나면 이미 늙어버릴 텐데. 물론 기누 역시 온갖 필기시험, 구술시험 등을 걱정하는 평범한 학생이었으므로 최선을 다해 집중해보았다. 하지만 그렇게 10분만 지나면 어느덧 그의 정신은 들판을 달리고 있었다.

다시 시작종이 울렸고, 수학선생님은 트레멜 미술선생님에게 자리를 넘겨줬다. 젊고도 활기찬 트레멜 선생님은 여느 교사와는 조금 달랐다. 매력적인 눈매에 귀여운 주근깨, 얼굴도 예쁜 편이었다. 하지만 몸집은 너무도 아담하여 라무르* 교장선생님—선생님의 이 이상한 이름은 아이들의 끝없는 농담의 대상이었다—이 한입에 꿀꺽 삼켜버릴 수 있을 정도였다. 5학년 녀석들은 그녀를 꽤나 좋아했다.

트레멜 선생님은 수업을 시작하기에 앞서 학생들에게 생각할 거리를 주기 위해 칠판에 문장 하나를 적어놓곤 했다. 그날 아침, 그녀는 공들인 글씨로 다음의 문장을 적었다.

예술적 재능이 뛰어났던 그는 수많은 작품을 시도해보았으나 그 어느 것도 완성하지 못하였다. 인간의 손으로는 결코 자신이 꿈꾸는 완벽한 상태에 도달할 수 없을 듯했기 때문이다.

—조르지오 바사리

---

* '사랑에 빠진 남자'라는 뜻이다.

기누는 이 문장을 두 번이나 읽고서야 겨우 뜻을 이해할 수 있었다. 많은 것을 시도해보았으나 그 어느 것도 완성하지 못했다…… 이런 말은 보통은 칭찬이 아니었다. 어떤 선생님들은 과제를 끝내오지 못한 아이들에게 중간 점수조차 주지 않았다. 또 우등생이라고 뻐기고 다니는 녀석들은 시험문제의 반도 못 풀었는데 마침 종소리를 들어야 하는 그 괴로운 심정을 몰랐다.

"조르지오 바사리는 16세기의 화가였어. 특히 이탈리아 르네상스 시대의 위대한 화가와 조각가들의 생애를 재미있는 이야기로 엮어 우리에게 전해주는 사람으로 유명하지. 자, 여기서 바사리는 누구에 대해서 말하고 있는 것 같니?"

교실 안에는 어색한 침묵이 감돌았다.

"아무도 대답이 없네? 모두들 아직 잠이 덜 깬 모양이구나! 자, 그럼 지금부터 내가 힌트를 주겠어." 모드 트레멜은 5학년 학생들을 둘러보며 말했다. "이 신비의 예술가는 긴 수염이 나 있고, 아주 우아한 사람이며, 피렌체, 밀라노, 로마 등에서 살았고, 말년은 앙부아즈에서 프랑수아 1세를 모시면서 보냈지. 그는 과학과 수학과 인체에 관심이 많았어. 그리고 모든 생명에게 꼭 필요하지만 인간과 짐승들을 무참히 파괴해버리기도 하는 물을 연구하기도 했지. 또 그는 어떤 아름다운 귀부인을 그렸단다. 아주 신비스러우며, 특히 그 미소가 유명한……"

"〈모나리자〉!" 멜라니 르겡이 소리쳤다. 짧은 꽁지머리를 얌체처럼 묶고서 항상 선생님의 눈에 띄려고 맨 앞줄에 앉는 새침데기

계집애였다.

"우리 부모님과 함께 파리에서 봤어요!"

"브라보, 멜라니! 그럼 〈모나리자〉를 그린 화가 이름은 뭐지?"

"미켈란젤로!"

"오, 아니야! 미켈란젤로는 〈모나리자〉를 그린 사람이 아니고 시스티나 성당의 천장화를 그렸지…… 그리고 〈모나리자〉를 그린 화가를 전혀 좋아하지 않았어. 두 사람은 서로를 끔찍이도 싫어하는 사이였단다."

멜라니의 얼굴은 귀까지 새빨갛게 물들었다. 후후, 꼴좋다! 항상 자기가 본 미술관, 오페라, 연극 등을 가지고 우쭐대지 않으면 못 견디는 계집애였다. 걔의 말을 듣고 있노라면 걔네 부모는 오로지 걔가 교문에서 나오는 걸 기다렸다가 여기저기 데리고 다니는 일만 하는 사람 같았다. 또 식사를 차리지도 않고, 자녀들의 말다툼을 말리지도 않고, 숟가락으로 밥을 떠먹여야 하는 어린 아들도 없는 그런 신기한 사람 같기도 했다. 분명 그애는 모든 것이 황금으로 된 집에서 살고, 입이 심심하면 맛난 샌드위치를 만들어바치는 종들을 거느리며, 다른 아이들이 숙제하고 있는 시간에 그 샌드위치를 맛보면서 TV를 보겠지. 그리고 저녁때면 문 앞에는 백마 두 마리가 끄는 예쁜 마차가 대기하고 있다가 그애가 원하는 어디로든 데려다주리라…… 기누는 멜라니가 어떤 유의 애인지 잘 알고 있었다.

"아니, 누가 〈모나리자〉를 그렸는지 아는 사람이 아무도 없단 말이니?" 트레멜 선생님은 참을성을 잃기 시작했다.

"레오나르도 다빈치." 기누는 멜라니를 지그시 쳐다보며 말했다.

"그렇지! 레오나르도 다빈치지! 아니, 다른 애들은 뭐 하고 있는 거야? 그래, 여기서 바사리가 말하고 있는 사람은 바로 레오나르도 다빈치야. 다빈치는 대부분의 그림을 미완성으로 남겼는데, 바사리의 설명에 따르면, 다빈치가 작품을 완성하지 못한 것은 늘 완벽을 꿈꾸었기 때문이라는 거야."

"하지만 〈모나리자〉는 완성되었잖아요?" 멜라니가 끼어들었다. "전 봤단 말이에요. 루브르 박물관에 있어요."

"그래, 멜라니, 네 말이 맞다." 트레멜 선생님이 대답했다. "〈모나리자〉는 완성되었지. 하지만 다빈치의 그림 대부분은 미완성 상태로 남겨졌고, 그럼에도 불구하고 미술관에 전시되어 있어. 그건 그의 작품들이 회화에 혁명을 가져왔기 때문이야. 놀랍지 않니? 여러분도 이걸 알아야 해. 어떤 것이 미완성 상태에 있다 할지라도 매우 아름다울 수 있다는 사실을 말이야. 다빈치의 재능은 너무 뛰어나서 가장 하찮은 소묘라 할지라도 다른 사람의 완성된 그림보다 뛰어났어. 그는 우주 전체를 이해하고 싶어했단다. 관심 분야가 너무 다양했다고 할 수도 있겠지만, 그게 무슨 상관이니? 위대한 예술가들이 반드시 우등생인 건 아니란다. 아니, 우등생인 경우는 매우 드물지……"

이제 기누는 창밖에 추적추적 떨어지는 비를 잊을 수 있었다. 물에 젖은 회색빛 돌멩이도, 매캐한 분필 냄새도, 째깍째깍 지루하게 흘러가는 시간도 모두 잊을 수 있었다. 지금까지 그는 자신이 학교가 정해놓은 기준에 부합하지 못하는 존재라고 생각해왔다. 남들의 기대를 충족시키기 위해서는 마치 공작시간에 만지는 찰흙처럼 온몸을 사정없이 늘이고 뒤틀어야만 할 것 같았다. 그것은 결코 시도해보고 싶지 않은, 힘들게 노력해야만 하는 일일 터였다. 하지만 다른 한편으로는 한 번도 좋은 성적과 박수갈채를 받아보지 못한 것이 괴롭기도 했다. 틈만 나면 수업을 빼먹으며 빈둥대는 뤼네르조차 한때는 최고의 우등생이었던 적이 있지 않은가?…… 그런데 지금, 선생님은 또 다른 길도 있다고 말씀하시는 것이다. 소위 우등생이라고 하는 녀석들은 오히려 통과하기 힘든 다른 길도 있다는 것이다. 학교에서 인정받는 그들의 장점과 노력과 복종이 좁은 틈새를 유연하게 빠져나가는 데 방해가 되는 거추장스런 옷이 될 수도 있다는 것이다. 여기서의 기준은 학교의 그것과는 완전히 다르기 때문에 이 길에서는 일등으로 도착하든 꼴찌로 도착하든 상관없다는 것이다…… 이것은 기누가 처음 들어보는 소리였다. 정말로 놀라웠다. 집에서도 기누는 브누아와 뤼네르에게 치여서 항상 뒷전이었다. 하지만 이제 그는 이 자유로운 들판의 오솔길에서 비로소 존재할 수 있을 것 같았다. 오직 그만의 방식으로 존재할 수 있을 것 같았다.

　기누가 취한 듯한 기분으로 다시 귀를 기울였을 때, 트레멜 선생님은 기이한 이야기를 하나 들려주고 있었고, 손에는 얇고 납작한 작은 물체를 들고 있었다. 한 장의 슬라이드 필름이었다. 기누는 그것을 본 순간부터 눈을 뗄 수 없었다. 필름이 그것 한 장뿐이었기 때문일 수도 있었고, 선생님의 예쁜 손이 꼭 쥐고 있었기 때문일 수도 있었다.

"……이 무렵 이탈리아는 커다란 퍼즐처럼 여러 나라로 나뉘어 있었고, 그 각각의 퍼즐 조각은 각기 다른 방식으로 통치되고 있었단다. 한 나라가 왕국이라면, 그 옆 나라는 공화국이고, 이런 식이었지…… 그리고 이 조각들은 끊임없이 서로 전쟁을 벌였어. 이런 상황이었기 때문에 예술가들은 권력자의 보호를 받아야 했고, 이 권력자들은 봉사에 대한 대가로 그들에게 생계를 꾸려갈 돈을 주었단다. 다빈치는 밀라노에 살았는데, 이 도시를 다스리던 루도비코 스포르차 공작이 그의 부친 프란체스코를 기리는 거대한 청동상을 제작해달라고 그에게 의뢰했어. 프란체스코 스포르차가 말을 타고 있는 모습의 동상이었지. 이 동상에서 다빈치가 특히 역점을 둔 부분은 기사보다는 말이었단다. 평소 그는 말에 아주 관심이 많았거든. 앞발을 쳐들고 힘차게 일어선 모습을 표현하고 싶었지만, 기술적으로 너무 난점이 많아서 그냥 걷고 있는 말로 만족하기로 했어. 어쨌든 그는 점토로 초벌 작품을 만들었는데, 그 높이가 자그마치 7미터나 되었단다…… 상상이 가니? 만일 그 말을 우리 학교 운동장에 세워놓으면 그 머리가 아마 3층 창문에 닿을 거야!"

몇몇 아이들은 일어나서 창문가로 달려가 직접 그 높이를 가늠해보았다. 기누는 그냥 자리에 앉아 있었다. 무서워서 꼼짝도 할 수 없었던 것이다. 아이들이 다시 자리에 앉자 모드 트레멜은 이제 학생들의 관심을 휘어잡았음을 확신하고 다시 이야기를 이어갔다.

"이 흙으로 만든 말은 물론 놀라운 것이긴 했지만, 그걸 바탕으로 해서 청동상을 만들지 않으면 아무런 소용이 없었지. 하지만 그 작업은 기술적으로 결코 쉬운 일이 아니었단다. 규모가 어마어마했으니 말이야…… 그런데 또 한 가지 문제가 있었어. 당시 프랑스 국왕이 밀라노 공작을 공격해왔거든…… 그래서 다빈치가 필요로 했던 수십 톤의 청동이 대포를 만드는 데 사용된 거야!"

아이들의 얼굴에는 실망의 빛이 떠올랐다. 물론 아이들에게 전쟁이란 신비스러우면서도 흥미진진한 것이었고, 기사들이 벌이는 전투 역시 그들의 상상력을 한껏 자극하기도 했다. 하지만 전쟁으로 인해 레오나르도 다빈치가 그 놀라운 말을 완성할 수 없었다는 사실은 더욱 아쉬운 일이었다.

교실 뒤쪽 한구석에 앉아 있던 앙투안 쇼메가 소리쳤다. "그럼 전쟁이 끝나고 나서는 그 말을 완성할 수 있었나요?"

"아니야. 이후로도 밀라노엔 전쟁이 끊이지 않아서 다빈치는 그 말을 영영 완성할 수 없었단다…… 그리하여 그 어마어마한 흙말은 점차 망가져갔고, 나중에 밀라노를 점령한 프랑스 병사들이 그 말에 활을 쏴서 벌집으로 만들어놓았지…… 병사들이 멀리서 그것을 보고는 꽤나 겁이 났던 모양이야."

아이들도 충분히 상상이 되는 일이었다. 그들 역시 카드로 쌓아 올린 집을 훅 불어 무너뜨리듯 도시를 파괴하는 엄청난 크기의 괴물을 상상하곤 하지 않았던가?

"아마도 그들은 그게 트로이 목마라고 생각했을 거예요!" 멜라니가 소리쳤다.

만일 이곳이 정의로운 세계라면, 멜라니가 남의 눈에 띌 생각으로 입을 벌릴 때마다 즉시 벌이 내려져야 하리라…… 기누는 그애의 잘난 척하는 목소리나 얌체 같은 꽁지머리 모두가 짜증났다.

"아, 그랬을 수도 있겠지…… 그랬을 수도…… 하여튼 이 거대한 말에 대한 소문은 이탈리아 전역에 퍼지게 되었단다. 더이상 존재하지 않지만 모든 사람이 그 말 이야기를 했지. 바사리가 전하는 바에 의하면, 어느 날 미켈란젤로가 피렌체의 한 공개석상에서 다빈치에게 왜 그 유명한 말을 완성하지 못했느냐고 비난했대. 이에 다빈치는 몹시 화가 났고, 이후로 두 사람은 개와 원숭이 같은 사이가 되었다고 해."

교실 여기저기에서 웅성거리는 소리가 일었다. 아니, 밀라노에 전쟁이 일어났는지조차 모르고 있었다던 미켈란젤로가 무슨 자격으로 그런 비난을 한단 말인가?

하지만 기누는 아무 말도 없이 선생님의 고운 손 안에서 자기 차례가 돌아오기만을 기다리고 있는 그 슬라이드 필름만 뚫어지게 쳐다보았다.

"이 무렵 피렌체 공화국이 다빈치에게 작품을 하나 의뢰했어. 베키오 궁전의 벽에 피렌체 시민의 용기를 기리는 어떤 전투—앙기아리 전투였지—의 장면을 그려달라고 했지. 하지만 평소 전쟁을 싫어했고, 또 모든 일을 약간 제멋대로 하는 성향이 있었던 다빈치는 모든 이가 공포에 질릴 만한 무시무시한 프레스코화를 그리기로 마음먹었어. 사람들이 전쟁을 싫어하게 만들려는 의도였지. 하지만 불행히도 다빈치는 기술적인 난점에 봉착하게 되었어. 물감이 마르기도 전에 줄줄 흘러내려버린 거야. 그렇게 여기저기서 문제가 터지자 결국 그는 프레스코화를 미완성으로 남겨놓았어. 그리하여 그 프레스코화 중 극히 일부분만이 이후 수년간 그 벽에 남아 있다가,

결국은 그마저 다른 그림에 덮이게 되었단다. 그런데 완성되었더라면 어마어마한 그림이 되었을 이 프레스코화의 일부분은 감탄을 금할 수 없을 정도로 대단한 것이었어. 오늘날 그 그림은 더이상 존재하지 않아. 하지만 다행스럽게도 어떤 무명 화가가 그것의 모사화를 만들어놓았단다. 자, 이제……"

자, 드디어…… 기누는 속으로 생각했다. 자, 어서 꺼내보라고요. 어서요!

"쉿!…… 이제 여러분들이 직접 판단할 수 있게끔 그 앙기아리 전투화의 일부분을 보여주겠어요. 보고 나서 어떤 느낌을 받았는지 얘기해보도록."

트레멜 선생님은 두 아이에게 블라인드를 내리라고 한 후 전등을 껐다. 그리고 환등기를 작동시켰다.

기누의 마음은 한결 가벼워졌다. 사실 선생님이 거대한 말을 가지고 이야기를 시작할 때는 겁이 나려고 했다. 하지만 정말 다행스럽게도 이제 옛날 그림 한 장을 보여준다는 것이다. 이봐, 무서워할 것 없다고! 역사책에 그려진 중세의 전투 그림들은 약간 우스꽝스럽기조차 했다. 그보다는 요즈음 만화가들이 그린 그림이 오히려 훨씬 더 무시무시하지 않은가?

모드 트레멜은 비 내리는 오전의 그 수업을 오래도록 기억하게 될 것이다. 그녀는 아이들에게 어떤 미학적인 충격을 주고 싶었다. 그래서 나름대로 치밀하게 상황을 연출했고, 교실 안을 완전한 밤으로 만들었다. 하지만 훗날, 그녀는 이 모든 것을 후회하게 될 것이다. 무엇보다도 바로 그 그림을 선택한 자신을 몹시도 책망하게 될 것이다.

"당시 카르덱은 몇 살이었나요?"

아르델리아의 오빠와 갑판 아래의 그 살아 있는 시체를 연결 짓고 싶지 않았던 뤼네르는 서둘러 화제를 돌렸다. 대답을 찾지 못한 질문이 무수히 날아오르고 있었다. 그것은 얼마 후면 다시 밤이 찾아온다는 생각에 불안스레 날개를 비벼대는 나비 떼였다. 그 썩은 배 위에 다시 발을 올려놓기 전에 한 가지라도 더 알아내야 했다.

"한 사십대였어. 냉혹한 성격에다 한창 나이의 경험 많은 선장이었던 그는 배 위에 군림하고 있었지. 모든 사람이 그를 두려워했고 숭배하기까지 했어. 어쩌면 당연한 일이었지. 수부로서, 그리고 사내들을 이끄는 리더로서 모든 장점을 갖추고 있었으니까. 아벨은 그가 올바른 사람이라고 믿었고, 그에게 인정받으려고 노예처럼 일했어. 지금까지 오로지 책만 파던 그 샌님이 말이야…… 놀벤과 나는 그런 오빠가 걱정됐어. 사실 오빠는 엄마의 체질을 물려받아 허약한 편이었거든. 가족 가운데 가장 건강한 건 바로 나였단다! 나는 감기 한 번 걸리는 일 없었고, 조그만 전나무처럼 항상 튼튼했지…… 반면 아벨은 애들이 걸리는 병은 다 걸렸고, 독감이 돌면 항상 제일 먼저 앓아누웠어. 학교에서는 천식 때문에 달리기나 힘든 일 같은 건 면제 받을 정도였으니까. 이런 그가 튼튼한 사내들도 견디기 힘든 삶을 향하여 떠나는 모습을 지켜봐야만 했던 내 심정을 이해하겠니?…… 당시 사람들은 원양어업이 뭔지 잘 알고 있었단다. 아이슬란드나 뉴펀들랜드의 원양어부들은 출어를 거듭할 때마다 건강이 악화된다는 것, 나 같은 어린 계집애도 뻔히 아는 사실이었지. 어떤 사람은 서른다섯 살밖에 안 되었는데도 노인네처럼 콜록거렸단다. 하지만 아벨에게는 무슨 말을 해도 통하지 않았지. 고집이 황소 심줄 같았거든."

"그럼 선원 모두가 카르렉을 존경했나요? 모르방도 그랬나요?" 뤼네르가 물었다. 어떻게 해서라도 대화의 방향을 아벨에게서 돌리고 싶은 마음으로.

"모르방…… 한 수부의 개인적인 감정을 알아낸다는 것은 쉽지 않단다. 이 사람들은 두목과 강력한 끈으로 연결되어 있거든. 배에 올라타는 순간 그들은 두목에게 목숨을 맡기는 거나 마찬가지야. 그건 단지 두목의 숙련도에 따라 그들의 생사가 달라지기 때문만은 아니야. 선원 대부분은 식구가 주렁주렁 딸린 가난한 사람들이란다. 선원이 되면 선주는 그들에게 작업에 대한 선금을 지불하고, 그 돈으로 선원의 식구들은 그가 없는 동안 연명해가는 거지. 그런데 원양에서 돌아오면 선주는 어획량이 선금에 못 미친다고 평가하는 경우가 종종 있어…… 사실 그들은 하루에 세 시간만 자고 열여덟 시간씩 뼈 빠지게 일을 하거든. 그런데도 일을 충분히 하지 못했으니 받은 돈을 환불해내라고 요구하기 일쑤야. 그래서 배에 타면 오로지 고기 잡는 일만 생각해야 하고, 또 그렇기 때문에 바다에서는 고기잡이의 법만이 존재했어. 어부들은 가축일 뿐이었고. 가장 튼튼하고 말 잘 듣는 놈만 데리고 있었지."

아르델리아는 말을 멈추고 깊은 생각에 잠겨 창문 밖을 쳐다보았다. 추위에 웅숭그리며 길게 전율하는 숲의 나무들 대신 안개로 감싸인 뉴펀들랜드뱅크의 끝없는 회색빛 바다를 보고 있는 것일까? 할머니는 대체 무얼 보고 있는 거지? 뤼네르는 속으로 중얼거렸다. 그녀는 조금의 두려움이나 거리낌도 없이 여러 세계를 돌아다니고, 머릿속에는 신비스런 비전들이 오가지만 두 발을 딛고 서 있는 대지를 명확히 의식하는 그런 존재 중의 하나였다. 그녀는 나이 때문에 금방이라도 꺼져버릴 듯 아주 작아 보였지만, 차분한 몸짓과 두 눈에 가득한 힘과 웃음은 그녀를 이 땅에 단단히 붙들어 매고 있었다. 요컨대 그녀의 나이는 고정되기를 거부하는 유동적인 흔적만을 남긴 채 그녀를 그냥 지나가버린 것이다. 그녀는 무한한 가능성을 표현하고 있었다. 당장이라도 바람에 흩날리는 지푸라기 가루로 팍 하고 터져버릴 수도 있지만, 아직 백 년도 더 살 수 있는 신비로운 존재였다.

그녀가 다시 입을 열었다. "그 당시에는 배의 지휘권을 두 명의 선장이 나누어 가졌단다. 한 사람은 뉴펀들랜드뱅크까지 항해를 책임졌지. 항해시에는 모두가 그에게 복종했어. 하지만 일단 목적지에 도착하고 나면, 그는 평범한 선원이 되어 고기잡이 두목에게 자리를 내주고, 이 고기잡이 두목이 이후 몇 달 동안 배의 절대적인 우두머리가 되는 거야. 또 돌아올 때는 다시 항해 선장이 지휘권을 돌려받지. 카르텍은 탁월한 수부이자 노련한 어부였어. 이 때문에 이 지방 선주들은 모두 그를 잡으려 애썼지. 내가 알기로 그는 열세 살 때 소년 수부로 처음 배를 탔을 거야. 아이가 모진 환경 속에서도 부서지지 않고 살아남으면 아주 거친 자로 성장하는 법이지…… 마흔 살이 된 그는 거의 30년 경력의 노련한 선장이었고, 그 누구와도 지휘권을 나눌 의사가 없었던 거야! 그의 불같은 성격을 잘 알고 있던 선주 토마는 타협할 수밖에 없었어. 즉 이중 선장제를 포기하고 그에게 부선장을 붙여준 거지. 그렇게 부선장으로 배에 탄 사람이 한 서른 살쯤 먹었고, 엘로이즈라는 젊고 어여쁜 아내를 둔 뤼시앙 르노아크였단다. 르노아크의 임무는 직접적인 충돌은 피하면서 정중하게 개입하여 카르덱의 불같은 성질을 제어하는 거였어. 하지만 사람들을 다스리는 것은 카르덱의 몫, 다른 사람이 자신에게 이래라저래라 것은 용납하지 못했지…… 그는 금세 르노아크를 증오하게 되었어. 당시 모르방은 마리 루이즈 호의 선원이었지만, 우리 오빠 아벨은 이 배에 아직 발도 딛지 못했던 때였단다. 그런데 1910년 가을, 즉 오빠가 선원이 되기 1년 전, 원양출어에서 돌아오는 마리 루이즈 호에는 깃발이 내려져 있었어. 한 사람을 잃었다는 표시지…… 바로 뤼시앙 르노아크였어. 이른바 '해상 실종자'였던 거야……"

"어떻게 죽었나요?"

"어떻게 죽었는지는 영원히 알 수 없어. 공식적으로는 뉴펀들랜드뱅크의 그 콩죽처럼 걸쭉한 안개 속에서 그가 탄 도리스와 함께 실종되었다고 하더구나."

"하지만 할머니는 믿지 않으시는군요. 그렇죠?" 뤼네르는 재촉하듯 물었다.

"물론 안 믿지. 카르덱이 어떤 사람인지 알고 있는데 어찌 믿을 수 있겠니?…… 그리고 도리스는 절대 혼자 타지 않아. 최소한 두 사람이 같이 타지. 그런데 그와 함께 탄 선원에 대한 이야기는 한 번도 들은 적이 없어. 그건 정말 이상한 일이었지. 왜냐면 도리스를 같이 타는 파트너는 뭐랄까…… 두 짝꿍 경찰관이라고나 할까…… 매일 생사를 함께하기 때문에 미운 정 고운 정이 다 들어 부부 같은 사이거든! 그런데 왜 그가 혼자서 배를 타고 가도록 놔뒀겠니?"

"하지만 만일 카르덱이 그를 죽게 만든 원흉이라면, 누군가가 고발하지 않았겠어요?" 뤼네르가 반론을 펼쳤다.

"애야! 바다에서의 삶은 이곳의 삶과는 전혀 다르단다…… 거기서는 선장의 잔혹 행위를 덮어주는 침묵의 법이라는 게 존재하거든…… 그리고 이 법이 깨지는 경우는 극히 드물었어."

뤼네르는 몸을 떨었다. 마치 초롱불이 벽에다 언뜻 비치는 그림자들과도 같이, 어떤 어두운 영상들이 머릿속을 스치고 지나간 것이다. 인간이 사는 육지에서 수천 마일 떨어진 먼 바다 위, 빽빽한 안개의 벽으로 포위된 배 한 척…… 각본에 따라 죽음으로 내몰린 한 남자, 난간 너머 얼음 같은 바닷물 속으로 던져진다. 부질없이 허공을 움켜쥐는 손, 남자는 처절한 울부짖음만 남기고 물속으로 사라지지만, 곧 그 비명마저 안개와 물결 속에 잠겨버린다. 그리고 이 모든 것을 자물쇠처럼 잠가버리는 선원들의 침묵. 깊이 파묻혀 그 어떤 것을 보아도 미동도 않는 그들의 감정. 뇌수를 달구고 비참함을 달래주는 술. 그리고 노역에 지쳐 서서 잠든 사내들의 충혈된 눈……

"그렇군요. 하지만 그래도 그건 범죄인데…… 범죄를 덮으면 그들 역시 공범이 되는 건데……"

"그래, 물론이다. 이런 생각을 하는 내가 좀 이상하다는 건 안다만, 난 그들이 르노아크를 제거했다고 믿고 있다. 카르덱이 수를 써서 그를 없애버린 거야…… 그의 시체는 발견되지 않았어. 바다에서 사람이 실종되는 일은 흔하지 않냐고 물을 수도 있겠지. 하지만 또 얼마나 편리한 일이냐? 부검도 필요 없고, 귀찮은 질문을 안 받아도 되니 말이다. 하지만 뤼시앙의 죽음이 이상하다고 확신한 사람이 한 명 있었단다. 그의 아내 엘로이즈였지. 1년 후, 그녀는 내게 털어놓았어. 여자의 직감이란 예민한 법이거든. 본능이 그녀에게 말해주었지. 남편이 무언가 어두운 음모에 말려들었다고…… 그녀는 카르덱을 의심했어. 하여 선원들을 찾아가 물어보았지만 아무런 소득도 없었지. 카르덱이 단단히 단속하고 있었던 거야. 아무리 독실한 신자라 할지라도 신부님에게조차 고백하지 않았을 거야."

"그후 엘로이즈는 어떻게 됐나요?"

"과부에게 주는 연금을 받게 되었어. 쥐꼬리만큼 적은 액수였지만, 다행히도 그녀는 바느질일을 하고 있었어. 그래서 디낭에 머물렀고, 얼마 후 우리는 친구가 되었지…… 적어도 우리 오빠가 죽기 전까지는 말이야."

아르델리아의 눈동자에 어떤 그림자가 스치고 지나갔다. 하지만 이야기에 빠져 자신의 추론만을 계속하고 있던 뤼네르는 그걸 알아차리지 못했다.

"그럼 모르방은요? 그도 이 살인사건에 연루되었겠군요?"

사실 뤼네르는 스스로의 예상에 벌써부터 낙담해 있었다. 또 불안한 심정이었다. 만일 카르덱과 모르방이 살인으로 연결된 관계라면 그는 절대 자기 편이 될 수 없을 것 아닌가?

"모르방도 그 배에 있었지. 그는 아무 말도 안 했단다. 하지만 그 다음 출어 때, 그는 마리 루이즈 호의 부선장이 되었지……"

뤼네르는 한숨을 쉬었다. 일이 꼬이는구나. 카르덱이 살인자고 모르방이 공범이라면.

"하지만 내가 말했듯," 아르델리아가 덧붙였다. "비록 모르방은 선장을 좋아하지는 않았지만, 훌륭하고 자존심 강한 선원이었어. 꼭 공범이 아니었어도 충분히 부선장이 될 만한 그릇이었지. 또 자존심이 강한 사람은 밥그릇 때문에 모든 걸 참아 넘기지는 않는 법이야. 두 사람 사이에 정말로 무슨 일이 있었는지는 알 수 없는 일이지."

"그 난파에 대해서도 말씀해주세요." 뤼네르가 불쑥 물었다.

"아, 그거!…… 그 이야기에도 구멍이 너무 많단다…… 우리가 알고 있는 사실은 몇 가지 되지 않아. 1912년 4월 9일 새벽, 페캉 항을 출발하여 뉴펀들랜드뱅크에 접근하던 스쿠너 한 척이 마리 루이즈 호의 잔해를 발견했단다. 배의 고물이 아직 물 위에 떠 있었고, 좀더 멀리에는 선체의 다른 부분이 떠 있었다고 하지. 마치 그 큰 세돛대범선이 딱 두 동강 난 듯한 몰골이었대. 주위에 생존자는 하나도 보이지 않았고. 도리스나 바다에 떠 있는 시체라도 찾아보려고 몇 시간 동안 부근을 수색했지만 아무것도 찾을 수 없었어. 하기야 빽빽한 안개가 하늘과 바다를 온통 감추고 있었을 테니. 4월 13일, 그곳에서 상당히 떨어진 보네 플라망과 가까운 해상에서 어떤 화물선이 생존자 한 명을 발견했어. 비쩍 마르고, 탈수 증상에 온몸이 얼어 죽어가고 있던 그 사내는 나뭇잎 같은 도리스에 달라붙어 꼭 실성한 사람처럼 알 수 없는 말을 중얼거리고 있었대. 그는 갑판에 올려져 선장에게 맡겨졌고, 선장은 즉시 의사가 있는 생피에르를 향해 뱃머리를 돌렸어. 사내는 그후 이삼 일 동안 모포 속에서 덜덜 떨다가 결국은 숨을 거뒀지. 생피에르 지방의 르 바라슈아 항구에서 몇 마일밖에 떨어져 있지 않고, '개들의 섬'이 손에 닿을 듯 보이는 곳에서 말이야…… 이 남자는 마리 루이즈 호의 선원이었던 얀 랑벡이었어. 당시 스물아홉 살에 불과했지만 10년은 더 늙어 보였다고 하지. 그를 보러 대양을 건너 생피에르까지 온 그의 누이 레옹틴이 시체를 확인해주었어. 아직도 시신은 생피에르에 묻혀 있단다. 이 세상의 끝에서 죽어간 브르타뉴, 노르망디, 혹은 다른 곳 출신의 선원들과 나란히 누워 있지……"

얀 랑벡! 그 이름을 들으니 무언가가 떠올랐다. 하지만 흐릿했다. 너무 흐릿했다…… 뤼네르는 다시 집중했다. 아르델리아가 들려주는 이야기의 단 한 조각도 놓치고 싶지 않았다. 괘종시계는 벌써 열한시 반을 가리키고 있었다. 얼마 후면 에브가 그를 데리러 오겠지. 아, 조금만 더 늦게 와준다면……

"얀 랑벡은 단말마의 헛소리 중에 난파에 대해서도 말했대. 어쩌면 그 이야기만 했을 거야. 하지만 우리는 그의 말을 직접 듣지는 못했고, 단지 다른 사람들의 입을 통해 해석되고 변형된 말만을 접할 따름이었지. 그는 열에 들떠 말을 했다고 하더구나. 화물선 승무원들은 그의 입에서 나온 것이라곤 '이상하고도 이해할 수 없는 문장의 조각들' 뿐이라고 했어…… 아, 만일 그들이 들은 그대로 말을 전해주었다면 얼마나 좋았겠니? 어쩌면 우리는 그의 말을 이해할 수도 있었을 텐데 말이야! 너는 꿈까지 읽어낼 줄 아는 아이고…… 나 역시 이 이야기를 수없이 생각하고 상상해보아서, 마치 실제로 체험한 것처럼 느껴지는 사람이니…… 하여튼 랑벡은 4월이면 이 해역에 몰아치곤 하는 그 맹렬한 폭풍에 대해 말했다는 거야…… 지나가던 거대한 여객선 한 척이 칠흑 같은 어둠 속에서 그 배를 미처 보지 못하고 부딪쳐와 그대로 반 토막을 내고 말았대. 그리고 10미터가 넘는 파도 속에 난파된 선원들을 구조할 생각도 않고 그냥 가버리고 말았다는 거지…… 이 역시 수상하기 짝이 없는 점이야. 그 여객선이 실제로 존재했다는 증거가 전혀 없다는 거야. 물론 당시에는 증기선이나 여객선이 어둠이나 안개 때문에 정박을 알리는 불빛 신호를 보지 못하고 대구어선들을 박살내고는 아무 일도 없었다는 듯 사라져버리는 일이 다반사였기는 해도…… 이런 짓으로 고소당해 형을 받은 여객선 선장도 제법 있었단다. 랑벡은 환상 속에서 이 여객선의 존재를 꾸며냈던 것일까? 아니면 정말로 그 세돛대범선이 같은 해에 거기서 얼마 떨어지지 않은 뉴펀들랜드 남쪽 해상에서 빙산과 충돌한 타이타닉 호와 같은 사고를 당한 것일까? 나로서는 전혀 알 수 없어. 한 가지 확실하게 아는 게 있다면, 마리 루이즈 호가 두 동강이가 났다는 사실이지. 마치 칼로 잘라낸 듯 두 동강이 났대. 이것은 페캉의 스쿠너 선원들의 증언과 일치하는 점이었어."

"선원들은 배와 함께 물속에 가라앉았나요?"

"랑벡의 증언에 의하면 그렇지 않아. 4월 8일의 밤이었다고 해. 달도 없는 밤이었어. 비와 눈이 섞인 강풍이 갑판에 몰아쳤지. 카르텍의 명에 따라 서른일곱 명의 선원은 한 척에 여섯 명씩 도리스에 승선하기 시작했어. 시간이 없었지. 폭풍은 갈수록 거세어지고 맹렬한 파도는 언제든 그들을 배와 함께 삼킬 기세였거든. 두 명의 선원은 도리스에 발을 딛기도 전에 큰 파도에 휩쓸려버렸어. 또 다른 다섯 명도 동료들의 눈앞에서 물에 빠져 익사해버렸다고 하지…… 도리스 한 척은 거대한 물결에 떠밀려 침몰하는 범선과 부딪쳤대. 그 배에 탄 사람 중 단 한 명만이 구조되어 다른 도리스에 오를 수 있었대. 이렇게 난파된 범선에서 멀리 벗어나기도 전에 벌써 선원 중 열두 명이 목숨을 잃은 거야."

뤼네르는 한순간 아벨이 그 열두 명 중 한 사람이기를 바랐다. 무덤 저편에서 건너온 환영 속에 보이는 그 끔찍한 배 밑바닥에 떨어지기 전에 차라리 어둠 속에 삼켜져버렸기를. 실타래에서 실이 풀려나오듯 아르델리아의 명료한 음성에 실려 흘러나오는 이야기를 듣고 있으려니 뤼네르는 가슴이 꽉 막히는 것 같았다. 바닷물이 그의 목구멍을 막으며 밀려 들어오는 것처럼. 위협적인 파도의 장막이 사방을 에워싸오는 것처럼…… 아, 이 이야기가 빨리 좀 끝나버렸으면! 제발 그들 모두 뒈져버리고 더이상 이야기하지 않았으면!

"그 다음에 일어난 일들은 좀더 불분명하단다." 아르델리아는 흔들림 없는 목소리로 계속했다. "이런 모습을 상상해보면 되겠지.

그 호두껍데기처럼 보잘것없는 배에 매달린 사내들. 식량도 없고, 의복이라곤 몸에 걸친 얇은 천 쪼가리 하나가 전부인 사내들이 난파한 범선에서 멀어지려고 젖 먹던 힘을 다해 노를 저었겠지. 그러면서 바다의 성모인 '스텔라 마리스'*에게 간절히 기도했겠지. 트롤망 어선이라도 한 척 만나게 해달라고 말이야. 거센 파도소리 속에서 그 배가 내는 비상경계 뿔피리 소리나 종소리를 들을 수 있게 해달라고 말이야…… 아마도 그들은 금방 서로를 잃어버렸을 거야. 새벽녘에 폭풍이 멈추고 바람이 잦아지자 갑자기 안개가 들이닥쳤거든. 이런 경우엔 20미터 앞도 보이지 않는단다. 그 짙은 안개 속에서 둥둥 떠다니는 얼음덩어리들을 피하기에 급급하다가 모두들 뿔뿔이 흩어지고 말았겠지…… 조각조각 흘러나오는 랑벡의 이해하기 힘든 말들을 통해 화물선 선원들은 어떤 끔찍한 일이 일어났다는 것을 짐작할 수 있었단다. 며칠 동안 아무도 못 만나고 얼음조각이나 빨면서 수면을 떠다니던 사람들에게 서서히 찾아온 단말마, 갈증과 굶주림과 추위에 꺼져버린 희망…… 발견되었을 당시 결국 살아남은 사람은 랑벡뿐이었어. 아마도 도리스에 널려 거치적거리는 동료들의 시체는 바다에 던져버렸겠지. 그리고 구조자들의 음성을 들었을 때는 이미 죽음이 그의 피를 느리게 하고 있었단다."

"하지만 그들이 추위와 굶주림에 죽은 거라면 뭐가 이상할 게 있나요?" 이렇게 질문하는 뤼네르의 음성에는 그를 점점 더 죄어오

---

* '바다의 별'이라는 뜻.

는 불안감이 짙게 배어 있었다. "할머니는 사실을 다 말씀해주시지 않은 것 같아요." 그는 결국 내뱉고 말았다.

아르델리아는 당황했다. 어딘가 아픈 곳을 찔린 듯한 표정까지 언뜻 스쳐갔다.

"애야, 사실 내 의심에 구체적인 근거는 아무것도 없단다…… 아니, 거의 없다고 해야겠지…… 단지 랑벡의 증언에 '이상한 것들'이 섞여 있었다는 화물선 선원들의 말에 의심이 솟은 거야. 굶주림과 갈증에 죽어가는 사람들, 그건 분명 참혹한 일이긴 하지만 이상한 일은 아니잖아? 또 카르덱에 대한 증오 때문에 나는 그의 죽음을 쉽게 상상할 수 없었어. 도저히 믿을 수 없었던 거지. 그렇게 못된 사람이 평범한 사람처럼 순순히 굴복했을 리 없다고…… 하지만 내가 너에게 말했듯이 증오란 현실을 흐리게 하는 마약과도 같은 거란다. 그리고 내가 나 자신을 믿을 수 없는데 어떻게 네가 나를 믿을 수 있겠니? 그래, 내 의심과 상상 가운데 합리적인 것은 하나도 없어."

"하지만 방금 전에 할머니는 여자들이란 직감적으로 사실을 알아챈다고 하셨잖아요?"

"아내들은 그렇지. 하지만 누이들도 그럴까?" 이렇게 대답하는 그녀의 얼굴은 너무도 처연하여 뤼네르는 가슴이 죄어왔고 감히 아무 말도 할 수 없었다. 하지만 그녀가 숨기는 것들이 분명 있었다. 그건 확실했다.

몇 분 후, 소년을 데리러 온 에브네제르 고트로는 두 사람 모두 깊은 상념에 사로잡힌 듯 멍한 표정을 짓고 있는 것을 보았다. 그가 온 것을 보고도 얼굴의 표면만이 반응할 따름이었다.

돌아오는 길에 뤼네르는 에브에게 한번 물어봐야겠다는 생각이 불쑥 들었다. 그때까지는 운전수의 친근한 질문에 예의상 짤막하게 대답해왔을 따름이다.

"카르덱이란 이름, 뭐 생각나는 거 없으세요?"

"카르덱……" 노인은 기계적으로 반복해보았다. "아니, 없는데? 글쎄, 보자…… 그 사람이 누군데? 네가 말하는 모르방의 친구냐?"

"나쁜 놈이죠." 소년은 차에서 내리면서 대답했다. "할 수 없죠. 괜찮아요." 이 말로 소년은 작별인사를 대신했다.

〈앙기아리 전투〉는 학생들 앞에 펼쳐져 있었다. 스크린에 비친 그 웅장하고도 눈부신 그림은 교실의 어둠 속에서 힘차게 펄럭이고 있는 거대한 군기軍旗와도 같았다. 트레멜 선생님은 학생들에게 절대적인 정숙을 요구했다.

"영화관에서처럼 모두들 입을 다물어야 해. 아무 소리도 들려선 안 돼. 옆 사람하고 속삭이지 말고, 기침도 좀 참고, 크흠 하고 헛기침을 해서도 안 돼. 그냥 칠판만 보는 거야. 그러고 나서 느낀 것을 이야기해보기로 하자."

환등기의 딸칵 소리와 함께 그림은 학생들의 눈앞에 펼쳐졌고, 기누의 정신을 대번에 움켜쥐었다.

맹렬히 짓밟는 전마戰馬의 발굽 아래서 칼로 서로를 죽이고 있는 병사들, 그리고 증오로 일그러진 얼굴로 얽히고설켜서 서로의 숨통을 끊고 있는 기사들이 보였다. 흙먼지가 소용돌이치는 이 육박전 가운데 인간과 말은 죽음의 순간까지 지옥의 덤불처럼 서로 얽혀들고 있었다. 몇몇 부분은 보이지 않았다. 이쪽에는 휑한 공백이 있어 말에 박차를 가하고 있는 기사의 다리가 보이지 않았으며, 저쪽에는 한 전마의 무릎 아랫부분이 싹둑 잘려나가 있었다. 이 피비린내 나는 전투 광경을 모사할 때 작업이 불완전하게 이루어졌던 탓일까? 그런데 프레스코화의 이런 미완성 상태는 오히려 야수성과 잔혹성을 한층 강화하고 있었다. 왜냐하면 이처럼 그림을 난도질하고 있는 건 다름 아닌 기사들인 듯한 느낌을 받았기 때문이다. 그들은 살점이 어지러이 뒤섞여드는 이 혼돈 속에서 무엇이 제 것이며, 무엇이 적의 것인지조차 제대로 구별하지 못하는 가운데 사람과 말을 마구 조각내어 사방에 던져대고 있었던 것이다.

어쩌면 저 기사들은 스스로 벽에서 떨어져 나온 건지도 몰라. 기누는 그림에서 눈을 떼지 못한 채 생각했다. 불같은 분노가 너무도 거세어 그냥 벽에 붙어 있지 못하고 뛰쳐나온 것이리라. 자신의 다리 한 짝과 말의 뒷다리 두 짝이 뒤에 남아 있다는 사실도 모르는 채로 말이다. 왜냐하면 그들에게 중요한 것은 분노의 끝점까지 달려가는 것이니까. 그래서 그들은 수십 킬로미터의 벌판을 달려왔고, 숲을 지나온 것이리라. 얼음같이 차가운 격류가 그들을 이곳 산기슭까지 실어온 것이리라. 그렇게 먼 길을 달려온 그들은 마침내 모래에 닿았고, 그 모래사장 위에서 여전히 서로를 학살하고 있는 것이리라. 그리고 그곳을 지나가던 한 화가가 붓끝으로 그들을 다시금 고정시켜놓은 것이리라.

하지만 그림에 고정됨으로써 파괴의 광기는 한층 맹렬해졌다. 그림 속에 갇힌 그들은 더욱 들끓어올랐고, 칼은 대지 전체를 죽여버릴 듯한 기세로 소용돌이쳤다. 그들의 얼굴은 포효하는 가면으로 환원되었고, 투구에 달린 깃털은 뱀의 혀처럼 날름거렸다.

기누는 온몸에 식은땀이 흘러내리는 게 느껴졌다. 누군가가 손뜨개질한 스웨터의 롤칼라를 잡아 목을 죄어오는 기분이었다. 그는 입은 옷을 찢듯이 벗어던지고 싶은 심정이었다. 아, 이 교실은 얼마나 답답한가! 숨이 막힐 지경이었다. 환등기가 내는 웅 하는 기계음도 견디기 힘들었다. 왜 이 영사影寫 시간은 끝나지 않는 걸까? 하지만 무엇보다도 고약한 건, 아무리 애를 써도 전투 광경에서 시선을 뗄 수가 없다는 사실이었다.

일분 일분 시간이 감에 따라 힘이 빠지는 동시에, 그림 위에 더 이상 기사들이 없다는 사실을 발견했다. 이제 보이는 것은 허공에 유령처럼 떠 있는 그들의 윤곽뿐이었다. 그들의 모습은 그림에서 깨끗이 지워져버린 것이다. 마치 창조의 과정이 거꾸로 돌려진 것 같았다. 그림 속의 제 요소들이 창조될 때와 반대되는 순서로 하나하나 사라져가고 있는 것이다. 그래서 인간들이 먼저 사라져버린 것이리라. 이제 앙기아리 전투는 말들의 전투일 뿐이었다. 피 냄새를 맡고 야성을 되찾은 말들은 앞다리를 높이 쳐들고 서서 서로 대가리와 발굽을 부딪쳐대고, 번쩍이는 마의馬衣를 물어뜯고 있었다. 광기에 사로잡혀 충돌하고 있었다.

기누는 눈을 꾹 감았다가 다시 떴다. 트레멜 선생님이 필름을 바꿰넣은 것일까? 하지만 필름 바꾸는 소리는 들리지 않았다. 다른 아이들은 지금 보고 있는 것에 대해 조금도 놀라지 않는 표정이었다. 다시 눈을 감았다. 눈꺼풀 뒤에서 눈동자가 펄펄 끓고 있었다. 땀이 흘러내렸고, 심장은 빠르게 뛰어댔다. 너무 빨라서 스스로도 따라갈 수 없을 정도였다.

그의 눈은 다시 그림으로 돌아왔다. 그 현기증 나는 광경에 또다시 이끌린 것이다. 어쩔 수 없이 그림을 다시 보아야 했다.

거기엔 말들이 있었다. 기사를 떨쳐버린 말들이 있었다. 놈들은 인간을 싫어했다. 단 한 명의 인간도 두 발로 서 있는 걸 용납하지 못했다.

기누는 밤색 말의 흑옥같이 까만 눈을 들여다보았다. 아니, 기누의 시선이 말의 검은 눈 속에 잠겨 들어갔다. 동시에 말의 눈은 불에 달군 쇠처럼 시뻘겋게 변했다. 소년은 즉시 이 불구덩이에서 자신의 눈을 빼내려 했지만, 그 시뻘건 눈은 좀처럼 놓아주지 않았다. 간신히 그림에서 빠져나왔을 때, 그의 눈은 오랫동안 태양을 쳐다보고 난 것처럼 아팠다.

그 순간, 그는 저 먼 곳, 학교 건물을 가로지르는 긴 복도의 저쪽 끝에서 울려오는 말발굽 소리를 들었다. 무거운 말발굽이 타일 바닥을 두드려대는 그 소리는 메아리처럼 울려 퍼져 더욱 크게 들렸다.

그는 비명을 지르려 했다. 어떤 섬광과도 같은 고통이 그의 가슴을 꿰뚫고 지나갔다.

그 밤색 말의 눈을 똑바로 쳐다보지 말았어야 했다. 그 말은 가장 사악한 놈이었던 것이다. 물론 그 짐승을 도발하려는 의도는 전혀 없었다. 하지만 너무 늦었다. 놈의 눈에 띄어버린 것이다. 이제 무언가 흉측한 것이 그를 찾아다니고 있었다. 학교 벽으로도, 문으로도 저지할 수 없는 그 무엇이.

옛날 궁수들이 화살로 벌집을 만들었다는 그 흙말이 복도를 달려오고 있었다. 더이상 제어하는 주인도 없는 야성의 몸으로, 빵빵한 근육으로 짜인 완벽한 기계를 흔들어대면서 달려오고 있었다. 벌써 놈의 뜨겁고도 적의에 찬 숨결이 목덜미에 느껴지는 듯했다. 놈은 자기 옆구리를 갈기갈기 찢어버린, 그리하여 자기 몸을 피투성이 국자로 만든 그 무수한 화살에 대한 복수를 하기 위해 달려오고 있었다.

"내가 한 게 아니야! 난 아무것도 안 했어! 아무것도 안 했어!" 기누는 온 힘을 다해 소리쳤다.

갑자기 수많은 사람들이 자신을 둘러싸는 것을 느꼈다. 흐릿한 얼굴들이 자기에게 몸을 굽히고는 일그러져서 이해할 수 없는 말을 했다. 그를 구해주지는 못하고 그냥 위에서 어른거리기만 하는 비현실적인 존재들이었다. 기누는 그들을 밀어버리려 했다. 손과 발을 마구 버둥거리며 그들을 떨쳐버리려 했다.

"나 좀 놔둬! 꺼지란 말야!" 그는 호흡할 공기를 빼앗고 있는 그 귀찮은 무리를 향해 울부짖었다.

흙말의 거대한 몸뚱이가 어마어마한 소리를 내며 교실 벽에 부딪쳐왔다. 놈의 거센 발길질에 석회벽에는 커다란 구멍이 뚫렸고, 그 사이로 흙먼지 피어오르는 놈의 콧구멍과 번들거리는 진흙물에 덮여 맹목이 된 놈의 두 눈이 보였다. 또 온통 진흙과 피로 뒤덮인 채 공중에 쳐들고 흔들어대는 그 억센 앞다리도 보였다. 기누는 의식을 잃고 말았다.

푸른 저녁이 서서히 정원 위에 잦아들고 있었다. 기누는 창문을 통해 벌써 여기저기 그림자로 변한 기다란 호두나무 가지를 쳐다보았다. 이 시간에는 멍청한 가지에 불과했지만 밤이 오면 그것은 수많은 형상이 결합된 잡종 괴물로 변한다. 가지 끝은 맹금류의 부리 모양으로 늘어나다가 다시 곤들매기의 몸뚱이나 도마뱀의 발로 변해 이어진다. 그리고 바람에 밀려 유리창에 부딪힐 때면 그 까마귀 같은 눈으로 방 안을 들여다보면서 이불을 둘러쓰고 있는 소년을 찾는다. 기누가 침실로 쓰는 골방에는 덧창도 달리지 않은 작은 창문이 하나 있었다. 채광창보다 약간 더 큰, 아주 조그만 창이었다. 소년은 불안한 마음을 달래기 위해 혼자 중얼거리곤 했다.

괴물이 온다면—하지만 괴물이 존재할 리는 없어!—절대 저 작은 창문으로 들어올 수 없을 거야. 절대 안 되지! 그래, 컴컴한 그림자 같은 그 녀석은 더 큰 입구를 찾으러 집을 한 바퀴 뱅 돌겠지? 그럼 그때까지 그놈을 물리칠 수 있는 방도를 찾아내는 거야! 그래, 놈의 대갈통을 불로 확 그슬러주는 거야! 하지만…… 어쨌든 저 가지는 마음에 들지 않아. 나를 감시하고 있는 것 같잖아.

그래, 이젠 그만 생각하자. 자, 이젠 괜찮아. 저건 그냥 나뭇가지일 뿐이라고! 멍청한 나뭇가지 말이야. 기누! 너 대체 왜 이러는 거니? 정말로 사람들의 웃음거리가 되고 싶은 거니, 응?

기누는 한숨을 내쉬었다. 오늘 겪은 일만으로도 충분하지 않은가? 학교 전체의 웃음거리가 되고, 양호선생님의 심문을 견뎌내야 했고, 새파란 오후에 교장실에 앉아 엄마가 허겁지겁 달려오기를 기다려야 했다. 과자 달라고 우는 네 살배기 코흘리개 꼬마처럼…… 이것만으로도 너무 수치스러웠다. 그런데 왜 내게 이런 일이 일어나는 걸까? 기누는 그냥 울어버리고 싶었다.

그는 아무 말도 없이 차에 올라탔다. 그리고 엄마가 교장선생님, 미술선생님과 이야기하는 동안 꼼짝도 않고 기다렸다. 그는 엄마가 다른 사람들처럼 이유를 물어볼까 두려웠다. 하지만 엄마는 아무것도 묻지 않았다. 충격을 받은 것 같기는 했다. 하지만 애써 그런 모습을 감추려 했다. 대신 라디오를 틀어주었고, 농담까지 던졌다. 너 아니? 내일 아침 느긋하게 아침식사를 즐길 수 있는 운 좋은 녀석이 하나 있단다. 월요일까지 학교를 가지 않아도 되니까 말이야…… 평소 같았으면 기누는 좋아서 펄쩍펄쩍 뛰었을 것이다. 독감에 걸려 수업을 면제 받았던 어느 해 겨울처럼 말이다. 몸은 펄펄 끓어올랐지만 신열로 인한 몽롱한 상태 때문에 수업을 빼먹는 즐거움이 더욱 짜릿하게 느껴졌지. 하지만 지금 이것은…… 이건 절대 아니야.

그제야 그는 자신에게 일어난 일을 명확하게 인식했고, 창피함이 밀려들었다. 이제는 절대 학교로 돌아갈 수 없겠지. 아이들과 눈을 마주칠 수도 없겠지. 이 수치스런 이야기는 학교 전체에 퍼질 거고, 두고두고 나를 놀려댈 거야.

저녁 시간에 브누아가 무언가를 한 아름 들고 와서는 기누의 침대 위에 내려놓고 갔다. 그가 애지중지 아끼는 만화책, 거의 마니아처럼 정성껏 보관하고 있는 『땡땡』 시리즈 열 권이었다. 그러고는 이 예외적인 대여에 대해 기누가 감사를 표할 틈도 없이 부리나케 나가버렸다.

그래, 아주 나쁜 일만 있었던 하루는 아니었어…… 기누는 쌓여 있는 책 중 가장 위에 있는 것을 집어 들었다. 「일곱 개의 수정구슬」이었다. 곧 그는 모든 것을 잊어버리려고 만화의 세계로 미끄러져 들어갔다. 사실 기누가 집어 든 이야기는 평소 좀 침울하다고 느끼던 것이었다. 어떤 잉카 왕의 영묘를 침범하여 미라를 훔쳐낸 일단의 교수들이 이상한 병에 걸리고 차례로 혼수상태에 빠져든다. 섬뜩하기 그지없는 라스카르 카파크 왕의 미라는 유리 진열대 안에 보관해두었는데 감쪽같이 사라져버리고, 이후 소년 기자 땡땡의 꿈속에 나타나 그를 괴롭힌다.

기누는 몸을 떨며 호두나무 가지를 향해 불안한 시선을 던졌다. 바깥은 어두웠다. 하지만 침대 탁자 위에 놓인 스탠드의 열기가 바깥에서 그를 노리고 있는 그림자들의 눈을 부시게 하여 그를 보호해주었다. 아독 선장과 땡땡은 그들이 **똑같은 악몽을 꾸었다는** 사실을 알게 되자 경악한다. 기누는 페이지를 넘겼다. 산발한 장발에 피골이 상접한 미라를 다시 보려니 좀 무서웠지만, 호기심이 두려움을 눌러버렸다. 심지어는 미라가 세상을 나다니며 등장인물들의 평안한 삶을 위협하고 있다는 생각에 기묘한 쾌감마저 느껴졌다. 그것은 두려움이 섞여 있는 쾌감이었다. 페이지를 넘기는 순간, 무언가가 갑자기 그를 불안하게 만들었다.

깊은 밤중, 땡땡과 아독 선장은 비명 소리를 듣고 교수의 방으로 뛰어 들어간다. 교수는 크나큰 공포에 사로잡혀 어떤 보이지 않는 공격을 막아보려는 듯 자신의 목을 손으로 감싸고 소리친다. "그들이 돌아오고 있어! 저기 있어!…… 아! 내 목을 조르고 있어!"

이 결정적인 순간에 뤼네르가 방문을 열고 들어왔다.

"어이! 그래, 수업 시간에 아팠다며?"

형을 너무나도 잘 아는 기누는 지금 자신에 대한 형의 태도가 뭔가 어색하다고 생각했다. 도대체 엄마는 형에게 무슨 말을 한 것일까?

"응, 그래." 그는 짐짓 신경 쓰지 않는 듯 대답한다.

"그럼…… 지금은 괜찮니?"

기누는 고개를 끄덕였다.

그런데 형은 대체 어디 있었던 거야? 하고 물어보고 싶은 마음이 치밀어오른다. 요즘 대체 어딜 쏘다니는 거냐고?

"음, 좋아. 나는 가서 공부 좀 해야겠어." 뤼네르가 말했다. "내일 라틴어 수업이 있는데 아직 한 줄도 번역을 못 했거든…… 어휴, 골치 아파!"

뤼네르가 방을 나가려고 문 손잡이를 잡았을 때, 기누는 결국 호기심에 굴복하고 말았다. 형의 비밀을 꼭 알고 싶었던 것이다.

"오늘 아침에 형 친구 한 명을 만났어. 그런데 형이 어디 있냐고 묻더라. 수업에 나타나지 않은 지 한참 되었다던데." 그는 단숨에 쏟아내었다. 그리고 형이 움찔하며 파르르 떠는 것을 확인했다. 뭔가를 속이려 할 때 항상 보이는 증상이었다.

"이것 봐!" 뤼네르는 몸을 돌리지 않은 채 대답했다. "그건 내 문제야."

하지만 기누는 고삐를 늦추지 않았다.

"요즘 땡땡이를 너무 자주 치는 거 아냐? 대체 무슨 꿍꿍이셈인 거야? 학교에서 엄마 아빠를 부르기라도 하면 어떡할 거야? 그땐 엄청 골치 아플 텐데?……"

"그건 내 사정이야, 알았어?" 뤼네르가 말을 끊었다. "짜증나게 하지 마! 난 가서 공부해야겠어. 아, 그리고," 그는 기누를 완전히 기죽이는 냉정한 어조로 덧붙였다. "애들이 나에 대해 무슨 그 엿 같은 소리를 하든 다른 사람에겐 말하지 않았으면 좋겠어. 제발 내 일에 좀 끼어들지 마."

뤼네르는 방을 나갔다. 하지만 복도에서 생각이 바뀌었는지 다시 돌아와 약간 어색한 표정으로, "넌 좀 쉬는 게 좋겠다" 하고 기누의 눈을 똑바로 쳐다보지도 못하고 말했다. "별로 중요하지도 않은 그런 것들은 이젠 그만 생각해. 오케이? 예습 마친 다음 다시 들를게. 그때까지 안 자고 있다면."

그 말을 들으니 오히려 더 화가 치민 기누는 들은 척도 않고 만화책만 들여다보았다.

하지만 페이지를 채우고 있는 만화 컷에 더이상 집중할 수 없었다. 뭔가가 공간 전체를 꽉 채우며 책과 망막 사이를 파고들었다. 뭐라고 정확히 규정할 수 없는 것, 이미지도 아니고 단어도 아닌 그 무엇이었다. 우르르 말 달리는 소리를 아련히 남기며 공간을 통과해 섬광처럼 꽂힌 어떤 메시지의 미세한 흔적 같은 것이었다. 에르제*의 깔끔하고도 엄격한 그림 위에서 춤을 추고 있는 어떤 그림자였고, 긴 말 울음소리의 숨죽인─그래서 더욱 섬뜩한─메아리였다.

그들은 나를 병자 취급하고 있어. 모두 내가 미쳐가고 있다고 생각하는 거야.

그는 망연자실하여 눈을 깜빡거렸다. 그렇다, 바로 이거였다. 엄마의 눈에 스친 그 놀란 빛이 바로 이것이었다. 형들의 어색해하던 표정 뒤에 떠돌던 것도 바로 이것이었다. 평소에는 말다툼 후에 뤼네르가 되돌아와서 병든 할머니에게 말하듯 그런 식으로 자상하게 충고해주는 일은 없었다.

만화책 속의 땡땡은 너무도 놀라 손으로 입을 막고서 외쳤다. "아, 불쌍한 사람! 그는 미쳐버렸어!⋯⋯"

"그는 실성해가고 있어." 그들 모두는 이렇게 말하고 있었다. 반 아이들 모두가 속닥거리며 자기에 대해 말하는 것이 보였다. 충격을 받았거나 혹은 재미있다는 표정으로.

난 다른 사람들에게는 존재하지 않는 것을 보고 있어.

그리고 어쩌면⋯⋯ 어쩌면 의식하지 못하는 사이에 정말로 미쳐버릴지도 몰라. 어쩌면 내가 보는 그 끔찍한 것들이 내 머리를 분해해버릴지도 몰라. 더이상 싸울 힘도 남겨놓지 않고서. 그리고 만약⋯⋯ 만약

---

* 유럽 만화의 고전이라 할 수 있는 『땡땡』의 작가(1907~1983). 그의 그림은 엄격, 정밀, 단정하다. 작품의 내용도 합리성으로 무장한 소년 탐정 땡땡이 미궁에 빠진 사건들을 해결해가는 것으로, 세계의 무질서와 광기에 대한 이성의 승리를 보여준다. 여기서는 광기로 내몰린 소년 기누와 대조를 이룬다고 하겠다.

오늘 오후 교실에서처럼 이런 일이 또다시 일어난다면? 만약 그들이 낮에 추격해온다면? 그들이 악몽에서 빠져나와 현실 속으로 침입해온다면?……

기누의 눈에는 교실 시멘트벽을 박아대는 말발굽이 보였다. 문 윗부분이 부서져 있는 것이 보였다. 주홍빛 핏줄기가 흘러내리는 콧구멍이, 부서진 나무 틈으로 기누의 냄새를 맡는 놈의 콧구멍이 보였다. 격노한 흙말이 복도에서 맹렬하게 발을 구르는 소리가 아직도 들려왔다…… 어떻게 이런 말들이 존재할 수 있단 말인가? 그리고 왜 기누만이 그것들을 본단 말인가?

그들은 다시 돌아올 것이다. 기누는 그 사실을 알고 있었다. 그들은 오늘 밤 꿈속으로 돌아올 것이다. 심지어 그들은 낮이라는 은신처의 한가운데까지 쳐들어올 것이다. 그 어떤 전등도, 그 어떤 빛도 그를 지켜줄 수 없을 터였다. 아마도 그들은 그를 세상과 절연시키려는 건지도 모른다. 그를 사랑하는 사람들에게서 떼어놓으려 하는 건지도 모른다. 아니, 어쩌면 그냥 그를 미치게 하려는 것이리라. 최소한 한 가지는 확실했다. 기누에게는 그들과 맞서 싸울 힘이 없었다. 그는 혼자였다.

이 사실을 깨달은 기누는 목 놓아 울었다.

오래도록 울었다. 두려움에 떨며 어찌할 바를 모르고 울었다. 불을 끄고 방문을 닫고 울었다.

"기누!" 엄마가 불도 켜지 않고 방에 들어왔다. 엄마는 침대 모서리에 걸터앉아 낮은 목소리로 살짝 물었다. "왜 그러니?"

"아무것도 아니에요." 그는 울음을 삼키면서 대답했다.

엄마는 잠시 조용히 있었다.

"학교에서 일어난 일 때문이니?"

그는 고개를 끄덕였다. 얼굴은 눈물로 온통 더럽혀진 채.

"무슨 일이 있었던 거니?"

"몰라요." 사실이었다. 말해주고 싶어도 표현할 수 없는 그 무엇이었으니까.

"모른다고? 아냐. 넌 알고 있어. 비명을 지르기 시작하더니 기절해버렸잖아. 뭔가가 무서웠던 거잖아…… 그리고 지금도 무서운 거고."

기누는 다시 고개를 살짝 까딱인다.

"뭐가 무서운 거니? 말해보렴. 혼내지 않을게. 엄마는 단지 이해하고 싶을 뿐이란다."

기누는 한참 동안 아무런 대답을 안 했다. 엄마를 지켜주려면 아무것도 말해서는 안 된다는 걸 알기 때문이다. 하지만 더이상 견딜 수 없었다.

"이상한 것들이 보여요." 결국은 이렇게 내뱉고 말았다. 안도감과 부끄러움을 동시에 느끼면서. "실제로는 존재하지 않는 것들이지만요."

그는 자신이 한 말을 즉시 후회했다. 두텁게 쌓여 붕괴 직전에 있는 눈 더미를 움직여버린 것이다. 걷잡을 수 없는 눈사태를 일으킨 것이다.

"그게 뭔데?"

기누는 고개를 흔들었다.

"말하고 싶지 않아요. 아니, 말할 수 없어요."

"말하고 싶지 않다고? 그럼 어떻게 너를 도와줄 수 있겠니?……
아무 말도 안 하면서 내가 어떻게 널 도와주길 바라냐고! 대체 이
해를 못 하겠다. 너희들하고는 왜 이렇게 힘든 거니?"

엄마는 항상 알기를 원했다. 그녀는 뭔가의 숨소리가 들리는 벽
장의 문과 신음 소리가 들리는 지하실의 문을 열어보려 했다. 그
속에 무언가 감춰졌다는 의심만 들면 사자들이 우글거리는 구덩이
속에라도 들어갔을 것이다.

하지만 아들이 우는 모습을 보니 화가 누그러졌다. 그녀는 아들
을 감싸 안아주었다.

"걱정 마라, 우리 아들. 우리가 널 도와줄 거야. 모든 게 괜찮아
질 거야. 엄마가 약속할게."

정말로 모든 게 괜찮아질 거라는 생각은 들지 않았다. 하지만 엄
마가 이렇게 말해주니 기분은 좋았다. 엄마는 기누가 아는 사람 중
에서 가장 강한 사람이었다. 사실 엄마가 전혀 이해하지 못하는 영
역이 너무나도 많았다. 하지만, 그날 저녁 기누는 아주 잠시나마
힘센 엄마 뒤에 몸을 숨기고 싶었다. 그저 엄마가 손가락을 가볍게
튕겨 그 모든 그림자들을 내쫓을 수 있다고 믿고 싶었다.

6
에노가

축축하게 젖은 브르타뉴의 대지 위로 새로운 밤이 내려오고 있었다. 밤은 게렝델 가족의 기다란 농가 위로, 늙은 호두나무 위로, 정원 위로, 그네 위로, 터진 축구공 위로, 서로 달라붙고 뒤엉켜 갈색 반죽이 된 낙엽의 잔해 위로, 거기서 구물구물 기어 나와 어둠 속을 돌아다니는 곤충 위로 잦아들고 있었다. 몇 시나 됐을까? 자정? 새벽 한시? 아래에서 사냥하는 털북숭이 고양이가 도저히 올라갈 수 없는 높이로 그 뾰족한 첨탑을 우뚝 세우고 있는 플루발레 종탑의 시계는 12시 45분을 가리키고 있었다. 게렝델 집안의 아이들은 모두 잠이 들었다. 고사리 같은 두 주먹을 권투선수처럼 꼭 쥐고 있는 상송, 이불 밖으로 빠져나온 한쪽 다리를 대각선으로 뻗치고 있는 기누, 그리고 헝클어진 머리 아래 검고도 지친 눈을 감추고서 포근한 이불 속에 웅크리고 있는 브누아……

한편, 방금 전에 잠이 든 뤼네르의 뇌는 복잡한 라틴어 문장과, 위스키와 시가 냄새 풀풀 나는 멋들어진 억양으로 지껄이는 미국 갱들이 떠다니는 허공을 떠돌고 있었다. 이를테면 그것은 본격적인 꿈의 나라에 입국하기에 앞서 잠시 거치는 면세구역이라고도 할 수 있으리라.

이번에는 꿈속에서 틈을 찾게 되고, 그 틈을 열게 될까봐 겁이 났다. 이제 게임의 성격은 달라졌다. 문제는 더이상 얼굴 없는 유령들과 싸워 이기는 게 아니었다. 그들을 볼링 핀처럼 와르르 쓰러뜨려, 그들이 아무 실체 없는 존재라는 사실을 증명하는 일이 아니었다. 선원으로 분장하고 제법 험악한 인상을 쓰고 있는 허수아비의 지푸라기 몸뚱이를 통과해버리려고 하다가 그만 너무 멀리 와버린 것이다. 실제의 인간에게까지 이르러버린 것이다. 돛천으로 만든 허수아비 옷 아래서 인간의 살갗과 상처를 발견한 것이다. 뤼네르는 더이상 그들의 몽롱한 눈과 마주치기 싫었다. 호적에 기록이 있고, 몸을 입고 이 땅에서 살았던 사연을 지닌 그 실루엣들을 마주하기 싫었다. 그들은 과거가 있는 존재였다. 뤼네르로서는 그들이 탄소14를 포함하지 않은 존재였으면 했다. 도깨비나 후크 선장처럼 허공에서 솟아나온 존재였으면 했다.

1시 15분 전, 그는 잠이 들었다.

그날 밤, 여기저기 구멍이 뚫려 있는 불완전한 기억은 오히려 그의 원군이 된다. 생각의 속도를 늦추고, 관념 간의 연결을 장갑도 끼지 않아 북풍에 곱아드는 손가락보다 더 무디게 만들며, 장난치듯 훅 하고 불어서 지푸라기 같은 기억을 산산이 흩어버린다. 그날 밤, 이 느림은 뤼네르를 그 자신으로부터 보호해준다.

그는 보트 위에 서 있다. 가슴이 죄어온다. 마치 이 상황이 처음인 듯이. 바다가 숨을 쉬는 것이 느껴진다. 마치 그 바다를 처음 발견하는 것처럼. 유령선이 수면 위를 미끄러지듯 다가오는 것을 본다. 섭리의 손길이 배를 그가 있는 쪽으로 툭툭 밀어오는 것 같다. 줄사다리가 이르는 곳은 어디일까? 어쩌면 하늘에 이를지도 모른다. 그는 야곱*의 발자취를 따라서 손바닥이 타는 듯한 고통을 잊으며, 호기심으로 고통을 넘어서며, 가슴속에 고동치는 불안감을 무시하며 사다리를 기어오른다. 어쩌면 하느님이 저 위에서 기다리고 계신지도 모른다. 누가 말했던가? 하느님은 꿈을 통하여 사람들에게 말씀하신다고. 분명히 어디선가 들은 말이었다.

흐음…… 그런데 하느님의 음성이 이렇게 심장을 쿵쾅거리게 만들까?

여봐, 친구! 너 정말 저런 음성 뒤에 숨어 있는 하느님을 만나보고 싶은 거야?

하지만 꿈속에서 우리는 스스로 결정할 수 없는 법이다. 그냥 가고, 그냥 따르고, 그냥 목소리를 듣는 법이다. 우리는 꿈이라는 거미가 짜놓은 줄 위에서 대롱거리는 외줄곡예사에 불과하다.

뭐, 할 수 없지…… 떨어지지 않도록 조심하기나 해!

간발의 차로 갑판에 뛰어내렸다. 줄사다리는 아득한 어둠 속으로 떨어져내린다. 그의 눈은 그것을 쫓는다. 팔이 벌벌 떨린다. 꿈속에서 깨어난다. 부드러운 혼수상태에서 빠져나온다.

---

* 구약성서에서 야곱은 꿈에 천사들이 사다리를 타고 하늘을 오르내리는 것을 보았다고 한다. 그리고 야곱은 천사와 씨름을 할 정도로 도전적이고도 모험적인 인물이다.

하느님 대신 카르덱이 소년을 쳐다보고 있다. 장난을 쳐서 친구를 골탕 먹인 사람처럼 재미있어 죽겠다는 표정으로.

"봤어? 너도 저렇게 될 수 있었어. 나는 참을성이 없지. 그 점을 조심해야 할 거야."

선장…… 뤼네르는 중얼거렸다. 이유는 알 수 없지만 울고 싶었다. 이 '선장'이라는 단어가 어떤 슬픔을 일깨워냈기 때문이다. 버림받은 느낌이었다. 그는 솟구치는 눈물을 애써 참았다. 자, 넌 더 이상 갓난애가 아니잖아, 안 그래?

그는 따끔거리는 눈을 다시 떴다. 눈을 돌리지 않고, 세계를 있는 그대로 직시하리라 마음먹고서.

검고 텅 빈 하늘이 보였다. 감지하기 힘들 만큼 미세하게 들려오는 바닷물 술렁이는 소리에 귀가 바짝 긴장한다. 마치 어떤 깊은 우물의 밑바닥을 가늠해보려는 듯이…… 축축한 갑판은 부옇게 발광한다. 달에게서 푸르스름함에 가까운 그 흰 빛을 훔쳐낸 것일까? 어쨌든 미사 때 나누어 먹는 누렇게 뜬 성체인 양 달의 빛은 꺼져 있다. 덕분에 온 땅은 어둑해져 연인과 살인범들만 활개치고 있겠지.

낡아빠진 갑판 마루에서 올라오는 창백한 빛 속에 서른 명가량의 사내들이 미동도 없이 침입자를 응시하고 있다. 어두운 빛으로 번들거리는 방수복, 마구 뒤엉킨 더러운 수염, 바짝 치켜 올린 목깃, 나막신도 장화도 아닌, 마치 잡종 괴물 같은 갈로슈 구두*……

---

* 추위나 습기에서 발을 보호하기 위해 밑창은 두꺼운 나무로, 위는 가죽으로 만든 구두.

부분적으로 짐승의 상태가 된 사내들의 초점 없이 집중된 시선…… 떠도는 영혼 같은 그 몰골…… 그들은 기다리고 있다. 밤이 그들을 보호해주고 있고, 희뿌윰한 광선이 그들을 잠시 깨워서 세워놓고 있다.

아이는 이 모든 걸 봐야 한다고 중얼거린다. 왜 봐야 하냐고? 그냥 거기, 꿈속에 있으니까.

"뭐야, 이 녀석! 누가 사람을 그렇게 훔쳐보라고 가르쳐주던? 난 약아빠진 녀석들을 아주 싫어해. 너, 조심해! 오늘 밤은 죽은 놈들이 어슬렁거리는 밤이야."

너, 조심해!

어떤 이미지 하나가 망막의 스크린에 비쳤다.

조심해! 조심하라고! 엄마가 외치고 있었다. 안 돼! 밑을 쳐다봐선 안 돼! 그는 머뭇거리면서, 또 엄마의 목소리에 몸을 떨면서 늙은 호두나무의 길고도 구불구불한 가지 위를 기어가고 있다. 어떻게 그 높은 데까지 올라갔을까? 그는 후회하고 있다. 한없이 후회하고 있다. 자신이 고양이로 변한 느낌이다. 밑에 있는 엄마는 몹시 겁을 먹었다. 엄마의 목소리와 표정에서 분명히 알 수 있다. 당연한 일이다. 그는 아직 어리니까. 그러다 떨어지기라도 한다면? 목이 부러지기라도 한다면? 와락 솟아나는 두려움에 균형을 잃는다. 몸이 흔들린다. 아래를 내려다볼 것이다. 어쩔 수 없는 일이다. 그 다음에는? 그 다음에는 죽을 것이다. 그래, 몹시 아프겠지. 무엇보다도 그를 두렵게 하는 것은 바로 그것이다.

"안 돼! 내려다보지 마! 내 말 알아듣겠니? 움직이지 말라고!"

엄마의 목소리는 명령처럼 날카롭게 울린다. 뤼네르는 순종하지 않는다. 그의 눈은 아래쪽으로 떨어져내린다.

그리고 그는 본다…… 정원 대신에, 군데군데 찔레와 민들레가 피어 있는 푹신한 잔디밭 대신에 웬 작은 아이가 하나 보인다. 목은 부러져 뒤쪽으로 꺾였고, 몸은 제멋대로 흐트러진 마리오네트와도 같다. 브누아다. 지금보다 훨씬 더 어린 모습의 브누아다. 자고 있는 걸까? 엄마! 형 지금 자고 있어? 형도 나처럼 나무 위에 올라갔었어?

엄마는 참담한 표정으로 대답한다.

"이것아! 모두들 나무 위로 올라갔었다! 이젠 너만 남았어. 곧 아빠가 브누아를 데리러 올 거야. 그리고 나면 모든 게 다시 괜찮아질 거야. 네가 움직이지만 않는다면 말이다. 그래, 착하지. 제발 엄마 말 좀 들으렴!"

그리고 나서 그 이미지는 나타날 때처럼 금방 사라져버렸다. 차디찬 전류 같은 한 줄기 바람이 아이의 가슴을 에일 듯 휘감아온다.

오늘 밤은 죽은 놈들이 어슬렁거리는 밤이야.

천천히, 그는 한 팔을 선장에게 뻗는다. **제발 살려줘요.**

카르덱은 숯불처럼 시뻘건 눈으로 미소 짓는다.

"꼬마, 뭐가 문제지? 선원답지 않게 그게 무슨 꼴이야? 이런, 떨고 있잖아? 자, 이리 와봐! 보여줄 게 있어. 넌 호기심 많은 녀석이지? 난 알아."

한 발만, 또 한 발만 앞으로 떼면 된다. 마치 푹신한 솜 위를 걷는 느낌으로 몇 걸음만 걷는 것으로 충분할 것이다. 그러면 지금 온몸을 얼어붙게 만드는 이 죽음의 고통에서 벗어날 수 있으리라. 저 커다란 방수복 아래, 저 거대한 장화 속에 숨겨져 있을 위협의 무게를 모르는 척, 이 사내와 보조를 맞춰 몇 발자국 걸어가기만 하면 되리라. 마침내 뤼네르는 몸을 간신히 움직이는 데 성공한다. 그러자 한 곳에 맺혀 있던 고통이 수천 마리의 불개미처럼 가슴 전체로 퍼진다.

카르덱은 뱃전으로 다가간다. 그리고 기이한 물결무늬로 일렁이는 하늘을 창처럼 날카로운 끝으로 찌르고 있는 중앙 돛대를 등지고 꼼짝 않고 선다.

"자, 꼬마야! 여기를 잘 살펴봐라!"

뤼네르는 배 가장자리를 에워싼 뱃전을 열심히 살핀다. 그런데 무언가가 그의 망막을 찢는다. 뱃전의 벌레 먹은 목재 위에 난 굵직한 흉터. 지그재그 형태로 벽을 기어가는 균열보다, 접시를 가로지르는 갈색 홈보다 더 흉하고 더 깊은 상처다. 폭이 20센티미터나 되는 심각한 흉터다. 뤼네르의 눈은 홀린 듯 그것을 쫓는다. 흉터가 살아 있는 생물처럼 뻗어나가고 있기 때문이다. 뱃전의 목재 위를 달려간 흉터는 갑판으로 뛰어내려 낡은 널판 사이를 달린 다음, 순식간에 선장의 다리 사이를 빠져나가 돛대 아래 밧줄이 쌓여 있는 어딘가로 사라진다.

중앙 돛대까지 반으로 쪼개버린 흉터는 배 전체를 반으로 나누어놓는다. 한쪽에는 선원들과 선장이 있고, 그 반대쪽에는 가련한 풋내기 선원 뤼네르가 서 있다. 그 혼자만이 앞 돛대 옆 우현에 외로이 서 있다. 반대편, 즉 뒷갑판에 쌓여 있는 도리스의 도움도 받을 수 없을 것이다. 빨리 저쪽 갑판으로 건너가야겠다고 생각하고 있는데, 카르텍이 껄껄 웃으며 과장된 동작으로 균열을 펄쩍 뛰어넘어 뤼네르 쪽으로 걸어온다.

"자, 어떠냐?" 이렇게 묻는 그의 눈에는 정체를 알 수 없는 미광이 일렁인다.

뤼네르는 아무 말도 하지 않는다. 그런데 이 배는 어떻게 버티고 있는 걸까? 이런 의문에 대답이라도 하듯, 혹은 조롱이라도 하듯 발아래에서 끼익 하는 소리가 길게 울린다. 배가 버티고 있는 건…… 그냥 배가 버티고 싶기 때문이지! 기계공학적 법칙 따위는 아무 상관없어!…… 그리고 탑승객들의 운명은 수백 년 묵은 배의 목재 안에 깃든 정령의 뜻에 달려 있을 뿐이다. 나무의 정령…… 그리고 그와 대화하듯 아래에서 고동치는 바다의 정령…… 바다는 애초에 난 균열을 수선하자고 끈질기게 요구하지만 나무는 쉽사리 굴복하지 않는다. 그들은 너무도 오래전부터 싸워온 나머지 연인 사이로 보이기도 한다. 운명에 의해 접합된 한 몸의 두 부분처럼 말이다.

하지만 바다는 누구와도 쉽게 사랑에 빠지지 않는 법이다. 하늘과는 가끔 밀어를 나누긴 하지만, 그 외에는 누구와도 친하지 않다. 때로는 장난기나 변덕이 발동하여, 바다 위에 제멋대로 길을 내고 지나가는 건방진 배들과 평온한 관계를 유지하기도 한다. 하지만 한순간도 경계를 늦춰서는 안 된다. 바다를 믿는 순간 영영 바다의 아가리 속으로 들어가버릴 테니까. 바다가 인간과 배를 사랑하는 일이 있다면, 그것은 더 잘 삼켜버리기 위함이다.

"그래도 바다가 조용해서 운이 좋았어. 안 그래?" 카르덱은 한쪽 눈을 찡긋하며 그에게 말한다.

이 말에 뤼네르는 전율한다. 머릿속에 있는 문 하나가 산산조각이 나면서 열린 것이다. 그 문을 부수고 유유히 진입하는 것은 선원한 명 보이지 않는 거대한 검은 배 한 척이다. 거함은 자세를 움츠린 파도의 공손한 호위를 받으며 쇄빙선처럼 거침없이 다가온다.

그래, 바로 그거였어…… 그의 귀에는 카르덱의 목소리가 들린다. 그런데 꼬마야, 어떻게 알아냈지?…… 이 배를 어떻게 알아냈느냐고!

뤼네르는 선장의 눈이 자신의 영혼을 뒤지는 것을 느낀다. 아이는 얼른 다른 것을 생각하려고 애쓴다. 풀이 무성한 평화로운 초원을, 눈 덮인 산을, 모자를 푹 눌러쓴 늙은 사내가 모는 마차가 지나가는 황야를…… 하지만 모두 다 부질없는 짓이었다. 미리감치 알아서 길을 비켜주는 얼음을 깨버리며 유유히 다가오는, 그 어떤 장애물도 코웃음 치면서 박살내며 전진하는 배 뒤에는 아르델리아의 모습이 보인다. 죽은 사람들이 떠돌고 있는 그녀의 슬픈 눈동자가 보인다. 안 돼! 카르덱이 그녀를 보면 안 돼. 절대 안 돼. 차라리 초원을, 황야를, 늙은 사내를 보라고! 하지만 어두운 쾨캉의 숲, 덜덜 떨고 있는 나무들, 젖은 오솔길은 보면 안 돼! 그 나무들 사이로 보이는 집 현관문을 주먹 하나가 두드리고 있다. 그것은 임박한 위험을 알려주려는 뤼네르의 주먹이다. 할머니, 놈이 찾고 있어요! 그러자 어떤 쉰 목소리가 대답한다. 불안한 느낌을 주는 깨진 목소리다.

그래, 그년이었어. 내 그럴 줄 알고 있었지! 그 목소리, 할머니로 변장한 늑대의 목소리가 말한다. 그 늙은 갈보년…… 빌어먹을, 정말로 끈질기구먼!

뤼네르는 온힘을 다해 싸워보지만 아르델리아는 확실히 모습을 드러낸다.

그년이 널 이용하고 있군! 나한테까지 오려고 너를 이용한 거야. 알고 보니 그 잡년의 귀염둥이였구먼! 진즉에 눈치챘어야 하는 건데!

뤼네르는 겁이 난다. 아르델리아 뒤에 아벨이 신비스러운 공포를 발산하며 서 있기 때문이다. 그는 이제 더이상 자신의 생각을 통제할 수 없다. 그것들은 거침없이 흘러가며 거인에게 그의 모든 비밀을, 그 은밀한 방을 드러낸다. 거인은 그 방을 하나하나 난폭하게 더럽힌다.

그렇지! 그년이 네 녀석에게 다 얘기해주었구먼!…… 그년의 잃어버린 사랑이며 그 천식쟁이 약골 녀석 얘기까지…… 둘이서 같이 잤다는 말도 해주던? 그래, 맞아! 남매끼리 같이 잤어. 저희들 가족끼리만 놀아보겠다고 말이야……

같이 잤다…… 저희들 가족끼리만 놀아보겠다고…… 이 말들은 보이지 않는 주먹처럼 소년을 세차게 후려쳐 멍하게 만들었다. 아르델리아의 얼굴은 점점 펼쳐져 그의 정신의 화면을 꽉 채웠다. 눈물에 젖은 거대한 얼굴이었다. 그 비극적인 사건 이후 수많은 세월이 흘렀지만 아직도 위로받지 못한 채 눈물에 젖어 있는 그 얼굴…… 슬픔과 분노가 영원히 사라지지 않을 그 얼굴……

왜 그렇게 놀란 척해? 다 알고 있었으면서…… 뭐야, 몰랐다고? 그렇다면 갈보년이 다 얘기해주지 않은 모양이군…… 놀랄 일도 아니지……

세상에 둘도 없는 내숭쟁이니까. 그 고상하고 위엄 있는 자태 뒤에는 더러운 짓들이 숨어 있지. 이미 열다섯 살 때부터…… 사내놈들을 침 질질 흘리게 만들었다고! 하지만 년은 약골 놈에게만 그걸 주었지. 그 빌빌대는 약골 놈이 그년을 달아오르게 만드는 비법을 알고 있었나봐. 안 그래? 후후후……

뤼네르는 두 눈을 감고 머릿속에서 울리는 카르덱의 목소리를 몰아내려 애쓴다. 그자가 이처럼 자신의 내부에서 계속 말하게 내버려둘 수는 없는 노릇이다. 소년은 그저 불법탑승객일 뿐이다.

꺼져! 소년은 남은 힘을 모두 끌어올려 그 목소리에게 말한다. 꺼지라고, 이 개자식아!

허허, 왜 이렇게 거칠어? 그러면 안 되지…… 목소리가 속삭이듯 말한다. 그러더니 마치 훅 하는 입김에 촛불이 꺼지듯 갑자기 사라져버린다.

소년은 다시 눈을 뜬다. 선장은 미소 띤 얼굴로 그를 살펴보고 있다. 발밑의 배는 앞뒤로 흔들리며 낡은 그네처럼 삐걱거린다. 카르덱 뒤에는 선원들이 반쯤은 광물 같고, 반쯤은 먹잇감을 노리는 짐승 같은 모습으로 움직이지 않고 서 있다.

카르덱은 탁탁 손뼉을 친다.

"모르방!" 그는 종을 부리는 주인의 어조로 소리쳐 부른다.

오늘 밤, 뤼네르는 모르방이라는 이름이 조금도 반갑지 않다. 이름을 이루는 그 친밀한 음들이 사뭇 불쾌하기만 하다.

하지만 모르방은 빨리 나타나지 않는다.

"모르방!"

습관적으로 마셔대는 독주에 쉬어버린 음색에는 성미 급한 폭군의 본능이 내비친다.

빽빽이 몰려선 선원 가운데서 한 사내가 걸어 나온다. 도형수 같은 뻣뻣한 동작으로 다가온 모르방은 이제 소년의 손에 닿을 정도로 가까운 거리에 있다.

하지만 그렇게 해서는 안 돼. 그에게 손을 대서는 안 돼. 이 사내는 믿음을 주지 못한다. 그의 눈에는 무언가 불안스런 것이 있다.

"모르방, 오늘 손님이 하나 있어. 누군지 알겠어? 이 꼬마는 아벨의 친구야."

아주 짧은 순간, 모르방의 한쪽 눈꺼풀이 파르르 떨린다. 하지만 여전히 곁눈으로 뤼네르를 응시하는 그는 눈 한 번 깜짝하지 않는다. 뤼네르는 위험이 다가오는 것을 느낀다. 모르방의 태도는 무언가 딱딱해져 있었고, 근육 전체가 긴장된 듯이 보인다.

"이봐, 왜 그렇게 얼이 빠져 있어? 왜, 아벨은 친구가 있으면 안 되는 거야? 벗이 있으면 녀석도 좋지 않겠나? 그런데 말이다, 꼬마야……" 카르덱은 뤼네르에게 시선을 돌리며 말했다. "보면 알겠지만 조금 변해 있을 거야. 녀석에겐 바다 생활이 맞지 않거든. 하지만 우리도 할 수 있는 건 다 해줬어. 안 그러냐, 모르방? 녀석을 바다에 적응시키려고 최선을 다했단 말이야. 하지만 바다가 체질인 자들이 있는 반면, 전혀 그렇지 못한 자들도 있지."

뤼네르는 모르방이 어떤 감정을 가지고 있는지 전혀 가늠할 수 없었다. 그의 감정은 마치 삐딱하게 자라난 나무들이 얽히고설킨 밀림처럼 엉켜 있었다. 하지만 어떤 미묘한 향수의 주조主調가 되는 향처럼, 그 복잡한 감정의 실타래를 지배하는 것은 격렬하지만 애써 억누르고 있는 어떤 분노였다. 풀려나기만 하면 그 분노는 카르덱 선장의 면상 한가운데 그대로 돌진할 것이다. 그의 두 눈 사이로 말이다.

"아벨은 안방에서 곱게 자란 선원이었어."선장이 말을 잇는다. "돛 올리는 줄과 돛 아래 귀를 묶는 줄도 구별 못 하는 도시 샌님이었다고. 계집애처럼 섬세한 데다가 어딜 가나 말썽만 일으키는, 아무짝에도 쓸데없는 녀석이었어. 이런 부류들은 배에서 콜레라보다도 못한 존재야! 식량이나 축내는 그런 버러지 같은 것들은 옛날에 그랬던 것처럼 배 밑바닥 선창에 처박아놓는 게 딱 알맞지! 꼬마야, 우리가 어떻게 했는지 아냐? 녀석을 물속에 집어넣어 용골 밑으로 들어가 반대쪽으로 빠져나오게 했어! 아, 물론 그때마다 거의 죽어서 나왔지. 그래도 최소한 자기 잘못은 똑똑히 깨달을 수 있었단 말이지! 그런데 내가 왜 이렇게 수다만 떨고 있을까? 녀석을 너무 오래 기다리게 하면 안 되잖아?"

카르덱은 과장된 동작으로 갑판 바닥을 장화로 여러 차례 세차게 구른다.

몇 초 동안 무겁게 내려앉은 정적 가운데 끼익 하는 배의 마찰음만이 단말마처럼 들려온다. 뤼네르는 그 흉터와도 같은 목재의 균열을 생각한다. 그리고 또 다른 영상이 떠오른다. 폭풍을 가르며 나아가는 검은 배, 험한 날씨를 벗어나는 일에만 정신이 팔려 주위에 둥둥 떠다니는 빙산 따위는 거들떠보지도 않는 오만한 검은 배의 영상이다. 이 검은 배 옆에 있는 스쿠너 어선은 아이들이 돛이

랍시고 참나무 이파리를 하나 꽂아 시냇물 위에 띄워놓은 호두껍데기처럼 초라할 뿐이다.

카르덱은 갑판을 다시 한번 더 세차게 구른다. 이에 답하듯 갑판 아래 무언가가 외치기 시작한다. 아니, 울부짖기 시작한다. 그것은 팔다리는 이미 창검에 잘려나갔건만, 최후의 피 한 방울까지 원하는 미친 군주에 떠밀려 성벽을 향해 돌격하는 병사들의 얼굴 없는 울부짖음이다.

"어쭈, 제법일세!" 카르덱이 미소를 짓는다. "웬일로 게으름뱅이 아벨 녀석이 깨어나셨네?"

울부짖는 소리는 무덤 저편에서 부르는 소리처럼 모든 이를 으스스 떨게 한다.

"입 닥치지 못해?" 선장이 포효한다. "시끄럽단 말이다!"

이어 그는 뤼네르와 모르방에게 들으란 듯이 웃어댄다. 울부짖음 소리에 온몸이 경직된 뤼네르는 모르방의 왼쪽 얼굴이 온통 피투성이라는 사실을 발견한다. 아니, 그냥 피투성이 정도가 아니라 그냥 처참한 상처 덩어리일 뿐이다. 반쯤 감긴 눈알 하나가 둥둥 떠 있는 붉은 살점일 뿐이다. 대체 어떤 괴물이 이렇게 만들어냈을까? 저 아래서 울부짖는 짐승일까?

"고티에! 랑벡!" 카르덱은 휘파람으로 사냥개를 부르듯 포효한다. "뚜껑문을 열어!"

대답 대신 침묵이 뒤를 잇는다. 하지만 그것은 흡혈귀에 의해 피를 빨린 듯한 침묵, 알맹이가 빠져 있는 침묵이다.

오 시간이여, 제발 흐름을 멈춰다오.

나는 별로 참을성이 없어. 내겐 그걸 조심해야 한다고……

꼬마야, 밤은 죽은 놈들의 것이지. 그 늙은 갈보가 얘기해주지 않던?

두 사내가 무리에서 빠져나온다. 그들의 발걸음은 무겁고, 얼굴은 굳어 있다.

그들은 뚜껑문을 열려 한다. 뤼네르는 꿈이 목적지를 향해 나아가고 있음을 예감한다. 꿈의 목적은 바로 이 악취 나고 습기 찬 나무 우리 속에 갇힌 비인간적인 그 무언가를 뤼네르에게 보여주는 것이다.

갑자기 카르덱은 두 사내에게 멈추라고 손짓한 다음 소년을 가리킨다.

"이 꼬마는 아벨을 찾아왔어. 착하지 않아?"

싫어! 뤼네르는 소리치고 싶다. 싫어! 나를 보내줘! 집으로 돌아가게 해줘!

이때 한 사내가 떨고 있는 것이 눈에 들어온다. 그뿐이 아니다. 그는 분해되고 있다. 골격이 허물어지고, 근육은 녹아서 흘러내리는 것 같고, 눈꺼풀은 움푹 꺼져들고, 광대뼈는 불쑥 튀어나오고 있다. 눈빛은 갑자기 폭삭 늙어 흐려진다.

뤼네르는 환영을 쫓아버리려고 눈을 깜빡여본다.

하지만 사내는 벌벌 떨면서 소년을 응시한다. 얼굴 전체를 경련시키는 광기가 어른거리는 멍한 눈으로 뚫어지게 쳐다본다. 사내의 모습은 더욱 일그러지고, 넝마 아래 몸은 덜덜 떨린다. 그의 메마르고 주름진 입에선 알아들을 수 없는 말이 흘러나온다.

"랑벡! 뚜껑문을 열라고! 밤새 이러고 있을 참이야?"

랑벡.

뤼네르의 정신은 갈가리 찢어진다. 사각형의 회색빛 묘석 하나…… 연약한 풀 한 포기가 바람 아래 몸을 굽힌 어느 곳 위에 누워 있는 아주 단순한 묘석 하나…… 그 돌판 위에는 이렇게 새겨져 있다.

    피 속 살 속까지 브르타뉴 사람인

    얀 랑벡

    고향과 너무도 멀리 떨어진 이곳에

    평안히 쉬고 있도다.

평안히 쉬고 있도다…… 이 묘석의 이미지는 격심한 두통을 안겨주며 다시 멀어져간다. 랑벡과 그의 동료는 팔 근육을 부풀리며 뚜껑문을 들어올린다. 랑벡은 다시 젊어진 모습이었지만 그의 얼굴은 그늘 속에 갇혀 있다.

열려진 뚜껑문. 울부짖는 소리. 간신히 눈구멍에 붙어 있는 모르방의 눈알.

꼬마야, 이리 와봐. 보여줄게. 미리 알려주는데, 그리 볼만한 꼴은 아냐. 저 밑바닥에 곤죽이 되어 있지. 네 형이라 하더라도 알아보기 힘들걸?

뤼네르는 두뇌를 불태우는 그 목소리에 맞서 싸운다. 하지만 카르덱은 벌써 소년 위에 다가와 있다. 그의 억세고도 꺼끌꺼끌한 손아귀는 소년의 목덜미를 움켜쥐고, 뜨거운 숨은 귓속을 파고든다.

열려진 뚜껑문 주위로 모르방, 랑벡, 고티에가 반원을 그리며 서 있다. 뤼네르를 쳐다보며 서 있는 세 사내의 모습은 우뚝 서서 태양에 인사하는 석상과도 흡사하다. 하지만 여기에 태양은 없고, 대신 죽은 자들의 황혼만이 있을 따름이다.

꼬마야, 죽은 놈들이 아직도 돌아다니고 있어. 아니면 바다 밑바닥에 서로 달라붙어서 더이상 꼼짝도 않고 있지……

이제 소년의 생명은 선장의 손끝에 달려 있다. 선장은 밑바닥이 까마득히 내려다보이는 뚜껑문 가장자리로 성큼성큼 걸어와, 겁먹은 작은 생쥐가 된 아이를 허공에 들어올린다. 하지만 생쥐는 아래를 보고 싶지 않다…… 아니, 보고 싶다. 하지만 자신이 보고 싶다는 사실을 인정하고 싶지는 않다. 하여 충동에 굴복하지 않으려 다른 눈, 즉 쥐의 눈이 아닌 인간의 눈에 필사적으로 매달려본다. 그러나 결국은 이 눈마저도 피처럼 미끌미끌하면서도 끈적끈적한 이미지에 열려버린다. 뤼네르는 심한 욕지기를 느끼지만 이미 늦었다. 그는 본다. 본다……

그 다음, 카르덱의 손은 그를 허공 가운데 놓아버리지만, 이젠 어쨌거나 상관없는 일이다. 소년은 조각난 살점 무더기에 불과한 사내 위로 떨어져내리고, 공포와 식은땀으로 흠씬 젖은 이불 속에서 깨어난다. 그리고 구부린 무릎을 감싸 안고, 정신없이 뛰는 심장박동 소리를 들으면서 오랫동안, 아주 오랫동안 널브러진다.

이번에는 수첩도, 기록도 없다. 그가 본 것은 결코 잊을 수 없을 것이다. 하지만 제발 잊고 싶을 따름이다.

다음날 저녁, 에노가는 유리창 너머로 정원을 물끄러미 바라보았다. 사물을 제대로 분간할 수 없는 이 시간, 빠른 속도로 물러가는 석양빛에 잠긴 정원은 버려진 정원처럼 침울하기만 했다. 그리고 그날 저녁, 그녀는 이 정원만큼이나 쓸쓸하고 버림받은 기분이었다. 이렇게 아이들이 바글거리는 집에서 어떻게 이처럼 외로운 느낌이 든단 말인가?

2층에서는 아이들이 떠드는 소리, 서로를 부르는 소리가 들려왔다. 지금 브누아는 막내 상송을 목욕시키고 있었다. 물론 선뜻 나서서 하는 일은 아니었다. 오히려 자기는 다른 할 일도 많다고 투덜거리기까지 했다. 하지만 브누아는 이처럼 마지못해 대충 움직일 때마저도 알 수 없는 매력이 느껴지는 애였다. 타고난 천분이었다. 스스로에 대해선 큰 자신감이 없었지만, 브누아에게는 그 자신은 전혀 짐작 못 하는 커다란 매력이 숨어 있었던 것이다. 어머니는 그가 아이들 중에서 가장 부드러운 심성의 소유자라는 사실을 알고 있었다. 물론 브누아 자신은 자연스런 감정의 표출을 무서울 정도로 자제하고 있었지만 말이다. 어쩌면 그가 이렇게 엄격한 태도를 취하는 것도 자신이 여리다는 사실을 잘 알기 때문이겠지.

오늘 에노가는 기누의 미술교사인 모드 트레멜을 만나고 왔다. 그녀보다 나이가 어린 이 친절한 여교사는 약속 장소를 학교 바로 옆에 있는 카페로 정했다. 좋은 생각이었다. 에노가는 학교 울타리 안에만 들어가면 왠지 기분이 좋지 않았기 때문이다. 학교에 대한 그녀의 기억은 우울한 추억으로 얽혀 있었다.

"어머님도 아시겠지만요," 트레멜 선생은 뜨거운 코코아를 마시며 말했다. "저는 기누 때문에 걱정이 많아요. 빈말이 아니랍니다. 수업시간에 좀 불안해하기는 하지만 무척 정이 가는 아이니까요. 전번에 일어났던 그 일은…… 정말로 자책이 돼요. 그 그림을 보여주지 말았어야 하는 건데……"

"무슨 그림이었죠?" 에노가가 놀라며 물었다.

"〈앙기아리 전투〉라는 그림이었어요. 기누는 이 그림에 너무 심하게 반응했죠…… 제가 다른 그림을 골랐어야 하는 건데 말이에요. 어쩌면 이 그림이 더이상 존재하지 않기 때문인지도 몰라요. 존재하지 않기 때문에 더욱…… 강렬해진 것일까요? 어쩌면 그림 자체가 상상으로 그려진 것이기 때문에 상상력에 더욱 강하게 작용하는지도 모르죠…… 어쨌든 잘 모르겠어요. 그냥 죄송하기만 해요."

에노가는 한동안 아무 말도 못했다. 그리고 잠시 후, 간신히 입을 열어 이렇게 물었다.

"하지만…… 선생님께선 정말로 그 그림 때문에 기누가 그렇게 됐다고 생각하시는 건가요?"

"잘 모르겠어요. 사실 저도 아무것도 몰라요. 하여튼 책임을 느낄 뿐이죠. 무슨 말인지 아시겠죠?"

"그렇게 자책하실 필요는 없어요. 기누는 아주 예민한 아이랍니다. 아기 때부터 그랬어요. 그래서 형들이 놀리곤 하죠. 겁쟁이라고 부른다니까요."

"예. 하지만…… 며칠 전 밤에 곰곰이 생각해보았죠…… 혹시 어머님, '스탕달 증후군'이라는 말 들어보셨어요? 특이할 정도로 예민해서 그림 앞에서 기절하는 사람들이 있대요. 진짜로요."

에노가는 젊은 여교사에게 호감을 느끼고 있었기 때문에 그녀가 잘못 생각하고 있다고 차마 반박할 수 없었다. 기누는 절대로 어떤 그림 때문에 기절한 게 아니다. 그래 봬도 땅 위에 두 발을 굳게 딛고 있는 온전한 정신의 소유자였다. 단지 그애는 무거운 짐을 지고 있을 뿐이다. 엄마인 자신에게서 받은 일종의 저주 말이다.

하지만 에노가는 이 모든 것을 이야기하지 않았다. 그냥 예의 바르게 고개를 끄덕였을 뿐이다. 이 젊은 여교사는 기누에게 호의를 갖고 있으며 진심으로 걱정하고 있는 것 같았다. 이런 걱정의 표시는 그녀의 불안감을 잠시나마 덜어주었다.

트레멜 선생은 다시 말을 이었다.

"그러니까 말이죠, 어떤 작품들은 너무나도 강력한 힘을 갖고 있어서 보는 사람들의 마음속 깊은 곳에 감춰져 있는 것까지 깨워낸답니다. 예를 들어 피렌체의 다빈치나 카라바조의 그림 앞에서 그런 일이 종종 일어난답니다. 이렇게 쓰러진 사람들은 병원에 가서 치료를 받고 나면 다시 정상으로 돌아온다고 해요."

"그럼 기누를 병원에 데리고 가야 할까요? 병원에 가서 그애가 그림을 보고 충격을 받았다고 설명할까요?" 에노가는 미소를 지으며 물었다.

"이건 진지하게 말씀드리는 건데요, 기누가 정신과 상담을 좀 받아보면 어떨까 해요. 정말로 그 그림 때문에 정신이 혼란해졌을 수도 있거든요…… 그때 기누의 모습은…… 정말로 섬뜩했어요. 정말 걱정이 돼요. 이 일로 인해 앞으로 밤마다 악몽을 꾸게 되지나 않을까 하는 생각도 들고…… 예를 들면……"

에노가는 슬픈 미소를 지어 보였다.

그리고 여교사를 안심시켜주면서 아이를 정신과에 데려가는 것을 고려해보겠노라고 약속했다. 물론 그녀는 정신과 의사를 만나야할 필요가 없음을 잘 알고 있었다. 아이들이 악몽을 꾸는 것은 결국 자기 때문이 아니던가?

그녀는 첫째와 둘째 아이가 함께 울어대는 소리에 잠이 깼던 그 최초의 밤을 결코 잊지 못할 것이다. 아이들은 같은 방에서 자고 있었다. 그녀는 브누아가 침대 가로대에 머리를 부딪쳐 다쳤고, 그 바람에 동생 뤼네르도 잠이 깼을 것이라고 짐작했다. 방에 들어가 보니 두 녀석이 함께 울고 있었다. 마치 여진을 남기고 다른 곳으로 퍼져나가는 지진처럼, 브누아를 아직 흔들어대는 어떤 슬픔이 얼마 후 뤼네르에게까지 이르렀던 것 같았다. 브누아가 떠듬대는 말을 들으며, 그녀는 우리의 오랜 악마들은 때로 우리의 가장 취약한 부분을 통해 되돌아온다는 사실을 깨달았다. 다시 말해서 과거의 망령들이 우리를 괴롭히기 위하여 다시 찾아와 우리가 사랑하는 존재를 건드리는 것이다.

이때, 잊어버렸던 어린 시절의 오솔길에서 깊은 절망이 다시 솟아올랐고, 그녀는 한없는 나락으로 떨어지듯 온몸에 힘이 빠지는 것을 느꼈다. 그녀의 영혼을 괴롭히는 것이 무엇인지 그 누가 알 수 있으랴! 그녀는 이 오래된 절망을 쫓아버리기 위해 혼자서 많은 제방을 쌓아왔고, 그 결과 이제는 아무도 그녀를 도와줄 수 없게 된 것이다. 심지어는 에반조차도 그녀의 존재에서 가장 야성적인

이 부분, 상처 받은 여자아이를 숨기고 있는 이 부분에는 접근할
수 없었다.

어린아이였을 때, 그녀는 창가에 다가가지 못하게 하는 집에서
살았다. 그녀의 어머니는 저녁마다 발작을 일으키는 어떤 신경증
을 앓고 있었고, 그럴 때면 집 안의 창문이 모두 닫혀 있는지, 아이
들 방의 바깥 덧창은 튼튼히 잠겨 있는지 몇 번이고 확인했다. 갈
색 곱슬머리에 가냘픈 여섯 살배기 여자아이는 잠들기 전이면 덧
창을 통해 들려오는 괴물들의 낄낄대는 웃음소리를 듣지 않으려고
두 귀를 틀어막아야 했다.

이 얼굴 없는 괴물들은 복도 끝에 있는 ‘파란 방’에 살고 있었
다. 전에는 한 아이가 지냈었다는 이 방은 그녀가 태어나기 훨씬
이전에 자물쇠로 잠겨 폐쇄되었다고 했다. 그 이후로는 아무도 그
곳에 들어가지 않았다. 심지어는 청소를 할 때도 들어가지 않았다.
하지만 그녀는 속지 않았다. 자물쇠로 잠가놓기 전에 괴물들은 그
방에서 슬그머니 빠져나와 집 안 어디엔가 숨어 있는 것이 분명했
다. 왜냐하면 그녀가 태어나기 전, 그 방에 살았다던 ‘조그만 남자
아이’를 데려간 게 바로 그들이기 때문이다……

오빠 질다는 이렇게 확신하는 소녀를 비웃었다. 하지만 그녀는
알고 있었다. 괴물들이란 쉽사리 만족하는 존재가 아니란 사실을.
그들이 밤마다 열린 창문을 통하여 아이들 방을 들여다보며 호시
탐탐 노리고 있다는 사실을. 그렇지 않고서야 왜 엄마는 저녁마다
덧창이 튼튼히 매달려 있는지, 그친 소나기를 뒤따라와 다시금 대
지를 뒤흔들어놓는 난폭한 광풍에 견딜 수 있는지 확인한단 말인

가? 그건 결국 괴물들의 거센 입김에 대비하기 위해서가 아닌가?

어느 날, 그녀는 '조그만 남자아이'의 방에 들어갈 수 있는 열쇠를 찾아보았다. 있는 힘을 다해 찾았다. 의자 위에 까치발로 서서 높은 선반을 살펴보고, 책상과 서랍을 열어보기도 하고, 옷장 문을 반쯤 열어 안을 들여다보기도 하고, 엄마 옷방의 커튼자락을 열어보기도 하고, 신발털이 밑과 현관을 장식하는 항아리 안에 손을 넣어 더듬어보기도 하고, 쌓아놓은 이불 속으로, 또 더이상 손님을 초대하지 않기에 오래전부터 사용하지 않는 접시 뒤로 그 가느다란 손가락을 살그머니 넣어보기도 했다. 여기저기 모두 찾아보았다. 금지된 장소들을 뒤졌지만 소득이 없었고, 그럴수록 더욱 맹렬히 찾아보았다. 그리고 마침내 그녀는 무언가를 찾아냈다. 그것은 열쇠가 아니라 한 장의 사진이었다.

침대 옆 탁자의 조그만 서랍 속에 쌓인 편지 무더기 아래, 검은 가죽 장정의 오래된 비망록 페이지에 사진이 한 장 끼워져 있었다. 그녀가 태어나기 한두 해 전, 모두 불태워져버린 '조그만 사내아이'의 사진 중 유일하게 살아남은 것이었다. 사진 속의 아이는 그녀를 삐딱하게 쳐다보고 있었다. 아이는 아주 어렸다. 그녀보다 약간 더 클 수도 있겠지만 그렇게 크지는 않았다. 아이의 얼굴에는 미소가 없었다. 생각에 잠겨 있는 듯한 표정이었다. 그녀의 것과도 같은 갈색 머리는 마구 헝클어져 있었고, 독감에 걸렸을 때의 질다만큼이나 안색이 창백했다. 그녀는 아이의 모습에 매혹되어 멍하니 사진만 들여다보고 있었다. 누군가 계단을 급하게 뛰어 올라오는 소리를 들었지만 사진을 제자리에 놓을 수조차 없었다. 어머니가 그녀를 발견했고, 따귀를 때렸고, 사진을 빼앗았고, 심술궂은 말들을 내뱉었다. "이건 내 거란 말이야! 알아듣겠니? 내 거야, 내 거!……"

그리고 나서 어머니는 자기 방에 처박혀 울었다. 어린 에노가는 정원 한쪽 구석, 나무들이 빽빽이 자라 있는 곳으로 달려갔다. 모두가 나를 잊어버릴 때까지 거기 숨어 있어야지…… 그러다가 힘이 빠져 정원의 축축한 땅 위에 쓰러져야지…… 그렇게 죽어서 어딘가에서 자기를 기다리고 있을 그 작은 사내아이를 만나야지. 생각에 잠긴 듯한 표정에 갈색 머리를 한, 자신의 쌍둥이 같은 그 아이를……

오늘, 자신도 모르는 사이에 그녀의 내부에 숨어 있던 그 여자아이를 기누가 다시 깨워냈다. 그리고 되살아난 그 여자아이 앞에서 에노가는 무서웠다. 소녀 주위에는 어떤 죽음의 냄새가 감돌고 있었던 것이다. 그 냄새는 기누를 위협하는 어떤 위험의 신호였다. 에노가는 무언가가 아들을 잡아가지나 않을까 무서웠다. 그녀가 어린 시절 집을 떠나올 때 실수로 가져온 그 무언가가 말이다. 오래전부터 그 날카로운 이빨 사이에 아무것도 넣어보지 못한, 무서운 인내심으로 무장하고서 오랫동안 굶주려온 그 무언가가 말이다……

기누에게 무슨 일이 일어난다면 견뎌낼 수 없을 것이다. 만일 필요하다면 정신과 의사라도 찾아갈 생각이었다. 하지만 아무리 정신과 의사라 한들, 어떻게 그녀가 밝힐 수 없는 것을, 아니, 그녀도 그 정체조차 모르는 것을 파괴해줄 수 있단 말인가?

정원을 둘러싼 나무를 바라보던 에노가는 나무들이 이제 몸을 숨길 수 있을 만큼 높고 빽빽해졌음을 깨달았다.

뤼네르는 열흘 동안 꼼짝 않고 숨어 있었다. 아르델리아가 자신의 소식을 기다린다는 것은 알고 있었지만, 그녀를 마주 볼 용기가 나지 않았다. 그의 마지막 꿈이 뇌 가운데 어두운 고통을 찍어놓았던 것이다. 뤼네르는 학교로 돌아갔다. 거기에 몸을 숨기고, 자장가처럼 단조롭게 계속되는 수업에 파묻혀 모든 걸 잊기 위해서였다. 물론 밤이면 꿈이 갖고 노는 장난감 신세로 돌아갔다. 그리고 식은땀에 젖어 덜덜 떨면서, 침대 위에 떠도는 마리 루이즈 호의 냄새를 맡으며 잠에서 깨어났다. 더이상 수첩에 기록도 하지 않았고, 악몽의 자세한 내용도 잊어버렸고, 다만 고통스러운 느낌만을 간직했다. 그리고 눈이 움푹 꺼진 창백한 얼굴로 학교에 갔다.

어느 날 저녁, 버스에서 뛰어내려 집 정원까지 남은 거리를 걸어가려는 참인데, 길가에 세워진 2마력짜리 연두색 소형차가 보였다. 뤼네르는 차창이 내려가기도 전에 운전사가 에브 고트로라는 사실을 알 수 있었다.

"어이, 잘 있었니?"

"안녕하세요……" 뤼네르는 어색하게 대꾸했다.

"우리 얘기 좀 할 수 있을까?" 노인은 부드럽게 물었다.

"예…… 그런데 좀 바빠서요. 학교에서 맡은 일이 좀 있어서……"

"걱정 마라. 오래 걸리진 않을 테니까." 에브는 차문을 열어주며 말했다.

뤼네르는 마지못해 차에 올랐다.

"그래, 잘 지냈니?" 에브가 물었다.

뤼네르는 노인의 회색 눈이 자신의 창백한 안색과 움푹 꺼진 두 눈에 머무는 것을 느꼈다.

"예, 그럭저럭……"

"학교 일 때문에 그렇게 고민하는 거냐? 아니면 다른 일 때문이냐?"

뤼네르는 아무 말도 듣지 못한 듯 잠자코 있었다.

"뤼네르." 에브가 다시 말했다. "아르델리아가 너 때문에 걱정하고 있단다. 소식이 끊어진 지도 벌써 열흘째라고 하더구나."

"알고 있어요. 죄송해요. 요즘 시간이 없었거든요."

에브는 울퉁불퉁하고도 메마른 손으로 핸들을 톡톡 두드린다.

"이봐, 뤼네르! 나한테는 좀 솔직해질 수 있지 않니? 나는 널 잘 몰랐지만, 도와주려고 최선을 다했단다. 이건 진심으로 하는 소리야. 왜 그랬냐고? 그냥 네게 관심이 갔고, 호감을 느꼈기 때문이야. 하지만 네가 만일 그런 식으로 막연한 대답만 계속한다면, 난 결국 내가 사람을 잘못 봤나 하고 생각할 수밖엔 없단다. 안 그러겠냐?"

뤼네르는 백미러에 비치는 풍경을 응시했다. 아, 그러셨어요? 나를 믿을 만하고 용감한 소년으로 보셨다면 그건 할아버지가 완전히 착각하신 거죠…… 그는 도망간 녀석일 뿐이었다. 감당할 수 없는 두려움에 떠밀려, 그를 믿는 사람들의 눈에 실망의 빛이 떠오를지 어떨지 생각해볼 겨를도 없이 그대로 내빼버린 겁쟁이였다.

그런 그를 걱정해주었다니, 그의 소식을 기다리고 있었다니, 그 사람들이야말로 어리석지 않은가? 그들은 나에 대해 착각하고 있어. 가끔 내가 스스로에 대해 착각하듯, 그들 역시 나를 잘못 본 거지. 나는 부처님 손바닥 안에서 걷고 있으면서, 저 달까지라도 갈 수 있다는 망상에 종종 빠지곤 하잖아?

악몽에게 한 방 먹이겠노라 결심했던 그날 저녁에도 그런 기분이었다. 그날 저녁, 뤼네르는 힘과 용기로 넘쳐흐르는 정말 굉장한 녀석이었다. 하지만……

그가 억누르고 있는 말들이 가슴속에서 쿵쾅거렸고, 관자놀이에 부딪쳐왔다. 소년은 그런 자신을 보고 있는 에브의 시선을 느꼈고, 볼은 더욱 뜨거워졌다.

"지금은 거기 갈 수 없다고요!" 뤼네르는 결국 참지 못하고 이렇게 내뱉고 말았다.

"왜지?"

"꿈에서 뭔가를 보았기 때문이에요." 그는 기어드는 목소리로 말했다. "할머니께는 말씀드릴 수 없는 것들이에요."

"그건 단지 꿈일 뿐이야." 에브가 대답했다. "네가 거기서 보는 것은 현실이 아니라고. 무서울지는 모르지만 실제로 존재하는 것은 아냐."

뤼네르는 에브의 말을 믿고 싶은 심정이었다. 하지만 카르덱과 그의 부하들은 분명히 존재했던 사람들 아닌가? 그렇다. 에브 할아버지는 결코 이해하지 못한다. 뤼네르가 아무리 숨기려 애써도 그가 꿈속에서 본 것을 아르델리아가 느끼게 되리라는 사실을. 그리하여 그녀 자신도 그 강력하고도 위험한 무언가에 빨려 들어가게 되리라는 사실을.

"아르델리아 할머니의 오빠에 관련된…… 무언가를 보았어요……"

"그런 거라면 그녀에게 말해도 괜찮다. 그녀는 꿈은 그저 꿈에 불과하다고 생각하니까. 맞아. 그녀는 겉보기와는 달리 그렇게 강하기만 한 사람은 아니란다. 하지만 그녀의 연약함은 단지 추억에만 깃들어 있는 거야. 시간이 그녀의 상처 어딘가에서 멈춰버렸다고 할 수 있지. 그녀는 오빠의 죽음을 완전히 떨쳐버리지 못하고 있어……"

이 말을 들으니 어떤 혼란스런 느낌이 뤼네르를 사로잡았다. 오라비와 누이의 사랑…… 너무나도 강하여 다른 사랑은 발도 못 붙이게 하는 이 사랑…… 여기에는 정말로 불건전한 비밀이 숨어 있을까? 악몽을 꾸는 와중에 그의 머릿속에 음험하게 스며들었던 이 생각을 뤼네르는 더이상 떨쳐버릴 수 없었다.

"제가 할머니를 뵈러 가야 한다고 생각하세요?" 그가 물었다.

에브는 이렇게 돌려서 대답했다.

"내일 아침 9시, 생자퀴 방향 표지판 바로 다음, 도로 오른쪽에 있는 버스정류장에서 기다리고 있겠다."

7
아벨

눈물을 감추려 얼굴 위에 베개를 뒤집어쓰는 하룻밤이 또 지나 갔고, 축축하고 차가운 아침이 이어졌다. 공격에 대비하여 겹겹이 쌓아놓은 구름을 무력화시키려는 듯, 태양이 긴 황금빛 손가락 같 은 광선을 펼치자, 잿빛 하늘에는 찻물에 부어넣은 우유처럼 희뿌 윰한 빛이 퍼지기 시작했다.

에브는 시간에 맞춰 와 있었다. 차가운 아침 공기에 뺨과 얼굴에 불그레한 얼룩이 생긴 뤼네르는 모자 달린 재킷을 입고 목도리까 지 두르고도 덜덜 떨고 있었다. 차 안에서 에브는 잔뜩 굳어 좀처 럼 펴지지 않는 소년의 얼굴을 보았다.

"이런, 젠장! 왜 그렇게 긴장하고 있어?" 결국 쾨캉 숲 가까이에 이르러 에브는 버럭 소리를 지르고 말았다. "인석아! 아르델리아 할머니는 아직 사람을 잡아먹은 적이 없단 말이다!"

하지만 이런 농담도 아무 소용없었다. 승객은 침울한 기색으로 아침 햇살 아래 깨어나기 시작하는 숲을 멍하니 바라볼 뿐이었다. 꿈이 정신을 박살내고, 미소 지은 노파들이 송곳니를 드러내는 그런 세계에서 아직 빠져나오지 못한 표정이었다. 이 아이는 상태가 좋지 않아…… 에브네제르는 진심으로 걱정되기 시작했다.

"자, 다 왔다. 나도 같이 들어갈까?" 그는 아르델리아의 집 정원에서 뤼네르에게 물었다.

소년은 새삼스러운 듯, 집을 여러 각도로 뜯어보았다. 점판암 기와가 얹어진 지붕, 현관으로 올라가는 계단, 색유리가 끼워진 2층의 격자창, 그리고 날개 달린 세입자들이 동그랗게 뚫린 입구로 들어오기만을 기다리는 나무 새집……

"아니요. 그냥 혼자 들어갈게요." 그가 대답했다.

뤼네르는 2마력짜리 소형차가 첫번째 모퉁이를 돌아 사라지는 것을 보고는 현관 계단을 올라갔고, 초인종 끈을 당겼다. 처음엔 다섯 번, 그리고 세 번 당겼다.

아르델리아는 이미 그가 도착하는 소리를 듣고 있었다. 그날 아침, 그녀의 미소 속에는 특별한 빛이 감돌았다. 여러 개의 삶은 아니라 할지라도, 최소한 하나의 삶을 온전히 통과한 사람들이 보여주는 그런 빛이었다. 짧은 순간, 그는 그녀가 죽음에 가까워가고 있음을 느꼈다. 그녀 역시 그 사실을 알고 있지만 그 순간을 늦추고 있는데, 그것은 두려움 때문이 아니라 어떤 분명한 목적을 위해서였다. 이 섬광과도 같은 생각은 떠오를 때만큼이나 순식간에 스러져버렸다.

“뤼네르…… 다시 만나서 정말로 기쁘구나. 어서 들어오렴.”

집 안에서는 여전히 나무와 차, 그리고 한창 굽고 있는 케이크 향기가 감돌고 있었다. 또 숲의 축축한 흙의 무언가가 집 안에 들여놓아져 있는 것 같기도 했다. 부식토 냄새, 버섯 냄새, 입구에 놓인 낡은 장화 뒤굽에 붙어 있는 풀 냄새가 뒤섞인 것인지도 모른다.

“네게 주려고 케이크를 만들었단다. 지금 아주 따끈따끈하지. 사과 좋아하니?”

뤼네르는 고개를 끄덕였다. 거실에는 안락의자가 그를 기다리고 있었다. 그는 의자에 깊이 몸을 묻고 축축한 청바지를 불에 쬐였다. 아르델리아는 럼주 향기 물씬 나는 사과조각이 얹힌 몰랑몰랑한 케이크를 큼직하게 잘라 한 조각 가져다주었다. 소년의 근육을 팽팽하게 지탱하던 긴장감은 케이크의 버터와 럼주 속에서 부드럽게 녹아내렸다. 최근 얼마 동안, 그의 삶 가운데는 따스함이 별로 없었던 것이다.

“벌써 표정이 한결 밝아졌네!” 그녀가 웃으며 말했다.

“좀더…… 일찍…… 찾아뵙지 못해서…… 죄송해요.” 그는 케이크를 입 안에 가득 넣은 채 우물우물 말했다.

“미안해할 필요 없다. 그럴 만한 이유가 있겠거니 하고 생각하고 있었단다.”

그는 어떤 변명부터 꺼내야 할지 몰라, 마치 체스판을 앞에 둔 사람처럼 상대가 말하기만을 기다렸다.

“아마도 큰 충격을 받아서 아무 일도 할 수 없었겠지. 또 아주 먼 곳으로 도망가버리고 싶기도 했을 테고. 하지만…… 네가 어디를 가든 결국은 그가 널 찾아내리라는 사실을 너도 알고 있는 거야. 왜냐면 그는 네 머릿속에 들어올 수 있는 열쇠를 가지고 있거든. 맞아, 그는 그렇게 할 수 있어. 이 점이 널 가장 무섭게 하는 거지. 당연한 일이야."

뤼네르는 아무 말도 할 수 없었다. 사람 속을 꿰뚫어보는 아르델리아의 능력은 항상 그를 놀라게 했다.

"지난 몇 주간, 나는 많이 생각해보았단다……" 그녀는 부드러운 목소리로 말했다. "그리고 이 모든 일은 우연히 일어난 게 아니라고 확신하게 되었어. 카르덱이 너를 선택한 거란다. 너와 그 사람 사이에는 어떤 관계가 있는 것 같아…… 아니, 아니야……" 무언가를 바라보는 사람처럼 두 눈을 크게 뜬 그녀는 보다 정확하게 설명하려 노력했다. "너희 두 사람 사이에는 팽팽하게 당겨진 끈 같은 게 있어서, 카르덱은 이 끈을 통해 꿈속에서 너의 정신 속에 들어올 수 있는 거야. 다시 말해서 네 안에는 그가 자유롭게 들어올 수 있는 어떤 부분이 있는 거고, 넌 그자의 방문을 절대 거부할 수 없어. 나는 또 그자가 너를 농락하고 있다고 생각한다. 과거 그가 자신보다 약하다고 생각되는 사람들을 마음대로 가지고 놀았듯이 말이야. 하지만 뤼네르, 그가 마음대로 하게 놔둬서는 안 된다. 지금은 1912년이 아니잖니? 너는 그의 명령을 따라야 할 필요가 없어."

"하지만 전에 할머니도 말씀하셨지만, 이건 실제로 존재하는 일이잖아요."

"과거엔 존재했지. 하지만 지금은 끝났단다. 그들은 모두 죽었어. 살아 있는 사람은 나 한 사람뿐이야! 그리고 마리 루이즈 호는 산산조각이 나서 바다 밑 어딘가에 잠겨 있어."

"그래요. 하지만 그 사람이 내게 보여주는 것은 모두 사실일지도 모르잖아요."

"아니야. 나는 그가 너를 속이려고 현실의 이미지 사이에 거짓을 끼워 넣고 있다고 생각한다. 아주 교활한 짓이지. 하지만 그것들은 단지 이미지일 뿐이야. 너로 하여금 무엇이 진실이고 무엇이 진실이 아닌지 헷갈리게 하려고 교묘하게 조작한 이미지일 뿐이라고."

"하지만 그 난파는요?…… 그리고 배의 상처는요?…… 여객선 때문에 반 토막으로 잘린 바로 그 부분을 봤어요…… 정말로 봤다고요…… 또 모포를 뒤집어쓰고 덜덜 떨고 있는 사람도 있었어요…… 할머니가 말한 그대로였다고요! 생존자였어요. 꼭 미친 사람처럼 말하는…… 그리고 다른 사람들도 봤어요…… 특히 그들 가운데 있는 그 사람……"

"너는 카르덱이 네게 보여주고 싶어했던 것을 보았을 뿐이야. 그런데 이해가 안 되는 점이 하나 있어. 왜 그가 난파에 대해 그렇게 상세히 보여주었을까? 지금까지는 안 그랬지 않니?"

"안 그랬어요." 그는 인정했다.

"그렇다면 이번에는 왜 그랬을까?"

"그가 할머니를 봤거든요." 그는 고백하고 말았다. "내 생각을 들여다보았죠. 그가 내 생각을 뚫고 들어와서 거기 있는 할머니를 본 거예요. 할머니를 아주 미워하는 것 같았어요."

뤼네르의 귀에는 '늙은 갈보년'이라고 말하며 비웃는 카르덱의 목소리가 다시 들리는 것 같았다.

"그래." 아르델리아는 미소 지었다. "미움이란 뒤집힌 사랑과도 같은 것, 상호적이고도 강한 거란다."

"왜 그렇죠?"

그녀는 대답 대신 층계를 올라가더니 몇 분 후에 옛날 사진이며 종이 등이 가득한 신발상자 하나를 들고 내려왔다. 그녀는 사진 한 장을 소년에게 건넸다. 사진 속에는 검은 옷을 입은 한 소녀의 모습이 담겨 있었다. 풍성하게 부풀었다가 줄지어 달린 진주 빛 작은 단추들로 조여진 소매가 달렸고, 섬세한 레이스로 장식된 블라우스를 입은 몹시 우아한 소녀였다. 그녀의 세련된 상복은 날씬한 몸매와 이제 막 솟아나기 시작하는 봉긋한 가슴을 강조했다. 또 소녀의 웃는 얼굴은 의복의 빛을 모두 흡수해버린 듯 환하게 빛나고 있었다.

"자, 이게 바로 나란다. 열다섯 살 때지. 아직도 아버지의 상복을 입고 있었어. 아벨이 나를 사진관에 데리고 가서는 내 심각한 표정을 없애주려고 카메라 뒤에서 우스꽝스런 표정을 짓고 있었어. 그날 우리는 오빠의 선원 장비를 사러 갔단다. 나로서는 웃을 기분이 아니었지. 하루하루 출발 날짜가 다가오고 있었으니까. 자, 보다시피 당시에 난 제법 예뻤단다."

뤼네르는 고개를 끄덕였다. 소녀의 몸에서 발산되는 광채는 흑백사진 전체를 환하게 밝히고 있었다. 소녀에게는 뭔가 오만한 광채 같은 것이 느껴졌다. 또 도도하고도 녹록치 않아 보였지만, 곱상하니 갸름한 얼굴은 그녀의 연약함 또한 드러내고 있었다. 거기에는 채 열다섯도 되지 않은 소녀가 발하는 것이라고는 믿기 어려운 저항할 수 없는 매력이 감돌았다.

아르델리아는 달콤한 향수를 떨쳐버렸다. 그녀는 그녀가 잃어버린 사람들이 살고 있는 과거의 낙원 안에 머무는 것을, 마음 끌리지만 우울한 행복 속에 갇혀 있는 것을 거부했다. 하지만 뤼네르는 사진 속의 그녀가 왜 웃고 있는지 충분히 짐작할 수 있었다. 오빠가 거기 있기 때문이 아니었을까? 비록 아버지는 돌아가셨지만, 그녀의 진정한 사랑이 바로 눈앞에, 자신을 웃겨주겠다고 사진사 뒤에서 얼굴을 찡그리며 자신을 쳐다보고 있다는 사실을 가슴 가득히 느끼기 때문이 아니었을까?

"아벨이 떠나던 날, 부두에 서 있던 내 모습도 억지로 지은 미소만 뺀다면 이 사진과 거의 비슷했겠지. 사실 예상과는 달리 그렇게 슬프진 않았어. 선원들에게 작별인사를 하러 나온 군중이 와글대는 그곳 분위기는 사뭇 들떠 있었으니까. 출발을 기다리는 배들은 멋지고도 당당해 보였지. 심지어는 낡은 배들까지 새로운 출항을 위해 산뜻하게 칠 단장을 한 상태였어. 어서 빨리 이 배들이 하얀 돛을 활짝 펼치고 멀어져가는 모습을 보고 싶을 정도였단다. 그리고 아벨이 너무나 행복해해서 그의 기쁨이 나에게까지 전염되었어. 물론 배들이 수평선 너머로 사라져갈 때면 다시 슬픔이 밀려올 터였지만.

그날 오빠는 카르덱을 가리키며 내게 보여주었단다. 난 잠시 얼이 빠진 듯 그를 쳐다보았어. 오빠를 데려간다는 그 사내의 엄청난 체구에 매료되었다고나 할까…… 그에게서 눈을 뗄 수가 없었어. 물론 남자를 그런 식으로 뚫어져라 쳐다봐서는 안 된다는 것쯤은 알고 있었지…… 내 시선을 느꼈는지 그도 고개를 돌렸고, 나를 발견했어. 나는 바보처럼 얼굴이 빨개졌지. 그의 눈빛은 아직도 잊히지가 않아. 사냥꾼의 눈빛이었어. 그의 속셈이 무엇인지는 뻔히 알 수 있었지. 마치 맛있는 음식 앞에서 군침을 흘리듯, 혀를 내밀어 윗입술을 핥았어. 믿을 수가 없더구나! 불과 몇 미터 떨어진 곳에 그의 아내가 내 나이 또래의 소년 둘과 함께 서 있었어. 팔에는 레이스 달린 보닛을 씌운 작은 여자아이를 안고서 말이야. 나는 남자들을 잘 몰랐고, 더욱이 선원들과는 거의 접촉한 적이 없었지. 그런데 그의 눈길을 받으니 큰 상처를 입은 듯한 기분이었어. 죄의식도 느껴졌지. 내가 먼저 그를 응시하는 바람에 그가 날 쳐다보게 된 것 같은, 그는 단지 내 초대에 응했을 뿐인 것 같은 그런 기분이었단다. 사실 난 학교 다닐 때부터 눈빛이 당돌하다는 말을 많이 들어왔는데, 그날에서야 내 이런 눈빛이 문제를 일으킨다는 사실을 깨닫게 되었어.”

아르델리아는 잠시 멈췄다가 다시 말을 이었다.

“요즘 젊은 여자애들이 이런 말 들으면 재미있다고 웃을 거야. 하지만 당시에는 한 사내의 욕망을 정면으로 보았다는 것이 참으로 충격적인 경험이었단다. 게다가 결혼까지 한 남자가 어리디어린 계집애에게 눈독을 들이다니……! 나는 이 사내가 아벨의 상관이라는 사실에 마음이 몹시 불안해졌어. 이윽고 아벨은 나를 품에 안고서, 오빠가 없더라도 씩씩하게 살겠다고 약속하라고 했지. 그리고 내가 몹시 보고 싶을 것이며, 편지를 길게 써서 보내겠노라 약속했어. 그러고는 배에 올랐지. 나는 부두에 못 박힌 듯 서 있었어. 내 어깨를 꼬옥 감싸주는 놀벤과 함께 말이야. 우리 주위에 있는 군중은 서로 키스하고 껴안았지. 어떤 사람들은 울었고, 붉게 충혈된 눈을 어린애처럼 주먹으로 훔치기도 했어. 또 어떤 사람들은 술에 취해 껄껄 웃어댔지. 취기에 기대어 한껏 허세를 부려대면서 말이야. 주위에서 소용돌이치는 이 모순적이고도 극단적인 감정들 덕분에 내 감정을 숨길 수 있었어. 그래서 아벨이 갑판에 서서 이별의 손짓을 보내는 동안에도 나는 침착하게 서 있을 수 있었지. 내 모든 고통과 불안감을 오빠가 볼 수 없게끔 뱃속 깊은 곳으로 꾹꾹 밀어 넣으면서.”

뤼네르는 아르델리아의 이야기에 완전히 사로잡혔다. 그 장면을 직접 보고, 그 강렬한 순간을 실제로 체험해보고 싶었다. 과거의 아르델리아는 그의 가슴을 뭉클하게 했다. 소년은 거의 사랑에 빠져 있었다. 노부인을 통해 그가 접할 수 있었던 것, 그것은 바로 한 소녀의 내밀한 부분, 실제의 삶에서는 결코 접근할 수 없는 그 비밀스런 부분이 아니던가?

아르델리아는 이야기를 계속했다.

“오빠에게서 소식을 받기까지는 여러 달을 기다려야 했어. 참으로 길고도 긴, 끝없이 이어지던 나날들…… 벌써 몇 주 전부터 봄이 찾아온 들판에는 꽃이 만발했고, 날씨가 더워지고 나서야 아이슬란드를 거쳐 뉴펀들랜드뱅크를 다녀온 병원선이 돌아왔단다. 드디어 우리의 형제, 아버지, 남편, 연인의 편지를 받을 수 있게 된 거지. 그날 아침, 해양구호사업소 앞은 선원 가족들이 몰려와 장사진을 이루었고, 나는…… 세 통의 편지를 받을 수 있었단다! 사실 난 이것보다는 훨씬 더 많을 거라고 예상했어. 어리석은 나로서는 알 턱이 없었지. 편지 쓸 틈을 찾기 위해 오빠는 '오두막 파도' ― 도리스를 띄울 수 없을 정도로 바다가 험한 날을 이렇게 부른단다 ― 가 오기를 기다려야 했다는 사실을…… 또 얼마나 파김치가 된 몸으로 이 편지를 써야만 했는지를…… 거기서 그들이 어떤 고통을 겪고 있는지 여기서는 전혀 몰랐단다. 편지에서 오빠는 바다며 고기잡이며 대구가공일 등에 대해 이야기했어. 하지만 난 이 모든 일을 아무렇지도 않은 듯 말하는 그의 어조가 꼭 꾸며낸 것 같다는 느낌을 받았어. 평소 우리는 서로 대화하듯 아주 자연스런 말투로 편지를 쓰곤 했거든. 그런데 여기서는 오빠가 말을 조심하고 있는 게 엿보였어. 그리고 카르덱에 대해선 일언반구도 없었지. 오빠의 편지를 읽고 나는 기대했던 것만큼 기쁘지 않았단다. 놀벤은 그런 나를 보고, 아가씨는 절대 만족하는 법이 없어요, 하고 놀려댔지……"

아르델리아는 "착한 놀벤……" 하고 중얼거리면서 미소를 지었다. 마치 사라진 사람의 영혼이 창문 바로 뒤에 서 있기라도 한 듯이.

"그리고 여름은 천천히 지나갔단다. 방학이 되었지만, 더이상 오빠는 없었지. 같이 소풍을 가고, 절벽에 둘러싸인 내포內浦에서 멱을 감고, 또 별을 바라보며 함께 수다를 떨 오빠가 내 곁에 없었어…… 10월 초가 되자 배들이 돌아오기 시작했어. 맨 처음 돌아온 배는 9월 말, 선창 가득 고기를 싣고 생말로에 귀항한 벨릴 호였지. 그리고 10월 내내 다른 배들이 잇달아 귀항했어. 어떤 때는 하루에 세 척이 돌아오기도 했단다! 나는 학교에서 돌아올 때마다 소식을 물어보았어. 그리고 놀벤도 아침마다 시장에 가서 소식을 알아보곤 했지. 내 안에는 귀항이 늦어지는 선원의 아내들이 느끼는 불안감이 점점 차오기 시작했어. 신앙이 없었던 나였지만 일요일 미사에 나갔지. 미신적인 감정 때문이었어. 그런 나를 보고 저승에 계신 어머니도 몹시 기뻐하셨을 거야. 항상 젖과 사랑을 통해 우리 안에 신앙까지 깃들길 원하던 분이셨으니까. 그렇게 일요일마다 성당으로 향하던 나는 검은 상복을 입은 여인들의 행렬과 마주칠 때면 두려워 떨곤 했어. 선원인 남편을 잃은 미망인들이었지. 그네가 지나가면 난 화들짝 놀라며 옆으로 비켜섰단다. 그들이 마치 불행을 예고하는 까마귀 떼처럼 느껴졌거든. 생소뵈르 성당과 성모 성당은 아침부터 저녁까지 만원이었지. 나는 무릎을 꿇고 어머니께 기도를 드렸단다…… 그 어떤 비물질적인 존재보다도 어머니를 더 믿었으니까."

아르델리아는 말을 멈췄다. 그녀의 눈가에 이슬이 잠시 반짝이다가 다시 꺼져들었다.

"미안하구나." 그녀는 천천히 다시 말을 이었다. "하지만 오늘 이 모든 것을 다시 생각하려니, 마지막의 비극이 추억과 뒤섞여 모든 것이 슬프게 느껴지는구나…… 엄마에게 드리는 어린 여자아이의 기도, 떠올리려 애를 써보아도 자꾸만 가물가물해지는 엄마의 얼굴, 신부님이 흔드는 줄향로 연기 냄새, 사람들의 메마른 입에서 끊임없이 새어 나오는, '성모마리아여, 당신께 간청드리오니'로 시작되는 기도 소리…… 그리고 내 미신적인 행동. 예를 들어 빵가게에서 집까지 단 열두 걸음에 돌아오면 오빠는 무사하다, 내가 던진 이 리본이 마룻바닥의 널판 한 칸 안에 들어가면 내일 배는 돌아온다…… 이렇게 중얼거리고 다녔어. 참 바보 같은 짓이었지!

자, 마침내 11월 1일, 만성절이 되었어. 마리 루이즈 호의 모습은 여전히 보이지 않았어. 그날은 생탄 호의 두 선원을 추모하는 특별 강복미사가 열린 날이었지. 두 사람은 도리스를 타고 나갔다가 실종되었는데 다음 날 얼어붙은 시체로 발견되었단다. 밤중에 기온이 너무 내려가 아침까지 견뎌낼 수 없었던 거지……

나는 성당을 빠져나왔어. 모든 것이 회색빛이었고, 움직이지 않았어. 나는 제르주알 비탈길을 걸어 랑스 강가*로 내려가보았단다. 그곳은 내가 가장 좋아하는 산책로 중 하나였거든. 거기 서서 멍하니 조그만 어선들을 바라보았지. 그러다 검은 옷을 입은 한 젊은 여인이 내게서 몇 미터 떨어진 바위에 걸터앉아 있는 것을 보았어. 얼굴은 마치 마법에 걸린 공주 같았고, 윤기 흐르는 검은 머리는 풀어져 어깨 위에 흘러내렸지. 점잖은 모습이라곤 할 수 없었어. 당시엔 머리쓰개를 하든 안 하든 여인네들은 머리를 뒤로 묶어 쪽 머리를 올리는 게 보통이었거든. 그녀는 내 쪽으로 고개를 돌렸어. 바닷물처럼 녹색인 그녀의 눈에는 슬픈 매력이 어려 있었고, 대번

---

* 랑스 강은 디낭 시를 통과하여 라망슈 해로 들어간다. 그 하구에 조그만 어항(漁港)이 하나 있다.

226

에 나를 사로잡았지.

'아가씨를 어디선가 본 것 같군요.' 그녀가 내게 말했어. '배를 기다리고 있나요?'

그녀가 그렇게 말을 걸어오자 난 기분이 우쭐해졌지!

'예!' 나도 멀리 떠난 사내들을 기다리는 여인 중 하나라는 사실이 갑자기 자랑스럽게 느껴졌어…… '마리 루이즈 호를 기다리고 있어요. 뉴펀들랜드 원양어선이죠.'

그러자 그녀의 아름다운 얼굴이 흐려졌어.

'아가씨 남편이 배에 타고 있나요?' 머뭇거리며 이렇게 묻더구나.

그래! 그녀는 나를 어린아이로 보지 않는 거야…… 하지만 또 다른 삶을 꾸며내고픈 유혹을 물리치고 나는 정직하게 말했지.

'아뇨, 오빠가요.'

'그럼…… 오빠분은 마리 루이즈 호에서 조업한 지 오래되었나요?' 그녀는 신중한 어조로 계속 질문해왔어.

나는 그녀의 질문에 조금도 당황하지 않았어. 자신감이 넘쳐흘렀으니까.

'오빠는 첫 출어예요…… 아직 열아홉밖에 안 되었어요. 전에는 공부도 했답니다. 아주 똑똑한 청년이죠.'

그녀의 눈에는 안도의 빛이 떠올랐고, 그녀는 내게 환한 미소를 보냈어. 그러고는 이렇게 말했지. '미안해요. 아직 내 소개를 안 했군요. 난 엘로이즈 르노아크라고 해요.'

나도 내 소개를 했지."

"그 여자가 바로 살해당한 부선장의 아내인가요?" 그때까지 조용히 있던 뤼네르가 불쑥 질문을 던졌다.

"그렇단다. 선주가 이봉 카르덱에게 붙여주었던 그 불행한 남자, 그 전해에 '해상 실종자'로 선언된 뤼시앙 르노아크의 아내 엘로이즈였지."

"그럼 할머니는 당시 그 이야기를 알고 계셨나요?"

"아니. 나중에야 알게 되었어…… 어쨌든 우리 둘은 며칠도 안 되어 가까운 사이가 되었고, 엘로이즈는 그녀의 과거를 조각조각 들려주었어. 가난했던 어린 시절, 뤼시앙 르노아크와의 결혼, 그 찬란한 행복으로 충만했던 몇 개월의 신혼 생활, 그리고 1년 전 뉴펀들랜드뱅크에서 '그녀의 뤼시앙'에게 다가온 정체불명의 죽음…… 그녀는 그 바다를 '안개가 하늘과 바닷물의 경계를 지워버리는 세상 밖의 장소'라고 표현하곤 했단다.

내가 카르덱을 불신하고 있다는 사실을 알게 된 그녀는 뤼시앙의 죽음에 대한 의혹을 이야기해주었어. 나로서는 소름끼치는 이야기였지. 하지만 다른 한편으로는 내 직감이 맞았다는 사실에 흥분되기도 했어. 나 역시 내 이야기를 해주었지. 배가 떠나던 그 운명의 날, 부두에서 선장이 내게 던진 그 시선에 대해서. 그녀는 걱정스런 얼굴로 내게 경고해주더군. 카르덱은 소문난 난봉꾼일 뿐 아니라, 여자를 아주 난폭하게 다룬다고 말이야. 그가 부드럽게 대하는 여인은 오직 하나, 그보다 훨씬 젊은 아내 마리 아멜리뿐이라고 했어. 그녀를 깊이 사랑한다고 하더군…… 그러면서도 틈만 나면 고장의 모든 여인네들과 바람을 피워댔다는 거야!

이런 은밀한 이야기를 듣고 있으려니 힘이 솟아오르는 걸 느꼈어. 아벨이 돌아오면 엘로이즈의 도움을 받아 그가 그렇게 존경하는 카르덱 선장이 실은 흉악한 살인자라는 사실을 알려주리라! 그리고 함께 힘을 모아 그를 감옥에 처넣어 죗값을 치르게 하리라!

11월 8일, 나는 절망하기 시작했어. 이 지방의 모든 배가 돌아왔지만, 마리 루이즈 호와 다른 두 뉴펀들랜드 원양어선만 안 돌아왔던 거지. 그중 한 척은 떠다니는 얼음덩어리에 용골이 파손되어 수리를 위해 생피에르 항에 정박했고, 다른 배는 돌아오는 길에 폭풍을 만나 배와 선원들이 모두 침몰해버렸다고 했지. 1년 중 파도가 가장 높고 거센 때였대. 두 선원과 개* 한 마리만이 생장드뤼즈 항에서 출발한 대구잡이 어선에 의해 극적으로 구조되어 바스크 해안으로 송환되었고, 거기서 몇 주 동안 머문다는 거였어. 그 다음 날이었던가, 아니면 다다음 날이었던가, 기억이 잘 나지 않네. 한밤중에 난 끔찍한 악몽을 꾸다가 깨어났어. 꿈에서 몹시 쇠약해진 몸으로 앉아 있는 오빠를 보았는데, 미쳐 날뛰는 개 떼가 달려들어 오빠를 산 채로 물어뜯고 있는 거야…… 그런데도 오빠는 방어할 생각조차 안 하고……"

뤼네르는 몸이 굳었다. 속눈썹 하나 까딱할 수 없었다. 할머니가 아무것도 눈치채지 않기만을 바라는 마음이었다. 계속하세요. 계속 말씀하세요…… 멈추지 마세요. 제발 나를 쳐다보지 마세요……

"아아, 그 악몽……" 그녀가 중얼거렸다. 그녀의 눈에서 언뜻 보

---

* 당시의 뉴펀들랜드 어선은 차가운 바다에서 그물을 회수하거나 운반하는 일을 시키기 위해 배에 개를 태웠다. 래브라도 리트리버가 바로 이 견종이다.

이는 미광이 뤼네르의 가슴을 찌르르 파고들었다. 그것은 그 악몽을 본 자만이 보일 수 있는 눈빛, 뤼네르가 너무나도 잘 이해할 수 있는 눈빛이었다. 많은 시간이 흘렀는데도 왜 그 악몽은 사라지지 않는단 말인가?

그녀는 소년을 쳐다보았다. 그는 괴로워하고 있었다.

"아니, 뤼네르, 얼굴이 아주 창백하구나…… 내 이야기가 무서웠니? 미안하다. 정말로 계속해도 괜찮겠니?"

뤼네르는 그냥 고개만 끄덕였다. 단 한 마디도 내뱉을 수 없었다.

"아이들이란 항상 '다음 이야기'를 원하는 법이지. 이야기가 더 무서울수록 다음 이야기를 듣고 싶어해. 좋아, 계속하겠다. 하지만 뜨거운 차를 한잔 해야겠구나. 벌써 한시가 지났네! 배고프지 않니?"

에노가가 한 숟가락 떠먹일 때마다 엄마 얼굴에 음식을 푸우 하고 불며 깔깔대는 상송과 씨름하고 있을 때, 브누아가 수업이 하나 취소되었다는 핑계를 대면서 부엌에 불쑥 들어왔다.

"그래. 이 못된 녀석 다 먹일 때까지 잠시만 기다려. 그 다음에 먹을 거 차려줄게." 하도 웃어대서 이제는 딸꾹질까지 하는 아기에게 눈을 부라리면서 엄마가 말했다.

"그런데 기누하고 아빠는 어디 있어?" 브누아가 물었다.

"지붕 위에." 에노가가 이렇게 대답하면서 상송의 통통한 뺨을 찰싹 한 대 때리자 아기의 얼굴은 일그러지기 시작하면서 신뢰를 배신당한 자의 모습을 완벽하게 구현했다.

"아하, 그렇군……" 브누아는 입가에 희미한 미소를 머금으며 점퍼와 책가방을 가까이 있는 의자에 털썩 내려놓았다. "기누가 아빠와 중요한 대화를 나누고 있단 말이지?…… 일전의 그 기절 건 때문에? 그런 거야?"

"엉뚱한 상상 하지 말고 제발 네 일이나 신경 쓰세요."

"그런데 녀석을 정신과 의사에게 데려가기로 했다면서? 정말이야?"

"브누아, 난 이 문제를 가지고 너와 토론하고 싶지 않아!" 에노가가 소리쳤다.

"엄마는 그애가 그렇잖아도 힘들어하고 있다는 거 몰라?" 소년은 눈 위에 흘러내린 갈색 곱슬머리 한 가닥을 훅 하고 불어 올리며 대들었다. "거기에 대해선 아빠도 분명히 찬성하지 않았을 거야."

"아니, 찬성하셨어." 그녀는 쌀쌀맞게 대답했다.

사실 브누아가 정확히 짚었다. 에반은 기누를 정신과에 데려가는 것을 처음부터 반대했다. 지금 기누를 데리고 지붕 위에 올라간 것도 아이의 상태를 알아보기 위해서였다. 어쨌거나 에반은 아이들 문제에 있어서만큼은 항상 에노가와 의견이 맞지 않았다. 하지만 결국은 그녀가 이길 것이었다. 적어도 이번만큼은 그녀의 의견이 더 설득력 있기 때문에. 무엇보다도 그녀의 남편은 애들도 사랑했지만, 그에 못지않게 아내도 사랑하는 남자였다. 따라서 두 사람은 항상 타협점을 찾아내곤 했다. 물론 그 타협점이라는 것이 너무나도 상이한 두 감수성을 진정으로 화해시키는 경우는 드물었지만 말이다.

"자, 다 끝났다. 어제 먹다 남은 스튜하고 마카로니, 괜찮겠니?"

"그렇잖아도 방금 그 거지 같은 학교 식당에서 나오는 참이니 아주 괜찮을 거예요, 사랑하는 우리 어머니."

아들이 이렇게 말할 때면 정말이지 따귀를 한 대 올리고 싶을 정도로 밉살스러웠다. 하지만 이처럼 브누아가 부모와 동생들에게 눈 하나 깜짝 않고 쏘아대는 신랄한 유머는 상대방을 꼼짝 못 하게 하는 힘을 갖고 있었다.

"계속해라. 그리고 앞으로도 계속 그 '거지 같은 학생식당'에서 먹으렴. 죽을 때까지 말야." 그녀는 짐짓 태연한 척 대꾸했다.

"오, 죽는 건 좀 힘들죠! 월요일과 화요일에는 벽돌처럼 딱딱하게 익힌 쌀밥 위에 신발 밑창 구이를 올려놓은 요리가 준비되어 있걸랑요, 또 목요일에는 그 유명한 허연 소스 위에 둥둥 떠 있는 계란 시금치 요리가 우리를 기다리고 있고요. 자, 보세요! 이렇게 청바지가 헐렁해졌잖아요?"

에노가는 신경질적으로 상송의 입을 닦아주었다. 정말이지 말싸움으로는 브누아를 도저히 당해낼 재간이 없었다.

"그런데 뤼네르는 요즘 학교 식당에서 밥 잘 먹고 다니니?"

"당연하지." 브누아는 태연한 척 대답했다. "적어도 뤼네르는 깡다구가 있는 녀석이라고."

사실 그날 아침, 브누아는 뤼네르가 학교 버스에 올라타지 않고 어떤 노인네가 운전하는 2마력짜리 소형차에 타는 것을 목격했다. 최근 뤼네르 녀석은 뭔가 신비스럽고도 신나는 삶을 살고 있는 것 같았고, 브누아는 그 내막을 보다 자세히 알고 싶었다. 하지만 대놓고 물어볼 용기는 나지 않았다. 빌어먹을! 이건 형으로서의 위신이 걸린 문제 아닌가? 형으로서의 위신…… 그것은 시간이 갈수록 점점 더 무겁고 거추장스러운 사슬처럼 느껴졌고, 그 알량한 자존심만 아니라면 당장이라도 벗어던지고 싶었다.

현관 앞 계단과 수국, 그리고 그 앞에 펼쳐진 숲이 비의 커튼 아래 잠겨들고, 아르델리아와 뤼네르가 부엌에서 점심식사를 하고 있을 때, 에브네제르가 전화를 해서 꼬마를 언제 데리러 가야 하는지 물어왔다. 아르델리아는 손님에게 의향을 물은 후, 에브에게 시간이 되면 알려주겠노라고 말했다. 그들은 재 속에 파묻어 구운 다음 짭짤한 버터를 곁들여 으깬 감자를 먹었다. 여기에 푹 익힌 아티초크를 곁들였는데 소년에게는 헤이즐넛 향이 느껴지는 맛이었다. 마지막으로 농가에서 만든 시드르를 맛보려고 할 때, 아르델리아는 중단했던 이야기를 다시 시작했다. 뤼네르는 안도했다. 식사 시간 내내 그의 정신을 사로잡고 있던 그 견딜 수 없는 '산송장'의 영상이 그녀가 이야기를 계속해나가자 사라져갔기 때문이다.

그녀는 1911년 11월 11일에 일어난 일을 들려주었다. 아직은 추모해야 할 특별한 일이 없는 날이었다.* '깨진 면상'**들의 얼굴은

---

* 11월 11일은 1914년에 시작되어 1918년까지 계속된 제1차 세계대전 종전기념일이다.
** 1차 대전 중 다친 군인을 뜻한다.

아직 말짱했으며, 전사자들을 기리기 위해 땅을 뚫고 나와 마을 한가운데 우뚝 서 있는 기념물들이 아직은 없던 시절이었으니까. 평범한 토요일이었던 1911년 11월 11일, 무덤이 내뿜는 입김과도 같은 차가운 바람이 외투의 목깃을 파고드는 것을 느끼며 그녀는 머리를 푹 숙이고 항구 쪽으로 걸어갔다. 그것은 그녀 자신조차 어디서 들은 것인지 확실치 않은 어떤 소문—어쩌면 그녀의 머릿속에서만 존재하는 소문이리라—에 새벽부터 잠이 깨어 부두 쪽으로 고집스레 걸음을 옮기고 있는 흐릿한 실루엣이었다. 그녀는 휘파람 소리를 내며 몰아치는 바람에 맞서며 걸음을 재우쳤다. 가서 무엇을 만나게 될지 전혀 모르면서 말이다. 다시 한번 실망하게 될까, 뜻하지 않은 기쁜 소식을 듣게 될까, 아니면 배에 달린 조기弔旗가 알려주는 죽음과 마주치게 될까……

항구에는 한 무리의 사내들이 정어리 궤짝을 배에서 내리고 있었다. 세돛대범선 여러 척과 쌍돛을 단 스쿠너 두 척, 그리고 이름도 알 수 없는 어떤 배 한 척이 정박해 있었다. 하지만 오빠의 배는 없었다. 땅이 꺼질 듯한 한숨이 자신도 모르게 새어 나왔다. 아무것도 모른다는 것, 세상에 그것만큼 괴로운 일이 또 있으랴! 진청색 선원복을 입은 사내 하나가 그녀 앞을 지나가다가 걸음을 멈추고 말을 건넸다.

"여어, 조그만 아가씨! 방금 일어나신 모양이네?"

그녀는 어깨를 으쓱했다. 하지만 그를 자세히 살펴보고는 그에게 물어보기로 마음먹었다.

"배를 기다리고 있어요. 마리 루이즈 호요. 소식이 있나요?"

"아, 조금 있지!" 사내는 텁수룩한 수염 아래 미소를 지으며 소리쳤다. "그 사람들 방금 전에 쇼제 군도를 지났다고 하더군. 지금쯤 생말로 항에서도 보일 거요."

"아아, 고마워요, 고마워요!" 그녀가 외쳤다. 선원들이 모두 자기를 쳐다보는 것도 모르고.

"고맙긴 뭐!" 텁석부리가 대답했다. "하긴 항상 좋은 소식만 있는 건 아니니까……"

아르델리아는 그의 말을 들을 겨를도 없이, 아직 침대에 누워 있을 엘로이즈를 깨우러 시내로 달려갔다. 그녀를 데리고 크루아카르 가에 있는 집으로 돌아와서는 옷을 빨리 입지 못하는 놀벤을 마구 다그쳤다. 온몸에 펄럭이는 날개가 돋아난 듯 마음이 급하기만 한 그녀에겐 누구의 말도 들리지 않았다. 어서 빨리 생말로로 달려가야만 했고, 여기에 1초도 더 머물러 있을 수 없었다. 그녀의 머리는 기다림으로 가득 찬 상태였고, 온몸은 보고 싶은 욕망으로 터질 듯했다.

세 여인이 생말로 항에 당도했을 때, 마리 루이즈 호는 벌써 부두에 정박해 있었다. 배는 더이상 아홉 달 전 닻을 올리던 그 위풍당당한 세돛대범선이 아니었다. 마치 첫날밤의 단꿈 속에 잠들었다가 걸레같이 너덜거리는 웨딩드레스를 걸치고 진흙구덩이에서 깨어난 신부와도 흡사했다. 바람에 펄럭이는 돛들은 더럽기 그지없었으며, 그 산뜻하고 긍지 높던 칠은 독한 바닷물에 퇴색되었다. 배의 목재는 벌거벗은 알몸이 되었고, 그 위에는 말 안 듣는 짐승에게 찍는 낙인인 양, 피가 나도록 바다가 물어댄 상처가 여기저기

나 있었다. 배 이름도 반쯤 지워진 데다가 허연 소금기에 덮여 제대로 읽을 수조차 없었다.

하지만 조기는 걸려 있지 않았다.

아르델리아의 몸은 사슴처럼 솟구쳤다. 그리고 어부들이 무거운 궤짝을 내리고 있는 선창 부두* 끝까지 숨이 차도록 달려갔다. 이때 한 거대한 사내가 강철 같은 팔로 그녀를 붙잡았다. 카르덱이었다.

"어이, 예쁜 아가씨, 천천히! 선창 부두 위에선 그렇게 뛰는 게 아냐."

아르델리아는 그의 손아귀에서 벗어나려고 몸부림을 쳤다. 아벨을 보기 전에 그자부터 보게 되었다는 사실에 불같이 화를 내면서. 더욱이 탐욕스럽게 자신을 들여다보는 그의 눈을 보니 모욕감마저 느껴졌다. 카르덱은 잠시 그렇게 있다가 이윽고 미소를 지으며 그녀의 손을 놓아주었다. 그에게서는 생선 비린내와 생선 절이는 소금물 냄새, 그리고 약간의 위스키 향이 뒤범벅된 강렬한 냄새가 느껴졌다. 정말로 역겨운 사내였다. 따귀 한 대 맞는 느낌을 안겨주려는 듯, 그녀는 눈에 경멸을 가득 모아 그를 노려보았다.

그는 그녀를 완전히 놓아주기 전에 몸을 굽혀 그녀의 귀에다 이렇게 속삭였다.

"그래…… 성깔이 좀 있구먼! 그런데 그 성깔을 혼자 다 차지해버리고 오라비한테는 조금도 안 남긴 게 문제란 말이야."

---

* 배의 아랫부분에 위치한 선창에서 짐을 내릴 수 있게끔 경사져 있는 부두.

그녀는 당황하여 잠시 머뭇거렸다. 카르텍의 몇 마디 말은 그녀의 머릿속에 스며들며 동요를 일으켰다. 하지만 오빠를 빨리 보고 싶은 마음에 그녀는 다시 배로 향했다.

선창 부두 끝에 모여 있는 선원 중에는 출항하던 날 마주쳤던 아는 얼굴들도 몇 명 보였다. 하지만 그 몰골들은 얼마나 변했는지! 움푹 파인 얼굴은 10년은 더 늙어 보였으며, 이마에는 굵은 주름이 잡혀 있었다. 또 태양과 바람과 물보라에 시달린 피부는 머나먼 땅에서 돌아온 야만인보다도 더 어두운 암갈색으로 그을려 있었다.

특히 그 악취라니! 그들의 몸에서는 뭐라 형언할 수 없는 고약한 체취가 파도처럼 강렬하게 뿜어져 나왔다. 아르델리아는 무섭기도 하고 역겹기도 하여 쓰러질 듯 뒷걸음쳤다.

"어이, 동생! 여전히 어벙하구먼!"

그녀는 울음이 터질 것 같은 심정으로 몸을 돌렸다. 오누이는 서로의 품 안에 몸을 던졌다. 아벨도 다른 사람 못지않게 냄새가 고약했지만, 그녀는 그의 목덜미에 오랫동안 코를 묻고 본능적으로 오빠의 부드럽고 친숙한 부분을 찾았다. 결국 그가 그녀의 몸을 살짝 떼어놓았다.

아벨은 알아보기 힘든 모습으로 변해 있었다. 껑청한 몸에는 때가 꼬질꼬질하게 끼었고, 듬성듬성 더부룩이 자라난 갈색 수염은 얼굴 아랫부분을 뒤덮었다. 창백한 푸른 눈동자에 지친 기색이 어른대는 그는 나이보다 늙어 보였다. 반면 새로이 근육이 붙은 골격은 한층 다부져 보였다. 순간 그녀는 둘 사이에 어떤 거리가 생겼다는 것을 느낄 수 있었다. 그가 다정한 표정으로 감추려 하지만 분명히 존재하는 거리였고, 그녀의 기쁨은 그 보이지 않는 벽에 부딪혔다. 오빠에게 해주려고 준비했던 말들은 그녀의 입술 위에서 죽어버렸다.

그녀는 환한 얼굴로 숨이 차도록 달려오는 놀벤과 엘로이즈에게 몸을 돌렸고, 그들을 서로 소개해주었다.

그 이후 몇 주일 동안, 아르델리아는 아벨이 여러 달 동안 그 감옥같이 비좁은 배에서 일어난 일을 솔직히 밝히지 않으려 한다는 사실을 눈치챘다. 그녀가 배에서의 생활을 물을 때마다 아벨은 긴 침묵에 잠기거나, 아니면 항상 똑같은 대답을 하곤 했다. 그래, 일은 과중하고도 힘들었어. 아주 진을 뺐지. 하지만 그럴 만한 가치가 있었어. 결국 우리는 만선이 되어 돌아왔잖아. 보수도 두둑이 받았고 말이야. 그래, 우리가 뉴펀들랜드뱅크에서 늦게 출발한 건 사실이야. 그에 따른 위험도 있었지. 하지만 6백 톤에 달하는 대구가 우글대는 것을 보고서 그냥 떠날 수 있었겠니? 그래, 카르덱은 거칠고 엄한 사내야. 하지만 누구와도 비교할 수 없는 뛰어난 뱃사람이야. 그리고 무엇보다도…… 진정한 삶에서는 희생이 없으면 얻는 것도 없는 법이지……

원양어부들의 거친 삶에 뛰어든 이후, 아벨에게 이전의 삶은 경멸의 대상이 되었다. 편하게 학교를 다니고, 일요일이면 아버지의 마차를 타고 산책을 하는 것은 운 좋은 녀석들의 삶일 뿐이었다. 갑자기 그는 어린 시절에 남매가 맛보았던 달콤하고도 부드러운 모든 것을 부정하고 있었다.

그의 천식은 심각할 정도로 악화되었다. 밤이면 아르델리아는 쌕쌕대며 거칠게 호흡하는 그를 보살피느라 제대로 잠을 자지 못했다. 의사가 아벨을 설득해보려 애썼지만 소용이 없었다. 2월이 되면 다른 사람들과 함께 다시 바다로 나간다는 결심은 요지부동이었다. 그의 몸은 온통 고름 흐르는 종기투성이였다. 제대로 치료받지 못한 상처와 지극히 열악한 배의 위생 환경 탓이었다. 이 성난 종기로 뒤덮인 몸으로 아벨은 매일같이 추위에 떨며, 피부가 쓸리는 방수복을 입고 상처에 불같은 고통을 주는 바닷물을 맞으며 고기를 잡아야 했던 것이다. 그 상처를 치료하기 위해선 수주간의 시간이 필요했다……

"나는 매번 얼마나 운이 좋았는지 몰라!" 그는 할 말을 잃은 동생 앞에서 웃어대며 외쳤다. "어떤 녀석의 손바닥에 낚싯바늘이 박혀버린 거야! 생각해봐. 그걸 파내려고 망치와 끌을 사용했어. 마치 귀신 들린 사람처럼 울부짖더군! 결국 바늘을 빼내는 데 성공했지. 그리고 손바닥에 난 구멍에는 요오드 액을 부어주었어. 정말 볼만한 광경이었지!"

아르델리아는 오빠가 이성을 되찾아 다시는 배에 발을 딛지 않게 되기를 빌었다. 그리고 이 사실을 엘로이즈에게 이야기했다. 그러나 선원의 딸이자 아내로 살아온 엘로이즈는 나름의 숙명론을 늘어놓았다.

"어쩔 수 없어요. 어쩔 수 없다고요." 그녀는 반복해 말했다. "그들은 이미 바다에게 잡혀버린걸요. 아무도 그들을 막을 순 없어요. 그저 지켜보면서 살아가는 수밖에 다른 방도가 없다고요."

아르델리아는 이 말을 들으면서 끓어오르는 분노를 꾹 참아야만 했다. 세상에서 체념만큼 싫은 것이 또 없었기 때문이다.

엘로이즈는 크루아카르 가에 있는 오누이의 집에 자주 들렀다. 아르델리아는 그녀가 오직 아벨을 보러 오는 거라고 의심했다. 자신은 아직도 오빠와의 내밀한 관계를 되찾지 못하고 있는데, 엘로이즈가 두 사람 사이에 끼어들다니! 그렇게 엘로이즈는 갑자기 이 디낭의 작은 집의 침입자가 되었다. 만일 두 사람이 결혼한다면 자신은 놀벤과 단둘이 남게 될 것이다. 그럴 바에는 차라리 생말로의 수녀원에 들어가서 바다를 바라보며 묵주나 굴리는 게 낫겠어! 엘로이즈는 아벨에 대해 그다지 많은 말을 하지는 않았다. 하지만 그가 가까이 오면 그녀의 시선은 아벨에게서 떨어지지 않았으며, 또 그의 시선을 자기 쪽으로 잡아끌기도 했다. 두 사람은 눈이 멀어버린 것일까? 서로를 잘 알지도 못하면서도 더이상 떨어질 수 없는 사람들 같은 표정을 짓고 있는 것이다! 뱃사람들은 이것을 사람을 홀린다는 바다 괴물보다 더 무서운 일로 여겼다.

겨울이 시작될 무렵, 아벨은 아버지의 친구였던 한 공증인의 사무실에 일자리를 얻었다.

아르델리아는 제발 그가 사무실 일에 재미를 붙여서 고기 잡는 일일랑 보다 튼튼한 다른 사내들에게 맡겨버렸으면 했다. 게다가 그녀는 시내에 떠도는 소문을 통해, 오빠가 배를 탄 지 얼마 되지 않아 몸이 허약하고 일이 서투르다는 이유로 카르덱의 천덕꾸러기가 돼버렸다는 사실을 알게 되었다. 그나마 다행스러운 것은 부선장 질 모르방이 여러 차례 선장과 아벨 사이에 끼어들어 보호자 노릇을 해주었다는 것이다. 아벨이 모르방에 은혜를 입은 것은 이것만이 아니었다. 어려운 작업이 있을 때면 빼주었고, 일이 서툴러 엄청난 실수를 저질렀을 때도 그냥 덮어주었다고 한다.

성탄절이 가까워질 무렵, 디낭에는 매서운 추위가 찾아와 모든 것이 축축한 안개 속에 잠겨 오들오들 떨고 있었다. 부두에서는 옷을 여러 겹으로 든든히 껴입은 사내들이 돛대의 줄과 도르래와 돛대지탱줄 등을 점검하고, 낡은 칠을 긁어 벗겨내고, 선체와 돛대에 난 틈을 메우고 새 칠을 하며 분주히 움직이고 있었다. 결혼식 피로연에 쓰일 식탁보처럼 둘둘 말린 새 범포帆布가 도착했고, 낡은 것들은 부두 위에 펼쳐놓고 아선약阿仙藥을 발라 무두질한 후 바닷물에 담갔다가 꺼내어 여러 번 문질렀다.

저녁이 되면 조그맣고 나지막한 잿빛 집집마다 부부 싸움 하는 소리가 진동했다. 어떤 여인은 남편이 생활비로 술을 마셔댄다고 비난했고, 또 어떤 여인은 아침부터 저녁까지 남편 구실도 애비 구실도 제대로 못 하면서 멍청하니 뒹굴고만 있다고 바가지를 긁어 댔다. 그렇게 사내들은 육지에서의 사오 개월 동안 자기 집에서 이방인이 되는 기이한 불안감을 느끼며 지내야만 했다. 하지만 바다에서의 삶은 또 어떠했던가? 더이상 시각도 낮도 밤도 없이 흘러가는 세월 속에서 힘과 꿈이 완전히 소진될 때까지 오직 집에 돌아가는 생각만 하던 사내들이 아니었던가?

하지만 정작 육지에 내려선 그들의 모습은 참으로 우스꽝스럽고도 가련했다. 배의 흔들림에 몸이 익은 그들은 포장된 도로에서도 뒤뚱거리며 걸었다. 이런 기묘한 움직임은 이제 그들이 영원한 유배자가 되었음을, 그들의 유일한 자리는 난바다의 그 적의에 찬 빈 공간뿐임을 드러내고 있었다. 생명이 돌아와 헐벗은 나무에 다시 수액이 흐르기도 전에 사내들은 파도 위에 떠 있는 그들의 나무 감옥 속으로, 장화를 신은 채 처박혀 잠드는 '오두막'의 곰팡이 슨 마룻바닥으로 다시 돌아가야 할 것이다. 또 육지의 계절은 점점 지워지고 흐릿해져서 결국은 출렁이는, 그리고 얼어붙은 대양의 사막에 자리를 내주게 될 것이다. 시간이 녹아버려 현실성을 상실하는 그 공간, 갓 솟아난 새순도, 꽃들의 보드라움도, 밀밭의 누런 빛도 모두가 아련한 옛 추억이 되고, 그 옛 추억이 한데 녹아 황금빛 전설을 만들어내는 비현실적인 공간 말이다. 그리하여 조금씩, 향기로 충만했던 여름과 방탕하고도 조급했던 봄은 밤중에 할머니가 들려주는 옛이야기가 되어버릴 것이다. 물속에 잠겨버렸다는 이스 성당의 종탑처럼 이 세계와 다른 세계 사이를 떠다니는 의심스럽고 비물질적인 현실이 되어버릴 것이다.*

한 주 한 주 시간이 흘러갔고, 남은 날은 손바닥만 한 채광창의 크기만큼 줄어들었다. 아르델리아의 마음은 성탄절의 즐거움과 오빠가 다시 떠날지도 모른다는 근심 사이에서 갈피를 잡지 못했다. 는개 뿌리는 어느 차가운 오후, 선원 시장이 열리기 며칠 전이었던 그날, 그녀는 용기를 모아 항구로 내려갔다.

그녀는 앞 돛대 높은 곳에 걸터앉아 비늘처럼 일어난 칠을 긁고 있는 모르방을 찾아냈다. 멀리 떨어져 있었지만 붉은 테가 둘린 회색 모자 덕분에 그를 쉽게 알아볼 수 있었다. 그는 겨울 동안에도

---

* 바다에 잠겨버렸다는 이스 성당의 종이 울리는 소리는 바다가 잔잔한 날에 들린다고 한다. 즉 '다른 세계'의 소리가 '이 세계'에 들리는 셈이다.

선주에게 고용되어 마리 루이즈 호에서 온종일 작업을 했다. 의외로 꼼꼼한 면이 있는 그는 배를 보수하는 일에도 능했으며, 보수도 그다지 많지 않은 고역이었지만 시시한 수선공 틈에 섞여 잘도 해나갔다. 사실 그는 원한다면 더 좋은 일거리도 찾을 수 있었을 것이다. 하지만 그는 세돛대범선의 보수 작업을 가까이서 지켜보고 싶어했다. 어찌 보면 미신적인 행동이라고도 할 수 있을 것이다. 하지만 모르방처럼 경험 많은 선원이 앞으로 여덟 달 동안 자신의 생명과 희망을 몽땅 맡기게 될 배에 과연 어느 정도의 가치가 있는지 알고 싶어하는 것은 어쩌면 당연한 일 아니겠는가?

그녀는 있는 힘을 다해 그의 이름을 불렀고, 그녀의 목소리는 바람에 실려 작업에 몰두해 있는 그의 귀에까지 전달되었다. 그의 시야는 닳아빠진 목재와, 팍팍 쳐댈 때마다 돛대의 나이와 노후한 상태를 드러내며 튀어오르는 낡은 칠에만 한정되어 있었다.

"뭐야?" 일을 방해 받은 그는 짜증이 묻어나는 음성으로 물었다.

"질 모르방 부선장님이시죠?" 그녀는 다시금 목청껏 그를 불렀다. "이야기를 좀 나누고 싶어요!"

그녀는 그가 욕지거리하듯 투덜거리는 소리를 들었다.

"좋아! 내려갈 테니 잠시만 기다리쇼!"

그는 마치 동물처럼 유연하고도 민첩한 동작으로 돛대를 타고 내려왔다. 그의 모습을 보니 왜 디낭의 여인네들이 그에게 자석처럼 끌리는지 그 까닭을 이해할 수 있을 것 같았다. 이 남자는 남성적인 우아함을 발산하고 있었고, 피하고 싶은 마음을 일으키는 둔중함이나 비천함 따위는 전혀 느껴지지 않았던 것이다.

순식간에 그는 그녀 앞에 와 있었다. 가까이서 살펴보니 그가 미남이라는 사실을 인정하지 않을 수 없었다. 귀밑에서 턱까지 이르는 짧은 수염, 길고도 검은 속눈썹, 그리고 그리스 조각상과도 같은 얼굴…… 저녁 공기 속에서 서로를 부르는 선원들의 목 쉰 고함소리, 그리고 생선 부스러기 몇 조각을 찾겠다고 방파제 위를 날고 있는 갈매기들의 찢어지는 울음소리가 요란했지만, 아르델리아의 눈에는 진회색 수평선을 배경으로 선명히 부각되는 그의 늘씬한 실루엣만이 들어왔다.

"안녕하쇼, 예쁜 아가씨!" 그는 한결 부드러워진 매력적인 음성으로 말했다. "아벨의 누이 맞죠?"

그녀는 미소를 지으며 고개를 끄덕였다. 자신이 생각해도 지나칠 정도로 환한 미소였다.

"그런데 내게 원하는 게 뭐요?" 그는 입가에 약간 도발적인 미소를 머금으며 물었다.

그녀는 즉시 자세를 가다듬었다.

"제가 알고 싶은 것은…… 아니, 그냥 당신이 우리 오빠 아벨에 대해서 어떻게 생각하고 계신지 솔직한 의견을 듣고 싶어요. 선원으로서 어떤지 말이에요." 그녀는 단도직입적으로 물었다.

"재미있는 질문이군요."

"제발 대답해주세요. 숨기지 말고요. 매우 중요한 일입니다."

그는 그녀의 침착한 태도에 놀라 그녀를 들여다보았다. 그녀는 부두 위를 걸어가는 그의 모습을 침 흘리며 쳐다보는 멍청한 여자들과는 전혀 달랐다. 심지어는 이 아가씨가 자신의 매력에 전혀 관심이 없는 건 아닌가 하는 생각이 들 정도였다. 풍성한 치마 속에 꼿꼿하게 서 있는 이 조그만 아가씨는 그를 당황하게 만들었다.

"음…… 솔직히 말해서 그는, 우리 식으로 말하자면…… '코끼리'라고 할 수 있소. 그건 그가 열심히 안 한다는 뜻은 아니오. 나름대로는 최선을 다하지. 하지만…… 체질적으로 이 일하곤 안 맞아요. 이런 일을 할 사람이 아니오. 아무리 노력해도 좋은 선원이 되긴 힘들 거요. 그가 있어야 할 곳은 배가 아니란 말이지."

"솔직하게 말씀해주셔서 감사합니다." 안도한 아르델리아는 미소를 지었다. "하지만…… 오빠는 배를 타고 싶어해요. 다시 떠나고 싶어하죠."

모르방은 어깨를 으쓱했다.

"그걸 막을 순 없겠지. 하지만 카르덱이 받아들일지 모르겠군요."

"그렇게 생각하세요? 아벨이 배 타는 걸 선장이 거부할 거라고 생각하시나요?"

자신의 가정에 반색을 하는 소녀를 보고 모르방은 웃음을 터뜨렸다. 보통 사람들은 자기 집에 '코끼리'가 있다는 말을 대부분 나쁜 소식으로 받아들였던 것이다.

"만일에 말이오, 내일 아침 여기 와봤더니 아직 배가 출항도 안 했는데 선창에 대구가 가득하다면 놀랄 일 아니겠소? 자, 작은 아가씨! 선장이 당신 오빠를 받아들인다면 난 마찬가지로 놀랄 것이오."

"그럼…… 카르덱 선장에게 다짐을 받아놓을 수 있을까요? 그는 지금 어디 있죠?"

모르방은 약간 당황한 것 같았다.

"아가씨, 나라면 그리 하지 않겠소…… 선장은 쉽지 않은 양반이니까. 그리고 사람들이 귀찮게 하는 걸 싫어하지. 하지만 내 말을 믿으시오. 당신 오빠가 마리 루이즈 호에 탈 일은 없을 테니까."

"좋아요. 하지만…… 오빠가 만일 다른 배에 고용된다면요?"

"그럴 리는 없겠지. 생각해보시오. '코끼리'라고 소문난 사람을 서로 데려가겠다고 선주들이 싸울 일은 없지 않겠소? 그리고 이 바닥에서 소문은 금방 퍼져나가지."

아르델리아는 자신을 지그시 바라보는 모르방의 눈길을 받으며 부두를 떠났다. 새로운 희망에 발걸음이 가벼워졌다. 만일 아벨이 배를 찾지 못한다면 1912년은 행복한 한 해가 되리라. 아버지가 돌아가신 이후로 가장 행복한 한 해가 되리라. 그녀의 머릿속에는 온갖 은밀하고도 달콤한 몽상이 춤을 추었다. 그것은 그녀를 취하게 하는 동시에 괴롭히는 몽상이었다. '선원'이란 말은 그녀에게 곧 '돈 후안'이라는 말로 들렸다. 제발 정신 좀 차리자! 아르델리아는 속으로 외쳤다.

그녀의 조그만 집이 보이는 곳에 이르렀을 때, 크루아카르 거리에는 이미 어둠이 내려앉았다. 2층의 불은 모두 꺼져 있었다. 아벨은 아직 귀가하지 않은 모양이었다. 아니면 퇴근길에 엘로이즈를 만나러 갔을지도 모른다.

집 안에 들어온 그녀는 축축하게 젖은 외투를 벗으며 놀벤을 불렀다. 부엌에는 불이 켜져 있었지만 늙은 가정부는 대답하지 않았다. 아르델리아는 걸어가면서 그릇에 담긴 호두 알맹이 몇 개를 집어 들었는데, 다음 순간 너무도 놀란 나머지 호두를 부엌 타일 바닥에 떨어뜨리고 말았다.

벽난로 오른쪽 벽에 웬 사내의 거대한 그림자가 어른거리고 있었던 것이다. 그녀가 막혔던 숨을 다시 터뜨리기도 전에 카르덱이 그녀의 양 어깨를 붙잡았다. 그의 영악한 눈은 그녀의 눈 속 깊이 파고들었다.

"당신, 여기서 뭐 하는 거죠? 이것 놔요!"

"오 이런, 내가 놀라게 한 모양이군…… 우리 예쁜 아가씨가 떨고 있잖아!"

"이것 놓으세요!" 그녀는 용감하게 다시 말했다. "우리 가정부는 어디 있죠?"

"아, 그 늙은 여자? 난 모르오. 내가 와봤더니 없더군. 문이 열려 있어서 그냥 들어왔지."

그는 그녀의 어깨를 잡았던 손을 풀어주었다. 하지만 입가에 희미한 미소를 띤 그의 시선은 여전히 그녀를 놓지 않았다.

"대체 뭘 원하시죠?"

그녀는 사뭇 공격적인 어조로 말했다.

그녀가 이렇게 적대적으로 나오자 그는 자못 기분이 상한 것 같았다. 그녀는 그의 손에서 풀려나자마자 멀찌감치 떨어져 섰다. 카르덱은 진회색 서지 천으로 지은 양복에 검은 롤칼라 스웨터를 받쳐 입고, 반짝이는 가죽 구두까지 신고 있었다. 이렇게 입고 있으니 귀항하던 날 본 모습과는 딴판으로 세련되어 보였다. 생말로 부두에서 식인귀 같은 미소를 지으며 길을 막아서던 그 거대한 적갈색 털북숭이 악마가 점잖은 신사로 변신한 것이다.

가슴의 고동은 서서히 잦아들었다. 사실 앞으로 자신의 동맹군이 돼줘야 할 사람이 아닌가? 감정적으로 행동하여 일을 그르치는 일은 절대로 없어야 했다.

"아벨이 건강에 좀 문제가 있다고 해서 찾아온 거요." 카르덱이 말했다.

이 말에 아르델리아는 갑자기 불안해졌다. 그렇다면 아벨을 다시 고용할 생각이 있단 말인가? 어쩌면 모르방이 잘못 생각하고 있는지도 모르지.

"네…… 오빠는 좀 아팠어요. 그래요…… 상처는 아물었고 뉴펀들랜드에서 생긴 종기도 다 사라졌어요. 하지만 기침은 여전히 심하고, 특히 그 쌕쌕대는 숨소리는……"

카르덱은 동정하는 표정으로 묵묵히 들으며 고개를 끄덕였다.

"그 기침, 정말로 고약한 거요. 4년 전에 내 도리스 십장 하나도 그걸로 죽었지. 에밀 보자르라는 자였소. 서른일곱 차례나 원양출어를 한 경력이 있는 강인한 사내였지. 그런데 마지막 출어 때 피를 토하기 시작하더군. 정말 엿 같은 일이었어. 그러더니 뉴펀들랜드뱅크에 닿기도 전에 죽어버렸소."

소녀의 얼굴에 어두운 그림자가 스치고 지나갔다.

"하지만 걱정 마시오. 하느님이 우릴 지켜주시니 항상 그렇게 악화되는 건 아니거든. 그리고 아벨은 치료를 잘 받았겠지…… 아가씨라면 웬만한 간호사보다도 훌륭하게 보살펴주었을 것 같소."

그녀는 그에게 수줍은 미소를 지어 보였다. 그에게는 처음으로

지어 보이는 미소였다. 선장의 두 눈은 만족한 빛으로 반짝였다.

"여기 있으면 너무 심심하지 않소?" 그가 물었다.

"아니요." 그녀는 얼굴을 붉혔다.

"아가씨 같은 젊은 처자는 절대 심심하게 지내선 안 되는 법이야. 이렇게 좁은 집에 늙은 할망구하고 병약한 오라비하고만 갇혀서 지내지 마시오. 혈기도 보통이 아닌 것 같더구만…… 솔직하게 말한 것쯤은 용서해주시겠지?" 그는 은근한 목소리로 덧붙였다.

하지만 그는 일부러 그렇게 말한 것이었다. 그녀의 얼굴은 다시 붉어졌다.

"나는 갇혀 지내지 않아요." 그녀는 끓어오르는 분노를 꾹 참으며 대답했다. "그리고 오빠도 절대 짐이 되지 않고요. 또 나는 공부도 계속하고 있어요. 심심할 일은 절대 없다고요!"

"아하, 아직도 학교에 다니시는구먼! 그렇다면 아는 것이 아주 많으시겠네…… 내 맏이 놈도 공부를 계속하고 싶어했지. 하지만 곰곰이 생각해보더니 올해 배를 타기로 했다오. 그 아이는 벨릴 호에 견습 선원으로 들어갔소. 애비처럼 선원이 될 거요. 우리 집안 사내들의 혈관 속에 흐르는 건 피가 아니라 바닷물이니까!"

다시 평정을 되찾은 소녀는 다시금 예의 바른 미소를 지어 보였다.

"아드님이 자랑스러우시겠어요."

카르덱은 화제를 돌렸다.

"그런데 말이지, 이렇게 아는 것도 많은 아름다운 아가씨가 왜 아직까지 애인이 없소?"

그는 이렇게 말하고는 몸을 굽혀 그녀의 부드러운 허리를 꽉 잡아 움직이지 못하게 만들었다. 그녀는 그의 눈 속에서 번득이는 욕심을 보았다. 그의 손아귀에서 벗어나려 애쓰는데, 이미 그의 입술이 그녀의 입술을 뭉개듯 짓눌렀다. 이 돌연한 키스에 그녀의 몸은 몇 초간 마비되어버렸다. 헝겊 인형보다도 더 무력한 몸으로 환원된 그녀의 머릿속에는, 이제 꼼짝할 수 없게 되었구나, 이제 모든 게 끝났구나, 팔다리가 더이상 두뇌의 명령을 따르지 않는구나, 하는 생각만 스쳐갈 뿐이었다. 그리고 불끈 분노가 치밀어올랐다. 깊은 속에서부터 끓어오른 분노는 온몸을 마비시키는 두려움을 일거에 날려버리고 이마와 볼을 시뻘겋게 물들였다. 급기야 그녀는 하얀 이빨로 침입자의 혀를 세차게 깨물었다. 피가 날 정도로 오지게 깨물린 카르텍은 놀람과 고통이 섞인 비명을 토하면서 그녀를 밀어버렸고, 그녀는 거실 문틀에 등을 부딪치며 쓰러졌다. 얼굴을 찌푸리며 다시 일어서보니 카르텍은 마치 상처 입은 야수처럼 몸을 웅크리고 있었다. 그의 입에서는 피가 흘러내렸고, 얼굴은 맹렬한 분노로 일그러졌다.

"이 쬐끄만 갈보년 같으니!" 그는 질질 흘러내리는 핏물을 손바닥으로 받으며 간신히 말했다. "더러운 갈보년…… 그래, 네 약해빠진 오라비 놈이 뉴펀들랜드뱅크에서 마지막 피를 토할 때도 그렇게 앙큼한가 한번 보자!"

그랬구나…… 왜 저자의 흉계를 더 빨리 알아채지 못했을까?

에밀 보자르라는 자였소. 서른일곱 차례나 원양출어 경력이 있는 강인한 사내였지. 그런데 마지막 출어 때 피를 토하기 시작하더군. 정말 엿 같은 일이었어. 그러더니 뉴펀들랜드뱅크에 닿기도 전에 죽어버렸소.

그가 이 뱃사람에 대해 말한 것은 의도적이었다. 그는 크루아카르 가의 평화롭던 집에 고통의 씨앗을 뿌려놓은 다음 떠나려 하고 있었다.

"잘 생각해봐……" 그는 눈을 반짝이며 말했다. "내가 아벨을 우리 배에 받아들이지 않으면 그 대가로 넌 뭘 해줄 건데?"

아르델리아는 분노와 절망에 사로잡혀 덜덜 떨었다.

"당신 정말 역겨워요!" 목이 막혀 말도 제대로 나오지 않았다. 그는 벌써 문 앞에 가 있었다. 그러고는 몸을 돌렸다.

"네 오라비 시체가 물고기 밥이 됐다는 말을 듣게 돼도 너무 울 필요는 없을 거야. 결국 그가 배를 타는 것은 너랑 같이 있는 것보다는 빙산이 더 좋아서가 아니겠어? 안 그래?"

그의 입술에서는 아직 피가 흘러내리고 있었다. 그는 찡긋 미소를 지어 보이며 비웃는 듯 야릇한 어조로 한 마디 더 덧붙였다.

"만일 생각이 달라지면…… 내가 있는 곳은 알고 있겠지?"

선장은 밤의 어둠에 삼켜지듯 사라져버렸다.

얼마 후 집에 들어온 놀벤이 아르델리아를 불렀을 때, 그녀는 방에 들어박힌 채로 배고프지 않으니 내려가지 않겠다고 대답했다. 그녀는 어머니에게서 물려받은 낡은 침대보에 얼굴을 파묻었다. 왜 울음조차 나오지 않는 것일까. 가없는 슬픔이며, 태양을 잃어버린 해바라기처럼 고통에 몸부림치다 기울어가는 몸에 대한 시를 읽어본 적은 있었다. 하지만 지금의 이런 심연은 한 번도 경험해본 적이 없었다. 그것은 몸과 정신과 마음이, 심지어는 '영혼'이라는 이름의 조그만 방까지 마치 우물 속에 떨어뜨린 돌멩이처럼 한꺼번에 속수무책으로 떨어져내리는 칠흑 같은 절망감이었다.

더욱이 이날 저녁, 그녀는 과거의 잘못을 자책했다. 1년 전 배들이 출항하던 날, 당돌하게 카르덱을 응시함으로써 이 모든 재앙을 초래한 사람은 바로 자신이 아니던가? 아르델리아는 충일한 삶이 두려워 자유를 포기해버리는 여느 소녀들과는 달리, 자신은 하고 싶은 대로 하고 살면서도 아무런 상처도 입지 않을 거라고 믿어왔다. 하지만 지금 그 대가를 톡톡히 치르고 있는 것이다. 그녀는 아직은 완전히 일어나지 않은 불행, 오빠에 대한 사랑으로 자신을 희생하면 막을 수도 있겠지만 자신을 생각하면 도저히 그럴 수 없어 결국은 겪어야만 할 불행에 책임이 있었다. 그 포식 동물 같은 손으로 자신을 움켜쥐고 만져댈 카르덱의 모습만 떠올리면 소름이 끼쳤다. 따뜻한 사랑이라고는 조금도 섞이지 않은 그 난폭한 승리를 음미할 그를 생각하면 견딜 수가 없었던 것이다. 이런 종류의 사내들에게 그녀는 절대군주를 비웃는 자유도시처럼 정복과 징벌의 욕구를 자극하는 도발적인 사냥감에 불과했다.

요컨대 그녀는 스스로 자유롭다고 믿어왔지만, 사실은 그렇지 않다는 것을 깨달았다. 그녀를 보호해줄 아버지나 어머니는 더이상 없으며, 남아 있는 건 아벨 오빠뿐인데, 그마저 빼앗기게 될 터였다. 이제 앞으로 한낮의 봄이나 여름밤마다 찾아올 터질 듯한 답답함에 창문을 열면서, 이 모든 불행은 결국 자신의 잘못이라는 사실을 기억하게 될 것이다.

그녀는 죄의식에 사로잡혀 있었다.

그녀는 무슨 일이 있었는지 아벨에게 말하지 않았다. 지금껏 슬픈 일이 있을 때마다 그녀를 위로해준 놀벤에게도 말하지 않았고, 엘로이즈에겐 더더욱 입을 다물었다. 지금 흥정의 대상이 된 사람이 아벨이라는 사실을 알게 된다면, 이 현실적인 엘로이즈가 그 어떤 섬뜩한 충고인들 마다하겠는가?

아르델리아에게 1911년 성탄절은 얼음과 신열, 그리고 바다에 드리워진 수의의 얼굴을 하고 있었다.

1월 중순의 어느 날 저녁, 세찬 비바람이 부엌 유리창에 부딪히며 문 아래 틈으로 스며 들어왔고, 노르망디* 식 찬장 속의 유리잔을 흔들었다. 놀벤은 10시 경에 침실로 올라가고, 거실에는 아벨과 아르델리아만 남았다. 청년은 다음 출어에 필요한 장비를 장만하고 나면 공증인 사무실에서 번 돈에서 얼마가 남을지 계산해보고 있었다. 지난 원정출어 때 입었던 방수 바지는 너덜너덜해졌고, 다른 장비도 대부분 닳고 닳아서 더이상 사용할 수 없는 상태였다.

벽난로 옆에 앉은 아르델리아는 아무 말도 없이 오빠를 쳐다보며 바느질을 하고 있었다. 그의 얼굴은 바짝 말라 있었다. 그런 오빠가 왠지 무서웠기에 그녀는 그가 돌아온 이후 마음을 터놓고 솔직하게 이야기할 수도 없었던 터였다. 하지만 이날 저녁, 아벨이 먼저 대화를 시작했다.

"아르델리아, 너 아니? 뉴펀들랜드뱅크의 면적은 1만 2천 평방킬로미터나 된대. 상상이 가니?"

---

* 노르망디는 죽은 아르델리아 어머니의 친정집이 있는 지방이다.

물론 그의 누이는 쉽게 상상할 수 있었다. 아니, 그 적의에 찬 광대무변의 바다를 생각하니 오싹 한기마저 느껴졌다.

"그곳은 두 해류가 만나는 지점이란다." 그는 흥분된 목소리로 말을 이었다. "한쪽에서는 걸프스트림*이라고 하는 난류가 올라오고, 다른 쪽 래브라도에서는 얼음같이 차가운 한류가 내려오지. 이 때문에 여름철에는 짙은 안개가 여러 달 동안 걷히지 않아. 반면 겨울에는 기온차가 적어서 안개는 거의 없지만, 그랜드뱅크스**라고도 불리는 이곳 바다는 꽝꽝 얼어붙어 두꺼운 빙판으로 덮여버린단다……"

"왜 오빠는 거기로 돌아가려고 하는 거야?"

결국 그가 배를 타는 것은 너랑 같이 있는 것보다는 빙산이 더 좋아서가 아니겠어? 안 그래?

카르덱의 빈정거림이 대답처럼 들리는 것 같았다.

아벨은 잠시 생각해보더니 이렇게 선언했다. "여태껏 살아오면서 그곳처럼 많은 걸 배운 곳은 없었던 것 같아. 물론 아주 힘든 일이긴 해. 하지만 거기에서 땀 흘리는 그 사내들을 존경하지 않을 수 없어. 그들은 바다와 바람과 안개에 맞서 싸우며, 그 지옥 속에서 저마다의 소득을 끄집어낸단다. 그리고 세 시간 남짓 자고 나면 아무런 불평도 없이 다시 일하러 떠나는 거야. 삶을 위해서는 어떤 대가를 치러야 하는지, 또 노동의 가치가 뭔지 그들은 잘 알고 있어. 그들에게 공짜로 주어진 것은 아무것도 없어. 아주 작은 것 하

---

* 멕시코 난류를 말함.
** 뉴펀들랜드 섬의 남동부에 펼쳐진 대륙붕. 세계적인 대구잡이 어장이다.

나라도 처절한 투쟁을 해야 얻을 수 있지."

"하지만 오빠, 우리도 삶의 대가가 무언지는 잘 알고 있다고! 오빠는 마치 우리가 쉽게만 살아온 것처럼 얘기하는데……"

"이것 봐! 우리는 온실 속의 꽃처럼 자라온 게 사실이야. 아빠가 돌아가시기 전에는 한 번도 다음날을 걱정해본 일이 없잖아? 방학 때면 아빠의 새 자동차를 타고 휴가를 떠났고, 예쁜 옷을 입고 맛난 식사를 즐겼고, 학교를 다녔지…… 넌 선원의 자녀 중 사치스럽게 학교 다닐 수 있는 사람이 과연 몇이나 된다고 생각해?"

그녀는 몰랐다. 아니, 알고 싶지도 않았다. 그 카르덱의 자식들이 비참하게 돼지든지 말든지 자신은 알 바가 아니었다. 그런데 아벨은 이 사람들을 용기와 미덕의 화신으로 보고 있었다. 반면 남매가 함께 살아온 모든 것들…… 지금은 사라진 어린 시절의 달콤함, 어머니의 맑은 웃음소리, 차를 타고 바다를 향하여 노르망디 들판을 달리던 그 도취감, 정원 식탁에 둘러앉아 한가로이 잡담하던 6월의 저녁 시간, 사촌들과의 놀이, 초등학교 시절의 자잘한 걱정들, 생소뵈르 광장에 있던 집에서 군인 집 아이들과 함께 맛보던 생일 간식, 남매의 공부를 지켜보시는 아버지의 콧수염이 목덜미를 간질이던 감촉…… 이 모든 것들을, 순수성을 추구하는 새로운 아벨은 부정하고 있었다. 그는 그들의 과거에 침을 뱉으며 그녀에게 상처를 주고 있었다. 그가 원하는 것은 무엇인가? 그것은 자신들이 가난한 사람들 앞에서 보란 듯이 행복하게 살았던 과거의 삶을 부끄러워해야 한다는 것이었다. 하지만 그녀는 그들의 부모와 어린 시절의 추억이 망가지는 것을 원하지 않았다. 그렇게 된다면,

과연 그녀에게 남는 것은 무엇이란 말인가?

"그래서, 오빠는 부유했던 어린 시절을 속죄하기 위해 배를 타는 거야? 그런 거야?" 그녀는 눈물이 그렁그렁한 눈으로 신랄하게 쏘아붙였다.

그는 그녀를 쳐다보았고, 그녀는 대양에서 보낸 수개월의 세월로 이제는 거의 물빛이 된 그의 푸른 눈에 측은한 빛이 어른거리는 것을 보았다.

먼 훗날, 빙판 밑 얕은 바다 밑바닥에서 아벨의 몸이 분해되어 반짝이는 조개껍데기며 머릿결처럼 흔들거리는 다시마에 섞여들게 될 때, 그녀는 이 시선을 기억하고 그 의미를 깨닫게 될 것이다. 오라비는 누이의 겁에 질린 모습을 보고서, 그녀가 아직은 연약한 소녀에 불과하다는 사실을 상기했던 것이다. 이런 어린 누이에게, 항구에서 배를 의장艤裝하는 광경을 보았던 날, 당장이라도 짐을 싸들고 배에 뛰어오르고 싶었던 그 기분을 어떻게 설명한단 말인가? 오라고 손짓하는 망망한 대양, 피를 끓어오르게 하는 위험, 그리고 끊임없이 자신의 한계를 시험하면서 정신을 초월하는 광대무변 속으로 빠져드는 그 짜릿한 느낌 앞에서는 누이에 대한 따스한 정마저도 힘을 잃어버린다는 사실을 어찌 고백할 수 있단 말인가? 아르델리아는 그를 보호하고 따뜻한 품으로 안아 지켜주려 했다. 하지만 사무실에서 생을 보내고, 천식을 치료하고, 힘을 아껴 조금씩 사용하는 것…… 아벨에게 이 모든 것은 천천히 죽어가는 거나 마찬가지였다. 아니, 이미 죽어버린 것이었다.

바다 일이 적성에 맞고 안 맞고는 중요하지 않았다. 어찌 됐든 아벨은 난바다로 갈 것이다. 바다가 진동하는 드럼 소리처럼 그를 부르고 있었고, 이 부름은 그에게 생의 의미가 되었기 때문이다.

하지만 이 모든 것을 그녀에게 말해줄 수는 없는 노릇이었다. 그래서 다만 이렇게 위로해주었다.

"돌아올 테니 걱정하지 마라. 네가 기다리고 있으면 돌아올 거야……" 하지만, 어느 날 아르델리아가 바다 앞에 서서 오빠는 약속을 지키지 않았노라고, 누이를 버리고 가버렸노라고, 한평생이 가도 오빠를 용서할 수 없노라고 절규하게 될지 어찌 알았으랴!

하지만 그녀는 포기하려 들지 않았다. 그의 건강과 의사의 충고에 대해 얘기했다. 뉴펀들랜드뱅크의 기후는 폐질환자에겐 항상 치명적이라는 사실을 상기시켰다. "'항상' 이란 말이야! 항상! 내 말 듣고 있어?" 그리고─말하고 나서 곧바로 후회했지만─그가 형편없는 선원이며 앞으로도 그럴 것이라고 덧붙였다.

아벨은 이 모욕적인 말을 슬픈 눈으로 받아들였다. 그래, 저 아이가 나를 이렇게 생각하고 있었구나…… 형편없는 선원이라고? 어떤 멍청이라도 발전의 가능성만큼은 있는 법인데, 내게는 그것마저 없다고?…… 그는 몸을 일으키며 이젠 모두 끝난 얘기라고 말했다. 자신은 이미 결정했으며, 토마 씨의 소유이자 카르덱 선장이 지휘할 마리 루이즈 호를 다시 타게 되었다고 선언했다. 하지만 다음 해에는 좀더 숙고해보겠다고 했다.

"뭐라고? 카르덱이 오빠를 받아들였다고?" 그녀는 억장이 무너지는 심정으로 외쳤다.

"네 생각과는 달리 아주 쉽게 받아들여주셨지. 나의 끈질긴 노력을 높이 평가한대."

그자는 오빠를 조롱하고 있는 거라고! 그걸 모르다니! 오빠는 눈이 멀었어!

순간 소녀는 고통에 소스라쳤다. 자신도 모르는 사이에 바늘로 손가락을 찌른 것이다. 왼손 약손가락에 활짝 핀 꽃송이처럼 피가 번지고 있었다. 다시 눈을 들어보니 아벨은 이미 거실을 떠난 후였다.

꺼져가는 벽난로의 붉은 불빛 앞에 그녀는 홀로 앉아 있었다. 바람은 문을 두드려대는 성난 사내처럼 난폭하게 현관문의 걸쇠를 흔들어댔다. 그녀는 몸을 부르르 떨고는 손가락의 피를 빨아 마시며 방으로 올라갔다.

출발 날짜가 다가올수록 그녀는 엘로이즈가 자신을 피하고 있다고 확신하게 되었다. 아벨은 퇴근 후에 그녀의 집에 찾아가 긴 시간을 보냈으며, 크루아카르 가의 집에는 자정이 훨씬 넘어서야 들어오곤 했다. 놀벤은 이런 그를 비난했다. "아가씨! 도련님은 대체 청혼이나 하고 저러는 거래요? 하늘에 계신 어머니께서 이 꼴을 보신다면 참 좋아도 하시겠네요!"

결국 아르델리아는 엘로이즈의 집으로 쳐들어갔다. 우선은 그녀와의 우정을 잃고 싶지 않았기 때문이고, 또 이 갈색 머리 미녀에게서 그녀의 남편이 살해된 사실을 아벨에게 이야기하겠다는 약속을 받아내고 싶었기 때문이다. 그런데 아르델리아를 거북스런 태도로 맞이한 엘로이즈는 그 의혹을 아벨에게 말해달라는 부탁을 딱 잘라 거절했다.

"그는 내 말을 믿지 않을 거야. 아벨은 절대 사람들을 의심하지 않는 성격이잖아. 확실한 증거가 있어야 해. 하지만 우리에겐 그게 없잖아."

"하지만 왜 넌 그를 설득하려 하지 않는 거지?" 아르델리아는 분통을 터뜨렸다. "그를 잃게 될까봐 두렵지도 않아?"

"왜 두렵지가 않겠니?" 그녀는 부드러운 어조로 대답했다. "난 이미 한 남자를 잃었어. 그런데 두번째 남자까지 잃게 되면 그 마음이 어떻겠니? 넌 이해 못 해. 너무 어리고 천방지축이니까."

아르델리아는 할 말을 잃어버렸다. 우정이 무너져내리는 소리가 들렸다. 아니, 우정은 혼자만의 착각이었는지도 모른다. 그래, 그녀는 나를 한갓 어린애로 여기고 있었던 거야. 좋아, 맘대로 하라지. 이제 다시는 말하지 않을 테니까. 난 다시 혼자로 돌아갈 테니까.

뉴펀들랜드 원양어부들의 순례제 날 아침, 벌써부터 봄기운이 느껴지는 2월의 햇빛은 모든 약혼녀와 아내와 애인에게 희망을 가져다주었다. 여인들은 주교님이 그들의 남자를 실어갈 세돛대범선을 축복하는 것을 보려고 나들이옷을 갖춰 입고 찾아왔다. 아이들은 수많은 장식 깃발이 펄럭이는 배 위에 찬란한 돛이 활짝 펼쳐지는 것을 보고 환성을 올렸다. 아르델리아는 모르방이 약간 천박해 보이는 금발 여인과 함께 있는 것을 보았다. 그녀는 그가 걸음을 멈추고 자기에게 말을 걸기를 바라며 손짓했지만, 그는 그냥 미소로만 응답할 뿐이었다. 금발 여인이 그의 목에 매달려 뭐라고 은밀한 말을 속삭이고 있었던 것이다. 그리고 두 남녀는 부두에 가득한 군중 속으로 사라져갔다.

그날 저녁, 축제는 갈수록 열기를 더해가고, 선원들이 근처 선술집에서 출어를 기념하며 벌써 질펀하게 한잔 걸치고 났을 때, 부두에서는 즉석 무도회가 벌어졌다. 아르델리아는 서로 몸을 바짝 붙이고 춤을 추는 아벨과 엘로이즈를 바라보면서, 왜 자신은 두 사람을 그토록 사랑하건만 그들은 그 사랑을 제대로 되돌려주지 않는 것인지 자문해보았다. 그때 갑자기 누군가의 힘찬 두 팔이 그녀의 허리를 끌어안더니 그녀를 춤판 한가운데로 끌고 갔다. 비명을 내지른 그녀는 이내 자신을 품에 안은 사람이 카르덱이 아니라 모르방이라는 사실을 알게 되었다.

"어머…… 이것 놓으세요……" 이렇게 말하는 그녀의 목소리에는 별로 힘이 없었다. 모르방의 뜨거운 손길을 느끼면서 그의 품에 안겨 왈츠를 추는 것이 너무도 좋았던 것이다.

"아니, 놓지 않겠소! 오늘 밤은 당신을 놓지 않을 거요. 나의 마지막 밤이니까!"

그녀는 자신의 몸을 잡은 그의 손을 떼어놓지 않았다.

"카르덱에 대해선 잘못 생각하셨더군요……" 그녀는 눈에 비난의 빛을 담고 힐책했다.

모르방은 왈츠를 계속 추면서 그녀의 입술에 손가락을 갖다 대었다.

"오늘 밤에는 유쾌하지 않은 이야기는 하지 않는 법이오. 금지 사항이라오."

크고도 힘찬 그의 손은 그녀의 몸을 더욱 강하게 붙잡았고, 그녀는 사내가 이끄는 대로 몸을 내맡겼다. 실로 몇 주일 만에 그녀는 행복한 기분에 사로잡혔고, 두 볼은 뜨겁게 달아올랐다. 모르방의 손가락은 드레스의 섬세한 직물을 통과하여 그녀의 몸에 감미로운 화상을 남겨가고 있었다.

"나한테 편지할 거죠?" 그가 눈을 반짝이며 물었다. "당신이라면 분명히 멋진 문장을 쓸 수 있을 것이오."

"내가 아니어도 편지 쓸 여자는 많이 있을 텐데요?" 그녀가 비꼬듯 말했다.

"다른 사람은 필요 없고 당신의 편지를 원하오."

그녀는 재미있다는 듯한 표정으로 잠시 생각해보았다.

"어쩌면요…… 기대해보세요."

왈츠는 끝나가고 짝을 이뤘던 남녀들도 하나 둘 떨어져갔다. 하지만 모르방은 그녀를 안은 팔을 풀지 않았다.

"당신을 믿겠소!" 그가 그녀의 귀에 대고 말했다.

"아벨을 보살펴주세요……" 그녀의 대답이었다. "저 역시 당신을 믿겠어요."

"최선을 다하겠소." 그가 속삭였다. "편지에다 향수를 뿌려줄 거죠?"

아르델리아는 대답 대신 미소를 지어주면서, 눈으로는 오빠를 찾았다. 하지만 아벨과 엘로이즈는 이미 별이 찬란한 밤 속으로 사라져버리고 없었다.

그것은 아벨의 마지막 밤이요, 모르방의 마지막 밤이었으며, 아르델리아는 이 밤이 영원히 끝나지 않았으면 했다. 그것은 세상의 종말이 오기 직전의 밤과도 같았다.

내일, 사내들은 모두 안도감과 쓰라림이 엇갈리는 심정으로 바다로 나갈 것이다. 바다가 그들을 선택했듯이, 그들 역시 이 고된 삶을 선택했기 때문이다. 육지에서의 마지막 밤은 신성한 것이었다. 어둠 속에서 사랑이 맺어지고 풀렸으며, 배腹의 열기 속에서 아이들이 만들어졌고, 거대한 고독이 술과 오르가즘에 취해 비로소 잠이 들 수 있었다. 그리고 소년들은 느닷없이 사내가 되기 위해 새벽녘에 나서게 될 집 문턱에다 침을 뱉어댔다. 1912년 2월의 그 밤은 기이한 냄새로 충만해 있었다. 그것은 얼어붙은 대지와 독주와 뒤얽혀드는 살들의 냄새, 땀으로 맥질한 몸으로 마구간의 밀짚 속에서 비틀거리다가 말과 몸이 부딪치고, 마침내는 피로와 취기에 고꾸라져서 오래전에 말라버린 어머니의 젖가슴을 찾는 사내들의 냄새였다.

동이 트자 몸들의 혼란은 벌떼의 분주함으로 변했다. 집집마다 문 앞에서는 가족들이 부지런히 움직이고 있었다. 여인들은 가방과 트렁크의 내용물을 확인했고, 아이들의 코를 풀어주었으며, 출발 전의 신경과민 탓에 아이들의 따귀를 한 대씩 때려주고 있었다.

생말로의 부두에는 엄청난 군중이 모였다. 모두가 흥분하여 와글대고 있었지만, 이제 아르델리아의 마음은 침울하기만 했다. 엘로이즈는 보이지 않았다. 아벨은 지난 밤 늦게 그녀와 작별인사를 나눴노라고 설명했다.

"그녀를 돌봐줄 거지?" 그가 부드럽게 물었다. "네 친구잖아."

그녀는 고개를 끄덕였다. 긴 검정색 외투에 감싸인 병정과도 같은 뻣뻣한 동작이었다.

"그녀는 우리 가족이 될지도 모른단다……"

물론 그렇겠지. 간밤에 그는 그녀에게 청혼한 모양이다. 사라져 버리려는 바로 그 순간, 배를 부두에 잠시 얽어맨 것이다. 그것이 바로 남자들의 역설이다. 배를 200미터 앞에 두고 급히 약혼을 하고, 한쪽 발은 장화 속에 들어갔지만 다른 발은 아직 침실에 남아서 서둘러 많은 자손들을 만들어놓으려 하는 사내들의 역설이다. 도망가야만 하는 잔혹한 현실을 눈가림하고자 함일까? 하기야 버림받는 여자도 순진하게 속는 척한다. 이제는 소중한 약속이 있고, 반지가 있고, 슬피 울어대어 아비를 돌아오게 할 젖먹이가 있으니까…… 선원들은 여인들이 눈물 젖은 얼굴로 부두에 서서 스카프나 막내의 포동포동한 손을 흔들어주길 원한다. 그리하여 그들은 생각을 붙들어 맬 한 장의 이미지를 얻어내는 것이다. 모든 불협화음을 덮어버릴 수 있는 이미지, 그들로 하여금 다시 아버지로, 버리고 간 침대 위에 언제나 따스한 자리가 기다리고 있는 남편으로 돌아올 수 있게 해주는 그 진지하고도 거짓된 이미지……

아벨의 운명 역시 다른 사내들과 다르지 않을 터였다.

그리고 그녀는 그를 보았다. 적갈색 머리를 의젓한 선장 모자로 감추고 있는 그 거한을. 그는 조그만 금발머리 여자아이를 어깨 위에 올려놓고 배 옆에서 왔다 갔다 하고 있었다. 그리고 부두 가장자리에 멈춰 서더니 붙잡은 아이를 녹색 바닷물에 빠뜨리는 시늉을 했다.

"이봉! 그만 해요!" 그의 아내가 소리쳤다. 하지만 여자아이도 아버지도 들은 척도 안 했고, 부녀의 웃음소리는 바람 속에 뒤섞였다. 이 순간은 그들만의 시간이었던 것이다.

아르델리아는 홀린 듯이 그들을 쳐다보았다. 아이는 아빠의 콧수염을 잡아당겼고, 카르덱은 아이가 하는 대로 놔두었다. 그것은 폭군같이 날뛰는 새끼를 따스한 눈으로 바라보는 늑대개의 인자함이었다.

"이봉……" 갈색 머리 여인은 누그러진 목소리로 다시 말했다. "이제 그만 해요. 아이는 절대 당신을 놔주지 않을 거라고요."

선장은 아주 조심스럽게 아이를 땅에 내려놓았다. 아이는 젖니가 난 입으로 깔깔대고 웃으면서 그의 거대한 다리에 달라붙었다.

"로지!* 우리 아가! 이제 엄마한테 오려무나!"

금발의 여자아이는 싫다며 고개를 도리도리 저었다. 오늘 아이에게는 엄마는 존재하지 않았고 오로지 아빠만 보일 뿐이다. 아빠는 그 넓은 어깨 위에 올라서기만 하면 신하들을 굽어볼 수 있는 꼬마 여왕으로 만들어주는 그런 거인이니까.

조금 더 멀리에는 아이의 오빠들이 서 있었다. 마치 전봇대처럼 빳빳하게 서 있는 두 빨강머리 소년은 나이에 비해 키가 상당히 컸다. 장남은 방수복과 장화를 신고 있었다. 오늘 처음으로 배를 타는 그는 견습 선원으로 엄격한 아버지의 눈을 피할 수 있는 다른 배를 선택했다. 제법 엄숙하고도 긍지에 찬 얼굴로 서 있는 그는 앞으로 8개월 동안 자신이 몸담게 될 벨릴 호를 경탄에 찬 눈으로 바라보았다. 불과 2년 전에 브레스트의 조선소에서 건조된 이 새 범선은

---

* 아기의 이름인 '로즈'의 애칭.

마리 루이즈 호보다도 훨씬 더 위엄이 넘쳤다.

몸에 걸친 양복이 어디서 빌려온 옷처럼 어색하기만 한 빨강머리 차남은 앞으로 2년 사이에 부친과 형을 차례로 잃게 되리라는 사실을 모르고 있었다. 또 어머니에게 근심을 끼쳐드리지 않으려고 결코 선원은 되지 않겠지만, 군대 나팔 소리에 이끌려 수백만의 다른 길 잃은 사내들과 함께 베르됭*으로 끌려가게 될 자신의 운명은 모르고 있었다. 그가 건너게 될 대양은 땅속 깊숙이 파인 참호, 요람인 양 몸을 웅크리고 쪽잠을 청하는 진흙구덩이, 분노에 날뛰는 무수한 파도인 양 요란한 소리를 내며 떨어지는 포탄들, 그럴 때마다 펄떡펄떡 일어나 없어진 몸 조각을 찾는 것인지 자신의 해골을 들여다보는 시체들이 널려 있는 곳이라는 사실을 전혀 모르고 있었다.

지금 그가 서 있는 곳은 또다시 출발 의식이 행해지고 있는 바닷가 부두였다. 그렇게 그는 꿔다놓은 보릿자루처럼 뻣뻣이 서서, 어서 빨리 배가 쇼제 군도 방향의 난바다로 멀어져가기만을 바라고 있었다. 이제 잠시 후면 키를 잡은 아버지는 다시 찾은 야생의 초원을 발밑에 느끼며, 현기증 나는 질주를 즐기는 순종 말처럼 거친 대양을 항해하리라…… 그의 아버지는 육지에 맞는 사람이 아니었다. 거리의 포장 도로에도, 그리고 그가 초조하게 쾅쾅 걸어다니며 온통 흔들어대는 집의 마룻바닥에도 제대로 적응하지 못했다. 육지로 돌아와 몇 주일이 지나서 재회의 기쁨도 지나가고 나면, 그

---

* 100만에 가까운 인명이 희생된 1차 대전 최대 격전지.

는 우리에 갇힌 맹수처럼 집 안에서 빙빙 돌기 시작했다. 또 하늘을 올려다보고, 날씨를 살피고, 항구의 선장 사무실에 들락날락하고, 자기 배를 찾아가 쓰다듬기도 했다. 그와 배는 서로 귓속말을 나누는 것 같았다. 좋았던 옛 시절을 회상하는 두 망명객처럼.

아르델리아는 독수리의 발톱처럼 자신의 허리를 죄어오던 카르덱의 두 손, 사람들의 목을 조르고 학대하기 위해 만들어진 것 같은 그 두 손이 어린 딸의 다리를 잡을 때는 어찌 그리 섬세할 수 있는지 신기할 따름이었다. 저 사내는 사람도 죽일 수 있는 자라고 상상하는 순간, 그의 얼굴에서 부드러움을 읽을 수 있었다. 몇 분 후, 그는 출발신호를 내리고 이 내밀한 부분을 부두에 남겨두고 혼자서 그 위험한 삶 속으로 떠나갈 것이다. 그리고 남겨진 아이는 자라나고, 셈하기와 읽기를 배우고, 매일 저녁 하늘을 보며 아빠의 영혼을 보호해달라고 기도할 것이다.

눈으로 모르방을 찾던 아르델리아는 그가 마리 루이즈 호의 갑판 위에서 회색 양복을 입은 어떤 남자와 이야기하는 것을 보았다. 무성한 콧수염과 비쩍 마른 몸매. 아르델리아는 그 남자가 오빠를 고용한 선주 피에르 토마임을 알아보았다. 그녀는 사람들을 헤치고 앞으로 나아갔다. 모르방에게 꼭 작별인사를 해야 한다는 절박한 욕구가 솟구쳤기 때문이다. 떠나가는 그에게 단지 잘 가라는 말 한 마디를 해주는 것, 이것이 갑자기 세상에서 가장 중요한 일처럼 느껴졌다.

마치 바다와 하늘에서 온, 혹은 내 자신의 가장 깊은 곳에서 나온 어떤 보이지 않는 파장이 다시는 그를 못 보게 되리라고 알려주는 것 같았지.

하지만 그녀가 마리 루이즈 호에서 몇 걸음 떨어지지 않은 곳에 이르렀을 때, 한 젊은 여자가 팔꿈치로 군중을 헤치며 씩씩대면서 앞으로 걸어 나왔다. 흐트러진 모자가 머리에 삐딱하게 걸린 자기 꼴도 의식 못 할 정도로 분노에 흥분된 모습이었다. 디낭의 한 커피 상인의 막내딸이며 이름은 마리 트레고넥인 이 자그마한 갈색 머리 아가씨는 배 앞에 버티고 서더니 악을 쓰며 모르방을 불렀다.

순간 주위는 조용해졌고, 재미난 구경거리를 놓치지 않으려 서로 어깨를 밀치는 사람들의 시선은 일제히 그녀와 모르방에게 향했다. 부두로 내려온 모르방은 소동을 피하기 위해 쑥스러운 미소를 지으며 항복한다는 듯 양팔을 어깨 위로 들어 올렸고, 이 모습에 구경꾼들은 폭소를 터뜨렸다.

하지만 마리는 호락호락 넘어가지 않았다. 화해의 여지가 없었다. 연인의 부정에 대한 증거를 들고 찾아온 그녀는 다짜고짜 정의를 집행하여, 자신을 가지고 논 사내의 볼 위에 분노에 찬 다섯손가락 자국을 시뻘겋게 남겼다. 그러고는 휙 몸을 돌렸고, 순박한 사람들은 비켜서서 그녀에게 길을 열어주었다. 주로 눈물과 가슴 찢는 이별의 외침만이 가득하던 이 부두에서 이처럼 재미있는 장면이 벌어지기는 실로 오래간만이었다.

마리 트레고넥은 모르방이 이 세상을 뜨기 전 육지에서 받아간 마지막 선물이 다름 아닌 자신의 매몰찬 따귀였다는 사실을 생각하며 오래오래 후회하게 될 것이다.

모르방은 아무 말 없이 배 위로 올라갔다. 카르덱은 명부에 등록된 선원들이 승선하는 것을 하나하나 확인하고는 출발신호를 내렸다. 때로는 뒤늦게 생각이 달라지는 자들도 있었고, 이런 사람들은 두 헌병에게 양팔이 붙들린 채로 강제로 승선해야 했다. 하지만 이날, 그런 일은 일어나지 않았다. 모르방이 뺨을 얻어맞은 일만이 그날의 유일한 특기 사건이었다.

아벨은 누이를 품 안에 꼭 안고 괜찮을 거다, 모든 게 금방 지나갈 거다, 하고 속삭여주었다. 하지만 다른 데 정신이 팔려 있는 그녀의 귀에는 오빠의 말이 제대로 들려오지 않았다. 아니, 오히려 빨리 끝냈으면 하는 마음이었다. 그녀는 오빠에게 키스를 해준 다음 몸을 살며시 밀어내고는 배 가까이로 다가가 모르방의 눈길을 잡아보려고 애썼다. 그리고 선원들이 닻을 올릴 때 마침내 목적을 이룰 수 있었다. 결국 모르방이 그녀를 알아보았던 것이다. 그의 눈은 밝게 빛났고, 두 손을 나팔처럼 입에 모아 그녀에게 소리쳤다.

"내게 편지할 거죠? 약속해요! 내게 약속해줘요!"

그녀는 미소를 지으며 고개를 끄덕였다. 가슴속은 모순된 감정으로 복잡하게 뒤얽혔다.

그들 모두는 해군의 순양함이 첫번째 편지를 전해주기도 전에 죽게 될 운명이었다.

"자, 이제 다 얘기해주었다." 노부인은 매듭을 지었다.

하지만 그녀가 뤼네르에게 모든 것을 말한 건 물론 아니었다. 그녀는 가장 격렬한 감정, 가장 쓰라린 감정은 자기 안에 묻어두었고, 오직 그녀에게만 속한 그 심장의 고동은 혼자만의 비밀로 간직해두었다.

소년도 그 사실을 눈치채고 있었다. 하지만 그녀가 모든 것을 말하지 않아 오히려 안도가 되었다. 그녀의 내밀한 고백을 감당할 자신이 없었기 때문이다. 지금 알게 된 것만으로도 충분했다. 1912년 4월의 어느 밤, 모두에게 죽음이 찾아오기 전에 이들이 어떤 사람들이었는지 이제 충분히 이해할 수 있었다. 그날 밤, 선장과 부선장, 그리고 대양의 부름에 따라 죽음의 위험을 무릅쓰고 배에 오른 남자, 이렇게 세 사람 사이에 어떤 일이 있었는지 어느 정도 짐작할 수 있었다. 남자를 죽인 것은 어쩌면 바다가 아니었으리라.

"그런데 넌 네가 알고 있는 걸 얘기해주지 않을 모양이구나." 아르델리아가 소년의 마음을 떠보았다. "네가 꿈에서 본 것, 너를 힘들게 하는 것 말이다."

"그게……" 뤼네르는 핑곗거리를 찾으며 더듬거렸다. "꿈은 사실을 말하는 게 아니잖아요. 그렇지 않나요?"

그녀는 천천히 고개를 끄덕였다. 그렇다. 이 소년은 진실과 거짓이 섞여 있는 자신의 이야기를 하나하나 따져보고 있었던 것이다. 하지만 그녀로서는 소년을 안심시켜주기 위해 여러 번 반복했던 내용을 뒤집을 수는 없었다. 아주 영리한 소년이었다.

그리고 누가 알랴? 그녀가 전에 했던 말이 맞는지도 모른다. 정말로 꿈은 꿈에 불과할 뿐, 우리를 위험에 빠뜨릴 수 없는 것인지도 모른다. 어쩌면 꿈은 소설가들이 행복한 동화나 무서운 이야기를 쓰기 위해 잉크에 뒤섞는 개인적인 환상의 조각으로 만들어지는 것인지도 모른다. 그것들은 어쩌면 훨훨 날아가기 위해 맹금류가 둥지에 버려놓고 간다는 토사충적물*, 우리가 아침에 더 가뿐하게 일어날 수 있게끔 밤이 토해놓는 어떤 것인지도 모른다.

그래서 어쩌면 오늘 밤에는 그녀도 개들이 아벨에게 달려들어 산 채로 갈가리 찢어대는 광경을 안 보게 될지도 모른다.

누가 알랴?

* 어떤 새들은 소화되지 않은 음식물의 일부를 둥지 안에 토해놓는데, 그것이 쌓인 것.

세계들 사이에서

줄리언은 이런 말을 했다. "유령은 우리 꿈을 통해서 나타난다. 왜냐? 꿈을 통해서만 우리에게 그 모습을 보여줄 수 있기 때문이다. 이때 우리 눈에 보이는 것은 아득히 멀리 떨어진 곳에서 날아온, 사멸한 별빛이 투사된 것에 지나지 않는다."

도나 타트, 「비밀의 계절」

8
로낭

플루발레의 둥근 시계가 새벽 2시 종을 울렸다. 고양이는 시계가 달린 종탑의 팔랑개비 쪽을 향해 야옹 하고 울었다. 에브네제르 고트로의 밤은 불면의 시간에서 또 다른 불면의 시간으로 이어지는 물수제비와도 같았다. 고요한 잠으로만 충만해야 할 밤의 수면水面을 때려 파문을 일으키고는 다시 날아가버리는 그 돌멩이들…… 그는 항상 아침까지 깨지 않기를 바라는 마음으로 잠이 들지만, 어김없이 떠오르는 상념에 깨어나곤 했다. 너무나도 두서없는 이 상념은 스스로의 막연함에 오히려 쑥스러워하는 듯했다. 그것은 절대 잠을 방해하지 않겠노라 주장하며 그의 머리 현관방에서 서성이곤 했다. 하지만 불과 몇 분 후에는 다시 잠들 수 있다는 희망을 완전히 꺾어버리는 음험한 녀석이었다.

한밤중에 불쑥 떠오르는 에브의 상념은 발레리나의 앙트르샤*처럼 느닷없이 솟구쳐오르며 뇌에 불을 붙였다. 알 수 없는 열기로 들끓어오른 몸은 피곤해지고, 결국은 다시 스탠드를 켜는 수밖에 없었다. 이럴 때면 그는 책을 한 권 펼쳐 들었다. 그것도 아주 두툼한 책으로 골랐다. 그 안에 담긴 생각이 종잇장만큼이나 가볍게 느껴지는 책이었다. 그렇듯 막연하게 책장을 뒤적이다보면 언뜻 그 상념의 실체가 보일 때가 있었다. 그러면 녀석을 집게로 쥐듯 꽉 붙잡아, 얼굴을 돌려 정체를 밝혀낸 다음 요절을 내버렸다. 이렇게 되면 한 시간 후에 동이 트든 말든 상관없었다. 그는 마침내 깊은 잠에 빠져들 수 있었다.

좀더 드물기는 하지만 유령들이 그의 두번째 잠을 빼앗아가는 경우도 있었다. 그 슬픈 표정이 힐책처럼 가슴을 찔러오는 소년 수부들의 거무스레한 얼굴이었다. 그는 이들은 쫓아내려 하지 않았다. 그냥 자신의 밤 중 남은 반쪽을 그들에게 넘겨주었다. 그들의 얼굴이 자신의 가슴을 시리고 아프게 하도록 그냥 내버려두었다. 그러다가 날이 밝으면 그들의 모습은 안개처럼 스러져버리고, 대신 어깨를 무겁게 짓누르는 우울만이 남았다. 이럴 때면 마르셀의 카페로 간다. 가서 계산대가 놓인 바에 앉아 독주를 몇 잔 들이켜며 어깨에 묻은 그 우울을 털어버리려 했다. 마르셀은 굳이 설명을 듣지 않아도 모든 걸 이해하고 있었다. 입을 거의 열지 않으면서도 빈 잔을 채워줄 줄 아는 사내였다. 사실 이렇게 찾아오는 사람이 에브만은 아니었던 것이다. 바람이 휘파람처럼 우는 차가운 밤이

---

* 공중으로 뛰어올라 있는 동안 두 발을 교차하거나 서로 마주치는 발레 동작의 하나.

면 고약한 추억이 다시 깨어나곤 하는 이 지방에서는 모든 이가 저마다의 유령을 가지고 있었다. 그리하여 아픔을 조금이라도 마취시켜보고자 모두가 마셔대는 술이 넘쳐났다.

하지만 에브는 술을 경계했다. 물론 이따금 몇 잔 걸치는 술은 두꺼운 성에처럼 심장을 뒤덮은 우울을 녹여주었다. 하지만 이렇게 피를 데워 녹이는 일이 습관이 되면 그것은 혼미하고도 무언가에 사로잡힌 상태를 낳게 되는 법이다. 사람들은 술의 힘을 빌려 유령의 이미지들을 떨쳐버리려 몸부림치지만, 그럴수록 그들의 공격은 더욱 거세어지고, 결국 정신을 털썩 쓰러뜨려버린다. 흔히 그렇듯 치료제가 병을 악화시킬 수 있는 일이다.

이날 밤에는 수수께끼 형태의 상념이 떠올랐다.

뤼네르 게렝델과 마리 루이즈 호의 선원 중 한 사람 사이에 어떤 실낱같은 연관성이라도 존재한다는 것이 과연 가능한 일일까?

하지만 뤼네르는 자신의 할아버지 이름조차 모르는 것 같았다. 이러한 어이없는 무지 앞에서 에브는 우선 깜짝 놀랐고, 그 다음에는 이 사실이 의미하는 바가 무엇인지를 생각해보았다. 이 소년에게 있어서 가족과 관련된 일은 철조망과 경고 게시판으로 둘러싸여 있고, 입구가 폐쇄되어버린 어떤 영지와도 같다는 느낌이 들었다.

그는 침대가 있는 중이층 방에서 흰색의 조그만 나무 계단 여섯 칸을 내려왔다. 그리고 책상 위의 스탠드를 켜려고 몸을 굽히다 중이층을 떠받치는 들보에 머리를 부딪혔다. 자신도 모르게 튀어나온 욕설에 잠이 깬 고양이 녀석이 책망하듯 째려본다. 에브는 사과하지 않았다. 주인은 이렇게 잠 못 이루고 힘들어하는데, 불청객 주제에 혼자만 쿨쿨 자겠다니, 뻔뻔스럽긴!

자, 그런데 어디서부터 시작한다?

최선의 방책은 직관을 따르는 것일 터이다. 지금 앞에 펼쳐진 것은 밤, 즉 낮과는 다른 특별한 시간이 아니던가? 살아오면서 에브는 몇몇 소수에게만 주어지는 불운인 동시에 특권인 이 시간을 사랑하는 법을 배우게 되었다. 그것은 잠이 모든 사람들을 삼켜버린 시간에 홀로 깨어 있는 특권, 아무도 보지 않을 때 살짝 시선을 움직이는 초상화처럼 그 내밀한 비밀을 드러내는 세계를 발견하는 특권이었다.

토요일 아침, 4월의 희미한 햇빛이 브르타뉴를 어루만져주었다. 는개와 거센 폭풍우가 여드레나 계속된 궂은 날씨도 끝나가고 있었고, 청명한 하늘이 갑자기 게렝델네 부엌의 커다란 유리창에 나타나 출렁대고 있었다. 집에서 가장 일찍 일어난 사람은 브누아였다. 그는 침대에 누운 채 맞은편 침대 쪽을 보며 아직 덜 깬 눈을 껌벅였다. 연두색 거위털 이불에 덮인 흐릿한 덩어리가 보였다. 뤼네르는 아직 자고 있었다. 브누아가 일어나 덧창을 열자 끼익 하는 소리에 동생이 깨어났다. 동생에게 아침 인사를 건네고 싶은 마음이 들었지만 용기가 나지 않았다.

어렸을 때는 참 많이도 싸운 사이였다. 그러다 어느 날 갑자기 사춘기가 닥쳤고 형제는 서로에게 거북한 감정을 느끼게 되었다. 같은 침실을 사용해야 하는 어색한 상황 탓이었을까? 어쨌든 둘 사이에는 자존심이 담장나무처럼 쑥쑥 자라났고, 서로의 일에 전혀 상관하지 않기에 그 어떤 내밀한 고백도 할 수 없게 되었다. 브누아는 이것이 이처럼 고통스러울 줄은 전혀 예상하지 못했다. 뒤이어 일어난 뤼네르가 흐트러진 베개와 거위털 이불을 정리하고 있는 이 순간에도 이야기를 나눠보고 싶은 마음이 굴뚝같았다. 하지만 형제 사이에는 초등학교 이후 아무런 대화가 없었다. 이따금 시시한 농담을 건넨다든가, 부모님이나 선생님들이나 친구들, 혹은 여자애들을 비웃고 흉보는 몇 마디 말을 주고받은 일은 있었다. 하지만 단지 그것뿐이었다. 어찌 보면 멍청한 일이었다. 왜냐하면 사실 뤼네르는 상당히 흥미로운 녀석이기 때문이다. 그리고 어쩌면 녀석도 속으로는 이야기를 나누고 싶어할지도 몰랐다. 아니란 법이 어디 있는가? 하지만 1분 전까지만 해도 아주 자연스럽게 나올 것 같았던 말이 갑자기 어색하게 느껴져 입술에서 떨어지지 않았다.

에노가는 제대로 잠을 이루지 못했다. 바람에 흔들린 호두나무 가지가 밤새도록 침실 덧창을 두드려댄 탓이다. 이 가지를 잘라달라고 남편에게 부탁한 지도 한 달이 넘었건만 에반은 짬을 낼 수가 없단다. 그렇다고 계속 불평을 늘어놓을 수도 없는 노릇이었다. 이제 그녀는 괴물들의 긴 손가락이 창문을 긁어댄다고 믿던 어린 계집아이가 아니지 않은가?

그녀가 피곤한 몸을 이끌고 아침을 준비하고 있을 때, 아들들이 부엌에 들어왔다. 아직 잠이 덜 깬 얼굴에 큰 미소를 머금은 기누 녀석이 다가와 엄마에게 뽀뽀했다. 그의 따뜻한 피부에서는 아기 냄새 같은 것이 났다. 에노가는 즉시 기분이 유쾌해지는 것을 느끼며 맞닿은 아들의 볼을 음미했다.

"오늘은 기누하고 렌에 다녀올 거야." 그녀는 큰 아이들에게 알려주었다. "상송은 이웃집 아주머니가 봐주실 거야. 점심은 너희끼리 알아서 먹을 수 있겠지?"

"걱정 마세요! 우리가 애들인가?" 브누아는 빈정거리듯 대답하며 뤼네르를 슬쩍 쳐다보았다. 그러고 나서 "불쌍한 기누나 잘 돌봐주세요!"라고 덧붙이며 당사자 기누를 열 받게 만든다.

브누아와 뤼네르는 만족스럽게 배를 채우고 부엌을 떠났다. 뒤에 남은 막내 상송은 성난 호랑이처럼 그르렁댄다. 형들을 따라가지 못하고 그 높다란 아기용 의자에 갇힌 신세가 억울한 것이다.

"우리 아기, 빨리 크고 싶어 죽겠지?" 엄마는 아기의 통통한 볼에 뽀뽀를 해주며 말한다. 그러고는 고개를 돌려 기누에게 물었다. "자, 떠날 준비 다 됐니, 우리 강아지?"

기누는 엄마가 자기를 '우리 강아지'라고 부르는 게 너무도 싫었다. 게다가 아까 브누아가 비꼬듯이 던지고 간 말이 아직도 귀에 쟁쟁했다. 물론 그 블랑샤르라는 의사를 만나러 가겠다고 동의하긴 했지만 막상 출발할 시간이 되니 망설여졌다.

며칠 전, 아빠가 지붕 위로 함께 올라가자고 했을 때 그는 사나이 대 사나이의 대화가 있으리라 짐작했다. 그걸 눈치채지 못할 정도로 바보는 아니었다. 미술수업 중에 일어난 그 사건, 며칠간 허가 받은 결석…… 이런 일들이 있었는데 어떻게 그냥 지나갈 수 있겠는가? 하지만 그는 지붕 위에서 아빠와 함께하는 이 시간을 몹시도 좋아했다. 다만 이런 일이 있을 때마다 아빠가 꼭 이런 식으로 불쌍한 아들과 깊은 대화를 나눠야 한다고 부담을 느끼지만 않는다면 좋겠는데……

하지만 피할 수 없는 일이었다. 그들은 먼저 이웃집 정원의 주목 朱木들이며, 주위의 경관을 온통 가리고 있는 그 집 울타리에 대해서 이야기를 나눴다. 그러다가 아빠가 불쑥 요즘 컨디션이 어떠냐고 물어왔다.

"괜찮아요." 그가 대답했다.

그는 이런 식으로 간략하게 대답하기로 이미 마음먹은 터였다.

부자는 잠시간 움직이지 않고 묵묵히 있었다.

"엄마가 너를 위해 어느 정신과 의사하고 약속을 잡아놨다더라." 아빠는 결국 털어놓고 말았다.

순간 기누는 머리가 횡해지는 느낌이었다. 사람들이 나를 정말로 미쳤다고 생각하고 있구나!…… 이럴 때 가장 현명한 길은 가능한 한 멀리 도망가는 것이야. 이곳에서 뭉개면서 비참한 최후를 맞느니 자유로운 삶을 살 거야! 그리고 고귀하게 죽어가는 거야. 사라진 동생 때문에 죽을 때까지 후회하게 될 브누아의 얼굴이 떠올랐다. 히히, 꼴좋다! 이런 상상을 하는 기누의 입가에는 득의 어린 미소마저 떠올랐다.

"기누?" 아빠가 말을 이었다. "내키지 않으면 안 가도 된다. 아빠 말 듣고 있니? 결정은 네 몫이란다."

"아빠, 아빠는 말이 무서워?" 아이는 차분한 목소리로 뜬금없는 질문을 던졌다.

"무섭다고 생각해본 적 없는데…… 내가 말을 타본 적이 있어야지. 그냥 서부영화에서 말 달리는 것만 봐왔잖아."

"말이 무섭게 변할 수도 있어?"

"무섭게?…… 글쎄, 잘 모르겠다. 녀석들은 무서움을 잘 타고 놀라기도 잘 하지. 그럴 때면 흥분해 날뛰면서 기수를 내팽개치기도 한단다."

하지만 기누의 악몽 속에 기수는 없었다. 어쩌면 아빠 말대로 내던져져 보이지 않는 건지도 몰랐다. 아니, 어쩌면…… 방어하듯 두 팔로 몸을 가리고 있는 그 사람이 기수일까? 머릿속에 참혹한 몰골로 나타난 그 사람이?

"어쨌든 말이 사람을 잡아먹은 적은 없겠지?" 소년은 자기가 한 말이 그냥 농담이었다고 믿게 하려고 히히 웃으며 말했다.

"내가 알기론 없단다."

"그 의사 선생님 만나볼 거야. 정신과 의사들이 꼭 미친 사람들만 진찰하는 건 아니잖아?"

"그럼, 아니고말고! 그리고 걱정할 것 하나도 없어. 넌 멀쩡하니까……"

"혹시 무슨 기계 같은 걸로 머릿속을 들여다보고 그러는 건 아니겠지?"

"아니야. 그냥 몇 가지 질문만 한단다. 때로는 그림을 그려보라고도 하지…… 하지만 꼭 그려야 할 필요는 없어. 그리고 조금이라도 불편한 게 있으면 그냥 나와버리면 돼. 아주 간단한 거란다."

"자, 빨리 출발하자." 에노가가 재촉했다.

기누는 엄마를 쳐다봤다. 아빠와의 대화를 생각하니 마음이 한결 가벼워졌다. 예, 준비됐어요! 이젠 가도 돼요. 이제는 두렵지 않았다. 그는 말을 그릴 줄 모른다. 아니, 설사 그릴 줄 안다 해도 그리지 않을 생각이었다.

에브네제르는 옛날 노트 여러 권을 펼쳐놓고 부엉이 모양의 스탠드 불빛 아래서 검토하기 시작했다. 안개 낀 하늘에는 벌써 새벽의 미광이 올라오고 있었지만, 그는 뤼네르와 처음 만났던 날 얼핏 느꼈던 그 유사성의 정체를 추적해나갔다. 이마를 약간 숙이고 옆쪽으로 돌린 소년의 얼굴을 보자 거의 40여 년 전에 마주쳤던 어떤 얼굴이 갑자기 떠올랐던 것이다. 거의 뉴펀들랜드 바다에서 폐병을 얻어 돌아와 결국 그 병으로 죽게 된 원양어부였다.

당시 에브는, 원양어부 일을 그만두었지만 장기 출어에 대한 향수를 못 이겨 틈만 나면 해양구호사업소에 와서 어슬렁거리곤 하던 이 기묘한 사내와 친해졌다. 에브가 기억하는 바로는, 대양과의 접촉으로 거의 물빛에 가까워진 푸른 눈을 지닌 이 사내는 가슴속 깊은 곳에 터질 듯한 한을 숨기고 있었다. 브르타뉴 연안에서 정어리를 잡는 아버지의 뒤를 이어 어부가 되는 꿈을 꾸었고, 또 한때나마 그 꿈을 이루었노라고 했다. 하지만 지금 남은 것은 쌕쌕 소리 나는 폐뿐이었다. 모험과, 그랜드뱅크스의 모진 바다와, 만선이 되어 뛰는 가슴으로 귀항하는 자부심으로 충만했던 삶을 더이상 계속할 수 없게 된 좌절감뿐이었다. 그는 난바다를 그리워했다. 아내의 사랑, 아버지 노릇을 하는 기쁨, 존재의 깊은 곳을 채워주는 이 모든 따스함도 어린 시절부터 쌓여온 그 맹렬한 욕구를 채워줄 수 없었다. 그리고 언제부터인가 사내는 더이상 나타나지 않았다. 아이들 중 하나가 불치병에 걸려 전문의의 치료를 받으러 파리로 올라가야 했기 때문이다.

그로부터 몇 년 후, 에브네제르는 우연히 그 사내의 죽음을 알게 되었다. 자신도 모르는 사이에 어느덧 친구가 되어버린 사내의 죽음에 그는 크나큰 슬픔을 느꼈다.

에브는 흩어진 기억을 모아보았다. 자, 보자! 그 사람 아내의 이름이 뭐였더라? 그래, 한 번도 만난 적이 없었지. 그럼 애들은? 애들은 모두 몇이었더라?

아픈 꼬마는 사내애라고 했지. 아니, 여자애였던가?

노인은 답답해서 분통이 터질 정도였다. 기억력은 그를 놀리기라도 하듯 가물거렸다.

집중해야 했다. 그들이 서로 알게 된 연도를 찾아내야 했다. 자, 잘 생각해보자.

때는 봄이었다. 뉴펀들랜드 원양어부들은 얼음과 안개의 나라로 돌아갔다. 그리고 그해, 그들은 처음으로 사내를 부두에 남겨놓았다. 그는 바다 저편으로 범선이 멀어져가는 것을 바라보며 심장이 옥죄는 아픔을 느꼈다. 사실 흉곽 속에 느껴지는 그 타는 듯한 고통은 이미 수없이 체험한 바 있다. 그곳의 바다, 배 안에서였다. 하지만 그는 어깨만 으쓱하고는 거센 비바람을 견디며 조업을 계속했다. 양쪽 폐를 침범하여 병든 새처럼 쌕쌕거리게 만드는 그 위험한 습기를 아예 무시해버렸다. 그런데 지금, 떠나는 배들을 바라보고 있자니 가슴이 더욱 조여온다. 도대체 왜? 여기서 무얼 더 기다리고 있는가? 다른 사내들이 배에 장비를 싣고, 도르래와 밧줄을 삐걱거리게 하고, 돛들을 펼치고, 닻줄을 풀어 이 굳어 있는 세계를 떠나 물과 하늘이 맞닿은 저 아득한 입구를 향해 바람에 실려가는 모습은 이제 충분히 구경하지 않았는가? 또 그걸 구경하기 위하여 대가도 톡톡히 치르지 않았는가?

그래, 결국 네가 바라던 대로 됐군……

머릿속으로 이렇게 뇌까렸지만, 여기서 '너'가 가리키는 것이 죽음이 시계추처럼 똑딱거리는 그 변덕스런 가슴인지, 아니면 그의 아내인지 알 수 없었다. 당신, 바다에서 죽어버릴 셈이에요……? 그가 대양에서 돌아오자, 그녀는 매일 밤 눈물을 흘리며 이 말을 반복했다. 또, 일에 혹사당하다가 죽는 비참한 가축의 꼴이 되고 싶냐고 물었다. 하지만 그가 원하는 것이 바로 그런 죽음이라면? 그는 뉴펀들랜드 원양출어를 여덟 차례 다녀왔다. 다시 말해서 겨우 맛만 본 셈이다. 그런데 지금 그 앞에 정어리잡이 어부라는 '눈부신 장래'가 열린 것이다…… 사내는 애들 장난 같은 연안어업에 대해서는 경멸의 감정밖에 없었다. 하지만 아버지는 그 일조차 힘드셨는지 저녁 때 집에 돌아오면 어머니 곁에 그대로 쓰러져버리곤 하셨다. 파김치가 되어 아들의 머리에 제대로 입도 맞춰주지 못하셨다.

범선들이 떠나고 난 생말로 부두에서 물빛 눈의 사내가 어떤 모습으로 걸어가고 있었을지, 에브는 쉽게 상상할 수 있었다. 이제 집에 들어가야 할 시간이었다. 짐짓 명랑한 얼굴을 하고, 이 초봄에 대양에 있지 않고 집으로 들어오는 남편의 모습에 기뻐 어쩔 줄 몰라하는 아내의 인사에 다정하게 대답해주어야 할 시간이었다. 무언가가 망가지고 있는 남편의 슬픈 눈은 보려 하지 않고 오직 행복한 미래만을 설계하고 있는 아내의 말을 들어줘야 할 시간이었다.

에브는 눈을 감았다. 그래, 그해 봄은 매우 일찍 찾아왔었다. 3월 말부터 더운 날씨였으니까. 그는 사무실에 앉아 있던 자신의 모습을 떠올렸다. 소매를 걷어 올리고 환기를 하려고 창문을 열었다. 사업소 중앙 홀은 사람들이 대화하는 소리, 언쟁하는 소리로 소란스러웠다. 아, 그래, 기억난다! 그 사내를 알게 되기 바로 전, 해양구호사업소에서는 사건이 하나 터졌다. 프랑스 선주 중앙위원회 원양어업 분과의 위원장과, 해양구호사업소의 병원선을 타고 그랜드뱅크스로 가서 어부들을 돌보는 보좌사제 이봉 신부가 충돌했던 사건이었다. 뉴펀들랜드 원양어부들과 이봉 신부는 서로 깊은 애정으로 묶여 있는 사이였다. 황소의 몸에 사제복을 걸쳐놓은 것 같은 이봉 신부는 여기저기에서 강연회를 열어 어부들이 얼마나 착취당하고 있는지 통렬하게 고발하곤 했다. 이에 선주 중앙위원회가 가만있을 리 없었다. 이 사건은 당시의 어업계를 떠들썩하게 만들었다. 또 파리의 어떤 살롱에서까지 화제가 되어 우아한 귀부인들은 소년 수부들의 가엾은 운명에 눈물을 흘렸으며, 그네의 남편들은 아내들이 홀딱 빠져 있는 그 '빨갱이' 신부에 대해 모든 내막을 알고 있다는 투로 이야기하곤 했다.

에브는 차곡차곡 쟁여진 옛 노트 중에서 한 권을 빼냈다. 맞다, 바로 그거였다. 1937년 3월에 터졌던 그 사건이었다. 그리고 물빛 눈의 그 사내는 그로부터 몇 주 후, 4월 초에 사무실 문을 열고 들어왔다. 에브는 노안으로 잘 보이지 않는 눈을 잔뜩 찌푸려보았다. 한 페이지 구석에 4월 7일 자로 사내의 이름이 기입되어 있었다.

아벨 르 파우.

1937년 4월 7일. 그 이후로 너무나도 많은 세월이 흘렀다. 현기증마저 일게 하는 기나긴 세월이었다.

아벨은 종종 아내에 대해 말하곤 했다. 기질이 몹시 강한 여자라고 했다. 선주와 선장의 사탕발림에 쉽게 넘어가지 않는 여인이라고 했다. 아르델리아 같은 여인이었을 것이다. 아벨의 설명에 따르면, 아버지와 오라비 한 명을 뉴펀들랜드에서 잃은 그의 아내는 이미 줄 만큼 주었다고 생각한다고 했다. 그 먹먹한 텅 빈 공간을, 울음의 끝없는 메아리를 더이상 견디고 싶지 않노라고 했다.

노인은 기억을 열심히 더듬어보았지만 허사였다. 그녀의 이름은 좀처럼 떠오르지 않았다.

마침내 지쳐버린 에브네제르는 괘종시계를 보았다. 아침 여섯시를 몇 분 남기고 있었다. 전화를 하기에는 너무 이른 시간이었다. 하지만 아주 오래된 친구 사이니 오늘 하루 정도는 무람없는 짓을 범해도 괜찮겠지……

산텐 신부는 사제관 계단을 올라가고 있었다. 방금 전에 성 베드로의 열쇠꾸러미*에 끼워도 될 만큼 고색창연하게 녹슨 옛날 열쇠로 성당 문을 열어놓은 참이었다. 처음 성무를 시작했을 때, 그는 저녁때 성당 문을 잠가놓아야 한다는 사실을 쉽사리 받아들일 수 없었다. 당시 젊은 신부는 낭만적인 생각에 사로잡혀 있었던 것이다. 가출한 소년이 밤중에 성당 문을 열고 들어와 성 안나 상이나 신부가 특별한 애정을 느끼는 잔다르크 상의 너그러운 실루엣 아래 누워 새우잠을 청할 수도 있지 않은가? 모름지기 교회는 그런 사람들에게 항상 열려 있어야 하는 법 아닌가?

하지만 얼마 안 있어 주교님이 당나귀처럼 고집 센 젊은 신부를 찾아와 이렇게 말했다. 여보게, 이 세상 도둑놈들이 다 장발장인 것은 아니라네. 심지어 어떤 자들은 제단 뒤 장식 벽의 금박 칠까지 벗겨가기도 한다네. 이게 도대체 상상할 수 있는 일인가? 이 야만인들에게 앉아서 당하고만 있을 수는 없는 노릇 아닌가?…… 그렇게 해서 젊은 산텐 신부는 어쩔 수 없이 저녁마다 성당 문을 닫게 되었지만, 그때마다 가슴 한구석이 찔려오는 것은 어쩔 수 없었다. 하여 나중에 신부가 성당 근방에 외출하느라 자리를 비우게 될 때에도 문을 잠그라는 지시가 내려왔을 때, 그는 들은 척도 않고 계속 문을 열어놓았다.

대낮에 성당 문을 닫는 것은 그의 원칙에 어긋나는 일이었다. 모

---

* 베드로는 예수에게서 천국 열쇠를 받은 사람이기 때문에 그의 도상은 열쇠꾸러미를 지닌 모습으로 나타난다.

름지기 주님의 집은 갑자기 기도하고 싶은 마음에 찾아오는 사람들에게 언제든 열려 있어야 하는 법 아닌가? 또 절도며 약탈의 가능성이 있다 하지만, 그 정도 위험은 감수해야 하는 것 아닌가? 우리 주님께서는 이미 비슷한 일들을 숱하게 겪어오지 않으셨던가? 그 맹렬한 성상파괴자들과 야만스런 오랑캐 무리가 돌로 된 성녀의 머리를 자르고 천사의 날개를 떼어냈어도, 스테인드글라스와 세례반을 박살내버렸어도, 주님께선 모든 것을 묵묵히 견뎌내지 않으셨던가? 50년이 지난 지금, 신부는 자신이 그렇게 해온 것에 만족하고 있다. 그동안 하찮은 좀도둑을 제외하고는 별다른 피해도 없었다.

사제관 계단을 힘겹게 올라가는데 오른쪽 엉덩이가 몹시 아팠다. 게다가 계단 중간쯤 이르렀을 때 구식 전화기가 요란스레 울려대며 불쾌감을 가중시켰다. 대체 이 이른 시간에 누가 전화를 한단 말야? 스스로 죽음이 임박했다고 느끼는 신도인가? 하긴 자주 일어나는 일이었다. 정신이 오락가락하는 연로한 신도들은 바로 이틀 전 종부성사를 했다는 사실을 까맣게 잊어버리고 다시금 성사를 요청하곤 했다. 성사를 받고 나서야 비로소 안도했지만, 애석하게도 효과가 그리 오래가지는 못했다. 불안감이 표면에 다시 떠오르면 도로 아미타불이었다. 가장 나이 많은 신도 중에는 죽음과 심판을 너무도 무서워하는 이들이 있었다. 실제로 범했거나 상상 속에서 저지른 죄로 인해 영혼이 정결하지 못하다고 느끼는 탓이었다.

이런 비합리적인 두려움이 까마득한 옛날부터 수많은 사람들의 말년을 불행하게 만들었다는 사실, 산텐 신부도 이를 모르는 바 아니었다. 하지만 이 장세니슴*적인 독이 수세기의 시간과 새로운 신앙교육론마저 뛰어넘어 지금까지 살아 있다는 사실을 느낄 때마다 놀라움을 금할 수 없었다. 현대신학은 징벌과 자기태형自己笞刑을 부과하시는 하느님이 아니라, 넘어진 인간을 다시 일으켜주시는 자비의 하느님을 만나라고 권유하지 않는가? 산텐 신부 자신도 기존의 엄격한 교리 속에서 성장했다. 하지만 그의 믿음과 인본주의가 깊어지면서 죄와 벌에 대한 그 끈질긴 강박관념을 조악한 폐석처럼 떨쳐버릴 수 있었던 것이다.

아아! 하지만 아직도 많은 신도들이 기꺼이 벌을 받겠다는 희망을 품고서 그를 찾아왔다. 그가 걸친 정결하면서도 닳아빠진 사제복이 그런 오해를 불러일으키는 걸까? 그의 사제복은 진보적 성직자의 그것이라고는 말할 수 없었다. 하지만 그는 자신의 사제복을 사랑했다. 아침마다 서품을 받던 날 가슴을 가득 채워주던 그 감동을 되살리며 그 옷을 걸치는 일이 너무도 좋았다. 겉모습을 보고 자신을 구식 사제로 여기는 신도들이 있다 하더라도 어쩔 수 없는 일이다. 사실 그는 옛날 신부이니까.

전화벨이 열번째 울렸을 때에야 그는 겨우 그 빌어먹을 수화기를 들어 올렸다.

"여보세요?" 그가 헐떡이며 말했다.

수화기 속의 사내는 신부를 침대에서 끄집어냈다는 생각에 미안

---

* 장세니슴은 17세기의 네덜란드 신학자 오토 얀센이 창시한 가톨릭 종교운동 및 신학사상이다. 본질적으로 원죄를 지닌 존재인 인간의 자유의지를 부인하고 신의 예정과 은총에서 구원의 가능성을 믿는, 인간성을 비관적으로 보는 사상이다.

해서 어쩔 줄 몰라했다. 산텐 신부는 몇 초가 지나서야 상대방이 누구인지 알아챘다.

"여보게, 에브! 그래, 자네는 내가 이 나이에 아침부터 푸짐하게 차려 먹겠다고 일찍 일어나 설쳐댈 사람 같아 보이나?" 마침내 상대의 말을 끊을 수 있게 된 그는 이렇게 쏘아붙였다.

그들은 잠시 동안 서로의 안부를 물었고, 류머티즘이며, 늙어가는 그들을 현명하게 만들어주는 노년의 자잘한 불행에 대해 농담을 주고받았다.

"이봐, 정말 전화 잘 했어!" 조 산텐이 외쳤다. "자네 목소리 오랜만에 들으니 좋구먼. 다 찌그러져가는 우리 교구 자매님들하고는 전혀 다르단 말씀이야."

수화기 저쪽에서 에브가 웃음을 터뜨렸다.

"하하하! 자네는 조금도 안 변했구먼!"

"아니, 왜 내가 변해야 하는 건데? 엉?"

"그런데 말이야…… 어떤 사람에 대해서 알아볼 게 좀 있네. 내가 1937년도에 알았던 사람인데, 혹시 자네가……"

"아이쿠! 내 기억력 모르는가? 제멋대로일세…… 그런데 그 사람 이름이 뭔가?"

"르 파우야. 아벨 르 파우. 결혼했었고, 애도 하나 이상 있었네. 그런데 그 부인 이름이 도통 생각이 안 나."

"아벨 르 파우라고?"

"알고 있나?"

"아다마다! 내가 처음 주례를 서준 사람이야! 그때가…… 가만 있어보자…… 그래, 1933년이었지. 9월이었어. 내가 막 신학교에서 나온 때였지."

수화기 건너편에서 감격에 찬 침묵이 흘렀다.

"그런데 르 파우에 대해 알고 싶은 게 정확히 뭔가?"

"자네가 말해줄 수 있는 모든 거!" 에브가 대답했다.

"아주 길 거야! 내가 기록한 신도 명부도 있고, 아벨의 아내 로즈가 신혼 시절 내게 맡긴 서류도 좀 있네. 한번 볼 텐가?"

"오, 물론이지!" 수화기 저편의 에브는 신이 나서 어쩔 줄 몰라 했다. "그럼 오늘 오전에 사제관에 들러도 되겠나?"

"음…… 11시 15분쯤에 들르게나. 미사는 마쳐야 하니까."

"좋아! 그럼 이따 보세! 고맙네, 조! 아참, 한 가지 더 있어. 그 로즈라는 여자, 결혼 전에는 성이 뭐였나?"

"카르덱. 로즈 카르덱이야. 로지라고 부르곤 했어. 강한 의지가 느껴지는 눈매가 인상적인 금발 미인이었지."

수화기를 내려놓은 산텐 신부는 아벨 르 파우가 죽은 지도 벌써 30년이 다 돼가는데, 에브 고트로는 대체 무슨 바람이 불어 그에게 관심을 갖는 건지 궁금하기만 했다.

한편 에브는 이제 진홍빛 서류철을 다시 펼쳐볼 시간이 되었다고 속으로 중얼거렸다.

카르덱.

뤼네르가 이 이름을 처음 내뱉었던 날, 그 순간에는 아무것도 생각나는 게 없었다. 그러고 나서 나중에야 그 편지가 생각났다. 1914년에서 1918년 사이의 문헌을 모아놓은 서가의 칸에 빨간 파일에, 전쟁처럼 새빨간 파일에 넣어 보관해놓은 편지였다.

하지만 지금, 그는 쉽게 용기를 낼 수 없었다.

뤼네르는 히스가 우거진 황야를 나아가고 있었다. 40여 미터 앞쪽에 가고 있는 적갈색 줄무늬 고양이의 자취를 놓치지 않으려고 정신을 잔뜩 집중했다. 생일선물로 받은 나침반을 시험해보려고 숲에 놀러갔다가 오솔길 두 개가 마주치는 지점에서 그 고양이를 만났다. 고양이와 그는 정면으로 맞닥뜨렸다. 동물은 즉시 도망갈 수도 있었다. 한데 웬일인지 녀석은 오랫동안 움직이지 않았다. 그뿐이 아니었다. 그 노란 눈으로 소년을 똑바로 응시했고, 윗입술을 말아 올리며 기묘한 미소를 짓는 것 같기도 했다. 순간 심기가 불편해진 뤼네르의 머릿속에는 이상한 나라의 앨리스가 만났던 고양이가 떠올랐다. 마음대로 나타나기도 하고 사라지기도 한다는 그 고양이, 이따금 공중에 둥둥 뜬 미소만이 보인다는 그 이상한 고양이 말이다. 그런 다음 고양이는 왼쪽의 작은 숲으로 뛰어갔다. 바다 쪽에 있는 총림叢林이었다. 뤼네르도 녀석을 뒤쫓아 뛰어갔다. 그렇게 따라가면서도 머릿속은 혼란스럽기만 했다. 이 고양이가 이상한 녀석인가? 아니면 내가 그렇게 보는 것인가? 꿈과 현실 사이를 하도 여러 번 왕복하다보니 이제는 시각마저 일그러져버린 것일까? 지난번 아르델리아의 집을 다녀온 이후, 그는 스스로를 감시하고 있었다. 낮과 밤, 그리고 감옥선 같은 마리 루이즈 호와 우중충한 학교 교정을 정신없이 뒤섞다가 그대로 미쳐버리지나 않을지 두려웠던 것이다.

이제 고양이와 그는 바다에서 멀지 않은 곳에 와 있다. 바다가 으르렁대는 소리와 비릿한 갯내음이 해풍에 실려왔다. 황무지 곳곳, 대머리처럼 황량하게 벗겨진 장소에는 기묘한 형태의 바위들이 등을 보이고 앉아 있었다. 수평선을 바라보고 앉아 있는 감시병 같은 모습이었다. 그러자 곧 피부 밑에서 불안감이 스멀스멀 올라왔다. 그렇다. 그것은 데자뷔의 느낌이었다.

이 장소는 그의 꿈과 비슷한 점이 있었다. 악몽 속에서는 언제나 가고 싶지 않은 곳으로 자꾸만 이끌리게 된다. 앞으로 나아가면 나아갈수록, 주위의 배경은 지극히 내밀한 개인적인 두려움의 색채를 띠고 나타나는 것이다.

회색으로 기울어져가는 청색의 하늘, 그 가운데 갈매기 몇 마리가 바람에 몸을 띄우고 고정되어 있었다. 천지의 빛도 변했다. 어떤 보이지 않는 연출자가 빛 세기를 조정해놓은 듯 약간 어둑해졌다. 낮은 허락도 받지 않고 슬그머니 밤으로 넘어가려는 것 같았다. 뤼네르의 몸은 육지 쪽으로 돌아가지 못하고 자꾸만 앞으로 나아가고 있었다. 이 불안스런 장소는 한 번도 와본 적이 없건만 친숙하게만 느껴졌다.

총알같이 달려온 에브의 차가 디낭 구시가지의 성벽 앞에 도착했을 때, 약속 시간까지는 아직 여유가 있었다. 생루이 성문 앞에 주차를 하고는 생말로 성당*까지 남은 거리를 걸어가기로 작정했다. 늦은 오전의 화창한 날씨와 활기 넘치는 고도古都의 공기를 즐기기 위함이었다.

조는 성구실에 있었다. 방금 전 그날의 두번째 미사를 마친 에브의 친구는 수놓은 영대를 옷걸이에 걸었다. 두 공범은 즐겁게 인사를 나누었고, 조는 그에게 한잔하자며 레캉 성탑에서 그리 멀지 않은 조용한 선술집으로 데리고 갔다. 그들은 홀 한쪽 끝 테이블에 럼주를 앞에 놓고 마주 앉았다. 오래 묵은 럼주는 유리잔 속에서 영롱한 호박색으로 빛나며 주변의 공기를 향기롭게 했다. 맡기만 해도 마음이 가벼워지고 벌써부터 알딸딸해지는 것 같은 그런 냄새였다.

"저쪽 동네는 일부러 피했어. 나랑 친한 독실한 할망구들하고 마주칠 수 있거든." 조제 산텐이 호탕하게 소리쳤다.

"아니, 그렇게도 꽉 막힌 양반들인가?"

"아, 말도 말게. 그 이상이야! 우리 교회 부속 예배당에 세례 요한 석상이 하나 있다네. 그런데 몇 년 전인가, 어떤 할머니 하나가 날 찾아와 불평하는 거야. 석상이 너무 몸을 드러내서 망측하다나? 그러더니 친구들의 서명을 잔뜩 받아와서 청원서를 제출하더군. 그 문제의 석상—그래 봬도 15세기 때 만들어진 문화재라고!—을 성구실 안에 처넣어달라고 말이야. 가끔은 그들에게 죄를 지으면서 사는 법 좀 배우라고 말하고 싶어서 입이 근질거린다네. 아, 그렇게 할 수만 있다면 그 따분한 고해성사 시간이 한결 견딜

---

* 생말로 성당은 생말로가 아닌 디낭에 있다.

만할 텐데!"

그들은 럼주를 몇 모금 홀짝이며 완벽한 행복의 순간을 음미했다.

"그런데 새벽부터 전화를 걸어 30년 전에 죽은 사람 이야기를 꺼내는 이유가 대체 뭔가?" 조 신부가 질문했다.

"얼마 전 자네가 나에게 보냈던 그 소년 기억하는가? 아직 꼬마 같기도 하고 사춘기 소년으로도 보이는 그애 말이야. 모르방이라는 사람을 찾던 녀석."

"어…… 기억하지! 그래, 도움은 좀 줬나?"

"음, 그러려고 노력하고 있지. 그 소년에게 문제가 좀 있더군. 그런데 말이야, 이건 좀 엉뚱하게 들릴 수도 있는데, 난 이 문제를 족보를 통해 설명해볼 수 있지 않을까 생각하고 있어."

"아니, 아벨 르 파우하고는 어떤 관계인데?"

"그게 바로 내가 알고 싶은 부분이야…… 말하자면…… 두 사람이 많이 닮은 것 같아."

"닮았다고?" 조는 이렇게 외치면서 소년의 얼굴을 다시 떠올려보려고 애썼다. "그럼 서로 친척지간이라고 생각하는 건가? 하지만 나이 차이로 볼 때 아벨이 그애 아버지가 될 수는 없을 텐데?"

"아버지는 아니더라도…… 이를테면 조부일 수도 있잖은가?"

"자, 보자…… 로즈와 아벨에겐 사내아이가 둘 있었지. 큰애는 신경계통에 문제가 있었어. 일종의 이명耳鳴 증상도 아주 심했고. 그 때문에 그 불쌍한 아이는 양쪽 고막이 거의 찢어진 상태였다네. 아주 정이 가는 아이였는데…… 어느 날 아침, 그애 엄마가 집 앞에서 숨겨 있는 아이를 발견했어. 침실 창문에서 떨어졌던 거지.

294

의사들은 몽유병 발작이라고 설명했어. 겨우 일곱 살이었지. 로즈는 그 때문에 건강이 많이 상했다네. 다행히도 부부에겐 둘째 아들이 있었지. 당시 다섯 살 꼬마였어…… 그 일이 있고 나서 의사가 로즈에게 아이를 하나 더 가지라고 했어…… 당시에 흔히들 갖는 생각이었지. 한 아이가 죽으면, 그애가 남긴 가슴속 빈자리를 메워줄 수 있는 다른 아이를 갖는 거…… 그렇게 해서 몇 년 후, 로즈는 여자아이를 하나 낳았어. 하지만 큰 아이가 세상을 떠나면서 그 집의 행복을 모두 가져가버려서 계집애가 태어난 후에도 그 집은 항상 초상집처럼 침울했어……”

“잠깐, 잠깐! 제발 좀 천천히 이야기해주게.”

조 산텐은 방금 한 이야기를 참을성 있게 다시 들려주었다. 이름은 한 자 한 자 또박또박 말해주고, 날짜는 명확하게 일러주었다.

“맞아. 아벨 르 파우에겐 아들이 둘 있었지.” 에브가 정리하듯 말했다. “큰애는 어려서 죽었고. 그래, 기억난다. 아벨은 병든 아이를 치료하려고 파리에 가야 한다고 했어…… 하지만 그애가 죽었는지는, 특히 그런 식으로 죽었는지는 정말 몰랐네! 불쌍한 녀석……”

“그래.” 조도 흐려진 얼굴로 고개를 주억거렸다. “난 그 아이를 많이 좋아했다네. 그날이 아직도 생각나. 아벨이 사제관에 불쑥 나타나 아이의 죽음을 알려주었지…… 그날로 꼬마는 내 안에 새겨졌다네.”

“둘째 아이는 어떻게 됐나?” 에브는 파이프에 불을 붙인 다음 물었다.

“질다? 형이 약했던 것만큼이나 튼튼한 애였지. 생명력이 넘쳐

흐르는 팔팔한 꼬마였어. 여덟 살 때 엄마에게 자기는 크면 선원이 되겠다고 선언했지! 로즈는 눈물에 젖은 얼굴로 나를 찾아왔다네. 둘째 녀석마저 잃게 될 거라면서, 이 모든 건 그녀 집안의 숙명이라고 확신했어…… 하긴 뉴펀들랜드가 휩쓸어가버린 뱃사람의 집안이었으니까…… 하지만 고 녀석의 황소고집을 도무지 꺾을 수 없었지. 그는 열여덟 살에 해운회사에 취직했어. 아주 열심히 일했고, 장기항해선장 자격증까지 따냈지. 그러더니 10년 전, 인도의 고아*에서 내게 편지를 보낸 이후로는 전혀 소식이 없어. 하지만 내가 그애를 잘 알아서 하는 말인데, 결혼은 안 했을 거야. 기질적으로 결혼할 사람이 아니거든. 그런데 아이들은…… 물론 전 세계 여기저기 다니며 씨를 뿌려놓았을 수는 있겠지. 하지만 아가씨들의 배가 불룩해지기도 전에 내빼버렸을 게 분명해!"

"그런데 로즈 부부에겐 딸이 하나 있었다며?" 집중하여 듣던 에브가 물었다.

"당시 내가 말하던 식으로 표현하자면 '치료용 아이'였지…… 하지만 그 불쌍한 계집아이가 어떻게 '치료'해줄 수 있었겠나? 한 아이를 잃은 부모를 위로하는 임무를 다른 아이가 떠맡는다는 것, 그건 너무 무거운 짐이고, 또 불가능한 일일세. 어린 것이 죽고 나서 모든 게 형편없이 망가져버렸지. 로즈는 새로 태어난 아기에게 정을 붙일 수 없었어!" 그는 한숨을 내쉬었다. "고 어린 에노가가 얼마나 힘이 들었을까!"

---

* Goa. 인도 남서부 해안에 위치한 주(州).

에브네제르는 돌연 깜짝 놀라는 표정으로 신부를 쳐다보았다.

"아니, 왜 그러나?" 조 신부가 물었다.

"됐어! 연관성을 찾아냈어! 에노가는 결혼했지? 안 그런가?"

"낸들 어떻게 알겠나? 생각해보게. 아벨은 1953년에 폐렴 합병증으로 사망했네. 그후, 로즈는 나와 완전히 연락을 끊어버렸어."

"그래! 그거야! 에노가는 에반 게렝델과 결혼해서 네 사내아이를 낳았어! 뤼네르는 그중 둘째이고. 에노가라는 이름이 흔한 이름은 아니지 않은가?"

"특히 여자 이름으로는 그렇지." 조제 산텐이 좀더 정확하게 지적해주었다. "그건 사내 이름일세. 성 에노가에서 나온 이름이니까. 당시 로즈가 딸에게 사내아이 이름을 붙여주어 나도 놀랐다네. 마치 그녀가 딸애를 갖는 걸 견딜 수 없어하는 듯한 느낌을 받았지……"

"오, 조…… 지금 자네가 내게 얼마나 큰 도움을 줬는지 모를 거야!"

"그리고 뤼네르라는 애한테도 마찬가지겠지?"

"제발 그랬으면 좋으련만. 조만간 자네에게 그 소년을 소개해주겠네. 자네가 원한다면 말이야."

"아무렴, 원하고말고! 그래…… 그앨 보게 되면 얼마나 기쁘겠나!" 과거 자신이 그처럼 걱정하던 여자아이의 행방을 찾을 수 있다는 생각에 조 신부는 감격하지 않을 수 없었다. "하지만 지금 당장은 안 돼. 오늘 점심 때 주교님 집에 초대 받았거든…… 오늘 저녁때는 어떤가? 사제관에 와서 간단히 식사나 함께하세. 저녁 9시쯤 어떤가?"

"좋지! 그런데 말이야, 가기 전에 한 가지만 알려주게. 아벨의 아내 로즈는 어떤 집안 출신인가?"

"아, 로즈?…… 그녀의 결혼식 주례를 서기 이전에도 난 오래전부터 그녀 집안을 알고 있었어. 디낭의 토박이 집안, 뱃사람 집안일세. 그녀의 부친은 뉴펀들랜드 원양선 선장이었고, 그보다 훨씬 어린 여자랑 결혼했지. 아주 단단한 체격에…… 브르타뉴 여인답게 강인한 기질이었지만, 가슴속에는 항상 절망과 불안의 그림자가 드리워져 있는 여자였지. 로즈의 아버지 이봉은 세 아이를 남겨 놓고 바다에서 죽었다네. 그런데 로즈가 결혼할 때, 부모라곤 어머니밖에 없었는데 어머니는 결혼식에 오지 않았어. 모녀 사이에 무슨 문제가 있었는지 서로 말도 안 하는 사이였다더군…… 아니, 그런데 그건 왜 묻나?"

"…… 로즈의 아버지 이름이 이봉인가?"

"맞아. 이봉 카르덱."

"선원이었고. 확실한가? 그리고 이름이 이봉이었다고?"

"선원이 아니라 뉴펀들랜드 원양선 선장이었다니까! 그 양반이 자네가 하는 말을 들었다면 노발대발했을 걸세. 그래, 맞아. 분명히 이봉이야."

"자꾸 캐물어서 미안한데…… 그렇다면 뤼네르는 로즈의 손자이고, 또 이봉의……"

"그래. 이봉 카르덱의 증손자인 셈이지. 뉴펀들랜드 바다 늑대들의 피가 그 소년의 몸속에 흐르고 있는 걸세."

에브네제르 고트로는 잔에 조금 남은 럼주를 쭉 들이켰다. 뤼네르가 뉴펀들랜드 원양선 선장의 후손이라니! 이 놀라운 사실을 대체 어떻게 해석해야 할지 알 수 없었다. 문제는 그것만이 아니었다. 그 아리송한 퍼즐 가운데 그가 아는 또 한 명의 '카르덱'은 대체 어디에 끼워 넣어야 할 것인가?

하마터면 고양이를 놓쳐버릴 뻔했다. 시시각각 변하는 풍광 때문이었다. 마치 바람이 하프의 현 사이를 지나가며 진동시키듯, 어둑한 구름 그림자며, 그 가운데 찢긴 틈처럼 빛나는 부드러운 햇빛이며, 거센 바람에 출렁이는 너울 소리 등이 섞여들며 흔드는 고운 색깔들이 시선을 잡아당겼기 때문이다. 또한 황무지를 헤매는 양 몇 마리가 눈에 띄었기 때문이기도 했다. 그럼에도 뤼네르의 눈은 고양이의 적갈색 꼬리를 놓치지 않았다. 녀석이 절벽 어딘가로 쏙 들어가버리는 순간, 놈의 모습을 다시 찾은 것이다.

뭔가에 홀린 듯 고양이를 바짝 뒤쫓아간 뤼네르는 어떤 커다란 바위의 옆구리에서 나지막하고 습기 찬 동굴의 입구를 발견했다. 그는 몹시 좁은 동굴 속을 네 발로 기어나갔다. 여기가 어디쯤인지, 또 조금 있으면 밤이 될 테고, 집에서는 벌써 저녁상이 차려져 있을지도 모르는데, 이 시간에 왜 여기서 이렇게 기고 있어야 하는 것인지, 이 모든 골치 아픈 문제들은 잊어버리려 애쓰면서.

이제껏 해적놀이를 해본 일 없는 뤼네르는 이렇게 바다에 가까이 와본 적이 없었다. 그래서 이런 동굴, 해적이나 난파자 혹은 쫓기고 있는 도망자 같은 사람들이 오랜 세월에 걸쳐 차츰 만들어왔을 이런 지하 공간을 구경해본 일도 없었다. 소년이 느끼는 흥분감은 네 발로 전진해감에 따라 더욱 커져만 갔다. 동굴 안은 칠흑같이 어두웠고, 온통 소금과 축축한 돌과 대양의 냄새뿐이었다. 그렇게 눈뜬장님이 되어 얼마 동안 나아가니, 다시금 동굴 벽이 희미하게 분간되기 시작했고, 마침내 천장에 바닷물이 방울져 맺혀 있는 둥글고도 불완전한 방에 이르게 되었다. 동굴의 한쪽은 수평선을 향해 터져 있었고, 라망슈 해는 뿌연 안개에 싸여 끝없이 펼쳐졌다. 커다란 파도가 변덕스런 아이처럼 끈질기게 바위에 부딪쳐왔다.

이처럼 눈앞에 펼쳐진 바다를 보는 것은 태어나서 처음이었다. 그것은 모든 것을 삼켜버리는 바다, 항시 경련하듯 펄떡이면서 결코 만족하는 법이 없는 어마어마한 배腹를 가진 바다였다. 화장火葬 재의 회색 빛깔을 띤 그 배, 맹렬한 분노에 휩싸일 때면 검은색으로 변하는 그 배, 하지만 자신이 탐하는 몸을 유혹할 때면 에메랄드빛으로, 옥색에서 감청색으로 이어지는 그 미소 짓는 잔물결로 치장하는 그 배 말이다.

뤼네르는 속으로 이렇게 뇌까렸다.

그래, 너로구나. 우리 조상들을 삼켜버리고, 시신을 돌려주지 못하겠다고 버티고 있는 것이 바로 너로구나.

사내들과 아이들, 선상견, 불행한 약혼녀들, 아무도 구별하지 않고, 아무 감정도 없이 모두를 집어삼킨 게 바로 너로구나.

우리 엄마는 널 너무 무서워하여 우리에겐 수영도 못 배우게 했어. 요즘엔 누구나 수영할 줄 알지. 심지어는 엄마 배에서 갓 나온 젖먹이까지. 하지만 우리는 아냐. 우리 형제는 아무도 수영을 못 해.

하긴 원양어업 시대에도 아무도 헤엄칠 줄 몰랐지…… 뤼네르는 생각을 이어갔다. 하지만 헤엄칠 줄 알아봤자 무슨 소용 있었던가? 여러 겹으로 껴입어 둔중해진 몸으로 파도에 휩쓸리거나 얼음같이 차가운 물속에 한 번 미끄러져 들어가면 그대로 끝장 아니었던가? 당시 선원들은 수영을 배우는 걸 거부했다. 그들의 순서가 오는 날, 단말마의 순간을 연장하고 싶지 않아서였다. 바다가 진행하는 집요하고도 창의력 넘치는 죽음의 작업에 얼른얼른 협조해야 하지 않겠는가? 가장 튼튼한 배의 선체라 할지라도 바다의 눈에는 한갓 장난감에 불과할 뿐이다. 암초나 그린란드의 빙산에 집어던지면서 놀기에 딱 적당한 장난감. 또 선박과 사람들은 바다가 입김처럼 뿜어대는 안개 속에서 길을 잃기 일쑤였다. 그리하여 바다 밑바닥은 해초의 머리카락 사이를 둥둥 떠다니는 길 잃은 시체들이, 축성된 영묘와 사제의 축복에서 멀리 떨어져 분해되는 움직이는 관이 되었다.

뤼네르의 시선은 바다에 못 박혀 있었다. 두 눈을 부릅뜨면서 저 멀리 가물가물하게 멀어지는 수평선을 좇아갔다. 그것은 보고 또 보아도 여전히 신비로운 아름다움이었다. 피와 땀과 너덜너덜한 살 조각들을 뒤섞고 있는 아름다움, 그 묽은 죽을 초월하고, 씻어주며, 너울에 실어 흔들어 잠재우는 아름다움.

그 순간, 뤼네르는 어떻게 바다가 사람들을 사로잡는지 깨닫게 되었다. 그들에게 파열 직전까지 이르는 움직임, 즉 무한을 열어주기 때문이었다. 바다가 흔드는 미끼, 그것은 다름 아닌 자유였다. 돛대와 돛과 바람, 그리고 변덕스런 난바다에 온몸으로 부딪쳐 씨름하면서 찾아내고 정복해야 할 자유였다. 그리고 홀연, 뤼네르는 알 수 있었다. 왜 이 근원적인 부름이 결국 다른 모든 것을 이기게 되는지를. 땅의 냄새, 여인의 품, 아이들의 숨결, 아궁이 속에 타오르는 불의 숨결이 왜 바다를 이겨낼 수 없는지를…… 그것은 너무나도 황홀한 깨달음이었고, 뤼네르는 내키지 않는 마음으로 명상에서 벗어났다.

동굴 벽은 빗물과 바다의 습기로 매끈하게 깎여 있었고, 한쪽의 바위 밑 어둑한 곳에는 움푹한 구덩이 하나가 웅크리고 있었다. 가까이 다가갔더니 갈색의 섬광 같은 것이 맹렬히 솟구쳐 나와 그의 얼굴을 할퀸 뒤, 파도치는 동굴 밖으로 쏜살같이 뛰어나갔다. 고양이였다. 녀석의 발톱은 뤼네르의 왼쪽 눈 근처를 스치고 갔다. 상처에 손을 대어보았더니 쇠 맛이 나는 피가 묻어났다. 그는 무턱대고 고양이가 사라진 쪽으로 뒤쫓아가보았다. 녀석이 아무리 놀랐다 한들 물속에 뛰어들 리는 없었다. 하지만 삐죽삐죽 솟은 암초 위에도, 밀려오는 파도의 흰 띠 사이에도 녀석의 적갈색 몸뚱이는 보이지 않았다. 바위 틈새와 으슥한 곳을 죄다 뒤져보았지만 허사였다.

그가 고양이를 쫓아낸 바위 속의 구덩이는 한 사람이 누워도 될 만큼 널찍해 보였다. 그것은 옛적의 브르타뉴 식 침대, 즉 침대이기도 하고 어떤 의미에서는 무덤이기도 한 그 장롱식 침대와도 비슷했다. 뤼네르는 더 가까이 보려고 몸을 웅크렸다. 더듬어보니 놀랍게도 뭔가가 손에 잡혔다. 악천후 때 사용하기 위해 두꺼운 유리와 튼튼한 철망으로 둘러싼 '폭풍 램프'였다. 꺼내어 밝은 빛에서 보니 최근에 묻은 것 같은 손가락 자국이 있었다. 그렇다면 누군가 이곳에 왔었다는 말이다. 누군가가 이곳에 몸을 숨기고는 램프를 켜놓고 밤을 보냈던 것이다. 뤼네르는 탐사를 계속했다. 이번에 손가락에 닿은 것은 익숙한 토기 파이프였다. 이걸 여기다 남겨놓은 사람은 가까운 장래에 꼭 돌아오리라 생각했으리라. 이런 생각으로 뤼네르는 전율했다. 거인 같은 체구에 살벌한 눈빛의 한 사내가 떠올랐기 때문이다. 다름 아닌…… 아니다! 차라리 생각하지 말자. 낮의 세계와 밤의 세계를 뒤섞어봐야 좋을 것 하나 없으니까.

다시 구덩이 속을 더듬는 그의 손가락은 파이프 가까이에 놓인 또 다른 물체에 스쳤다. 가장자리가 깔쭉깔쭉한 편평하고 네모진 물체였다. 그는 손을 다치지 않으려고 조심하면서 물건을 들어 올렸다.

빛을 비추자 뤼네르는 그게 뭔지 금방 알 수 있었다. 예전에 노트르담뒤베르제 성당의 먼지 덮인 한쪽 벽에 다른 것들과 나란히 걸려 있는 것을 본 적이 있었다.

그것은 색칠한 나무판으로, 중간 부분에서 쪼개져 반턱만 남은 조각이었다. 두께가 몇 센티미터 정도 되는 목판에는 명문銘文의 일부가 보였다. 사라진 부분은 뤼네르의 기억 속에 아직 남아 있었다. 그는 머릿속으로 명문 전체를 한 자 한 자 또렷이 읽어보았다.

이봉 카르덱을 추모하며.
마리 아멜리 게강의 남편이며
마리 루이즈 호의 선장이었던 그는
1912년 4월 8일, 뉴펀들랜드뱅크의 바다에서
37인의 선원과 함께
향년 42세로 실종되었다.
그들 모두가 평안히 잠들기를!

목판이 반쪽이 나 있는 걸 보니, 어떤 사내가 거센 분노에 휩싸여 크고도 강한 손아귀로 박살내버렸다는 걸 짐작할 수 있었다.

하지만 이 동굴에 들어오는 순간부터 그의 마음속 깊은 곳에서는 이 사실을 이미 알고 있지 않았던가? 뤼네르는 토기 파이프를 응시했다. 그의 상상 속에서 그것은 방금 전에 돌 위에 내려놓은 듯 아직 뜨거웠고 한 줄기 연기마저 피어오르는 모습이었다.

오늘이 바로 4월 8일이잖아! 뤼네르는 등골이 오싹해졌다.

그 순간, 소년은 적갈색 고양이가 파도 속으로 뛰어드는 것을 보았다.

에브네제르는 그의 서가에서 '카르덱'이라고 표시해놓은 서류철을 집어 들었다. 그 카르덱은 밭과 작업장, 학교, 그리고 빛나는 미래에서 찢기듯 끌려나온 수백만의 어린 병사들과 함께 지옥행 편도열차를 타야만 했던 열여덟 살 청년이었다. 운이 좋은 자들은 포탄 파편이 박힌 머리와 절뚝거리는 다리를 달고 돌아와, 각자의 자리를 되찾을 수 있었다. 하지만 고통스런 전쟁의 기억은 가슴속에만 묻어두어야 할 비밀이었다. 음란할 정도로 끔찍한 이미지들…… 그것을 떠올리며 새하얀 식탁보 위에 토악질을 해서도 안 되었고, 아이들이 호흡하는 순결한 공기를 중독시켜서도 안 되었다. 그 기억이 떠오를 때면 그들은 흠칫, 상처가 난 머리 부분을 어루만져보곤 했다. 또 없어진 팔 쪽에서 개미들이 스멀거리는 듯한 느낌을 받기도 했으며, 몸을 의지한 지팡이를 좀더 꽉 붙잡기도 했다. 때로는 넋이 나가 주위의 삶을 완전히 잊어버리기도 했다. 하지만 그 어떤 경우에도 주위 사람을 불편하게 하는 일은 없었다.

그러나 청년 카르덱에게는 이런 운마저도 없었다. 그는 온몸의 숨구멍을 통해 죽음을 빨아들였고, 죽음은 사람을 죽이지 않고 무화시키는 무서운 독이 되어, 그를 접근하기 어렵고 무시무시하고 위험한 존재로 만들어버렸다. 그 결과 그는 전장에서 벗어날 수 있었지만, 인간 세계에서는 추방되는 몸이 되었다. 온몸을 끈적끈적하게 옭아매는 거미줄에서 벗어나려고 몸부림치다가, 결국 그를 삶에 연결하는 줄을 스스로 잘라버렸다.

에브와 조는 그 전쟁을 피할 수 있었다. 그들의 어머니가 아들이 징병을 피할 수 있게끔 약간 늦게 낳아주는 세심함을 발휘한 덕분이었다. 아이였을 때, 그들은 아무런 위험도 없이 마음껏 전쟁놀이를 즐겼다. 2차 대전 때는 그렇게 쉽게 빠져나갈 수 없었다. 에브는 포로수용소에서만 꼬박 5년을 보내야 했다. 하지만 그 정도는 행운인 셈이었다. 이렇게 그는 20세기의 모든 불행을 뚫고 살아남을 수 있었다. 이로 인해 일말의 죄책감을 느끼기도 했지만 나름대로 자신과 타협을 했고, 지금껏 인생을 즐길 수 있었다.

가죽 소파 위에서 졸고 있던 고양이를 쫓아낸 에브는 서양자두로 빚은 독주를 잔에 조금 따른 다음 진홍빛 서류철을 펼쳤다. 순간 격렬한 감정이 솟구쳐오르며 그의 뇌를 뒤흔들었다.

에브는 술의 도움 없이는 이 편지를 끝까지 읽을 수 없다는 사실을 잘 알고 있었다. 엄밀히 말해서 지금 그가 손에 들고 있는 것은 편지가 아니었다. 신경증 환자 로낭 카르덱의 병력기록에 첨부하기 위해 쓰인 일종의 증언이었다. 시간이 그 메시지의 성격을 바꿔 증언이 편지가 되었을 따름이다. 초등학교 교사였던 장 멜랑샤르가 정성껏 써내려간 이 글은 오랜 세월 허공을 떠돌다가, 마침내 그 중요성을 깨달은 수신인을 만나게 된 것이다. 이 편지, 그것은 하나의 유언이었다.

1916년 3월 14일

저는 제7보병연대 제6대대의 장 멜랑샤르 일등병입니다. 저는 장트낙 소령님의 요청에 따라, 카르덱 병사의 심리적 충격을 야기한 3월 10일 사건의 전모를 가능한 한 충실하게 들려드리고자 합니다. 제 글은 다소 산만하고도 서툴 것인 바, 이 점에 대해서는 미리 장트낙 소령님의 용서를 구하고 싶습니다. 저 역시 지난 며칠간의 치열한 전투로 완전히 탈진한 상태여서, 지금 저의 글과 기억력이 정상이 아닌 탓입니다.

제 나이 서른두 살입니다. 카르덱 병사보다 거의 두 배나 많지요. 우리는 둘 다 코트뒤노르* 출신으로 동향인입니다. 하지만 지금 우리에게 고향이란 말이 무슨 의미가 있을까요? 프랑스의 각 지방에서, 심지어는 전 세계 도처에서 불려온 병사들이 모두 그렇듯, 우리는 고향과 너무도 멀리 떨어져 표랑하고 있을 뿐입니다. 또 비트레 병영을 떠나온 이후 끔찍한 일을 너무 많이 겪어온 터라 고향 마을의 풍경도, 가까운 이들의 얼굴도 이제는 물속에 잠겨버린 아득한 옛날이야기처럼 느껴질 뿐입니다.

이렇게 싸워온 지도 벌써 2년이 되어가건만 휴가는 단 한 차례밖에 얻지 못한 저는 이따금 이렇게 자문해보곤 합니다. 내가 교사로 일하던 학교, 내 고향 트레기에 마을, 항구, 아버지의 집, 이 모든 곳은 아직도 존재할까? 전선으로 가는 도중 지나치는 이곳의 마을들처럼 포탄에 폐허가 되지는 않았을까? 야만스런 장난질에 열중하는 뇌 없는 거인들이 쑥대밭으로 만들어버려 도저히 마을이라고 볼 수 없는 그런 장소가 되어버린 건 아닐까? 수주일, 아니 수개월 동안, 우리는 이런 상실감 속에서, 깊은 고독 속에서 살아왔습니다. 매 순간 죽어가는 다른 사람들을 보면서 곧 우리 차례도 오겠지 하는 피 말리는 불안 속에서 살아왔습니다. 또 공격을 개시하기 전, 몸의 피를 들이마시고 이빨을 딱딱 부딪게 하는 그 공포 속에서 살아왔습니다. 그 결과 마음이 돌같이 딱딱해졌고, 몸은 항시 긴장되어 있으며, 얼굴은 해골처럼 꺼졌고, 차가

---

* 브르타뉴 지방의 한 주로 현재의 코트다르모르 주.

운 비바람에 질긴 가죽처럼 단련되었습니다.

때로는 이 악몽이 영원히 끝나지 않을 것 같은 생각마저 듭니다. 그럴 때면 구역질이 날 정도로 괴롭기도 하지만, 어떤 때는 아무런 느낌조차 없습니다. 사실은 이것이 더 고약한 일일 것입니다. 더이상 고통을 고통으로 느끼지 못한다면, 그건 우리가 이미 죽어버린 자들이라는 증거일 테니까요.

하지만 카르덱 병사처럼 시골에서 갓 도착한 제16기 어린 신병들은 다릅니다. 아이처럼 볼이 발그레한 그들은 이곳의 삶에 전혀 준비되지 않은 것입니다. 이곳에 오기 전, 그들은 아무것도 듣지 못했고, 전쟁에 필요한 것을 전혀 배우지 못했습니다. 심지어는 발맞춰 행진하는 것조차 못 하는 이들입니다. 그들의 눈빛은 얼마나 순진했던지요! 썩어가는 시체와 처음 마주쳤을 때, 경악하며 몸서리치는 그들의 모습을 보면서 우리는 비로소 깨닫게 되었습니다. 이 전쟁이 우리를 얼마나 변화시켜놓았는지 말입니다. 우리가 신병들을 사랑하는 이유는 어쩌면 이 때문일 것입니다. 물론 그들을 거칠게 다루기도 합니다. 하지만 그것은 상처 받기 쉬운 그들의 순진함이 우리의 마음을 너무도 아프게 하기 때문입니다. 끔찍한 살육장 한가운데 공포에 질린 그들의 모습을 보는 것은 견딜 수 없는 일입니다. 하지만 어쩌겠습니까? 나 자신이 무력한데요. 내 목숨부터 챙기고 봐야 하는데요. 우리로서는 그들이 죽게 놔둘 수밖에 없습니다. 엄마를 부르면서 전장에서 홀로 죽어가게 놔둘 수밖에 없었습니다. 지금도 그런 순간들을 생각하면 좀처럼 눈을 감을 수 없습니다. 이제 비로소 눈을 붙일 수 있는 시간이 되었지만, 빌어먹을, 눈이 감기지 않는 겁니다.

적군의 집중포격이 시작된 이후, 모르톰 고지 방어선을 지키던 우리는 잠을 잘 수 없었습니다. 즉 세상 사람들이 '잠'이라고 부르는 것을 가져보지 못했다는 뜻입니다. 우리는 기다리고 있었습니다. 독일군의 대공세를 앞두고, 밤이면 청음초병들은 속삭임 소리, 얼어붙은 땅을 밟는 발소리, 철조망에 매단 종이 울리는 소리 등 아주 조그만 소리에도 촉각을 곤두세웠습니다.

그리고 2월 21일, 세상의 종말과도 같은 독일 놈들의 포격이 시작됐습니다. 포격은 주로 아군의 전위대, 즉 뫼즈 강 우안 지역에 집중됐지만 우리 역시 그 불길을 피할 수 없었습니다. 우리 연대만 하더라도 수백 명이 죽었으니까요. 또 쉴새없이 떨어지는 포탄으로 모르톰의 땅이 얼마나 뒤엎어졌는지, 우리 통신병들은 눈코 뜰 새 없이 바빴습니다. 끊어진 전화선을 다시 잇기 위해 낮 동안 대여섯 차례씩 은신처에서 기어 나와야 했고, 밤에도 마찬가지였습니다. 그리고 나올 때마다 포격으로 뒤집힌 전장은 전혀 알아볼 수 없는 모습이었습니다. 이렇게 기준점이 없어진 상태에서 끊긴 전화선을 찾는 일이란 결코 쉽지 않았습니다. 몇 시간 동안 쏟아지는 포탄을 피해 이 구멍에서 저 구멍으로 뛰어다니고, 몸통까지 올라오는 진흙수렁을 헤치고 다녀야 했던 것입니다.

우리 참호도 마찬가지였습니다. 포격으로 무너지고 메워져버린 참호를 매일 밤 다시 파야 했지요. 그야말로 사람을 기진맥진하게 만드는 시시포스의 작업이었습니다. 이 고역을 위해 예비군들은 밤을 꼬박 새워야 했죠. 자기가 방금 파놓은 구덩이 속으로 떨어지는 시체도 부지기수였습니다. 정말로 힘든 나날이었습니다. 하지만 뫼즈 강 우안의 병사들에 비하면 우린 그래도 행복한 편이었습니다…… 거기는 최후의 심판정이었고, 세상의 종말이었으니까요. 그 치열한 전투 후에도 살아남는 사람이 있을까 궁금할 정도였습니다.

그리고 3월 6일부터는 드디어 우리 차례였습니다. 1914년부터 전투를 해온 노병들은 겪을 만큼 겪은 터라고 자부하고 있었지만, 이번엔 전쟁의 새로운 얼굴을 발견하게 되었지요. 적의 포병대는 우리를 잠시도 쉬게 하지 않았습니다. 밤과 낮, 그리고 낮과 밤, 끝없이 포탄을 퍼부어댔습니다. 우리는 흰개미 집 같은 참호 구석에서 웅크리고 있었습니다. 화약 냄새, 매캐하고 끈적한 그 죽음의 냄새를 맡으며 진흙 속에 파묻혀 꼼짝도 못 하고 살았습니다.

이제 전 병력이 24시간 대기하고 있어야 했습니다. 포격의 강도가 증가할 때마다 드디어 적의 공격이 시작되는가보다, 하고 마음 졸이곤 했습니다. 그러다가도 저는 언뜻 선잠이 들기도 했습니다. 그럴 때면 어떤 독일군이 손에 대검을 들고 시커먼 밤에서 솟아나와 제게 달려들었습니다. 그리고 그가 제 목을 따려는 순간 비명을 지르며 잠에서 깨곤 했지요. 또 흙더미가 해일처럼 몰려와 우리 모두를 산 채로 매장해버리는 꿈도 꿨습니다. 저는 이 모든 일이 끝날 때까지는 잠들고 싶지 않았습니다. 하지만 과연 끝나는 날이 오리라고 기대나 할 수 있었던 걸까요? 우리가 이런 상태로 며칠이나, 아니 몇 시간이나 더 버틸 수 있을까, 자문하고 있을 때에도 아군 포병대는 침묵을 지켰습니다…… 온갖 소문이 떠돌 았습니다. 우리 대포는 독일군 대포에 비하면 상대가 안 된다, 그래서 며칠 전부터 조용히 입을 다물고 있는 거다…… 하지만 어떻게 이런 일이 있을 수 있단 말입니까? 참모부는 대체 뭘 하고 있단 말입니까? 지난 열흘 동안 적의 포격으로 벌써 대대병력의 절반이 죽었는데 여전히 지원군은 오지 않았습니다. 우리 모두는 극도의 불안에 빠졌습니다. 왕고참 중 하나이며 전투중에 유탄에 맞아 얼굴이 완전히 망가진 어떤 하사는 끊임없이 지껄여댔습니다. "우리 모두는 이 쥐구멍 속에서 죽는다. 여기서 빠져나갈 가능성은 전혀 없어."

우리는 외부와 절연되어 있었습니다. 참모부 및 다른 연대와의 연락 수단이 포격으로 파괴되었기 때문입니다. 하지만 3월 9일 아침, 알제리 여단의 일개 대대가 우리에 합류했습니다. 하지만…… 그들은 우리와 교대를 하려던 게 아니고 함께 싸우기 위함이었죠. 그리고 그날 저녁, 한 연락병이 기적적으로 우리가 있는 모르톰 고지까지 뚫고 들어와 전황을 알려주었습니다. 독일군은 3월 6일 포르주 마을과 레니에빌 마을을 점령하고, 다음날은 까마귀 숲과 거위 언덕을 장악했지만, 다다음날에는 우리의 제92보병연대가 영웅적인 공격을 감행하여 까마귀 숲을 탈환했다는 소식이었습니다. 또 현재는 처절한 사투를 벌이며 숲을 지키고 있다고 했습니다. 이 까마귀 숲은 하늘에서 내려다보면 우리가 있는 곳과 위험할 정도로 가까운 위치에 있었습니다. 이제는 우리가 적의 표적의 중심에 놓여 있는 셈이었습니다.

앞에서도 말씀드렸지만, 우리가 맡은 방어구역은 모르톰 언덕이었습니다. 곶 모양으로 우뚝 솟은 300여 미터의 고지로, 두 개의 봉우리는 경사가 완만한 등성이로 이어졌고, 그 위에 서면 뫼즈 평야와 인근의 숲이 한눈에 내려다 보였습니다. 아직도 겨울 속에 잠겨 있는 숲은 포격으로 쑥대밭이 되었고, 부러진 나무둥치 몇 개만이 진흙으로 더럽혀진 딱딱한 잔설 위로 삐죽삐죽 솟아나와 있을 뿐이었습니다. 모르톰 고지 정상은 한 대대가 방어하고 있었고, 265고지는 다른 대대가, 그리고 295고지는 우리가 지키고 있었습니다. 언덕 옆구리를 파서 만든 우리의 참호는 대충 모양만 갖춰놓은 것들이라서, 이전의 포격을 겨우겨우 견뎌온 터였습니다.

3월 10일, 창백한 회색빛 여명이 올라오고 있을 때, 포격은 한층 거세졌습니다. 그리고 한 시간도 못 되어 참호의 벽면은 맹렬한 포격에 허물어져내렸고, 사람들은 산 채로 매몰되었습니다. 아비규환이었습니다. 고막을 찢을 듯한 굉음을 발하며 터지는 포탄, 휘파람 소리를 내며 날아오는 유산탄*, 따닥거리는 포격음과 고양이 울음처럼 음산한 포탄의 비행음에 이어지는 그 먹먹한 굉음, 그에 따라 뒤흔들리는 대지, 땅 깊은 곳에서 간헐천처럼 솟구치는 흙탕물, 사방에서 치솟는 불기둥, 치명적인 섬광을 발하며 유산탄 탄환을 뿜어내는 폭연, 또 사방에 꽉 찬 짙고도 매캐한 검은 연기…… 극에 달한 혼란 속에서, 저는 한 마리 짐승처럼 미친 듯

---

* 많은 수의 작은 탄알을 큰 탄알 속에 넣어 만든 포탄. 큰 탄알이 폭발하면 작은 탄알이 튀어나간다.

이 땅을 파고 숨어들고 싶은 충동과 싸우느라 이를 악물어야만 했습니다. 그렇게 얼마나 시간이 흘렀는지 모르겠습니다. 갑자기 철모 뒷부분에 거센 충격을 느끼면서 저는 쓰러져버렸습니다. 세상은 어두워졌고, 그 섬광처럼 짧은 순간 저는 생각했습니다. 그래, 이젠 끝났어! 그런데 다시 의식을 차려보니, 브리베르 중사님이 제 위에 몸을 굽히고는 인정사정없이 저를 흔들어대고 있었습니다. "일어나! 어서! 일어나라고!"

포격이 조금 약해졌습니다.

그들이 다가오고 있었던 것입니다.

이제 각자 웅크리고 있던 저마다의 은신처에서 기어 나와, 장총을 들고 몽유병자처럼 비척거리면서 머리를 지표 위로 내밀어야 했습니다. 참호 안의 질척거리는 땅에는 온통 시체들이 널려 있었습니다. 제 주위의 어떤 병사들은 쓰러져 있는 다른 병사를 열병 걸린 사람처럼 흔들어댔습니다. 자신이 흔들고 있는 건 이미 생명이 떠나간 몸이라는 사실도 모르는 채…… "일어나! 일어나라고!" 하지만 죽은 이들은 심통을 부리는 것인지 아무리 불러도 까딱하지 않았습니다. 설사 헌병들이 왔다 해도 어쩔 수 없었을 겁니다.

이제 장총을 장전하고, 참호 앞에 쌓아올린 성토 위에 총을 기댄 다음 가늠쇠에 눈을 갖다 붙였습니다. 하지만 그 축소된 시야는 정말 견딜 수 없었습니다. 머리를 숙이라는 명령에도 불구하고 머리를 들어 저 앞에 있는 철조망을 쳐다보고 그 너머의 지평선을 응시했습니다. 무언가가 움직이고 있었습니다. 그곳에, 뭐라고 규정할 수 없는 것들이, 수없이 많은 것들이, 구물구물 우리 쪽으로 달려오고 있었습니다. 흉측하고, 진흙에 덮여 거의 분간할 수 없고, 악의를 품은 무언가가 다가오고 있었습니다. 희끄무레한 아침 빛 속에서, 걷혀가는 연기와 흉하게 열린 분화구에서 솟구치는 노랗고 검은 화염 속에서 적군은 언덕을 기어올라오고 있었습니다. 마침내 아군 포병대가 춤판을 벌이기 시작했지만 안타깝게도 사정거리가 너무 짧았습니다. 아군의 포탄은 우리 방어선 위 하늘에서 불꽃놀이 하듯 쾅쾅 터져버렸습니다.*

결국 우리는 아군 포병이 발사한 75밀리미터 구경 포탄에 오히려 우리 대위님의 머리가 날아가버리는 광경을 보아야만 했습니다.

하지만 독일군 돌격대의 첫번째 파도가 사정거리 안에 들어오자 우리는 돌변했습니다. 마치 공포로 마비되었던 우리의 몸 깊은 곳에 숨어 있던 야만스럽고도 원초적인 본능이 깨어난 것 같았습니다. 그 순간 우리의 뇌를 휩싸온 붉은 기운, 그것은 궁지에 몰린 쥐의 맹렬한 악이었습니다. 우리는 아직 숨이 붙어 있었던 것입니다. 물론 이 상태는 얼마 가지 못할 터이지만, 우리는 그 개들에게 보여주고 싶었습니다. 그들이 우리에게 한 만큼 갚아주겠다는 걸, 그들을 곤죽으로 만들어버리겠다는 걸, 수의도 걸치지 못하고 우리 옆에 비참한 꼴로 뒹굴고 있는 사람들, 그 시커메진

---

* 1877년에 프랑스에서 발명되어 현대 대포의 역사에 한 획을 그은 75밀리미터 구경 대포의 특징 중 하나는 발사 후 일정 시간 후에 자동 폭발한다는 점이다. 따라서 사정거리가 짧을 경우 공중에서도 폭발 가능하다.

피부를 우리의 피부에 맞대고 있는 이 사람들의 이름으로 그들을 도살해버리겠다는 걸 기필코 보여주고 싶었습니다.

지금 차분한 정신으로 되돌아볼 때, 그건 정말로 이해할 수 없는 일이었습니다. 신이 나서 살육을 즐기던 그 존재, 가늠쇠 구멍에서 한 놈 고꾸라질 때마다 희열을 느끼던 그 존재가 어찌 저일 수 있단 말입니까? 어쩌면 저는 그때 귀신에 씐 건지도 모르겠습니다. 어쩌면 죽은 자들이, 너무나도 흉측한 꼴이라 차마 쳐다볼 수도 없게 된 어제의 전우들이 우리의 넋을 사로잡은 건지도 모르겠습니다. 어쩌면 우리 모두가 갈증과 공포로 미쳐버린 건지도 모르겠습니다. 우리는 더이상 이 세상에 속한 자들이 아니었습니다. 우리는 피와 내장과 살육의 냄새, 그리고 가차 없는 보복의 이빨만이 떠다니는 공간, 심연처럼 아가리를 딱 벌리고 있는 그 장소 속으로 미끄러져 들어가 있었습니다. 더이상 하늘로 올라갈 수도, 천사들의 노랫소리를 들을 수도 없는 장소, 대신 창자가 다 빠져나가 없어질 때까지 배때기를 열어놓고 뒹굴어야 하는 장소, 사람이 흙으로 돌아가지 못하고 천천히 끔찍한 상태로 진흙으로 돌아가야 하는 장소…… 고기처럼 다져지고 썩어가는 시체로 가득한 모르톰은 이제 말 그대로 '죽음−인간', 즉 인간의 완전한 죽음이 되어버린 것입니다. 이 마을이 지도상에서 완전히 지워져버린 것은 어쩌면 당연한 일일 것입니다. 그리고 우리 역시도 지워져버려야겠지요.*

---

* 모르톰(le Mort-Homme)은 1차 대전의 격전지로 유명한 베르됭 근처의 한 마을 이름이다. 이 기묘한 이름('죽음−인간')은 이 참혹한 전투에 매우 적절하게 부합하는

도대체 제가 몇 사람이나 죽였을까요? 답은 영원히 알 수 없겠지만, 이 질문은 제가 죽는 순간까지 끝없이 떠오를 것입니다.

낮인지 밤인지도 분간할 수 없었습니다. 폭탄으로 파인 구덩이에서 올라오는 연기가 너무도 짙었고, 화염이 빽빽하게 하늘을 뒤덮었기 때문입니다.

우리 앞쪽에서는 헤아릴 수 없는 펠트그라우**들이 깔때기처럼 우묵한 분지를 기어올라오고 있었습니다. 그들은 쏟아지는 포탄 밑을 달려오다가 아군의 기관총격을 받고 펄쩍 뛰어오른 다음 뒤틀린 몸으로 얼어붙은 진창 위에 박히곤 했습니다. 죽지 않은 자들은 화염방사기의 주둥이를 우리 쪽으로 겨누었습니다. 우리 쪽 참호에 아직 남아 있는 것을 말끔하게 청소하듯 멸절하러 온 천사 같은 모습이었습니다. 그들의 희생자들은 오염된 공기 속에서 춤을 추었습니다. 살아 있는 횃불이 된 그들이 발하는 비명은 부상자들의 호소와 빈사자들의 거친 헐떡임이 더이상 구별되지 않는 이 용광로 속에서 산산이 흩어져갔습니다. 포탄은 살아 있는 자들을 파묻고 죽은 자들을 도로 파냈습니다. 뒤집힌 대지는 수천 년 동안 쌓여온 원한을 갚는 중이었습니다. 더이상 신도 주인도 원하지 않는 대지는, 감히 자신의 등 위에서 서로 살육하면서 그 신선한 피와 뇌수로 눈 덮인 땅을 더럽히는 버러지 같은 인간 위

것이지만, 실은 1차 대전 훨씬 이전부터 존재해온 지명이라고 한다. 그리고 실제로 이 격전으로 완전히 폐허가 된 마을은 이후 다시는 복구되지 않았고, 지도상에서도 완전히 지워져버렸다.

** 회색빛의 독일군복을 말하며, 넓은 의미로는 그 옷을 입은 독일군을 가리킨다.

로 다시 덮이고 있었습니다. 피아의 살과, 과거 숲으로 덮였던 언덕의 고통 받는 잔해와, 포신과, 포탄의 파편과, 군복의 조각과, 인간의 부스러기를 집어삼켜 혼합하고 있었습니다.

저는 기억합니다. 어느 순간 뒤돌아보니 거기 카르덱이 서 있었습니다. 인간이 벌이는 살육극에 더욱 흥분하여 미쳐 날뛰는 그 대지의 괴물에 홀려버린 듯 꼼짝도 않고 서 있었습니다. 거기에는 더이상 땅도 풍경도 없었습니다. 오직 텅 빈 구덩이와 심연, 진흙의 해일과 분출, 점토와 바위의 폭발, 벌겋게 타오르는 나무들과 분화구만이 있었고, 이 가운데 그는 현기증으로 비틀거리면서도 애써 버티고 있었습니다.

그때 제게 한 가지 기억이 떠올랐습니다. 며칠 전부터 그는 계속 이렇게 말하곤 했습니다. "아세요, 장 형님? 우리 어머니는요, 내가 뱃사람이 되는 걸 싫어하세요." 저는 왜 그가 자꾸만 그런 엉뚱한 소리를 하는지 알 수 없었습니다. 그저 우리의 신경을 후벼대고 종국에는 사고의 논리를 뒤흔들어놓는 거듭된 포격 때문이겠거니 생각했죠.

저는 그가 걱정이 되었습니다. 하지만 제 자신의 일이 더 급했습니다…… 그걸 어떻게 부인하겠습니까? 당시 저는 아무에게도 신경을 쓰지 못했고, 또 몇 초 후 뒤를 돌아보면 살아 있는 그를 보지 못하리라고 확신하고 있었던 것입니다.

그때 제 왼쪽에서 브리베르 중사님이 외치는 소리가 들렸습니다. 그는 숨찬 목소리로 우리가 이겼다고 울부짖었습니다. 적군은 퇴각하고 있었습니다. 이제 그들의 꽁무니를 뒤쫓아가 몇백 미터의 영토를 탈환할 기회가 온 것입니다. 그 몇백 미터의 땅이 이 세상의 죽은 자들을 모두 합친 것보다도 가치 있어 보였습니다. 그 위에 동메달이 어른거리는 것 같았습니다.

우리는 달렸습니다. 저는 게놀레 튀알, 앙주 베나르, 루이 마리 로스노앙이 쓰러지는 걸 보았습니다. 하지만 부상자와 사망자를 그냥 버려둔 채 마냥 뛰었기 때문에 그들이 어떻게 되었는지는 알 수 없습니다. 수많은 사람들이 픽픽 쓰러져갔건만 아무런 느낌이 없었습니다. 죽은 사람이 내가 아닌 다른 사람이면 난 아직도 살아 있는 거고, 그 사실만이 중요했습니다.

그렇게 우리는 까마귀 숲 언저리에 이르렀습니다. 전쟁이 일어나기 전에는 낙엽수와 버섯으로 무성했던 숲이었지만, 이제는 폐허로 화해 있었습니다. 죽음이 그곳을 지배하고 있었습니다. 안개와 화약 연기를 헤치고 나아가다보면, 죽음이라는 이름의 그 얼굴 없는 실체를 감지하고 또 알아챌 수 있었습니다. 우리 브르타뉴에서는 그것을 '앙쿠'라고 부릅니다. 우리는 그것을 달 밝은 밤, 뼈만 남은 긴 손으로 번득이는 큰 낫을 들고, 텅 빈 눈구멍 속에 감추어진 눈으로 길가에 놓인 조약돌 하나, 잎사귀의 그림자 하나 놓치지 않으면서 길 잃은 먹잇감을 찾아 들판을 헤매는 모습으로 상상하곤 합니다. 아이들은 커가면서 더이상 그것의 존재를 믿지 않게 되었지만 여기서 그것은 의미를 되찾았습니다. 죽음이 그 물리적 힘을 되찾은 것입니다. 죽음이란 녀석은 어느 편도 들지 않았습니다. 녀석은 프랑스군과 독일군을 가리지 않고 베어 넘어뜨렸고, 심지어는 서로 엮어 얼싸안은 꼴로 만들어놓았습니다. 우리의 애국심을 비웃으려 했던 걸까요? 이 살육장 가운데 시커멓게 그슬린 그루터기 몇 개가 마치 불 꺼진 장작더미처럼 우뚝 일어서 있었습니다. 숲은 그 어느 때보다도 까마귀들의 영역이 되었습니다. 도살장의 진한 냄새에 이끌려 허겁지겁 날아온 녀석들은 사료인 양 던져진 시체로 푸짐한 잔치를 벌이고 있었습니다.

제 뒤에 있던 브리베르 중사님은 시체밭 속으로 뛰어 들어가야 할 순간에 뒷걸음치는 사람들을 다그쳤습니다. 하사관 대부분이 전사했기 때문에 그가 죽음을 면한 대대원들을 지휘하고 있었습니다. 그는 후미에 서서 병사들을 밀어붙이는 일에 탁월한 능력을 가진 잔인하고도 난폭한 사내였습니다.

그는 우리를 독일군 최전방 참호로 통하는 좁고도 구불구불한 연결통로로 내려가게 했습니다. 몇몇 전우를 따라 흙무더기를 미끄러져내려 통로로 들어섰는데, 그 안은 독일군 시체로 꽉 차 있었습니다. 참호 쪽으로 전진하기 위해서는 그것을 밟고 가지 않으면 안 될 정도였죠. 저는 치밀어오르는 욕지기를 억눌러야 했고, 발밑에 널린 그 오그라진 덩어리들을, 나무람 가득한 흐릿한 눈으로 저를 바라보는 그 얼굴들을 애써 외면해야 했습니다. 이때 중사님이 외치는 소리가 들렸습니다. 앞으로 나아가지 않는 자는 개처럼 도살해버리겠다고 고래고래 소리치고 있었습니다.

이에 저는 뒤를 돌아보았고, 바로 몇 미터 뒤에서 중사님의 욕설을 한몸에 들어가며 따라오는 카르덱 병사를 보았습니다. 그렇습니다! 그가 여기까지 살아서 따라왔던 것입니다! 참으로 기묘한 전쟁이었습니다. 산전수전 다 겪은 백전용사들은 무수히 쓰러뜨리면서, 때로 아무 방어능력 없는 풋내기는 살려주는 것입니다. 하지만 혼란 그 자체인 이 전투 가운데서 게임의 규칙이나 논리를 찾는다는 것 자체가 우스운 일 아닐까요? 모든 총알은 엉뚱한 표적에 날아가 박히고, 포탄은 우연한 지점에 떨어지며, 섭리는 변덕에 불과한 이 전투 가운데서 말입니다. 여기서 누가 자신의 생명 혹은 죽음을 주장할 수 있겠습니까? 더이상 분별이 가능하지 않은 이 혼돈 속에서 용기란 게 대체 무슨 의미가 있습니까?

카르덱 병사가 살아 있는 것을 보았을 때 제 가슴이 얼마나 따뜻해졌는지, 지금도 기억이 생생합니다. 그것은 이 삭막한 도살장 한가운데 약간의 순수함이 남아 있음을 느끼는 감동이었습니다…… 하지만 그 모습이라니! 얼굴은 밀랍같이 새하얗고, 눈에는 초점이 없었으며, 스스로는 도저히 나아갈 수 없는 상태 같아 보였습니다. 유령의 모습, 바로 그것이었습니다. 이런 그의 목덜미에 권총을 들이대고 중사는 울부짖듯 외쳤습니다. "전진! 땅을 쳐다보지 말란 말이야! 안 그러면 사살한다! 전진해, 이 멍청아! 시체가 그렇게 좋은가? 전투가 끝나고 나면 하나하나 다 세게 해줄 테니 어서 전진해!"

저는 행렬의 전진을 늦추지 않기 위해 다시 나아가야 했습니다. 하지만 뒤를 보지 않아도 알 수 있었죠. 카르덱 병사는 시체에서 눈을 떼지 못하고 있었던 것입니다. 그것은 저 역시 무덤까지 안고 가게 될 감당할 수 없는 광경이었습니다. 중사님은 저것들은 인간이 아니라 단지 적에 불과하다고 소리쳤지만, 그 얼굴들은 아군 전사자의 그것과 조금도 다름이 없었습니다. 우리 모두는 깊은 속에서 알고 있었습니다. 우리에겐 그들의 시체를 밟고 갈 권리가 없다는 것, 그것은 신성모독이라는 사실을 말입니다.

마침내 우리는 연결통로 끝에 이르렀습니다. 하지만 참호 입구는 무너져내린 돌무더기로 완전히 막혔고, 우리는 어쩔 수 없이 땅 위로 올라와 독일군의 제2방어선까지 전진했습니다.

그곳에는 75밀리미터 구경 대포들이 박살나 뒹굴고 있었고, 그 곁에는 자기 위치를 지키다가 죽어간 포병들이 쓰러져 있었습니다.

그리고 그들의 고지에 이른 저는 너무 놀라서 뒷걸음치지 않을 수 없었습니다. 학살당한 말*들을 발견한 것입니다. 포탄에 크게 다친 열 마리가량의 말이 피투성이가 되어 죽어가고 있었고, 그중 몇 놈은 아직도 헐떡대고 있었습니다. 그것은 지금까지 보아온 그 무엇보다도 부당하게 느껴지는 끔찍한 광경이었습니다. 저를 포함하여 거기 있던 병사들은 모두 시골 출신으로 동물에 둘러싸여 자라났고, 또한 동물을 깊이 사랑하는 사람들이었습니다. 우리로서는 잔혹한 인간에게 충성을 바친 대가로 이런 끔찍한 죽음을 맞이하게 된 그네를 보는 것이 견딜 수 없었습니다. 어떤 병사는 발작을 일으켰고, 또 다른 이는 미친 사람처럼 키들거리면서 듣는 이를 오싹케 했습니다. 저항할 수 없는 강렬한 공황감이 우리 모두를 사로잡았습니다. 브리베르 중사님은 여러 발의 공포탄을 쏘아가며 병사들을 진정시키려 했습니다. 그때였습니다. 오른쪽 옆

----

* 1차 대전 때에는 말이 대포를 끌어 운반했다.

구리에 중상을 입어 피범벅이 된 말 한 놈이 벌떡 일어나 내달렸습니다. 눈에는 살기가 어렸고, 두 콧구멍은 분노의 불길을 내뿜었습니다. 상처 때문에 미쳐버렸던 것입니다. 한 병사가 장총을 들이대고 사살하지 않았더라면, 놈은 그 미친 발굽으로 카르덱 병사의 배를 터뜨려버렸을 것입니다. 말은 상처 입은 옆구리 쪽으로 털썩 쓰러졌고, 그 기적과도 같은 반사 신경을 보여준 병사는 이번에는 카르덱을 구하러 달려갔습니다. 하지만 이미 카르덱은 더이상 움직일 수 없는 상태였고, 보지도 듣지도 못하는 사람이 되어 있었습니다.

그로부터 몇 분 후, 포탄 한 발이 제게서 아주 가까운 곳에서 터졌고, 그때부터 저는 전혀 듣지 못하게 되었습니다. 하여 저는 다른 부상병들과 함께 후송되었습니다. 이들 중에는 카르덱도 포함되었는데, 더이상 움직이지도 못하고, 이름을 불러도 대답을 못하는 상태였기 때문에 들것에 실어 옮겨야 했습니다. 저는 그가 간발의 차이로 피할 수 있었던 죽음이 그의 이성을 흔들어놓았다고 생각합니다. 하지만 차라리 전투중에 죽었더라면 그에겐 더 좋은 일 아니었을까요? 어쨌든 그를 생각하면 제 마음은 무겁기 그지없습니다. 다시는 이전의 그 소년으로 돌아가지 못하게 될까 두려운 것입니다. 지금 그의 정신이 방황하고 있는 그 장소는 죽음보다도 더 무서운 곳이 아닐까, 두려운 것입니다.

지금까지 제가 기억할 수 있는 모든 것을 말씀드렸습니다. 제가 바라는 바는 제 이야기가 이성적으로 충분히 명확한 것이어서, 소령님께서 저의 퇴원을 결정하시는 데 있어 중요한 근거로 삼아주셨으면 하는 것입니다. 왜냐하면 저는 지금 단지 난청증을 앓는 것에 불과한데, 끔찍한 오해로 인하여 광인들과 함께 이곳에 수용되어 있기 때문입니다. 부상당한 다른 전우들처럼 저를 일반 병원으로 옮겨줄 것을 서면으로 이미 요청한 바 있지만, 이제껏 회답이 없는 상태입니다. 이 착오가 조속히 시정되기를 바랄 뿐입니다.

편지 하단에는 장 멜랑샤르 병사가 정성껏 써놓은 그의 서명이 있었다. 에브네제르는 한참 동안 꼼짝도 할 수 없었다. 그의 손가락이 꽉 쥐고 있는 이 종이 속에 담긴 것은 무엇인가? 그것은 이 세상의 모든 아름다움을 촛불처럼 가볍게 불어 꺼뜨릴 수 있는 너무나도 컴컴한 어둠이었다.

이 심연을 통과했고, 또 세상을 위해 그의 여행을 기록해놓은 이 사람은 어떻게 되었을까?

그는 술을 한 잔 더 따랐다. 모르톰의 유령들을 잠재우기 위해서는 서양자두로 빚은 술로는 어림도 없다는 사실을 잘 알고 있긴 했지만.

장 멜랑샤르. 지금 그대가 어디에 있든, 죽었든 살았든, 혹은 살았지만 죽은 것 같은 존재가 되어버렸든, 이제는 평안히 쉬시오……

에브는 눈을 감으며 기원했다.

9
로즈

아무도 없는 집은 두터운 정적 속에 잠겨 있었다. 이따금 골조와 층계와 들보가 삐꺽거리는 소리가 정적을 깼다. 브누아는 뤼네르를 부르며 부엌에 걸린 괘종시계를 힐끗 쳐다보았다. 9시 반이었다. 뤼네르가 돌아와 있어야 할 시간이었다. 아무리 오랫동안 밖을 쏘다녀도 항상 저녁 시간에 맞춰 들어오는 약은 녀석이었다. 그런데 오늘 저녁은 아니었다. 다행히 부모님은 외출에서 돌아오자마자 저녁 초대를 받아 이웃집에 가 있었다. 오늘 정신과 의사를 만나고 온 일이 잘 되어 모두들 기분이 좋은 모양이었다. 하지만 이 급작스런 스케줄 변경을 뤼네르 녀석이 알고 있을 리 만무했다. 벌써 9시 반, 아니, 9시 35분이었다. 이 시간에 들어와서는 그냥 넘어갈 수 없다는 사실을 모를 녀석이 절대 아니었다. 그렇게 일 분 일 분 지나감에 따라 맏형으로서의 불안감은 브누아의 가슴을 점점 더 죄어왔다.

"동생들을 잘 돌봐줘야 한다. 넌 그애들을 보살펴야 해." 이 말을 얼마나 많이 들어왔던가! 이 말의 폭군적인 부드러움은 얼마나 많이 그의 귓전을 울렸던가! 그 어떤 이의 제기도 용납되지 않는, 그래서 반항의 본능을 자극하곤 하던 이 말…… 동생들은 어리기 때문에 항상 친절하게 대해야 한다고 했다. 무엇보다도 시샘해서는 안 되며, 고귀하고 관대한 태도를 보여주어야 한다고 했다. 모노폴리 게임을 할 때나, 카드놀이를 할 때나, 주현절에 갈레트에서 잠두 찾는 놀이*를 할 때, 항상 동생들에게 승리를 양보해야 한다고 했다. 녀석들이 브누아의 물건을 뒤지거나 전리품이라도 되는 양 의기양양하게 가지고 가도, 또 혼자 조용히 있고 싶건만 진드기처럼 붙어 다녀도 결코 성내지 말아야 한다고 했다. 녀석들은 그렇지 않은데 자기만은 점잖아야 하고, 모범을 보여줘야 하고, 참을 줄 알아야 한다고도 했다. 한데 대체 이 모든 것은 언제 끝난단 말인가? 녀석들이 아무리 자라난다 해도, 자신은 여전히 맏형이 아닌가?

부모는 형제들이 서로 책임감을 느끼고 돌봐주기를 원했다. 하지만 이러한 바람은 사실 얼마나 답답한 것인가! 우리는 결국 같은 엄마 배에서 나온 탓으로 우연히 함께 있게 된 타인들이 아닌가?

---

* 주현절은 예수가 하느님의 아들로 온 세상 사람들에게 나타난 것을 기념하는 1월 6일의 가톨릭 축제이다. 이날 프랑스에서는 갈레트 빵을 나눠 먹는데, 여러 조각 중 하나에는 조그만 인형모양의 '잠두'가 들어 있으며, 이 조각을 찾는 사람이 그날의 왕이 된다.

또 동생들이란 형에게 주어진 귀찮기만 한 선물 아니던가? 너무나 정교하고도 섬세한 것이라서 항상 조심해서 다뤄야만 하는, 그런 데 교환 부품조차 없어서 만일 망가뜨리거나 도둑 맞기라도 한다 면 평생을 속죄하며 살아야 하는 그런 사양하고 싶은 장난감 아닌 가? 자신의 문제를 해결해 나가기만도 힘든 몸이었다. 그런데 형 제들은 스스로를 가족의 일원으로 생각하고, 연대감을 가질 것을 요구 받았다. 하지만 그 성스런 가족의 연대감만큼이나 브누아를 짜증나게 하는 것도 없었다.

어쨌든 이날 저녁 브누아는 불안감과 죄책감을 동시에 느끼고 있었다. 하지만 뤼네르가 무슨 재미를 보는지 집에 들어오지 않는 것이 왜 자기 책임이란 말인가? 녀석이 숲 한구석에서 늑대를 만 나 잡아먹혔다 해도, 그건 자기 잘못이 아니지 않은가?

그는 거실에서 텔레비전이 웽웽대는 소리를 들었다.

기누가 거기 있었다. 시간이 이쯤 됐으니 이젠 잠들었겠지?

보통 그는 이런 문제는 신경 쓰지 않았다. 하지만 이날 저녁, 그 는 이 집의 주인이었다. 짜증이 났지만 소파에 누워 잠들었을 녀석 을 침대로 쫓아 보내야 했다.

조금 전에는 뭐가 불만인지 옹알대면서 눈을 부비는 상송을 자 리에 눕혀주고 온 참이었다. 녀석을 품에 안아들고 황금빛 감도는 노란색이 칠해진 아기 침실로 올라가 기저귀까지 갈아주었다. 밤 중에 침대를 적셔놓는 일이 유난히도 잦은 녀석이라 기저귀를 제 대로 채워놔야 한다는 사실쯤은 그도 잘 알았다. 그런 다음 포근한 목면 잠옷을 그럭저럭 입혀서 녀석을 울타리 침대에 눕혀놓았다.

그러자 꼬마는 동그래진 눈으로 자기를 쳐다본다. 말은 없지만 지금의 상황이 이상하다는 듯한 표정이었다. 브누아는 상송에게 엄마하고 아빠는 저녁식사하러 외출했으니 걱정할 것 없다고 설명해주고는 기억 밑바닥에서 끄집어낸 어떤 노래의 첫번째 소절을 흥얼거리듯 불러주었다. 그러고는 까치발로 살금살금 방을 나오며, 한쪽 눈으로는 상송이 작업복 청 직물로 만든 곰 인형을 꼭 끌어안고 있는지 확인하는 걸 잊지 않았다. 너무 씹어 색이 바래버린 한쪽 귀를 축 늘어뜨린 곰돌이가 피곤에 찌든 노동자가 짓는, 지쳐 보이지만 유쾌한 미소로서 아기의 잠을 보호해줄 테니.

거실에 돌아와보니 기누는 텔레비전에서 방영하는 영화에 빠져 있었다. 형이 들어오는 것을 보고 그는 고개를 들고 미소를 지어 보인다. 브누아는 녀석을 거기 두고 그냥 올라가버리고 싶었다. 자기도 약간의 자유로운 시간을 가질 권리가 있지 않은가? 그런데 이 바보 같은 녀석! 머릿속이 뭐가 그리 복잡하여 항상 사람 속을 썩이는가 말이다!

그는 동생이 좀더 튼튼한 녀석이었으면 했다. 차라리 싸움질을 너무 많이 하고 다녀 문제인 그런 녀석이면 얼마나 좋았을까? 세상에 널린 애들이 그런 애들 아닌가? 삶이 몇 가지의 유쾌하고 불쾌한 느낌으로 이루어졌고, 한정된 삶에서 끄집어낸 몇 개의 철학 원리로 환원되는 그런 단순한 애들 말이다. 하지만 기누는 걸어다니는 복잡성 그 자체라 할 수 있었다. 그는 모든 것을 무서워했다. 어둠, 흡혈귀, 거미, 그리고 벽난로에 바람 지나가는 소리까지. 그러나 더 고약한 건 따로 있었다. 녀석은 제 딴에는 다른 사람들을 방해하고 싶지 않아서인지 항상 안 그런 척했다. 하지만 얼마나 웃기는 짓인가? 한 번만 주의 깊게 들여다보면 뻔히 보이는데. 기누에게 간단한 문제는 아무것도 없었다. 삶에서 부딪치는 극히 사소한 일마저도 그에겐 힘겹게 기어올라야 할 산이었던 것이다.

뤼네르와 브누아는 독립성에 맹렬하게 집착하는 소년들이었다. 하지만 기누는 전혀 달랐다. 주근깨가 흩뿌려진 얼굴 가운데 커다랗게 열린 그의 밤색 눈은 자신은 다른 사람들이 필요하다고 소리치고 있었다. 오랫동안 브누아는 기누를 울보로 여겨왔다. 그리고 어떤 점에서는 아직도 그렇게 생각하고 있다. 하지만 이제, 동생의 연약함은 브누아의 마음을 아프게 했다. 그것은 그가 외면한 채 빠르게 지나쳐버리는, 시장 광장에서 구걸하는 사람들 앞에서 느끼는 감정이었다. 뤼네르와 그는 기누에 대해 서로 이야기를 나눈 적은 없지만 똑같은 식으로 반응했다. 자기 꿈을 혼자 처리하지 못하는 녀석, 한밤중에 울음을 터뜨리는 바람에 놀란 엄마가 달려와 달래주어야만 직성이 풀리는 녀석…… 그들은 이런 칠칠치 못한 동생이 너무도 못마땅했다. 하지만 브누아는 뤼네르가 자신보다는 더 기누를 동정하고 있음을 알고 있었다. 남을 측은하게 여길 줄 아는 마음, 이것은 그가 동생에게서 높이 평가하는 장점 중 하나였다.

"지금이 도대체 몇 시인 줄 알아?" 브누아는 거실 문에 버티고 서서 짐짓 거친 목소리로 물었다.

"아니, 몇 신데?" 기누는 좋은 대답이 나오지 않으리라 예상하며 황급히 물었다.

"거의 10시가 다 됐다, 인마. 올라가서 자야 할 시간 아냐?"

"그래." 소년은 한숨을 내쉬며 형의 얼굴을 올려다보았다. "그런데 형은? 형은 뭐할 건데?"

"글쎄, 텔레비전 좀 볼까 해."

"아, 그래? 그럼 형하고 좀 같이 있어도 돼?"

"글쎄, 좋은 생각 같지는 않은데? 그러잖아도 너 오늘……"

어떻게 말을 이어야 좋을까, 브누아는 잠시 생각했다. 동생을 비정상적인 아이로 여기고 있다는 인상은 절대 주지 말아야 했다.

"…… 좀 피곤해 보이던데? 요즘 말이야. 그러니 빨리 올라가서 푹 자는 게 좋지 않겠어?"

"형, 난 그게 아니고……"

"아, 더이상 말할 필요 없어. 아빠하고 엄마가 있었다면 당장 올라가라고 했을 거야. 안 그래?"

기누는 아무 대답도 할 수 없었다. 브누아는 동생의 입을 매몰차게 막아버린 자신이 좀 부끄럽긴 했지만, 동생하고 나란히 앉아 대화를 나누고 싶은 마음은 추호도 없었다. 솔직히 말하자면, 기누에게는 아무 할 말이 없었고, 더군다나 오늘 같은 날에 이야기를 시작하고 싶지도 않았다. 지금은 왜 아직까지 뤼네르가 들어오지 않는지 차분하게 생각해보고 싶었다.

기누는 더이상 대꾸하지 않고 일어나서 층계 쪽으로 걸어갔다. 등을 돌린 녀석의 온통 헝클어진 적갈색 머리가 눈에 들어왔다. 그 광경에 브누아는 자신도 모르게 가슴이 저려오는 것을 느꼈다.

"잘 자, 인마!" 브누아가 퉁명스럽게 인사를 던졌다.

"응…… 형도 잘 자."

그들은 절대 '좋은 꿈 꿔'라는 말을 나누지 않았다. '잘 자'……
단지 잘 잘 수만 있어도 그게 어디겠는가?

브누아는 부엌으로 돌아왔다. 괘종시계는 9시 50분을 가리키고
있었다. 빌어먹을! 뤼네르 이 녀석은 대체 어딜 싸돌아다니는 거야?

산텐 신부의 사제관은 생말로 성당의 맞은편에 있었다. 옛날 식
으로 벽에 목골을 박아넣은 몹시 낡은 2층집이었지만, 대각臺脚에
의지하고 굳건히 서 있는 자태는, 늙었지만 의연함을 잃지 않은 노
부인을 연상케 했다. 1층은 공예학교에 다니는 학생에게 세주었
다. 가끔 마주치기는 하지만, 대부분의 시간을 밖에서 보내기 때문
에 대화할 기회가 거의 없는 학생이었다. 하지만 조 신부로서는 불
평할 게 없었다. 그보다도 나이 많은 이 집, 여기저기 숭숭 뚫린 구
멍으로 웃풍이 들어오고, 현대적인 안락함을 갖추기 위해서는 대
공사를 해야 할 이 낡은 집에서 함께 있어준다는 사실만으로도 고
마웠다.

옛날 것이지만 화력만은 남부럽지 않은 커다란 난로, 거기에다
전기 난로까지 두 개나 갖춘 거실의 분위기는 더없이 아늑했다. 유
리창 너머로는 흰 꽃들이 소담스럽게 만개한 큰 목련나무 한 그루
가 우뚝 서 있었고, 그 뒤로는 성당이 고딕적인 위엄을 펼쳐 보이
고 있었다. 시의 가장 높은 곳에 우뚝 서 있는 생말로 성당은 15세
기에 지어진 것이지만, 여전히 완성되지 않은 상태였다. 조는 스스
로에 대해 같은 느낌을 지니고 있었다. 오랜 세월을 살아왔지만 아

직도 조각가의 마지막 터치를 기다리고 있는 자신…… 부드러움과 격렬함을 화해시켜 마침내 그를 완성된 존재로 만들어줄 그 보이지 않는 손길은 언제나 찾아올 것인가?

"집이 약간 낡았군. 그래도 전망 하나는 끝내주는데!" 에브네제르는 창문턱에 팔꿈치를 기대면서 말했다.

"그래, 난 이 집이 좋아. 하지만 때로는 중앙난방에 바닥 전체에 카펫이 깔린 현대식 아파트를 꿈꿔보기도 하네. 이젠 나도 나이를 먹어 추위를 몹시 타거든. 난 항상 늙은이들이 끔찍이도 싫었는데 말이야. 자네는 어떤가?"

"나도 마찬가지야. 그런데 내가 바로 그 늙은이가 되다니…… 정말로 끔찍한 일일세. 자네 세입자는 집에 있나?"

"아마 지금쯤 친구들과 함께 수아프 거리에 있는 선술집을 휩쓸고 다니면서 한바탕 신나게 놀고 있겠지."

"그런데…… 뭐 마실 것 좀 없나?"

산텐 신부는 식품 저장고에서 시드르 한 병을 꺼내왔다. 먼지가 얄프름하게 덮인 플뢰디앙 산이었다. 에브는 랑스 분지 지방에서 산출되는 이 사과주를 특히 좋아했다. 달콤쌉싸름한 사과로 만들어 맛이 약간 떨떠름하고 알코올 도수가 높은 이 시드르는 '잔 르나르'* 혹은 '슈발리에 존'** 같은 예쁜 이름을 지니고 있었다.

두 친구는 창가의 의자에 앉았다. 그 나지막한 연녹색 의자들은 조가 모친에게서 물려받은 몇 안 되는 소박한 유물 중 하나였다.

---

* 암 여우 잔.
** 노란 기사(騎士).

창가에 바짝 붙어 앉은 까닭은 바깥의 저녁 풍경을 즐기기 위함이었다. 창밖에는 어둠이 내렸고, 여기저기 켜지기 시작한 불빛은 디낭 시를 신비로운 중세의 도시로 되돌려놓았다.

"난로에다 불을 활활 좀 땠으면 좋겠는데 말이야, 장작이 모자라네!" 조는 미소를 지으며 사과했다.

에브는 괜찮다고 안심시켜주었다. 오랜 시간 사귀어온 공범과 함께 저녁 시간을 보내는 게 너무도 기분이 좋아서 약간 추운 것쯤은 아무것도 아니었다. 사실 그는 조 신부가 근근이 살아가고 있으며, 장작으로 불을 때는 일조차 일종의 사치로 여긴다는 사실을 누구보다 잘 알고 있었다. 오늘날 신도들에게 연보捐補를 구걸하는 것은 비루한 일이 되어버렸고, 또 미사 때 걷히는 헌금으로 자기 집에 불을 땔 친구도 아니었다.

그들은 시드르 몇 잔을 비우며 오랫동안 정담을 나누었다. 그러는 중에도 에브의 눈은 조제가 나지막한 탁자에 올려놓은 마분지로 된 파일을 흘깃거렸다. 결국 궁금증을 참지 못한 그가 그 안에 든 게 뭐냐고 물었다.

"내가 말한 그 자료야." 조는 파일을 열면서 말했다. "르 파우 부부의 결혼 사실이 등재된 등록부 사본, 세 아이의 세례 증명서, 그리고 오래전에 로즈가 내게 맡긴 어떤 서류지."

에브는 문서를 탐욕스럽게 훑어보면서, 조제가 로즈의 서류는 건네지 않고 오른손으로 꽉 누르고 있다는 사실을 의식했다.

"그런데 그 서류는 뭔가?"

"로즈의 오빠, 로낭 카르덱에 대한 걸세."

"로낭 카르덱?"

"그래, 로즈의 둘째 오빠. 오늘 오전에 로즈의 애들에 대해서 말했지? 장남은 몽유병 발작으로 죽었고, 둘째는 선원이 됐으며, 셋째는 에노가라고. 하지만 그녀의 친정 가족에 대해서는 거의 말하지 않았지. 로즈에게는 오빠가 둘이 있었네. 큰오빠 질은 부친인 이봉 카르덱 선장이 사망하고 1년 후에 죽었다네…… 벨릴 호를 타고 뉴펀들랜드뱅크에서 조업을 하던 신참 어부였어. 바다에 빠져 죽은 거지. 둘째 로낭은 1차 대전에 참전했다네."

"알고 있네."

"알고 있다고? 어떻게?"

"우리 집에 편지 한 통이 있는데…… 카르덱하고 같이 전장에 있었던 어떤 사람이 쓴 거라네."

"아니, 그 편지가 어떻게 해서 자네 집에 있는가?"

"트레기에의 골동품 가게에서 발견한 거라네. 산더미처럼 쌓인 허접한 옛날 물건 사이에 끼어 있더군. 자네도 알다시피 난 1차 대전에 관련된 물건이라면 사족을 못 쓰지…… 왜, 전번에 내가 수집한 우편엽서들도 보여줬잖나? 당시의 군인들과 가족들이 주고받던 그 절절한 사연을 간직한 엽서들…… 여하튼 그 편지를 쓴 사람은 로낭이 실성한 이유를 알려 했던 어떤 의사의 요청으로 그걸 썼다네. 그런데 그 친구가 바로 로즈의 오빠였단 말이지?"

"그래. 그녀가 두 오빠 중에서도 더 좋아하는 오빠였지. 물론 큰오빠가 그리 오래 살지 못했기 때문이기도 하지만. 사실 큰오빠는 자기 아버지처럼 거친 성격이기도 했어. 알잖은가, 그 선장."

"그 이름 이젠 나도 알지. 이봉!" 에브가 암송하듯 말했다.

"이젠 잘 아는구먼! 질은 뉴펀들랜드의 첫번째 원정출어 때 죽었다네. 도리스를 타고 무거운 주낙을 끌어올리다가 물에 빠졌지. 졸지에 아버지와 큰오빠가 떠나가고, 남은 사람은 침울한 성격의 어머니뿐이었어. 이런 환경이었으니 로낭과 그의 어린 누이동생 로즈는 단짝이 될 수밖에 없었어. 로낭은 동생을 보호해주려고 애썼지. 하지만 그리 강한 녀석은 아니었다네. 좀 감상적인 편이었지. 그냥 착한 아내와 결혼하고, 평범한 농사꾼이 되기를 꿈꿨어. 아마…… 어머니에게 약속까지 했을 거야."

"뱃사람이 되지 않겠노라고?"

"맞아! 그녀로서는 그럴 만한 충분한 이유가 있었지. 로즈의 어머니 아멜리 카르덱 말이네. 생각해보게, 벌써 남편인 이봉을 잃고 장남 질까지 잃었으니 그 심정이 오죽했겠는가?"

"그래서? 그 서류엔 뭐가 쓰여 있는가?" 에브가 물었다.

"로낭에 대한 거야. 그가 죽고 나서 그를 돌보던 의사가 그의 어머니에게 보낸 편지라네."

"한데 자넨 그 편지를 어떻게 손에 넣게 되었나?" 에브가 놀라며 물었다.

"당시 나는 아벨과 로즈 르 파우 부부와 아주 가까운 사이였다네. 아주 내밀한 속내까지 털어놓는 사이였지. 그때 그녀는 두번째 아이를 임신중이었고, 매년 그렇듯 매우 힘든 시기를 보내고 있었어. 뉴펀들랜드 원양어부들이 다음해의 승선 여부를 결정하는 때였거든. 그 허약한 몸으로 한사코 배를 타려는 남편 때문에 얼마나 마음고생이 심했겠나? 성탄절을 몇 주일 앞둔 어느 날, 아내의 마음을 기쁘게 해주고도 싶었고, 또 사실 건강도 허락하지 않았기 때문에 배를 타지 않기로 결정한 아벨이 커다란 봉투 하나를 들고 나를 찾아와서 말하더군. 그 속에 든 것은 처남의 편지인데, 아내가 더이상 집에 두고 싶어하지 않는다고 해서 가져왔다고. 아벨은 아내가 그걸 다시 찾을 때까지 나보고 맡아달라고 부탁했어. 하지만 그녀는 영영 다시 찾지 않았지."

"내가…… 지금 좀 볼 수 있겠나?"

"우선 자네에게 들려줄 이야기가 하나 있네. 당시 내 마음을 아주 심란하게 했던 일이지."

"그래, 말해보게나." 에브는 편지를 빨리 읽고 싶은 조급한 마음을 애써 감추며 말했다.

조는 자기 잔에 시드르를 더 따랐다. 이제 창밖은 어두워졌고, 성당의 그늘에는 목련나무의 우뚝한 실루엣이 자지 않고 깨어 있었다. 어디선가 사람들의 목소리와 커다란 웃음소리가 들려왔다가 마치 짙은 안개 속에 삼켜지듯 곧바로 잦아들었다. 하지만 밤은 청명하여, 건물은 중국 그림자극의 그림자처럼 선명한 검은 실루엣의 배경을 이루고 있었고, 여기저기 보이는 노란 불빛들은 어둠을 뚫는 횃불처럼 빛나고 있었다.

"로낭 카르덱은 성년이 되기가 무섭게 베르됭으로 끌려갔다네…… 그리고 몇 달 동안, 그의 어머니 아멜리와 누이 로즈는 그에게서 아무런 소식도 들을 수 없었어. 편지 한 통 없었지. 그러던 어느 날, 양복을 말끔하게 차려입은 어떤 신사가 오더니 소식을 전해주었네. 로낭이 실성하여 파리의 생탄 치료요양원으로 후송되었다고. 당시 미친 병사는 집안의 수치거리였어. 광기는 기질적인 약함이나 유전적인 결함 탓으로 여겨졌던 때니까…… 로즈와 그녀의 어머니는 그를 보러 갈 수도 없었어. 병원에서 금지했거든. 한번 상상해보게나. 그를 마치 죽은 사람처럼 여겨야 했던 걸세."

"그런데 정말로 미친 건가?"

"내 생각으로는 너무 처절했던 전투로 인해 정신적 외상을 입었던 것 같아. 하지만 당시에는 이 정신적 외상에 대해서 아는 게 거의 없었지. 더욱이 그 치료방법이란 게…… 그냥 사람을 가둬놓고, 정신과 의사가 이따금 들러서 마치 유리병 속의 파리처럼 관찰하는 게 전부였지…… 어느 날, 아멜리 카르덱은 소포를 하나 받았어. 그 안에는 아들의 개인 물품과 바로 여기 있는 이 편지 두 통이 들어 있었다네. 하나는 생탄 치료요양원 의사인 앙투안 블랑셰가 쓴 것이었고, 다른 하나는 로낭이 그가 무척 사랑하던 누이 로즈에게 보낸 거였지."

조는 말을 잠시 멈추고 시드르 잔을 입에 갖다 댔다. 그의 시선은 성당 지붕의 고딕식 뱃부리 모양 장식들, 어둠 속에 보이는 그 돌로 만든 레이스 장식 너머의 어딘가를 떠돌고 있었다.

"그래, 그 의사가 뭐라고 써서 보냈는데?" 에브는 속삭이듯이 물었다.

"의사가 보낸 것은 로낭 카르덱의 사망소식이었어. 어느 날 밤, 간호사들의 감시가 소홀한 틈을 타서 창밖으로 몸을 던졌다는 거야."

"끔찍한 일이군……"

"이젠 이해할 수 있겠지? 그의 누이 로즈가 20년이 지난 후에도 왜 이 편지들만 보면 가슴이 무너져내렸는지…… 내가 창문 아래로 떨어져 죽었다는 로즈의 어린 아들에 대해 말했지? 그런데 내가 이 얘기를 해줬던가? 그애 이름이 삼촌 이름과 같은 로낭이라고 말이야."

"말도 안 돼! 그렇다면 그들 둘 다 창밖으로 떨어졌다는 얘기잖아? 난 항상 아기에게 죽은 친척의 이름을 붙여주는 건 별로 좋지 않다고 생각해왔어……"

"물론 그 뜻이야 나쁠 리 있겠나? 하지만…… 암튼 로즈의 장남 로낭은 참으로 사랑스럽고, 나이에 비해 놀라울 정도로 조숙한 아이였다네. 아주 똘똘하고 모든 것에 호기심이 많았지. 하지만 그 아이에겐 어두운 그림자도 있었어. 꼬마 녀석이 노상 한다는 소리가 뭐였는지 아나? 죽음, 죽은 사람들, 사람이 죽고 나서 되는 것…… 뭐, 이딴 것들이었으니 말 다 했지!"

"아, 유령의 존재를 믿었다고? 하지만 많은 아이들이 마찬가지 아닌가? 물론 예수님이 들으시면 괴로워하시겠지만……" 에브가 한마디 토를 단다.

"그런 것보다 훨씬 더 깊은 그 무엇이었네. 로낭은 심한 두통을 앓았어. 처음에는 귀에서 무슨 소리가 들린다고 호소하다가, 결국에는 울부짖기 시작했지. 이럴 때면 층계 밑 구석진 곳에 들어가 몸을 웅크리고는, 도대체 뭔지 모를 대상에게 자기를 가만히 내버려두라고 애원하는 거야…… 엄마만이 그 아이를 겨우 진정시킬 수 있었어. 어느 날, 내가 그애에게 물어봤지. 누가 너를 이렇게 힘들게 하느냐고. 그는 말들이 그런다고 대답했어. 또 어떤 날에는 사람도 보인다는 거야. 어떤 병든 사내이고 머릿속에 뭔가가 있는데, 그게 아주 무섭다고 했어. 하지만 더이상의 내용을 들을 수는 없었지. 난 당황했어. 그래, 솔직히 말해서 몹시 당황했어. 그애를 안심시키려고 하느님에 대해서 이야기를 해줬지. 그런 순간에 기도를 하면 도움이 될 거라고 말해주곤 했어. 한데 그애가 날 쳐다보는 눈빛이 어땠는지 알아? 나를 정말 아무것도 이해 못 하는 사람으로 여기는 눈빛이었어."

"사실, 자네 가끔은 그럴 때 있지 않은가?" 에브가 말했다.

"……그러니까 난 인간이지." 신부는 태연하게 말을 받았다. "로즈와 아벨은 아이를 파리로 데려가 전문의와 상담을 했어. 하지만 아무런 소득이 없었지. 어느 날 아침, 로즈는 아이가 혼자 정원을 서성이고 있는 걸 발견했어. 그녀는 기겁을 하고는 아이를 엄청나게 꾸짖었어. 그애는 자면서 걸어 나왔던 거야. 그날 로즈와 아벨은 집 안의 문이란 문은 모조리 잠가버렸지…… 로낭 방의 창문은 미처 생각을 못 했어. 그런데 다음날 밤, 그애는 그 창문으로 떨어져 죽었어…… 그제야 난 전에 아벨이 내게 맡기고 간 편지들을 꺼내어 읽어봤지. 그러고 나서 얼마나 후회가 되던지! 진즉 그걸 읽었더라면 그 아이를 도와줄 수 있었을 텐데…… 어쩌면 그 아이의 죽음을 막을 수 있는 방법을 찾아낼 수도 있었을 텐데……"

"자기가 할 수 없었던 일을 가지고 자신을 책망하는 것은 쓸데없는 짓 아닐까?" 에브는 조 신부가 즐겨 쓰는 말을 빌려 그를 위로했다.

"내가 종종 그런 말을 하는 까닭은…… 사실은 그 일을 겪었기 때문일세."

조는 한순간 묵묵히 추억에 잠겼다. 그러고는 에브에게 편지를 내밀었다.

두 편지의 상단에는 생탄 치료요양원의 마크가 찍혀 있었다. 편지 하나는 반듯한 글씨로 채워져 있는 반면, 다른 것은 흔들리는 기차 안에서 쓴 것처럼 어지럽기 그지없었다. 에브는 기묘한 감동을 느끼면서 첫번째 편지를 펼쳤다. 그것은 파묻혔던 역사의 한 벽면을 다시 발굴해내는 감동이었다.

1917년 5월 21일, 생탄 치료요양원에서.

존경하는 카르덱 부인,

저는 생탄 치료요양원의 주임의사로서, 그제 새벽 4시에서 5시 사이에 발생한 아드님 로낭의 사망에 대해 심심한 조의를 표하는 바입니다. 부인의 아드님은 한밤중에 간호사들의 감시가 소홀한 틈을 타 복도 창문까지 나와서 창문을 열고 아래로 몸을 던졌습니다. 병원 정원에서 간호사들이 그를 발견했을 때, 그는 이미 사망한 상태였습니다. 저희는 그동안 아드님의 병을 치료해보고자 최선을 다해왔기에 느닷없이 찾아온 그의 죽음이 슬프게만 느껴집니다.

부인께서도 잘 알고 계시겠지만, 부인의 아드님은 1916년 3월 10일, 베르됭의 모르톰 고지에서 아군의 영웅적인 투쟁으로 독일군의 맹공을 격퇴했을 때 심한 정신착란 증세를 보여 후방으로 후송되었습니다. 유난히 치열했던 이 전투 끝에 아군이 적 참호를 탈취했을 때였습니다. 그 처절한 살육의 현장에서 카르덱 병사는 넋이 나간 표정으로 두 손으로 귀를 틀어막고서, 참호 속 안전한 곳으로 데려가려 해도 꼼짝도 않고 버텼다고 합니다. 병사들의 증언에 따르면, 포탄에 상처를 입어 미쳐버린 말 한 마리가 당장에라도 그의 배를 갈라버릴 듯 날뛰었는데, 그 이후로 그런 상태가 되었다고 합니다. 전선에서 15킬로미터 후방에 위치한 신경정신센터에 후송된 그를 진찰한 장트낙 군의관이 우유 식이요법과 물 치료법을 처방했으나 효과를 보지 못했습니다.

그는 계속해서 심각한 정신착란 증세를 보였고, 결국 3월 말경 군 당국은 그를 투르에 있는 한 신경전문센터로 이송하기로 결정했습니다. 그곳에서 그를 담당했던 클로비스 뱅상 군의관은 심한 충격으로 정신이상 증세를 보이는 환자들에게 집중적인 전기요법을 처방함으로써 좋은 결과를 얻어낸 분입니다. 하지만 수주에 걸친 치료에도 불구하고 카르덱 병사는 조금도 호전될 기미를 보이지 않았고, 결국 클로비스 뱅상 군의관이 4월 19일 그를 파리에 있는 저희 병원에 보내게 된 것입니다.

그가 저희 병원에 도착하고 나서, 저는 그와 많은 대화를 나누었습니다. 제가 진단한 바에 의하면 그는 우울증과 히스테리 증상을 동반한 망상적 광증을 보이고 있었는데, 격리 수용 및 엄격한 감호를 요하는 중증이었습니다. 왜냐하면 환자는 타인에게는 아니라 할지라도 적어도 자기 자신에게는 위험한 행동을 할 수 있는 상태였기 때문입니다. 부인의 아드님은 극도의 정신불안증세를 보였습니다. 어떤 때는 심한 우울, 낙담, 무기력 상태를 보이다가도 또 어느 순간에는 떨림, 히스테리성 경련, 감각 이상, 환시와 환청 등의 증상이 나타났으며, 주로 밤에 발작하는 몽환적 착란상태에 빠져들기도 했습니다. 수개월에 걸친 치료에도 불구하고 이런 증세가 점점 더 악화돼가는 가운데, 환자는 종종 자살 의사를 내비쳤고, 실제로 여러 차례 시도하기도 했습니다.

제 소견으로는 전선에서 보낸 나날이 아드님 안에 숨어 있던 이전의 정신이상 증세를 다시 깨워낸 게 아닌가 합니다. 정신적으로 허약한 사람들은 극도로 거칠고 난폭한 전장의 분위기를 제대로 견뎌내지 못한다는 사실을 우리는 경험을 통해 잘 알고 있습니다. 그리고 이 힘든 전쟁이 끝없이 길어짐에 따라, 정신적 허약함으로 인해 조국이 요구하는 희생을 제대로 수행하지 못하고 이곳에 들어오는 병사들의 수는 갈수록 증가하는 실정입니다.

하지만 부인! 다른 사람들이 부인에게 무슨 말을 하든, 부인의 아드님은 군인으로서의 의무를 다했습니다.

상을 당한 부인께 다시 한번 깊은 조의를 표하는 바입니다.

주임의사 앙투안 블랑셰

추신 : 여기에 아드님의 소지품과 그가 부인의 따님에게 쓴 편지를 동봉합니다. 이 편지는 그의 침대 매트리스 밑에서 발견된 것입니다.

에브네제르는 곧바로 두번째 편지를 읽기 시작했다.

1917년 5월 2일

사랑하는 로지에게

너를 보지 못하고, 네 통통한 볼에 입을 맞추지 못한 지도 몹시 오래되었구나. 너는 많이 자랐겠지? 이런 식의 나날이 계속된다면, 다음에 너를 만났을 때 넌 숙녀가 되어 있을 테고, 난 감히 네게 말도 붙이지 못할 거야. 하지만 난 항상 너를 생각해. 너를 생각하고, 또 우리 둘이서 항구 쪽으로 산책하던 그 모든 아름다운 날들을 생각한단다. 하지만 그럴 때마다 마음이 너무도 아파와서 가급적 생각하지 않으려 애를 쓰기도 해. 그래, 넌 많이 자라 있겠지. 그들은 여기에 나를 가두어놓았단다. 난 낮의 빛을 볼 수 없어. 창문이 하나 있긴 한데 크지도 않을뿐더러 항상 우중충한 잿빛이야. 특히 힘든 것은 밤이야. 악몽을 꾸기 때문이지. 그들은 밤중에 내가 자고 있는 틈을 타서 돌아온단다. 그들 모두가 돌아오지. 복수를 하려고 오는 거야. 하지만 그 일이 일어난 것은 내 탓이 아니야. 난 시키는 대로 했을 뿐이야. 오, 나의 로지, 난 다만 시키는 대로만 했을 뿐이라고! 그들이 나를 얼마나 미워하는지 잘 알고 있어. 그리고 밤이면 그 눈들, 그 눈들…… 그 눈들이 내게 말하지. 거기 누워 있어야 한다고, 움직이면 안 된다고. 하지만 난 그러지 못해. 거기에는 피가 너무 많거든. 또 시체는 얼마나 많은지! 그래, 이건 너처럼 어린 소녀가 이해할 수 있는 일은 아니지. 하지만 이 모든 건 내 한계를 벗어나고, 내 머리를 터질 듯 아프게 해! 그들을 보는 게, 그 소리를 듣는 게 너무나 힘들어. 내 귀에 들리는 그 소리, 특히 말들이 내는 소리가 가장 끔찍하단다. 그 소리는 내 귓속, 머릿속을 파고들면서 죽고 싶은 마음이 들게 하지. 나는 이런 상태에서 벗어날 수 없어. 그들은 항상 돌아오거든. 특히 그 말들, 그 말들이 내게 복수하려고 해. 하지만 로지, 난 아무 죄가 없어. 누군가는 그렇지 않다고 말할지 모르겠지만, 그건 모두 나쁜 사람들이 지어낸 거짓말일 뿐이야. 넌 오빠를 잘 알잖아? 내가 어떤 사람인지 잘 알잖아? 나는 선량한 사람이고, 그곳에 간 것은 내가 선택한 게 아니야. 시체들이 폭발하여 땅속에서 솟구쳐 나오는 그 구멍에 말이야. 그렇게 그들은 거기에 있어. 백 날이고 천 날이고 거기 누워 있지. 그리고 천지에 꽉 찬 냄새는 얼마나 지독한지! 로지, 이건 절대 내가 원했던 게 아니란다. 난 단지 중사님의 명령에 따랐을 뿐이야. 그게 전부야. 설사 내가 나쁜 짓을, 심지어는 끔찍한 짓을 했다 해도, 그건 사람들이 명령했기 때문이야. 로지, 거기서 그들이 말에게 무슨 짓을 했는지 아니? 너무 무서운 일이라서 차마 글로 쓸 수도 없구나. 말을 사랑하는 너니까, 내 이야기를 들으면 밤마다 잠을 잘 수 없을 테니까. 나 역시 말을 좋아했다만 지금은 그들이 무섭단다. 말들이 무서워, 로지. 만일 네가 그들에게 내가 죄가 없다고 말해준다면, 그들은 네 말을 들을지도 몰라. 지금 나에 대해서 거짓말을 하는 사람들조차 말이야. 착한 네가 하는 말이면 모든 이들이 귀를 기울이잖아.

내가 원하는 게 뭐냐고? 그건 이 창문 밖으로 훨훨 날아가 로지 너와 엄마에게로 돌아가는 거란다. 하지만 그들은 날 못 가게할 거야. 그래, 날 붙잡을 거라는 걸 잘 알아. 하지만 로지, 걱정하지 마. 오빠에게 좋은 생각이 있단다. 걱정하지 말고 네 건강이나 잘 챙기렴. 그리고 엄마도 잘 돌봐드리고. 너무 빨리 커버리지 말고, 날 자주 생각해줘. 내겐 그게 꼭 필요하거든.

널 사랑하는 오빠

로낭

"휴…… 자네 마음이 심란했다는 게 이해가 가는구먼!" 에브는 목이 잠겨오는 걸 느끼며 말했다. "로낭…… 불쌍한 사람!"

"그런데 카르덱 병사의 증상과 그의 조카인 로낭의 증세가 너무 비슷한 것 같지 않나?"

"그럼 꼬마한테 삼촌의 귀신이 씌기라도 했단 말인가?"

"자네도 알다시피 유령은 우리 교리문답 내용에 포함된 게 아니지…… 하지만 이렇게 생각해볼 수도 있어. 아이는 병사의 이야기를 조금씩 주워들은 거야. 아이들이란 자기 놀이에만 열중한 듯 보여도 귀는 항상 열어놓는 법이거든……"

"흠, 그건 좀 합리적인 설명 같구먼."

"그래. 로즈가 이 편지를 내게 준 것도 아이들을 보호하기 위해서였다고 생각해. 그녀는 더이상 이걸 간직하고 싶지 않았던 거야.

내용이 너무 무겁고, 너무 위험하거든. 이 편지 속에 갇혀 있는 광기가 아이들에게 전염될까 두려웠던 거지…… 물론 편지를 없애버리는 것만으로 아이를 구할 수는 없었지만."

에브와 조는 생각했던 것보다 일찍 자리를 파했다. 빨리 혼자가 되어, 이 가족사의 흩어진 퍼즐 조각을 모아보고 싶은 마음이 급했던 것이다. 정말이지 이 기이한 가족 중에서 대양에 희생되지 않은 사람은 과연 몇이나 될까? 모두가 폭풍에 휩싸이고, 대지에서 뿌리 뽑히고, 닻줄이 끊기고, 모진 폭력을 당하고, 사지가 찢겨나가지 않았던가? 또 대양이 남겨놓았다 해도 이번에는 전쟁이 몰려와 가차 없는 낫으로 베어 넘어뜨렸다. 에브네제르는 플루발레 방향으로 차를 몰면서 뤼네르를 생각했다. 그 소년도 정신병원 독방에 갇힌 카르덱 병사나 층계 밑 구석진 곳에 숨은 어린 로낭처럼 밤마다 악몽을 꾼다고 했다. 그리고 또 누가 있을까? 그는 이 모든 죽은 사람들의 머릿속을 들여다보고 싶었다. 그 속에 숨어 있는 강박관념과 흉몽을 찾아내어, 불안감의 가계도를 그려보고 싶었다. 그는 자신의 직감을 확신했다. 뤼네르도 형제들 모두가 악몽을 꾼다고 고백하지 않았던가?

이 모든 사람들을 뒤흔든 균열과 상처와 비극은 꿈의 사슬을 통해 순환하고 있는지도 모를 일이었다. 귀족의 푸른 피와 유전병이 그러하듯이.

뤼네르가 그 안에서 밤을 보내야 한다는 사실을 받아들이기까지는 얼마간의 시간이 필요했다. 어떤 신비한 손이 커다란 돌덩이를 굴려 동굴 입구를 꽉 막아놓은 것이다. 바위를 옮길 방법은 없는지, 바위 사이에 난 틈은 없는지 고집스레 더듬고 있는 손가락처럼, 그의 정신 역시 이 말도 안 되는 현실 앞에서 분노하고 있었다. 그는 갇혀버린 것이다. 그는 축축하고 어두운 지하 통로 가운데에 길게 엎드렸다. 공황상태에 빠지지 않으려고 숨을 깊게 들이마셨다. 누군가가 터널의 입구를 막아버린 것이다. 내가 여기 있다는 사실을 알고서 그랬을까? 누구일까? 작은 공 같은 딱딱한 것이 가슴속에 치밀어올랐다. 아니야, 우는 건 바보 같은 짓이야.

몸을 돌릴 공간마저 없었기 때문에 뤼네르는 엎드린 채로 뒤쪽으로 조금씩 기어갔다. 무엇보다도 그가 볼 수 없는 뒤쪽에 뭔가가 있을지도 모른다는 생각을 머릿속에서 지워버려야 한다. 이 좁은 통로 끝에서 기다리고 있을지도 모르는 그 모든 괴물을 생각하지 말아야 한다. 얼마나 많은 괴물을 알고 있는지! 우선 빠뜨릴 수 없는 굴뚝 괴물…… 그 길고 어두운 통로를 빠져나오느라 고생한 탓인지 얼굴에는 온통 그을음을 뒤집어쓰고 퀭한 눈으로 헐떡이며 서 있는 그 시커먼 괴물, 핏기 없는 커다란 얼굴, 솥뚜껑 같은 퉁퉁한 손을 가진 식인귀…… 그 꺼칠꺼칠한 손가락을 아이들의 목덜미에 쓰다듬듯 올려놓는 그 굶주린 괴물, 일그러진 목소리로 울부짖는 유령, 그림자 외투를 입고 다닌다는 아이 도둑*, 소중한 사람들을 전문으로 죽이고 다니는 흉악범, 침실에서 부모님의 가슴을

---

* 프랑스에서 아이 도둑은 아이를 숨기기 위해 시커먼 외투를 입고 다닌다고 전해진다.

가르는 자객, 공동묘지의 이탄이 묻은 머리를 산발하고 두 팔을 뻗치고 달려드는 미친년…… 너희들 집으로 돌아가! 조용히 해! 조용히 하라고!

간신히 둥그런 방으로 돌아와보니 밖은 이미 어두운 밤이었다. 초승달은 구름에 가려져 있었고, 사방에 들리는 것은 으르렁대는 바다 소리뿐이었다. 뤼네르의 눈은 점차 어둠에 익숙해졌고, 마침내 바닷물 위에 떠 있는 별들을, 연약하지만 친숙한 그 기준점을 분간해낼 수 있었다. 별들이 거기 있었다. 그가 어디에 있든지, 침대에 누워 있든지, 아니면 우물 밑바닥에 떨어져 있든지 항상 깨어 지켜주는 그 별들! 낮의 빛의 지킴이! 사람들은 말했다. 별들은 수천, 수만 년 전에 이미 죽어버린 것이라고. 이미 꺼져버린 지 오래건만 아직 반짝이고 있는 죽은 돌덩이에 지나지 않는다고. 또 그것들은 무덤을 찾지 못한 사자들의 영혼이라고도 했다. 하지만 뤼네르는 그런 말을 절대 믿지 않았다. 아니야! 별들이 꺼져버린 물질일 리 없어! 별들은 밤이 모든 것을 흡수해버릴 수 없게끔 하늘을 꿋꿋이 지키는 초병이었다. 요정과 뮤즈와 반딧불이를 태어나게 한 것, 그게 바로 별이었다. 별이 총총한 밤에 고개를 들어 올릴 때, 우리는 어쩌면 각자의 수호천사를 발견하게 될지도 모른다. 별의 존재는 뤼네르를 안심시켜주었다. 뤼네르는 이제 배가 고팠다.

모자 달린 재킷의 호주머니를 뒤져보니 축축한 카랑바르* 한 개가 손에 잡혔고, 그는 감지덕지하는 마음으로 꺼내 먹었다. 브누아

---

* 프랑스 특산의 길쭉한 카라멜 과자.

형은 항상 카랑바르를 주머니 가득 넣고 다니면서 인심 좋게 나누어주곤 하지. 아, 브누아 형! 지금 형이 옆에 있다면, 그 퉁명스런 목소리를 들을 수만 있다면 얼마나 좋을까! 둘이 함께 있으면 이 상황도 그냥 웃어 넘길 수 있을 텐데. 지금 이 순간 가장 무서운 것은 나를 가둬버린 그자가 신선한 살 냄새를 맡고서 다시 돌아오는 것이라고 고백할 텐데. 또 그 무서운 카르덱에 대해서도 말해줄 텐데. 그러면 분명히 브누아는 너 정신병원에 가야 할 것 같다, 하고 편잔을 주겠지.

뤼네르는 라망슈 해를 향해 열린 구멍에 책상다리를 하고 앉았다. 거기에 앉으니 바다가 호흡하는 소리를 들을 수 있었고, 뽕뽕 뚫린 빛의 구멍인 양 별들이 반짝이는 흑옥의 하늘 아래 펼쳐진 잿빛 바다를 분간할 수 있었다. 소금기 머금은 한 줄기 축축한 바람이 그의 얼굴에 감겨왔다. 이 기이한 풍경 속에서 그는 혼자였다. 그 혼자만이 살아 있었다. 아까 함정에 빠진 것을 깨달았을 때는 무서워서 죽을 것 같더니만, 지금은 마음이 무척 평온했다. 지금 자신의 운명은 신비스런 의도를 품은 그 얼굴 없는 '타자'에게 달려 있건만, 이렇게 마음이 차분한 것은 대체 무슨 까닭인가? 참으로 기묘한 카르페 디엠*이었다.

처음 느껴보는 기이한 쾌감이 그를 사로잡았다. 으르렁대는 바다와 지극히 가까운 곳에 앉아 바위를 박살낼 듯 부딪쳐오는 파도를 살피는 쾌감, 폭발하는 폭풍우처럼 강력한 힘으로 몰려오는 바다를

---

* Carpe Diem. '현재의 순간을 잡아라' 라는 뜻의 라틴어. 매 순간순간을 충실하게 살라는 뜻이다.

바라보는 쾌감이었다. 아르델리아는 그에게 이렇게 고백했었다.

나는 바다를 좋아한단다. 바다를 바라보는 걸 좋아하지. 왜냐하면 바다는 항상 변하기 때문이야. 바다는 항상 새로운 시작, 새로운 창조이고, 분노이자 평화이며, 순식간에 분노에서 평화로, 혹은 그 반대로 얼굴을 바꾸기도 한단다. 어느 정도 자랐을 때, 난 곧바로 수영을 배웠어. 내가 가장 충만함을 느끼는 순간이 언제인지 아니? 물속에서 몸을 쭉 펴고서, 물결 사이를 인어처럼 미끄러져 나갈 때야. 그럴 때면 이 세상이 처음 시작되었을 때 어쩌면 우리 모두의 상태였을 양서동물로 되돌아온 것처럼 느껴지지…… 최근 몇 년간, 날씨가 따뜻할 때면 난 아침마다 바다에 멱감으러 나갔단다. 살아온 세월을 모두 모래 위에 벗어놓고 물속에 들어가지. 그럴 때면 내 몸이 물과 바위와 양떼 같은 구름과 축축한 대지와 빛과 하나가 되는 것이 느껴진단다. 너도 언젠가는 두려움을 극복하고 이 모든 것을 맛보았으면 좋겠구나. 넌 바다의 어두운 얼굴만을 알고 있지. 하지만 우리가 길들일 수 없는 그 야성의 물, 죽음이자 생명인 그 거친 물은 바로 우리의 일부분이란다. 우리는 물로 이루어져 있어. 그리고 네 안에도 뱃사람들의 피가 흐르고 있고, 또 그들이 유산으로 남긴 대양에 대한 맹목적인 사랑도 네 몸 어딘가에 숨어 있단다. 난 그걸 느낄 수 있어.

그럴지도 모르지. 어제만 해도 생각할 수도 없었던 일들이 지금 일어나고 있으니까. 하지만 지금은 시간이 시간인지라 뤼네르는 감히 물에 다가갈 생각은 없었다. 공연히 조약돌에 부딪쳐대고 경사진 해변을 쓸어대면서 억지 잠을 청하는 저 물결은 왠지 신경이 곤두서 있는 것 같지 않은가?

얼마 후, 마침내 피곤을 느낀 뤼네르는 누군가가 바위틈에 파놓은 그 좁다란 침대 속으로 미끄러져 들어갔다. 장롱 서랍 속에 숨은 아이처럼 그렇게 어둠 속에 누워 있으니, 기이하게도 자신이 무척 안전한 곳에 있다는 느낌이 들었다. 그리고 잠에 빠져들면서 몸을 약간 움직였고, 그 바람에 토기 파이프가 왼쪽 발에 부딪혀 땅바닥으로 굴러 떨어졌다. 파이프는 희미한 달빛 속에서 움직임을 멈췄다.

조 신부는 침대 위에서 몸을 뒤척였다.

오랫동안 기억 속에 갇혀 있다가 갑자기 풀려나온 영상들이 뇌리에 맴돌았다. 5월의 어느 아침, 갓 결혼하여 그늘진 성당 앞뜰을 떠나던 로즈와 아벨. 이유는 알 수 없지만 생각하면 할수록 가슴이 저려오는 젊은 로즈의 아름다움. 그 아름다움은 아벨이 떠나던 날에 부두에서 본 그녀의 얼굴에서, 그녀가 더이상 버림받는 걸 견뎌내지 못하고 있다는 사실을 읽을 때까지 지속되었지……

어머니가 되어 행복에 빛나던 로즈. 몇 해 동안은 모성애라는 마약의 효과로 그림자가 말끔히 걷혔다. 특히 둘째 아기. 시뻘건 얼굴로 빽빽 울어대면서, 세상과 한판 붙어보겠다는 기세로 폭풍처럼 도착했던 그 씩씩한 녀석…… "안 돼요! 당신 떠나는 거 싫어요!"라고 아벨에게 반복해 말하던 로즈의 완강한 표정. 로즈와 탐스런 두 아이. 로즈는 가족사진을 찍는다며 아벨을 끌고 갔고, 항상 그렇듯 약간 뒤쪽에 선 아벨의 시선은 어딘가 다른 곳을 꿈꾸고 있었지. 아내는 남편에게서 뭔가 이상한 낌새를 느꼈지만, 애써 못 본 척했다. 그가 여기 있는 한, 힘센 두 팔로 기쁨의 비명을 지르는 아이들을 번쩍 들어 올리는 한, 아이들에게 오두막이며 수 족 인디언의 천막이며 모래성 따위를 지어주고 와서 그녀를 안아주는 한, 짐짓 무시해버렸다. 그녀는 마치 이렇게 말하는 것 같았다. 당신은 여기 있잖아요, 그렇죠? 당신은 언제나 여기 있을 거예요. 이 아이들과 나와 함께. 그럴 때면 아벨은 부드러운 손을 그녀의 몸에 얹으며 미소를 짓곤 했다.

이런 행복한 가정을 지켜보며 젊은 조제 산텐은 얼마나 부러워했던가! 그래, 정말 부러웠다! 이 가정에 들를 때면 마음이 훈훈해졌다. 아이들은 그를 삼촌처럼 대했으며, 그는 아이들에게 성경 이야기를 들려주곤 했다. 야곱과 에사오 이야기, 삼손과 데릴라 이야기, 조그만 목동에서 이스라엘의 가장 위대한 군주가 된 다윗 왕 이야기.

아벨과 로즈는 하느님께서 인간의 행복을 바라고 계신다는 사실의 산 증거였다. 욥에게 모든 것을 되돌려주신 하느님, 특히 자식들을 되돌려주신 하느님이 존재한다는 사실의 산 증거였다. 하지만…… 어린 로낭의 장례식 날, 산텐 신부는 장례식에서 항상 해왔던 다음의 말을 하지 않았다. "하느님께서 주셨으니 하느님께서 거두시리라. 일렀으되, 너희는 흙이니 흙으로 돌아갈지니라." 아니었다! 그럴 수는 없었다. 하느님은 로즈와 아벨에게서 아이를 빼앗아가 그들의 가슴에 말뚝을 박는 일은 하지 않으신다. 하느님은 결코 이런 짓을 하지 않으신다. 그는 상복 입은 몸을 웅크리고 흐느끼는 로즈의 흔들리는 어깨를 감싸주었다. 비탄에 잠긴 아벨이 해변을 산책할 때면 함께 걸어주었다. 또 어린 질다의 팔딱이는 심장 소리를 듣기도 했다. 그 어린 꼬마는 죄지은 녀석처럼 숨을 죽이고 있었다. 몸 둘 바를 몰라하며 당장이라도 어디론가 사라져버리고 싶다는 표정을 짓고 있었다.

하느님은 왜 이 모든 일을 허락하셨을까? 로즈의 심장에 왜 그토록 무거운 고통을 얹어놓으셨을까? 그녀가 네 살이 되던 생일날, 사람들은 그녀에게 이제 다시는 아빠를 볼 수 없다고 말해주었다. 그리고 이듬해에는 오빠가 뒤따라 천국에 갔다. 뉴펀들랜드로 가는 길은 천국으로 가는 길과 이어진 것일까? 그 길로 사라져간 그 숱한 아버지들, 아들들, 형제들을 볼 때 그 길은 분명 널찍한 대로일 것이다. 조는 걱정스러웠다. 이렇게 주위가 휑하니 비어버린 로즈가 끔찍이도 외로운 말년을 보내고 있지나 않은지……

노인은 눈을 감았다. 이 괴로운 영상을 흩어버리고 좀더 행복한 영상들을 떠올려보았다. 우선 적갈색 머리에 구릿빛으로 그을린 건장한 사내의 모습. 이 세상의 어느 바다, 어떤 스쿠너 어선 갑판 위에 서 있을 그 사내. 그리고 깔깔거리는 네 명의 개구쟁이에 둘러싸인, 갈색 머리에 후리후리한 몸매의 젊은 여인도 보았다.

그렇다면 이 이야기가 완전히 비극으로 끝난 것은 아니었다. '치료용 아이'가 네 아이를 낳았기 때문이다. 다른 사람들을 사랑함으로써 생명을 만들어냈고, 그로써 자신의 비탄을 뛰어넘을 수 있었기 때문이다.

그렇다. 질다와 에노가는 생명을 보전했다. 아주 빨리 내달아 불

행에게 붙잡히지 않은 것이다. 오직 로즈만이 그 큰 집의 어둠 속
에 갇혀 있던 것이다.

그래, 그녀를 돌보아주어야 했다. 그녀의 집을 계속 찾아가 문을
두드려야 했다. 사제가 아니라 한 인간으로서 행동했어야 옳았다.

"할 수 없었던 일을 가지고 자신을 책망하는 것은 다 부질없는
일입니다. 또 누군가에게 사랑을 주지 못했다고 해서 자책할 필요
도 없고요. 대부분의 시간, 우리는 부족하고도 무력해요. 때문에
사랑을 제대로, 그리고 제때에 베풀지 못하는 거죠. 이 모든 사실
을 그냥 받아들여야 하지 않겠습니까?" 누군가가 사랑하는 사람
을 잃었을 때, 그 사람에게 무언가를 말해주기도 전에, 무언가를
해주기도 전에 떠나보내게 되었다고 슬퍼하고 있을 때, 산텐 신부
는 이렇게 위로해주곤 했다.

바로 자신의 경험에서 우러나온 말이었다.

10
기누

브누아는 그를 잠 속으로 끌고 들어가려는 안개와 싸우고 있었다. 안 돼! 안 돼! 잠들면 안 돼! 하지만 오래 견디지 못하리라는 사실을, 결국은 자신이 굴복하리라는 사실을 잘 알고 있었다.

머리가 회전목마처럼 빙빙 돌았다. 머리 안에 갇힌 주먹들이 이마를 쿵쿵 두드려댔다. 하지만 피가 태초의 혼돈처럼 부글대며 혈관을 흐르는 소리가 마치 자장가처럼 들려왔고, 정신은 거짓되고도 매혹적인 몽롱함 속으로 조금씩 빠져들었다.

정신 차려! 자지 마! 뤼네르를 생각하라고! 그런데 녀석은 어디 있지? 대체 무슨 짓을 하고 있는 거야?

조금 있으면 부모님이 돌아올 것이다. 뤼네르가 들어오지 않았다고 부모님에게 알려줬어야 했다. 최소한 그 사실을 알리는 쪽지 한 장쯤은 부엌 식탁 위에 올려놨어야 했다. 부모님이 돌아오셔서 보실 수 있도록 말이다. 하지만 그렇게 할 수 없었다. 단 몇 시간 동안만이라도 동생의 비밀을 지켜주고 싶었다. 밤늦게 들어와 슬그머니 방으로 들어올 수 있게끔 녀석에게 기회를 주고 싶었다. 물론 상당한 위험이 따르는 일이었다. 하지만 그는 이처럼 모든 것이 정상인 듯 행동해야만 동생에게 심각한 일이 일어나지 않을 거라는 미신적인 생각에 매달리고 있었다.

자, 아직 쪽지를 쓸 시간은 있어. 벌써 좀 늦기는 했지만, 아직 시간은 있어.

아니, 그는 아무것도 쓰지 않을 것이다. 그래, 아무 이상 없어. 지금 뤼네르는 어딘가에 안전하게 있는 거야. 내일 녀석은 내게 고마워하겠지. 덕분에 엄마 아빠의 불벼락을 피할 수 있었다고. 어느덧 그 내일이 다가오고 있었다. 어차피 늦어버렸는데 그런 걱정을 하고 있어봐야 무슨 소용이겠는가?

브누아는 잠이 들었다. 그리고 어떤 구덩이 속에서 죽어가고 있는 뤼네르의 모습을 보았다. 입은 피어린 신음을 토하며 일그러졌다. 브누아는 소스라치며 잠에서 깼다.

몇 시지?

그는 눈으로 자명종을 찾았다. 그 순간 자신이 있는 곳이 침대가 아니라는 사실을 깨달았다. 텔레비전은 꺼져 있었고, 집 안은 어둠에 잠겼다. 그는 어둠 속을 더듬으며 복도로 갔고, 몇 초 동안 헤맨 끝에 전등 스위치를 찾을 수 있었다. 부엌의 괘종시계는 10시 45분을 가리키고 있었다. 부모님은 여전히 돌아오지 않았다. 차라리 여기서 기다리다가 부모님이 들어오면 사실대로 말하는 게 좋지 않을까 하는 생각이 들었다.

너 지금 뭐 하는 거냐? 정말로 내일 뤼네르가 무사히 돌아올 거라고 생각하는 거냐? 그의 머릿속에서 어떤 목소리가 조그맣게 빈정거렸다. 그의 속셈을 뻔히 알고 있는 목소리였다.

브누아는 자신이 입을 다무는 것은 뤼네르의 자유를 보호하기 위해서라고 둘러댔다. 하지만 진정한 이유는 딴 데 있었다. 그것은 비겁함 때문이었다. 부모님의 질문과 질책과 고통을 마주할 용기가 없기 때문이었다. 부모님은 자신이 동생들을 책임져야 한다고 생각하는데, 오늘 저녁 그 동생 중 하나가 없어진 것이다.

브누아는 이런 두려운 상황을 회피하는 것이다.

현실을 회피하는 것…… 사실 그가 할 줄 아는 것이라곤 이것밖에 없지 않았던가? 현실에서도 그랬고, 꿈속에서도 마찬가지였다.

그렇다. 모든 것이 꿈에서 시작되고 꿈으로 끝났다. 언제나 어쩔 수 없이 되돌아오게 되는 곳은 그 원초적인 균열이었다.

냉정하게 따져보자. 왜 그는 세 살도 안 된 아이를 물속에 집어넣는 그 미친 여인에게 그래서는 안 된다고 분명히 말하지 못했는가? 왜 꿈속의 금발 여자아이를 구해내지 못했는가? 그것은 그가 강하지 못해서였다…… 왜 그녀의 행동을 그냥 지켜보고만 있었는가? 그녀가 정말로 아기의 머리를 물속에 처박고 있는지, 다시는 올라오지 못하게 살인자의 집요한 힘으로 밀어넣고 있는지 분명히 확인하기 위해서였는가? 그 정도로 타인을 배려하는 예의 바른 소년이기 때문인가? 아니었다. 그것은 그 불쌍한 광녀의 자유를 존중해서도 아니었고, 그녀의 살인할 권리를 보호해주기 위함도 아니었다. 그것은 비겁함 때문이었다. 너무나도 비겁했기 때문에 꿈속에서 마침내 몸을 움직여보려고 결심했을 때 사지가 천근만근 무겁게 느껴졌던 것이다. 오, 이런, 안됐군! 간발의 차로 영웅이 될 기회를 놓치셨어…… 적어도 둘 중 하나는 구해낼 수도 있었는데, 그 멍청한 기계적 문제가 모든 걸 망쳐버렸어. 무슨 말이냐고? 이봐! 용기 1킬로그램과 겁 1킬로그램 중에서 어느 쪽이 더 무거울 것 같아? 똑같을까? 아냐…… 내가 보기엔 분명히 겁 1킬로그램이 더 무거워. 그 점을 고려하지 못한 거지!

내일, 집에서는 난리가 나고, 그에게는 불벼락이 떨어질 것이다. 아니, 어쩌면 마지막 순간에 그걸 모면할 수 있을지도 모른다. 어차피 이 우주에 정의란 존재하지 않으니까. 하지만 그 결과가 어떠하든 그는 알고 있었다. 자신이 얼마나 한심한 존재인지를.

난 자는 게 두렵지 않아. 괜찮을 거야. 그것들은 이미지에 불과하거든. 내겐 아무 일도 일어나지 않아.

난 무섭지 않아.

잔다는 건 아무것도 아냐. 그냥 눈만 감고 있으면 내일이 돼. 낮이 되고, 햇빛도 비칠 거야. 그럼 아침 먹을 시간이 오지. 요일은 일요일이고, 식탁에는 어쩌면 크루아상이 오르겠지.

그냥 눈을 감고, 조금 자고 일어나면 아침이 오는 거야.

난 무섭지 않아.

기누는 알약을 삼켰다. 약이 자기 몸 안에서 작용한다는 사실이 그다지 기분 좋지는 않았다. 블랑샤르 의사선생님은 이 약의 분자가 잠들게 도와줄 거라고 했다. 하지만 잠들게 도와주는 것이 어떻게 그의 삶을 향상시킬 수 있단 말인가? 지금껏 자는 데에는 아무런 문제가 없었다. 한 번도 불면증을 겪어본 적이 없었다. 심지어 12월 31일에서 1월 1일로 넘어가는 밤마저 12시 종이 울리기 전에 잠들어버리는 바람에 다음날 아침에 분함을 못 이겨 울곤 하지 않았던가? 그렇다. 잠드는 데에는 아무런 문제가 없었다.

일이 꼬이기 시작하는 것은 그 다음부터였다.

의사선생님은 강조했다. 악몽이란 뇌의 스크린에 비치는 한 편의 영화 같은 것이라고. 그리고 이 악몽이라는 영화는 아무리 무서운 것일지라도 자는 사람에게 물리적으로는 아무런 해를 끼칠 수 없다고. 서부영화에 나오는 아파치의 화살이나 늑대인간의 송곳니가 그러하듯이. 의사가 늑대인간의 예를 들자 기누는 오싹 몸을 떨었고, 옆에 있던 엄마가 이 아이는 절대 공포영화를 보지 않는다고 설명해주었다.

"절대 안 본다고? 정말이야?" 블랑샤르 의사선생님은 의미심장하게 눈을 찡긋하며 기누에게 물었다.

그는 이 소년이 남들 몰래 공포영화를 즐기는 게 분명하다고 확신했다. 그의 악몽은 어린 두뇌가 채 소화하지 못한 피비린내 나는 이미지들이 포화된 결과로 나타난 것이리라.

하지만 기누는 공포영화를 보면서 대낮부터 공포에 떨고 싶은 마음은 추호도 없었다. 밤에 겪는 공포만으로도 충분했다. 공포영화라면 사족을 못 쓰는 학교 친구들이 같이 보자고 해도 그는 정중히 거절했고, 이런 그를 아이들은 겁쟁이라고 놀려댔다. 하지만 아이들은 알지 못했다. 그들이 '홍당무'*라고 별명 붙인 이 아이가 밤마다 겪어야 하는 모험에 비하면 그들이 좋아하는 영화는 그야말로 새 발의 피도 안 된다는 사실을.

그날 밤, 부모님은 저녁식사에 초대를 받아 외출했고, 집에는 기누와 브누아, 이렇게 단둘이 남아 있었다. 그는 엄마가 침실에 올라와 밤 인사를 해주지 않는 것이 못내 아쉬웠고, 또 그런 자신이 사뭇 부끄러웠다. 지금 브누아 형은 집을 지키며 의연하게 장남의 본분을 다하고 있는데 난 어린아이처럼 엄마 아빠나 찾다니 이게 무슨 꼴인가? 브누아는 항상 기누가 남자답게 씩씩하고 용기 있는 모습을 보여주길 바랐다. 그래서 기누 자신도 노력해보았지만, 자기 안에서는 한 톨의 용기도 찾아낼 수 없었다. 데면데면하고 빈정거리기 좋아하고 입가에는 항상 삐딱한 미소를 띠고 있지만 그런 것마저 너무도 멋있게 보이는 큰형, 자신은 결국 이 큰형을 실망시킬 수밖에 없었다…… 한편 기누의 눈에 뤼네르 형은 신비 그 자체였다. 기누는 항상 생각했다. 형이 나를 데리고 다니면서 보호해준다면 얼마나 좋을까? 두 형은 그가 너무나도 선망하지만 결코 다가갈 수 없는 영웅들이었다.

그렇다면 나는 뭐란 말인가? 물론 그에게도 은밀한 소망이 있었다. 자신만의 특별한 길을 찾는 것, 그리하여 사람들에게서 존경을, 어쩌면 선망까지, 아니면 그냥 소박하게 따뜻한 애정이라도 받

---

* 프랑스 소설가 쥘 르나르의 소설 제목으로, 원래는 홍당무처럼 붉은 머리털을 말한다.

을 수 있는 그런 사람이 되는 것이었다. 엄마가 더이상 '우리 강아지'라고 부르지 않고, 그냥 멀찌감치 떨어져서 대견하게 쳐다보기만 하는 그런 의젓한 사람 말이다. 그때 엄마는 깜짝 놀라겠지. 아니, 저애가 언제 내 품에서 벗어났지? 어떻게 자기 날개로 날아오르게 되었을까? 어떻게 내가 모르는 사이에 이 모든 일이 일어났을까?

그렇게 되면 얼마나 좋을까! 더이상 돌팔이 심리학자를 보지 않아도 될 것이며, 그 끔찍하게 거북한 시간도 더이상 없을 텐데. 모든 것이 깨끗하게 지워져버릴 텐데.

잠이 기누의 발목을 잡아 깊은 곳으로 끌고 들어갔다. 발버둥 치고 싶은 생각조차 들지 않았다. 몸이 심연 속으로 미끄러지듯 빨려 들어가는 느낌이 너무도 황홀했기 때문이다. 머리가 에틸에테르에 마취된 사람처럼 좌우로 천천히 흔들리는 동안, 정신은 잠의 심연 속으로 점점 더 침강해 들어갔다. 그리하여 마침내 의식이 그에게 확실한 안도감은 주지 못하지만, 적어도 방어는 해줄 수 있는 지점에 이르렀다.

위험한 경계선은 낮과 밤 사이가 아니라, 깨어 있는 상태와 잠 사이에 존재하고 있었다.

그리고 잠은 흡혈귀처럼 그를 유혹하며 끌어당겼다.

이제 그는 베개에 머리를 묻고 깊이 잠들었다. 천창을 통해 스며들어온 창백한 달빛에 물든 아이의 얼굴은 사뭇 지쳐 보였다. 하지만 그의 두 눈은 눈꺼풀 밑에서 부지런히 움직이고 있었다.

여기가 어디지? 스위치는 어디 있지?[*]

어디선가 메아리쳐오는 목 쉰 신음 같은 소리에 기누는 소스라쳤다.

안개 경보를 알리는 나팔 소리였다.

그는 겁먹은 눈을 깜빡거렸다. 아무것도 보이지 않았다.

주위를 온통 둘러싼 젖빛 안개의 벽이 그를 질식시킬 듯 포위해왔다.

엄습해오는 공포감과 싸우며 기누는 시선을 아래로 내렸다.

그는 어떤 보트에 앉아 있었다.

물 위잖아? 난 수영도 못하는데……

찰싹이는 잔물결에 보트가 가볍게 흔들렸다.

바다야!

어떤 예감이 '지금 너는 육지에서 아주아주 멀리 떨어진 곳에 있어'라고 속삭였다.

여긴 너무 깊어. 어른도 바닥에 발이 닿지 않을 정도야. 그 사실을 알게 되자 온몸이 오싹해졌다.

그런데 내가 여기 있으면 안 되는 거잖아? 그는 점점 더 무서워졌다. 자기에게 금지된 것을 위반하는 것이야말로 그를 가장 불안하게 만드는 것이었다.

안개 때문에 수평선은 지워져 있었다. 아이는 큰 보트 안에 있는

---

[*] 컴컴한 방처럼 알 수 없는 곳에 와 있기 때문에 주위를 식별하기 위해 전등 스위치를 찾는 이성의 반사적인 반응을 암시한다.

개미새끼만 한 실루엣에 지나지 않았다. 숨 쉬는 것이 점점 더 힘들어졌다. 불과 20미터 앞도 제대로 보이지 않았다. 이 안개의 커튼은 무얼 숨기고 있을까? 그 뒤에 뭔가가 있기나 한 것일까?

이 질문에 대답이라도 하듯, 어디선가 또 다른 보트 한 척이 안개를 뚫고 불쑥 나타나 기누가 탄 보트에서 몇 미터 떨어진 곳에 멈춰 섰다.

심장은 고통스럽게 벌떡댔고, 오싹한 전율이 온몸을 훑고 갔다.

그 보트에는 사람이 타고 있었다.

한 열 살쯤 되어 보이는 소년이었다. 밀랍같이 창백하고 수척한 얼굴, 어깨에는 담요를 한 장 걸쳤고, 눈은 선잠이 든 것처럼 감겨 있었다.

아이의 투명할 정도로 섬세한 피부가 설명할 수 없는 불안감을 안겨주었다. 기누는 그의 창백한 얼굴에 경계의 시선을 힐끗 던졌다.

아이의 보트에는 노가 없었다. 그렇다면 여기까지 어떻게 왔을까?

녀석을 감시해! 녀석을 잘 감시하라고!

자신에게 이렇게 명령했지만 곧 그의 시선은 다른 곳을 향했다. 두텁게 깔린 안개를 노려보면서 오직 정신의 힘으로 그것을 꿰뚫어보려고 시도했다. 아직 기누는 이런 종류의 대결이 가능하다고 믿는 나이였다. 진정으로 원하기만 하면 안개가 그의 의지에 굴복하며 스르르 걷힐 것이다. 그의 시선 앞에서 안개의 벽은 칼로 잘린 듯 위에서 아래로 쫙 갈라지고, 그 뒤로 스케이트장의 빙판처럼 매끄럽고 청명한 밤만이 남게 될 것이다. 그러면 한 줌의 별들이 스르르 떨어져 나와 하늘에 화살표를 그려 돌아가는 길을 가르쳐 줄 것이다. 아침으로, 뭍으로, 그의 집 창문으로 가는 길을 친절히 알려줄 것이다. 그는 이렇게 간단하게 구조되리라.

그러면 난바다를 향해 열려 있는 침실 창문을 쾅 닫아버려야지…… 이런 상상을 하던 기누는 문득 아이의 시선을 느꼈다. 이제 아이는 눈을 뜨고서 기누를 머리에서 발끝까지 훑어보고 있었다. 기누는 다시 한번 몸을 오싹 떨었다. 하지만 간신히 눈을 돌려 아이의 눈을 보니 그 안에는 악의가 조금도 섞여 있지 않다는 사실을 알 수 있었다.

"여긴 너무 추워." 아이는 가볍게 몸서리치며 낮게 말했다.

기누도 고개를 끄덕였다.

"여기는 금지 구역이야. 너도 알고 있니?" 아이가 말했다. "여기는 오면 안 되는 곳이야. 위험한 곳이지. 길을 잃었니?"

"응." 기누는 약간의 안도감을 느끼며 대답했다.

이 꼬마는 이곳 사정에 밝은 것처럼 보였다. 어쩌면 둘 다 집으로 돌아가는 방법을 찾아낼 수 있을지도 모른다.

"이제 난 더이상 길을 잃지 않아." 아이가 말했다. "항상 내가 어디에 있는지 알아낼 수 있지. 그냥 어디로 가고 싶다, 하고 정하기만 하면 되니까."

"네 이름은 뭐니?" 기누가 용기를 내어 물었다.

"로낭." 아이가 대답했다.

이렇게 말하는 그의 시선 가운데 어떤 미광이 반짝 일어났다가 다시 사그라졌다. 별똥별이 지나가듯 순식간의 일이었다.

"난 네가 누군지 알아." 기누가 대답하기도 전에 아이가 먼저 말해버렸다. "넌 네 엄마가 가장 귀여워하는 아들이지."

기누에게는 충격적인 말이었다. 엄마를 모독하는 말이었기 때문이다. 어머니란 누구를 편애하는 존재가 아니지 않은가? 모든 아이들을 똑같이 사랑해주는 분이 어머니 아닌가? 하지만 그 순간 기누는 이 소년에게 어떤 친밀감을 느꼈다. 자신의 내밀한 곳을 이해 받는 듯한 느낌, 자신이 소년과 비슷하다는 느낌이었다. 난생처음 경험하는 기묘한 느낌이었고, 매우 유쾌한 느낌이기도 했다.

"나도 그렇단다." 로낭이 목소리를 낮춰 속삭이듯 말했다. "우리 엄마도 날 최고로 귀여워해…… 근데 너 알고 있어? 네가 여기 온 걸 네 엄마가 알게 되면 엄청 화를 내실걸."

기누는 다시 불편한 느낌이 들었다. 이 소년은 어떤 때는 친구 삼고 싶을 정도로 호감이 느껴지다가도, 또 어떤 때는 설명할 수 없는 무언가를 발산하여 그의 경계심을 자극했다.

"우리 집에서 가까운 곳에 말이야……" 아이는 힘없는 목소리로 말을 이었다. "꽁꽁 얼어붙은 연못이 하나 있단다. 거기서 스케이트 타는 사람들도 있어. 하지만 난 거기 가면 안 돼. 내 병 때문이야. 하지만 나는 밤마다 거기로 가. 머릿속에서 말이야. 나는 돌아다니면서 스케이트 타는 사람들을 구경해. 그리고 나무 속에는 그림자들이 있어. 근데 말이야, 그 그림자들은 어떤 모양으로 변한단다. 동물 모양도 되고, 사람 모양도 되고. 심지어는 아이들도 있고 개도 있어. 하지만 그것을 너무 오래 쳐다보고 있으면 머리가 아주 아파. 그리고 그들이 찾아오지. 그럼 난 숨어야 돼. 지난번에 난 자면서 걸었어. 걸어서 창문을 통해 침실 밖으로 나갔지. 그 일 때문에 아빠한테 얼마나 혼났는지 몰라. 엄마는 막 울었고. 그러다 가 떨어져서 다칠까봐 무서워서 우는 거야. 엄마는 늘 그래. 내가 떨어질까봐 항상 걱정하지.”

겉모습은 기누보다 어려 보였지만, 소년은 많은 것을 알고 있는 것 같았다. 그리고 알 수 없는 슬픔이 감도는 그 기이한 성숙함은 기누를 주눅 들게 했다.

“널 거기로 데려가줄게. 나무 속의 그 모양들을 보여줄게. 자, 서둘러야 돼. 그들이 올 시간이 됐어!”

“그들이 누군데?” 기누가 물었지만 소년은 아무 대답이 없었다.

갑자기 아이의 홍채에는 붉은빛이 감돌았다. 동시에 이빨이 딱 딱 부딪치기 시작했고, 야윈 몸은 무엇에 사로잡힌 듯 벌벌 떨었 다. 두 눈은 공포와 고통이 농축된 덩어리였다.

기누는 눈을 들어 주위를 둘러보았고, 그 순간 돌처럼 굳어버 렸다.

그들을 에워싼 수증기 같은 안개가 변하고 있었다. 한 줄기 강한 바람이 난바다에서 불어왔고, 어떤 위협이 점점 더 분명하게 느껴 지며 다가왔다. 무언가 불길한 것이 안개의 근원에서 솟아나오고 있었다. 무언가가—오, 하느님!—발굽 소리를 내며 달려오고 있 었다. 그리고 기누의 목구멍 깊은 곳에서 솟은 비명이 입술을 통해 나오기도 전에 그들은 벌써 두 소년을 에워쌌다. 어마어마한 크기 의 안개 말이었다. 앞발을 번쩍 들어올린 채 엄청난 소리를 내려는 듯 아가리를 커다랗게 벌리고 있지만 아무 소리도 나지 않기에 더욱 섬뜩한 안개 말이었다.

사방이 적막한 가운데 물방울 떨어지는 소리조차 들리지 않았다. 하지만 로낭은 두 귀를 틀어막았다.

기름막처럼 펼쳐진 수면은 정적 속에 찰랑였고, 바다의 박동마저 놈들의 발밑에 깔려 숨을 죽였다. 안개 말들의 사나움이 사방의 모든 난폭한 힘을 빨아들이는 것 같았다.

말들이 그 아이 때문에 거기 왔다는 것, 기누는 그 사실을 알고 있었다. 잠시 정지해 있는 그들의 광기는 어떤 희생을 기다리고 있었다.

바다에 고깃덩어리를 던져! 그럼 녀석들이 진정될 거야!

그때 어떤 여인의 음성이 정적을 가로질러왔다. 사랑과 염려로 충만한 목소리였다.

…… 로낭, 로낭! 우리 아기, 진정해라! 엄마 여기 있어. 제발 진정하렴. 그래, 아프지? 많이 아프지?……

로낭은 다시 고개를 들었다. 말들이 금방이라도 그를 덮칠 듯 앞발을 치켜들었다. 그 어마어마한 그림자로 하늘이 가려질 정도였다. 그는 즉시 눈을 다시 감았다. 두개골을 부숴버릴 듯 들려오는 그 새되고도 날카로운 소리를 피해 자기 안으로 파고들었다.

이 원초적인 움츠림 속에서 아이의 가냘픈 몸은 변형되었다. 길게 늘어나 어른의 몸이 되었다. 담요를 둘둘 말고 웅크리고 누워 있는 어떤 남자의 몸이 되었다. 두 팔을 들어올려 방패처럼 머리를 가렸고, 온몸이 흉터로 덮인 사내의 몸속에 흐르는 생명의 파장은 그 자체가 고통이었다.

주위의 안개도 변하기 시작했다. 딱딱하게 굳어지더니 감옥이나 병원의 벽 같은 잿빛 벽이 되었다. 말들은 안개에 삼켜진 듯 사라져버리고 없었다.

젊은 사내의 내부에 깃든 영상들, 사내를 마음속의 눈으로 울게 하는 그 혼돈스럽고도 처절한 이미지들이 안개의 회색 천 위에 펼쳐졌다. 그것은 진흙과 피를 간헐천처럼 내뿜는 땅의 이미지였다. 세계의 붕괴를 증언하듯 뒤틀리고 반으로 쪼개진 나무들이 남아 있는 황량한 언덕. 그리고 양동이 위에 걸터앉은 한 사내…… 손이 뻣뻣해져 쥐고 있던 부엌칼을 떨어뜨린 사내의 얼굴은 무표정했고, 안구 속은 텅 비었으며, 두개골 윗부분은 포탄을 맞았는지 날아가버리고 없었다. 나뭇가지 사이에 그대로 쑤셔 박혀버린 말의 뼈다귀. 갈기갈기 찢겨 해골같이 앙상한 나뭇가지에 매달린 군복 조각들. 뒤틀린 미소를 머금은 채로 굳어버린 시체의 입술 옆 검은 볼살을 파먹고 있는 커다란 까마귀 한 마리……

악몽이 여기까지 이르면 기누는 잠에서 깨어나고, 엄마가 밤의 어둠 속에서 흐느끼는 그를 구해주러 달려오는 것이 보통이었다.

하지만 그날 밤, 기누가 먹은 알약은 지하실 입구를 막아버린 천근만근 무거운 납 망토*처럼 그를 잠 속에 가둬놓았다. 마침내 의식이 그를 구조하러 와서 납 망토의 표면을 여러 차례 두드려보지만, 결국은 꿈의 얼개 속으로 다시 빨려 들어갈 뿐이었다.

---

* 단테의 『신곡』에서 위선자들이 지옥에서 입는다는, 안감을 납으로 만든 무거운 망토.

침대에 누워 있는 기누의 가녀린 몸은 잠시 발버둥 치며 애써본다. 블랑샤르 의사선생님 말이 맞았다. 약 덕분에 아이는 깨지 않고 계속 잠자고 있었다.

이렇게 해서 그는 악몽의 밑바닥 깊숙이 감추어졌던 그 방에 들어갈 수 있었다. 보통은 그 방 문 앞을 지키고 있는 지옥견 케르베로스가 접근하는 소년을 적시에 쫓아버리곤 했다. 하지만 그날 밤, 문을 열고 방으로 들어가는 기누는 놈을 보지 못했다. 놈은 활짝 열린 문 옆, 피가 절벅이는 웅덩이 속에 길게 쓰러져 있었다.

여기가 어디지? 스위치는 어디 있지?

그의 눈은 조금씩 어둠에 익숙해졌고, 그는 자신이 있는 장소의 윤곽을 분간할 수 있게 되었다. 군데군데 습기로 얼룩졌을 뿐 아무것도 걸려 있지 않은 회색 벽에, 천장 높이는 4미터 정도 되는 좁고도 작은 방이었다. 벽 높직한 곳에는 채광창이 하나 있었는데 그 쇠창살 틈을 통해 미약하고도 부드러운 달빛이 새어 들어왔다. 그 달빛을 따라가본 기누의 눈은 자기 앞에 이불도 베개도 없는 간소한 침대 하나가 놓여 있는 것을 발견했다. 그 위에는 고개를 푹 숙인 몸 하나가 꼼짝 않고 책상다리로 앉아 있었다.

나는 감옥에 갇힌 것일까?

그럼 저기 저 사람은 누구지?

"내게 한번 물어봐. 몇 놈이나 됐는지."

기누는 소스라칠 듯 놀랐다. 목소리는 침대에서 흘러나오고 있었다. 기묘한 음색으로 급하게 지껄이는 남자의 목소리였다.

"한번 물어보라고. 몇 놈이나 됐는지. 어서!" 목소리는 조금 더 낮게 말했다. 거의 속삭이는 듯한 어조였다. "못 물어보는군. 너도 세어봤잖아. 금방 중단해버렸지만 말야."

남자는 자신에게 말하고 있는 걸까?

"브리베르에게 물어봐. 그 개자식은 알고 있으니까. 그가 어떻게 아냐고? 다 이유가 있지…… 나중에 보겠지만 죗값은 치르게 될 거야. 조만간 우리 하느님께서 놈에게 포탄 하나를 날려줄 거란 말야. 콰광!…… 이렇게 말이야. 그건 먼저 휘파람 소리를 내지……" 그는 포탄이 날아오는 소리를 흉내 내며 기누의 피를 얼어붙게 했다. "그 다음 네 두 눈과 입속은 튀어오른 흙으로 꽉 막혀버리지!"

어슴푸레한 침대 위에 실루엣이 벌떡 일어섰다. 우유 같은 달빛을 받은 얼굴은 창백하게 빛났다. 젊은 사람이었지만, 눈은 지나치게 나이 들어 보였으며 앳된 얼굴과 전혀 어울리지 않았다. 초췌한 용모는 그가 심한 신경쇠약으로 고통 받고 있다는 사실을 짐작케 했다. 청년은 적의 없는 눈빛으로 기누를 응시했다. 그가 다시 입을 열었을 때, 더이상 독백을 하는 게 아니라 기누에게 말하고 있다는 것을 분명히 알 수 있었다.

"너는 너무 어려서 그들을 봤을 리 없을 텐데? 안 그래? 그런데 왜 널 이 안에 들여보냈을까?"

기누는 바짝 얼어붙어 아무 말도 못 하고 서 있었다.

"너도 거기 있었니?" 믿을 수 없다는 표정으로 사내가 물었다. "그건 아닐 테고. 너는……"

갑자기 그의 얼굴이 환해지며 미소를 지었다.

"…… 그래, 로지를 아는구나, 그렇지? 로지…… 하하, 약았어, 로지…… 아주 영리한 애지. 그래, 그애는 날 찾으러 올 거야. 내가 여기서 나갈 수 있도록 도와줄 거야. 그래, 로지가 방법을 찾아냈군. 하지만, 쉿…… 여기선 아무도 믿어선 안 돼. 브리베르가 모두를 지휘하고 있어. 쉬잇!…… 그들이 우리를 엿듣고 있어. 벽에다가 귀를 바짝 대고서 말이야. 그들이 사실을 알게 되면 널 잡아서 저 밑, 땅속에 가둬버릴 거야…… 그리고 로지도 잡아버리겠지…… 아니야! 그럴 수는 없어. 그애는 너무 약아서 절대 잡히지 않을 거야…… 나는 그애에게 다 말해줬어. 다른 사람들에게 말하지 않은 것을 그애한테는 다 말했어. 그들이 내게 어떤 짓을 해도 말하지 않은 것들을…… 그들이 날 토끼처럼 탁자에 묶어놔도, 심지어는 내 영혼을 불태워도…… 안 돼!!!"

어떤 보이지 않는 위협을 보기라도 한 듯, 청년은 갑자기 겁에 질린 표정으로 비명을 질렀다.

그리고 경련하듯 온몸을 떨면서 침대 밑으로 기어 들어가 몸을 오그리고 엎드렸다.

기누는 속눈썹 하나 까딱할 수 없었다. 온몸이 벌벌 떨렸다. 빨리 그곳을 떠야만 했다.

옆에 문이 있는 것을 발견한 기누는 문을 열려고 뛰어갔다. 하지만 그것은 바깥에서 잠겨 있었고, 손잡이는 물론 걸쇠조차 달려 있지 않았다.

침대 밑에서는 공포로 완전히 허물어져버린 청년이 울부짖기 시작했다.

"안 돼!!! 그만 해! 날 가만히 놔둬! 이 모든 건 내 잘못이 아냐! 난 너무 피곤해…… 난 놈들을 다 셌어, 모두 다…… 명령 받은 대로 한 거야. 또 명령대로 멈추지 않고 그들의 몸을 밟고 걸어갔지. 그것도 군화를 신고서! 이렇게들 말했지. '이놈들은 사람이 아니야!' 하지만 그들의 눈은 나를 응시하고 있었어. 나를 꽉 붙잡고 더이상 놔주지 않았지…… 의사선생! 난 더이상 잠이 안 와요…… 눈만 감으면 그들이 여기 있다고요, 바로 저 뒤에…… 거기서 날 기다리고 있어요. 내가 그들을 거기에 처넣었다고 믿고 있단 말이에요! 그래서 나도 그곳으로 돌아가 그들과 함께 땅속에 묻히기를 원하는 거죠! 밤마다 당신이 방문을 닫고 가버리면 그들은 머릿속에서 내게 얘기해요…… 잠깐만요! 내 말 좀 들어요! 제발 날 여기서 나가게 해줘요……"

그는 더이상 주체하지 못하고 목 놓아 울기 시작했다.

"약속할게요. 얌전히 있을게요. 엄마, 약속할게. 착한 아들이 될게…… 난 착한 애잖아. 엄마, 저 사람들에게 말 좀 해줘요. 엄마 말이라면 들을 거야…… 안 돼요! 가지 마요. 날 여기에 내버려두지 마요!…… 이곳 사람들은 날 미워해. 엄마, 날 좀 봐! 안 돼, 날 버리고 가지 마!…… 무서워……"

그러고는 입을 다물고 한동안 아무 말도 없이 멍하니 있었다.

하지만 갑자기 무슨 소리를 들은 듯 온몸을 긴장시켰다.

"들리니?" 그는 겁에 질린 음성으로 속삭였다.

기누는 침대 밑에 숨은 그 사람처럼 바닥에 몸을 바짝 웅크렸다.

아마도 그가 수없이 많이 들어온 소리일 것이다. 소년은 방금 들은 청년의 말을 뇌에서 싹 지워버리고 싶었다. 아무것도 못 들은 것처럼 되고 싶었다. 하지만 수인에게서 땀처럼 배어나오는 고통이 그의 심장 속으로 흘러 들어왔다.

"들리니?"

처음에는 기누의 귀에는 아무것도 들리지 않았다. 자신의 심장이 뛰는 소리에 귀가 멍멍할 정도였기 때문이다. 그는 좀더 집중하며 들으려 애써보았다.

그러자 그 소리가 들렸다.

무언가가 벽을 닥닥 긁어대고 있었다.

많은 수의 무언가가 벽 뒤에서 날뛰고 있었다. 적의에 가득 찬 무언가가 끈덕지게 발을 구르며 벽을 뚫고 들어오려 했다.

히힝 하는 울음소리에 두 사람은 전율했다.

말들이었다.

"들었니?" 청년은 광기 어린 시선으로 속삭였다. "놈들이 여기 있어! 돌아온 거라고! 난 알고 있었어. 이럴 줄 알고 모든 사람들에게 말했지. 당신네들은 놈들을 막을 수 없을 거라고. 대포가 고기를 썰어놓았어…… 사방에…… 사방 천지에 널려 있었어…… 뇌 조각이 우리가 입은 군복에 들러붙었고…… 싹둑 잘린 다리…… 완전히 도살장이었어! 아니, 정육점이었어! 나는 그들에게 말했지. 사람들? 좋아요, 사람들은 중요하지 않다고 칩시다. 하지만 짐승들은요? 엉? 짐승들은요?"

기누가 볼 때 그가 이렇게 중얼거리는 소리는 피에 굶주린 짐승의 분노를 자극하는 울부짖음이나 다름없었다. 그의 말을 어떻게 들었는지 놈들은 벽 저쪽에서 더 맹렬히 긁어대기 시작했다.

"꼬마야, 가!" 청년은 목소리를 낮춰 다급하게 말했다. "서둘러! 그들이 우리에게 오고 있는 거야…… 다른 사람들의 죗값을 우리가 치러야 하는 거라고!"

십여 개의 말발굽이 맹렬하게 벽을 두드려댔다.

"가서 로지에게 전해줘. 걱정하지 말라고. 나에겐 비밀이 하나 있거든…… 잘 들어. 나는 날 줄 알아. 새들처럼 말이야…… 만일 누가 날 잡으면…… 휘익! 하고 날아가버리는 거지. 그래서 난 아무 걱정이 없단다…… 그런데 꼬마야, 너도 날 줄 아니?"

동시에 말의 발굽이 벽을 뚫고 들어왔다. 기누의 머리에서 겨우 몇 센티미터 위였다.

몇 초 후, 벽이 박살 나고, 야생의 상태로 돌아간 말들은 무너진 벽을 넘어 들어왔다. 희번덕거리는 눈, 먹잇감을 찾아 킁킁거리는 붉은 콧구멍, 커다란 상처에서 흘러나와 비단처럼 매끄러운 털을 물들인 피, 그리고 묵시록 같은 울음소리……

기누는 본능적으로 뒷걸음치다 문에 닿았다. 다음 순간 소년은 네 활개를 벌린 채 그대로 벌러덩 나자빠졌다. 문이 그의 몸에 눌려 활짝 열린 것이다. 아니면…… 누군가가 열어놓은 것일까?

기누는 황량한 복도로 뛰어나갔다. 복도 끝에 이르니 창문을 통해 손전등 불빛처럼 길게 미끄러져 들어온 달빛이 그에게 손짓하고 있었다.

11

브누아

브누아는 소파 한가운데서 몸을 쭉 펴고 자고 있었다. 빠끔히 열린 거실 문틈으로 고개를 내밀고서, 잠든 아들의 모습을 잠시 들여다보는 부모의 가슴속에는 죄의식 섞인 쾌감이 스치고 지나갔다. 그들은 아들이 유년기를 벗어나면서 지니게 된 무언가, 더이상 부모와 공유하는 것이 아닌 아들에게만 속한 무언가를 훔쳐보고 있었던 것이다. 아들은 자면서 자신도 모르게 그것을 드러내고 있었다. 언젠가 아들과 밤을 공유하게 될 누군가만이, 그를 세상에 내놓지는 않았지만 그를 사랑하게 될 어떤 여인만이 발견할 권리가 있는 그 내밀한 부분을 말이다.

아주 오래전 어느 아침, 에노가는 요람에 누워 선잠이 든 아기 브누아를 들여다보고 있었다. 아기는 그 어떤 신비한 꿈을 꾸고 있는지 수채화처럼 연한 눈썹을 찡그리고, 인형처럼 작은 두 주먹을 오므리고 있었다. 그때 그녀는 깨달았다. 언젠가 아기의 이 내밀한 동작을 자신만 독차지해 볼 수 없는 날이 오리라는 것을. 하지만 이 잔인한 예감은 곧 지워졌다. 난 이 아이의 엄마잖아! 다시 말해서 아이의 유일한 여인, 그래, 여주인공인 셈이잖아!…… 또 상황이 변한다 하더라도 그렇게 되기까진 아직 많은 시간이 남아 있는걸…… 그리고 그동안 다른 아기들도 생길 거야. 따뜻한 브리오슈 빵처럼 향긋한 냄새가 나는 목덜미들이, 내 귀를 간질여줄 은방울 같은 웃음소리들이, 꽉 깨물고 싶은 다른 포동포동한 손들과 통통한 살주름들이 생길 거야. 그때만 해도 그녀가 위대한 어미로 군림하는 그 영광스러운 시절은 영원히 끝나지 않을 것 같았다! 하지만 15년이라는 세월이 후딱 지나가버렸고, 네 아들 중 두 녀석은 벌써 어른이 다 되었다. 아직 상송은 간신히 일어서서 뒤뚱거릴 뿐이지만, 그녀는 알고 있었다. 어린아이들이 풍기는 달콤한 향기에 도취되는 여인은, 그들의 목과 허벅지에 난 작은 주름을 섬세한 손가락으로 조심스레 만져보는 그 여자 식인귀*는 얼마 후면 사라져야 한다는 사실을…… 그녀는 자신의 몸이 더이상 채워지지도, 부풀어오르지도 않고, 그 안에 누군가를 품어줄 수도 없다는 사실을 겉으로는 모르는 체했지만 이미 알고 있었다. 아이들은 이미 모두 다 빠져나가버린 것이다. 하지만 그렇다고 해서 아직 노파도 아니었

---

* 앞부분에서도 여러 번 암시되듯이 아이에 대한 어머니의 식인 욕구('꽉 깨물고 싶은 포동포동한 손' '브리오슈 빵처럼 향긋한 냄새가 나는 목덜미')를 암시하는 표현이다. 또 이 작품에서 어머니(la mère)와 바다(la mer)는 끊임없이 연결되는데, 바다는 사랑의 대상이기도 하고, 뱃사람들을 삼키는 공포의 대상이기도 하다.

고, 아이들이 집 밖으로 나가버렸다고 하여 금방 문을 닫고 싶지도 않았다. 그녀는 자신의 여성성을 완전히 포기할 수 없었다. 오히려 그 통통한 살들과 깔깔대는 웃음소리와 살주름을 만들어낸 그녀 안의 모든 것이 잠자는 숲속의 공주처럼 단지 잠시 잠들어 있는 것이기를 바랐다. 누가 알랴? 어느 날 어떤 부주의나 고장 혹은 광기로 인해 잠든 기계가 다시 깨어나, 생에는 일정한 주기가 있다는 법칙에 대해 승리를 거두게 될지.

에노가는 거기 남아서 지금 자기 아들이 어떻게 변해가고 있는지 확인하고 싶었다. 마치 먼 도시로 이사 간 친한 벗과 재회했을 때 그러하듯 아들을 살펴보면서, 지금 그가 행복한지, 여전히 의사가 되려는 마음에 빨리 어른이 되고 싶어하는지, 혹은 모든 것을 조소하게 된 그가 꼬마 때 품었던 소망까지 우습게 생각하고 있는지 알아보고 싶었다.

하지만 그녀에게는 그럴 권리가 없었고, 그녀도 이 사실을 잘 알고 있었다. 그녀는 살며시 문을 닫고 에반에게 돌아왔다. 집 안 모든 것이 잠들었고, 그날 밤 그녀는 긴장을 풀었다. 심리학자가 그녀를 안심시켜준 것이다. 그렇다! 진즉에 이렇게 해야 했다. 왜 그토록 오랫동안 스스로를 고문하고, 죄책감의 탑을 그토록 높이 쌓아만 왔을까?

절망에 빠져 있던 그녀에게 블랑샤르 의사는 하느님이 보내주신 천사나 다름없었다. 그는 빈틈없는 논리와 의학적 통계까지 동원하여 그녀의 아들들은 비정상이 아니며, 어떤 병이 있는 것도 아니라고 설명해주었다. 그가 이렇게 죄책감의 탑을 훅 하고 불자 그것은 와르르 무너져버렸다. 물론 그녀는 어머니로서의 죄책감을 부활시킬 또 다른 이유들을 찾아낼 터였다. 하지만 적어도 이날 밤만은 마음이 홀가분했으며, 집 안이 더없이 평온하게 느껴졌다. 마침내 그녀는 깊고도 달콤한 잠을 이룰 수 있었다. 만일 아이들 중 하나가 밤중에 깨어난다 해도 크게 신경 쓰지 않을 참이었다. 물론 어린 상송 녀석이 운다면 문제는 다르겠지만…… 그녀는 정신에서 몸으로 부드럽게 퍼져나가는 그 지고의 행복감을 온전히 만끽하고 싶었다.

브누아는 잠으로 통하는 경사진 통로를 미끄러져 내려갔다.

꿈속의 시간은 아침이었다. 바닷바람에 가마우지 울음소리가 실려왔고, 집 앞 커다란 너도밤나무의 적갈색 잎사귀들이 흔들렸다. 그 집은 해안가에 있는 어부들의 집이 으레 그렇듯 나지막하고 아랫부분이 배불뚝이처럼 빵빵하게 부푼 주택이었다. 현관문 앞에서 한 사내가 머뭇거리고 있었다. 이 가을날 아침의 평화로운 균형을 깨게 될까봐 망설이는 기색이었다. 울퉁불퉁하고 투박하면서도 단단하게 생긴 얼굴, 그리고 짜디짠 바람, 술, 갑판에서 부하들에게 내지르는 고함으로 점철된 대양에서의 세월에 완전히 부서져버린 목소리를 지닌 바다의 노동자였다. 이런 부류의 사람들이 느끼는 두려움이란 보통 사람들의 그것과는 성격이 좀 다르고 그들 존재의 깊은 곳에 묻혀 있는 것이라서, 그들은 웬만해서는 겁을 내지 않는다. 하지만 지금 사내는 문을 선뜻 두드리지 못하고 주저하고 있다.

브누아는 이 장면을 그 내부에서 보고 있었다. 자신은 사내의 어깨를 만질 수 있을 정도로 가까이에 있지만, 사내는 자신을 보지 못하는 그런 상황이었다.

자, 가자고! 어쨌든 끝내야 할 일이야.

사내는 마음을 다잡고 초인종을 눌렀다. 어떤 목소리가 브르타뉴 말로 노래를 흥얼대고 있었다. 초인종이 한 번 울리자 노랫소리는 죽어버렸다. 그리고 몇 초간 정적이 흐른 다음, 복도에서 발소리가 들렸고, 이어 문이 열리고 젊은 여인 하나와 그녀가 품에 안은 통통한 금발의 여자아이가 나타났다. 두 사람의 눈과 입가에는 아직도 웃음의 찌꺼기가 묻어 있었다.

방문객을 보는 순간, 여인의 얼굴은 딱딱해졌고 굳게 닫혀버렸다. 그 속도가 너무도 빨라, 브누아는 아름다운 귀부인이 순식간에 마녀로 변하는 동화를 떠올리지 않을 수 없었다.

그때부터 브누아의 마음은 지극히 불안해졌다.

브누아는 몇 걸음 뒤로 물러섰다. 뱃사람의 투박하고도 부드러운 음성이 로젠이라는 여인의 이름을 발음하는 게 들렸다. 그리고 다시 바짝 다가가, 웃는 얼굴의 여자아이가 분홍빛 고사리 손을 내밀어 사내의 수염을 잡고 위쪽으로 당기자 그녀의 어머니가 못 하게 막는 것을 보았다. 아주 가까이에 있었기 때문에 아이의 이름은 카텔이며, 이번 봄이면 만 세 살이 된다는 말을 들을 수 있었다. 또 몇 개월 전 승선식에 따라 나왔을 때는 사내의 장화에 들어갈 정도로 조그맣던 고것이 빨갛게 상기된 얼굴로 아빠의 어깨에 올라타

아빠를 자랑스러워했다는 말도 들었다. 하지만 오늘 그는 이 조그만 카텔에게 한 가지 소식을 전해야 한다. 아이가 의장艤裝하는 모습을 지켜보았던 생미셸 호가, 그 빨간 돛들이 몇 개의 점이 되어 수평선 너머로 가물가물 사라져갈 때까지 바라보았던 그 커다란 배가 제르세 섬 앞 난바다에서 태풍을 만나 게걸스러운 바다에게 삼켜졌노라고 말해주어야 한다. 아이를 어깨 위에 앉혀 세상을 위에서 내려다보게 해주던 아빠는 더이상 없다고 말해주어야 한다. 하지만 이 모든 사실을 어떻게 말해야 한단 말인가? 또 그건 사실이 아니라고, 거짓말이라고 소리치며 그를 가정 파괴자로 취급하는 여인에게 어떻게 설명해줘야 한단 말인가?

여인의 맹렬한 분노에 아이는 울음을 터뜨렸다. 사내의 면전에서 문이 거세게 닫혔다. 브누아는 제대로 숨을 쉴 수 없었다. 사내에게 말하고 싶어 가슴이 터질 것만 같았다. 거기 남아 있으라고, 그렇게 금방 돌아가지 말라고.

왜냐면 나의 앙리는 돌아올 거니까요. 우릴 버리지 않을 거라고요!

사내는 아직 문 앞에서 머뭇거리고 있었다. 자기 수염을 잡아당기던 여자아이를 생각하는 것일까? 아이의 기분 좋은 웃음소리를 떠올리는 것일까?

안 돼! 그들을 놔두고 가면 안 돼요. 조금만 기다려줘요. 브누아는 간절히 생각했다. 하지만 그의 의지력은 아무짝에도 쓸모없는 것이었다.

사내는 떠나갔다. 길을 가린 울타리 위로 키 큰 실루엣이 멀어져가는 게 보였다.

이제 브누아는 혼자였다. 단 몇 초 안에 얼굴에 자물쇠를 채워놓을 줄 아는 여인과 혼자였다. 죽음을 거짓말쟁이로 취급했던 여인, 죽음의 면전에서 문을 쾅 닫고, 울고 있는 아이를 버려두고 집 안 저쪽 끝으로 들어가 침대 옆의 서랍장을 열고, 남자 셔츠를 꺼내어 그 위에 얼굴을 묻는 여인, 있는 힘을 다해 셔츠의 냄새를 맡는 여인, 아이는 현관문 앞에서 흐느끼고 있는데 셔츠를 베개처럼 코와 입에 꼭 대고 있는 여인.

브누아는 이 베개-셔츠가 무서웠다. 그것이 지닌 강력한 힘이 무서웠다. 여인이 천에서 얼굴을 떼었을 때, 그녀의 눈빛은 변해 있었다. 이상해져 있었다.

아기가 울고 있어요. 당신은 들리지도 않나요?

침대에 앉은 그녀는 자신의 두 손을 내려다보았다. 손바닥을 펼치더니 손가락을 하나씩 펼쳐가며 유심히 관찰했다. 다시 하나씩 굽혔다가 펼치며 들여다보았다.

브누아는 이 여인에게서 눈을 뗄 수 없었다. 사실은 그냥 동정심만 느끼고 말아도 될 일이었다. 하지만 아니었다. 그녀의 무언가가 그를 미칠 듯 화나게 만들었다. 어쩌면 아기가 울고 있는데도 달려가 달래주지 않아서인지도 몰랐다.

그리고 갑자기, 그녀는 눈을 들어 브누아를 정면으로 쳐다보았다.

그는 온몸에 오싹 소름이 돋았다. 그렇게 그녀는 몇 초간 그를 쳐다보았다. 눈 하나 깜짝 않고, 입가에는 비웃는 듯한 미소까지 희미하게 머금고서. 마치 이렇게 말하는 것 같았다. 그래, 난 네가 거기 있는 거 다 알고 있어. 그렇게 투명인간이 되어 내 집에 슬그머니

들어와 엿보고 있으니 기분 좋니? 그러고도 아무 탈 없었을 줄 알았어? 정말 그렇게 생각한 거야? 자, 넌 딱 걸린 거야, 이 엉큼하고 더러운 애새끼 같으니!

그러고는 다시금 자신의 손가락을 면밀하게 관찰하는 일에 빠져들었다. 잠시 헛생각을 했나? 그녀가 그를 보는 것은 불가능하지 않은가? 지금 그는 보이지 않는 스크린의 보호를 받기 때문에 이 모든 일의 외부에 있지 않은가? 그는 이 사람들과 이들의 삶에 끼어들고 싶은 생각은 추호도 없었다. 아니다, 이 여인이 그를 보았을 리 없다. 그건 말도 안 되는 일이다.

여자아이는 복도에서 울부짖고 있었다. 너무도 서러운 모양이었다. 마침내 작은 두 다리로 일어나 머뭇거리며 복도에서 나왔다. 결국 침실에 이른 아이는 깜짝 놀란 새빨간 얼굴을 하고 침대로 다가왔다.

"오, 카텔이구나. 이리 오렴." 여인은 짐짓 가볍고도 명랑한 어조로 말한다. "자, 이리 오렴, 우리 예쁜이. 어머나, 이런! 이게 무슨 꼴이니?"

그녀는 아이를 자기 쪽으로 끌어당겨, 눈물 콧물 범벅이 되어 얼굴에 붙어 있는 곱슬곱슬한 머리카락을 하나하나 떼어주고, 베개 아래에서 손수건을 꺼내 콧물을 닦아주었다.

"이젠 끝났단다. 그 나쁜 아저씨는 아주 멀리 가버렸어. 이제 우린 아무 걱정 없어."

그녀는 이렇게 말하며 아이의 머리 위로 브누아에게 공모의 미소를 보냈다.

소년은 등골이 오싹했다.

아냐, 여자가 보고 있는 건 내가 아니야! 그냥 허공을 보며 미소 짓고 있어. 그래, 맞아, 여자는 자신의 생각에 미소 짓는 거야. 아니면…… 아니면 자기 남편 얼굴을 떠올리며 웃고 있겠지. 아니야, 그 사람이 아니야. 그는 자신의 생각을 급히 수정했다. 그 생각 자체가 너무도 무서웠기 때문이다. 하여튼 누군가에 대고 웃는 거겠지. 그게 누구든 나와는 상관없는 일이야. 하지만 여자와 나 사이엔 한쪽에서만 상대를 볼 수 있는 유리거울이 놓여 있어. 여자가 날 볼 위험은 전혀 없다고.

"그리고 말이야. 그 아저씨가 아빠에 대해서 한 말, 그건 모두가 거짓말이란다. 하나도 사실이 아니야."

금발의 여자아이는 미소를 지었다. 엄마에 대한 믿음으로 가득한 미소, 새의 심장처럼 팔딱이는 미소였다.

"자, 저길 보렴!" 여인은 창문을 가리키며 말했다. 커튼 군데군데 나 있는 흰 레이스의 투명장식을 통해 희미한 빛 몇 가닥이 새어들어왔다. "날씨가 화창한 모양이야…… 그리고 날씨가 화창하면, 엄마가 우리 예쁜이를 밖에 데려가야겠지. 어때, 나가고 싶니?"

아이는 신이 나서 고개를 끄덕였다.

여인은 아이의 곱슬머리를 정성껏 빗질하여, 햇빛에 반짝이는 유연하고도 매끄러운 금실처럼 만들었다. 다음에는 그녀가 코바늘로 직접 짠, 머리와 어깨를 함께 덮을 수 있는 팥죽색의 조그만 숄을 입혀주었다. 숄 아래로 머리카락이 몇 가닥 빠져나와 눈 위에서 춤을 추고 속눈썹을 간질이기도 했다. 여인은 거친 모피로 된 스톨로 아이의 어깨를 다시 한번 덮어주었다. 그리고 모녀는 햇빛 아래로 나왔다. 태양이 안개 밖으로 빠져나오는 순간 그네들의 몸은 가볍게 휘청거렸고, 눈은 부신 듯 깜박거렸다. 그렇게 찬란한 빛 속에서 눈이 멀어버린 여인과 아이, 그네들은 눈부시게 아름다웠다!

어디선가 불어온 한 줄기 훈훈한 바람이 그네들의 몸을 간질여주었으며, 바닷가로 통하는 흙길을 걸을 때도 호위해주듯 내내 따라왔다.

도중에 그네는 해안을 따라 꼬불꼬불 이어진 세관원 오솔길로 접어들었다. '엄지 꼬마'가 걸었다는 길만큼이나 변덕스런 길이었다*. 길가에는 말라붙은 오디 열매가 달린 관목들이 바다를 가리고 있었다.

브누아는 마치 자력에 이끌리듯 그들을 따라갔다. 왜 그냥 발길을 돌리지 않는가? 왜 기어코 이들을 뒤쫓고 있는가? 그건 이 이야기의 마지막 단어를 알고 싶기 때문이었다.

하지만 만일 그녀가 몸을 돌린다면?

그런 일은 일어나지 않을 것이다.

아이가 발이 아프다고 칭얼대자, 어머니는 아이를 안아 들고 남은 길을 계속 갔다. 오솔길이 끝나고 모래사장이 나타났다. 발을 딛으면 피해 도망가는 곱디고운 크림색 모래의 언덕이 펼쳐진 곳이었다.

---

* 엄지 꼬마는 샤를 페로의 동화의 주인공이다. 엄지 꼬마의 부모는 생활고에 시달려 그를 포함한 7형제를 숲에 버리고 오지만, 미리 흰 조약돌을 뿌려놓은 엄지 꼬마 덕분에 모두 집에 돌아올 수 있었다. 여기서 '변덕'이란 어미의 부드러움과 잔혹성의 양면을 의미하는 것이다.

"자, 카텔, 보렴." 여인은 아이의 볼에 얼굴을 갖다 대면서 속삭였다. "얼마나 아름다운지 한번 보렴."

고운 밀가루 같은 모래사장이 해변을 따라 길게 펼쳐지며 물속에 몸을 담그고 파도의 애무를 기다리고 있었다. 과연 파도들은 줄지어 밀려와 차례로 모래를 핥으며 끝없는 욕구를 채워나갔다. 그리고 성벽처럼 우뚝 선 절벽에서부터 저기 섬들에 이르기까지, 아니, 더 멀리 저기 수평선까지, 에메랄드빛으로 번득이는 바닷물이, 검고 푸른 해초와 허연 잔거품이 뒤섞인 바닷물이 끝없이 펼쳐져 있었다. 그리고 그 위에 까불대는 수천의 파도들은 이글거리는 태양 아래 동시에 윙크를 던지고 있었다. 그렇게 밀물이 차오는 바다는 휘황하게 반짝이고 있었다.

"예쁘다! 예쁘다!" 여자아이는 손뼉을 치면서 연신 소리쳤다.

아이는 모래 위에 뛰어내리려고 엄마의 품에서 빠져나오려 했다. 하지만 아이를 꽉 잡은 팔은 놓아주지 않았고, 오히려 아이의 통통한 다리를 더욱 세게 붙잡았다. 다시 한번 브누아는 가슴이 답답해져오는 것을 느꼈다.

이상한 일이다. 갑자기 그는 단순한 구경꾼으로서가 아니라 거기, 그녀들과 함께 있다. 발가락 사이의 모래의 감촉과 얼굴에 부딪는 해풍이 느껴졌고, 집채만 한 파도가 부서지는 소리에 장단 맞추듯 가끔씩 끼룩대는 갈매기 소리에 귀를 기울이고 있다. 그는 모녀에게서 불과 몇 미터 떨어진 곳에 서 있다. 그의 모습은 정말 보이지 않는 걸까?

그는 그러기를 바라는 마음이다. 이 여인이 자기에게 말을 걸까봐 두렵다. 대체 무슨 대답을 해야 한단 말인가? 아이의 작은 종아리를 피가 날 정도로 움켜쥔 여인의 희고 긴 손을 보고 있으려니 문득 눈앞에 어떤 얼음덩어리가 보인다. 더 정확히는 금이 가기 시작한 빙판이다. 아니, 수면 아래로는 무수한 잔금의 가지가 재빠르고도 가차 없이 퍼져나가는, 속으로는 이미 산산조각이 나 있는 빙판이다.

아이는 벗어나려고 한다. 아이는 웃으며 몸을 약간 뒤틀기까지 한다. 뒷다리가 잡혀서 몸부림치는 어린 양의 모습이다.

"카텔, 진정해라. 착하지, 나의 작은 새." 낮고 허스키한 목소리가 속삭인다.

여인은 긴 드레스를 입은 채로 바다를 향해 나아간다. 시선은 꿈에 취한 듯 몽롱하고, 축축한 모래 위에는 켄타우로스의 그것 같은 발자국을 남긴다. 아이는 그녀의 목에 꼭 매달리면서도 넘실대는 바닷물 쪽으로, 그 붙잡을 수 없는 짐승 쪽으로 몸을 굽혀본다. 바다, 그것은 더러운 것이다. 위험한 것이다. 그리고 아이는 너무 작다. 너무도 작아서 그의 호주머니 속에 넣어 이 세상 끝으로, 얼음과 길 잃은 배만이 있다는 그 나라로 데려갈 수 있을 정도다. 브누아는 모래사장 위에 서서 모녀에게서 시선을 떼지 않는다. 바로 옆에 바다가 있기 때문에 너무도 불안하다.

이제 모녀는 물 바로 옆에 있다. 브누아 쪽에서는 45도 각도로 보이는 어머니의 타원형 얼굴은 고대 석상처럼 평온하다. 석질의 눈은 깜빡이지도 않고 파도가 하얀 포말을 내며 부서지는 곳을 무심히 바라보고 있다. 통통한 두 팔은 역시 통통한 아이의 몸을 감싸 안았고, 아이의 치마는 걷어올려져 무릎을 드러내고 있다.

그녀는 물속에 들어가고, 브누아의 심장은 미친 듯 고동친다.

인마! 너, 뭘 기다리고 있어?

그녀는 아이의 엄마잖아. 어련히 알아서 아기를 잘 보살펴주겠지. 괜히 끼어들어서 당신 지금 잘못하고 있다고 말할 수는 없는 노릇이잖아?

…… 그럼 나한테 한번 말해봐. 너 정말 저 여자를 믿는 거냐?

……

그렇다면 뭘 기다리는 거지?

브누아는 여인에게 물러서라고 소리치고 싶었다. 그녀에게 권총을 겨누고 아이를 모래 위에 올려놓으라고 명령하고 싶었다. 예, 천천히…… 그렇게요! 이젠 천천히 집으로 돌아가는 거예요. 아니, 그보다는 다른 곳이 좋겠어요. 이웃집이나 친구 혹은 친척 집이 좋겠어요. 당신이 그렇게 돌 같은 눈과 강철 같은 손을 하고 있는 한, 당신과 이 아이 둘만 놔둘 수는 없으니까요. 아시겠어요?

하지만 그는 그렇게 하지 못했다. 온몸이 마비되어 있었다.

이제 여인의 몸은 허리까지 물에 잠겼다. 모녀 주위의 물결이 흥분하여 끓어오르며, 그 짜디짠 혓바닥으로 아이의 발을 핥아댄다.

보이지 않은 붉은 선의 이편에 서 있는 소년은 숨을 멈추고 기다린다. 이제 심장은 아주 화가 나 있다. 정맥 속에서 뜨겁게 고동치는 분노는 뜨거운 피가 한 번 뛸 때마다 '비겁한 놈!'을 연호한다.

넌 그녀가 그짓을 할 거란 걸 알아. 그녀가 결국 할 거란 걸 안다고! 너는 그걸 알고 있어, 이 나쁜 놈! 만일 그녀가 그 끔찍한 짓을 하도록 내버려둔다면, 앞으로 네가 어디를 가든 너를 따라다니겠어!

하지만 만일 내가 잘못 생각하고 있는 거라면? 브누아가 겁에 질려 대답한다. 조금만, 조금만 더 기다려보자…… 조금만 더, 아주 조금만 더 기다려보자고……

비겁한 놈! 비겁한 놈! 비겁한 놈!…… 심장의 판막들은 더이상 듣고 싶지 않다는 듯 내뱉어낸다.

두려움과 기쁨이 교차하는 표정으로 아이는 엄마에게 매달린다. 여인은 아이의 핑크빛 허벅지에서 손을 떼어 아이의 머리 위에 얹는다. 소금기 있는 진흙물에 젖은 손, 길고 창백한 해초가 걸려 있는 손이다. 그녀는 아이의 머리카락을 부드럽게 쓰다듬으며 물로 적셔준다. 차가운 모래톱 위에 서 있는 브누아는 어떤 세례식이 생각난다. 정말이지 기묘하기 짝이 없는 세례식 광경이다. 여기서 멀리 떨어진 어느 곳에—어디서 그 이미지들을 보았던가?—황홀경에 빠진 남자들과 여자들이 보인다. 이 남자와 여자 들은 격렬하게 흐르는 강물에 몸을 담근다. 열광적인 노래와 춤 가운데서, 수영할 줄 아는 것을 비웃으며, 신과의 근접성으로 인해 반쯤 미쳐버린 상태에서 그들의 몸을 격렬히 요동치는 대하에 담근다. 물의 격렬함 속에서 하늘을 찾고, 죽음 속에서 탄생을 찾는 원초적이고도 야성적인 어떤 의식이다.

불처럼 쓰라린 소금물이 눈 안에 흘러 들어가자 아이는 마침내 울음을 터뜨린다. 엄마 뱃속에서 나올 때만큼이나 거세게 울어댄다. 아이의 작고 빨간 얼굴은 두려움과 믿기지 않는 마음, 그리고 분노로 일그러진다. 이 심술쟁이 물! 엄마는 나한테 왜 이러는 거야?

이때, 여인이 고개를 들어 (말도 안 돼!) 브누아를 똑바로 쳐다본

다. 그녀는 어린 딸의 이마에 물을 부어대면서 잘 아는 사이인 듯
한 표정으로 소년을 훑어본다. 그녀가 입술을 움직이지 않고도 그
에게 하는 말이 들린다.

자, 이제 어떡할 거니? 내가 끝까지 행동하도록 놔둘 거니? 그냥 보고
만 있을 거야? 그렇게 자신 있어? 내 계획을 끝까지 실행할 때까지 손가
락 하나 까딱 않고 그렇게 가만히 있을 거냐고!

브누아는 움직이고 싶다. 그녀의 시선은 불처럼 쓰라리고, 이 쓰
라린 상처를 달랠 길은 오직 하나, 심장의 명령에 복종하여 여인을
멈추게 하는 것뿐이다. 그렇지 않으면 심장은 그에게서 떨어져나
갈 것이고, 혼자 미친 듯이 날뛰다가 결국에는 폭발해버릴 것이다.
하지만 두 다리는 천근같이 무거워 그의 의지에 복종하지 않는다.
그는 어마어마한 노력 끝에 겨우 한 발을 내딛고, 다시 한 발을 내
딛는다. 이제 군침을 흘리기 시작하는 바다는 발밑의 흙을 삼켜 그
를 비틀거리게 만든다.

차갑게 후려치는 파도 속에서 강철 같은 여인의 손아귀는 어머
니의 사랑으로 가득 찼고, 왼손으로는 아이의 고동치는 허벅지를
움켜쥐고, 오른손으로는 국자처럼 바닷물을 떠서 곱슬곱슬한 금발
위에 끼얹는다. 그리하여 물은 아이의 벌어진 입속으로 흘러 들어
가 흐느낌을 틀어막고 눈물 자국을 지워버린다. 엄마는 나의 사랑스
런 아기, 나의 예쁜 아기, 나의 소중한 아기라는 말을 반복하고, 그녀
의 얼굴은 미소로 눈부시게 빛난다. 펜던트에 새겨진, 아기를 안은
성모의 모습이다.

괜찮다, 우리 아가. 괜찮아. 이젠 거의 다 끝났어.

엄마는 왼손으로 아이의 목덜미 아래를 받쳐들고, 두 팔로 아이의 몸을 안아 들고 어르듯 기울여 그대로 물속에 담그려 한다.

"안 돼요!!! 멈춰요!"

브누아는 목구멍이 쓰라리고 가슴이 아파올 정도로 울부짖었다. 하지만 그의 입에서 새어 나온 소리는 토끼 울음처럼 미약했고, 그나마도 바닷새의 울음소리에 묻혀버렸다.

그녀는 그의 말을 듣지 않는다. 그녀는 고개를 쳐든다. 그녀의 두 눈에서는 번쩍, 섬광이 지나간다. 브누아의 외침은 즉시 속으로 기어 들어간다.

넌 날 막지 못해. 내 사랑의 힘 앞에 넌 고개를 숙이고 말지. 맞아, 그렇게 하는 거야.

이제 바닷물이 무릎까지 차오른 브누아는 애원하며 흐느낀다. 그는 그녀에게서 불과 몇 미터 떨어진 곳에 있다. 흐물흐물 녹아버린 몸과 미친 듯이 뛰어대는 심장 속에 갇혀 있다. 움직이는 것이 너무도 힘들다. 몸은 수천 조각으로 분해되고, 동작은 수천 배로 느려진 것 같다.

엄마는 아이를 요동치는 물속에 집어넣고 꽉 붙잡아 일렁이는 수면 아래 머물게 한다. 그렇게 그녀는 아이를 세상으로부터 보호하고, 고통과 금이 간 얼음으로부터 구원하려 한다. 자신의 행동의 의미를 잘 알고 있기에 아이를 그렇게 붙잡고 있다.

그런데 이게 웬일인가! 그녀가 물속에서 붙잡고 있는 것은 금발이 아니라 붉은 머리다!

손의 압력이 조금 약해지자 캑캑거리는 희생자의 얼굴이 짧은 순간 수면 밖으로 올라온다. 그 얼굴을 본 브누아는 소리를 질렀고, 격한 공포는 그를 꿈에서 난폭하게 끌어내어 헐떡이는 몸뚱이를 침대에 던져놓는다.

기누! 기누! 기누! 기누! 기누!

브누아는 흐트러진 침대에 잠시 동안 넋을 잃고 누워 있었다. 그러고는 간신히 몸을 돌려, 불을 켰다고 뤼네르가 투덜거리리라 예상하며 머리맡 스탠드를 켰다. 하지만 뤼네르는 아직 들어오지 않았다. 브누아는 침대 시트를 유심히 들여다보았다. 자기가 누웠던 자리에는 몸이 눌린 자국이 길바닥에 분필로 그려놓은 시체의 윤곽처럼 선연히 새겨져 있었다. 그는 갑자기 벌떡 일어났다. 악마의 그림자가 다가와 귀에다 속닥속닥 무언가를 알려준 듯 경악한 모습이었다. 그는 슬리퍼도 신지 않은 맨발로 기누의 방으로 달려갔다. 두 다리가 다시금 자신의 의지에 복종한다는 사실에 안도하며 복도 끝에 있는 구석방으로 달려갔다.

침대에 널려 있던 것, 그건 바로 푸르스름한 해초 줄기가 아니던가?

그것은 분명히 거기 있었다. 하지만 잠시 후, 바닷물과 두려움에서 겨우 벗어난 정신으로 방에 돌아왔을 때도 여전히 거기에 있을까? 만일 거기 있다면 숨을 거두는 약혼녀처럼 그의 손가락을 꼭 쥐고 있는 그 가는 줄을 살며시 풀어 처리해버려야 하겠지. 예전에도 어머니가 침대 시트를 갈다가 그것을 발견하고 부들부들 떨게 될까봐 그랬듯이 말이다.

브누아는 복도를 뛰어간다. 그는 알고 있다. 문을 열기도 전에 미리 알고 있다. 뤼네르의 침대처럼 기누의 침대는 텅 비어 있다.

하느님은 그의 소원 중 어느 것도 들어주시지 않은 것이다. 기누의 침실에는 천사의 깃털 하나 보이지 않는다.

무엇보다도 빨리 기누를 찾아야 한다. 옛적의 긴 치마 입은 미친 여인이 기누의 목덜미를 움켜쥐고 그 저주 받은 해안의 내포로 끌고 가, 파도 아래로 밀어 넣어 익사시키기 전에 찾아내야 한다. 하지만 늦기 전에 도착할 수 있을까? 또 에메랄드 해안*은 얼마나 길고도 구불구불한가? 무수한 절벽과 해변과 내포가 끝없이 이어지는 그곳에서 아이를 찾는다는 것은 건초더미에서 바늘을 찾는 일과 다름없지 않은가? 그는 결코 동생을 찾아내지 못할 것이다.

……잠깐만, 잠깐만! 그런데 너 정말로 꿈속에서 튀어나온 미친 여자가 네 동생을 죽일 거라고 생각하는 거냐?

브누아는 더이상 어떻게 생각해야 할지 알 수 없다. 더욱이 이럴 때 그의 의식에 안도감을 주던 보름달마저 지금은 보이지 않는다.

그는 1층에서 자고 있을 부모님을 깨우지 않으려 살금살금 돌아다니며 2층을 샅샅이 뒤졌다. 기누와 뤼네르가 침대에 돌아와 있지 않는 한, 부모님을 이 일에 끌어들이지 않는 편이 낫다. 2층의 방은 모두 비어 있다. 곰돌이 인형을 끌어안고 입을 벌린 채 가볍게 코를 골며 자고 있는 상송의 방을 제외하고는.

1층으로 내려가기 전에 브누아는 옷장에서 스웨터를 한 벌 꺼내들고 농구화도 신었다. 그 바보 같은 녀석을 찾으러 좁은 시골길과 세관원 오솔길이 만나는 장소 너머에까지 가게 될 수도 있기 때문

---

* 브르타뉴의 프레헬 곶과 캉칼 사이에 펼쳐진 해안. 바다 빛이 에메랄드처럼 연한 청록색이라고 하여 붙여진 이름.

이다. 뤼네르가 침대 매트리스 밑에다 숨겨놓은 손전등까지 슬쩍할 필요는 없었다. 밤이 몹시도 밝기에.

창문은 모두 쇠창살로 막혀 있었다. 기누는 뒤쪽에서 나는 말 울음소리를 들었다. 말들이 그의 냄새를 맡고 쫓아오고 있었다. 오른편에는 어둠의 입처럼 아래로 내려가는 계단 하나가 보였다. 소년은 망설였다. 그 안으로 들어갔다가는 감시원들에게 걸릴 위험이 있었다. 말 안 듣는 환자들을 꽁꽁 묶어 그들의 우두머리에게, 광인들의 감옥의 우두머리에게 끌고 간다는 그 눈멀고 귀먹은 인간들과 마주치는 것이 두려웠다. 몸이 부르르 떨렸다. 침대 밑에 숨어서 착하게 굴겠다고 울부짖는 그 청년의 영상이 다시금 떠올랐기 때문이다.

그런데 꼬마야, 너도 날 줄 아니?

그는 멈춰 섰다. 심장은 미친 듯이 뛰고 있었다. 가만, 내가 날 줄 알았던가? 어쩌면 배웠는지도 모르지. 자, 한번 생각해보자. 어떻게 해야 하지? 우선 머리를 숙이고…… 조금, 아주 조금 숙이고…… 두 팔을 최대한으로 펼친다, 글라이더처럼. 그러고는 바람에 몸을 기댄다. 바람을 이용하여 몸의 균형을 잡고, 팔과 다리의 움직임을 조정한다……

그래! 새들이라고 별 거 있어? 다만 이렇게 할 뿐이야.

아래층 방에서 광인들의 울부짖음이 올라온다. 복도 모퉁이를 돌아서는 순간, 그는 뒤따라오는 말발굽 소리를 들었다.

그들이 가까워오고 있어! 서둘러야 해!

두번째 복도까지 빠져나온 소년은 숨이 턱에 차도록 달렸다. 이제 접어든 곳은 아까보다 훨씬 넓고 긴 복도였다. 그리고 그 얼음처럼 썰렁한 복도 끝에 쇠창살 없는 창문이 하나 있었다.

자, 빨리 달려! 이런 젠장, 빨리 좀 달리라고!

여러 해 동안 쌓인 먼지에 창틀이 메워져버린 것인지 좀처럼 말을 듣지 않는 창문을 기누는 애타게 흔들어댔다. 결국 창문짝은 애절한 신음 소리를 내며 열렸다.

그는 재빨리 주위를 둘러본 다음, 창문턱을 밟고 올라섰다.

발밑 아래, 수 미터나 되는 허공 아래, 어둠에 잠긴 정원이 내려다 보였다. 그는 현기증을 느끼면서 뒤로 물러섰다.

브누아는 아래층으로 내려갔다. 부엌과 거실과 세탁실을 뒤졌다. 심지어는 어머니가 세상의 종말을 대비하여 우유통이며 시리얼 상자, 통조림, 가스통 등을 쟁여놓은 구석진 찬방까지 들여다보았다. 그렇게 돌아다녔지만 마루 널판 소리는 전혀 나지 않았다. 자신이 밤늦게 깨어 있다는 사실을 숨기기 위해 오랜 경험을 통하여 발레리나처럼 조심스럽게 걷는 방법을 터득한 덕분이다. 처음에는 실패도 많이 했지만 지금은 완벽한 경지에 올랐다. 바보 같은 기누 녀석은 집 안 어디에도 없었다. 뤼네르 녀석도 여전히 감감무소식이고.

브누아는 현관문을 한 치 한 치 조심스럽게 열었다. 이 섬세한 작업이 끝나자, 돌쩌귀가 우는 소리를 피하고자 홱 하고 한 방에 열었다. 그러고는 달아나듯 정원으로 뛰쳐나갔다.

밝은 밤이었다. 브누아는 정원에 깔아놓은 포석 위에 서서 환한 밤하늘을 올려다보았다. 아무리 찾아봐도 '젖의 길'이라 부르는 은하수는 보이지 않았다. '수레의 별들'*과 '목동의 별'** 역시 보일 듯 말 듯 희미하게 깜빡이고 있었다. 얼마 후면 별똥별의 계절이 돌아오리라. 그가 대문 앞 아스팔트 길이 시작되는 곳에 눈길을 던지며 정원을 돌고 있을 때, 이슬 머금은 풀들이 발목을 적셨다. 기누는 그네에도 없었고, 관목 울타리 구석에 숨어 있지도 않았다. 자전거를 세워놓은 뒤쪽 창고에도 없었다.

막막한 심정이 된 브누아는 집 안에 들어가려 몸을 돌렸다. 이 밤중에 기누를 찾아 혼자 떠난다는 것은 아무래도 무리인 듯싶었다. 그는 부모님 침실 창문에 눈길을 던졌다. 불이 전부 꺼져 있었다.

그의 시선은 무심코 늙은 호두나무의 윤곽을 훑으며 따라 올라갔다. 나무는 그 어느 때보다도 높아 보였다. 꼭대기의 가지들은 지붕까지 닿을 기세였다. 아빠가 마침내 결단을 내리지만 않는다면……

그의 생각은 도중에 부서져버렸다.

다락방 창문이 활짝 열려 있었다. 거기에 기누가 보였다. 그 바보 같은 녀석은 이미 난간을 넘어서서 뛰어내릴 준비를 하고 있었다.

이런, 제기랄!

---

* 북두칠성.
** 금성.

브누아는 호두나무 쪽으로 달려갔다.

"기누!" 브누아가 속삭였다.

바보 같은 녀석은 들은 척도 안 했다. 기누는 꼼짝도 않고 아래만 내려다보고 있었다. 뛰어내릴까 말까 망설이는 사람처럼.

"기누! 이런 빌어먹을! 당장 멈추지 못해?……" 그는 목소리를 약간 높여 위협해보았다.

아이는 허공에 몸을 굽히고 가만히 있었다. 커다랗게 뜬 눈은 아무것도 보지 못하면서 무언가를 응시하는 장님의 눈 같았다.

젠장! 자고 있잖아! 몽유병이잖아! 브누아는 퍼뜩 깨달았다.

그 순간 어린 동생이 한쪽 다리를 허공에 올려놓았다.

뛰어내리려고 해! 정말로 뛰어내리려고 해! 안 돼, 안 돼, 안 돼!

"기누!!!" 브누아는 울부짖었다. "멈춰!!!"

그의 울부짖음은 나사못처럼 적막한 밤을 뚫고 들어갔고, 엽총의 난폭한 총성처럼 기누를 깨웠다.

아이는 소스라쳤고, 안구에서 빠져나올 듯 눈을 크게 뜨고는 사시나무처럼 떨기 시작했다. 기누는 초점 잃은 시선으로 몇 초 동안 형의 모습을 붙잡으려 애를 쓰는 것 같았지만, 결국 그 위태로운 균형마저 잃어버리고 허공으로 기울어졌다.

브누아는 떨어진 아이의 몸 쪽으로 달려갔다. 아무것도 아닌 그 몸, 베개를 채우는 깃털만큼이나 가벼운 그 몸, 그윽한 공기 속에서 날아올랐다가 살며시 땅 위에 내려서야 했건만 너무 빨리, 너무도 빨리 떨어져버린 그 몸 위로 몸을 굽혔다. 바보 같은 녀석의 심장은 이미 멈춰 있었다.

12

카르덱

축축한 동굴 밑바닥, 돌덩이에 파인 우묵한 공간에 누운 뤼네르는 살짝 잠이 들었다. 바위 요람이 그를 보호해주었다. 다른 아이였더라면 파이프 주인이 돌아올까봐 떨고 있었으리라. 하지만 뤼네르는 상상 속에서 브누아 형을 바로 옆으로 불러올 수 있었다. 그리고 위에서는 수호천사처럼 포근한 별빛이 그를 잠재우려 요람을 살며시 흔들어주었다.

그는 잠이 들었다.

잠시 방심한 탓일까? 소년은 곧 꿈속으로 떨어져버렸다.

난바다의 차가운 바람이 그를 몽롱한 상태에서 끌어냈다. 보트에 선 그는 균형을 잃지 않으려 조심하면서 하늘을 향해 눈을 들고 별들을 찾아보았으나 허사였다. 측량할 수 없이 깊고 어두운 밤이었다. 배腹 밑에 반쯤 꺼진 호롱불을 숨긴 검은 호수인 양, 수면은 희미하게 빛나고 있었다.

내가 여기서 뭘 하고 있지?

그때, 엄마의 얼굴이 실물보다 큰 크기로 그에게 나타났다. 하늘이 비쳐 보이는 반투명한 그림자로, 엄청난 크기로 확대되어 공중에 걸려 있었다. 엄마의 표정은 화가 나 있는 것 같기도 했고, 걱정하고 있는 것 같기도 했다. 슬퍼 보이는 엄마의 입은 무언가를 말하고 있었다. 아무 소리 없는 텅 빈 말이었지만 그는 이런 뜻임을 알 수 있었다.

"언제까지 그렇게 제멋대로 하면서 살 거니? 그렇게 아무 말도 없이 먼 곳에 가버리면 어떡해? 그런 짓 하는 아이들은 다시는 집에 돌아오지 못한다. 알고 있니? 길을 잃고 나쁜 사람들을 만나게 돼. 아이들은 그제야 후회하지만, 그때는 이미 늦은 거야. 알겠니? 너무 늦은 거라고……"

엄마의 얼굴은 적막에 싸인 어둠에 자리를 물려주고 지워져버렸다. 엄마 말씀이 옳았다. 그는 어처구니없는 곤경에 빠져버린 것이다. 하늘은 곤충이 빠져 죽는 잉크와도 흡사한 빛이었다. 또 발밑에서 들숨과 날숨을 계속하는 바다는 불명확한 윤곽의 참을성 있고도 위험한 짐승과도 같았다.

도움을 청할 곳은 아무 데도 없었다.

이렇게 넌 벌을 받는 거야.

홀연, 그 배가 거기 있었다. 그 거대한 선체가 보트 옆에 떠 있었다. 높이가 각기 다른 세 개의 돛대는 총검처럼 하늘을 찔렀고, 바람 한 점 없건만 무거운 돛들은 허공에 활짝 펼쳐져 있었다.

뤼네르의 폐는 다시 펴졌다.

살았다.

이 배는 그를 위해 여기 있는 것이다. 비록 승무원은 한 사람도 없는 것 같지만, 죽음의 냄새를 항적航跡처럼 풍기고 있지만, 그와 같은 편인 것이다.

몇 분 후, 세돛대범선은 보트 옆으로 바짝 다가왔다. 홀리는 듯한 우아함으로 움직이는 범선의 뱃머리에는 바닷물에 퇴색된 '마리 루이즈'라는 글자가 씌어 있었다.

도망가! 이 멍청아, 도망가! 더 늦기 전에 도망가라고!

이제 배는 너무도 가까이에 있어 잔물결 하나만 일어도 보트가 범선의 나무 뱃전에 부딪힐 정도였다. 하지만 수면은 긴 떨림으로만 흔들리고 있을 뿐이었다.

긴 밧줄사다리가 뱃전을 타고 내려왔고, 그 첫번째 막대가 요란한 소리를 내며 보트 안에 떨어졌다.

하지 마! 올라가지 마! 제발!

그는 망설였다.

빨리 내빼라고!

그는 올라가고 있었다. 아래는 내려다보지 않으려고 애썼다. 그래! 적어도 난 오르페우스*보다는 똑똑하니까……

배 위에 올라와보니, 갑판은 연극무대의 마룻바닥처럼 희뿌연

---

* 그리스 신화에 나오는 목동 오르페우스는 죽은 연인 에우리디케를 구하러 지옥에 내려간다. 그리고 뒤를 돌아보지 않는다는 조건으로 연인과 함께 지옥을 빠져나오게 되었지만, 마지막 순간에 약속을 어겨 에우리디케는 다시 지옥에 떨어진다.

빛에 잠겨 있었다.

온통 헝클어진 머리에 거대한 두 다리로 버티고 서 있는 그 적갈색의 악마 카르덱은 고약한 미소를 지으며 곁눈으로 뤼네르를 살펴보았다.

소년은 그에게 주의를 기울이지 않았다. 또 배 한구석에 모여 있는 그 느릿느릿한 무리를 쳐다보지도 않았다. 아니, 더 정확히 말하자면 그들이 시야에 들어왔지만 보려 하지 않았다. 그 순간 너무 놀라 심장이 가슴 밖으로 튀어나올 지경이었기 때문이다. 검은 방수복을 걸친 조그만 실루엣 하나가 윗갑판 난간에 팔꿈치를 기대고 강아지같이 까맣고 순진한 눈으로 머나먼 수평선을 바라보는 모습을 발견한 것이다.

안 돼!

기누가 이 갑판 위에 있다니, 말도 안 돼.

이럴 수는 없어!

카르덱의 미소는 피처럼 시뻘건 잇몸을 드러내며 크게 벌어졌다.

"자, 꼬마야! 새로 들어온 우리 꼬마 선원한테 인사 안 해?"

뤼네르는 현기증 나는 우물 속으로 빨려 들어가는 느낌이었다. 두 귀에서는 쐐 하고 피가 끓어올랐다.

"지금은 1년 중 파도가 가장 높고 바람도 거센 시기야. 그래서 내 부하들이 눈코 뜰 새 없이 바쁜 때지." 선장이 설명했다. "꼬마 선원 하나가 꼭 필요한 참이었거든. 그런데 글쎄 저 쬐끄만 녀석이 자길 써달라며 나타난 거야. 허참, 얼마나 기가 막히고도 신나던지!"

꼬마야, 오늘 밤은 죽은 놈들이 어슬렁거리는 밤이야!

머릿속 한구석에서 견딜 수 없는 그 목소리가 속삭여왔다.

너, 이 녀석 알고 있지?

녀석들이 갑판 바닥을 얼마나 시끄럽게 긁어대는지 알고 있지?

"그런데 꼬마야." 카르텍은 한쪽 눈을 찡긋하며 말을 이었다. "오늘 밤은 아주 조용하군, 그렇지? 우리 건배하는 게 어때? 저 밑에 있는 녀석들을 위해서 말이야."

"안 돼!!!" 뤼네르는 울부짖었고, 몇 초 동안 메아리치며 공기를 전율시킨 자신의 비명 소리에 얼어붙었다.

느릿느릿한 무리 역시 메아리에 닿은 듯 파르르 떨었고, 조그만 실루엣은 난간에서 몸을 떼고 뤼네르 쪽으로 돌아섰다. 끔찍하게도 창백하고 수척한 얼굴의 기누가 마침내 그를 쳐다보았고, 뤼네르를 알아보는 듯한 눈빛이 잠시 스쳐 지나갔다.

카르텍은 유감스럽다는 듯한 표정으로 뤼네르를 바라보며 말했다.

"왜 그래? 꼬마야, 진정해. 우린 다 한 가족인데 왜 그러니?"

한 가족……

어떤 이미지 하나가 덮쳐들어 뤼네르를 삼켜버렸다. 끈적이는 검붉은 액체에 잠겨, 널브러진 마리오네트처럼 해체된 사지로 서로를 얼싸안듯 뒤얽혀 있는 세 개의 시체. 눈은 감겼고, 반쯤 벌린 입에서는 갈색 시럽이 한 줄기 흘러내리는 세 개의 얼굴. 반투명한 해초들이 너울대는 뿌연 물속에서 기괴한 자세로 서로를 포옹하고 있는 힘없는 시체들. 바로 그의 세 형제들이었다……

저 밑바닥에 곤죽이 되어 쌓여 있지. 다 같이 뒤섞여 있어. 그다지 볼 만한 꼴은 아냐.

이미지는 그를 다시 난폭하게 뱉어냈다.

이때, 찢어지는 듯한 비명이 갑판 아래에서 올라왔다. 뤼네르는 온몸의 피부가 곤두서는 것을 느꼈다. 본능적으로 그는 눈으로 기누를 찾았고, 순수한 공포에 사로잡힌 어린 동생의 시선과 마주쳤다. 몇 초 동안 그들의 시선은 서로를 찾는 두 손처럼 공중에서 서로 얽혔다.

"어럽쇼! 네 녀석이 아벨을 깨워버렸어!" 선장은 싱글거리며 소리쳤다.

그는 장화로 갑판 바닥을 쿵쿵쿵 굴렀다.

"아가리 닥쳐! 시끄럽단 말이야!"

그는 웃음을 터뜨렸다.

"잠을 잘 못 잔 모양이야. 배가 많이 흔들리잖아. 하여간에 약해 빠진 녀석이야. 계집애처럼 섬약하지……"

뤼네르는 비명을 지르려 입을 둥글게 벌렸다.

그의 뇌 속에서 또 하나의 이미지가 해일처럼 밀려왔다.

입에 거품을 물고 미처 날뛰는 여섯 마리의 개, 너무 말라 뼈와 가죽만 남았고 눈에는 시뻘겋게 핏발이 선 여섯 마리의 개가 수염 난 사내에게 달려들고 있었다. 너무도 쇠약해서 제대로 앉아 있을 수조차 없는 여위고 창백한 사내였다. 개들은 그 강력한 송곳니로 그의 사지를 발기발기 찢어댔고, 사내는 찢어질 듯 새된 소리로 울부짖었다. 너무도 절망적으로 토해진 나머지 그대로 몸에서 끊어져버린 것 같은 비명이었다.

비명 소리는 계속 이어졌다.

"모르방!" 카르덱이 외쳤다. 그의 목소리는 해부용 메스처럼 공기를 갈랐다.

꼬마야, 오늘 밤은 죽은 놈들이 돌아다니는 밤이야. 놈들은…… 잔뜩 성이 나 있지…… 저 소리 들리지?

한순간, 아무것도 움직이지 않았다. 사람도, 숨결도, 속눈썹도.

껑충한 실루엣, 모르방이 손을 뻗으면 닿을 정도로 가까이 다가왔다. 하지만 그래서는 안 될 일이었다. 안 된다.

맞아. 그건 전염되는 거거든.

마치 불에 델까봐 겁내는 아이처럼 뤼네르는 모르방에게서 떨어져 동생을 향해 한 걸음 다가섰다. 그를 자기 쪽으로 데려와 보호해주려고.

"오, 안 돼. 그 녀석도 닿으면 안 되는 몸이 되었어." 카르덱이 경고했고, 그 차가운 금속성의 음성은 뤼네르를 딱 멈추게 했다.

뤼네르는 지금 자신이 잘못 들었기를 간절히 바라며 기누를 쳐다보았다. 하지만 꼬마의 얼굴에는 텅 빈 표정만이 남아 있었고, 동생에 대한 사랑은 이미 불기가 꺼져버린 벽에 부딪힐 뿐이었다.

"아벨이 깨어나셨군." 다시 선장이 말했다. "그런데 컨디션이 별로 안 좋으신 것 같아…… 모르방, 저놈이 뭣 때문에 저리 기분이 안 좋은 건지 혹시 알고 있나?"

모르방은 얼굴을 찌푸리며 어둠에 잠긴 얼굴 저쪽 부분을 태울 듯이 강렬한 빛 아래 드러냈다. 위험스런 불똥 하나가 오른쪽 눈에 번쩍 튀어올랐고, 살점 사이에 간신히 붙어 있는 왼쪽 눈알로 퍼져 갔다.

"모르방, 저놈도 한때는 꽃미남이었지." 카르덱은 킬킬대며 말했다. "진짜배기 수탉이었단 말씀이야. 동네 처녀들이 서로 차지하려고 싸울 정도였으니까. 모두가 그를 원했지! 하지만 지금 이 꼴을 본다면 어떨까? 네 약혼녀들이 말이야……"

"모르방, 오, 모르방……" 귀에 익은 어떤 목소리가 뤼네르의 머릿속에서 속삭였다. 소년은 전율했다. 이 목소리가 여기 있어야 할 이유는 전혀 없었기 때문이다.

"무슨 일이죠? 당신에게 무슨 일이 일어난 거죠?" 그 작은 목소리는 계속해서 말했다.

"가세요! 가시라고요! 빨리요!" 뤼네르가 애원했다.

벌써 거인은 소년 안의 그 존재의 냄새를 맡고, 그 적갈색 눈썹을 찌푸리면서 그를 노려봤다.

어서 가세요! 가시라니까요! 소년은 감히 목소리의 이름은 밝히지 못하고 소리 없는 애원을 계속했다. 하지만 그 존재는 한층 강렬해지면서 그에게 어떤 이미지들을 전달해왔고, 그는 자신의 이미지들을 내밀며 있는 힘을 다해 그 이미지들을 물리치려고 애썼다. 결국 양쪽의 이미지들은 마치 차르륵 뒤섞이며 포개지는 한 벌의 타로 카드처럼 엄청나게 빠른 속도로 겹쳐갔다. 군중으로 시커멓게 덮인 생말로 항구. 도끼를 치켜들고 있는 나무꾼. 모르방과 비슷하게 생긴 사내가 어떤 장터 축제의 수많은 칸델라 아래서 왈츠를 추는 광경. 두 귀를 잡아 들어 올린 하얀 토끼 한 마리. 조그만 금발의 여자아이를 어깨 위에 올려놓은 선장. 뺨이 발그레한 두 아이가 빵과자로 만든 집의 벽 뒤에 숨어 있는 모습. '위험'이라는 단어. '조심해'라는 단어. '늑대'라는 단어. 한 수도승. 폭 뒤집어쓴 두건에 얼굴 윗부분이 가려진 그가 입술에 손가락을 대며 침묵을 명하고 있는 모습……

뚜껑문 아래 갇힌 '그것'의 울부짖음은 한층 더 높아졌다. 뤼네르는 그 소리가 자신의 관자놀이를 터뜨려 그 안에 있는 모든 것을 휩쓸어버릴 것만 같았다.

"이 비명 소리…… 이게 뭐지?"

뤼네르는 두 귀를 틀어막았다. 하지만 지금 자신이 피하려 하는 대상이 이 목소리인지, 아니면 자신의 두려움인지 알 수 없었다.

"오, 맙소사! 이 비명 소리는……"

"너 이 자식! 배 안에다 누굴 데려온 거야?" 카르덱이 포효했다.

모르방도 덫에 걸린 짐승처럼 바들바들 떨고 있는 소년을 향해 짝짝이 눈을 돌렸다.

갑자기 뤼네르는 그녀가 자신의 정신을 떠나는 걸 느꼈다. 고통과 안도감이 동시에 느껴졌다.

"이봉 카르덱! 그 아이를 건들지 마!"

아르델리아 루뒝의 목소리가 마리 루이즈 호의 갑판 위에 또랑또랑 울렸다.

카르덱은 놀라는 것 같지 않았다.

"아, 그래! 늙은 잡년 같으니…… 이제야 네 목적을 이뤘군. 그래, 이 꼬마를 이용해서 나를 찾아내셨나? 어디 있냐? 어서 모습을 드러내란 말이야!"

배 안의 모든 이가 일렁일렁 흔들리는 그림자의 베일을 입고 나타난 그녀를 보았다. 백발을 한데 모아 목덜미 위로 쪽져 올린 여인, 분명히 그녀였다. 그녀의 주름살 사이를 물결처럼 오르내리는 은밀한 씨실에서 그녀의 열다섯 적 얼굴이 솟구쳐 나오며 그녀의 현재 모습과 중첩되었다. 뤼네르가 사진으로 보았던 바로 그 소녀의 얼굴이었다. 현재의 얼굴과 옛적의 얼굴, 이 두 얼굴은 공존하고 또 뒤섞이면서 보는 이로 하여금 자신의 눈에 속고 있다는 느낌마저 들게 했다. 기이한 것은 이 배에서 진정으로 유령처럼 느껴지는 존재는 오직 그녀뿐이라는 사실이다.

"이 소년에게 무슨 짓을 하려는 거지?" 아르델리아의 목소리가 물었다. "우리 오빠만으로는 성이 차지 않더냐? 그리고 당신!" 그녀는 모르방에게 고개를 돌리며 계속 말했다. "당신은 이자가 제멋대로 하게 그냥 놔뒀나요? 난 당신을 믿었는데…… 내…… 마음을 주었는데……"

뤼네르는 모르방의 눈에서 다시금 희미한 불길이 솟아오르는 걸 보았다. 그것은 잃어버렸다가 그녀로 인해 다시 찾게 된 인간성의 빛나는 불꽃이었다. 그는 그 불꽃의 광채를 스스로 감당하지 못하고 고개를 떨어뜨렸다. 아르델리아의 말은 이 사내 안에 숨어 있던 상처를 일깨워냈고, 다시 느껴진 상처의 쓰라린 아픔이 돌같이 굳은 껍질을 베어 벌려놓았던 것이다. 무언가 내밀한 것이 한번 녹아내리자, 그것은 그칠 줄 모르고 계속 녹아내렸다.

카르덱의 싸늘한 목소리가 공기 속에 울렸다.

"모르방은 나한테 대들면 어떤 결과가 기다리고 있는지 잘 알고 있어. 그렇지 않나, 모르방?"

넋을 잃고 바라보는 뤼네르의 눈에 모르방의 망가진 얼굴이 파르르 떨리는 것이 보였다. 형벌 받은 살덩이가 기억을 되찾는 것일까?

모르방은 아르델리아의 유령 같은 실루엣을 홀린 듯이 응시했고, 그의 두 손은 이제 독립적인 생명을 획득한 듯 감동으로 떨리고 있었다. 오랫동안 따스함의 기억도 사용법도 잊고 있었던 살에 누군가의 살이 따스하게 닿아오자 바르르 떨리며 반응하는 것 같은 모습이었다.

"그리고 너, 우리 예쁜이!" 카르덱은 휘익 하고 휘파람을 불며 그녀에게 말했다. 한때 아름답고 탐스러웠으며, 그의 접근을 거절했고, 심지어는 그의 배에까지 올라와 부하들 앞에서 자신을 능멸하는 이 도도한 여인이, 지금은 금방이라도 꺼져버릴 듯 흔들리는 한갓 그림자에 불과하다는 사실을 비웃는 야유의 휘파람이었다.

"너에게 깜짝 선물이 하나 있어…… 그래, 아주 깜짝 놀랄 거다."

그는 오른쪽 장화로 갑판 바닥을 세차게 굴렀다.

거기, 갑판 아래에 있는 그것, 하나의 상처덩어리에 불과한 그것은 울부짖기 시작했다. 곧 한쪽 눈알이 뽑힐 것임을 알고 있는 수인이 내지르는 비명이었다.

아르델리아의 두 얼굴이 동시에 흐려졌고, 그녀의 목소리는 집 밖의 무언가가 바람에 부러지는 소리에 놀라 겁에 질린 노파의 목소리로 돌아왔다.

"이 비명, 이 비명은 뭐지?"

"이 비명은 뭐지이?" 카르덱은 그녀의 말을 능글맞게 흉내 냈다. "이봐, 자기! 이건 자기가 그렇게도 알고 싶어했던 거잖아! 네가 그렇게도 애지중지하던 약골, 밤마다 너를 후끈 달아오르게 해주던 그 약골이 없어진 이후로 오직 이것만 생각해왔잖아!"

아르델리아는 두 욕망 사이에서 흔들리고 있었다. 그 어느 쪽을 선택하든 결국은 고통의 심연 속으로 떨어지게 될 그 두 욕망, 그것은 알고 싶은 욕구와 알게 되는 두려움이었다. 뤼네르는 이 두 욕망이 그녀 안에서 두 마리 파충류처럼 얽히며 싸우는 것을 고통스럽게 지켜보았다.

비명 소리는 길쭉하고 날카로운 칼날처럼 그들의 귀를 후벼댔다.

"고티에! 랑벡! 뚜껑문을 열어!" 선장이 외쳤다.

안 돼! 뚜껑문은 안 돼! 난 볼 수 없어. 난 뚜껑문 아래를 내려다볼 수 없다고! 뤼네르는 속으로 외쳤다. 하지만 지금 그의 두려움을 가려주는 건 아무것도 없었다.

"오, 하느님…… 뤼네르, 왜 그러니? 대체 저 아래 무엇이 있기에?" 아르델리아는 가느다랗고 떨리는 목소리로 애원하듯 물었다.

뤼네르는 힘없이 그녀를 쳐다보았다. 벌써 두 사내는 동시에 숨을 몰아쉬며 뚜껑문을 들어 올리고 있었다.

녹슨 돌쩌귀가 마찰하는 소리가 들렸다.

뚜껑문이 열렸다.

뤼네르는 어떤 힘센 손이 어깨를 바이스처럼 꽉 붙잡아 꼼짝 못하게 하는 걸 느꼈다. 지난번과 다른 점이 있다면 손의 주인이 카르덱이 아니라는 사실이었다.

벌써 옆에 다가온 아르델리아는 유령답게 유연한 움직임으로 뚜껑문 위에 몸을 굽혔다. 그리고 한층 더 굽혀 아래를 보았다.

아래에는 한 인간에게서 남은 그 무언가가 꿈틀대고 있었다. 다리는 없었고, 팔은 오른팔뿐이었는데 그나마 팔꿈치 아래는 잘려나가고 없었다. 복부와 가슴에는 덩어리가 군데군데 떨어져나갔다. 왼팔은 아예 어깻죽지부터 없었다. 얼굴은 맞추어지지 않은 퍼즐 같았다. 어떤 부분은 다른 부분보다 한층 심하게 잘려지고, 제거되고, 찢어졌다.

아벨…… 아벨…… 아르델리아는 신음했다.

모르방의 강철 같은 팔이 뤼네르를 꽉 붙잡았다. 하지만 그는 조각 덩어리에 불과한 사내 위에 몸을 굽힌 아르델리아를 볼 수 있었다. 그녀의 눈물을, 정신없이 그의 몸을 더듬으며 키스하는 그녀의 입술을 볼 수 있었다. 그리고 과거에 아벨이라는 이름을 가졌던 '그것'이 그녀의 손 안에서 떨면서, 병든 어린아이가 내는 소리 같은, 금방이라도 꺼져버릴 듯 미약한 신음을 내는 것도 보았다. 아벨은 자기 누이를 죽음으로 착각하며 헛소리를 내뱉고 있었다.

"오빠에게 무슨 짓을 한 거야? 감히 무슨 짓을 한 거냐고?" 아르델리아는 카르덱 앞에 우뚝 서서 따지듯 물었다. 스산한 가을바람처럼 낮지만 섬뜩한 음성이었다. "대답해!" 바람이 거세어지듯 목소리는 점점 더 팽창했다.

카르덱은 움찔하며 한 걸음 뒤로 물러섰다.

"대답해! 무슨 짓을 한 거야?"

너울은 수만 개의 격노한 파도가 되어 일제히 곤두섰다. 아르델리아의 분노가 대양의 분노 속에 주입되고 있었다. 아르델리아와 대양은 동시에 끓어오르고 있었다.

"녀석은 병들었어. 어차피 쥐새끼처럼 뒈질 목숨이었단 말이야! 그래, 쥐새끼처럼!" 카르덱은 거의 울부짖었다.

그때, 뤼네르는 보았다. 선장의 얼굴에 본능적인 두려움이 떠오르는 것을. 아주 오랫동안 억누르고 숨겨왔던 오래된 고통이 더이상 참지 못하고 밖으로 새어 나오는 것을. 그리하여 꼭꼭 묻혀 있던 이미지들이 폭포수처럼 쏟아져 나오는 것을.

……폭풍우, 얼음같이 차가운 습기, 당번을 서고 있는 사내들의 기진맥진한 얼굴을 후려치는 바람, 어디선가 불쑥 나타났다가 다시 밤에게 삼켜진 강철 유령에 부딪혀 두 쪽이 나버린 선체가 발하는 둔중한 굉음, 소용돌이치는 바닷물에 내린 도리스, 절벽같이 높다란 물결, 뒤집힌 도리스들, 물속에서 허우적대다가 필사적으로 저어대는 노에 얻어맞은 사람들, 선창 구멍이 그물에서 쏟아져내리는 생선을 삼키듯, 인간들을 삼켜버리는 지옥의 아가리……

……그리고 마침내 잔잔해진 바다, 서서히 진행되는 죽음…… 도리스 한 척에 몸을 의지한 일곱 명의 사내, 하룻밤 새에 노인이 되어버린 그들의 몰골, 그리고 그 사람…… 그들이 불쌍히 여겨 선장의 코앞에서 물에서 건져낸 그 사람, 수의같이 새하얀 얼굴을 하고 노잡이 좌석에서 죽어가고 있는 그 사람…… 카르덱은 자신을 비웃듯 흐물떡대는 그 약골의 존재를 참지 못했다. 녀석을 끝내버려야 했다. 그래서 그는 대장의 자격으로 입을 열었다. 모두가 해야 할 일을 명령했다…… 그는 불알도 없는 것 같은 이 겁쟁이 무리의 얼굴에 떠오른 두려움의 빛을 보았다. 조금 있

으면 시커먼 심연으로 떨어질 놈들이 하느님을 두려워하는 꼴이라니……

하지만 카르덱은 그들 위에 있었고, 그들의 감시자이자 목동이었다. 그들은 산 채로 물속에 던져질까봐 덜덜 떨고 있었다. 그들은 결국 복종하게 될 터였다. 몇 시간, 아니, 몇 분의 문제일 따름이었다. 그들의 얼굴은 하얗게 질렸다. 동굴같이 비어 있는 위장 때문에, 말라버린 목구멍 때문에, 벌써 그들의 머리를 사로잡은 광기 때문에. 또 그 광기가 줄줄이 몰고 오는 소름끼치는 환영 때문에……

이때 부선장이 감히 카르덱을 막고 나섰다. 자신이 가르쳤고, 마치 아버지처럼 자신의 형상을 따라 창조해놓은 그놈이 말이다…… 배에 있을 때부터 이미 놈은 자신의 눈을 피해 그 약골을 은밀히 보호해왔고, 늙은 어머니처럼 녀석을 보살펴왔다. 그러더니 이제는 자신에게 맞서고, 말도 안 되는 반란을 선동하고 있는 것이다!

카르덱은 모두가 보는 앞에서 그에게 징벌을 가했다. 너무도 확실한 징벌이었기에 모두는 분명히 깨닫게 되었다. 각자가 취해야 할 길이 무엇인지. 이것은 그들의 생존이 걸린 문제였다. 그리고 생존이란 동물적인 것이어서 감정 따위는 없으며, 저주를 받는 것조차 두려워하지 않았다.

자, 들어! 모두들 먹어!…… 이건 내가 생각해낸 게 아니야. 내 이전에 누군가가 먼저 했던 거야. 뭔가를 아는 녀석이었지……

자, 들어! 모두들 먹어!…… 모두들 먹으라고 했어! 단 한 놈도 불복해선 안 돼. 토악질도 하지 마!…… 그리고 그가 맨 처음으로 그 쾌감을 맛보았다. 쭉쭉 찢어지는 살에다 이빨을 박아 한 입 가득 찢어내는 쾌감을. 약골의 생명을 목구멍으로 넘기는 쾌감을. 한 입 뜯을 때마다 더욱 강렬해져만 가는 그 쾌감을. 그러면서 그는 멀리에 있는 그녀를 생각했다. 카르덱이 지금 자신의 보물을 맛나게 씹고 있다는 사실을 꿈에도 모를, 이 카르덱이 얼마나 통쾌하게 이겼는지 영원히 모를 불쌍한 그녀를 생각했다.

자, 이렇게 카르덱이 아르델리아에게 승리했으니 더이상 무엇이 중요하랴! 그 약골 녀석 때문에 불행이 찾아왔다 한들 무슨 상관이랴! 혓바닥을 중독시켜 영원히 입속에 머물게 될 그 시큼하고도 비릿한 맛을 느끼며 한 명 한 명 죽어간다 한들 무슨 상관이랴! 이 카르덱이 서서히 찾아오는 죽음을 맞는다 해도 무슨 상관이랴! 이빨을 딱딱 맞부딪치며 "오, 하느님, 불쌍히 여기소서! 난 저주 받았어, 저주 받았어!"라고 되뇌는 랑벡, 이제 혼자만 남은 그 불쌍한 버러지를 보며 절망 속에 죽어간다 한들……

그는 승리했다. 모두가 그에게 복종했다. 희생제는 완전히 이루어졌다.

뤼네르는 그를 붙잡은 모르방의 굳센 손 아래서 바들바들 떨고 있었다. 모르방은 이 이미지들을 알고 있었다. 또한 그는 아르델리아가 이 이미지들을 감당할 만큼 강하지 못하다는 사실도 알고 있었다. 비록 그녀가 카르덱을 스스로의 광기에 못 이겨 쓰러져버린 미친놈의 상태로 몰아넣을 수는 있었지만, 그 참혹한 이미지를 감당하기에는 너무도 여리다는 사실을 알고 있었다.

아르델리아의 그림자는 점점 흐릿해지고 지워져가기 시작했다. 그리고 그녀의 젊은 얼굴은 접지되어 들어가는 가지처럼 늙은 얼굴 속으로 녹아들었다.

동시에 아벨의 조각들이 몸의 형상을 되찾아갔다. 울부짖던 조각들이 서로를 찾으며 돌돌 말려 조용한 몸이 되어갔다.

모르방을 향해 눈을 들어올린 뤼네르는 그의 망가지지 않은 뺨 위에 눈물이 한 방울 흘러내리는 것을 보았다. 그것은 지키지 못한 약속의 흔적이었으며, 마침내 해방되어 그토록 그리던 대상을 향해 훨훨 날아가는 감정의 농축체이기도 했다. 역설적이게도 그 대상과 영원한 작별을 고하는 바로 이 순간에 대상을 향하고 있는 감정이었다.

아르델리아의 유령은 이미 스러져가고 있었다. 낡은 천처럼 가닥가닥 풀려 세찬 바람에 휩쓸려가고 있었다. 그리고 멀어져가는 그녀의 목소리는 떠나기 전에 뤼네르의 머릿속에 몇 마디 말을 남겨놓았다.

그가 네 안에 들어오지 못하게 해라…… 네가 허락하지 않는 한 그는 네게 어떤 짓도 할 수 없단다.

홀연, 세상은 마치 아르델리아가 그곳에 전혀 존재하지 않았던 것 같은 모습이 되었다. 바다는 마치 그 자체의 움직임으로 벌떡 일어선 것처럼 분노에 들끓으며 커다란 배를 집어삼키려 했다. 그 소금기 머금은 바람 냄새를 감지하는 것만으로도 지금 무슨 일이 닥쳐오고 있는지 충분히 알 수 있었다. 파도의 시커먼 물마루에서 올라오는 수증기를 보는 것만으로도 충분했다. 곧 바람은 맹렬한 분노를 쏟아내면서 바다를 장엄한 절정의 순간으로 이끌 것이다. 그리고 두 연인의 맞잡은 손가락보다 더 뜨겁게 얽혀드는 바람과 바다는 더욱 강력해지면서 돛대와 돛과 뱃사람들을 혼란스레 요동치는 물속으로 휩쓸어가고, 갑판의 나무를 박살내고, 선체를 쪼개어버리고, 그들의 공세를 막아보겠다고 안간힘을 쓰는 가련한 소인국의 실루엣을 모조리 쓸어버릴 것이다. 가장 아끼는 장난감을 콩가루로 만들어버리는 아이처럼 희열을 느끼며……

사냥꾼처럼 예민한 감각으로 바람 냄새를 맡은 모르방은 뤼네르를 놓아주었다. 우르르르 드럼 소리 울리며 쳐들어오는 적군처럼 폭풍이 그들을 향해 다가오고 있었다. 바람에 날린 돛줄과 도르래가 돛대에 부딪혀대는 소리에 화답하듯 돛대지탱줄이 삐걱거렸고, 두려움에 떠는 이빨들은 으드득 갈리고 있었다.

폭풍은 카르덱의 본연의 모습을 되찾게 해주었다. 그는 고래고래 소리 지르며 명령을 내렸고, 선원들은 산 사람과 구별되는 그 느릿함으로 움직이기 시작했다. 그들은 각자의 위치로 돌아가 굵고 가는 밧줄로 돛을 돛대와 활대에 졸라매고, 세돛대범선의 모든 돛을 걷어놓았다. 이 모든 것은 주위의 혼돈을 감안한다면 비현실적으로 느껴지는 정확함과 효율성 속에서 이루어졌다.

미쳐 날뛰는 바다 위에서 격렬하게 흔들리는 마리 루이즈 호는 더이상 아무것도 잃을 것이 없는 늙은 배의 용감함으로 폭풍에 맞섰다. 채찍처럼 얼굴을 후려쳐오는 우박과 녹은 눈의 소용돌이 속에서 뤼네르는 간신히 실눈을 뜨고 기누를 찾아보았지만 허사였다. 모두들 어디로 갔지? 카르덱은 어디 있지? 갑자기 그는 자신의 몸이 공중으로 홱 쳐들리는 걸 느꼈다. 모르방이 그를 자기 등에 올려놓고 돛대를 향해 달려가고 있었던 것이다. 소년은 생명이 꺼져버린 살과의 접촉이 주는 섬뜩함도 잊어버린 채, 본능적으로 모르방의 차디찬 목에 매달렸다. 그리고 그들은 기어올랐다. 저 위 까마득한 곳, 뾰족한 끝이 시커멓고 두꺼운 하늘 속에 박혀 들어가는 중앙 돛대를 기어올랐다.

내 사랑, 아래를 내려다보지 말거라! 추억에서 빠져나온 엄마의 목소리가 권고했다.

그리고 갑자기, 북풍에 밀려오듯 목 쉰 음성이 들려왔다. 바로 가까이에서 숨 쉬는 자가 헐떡이며 내뱉는 말이었다.

"이 개자식! 그래, 어디로 도망가겠다는 거지?"

카르덱이 그들을 쫓아오고 있었다. 적갈색 머리의 거인은 그들의 몇 미터 아래에서 불쑥불쑥 올라오고 있었다. 모르방은 한참 앞서 있었고, 또 숙련된 장루 담당 선원답게 민첩하기도 했지만, 오랫동안 마비되어 있던 몸인지라 동작이 너무도 굼뜨고 힘겨웠다.

그들은 이제 아주 높은 곳에 다다랐지만, 카르덱에게 거의 따라잡혔다. 뤼네르의 오른쪽 종아리에는 벌써 그의 숨결이 느껴졌다.

안 돼, 안 돼! 절대로 아래를 내려봐서는 안 돼! 다시금 엄마의 목소리가 경고했다.

"아, 잡았다!" 카르덱이 모르방의 다리를 붙잡으며 포효했다.

바로 그 순간, 배 밑부분에서 무언가가 부서지는 소리가 음산하게 들려왔고, 그들은 모두 눈을 아래로 내리지 않을 수 없었다.

바다가 마리 루이즈 호의 배를 가르고 있었다. 갈색 흉터를 다시 열어, 중앙 돛대에 이르기까지 반으로 쫙 쪼개고 있었다. 그리고 뤼네르는 위태롭게 기울어가는 돛대에 매달린 채 아래를 내려다보았다. 두 동강난 선체의 다른 쪽 부분이 들끓는 물속에 잠기면서, 지나치게 커다란 방수복을 걸친 그 조그맣고 가냘픈 실루엣을 심연으로 끌고 들어가는 광경이 보였다······

그는 비명을 지르지 않았다. 하지만 그의 존재 가장 깊은 곳에서 새어 나온 그 숨죽인 비명은 그의 가슴을 찢어놓았고, 그를 꿈 바깥으로 내던졌다.

소년은 자신이 아직도 꿈꾸고 있다고 생각했다. 격심한 열병에 사로잡혀 헛것을 보고 있는 것이라 여겼다. 습기를 머금은 강렬한 냄새가 코를 찔러왔다. 머리가 바위에 쿵 부딪혔다. 어둠 속에서 인정사정없는 사투를 벌이는 두 개의 거대한 형체가 보이는 것 같았다.

그리고 아주 가까운 곳에서 누군가의 목 쉰 비명 소리가 솟아올랐고, 뒤이어 털썩하는 둔중한 소리가 들렸다. 또 죽어가는 짐승의 신음 같은 것도 들리는가 싶었는데, 누군가의 힘센 두 팔이 소년을 구덩이에서 끄집어내어 번쩍 들어 올렸다. 거대한 몸집의 한 사내가 상처 입은 산토끼 같은 소년을 어깨 위에 걸쳐놓았다. 뤼네르는 엄마를 부르면서 미약하게 신음했다. 소년은 곧 피부에 와 닿는 싸늘한 바람을 느꼈고, 바다 냄새를 맡았고, 너울이 으르렁대는 소리를 들었다. 사내는 성큼성큼 걷는 것 같았다. 아니, 배낭처럼 등 뒤에서 풀쩍대는 그를 들쳐 업고 뛰고 있는지도 모른다. 그는 다시 의식을 잃었고, 림보* 속 여행은 끝없이 이어졌다.

---

* 죽은 사람들의 혼령이 머무는 저승. 가톨릭 교회에서는 '고성소' 라 하며 예수 그리스도의 죽음과 부활이 있기 전, 옛 성현들이 완전무결한 천국의 행복을 기다리며 머물던 곳을 말한다. '경계' 라는 뜻을 지닌 라틴어의 림보(Limbo)가 어원이다.

어쩌면 그는 동화에 나오는 그 장소에 실수로 들어가게 된 것인지도 모른다. 이승과 저승 사이에 놓여 있다는 그 통로, 어떤 시간 혹은 어떤 밤이면 망혼들이 들락거린다는 그 통로에 말이다. 이 세상에는 몇 가지 불문율이 있어 그것을 위반하는 경솔한 자들은 타르타로스의 밑바닥으로 던져진다고 한다.* 그런데 뤼네르는 바로 그 불문율을 겁도 없이 위반한 것이다. 이 세상의 어떤 것들은 숨겨져 있어야 하는 법이다. 그것을 보게 되는 자들은 입이 꿰매져버릴 것이다.

사내의 팔이 뤼네르를 황야의 젖은 풀 위에 내려놓았을 때, 소년은 계속 헛소리를 하고 있었다. 이 세상에서는, 아니 다른 어떤 세상에서도 논리적으로 연결될 수 없는 두 이름을 계속 불러대고 있었다. 기누…… 모르방, 모르방……

---

* 그리스 신화에서 타르타로스는 지옥의 중앙에 위치한 감옥으로 최고의 흉악범들, 그리고 엄중한 죄를 지은 신들이 갇힌다고 한다.

13
또 다른 아벨

새벽 다섯시가 조금 안 된 시각, 에브는 전화벨 소리에 소스라쳐 일어났다. 평소 그는 동이 트기 전에 일어날 때가 많았다. 그럴 때면 아직 침침한 부엌에서 커피를 끓이고, 그 따끈한 커피를 마시면서 불타오르는 아침 하늘을 바라보곤 했다. 하지만 그 전날 밤, 에브는 서양자두로 빚은 독주 한 병을 벗 삼아 늦게까지 상념에 잠겨 있다가 안락의자에서 깜빡 잠들었던 것이다. 그는 지끈거리는 이마를 누른 채 투덜투덜 욕설을 늘어놓으며 층계를 내려갔다. 그리고 이 이른 시간에 잠을 깨우는 무례한 작자를 저주하면서 수화기를 집어들었다. 하지만 그의 고약한 기분은 아르델리아의 목소리를 듣자마자 눈 녹듯 사라졌다.

"에브, 내가 잠을 깨웠죠?"

"아니요! 아니요! 절대 깨우지 않았어요!" 그는 무슨 말이냐는 듯이 외쳤다.

"아냐, 내가 잠을 깨웠네요." 그녀는 반복해 말했다. "미안해요. 하지만 나는…… 나는 아주 끔찍한 악몽을 꾸었고…… 지쳐 있어요…… 그리고 당신에게 어떤 사실을 말해주고 싶어요…… 내가 지금까지 아무에게도 밝히지 않은 것이죠……"

"잠깐, 진정해요!" 에브는 그녀의 어조가 이상하다는 것을 느끼고 다급하게 말했다. "내가 거기로 갈까요? 금방 달려갈 테니 조금만 기다려요."

"아니야, 아니야!" 그녀는 단호하게 말을 끊었다. "그냥 내 말을 듣기만 하면 돼요. 언젠가 뤼네르가 알고 싶어할지도 모르니까. 언젠가……"

"그럼 직접 말해주면 되잖아요……"

"아니, 내가 말해줄 수 있을 것 같지 않아요. 부탁해요, 에브. 이건 중요한 일이에요. 그리고 나는 너무 지쳤어요……"

"알겠어요. 말해봐요." 에브는 가슴이 메어오는 걸 느끼며 말했다.

"고마워요. 당신도 알고 있죠? 우리 오빠가 원양출어를 떠나기 얼마 전, 한 젊은 여인을 만나고 있었다는 사실을…… 내가 이야기해준 적이 있었죠? 엘로이즈라고. 엘로이즈 르노아크."

"알아요, 엘로이즈."

"그들은 그해 가을에 아벨이 돌아오면 결혼할 예정이었어요. 하지만 아벨이 죽었다는 소식이 들려왔죠…… 그런데 너무 놀랍게도 엘로이즈가 나와 왕래를 끊어버렸어요. 나를 보려 하지도 않고, 말하려 하지도 않았어요. 그런 그녀가 나는 너무도 미웠지요. 오빠를 사랑했던 사람들의 따스한 온기를 절실히 필요로 하던 나를 그런 식으로 대할 수는 없었으니까요. 이해하죠?”

“예⋯⋯”

“몇 달 후, 난 그녀가 재혼한다는 소식을 듣게 됐어요⋯⋯ 그 지역에 사는 어떤 어부하고요. 어떻게 아벨에게 그런 짓을 할 수 있을까요? 오빠가 죽은 지 3개월밖에 안 됐는데 다른 사람과 결혼하다니! 그녀를 장래의 올케언니로 여기라고 부두에서 내게 일러주던 오빠의 모습이 아직도 눈에 선한데⋯⋯ 그녀는 그 사내가 사는 곳으로 떠나버렸어요. 생브리외 근처의 생로랑드라메르라는 마을이었죠. 그녀는 결혼식 때 이곳 사람은 아무도 초대하지 않았어요. 나 역시 더이상 이곳을 견딜 수 없었죠. 그래서 놀벤에게 작별을 고하고 노르망디에 있는 외갓집으로 떠나버렸어요⋯⋯ 그리고 19년 후, 난 다시 이 고장에 돌아왔고, 디낭 시의 소문과 험담에서 떨어진 이 집을 샀어요. 내 나이 서른다섯 때였죠. 하지만 그때도 꽤 예뻤답니다. 기억해요?”

“그럼요.” 에브는 가슴이 저려오는 걸 느끼며 대답했다. “내가 당신을 알게 된 시절이었어요. 그때 당신은 평생 결혼하지 않고 살 거라는 뜻을 넌지시 비치곤 했죠.”

“맞아요, 그랬죠⋯⋯ 더이상 그 누구에도 애착을 갖고 싶지 않았거든요. 그래서 마음을 꽁꽁 닫아버렸답니다. 그리고 다시 디낭에 나가보기 시작했어요. 오빠나 아빠를 알았던 사람들을 만나보고 싶었지요. 놀벤은 이미 죽었고, 난 어린 시절의 학교 친구들을 다시 만나기 시작했어요. 당신을 알게 된 것도 그 무렵이었죠. 그러던 어느 날이었어요. 행복했던 시절에 그랬던 것처럼 제르주알 거리를 산책하고 있던 나는 어떤 청년과 마주치고는 기절할 듯 놀랐답니다…… 그 청년…… 우리 오빠를 초상화로 그려놓은 듯 쏙 빼닮은 사람이었어요! 당신도 알다시피 난 그다지 미신을 믿는 사람이 아니에요. 하지만 그 순간, 오빠의 혼령이 날 찾아온 거라고 믿어버렸답니다…… 그렇게 몇 분 동안 돌처럼 굳어 있던 나는 간신히 정신을 차리고, 항구의 한 식당으로 향하는 그의 뒤를 쫓기 시작했어요. 거기서 다시 한번 나는 심장이 멎을 것 같은 광경을 보았어요. 마도로스 모자를 쓴 선원 한 사람이 음식점에 들어오더니 그의 어깨를 툭 치면서 '어이, 아벨!' 하고 부르는 게 아니겠어요! 나는 친구들과 함께 마시며 이야기를 나누는 그 청년을 얼마 동안 지켜보았답니다. 그가 떠나고 나서 나는 음식점 안주인에게 캐물어 그의 이름을 알아냈어요. 그 사람은 유령이 아니라 또 다른 아벨이었어요."

"엘로이즈의 아들이었군요!"

"그래요, 엘로이즈의 아들이었어요…… 그녀의 두번째 남편의 이름을 붙여준 거였죠. 그런데 오빠를 얼마나 빼닮았던지! 도무지 이 세상 것같이 느껴지지 않는 그 푸른 눈…… 그리고 무엇보다도 그 이름! 나는 생브리외 행 기차를 탔고, 엘로이즈를 찾아 생로랑 드라메르로 달려갔어요. 그녀를 찾을 수 있었지요. 여전히 아름답더군요. 나를 보자 그녀는 애원했어요. 다시는 자신을 찾지 않겠노라 맹세해달라고. 그녀의 아들에게 그의 아버지가 친부가 아니라는 사실을 절대로 밝히지 말아달라고. 그녀는 이렇게 말했죠. '그러면 두 사람은 너무나 상심할 거야. 장 바티스트는 내가 임신한 것을 알고도 우리 둘을 받아주었던 말이야. 그리고 그애를 친자식같이 사랑해주었지. 아르델리아! 더이상 나를 불행하게 하지 말아줘!' 그녀는 더이상 아벨에게 접근하지 않겠다고 약속해달라며 애원했어요. 난 다 받아들였죠. 너무나도 고통스러웠지만! 오빠의 아들에게서 떨어져 있어야 하다니! 왜 내가 그때 그 부탁을 받아들였는지, 지금 생각해도 모르겠어요. 내가 그녀에게 빚진 거라도 있었던가요? 그녀는 왜 내게 아벨의 삶 가운데 아주 조그만 자리조차 떼어주지 못했던 걸까요?…… 그래요, 이 모든 것도 과거가 돼버렸군요. 이젠 그 청년도 죽었으니까요. 엘로이즈도 마찬가지고. 살아 있는 건 오직 나뿐이에요…… 에브, 당신이 뤼네르에게 이 이야기를 들려주었으면 해요."

"당신이 직접 이야기하세요."

"뤼네르의 꿈을 꾸었어요." 그녀가 다시 말했다. "그애와 함께 있었어요. 마리 루이즈 호 선상이었죠…… 에브, 그 아이를 돌봐주겠다고 약속해줄 수 있어요?"

"아르델리아, 내 말 좀……"

"아니, 아무 말도 하지 말아요. 그애를 돌봐준다고 약속할 수 있죠?"

"물론이죠. 한데 왜 갑자기 그런 말을 하는 겁니까? 뭔가 울적한 일이 있는 게로군요. 그렇죠?"

"나는 지쳤을 뿐이에요. 아주 지쳤죠. 이제 나는 쉴 수 있을 것 같아요. 에브, 난 당신을 참 좋아해요. 알죠?"

“예.” 노인은 목이 메어오는 것을 느끼며 대답했다. “알고 있지요⋯⋯”

“그럼 잘 있어요.” 그녀는 무한히 부드러운 음성으로 인사를 보냈다.

그리고 전화를 끊었다. 하지만 에브의 입 안에는 미처 하지 못한 말들이 맴돌았다. 이렇게 자기만 혼자 남겨놓으면 안 된다고 말할 틈도 주지 않고 그녀는 전화를 끊어버렸다. 용기 내어 자신의 감정을 고백해볼 기회도 주지 않았다. 그 오랜 세월⋯⋯ 그는 한 번도 그 말을 해본 적이 없다. 항상 그 자리에 있는 것만으로 만족했다. 자신의 감정에는 귀를 막아버렸고, 단지 그녀가 원할 때 그녀 곁에 있을 수 있는 것만으로 만족했다.

이제 그녀는 그를 떠나가고 있었다. 이 사실을 생각하면서 그는 4월의 조수와 같은 힘으로 밀어닥치는 슬픔을 느꼈다. 그녀는 그를 떠나가고 있었고, 그는 그녀를 붙잡을 수 없었다.

자신의 무력함에 괴로워하면서 에브는 부드러운 회색 하늘에 번져오는 핑크색과 붉은색의 여명을 바라보았다. 그녀가 고백한 비밀 따위는 더이상 생각나지도 않았다. 아벨 르 파우가 아벨 루됭의 자식이든 아니든, 그건 더이상 아무 상관없었다.

이제 다 이루어졌어. 아이는 좋은 사람에게 맡겨진 거야.

불쌍한 에브⋯⋯ 물론 그도 이해했겠지.

하지만 그를 여기 오게 할 수는 없는 일이었다. 미련 없이 훌훌 털어버리고 떠나고 싶기에 그 누구도 보고 싶지 않았다. 특히나 에브는 더욱 그랬다.

아르델리아는 에브가 차라리 다른 여인을 사랑하기를 바라왔다. 만일 그가 다르게 행동했더라면, 조심스레 그녀의 의견을 물어보지 않고 그냥 대시해왔더라면, 그녀의 시선을 자신에게로 돌리라고 강요했더라면, 어떤 사내들에게는 자연스럽기조차 한 뻔뻔함으로, 모르방이 지녔던 약간은 당황스러운 유혹 방식으로 접근해왔더라면, 그랬다면 어쩌면……

하지만 지금 그녀는 후회하고 있다. 때로 내가 지나치게 고집스러웠던 것은 아닐까? 나 자신에 대해서나 다른 사람들에 대해서 너무 가혹했던 것은 아닐까?

그렇다. 그날 밤 꿈으로 인해 무언가가 변한 것이다. 그녀의 깊은 속에서 어떤 둑이 무너졌고, 강력한 감동이 해방되어 그녀를 죽인 것이다. 그녀의 증오가 마침내 그녀를 떠나간 것이다. 과거 그녀를 처음 사로잡았을 때만큼이나 갑작스럽게 말이다. 이제 아르델리아는 더이상 아벨을 돌봐줄 필요가 없게 되었다. 아주 어렸을 때부터 줄곧 그녀는 오빠에 대해 어떤 책임감을 느껴왔다. 참으로 엉뚱한 일이지만, 이러한 사명감은 난파 소식을 듣고 나서도 중단되지 않았다. 자신에게는 죽음을 초월하여 그를 보호해줘야 할 의무가 있는 것 같았다. 그런데 그녀가 그 꿈을 꾸었고, 비로소 이해할 수 있었다. 오빠는 더이상 그녀가 필요하지 않다는 사실을. 사실은 한 번도 그녀의 보호를 필요로 하지 않았다는 사실을. 아벨에게는 그의 부서진 꿈들의 끝까지 가볼 수 있는 힘이 있었다는 사실을.

아르델리아는 너무도 피곤했다. 더이상 힘겹게 싸우고 싶지 않았다.

그녀는 조심스럽게 침대에 누웠다. 희미한 새벽빛이 숲 위로 올라오고 있었다. 그녀는 언제나 날이 밝아오는 이 시간을 좋아했다. 신의 존재를 믿을 수 있을 것 같다는 생각이 드는 유일한 시간이 바로 이 새벽녘이었다. 그녀는 숲을 사랑했다. 축축한 땅과 수액과 목피가 내뿜는 그 힘찬 냄새, 사람을 보면 재빨리 도망가는 짐승들, 그리고 최초의 햇빛에 깜짝 놀란 어린 부엉이들의 겁먹은 날갯짓…… 아마도 그녀의 몸은 숲의 흙 속에서 분해될 것이다. 그리하여 거대한 소나무, 구불구불 뒤틀린 전나무, 그리고 수천의 잎사귀들이 바람에 흔들리며 술렁이는 너도밤나무의 뿌리에 흡수되는 양분이 될 것이다.

벅찬 감동이 그녀의 내부를 순환했다. 그것은 모든 제약을 벗어난 감동, 빨갛게 상기된 뺨을 하고서 뛰어가는 계집아이들처럼 지극히 민감한 감동이었다.

얼굴들이 보였다. 아버지의 얼굴. 뾰쪽한 얼굴의 우아함을 강조하는 가느다란 콧수염을 기른 아버지. 최근에 산 자동차 뒷좌석에 양복 윗도리를 척 던져놓고서, 아이들에게 어서 올라오라고 외치며, 머뭇거리는 그들을 놀려댔지. "아니, 왜 그렇게 수줍어들 하지? 어서 올라타! 시승해봐야 할 것 아니냐!"

어머니의 웃음 지은 눈. 따뜻하고 푸르렀던 그 눈. 아마도 아벨은 그 눈을 보면서 대양을 동경하게 되었으리라. 피아노 건반 위에서 춤추던 엄마의 하얀 손. 그 앞 창문에 드리워진 하얀 커튼은 살랑대는 미풍에 부풀어오르곤 했지.

행복한 가정이었다. 아마도 불행은 행복 가운데 한 번 일어난 조그만 사고, 한 번의 눈 깜박임, 그들을 오랫동안 눈멀게 했던 순간적인 그림자, 그들을 사로잡았던 어떤 환상에 불과한 것이었는지도 모른다. 하지만 이제는 그렇지 않다. 더이상은 아니었다. 이제 그녀는 분명하게 깨달았다. 생명은 한 번도 그들을 떠난 적이 없었다는 것을. 그들은 항상 빛 속에 잠겨 있었고, 언제나 그 찬란한 광휘를 흠뻑 받고 있었던 것이다. 이 다정한 얼굴들은 항상 거기, 그녀 곁에 있었던 것이다. 그리고 지금 그들은 그녀를 찾아 호위하여 데려가려고 이곳에 왔다. 얼마나 그리운 사람들이었던가! 감당할 수 없는 행복감에 그녀의 존재는 부풀어올랐다. 그녀는 이제 더이상 혼자가 아니었다. 그녀의 피부는 이완되면서 복숭아와 체리의 색깔을 되찾았고, 머리카락은 어깨 위에서 자유롭게 춤췄고, 가슴은 고동쳤고, 가볍고도 힘찬 몸은 움직임에 취해 있었으며, 두 발은 춤을 추었다. 또 머릿속에는 음표들이 하나하나 이어지면서 아름다운 선율을 이루었다…… 어머니가 지금 그녀를 위해 연주하는 것일까?

그리고 그녀는 그를 보았다. 그들의 마지막 밤, 그날 밤에 그랬던 것처럼, 약간은 덤덤한 표정으로 전나무 둥치에 등을 기대고 있었다. 그날 밤, 그는 미소를 지으며 이제 그녀를 집에 데려다줄 시간이라고 말했다. 그녀는 치마 속의 작은 발을 동동 구르면서 말도 안 된다고 대답했다. 그녀는…… 그가 자신과 함께 있어주기를 바란다고 말했다. 그녀는 그의 물기 어린 눈빛이 변하는 것을 보았다. 그것은 애정과 엄숙함과 욕망 사이에서 갈등하는 시선이었다. 또한 두려움도 어른대고 있었다. 요컨대 그녀가 너무 어리다는 것이었다.

아니에요! 난 그렇게 어리지 않아요! 항변하는 그녀의 눈빛은 혼을 빼놓을 정도로 요염했다. 자신에게는 혼전의 사랑을 금하는 아빠 엄마도 없다고 했다. 또 자신이 선택하고 원하는 사람과 사랑을 나누는 기쁨을 맛보고 싶다고 했다. 풀밭 위, 그가 원하는 곳에 누워 그의 여자가 됨으로써 또 다른 자신으로 태어나고 싶다고도 했다.

그는 그녀에게 입을 맞추며 갑자기 수줍어했다. 키스를 더욱 깊이 이끌어가는 것은 오히려 그녀 쪽이었다. 그가 자꾸만 쌓아올리는 둑을 그녀가 계속 허물어뜨렸으니까. 주체할 수 없을 정도로 많은 여인을 유혹한 이 사내가 왜 이렇게 소심해진 것일까?

그는 그녀가 다른 여자들과는 다르다고 웅얼거렸다. 그녀는 행복에 겨워 입술로 그의 입을 막아버렸다. 그녀는 그를 갈망했고, 그런 자신의 감정에 대해 확신했고, 빠른 속도로 사랑에 취해갔다. 그녀는 그의 손으로 자신의 옷을 벗겨달라고 요구했다. 하지만 그는 그녀의 몸에 감히 손을 대지 못했다. 이윽고 욕망으로 두려움을 극복한 그는 그녀를 소유하기 시작했다. 그녀를 너무도 힘차게 사랑해주었기에 그녀는 그의 날씬한 몸이 자신을 흠뻑 채워주는 걸 느끼며 몸을 떨었다. 그녀는 쾌락을 맛보기도 전에 희열에 도달했고, 이런 그녀의 모습은 그를 웃게 만들었다.

그렇게 그들은 밤을 함께 보냈고, 그는 더이상 그녀를 떠나려 하지 않았다. 한편 그녀는 자신이 지닌 사랑의 힘의 전부를 이 사내에게 쏟아 부으리라 결심했다.

"난 당신을 믿어요." 그녀의 말에 그는 감격하여 아무 말도 못했다. "네게 상처 주게 될까 두려워." 그가 속삭였다. 그는 아직껏 이런 두려움을 느껴본 적이 없었다. 그는 자신에게 고약한—그리고 근거가 없지만은 않은—명성이 있다는 사실을 밝혀두는 게 좋겠다고 생각했다.

"나도 알고 있어요. 그래요, 난 바람둥이와 사랑에 빠진 거예요. 하지만 그게 대단한 문제라고는 생각하지 않아요. 내가 뭘 겁내야 하죠? 당신이 나를 떠나가는 거? 어차피 내일 떠나지 않나요?"

그는 그녀가 아름답다고, 벌써 성숙한 숙녀처럼 보인다고 말했다.

"그럼 당신의 숙녀가 될게요. 날 원해요?"

그는 그녀를 꼭 껴안았다. 그리고 또다시 사랑을 나누었다. 계약서에 도장을 찍듯 아주 천천히 나누었다.

그녀는 이 사내에 대한 자신의 사랑이 어떤 힘을 갖고 있는지 의식하고 있었다. 자신이 내뿜는 관능적인 흡인력에, 그의 내부에서 솟아나는 벅찬 감동에, 욕망과 섞여드는 그 존재의 뒤흔들림에 도취되어 있었다.

그들은 서로의 품에 안겨 잠이 들었다.

그후 그녀는 긴 생을 살아가면서 매일 저녁 잠들기 전이면 이 밤을 다시 생각했고, 그때마다 추억은 조금도 퇴색되지 않고 방금 전인 듯 생생하게 떠올랐다. 어쩌면 그들에게 주어진 것이 단 하룻밤

뿐이었기 때문인지도 모른다. 그 단 하나의 밤에 그들의 이야기 전체와, 허공에 떠 멈춰버린 모든 약속을 한꺼번에 응축시켜 넣을 수밖에 없었기 때문인지도 모른다.

그는 그녀를 기다리고 있었다. 그는 거기에, 입가에 미소를 띠고서 그녀 앞에 서 있었다. 그의 손에 꼭 쥐어진 것은 그녀가 보냈지만 그로서는 한 번도 받아볼 수 없었던 그 향수 뿌린 편지들이었다. 편지에 배인 오렌지꽃 향기는 조금도 변하지 않았다.

그녀는 그를 만나러 가기 위해 생을 떠났다. 육체의 고통마저 그를 향해 솟구쳐오르는 그녀를 막을 수 없었다. 한시라도 빨리 만나고 싶어 조급하기만 한 마음으로 그녀는 그것을 통과했다. 몇 시간 후, 그녀를 발견하게 된 에브네제르는 떠나간 그녀의 얼굴에 남겨진 그 부드러움, 그 기쁨에 가슴이 뭉클해졌다. 그것은 그녀가 그에게만 남겨준 어떤 메시지, 그녀 없이도 살아갈 수 있게끔 돕기 위한 선물이었다.

그녀는 자신이 그토록 애착을 느꼈던 소년 뤼네르의 혈관 속에 오빠의 피가 흐르고 있다는 사실을 모르는 채로 죽었다. 하지만 이제 무슨 상관이랴!

아르델리아의 집 앞에 도착한 에브네제르 고트로는 우선 그들이 정해놓은 암호에 따라 문을 두드렸다. 그녀가 응답하지 않았기에 그는 현관에 놓인 세번째 파란 수국 화분의 흙을 뒤적여 그녀가 항상 거기 넣어두는 열쇠를 찾아냈다.

그리고 얼마 후, 그는 자신이 한층 늙어버린 것을 느끼며 다시 계단을 내려왔다. 의사를 불렀고, 시체를 처리하기 위한 여러 가지 조치를 취했다. 아르델리아는 종종 자신이 죽고 나면 디낭의 공동 묘지에 있는 부모님 곁에, 종교의식 없이 묻히기를 바란다고 말하곤 했다.

일을 모두 처리한 에브는 즉시 조 신부에게 달려갔다. 어두운 그림자를 드리우며 그의 가슴을 답답하게 하는 빽빽한 쾨캉의 숲에서 한시 바삐 벗어나고 싶었던 것이다. 두 친구는 함께 랑스 강변으로 내려갔다. 과거 아르델리아가 매일같이 가슴 졸이며 배를 기다리던 바로 그 지점이었다.

"의사의 말로는 그녀가 사망하기 몇 시간 전에 격심한 정서적 충격을 받았다고 해. 그 충격이 그녀의 심장을 기진하게 한 거지. 아아, 그때 내가 우겨서라도 그녀에게 달려갔더라면……"

"후회란 건 부질없는 짓이야!" 신부가 말을 잘라버렸다. "그녀는 혼자서 죽는 걸 원했어. 그리고 자네 입으로 말했듯 평화롭게 운명했고."

"오늘 새벽 그녀가 내게 전화했을 때, 그녀는 자신이 죽는다는 사실을 알고 있었던 거야." 에브가 말했다. "난 그녀와 함께 있길 원했어. 그녀가 저세상으로 건너가는 것을 도와주고 싶었지. 그런데 말이야, 생각하면 참 이상하네! 그 대화를 나눈 게 방금 전 일 같은데, 지금은 그녀가 없다는 게 도무지 실감이 나지 않아……"

"항상 죽음에는 비현실적인 그 무언가가, 즉 현실로 믿기지 않는 그 무언가가 있지. 내 옆에 있었던 사람이 돌연 사라져버리잖나.

입 안에는 하고 싶은 말이 잔뜩 남았는데 말이야."

"이 사실을 뤼네르에게 알려줘야 하는데…… 용기가 나지 않네."

"그 어린 로낭 르 파우의 장례식이 있던 날, 나는 몸이 안 좋았네. 안 좋은 정도가 아니라 열이 나서 몸이 펄펄 끓었지! 그 조그만 관이 땅속으로 내려지는 것을 보러 갈 상태가 전혀 아니었어. 슬픔에 무너져내린 아벨과 로즈를 보러 갈 형편이 못 되었지. 하지만 난 내가 해야 할 일을 했다네……"

에브네제르는 반짝반짝 빛나며 라망슈 해로 평화로이 흘러 들어가는 랑스 강을 물끄러미 바라보았다. 인간의 운명과 그들의 유한한 시간, 그리고 그들의 거대하고도 비장한 투쟁에는 아무 관심 없는 듯한 유유한 물결이었다. 이러한 바다의 무관심은 기이하게도 두 사람의 마음을 평온하게 해주었다. 그렇다. 조와 그는 서로 닮은 점이 있었다. 다른 사람들의 삶이 가닥가닥 풀리며 스러져갈 때, 삶은 그들을 보존해주었던 것이다. 그는 아르델리아 역시 고통과는 멀리 떨어져 있는 사람이라고 오랫동안 믿어왔다. 하지만 그것은 큰 착각이었다. 그녀는 너무나도 강렬한 어떤 힘에 사로잡혀 있었기 때문에, 그녀 자신의 불길로 생명이 연소된 것이다. 그는 비로소 깨달을 수 있었다. 왜 자신의 사랑이 실현될 수 없었는지…… 왜 말들이, 왜 그 빌어먹을 말들이 항상 허공에 맴돌아야만 했는지……

"오랫동안 난 믿어왔지. 그녀를 사랑한다고…… 하지만 사실은, 나는 진정으로 그녀를 사랑할 용기가 없었던 거야……" 그는 쓰라린 심정으로 고백했다.

"나 역시 종종 그런 생각을 했지." 조가 대답했다. "로즈에 대해 말일세…… 사실 사제직이라든지 독신 생활…… 이 모든 것을 선택한 것은 결국 내 자신을 보호하기 위해서가 아니었을까? 모르겠네. 당시 난 너무 젊었으니까…… 나는 로즈를 사랑했어. 그리고 그녀의 아이들도 사랑했지. 자네가 뤼네르를 좋아하는 것과 같은 이유였지. 자네, 참 그애에게 애착을 느끼는 것 같더군! 그리고 그애를 돕고 싶어하지. 그로 인해 그애의 삶이 완전히 뒤바뀔 수 있음에도 불구하고 말이야. 그렇게 적극적인 자네의 모습은 처음 보았네."

"맞아." 에브네제르는 인정했다. "지금껏 나는 그렇게 내 자신을 던져가면서까지 다른 사람 일에 개입한 적은 없었어. 뤼네르에겐…… 왠지 알 수 없는 깊은 의무감이 느껴져. 아르델리아도 그 아이를 내게 맡겼고…… 하여간 오늘 새벽 나는 잠을 이룰 수 없었네. 정신병원 독방에 갇혀 전기 고문을 받는 로낭 카르덱이 떠올라서였지. 그런데 자꾸만 나를 사로잡는 의문점이 하나 있어. 왜 그는 모르톰의 참호 속에서 '우리 어머니는요, 내가 뱃사람이 되는 걸 싫어하세요'라고 되뇌었을까? 그건 어떤 반어적인 표현이었을까? 자신을 바다보다 수십 배 더 가혹한 땅의 지옥으로 보낸 어머니에 대한 조소 같은 거……?"

"가능한 얘기지…… 로낭의 어머니, 마리 아멜리가 어떤 사람이었는가 하면…… 지금과는 다른 시대에 속한 극도로 경직된 여인이었네. 어느 날 로즈가 내게 고백했어. 정신병원 의사에게서 편지를 받고 며칠이 지났을 때, 어머니가 집안 친구에게 이렇게 말하는 걸 들었다는 거야. '난 그애가 그렇게 미쳐 있느니 차라리 죽었으면 좋겠어요'…… 그런 유의 여자였어…… 하지만 그녀의 태도가 전혀 이해 안 되는 것도 아니지. 내가 자네에게 말한 적이 있던가? 마리 아멜리가 로즈를 임신했을 때, 그녀의 여동생 로젠이 당시 세 살도 안 된 어린 딸과 함께 바닷물에 몸을 던졌다는 이야기…… 로젠은 남편 앙리가 바다에서 죽었다는 소식을 들었던 거라네. 이렇게 한 가족에게 같은 불행이 계속해서 닥치는 것을 보고 있으면 안됐기도 하지만 정말 신비스러울 뿐이네. 마리 아멜리는 로젠하고 아주 가까운 사이였지. 여동생의 자살 소식은 그녀에게 큰 충격이었고, 결국 로즈를 예정보다 두 달 일찍 출산하게 됐어. 그러고 나서 얼마 후에 남편과 장남이 바다에서 죽은 거야. 이런 사연이 있는 여자니, 마지막 남은 아들이 선원이 되는 걸 금한 것은 충분히 이해되는 일 아닌가? 그런데 로낭은 베르뎅에서 미쳐 돌아왔고, 그녀는 로즈와 둘만 남게 되었네. 모녀간의 관계는 아주 복잡했어. 어쨌든 로즈는 아벨 르 파우와 결혼할 때 어머니를 부르지 않았지."

"이런 제기랄! 하마터면 잊어버릴 뻔했네! 아벨 르 파우의 어머니 이름이 뭐였나?" 에브는 머릿속의 정보를 정리해보려 애쓰면서 질문했다.

"엘로이즈일걸세. 아니면 엘리즈였거나…… 그녀 역시 결혼식에 오지 않았지. 아들의 선택을 받아들이지 않은 것 같아. 왜 그랬는지는 나도 지금까지 이해하지 못했네. 하지만 말일세, 우리네 마을에는 어떤 끈질긴 원한 같은 게 존재하지 않는가? 그 근원은 잊혀버렸지만 세대를 넘어 이어져 내려오는……"

"맞아, 엘로이즈야! 엘로이즈 르노아크!" 에브가 외쳤다.

"그래, 맞아. 르노아크야."

"그러니까 새벽에…… 아르델리아가 내게 말해줬어. 그녀의 오빠 아벨은 엘로이즈와 약혼한 사이였다고. 다시 말해서…… 그가 두 달 후에 죽지 않았더라면…… 서둘러 결혼식을 올릴 예정이었지. 오갈 데 없는 신세에 임신까지 하게 된 그 불쌍한 처녀는 아기까지 받아들여준 어떤 착한 사내에게 시집간 거야. 아벨 르 파우는 자기 친부가 따로 있다는 사실을 몰랐어."

"가만! 내가 정확히 이해했다면, 그의 생물학적 아버지인 첫번째 아벨은 아르델리아의 오빠였다는 말인가? 그럼 그는 어떻게 죽었나?"

"뉴펀들랜드에서. 마리 루이즈 호에서 죽었지."

"카르텍의 배에서?"

"카르텍의 배라니?"

"여보게! 마리 루이즈 호는 카르텍 선장의 배란 말일세!"

"가만있어보자, 마리 루이즈 호가 카르텍의 배라면……" 에브는 따져보기 시작했다.

"그렇다면 자기 남자를 싣고 침몰한 배의 선장이었으니 엘로이즈가 원망할 수밖에 없었겠지……" 조가 에브를 대신하여 말했다. "그런데 어느 날 갑자기 아들이 찾아와, 세상에 많고 많은 여자 중에서 하필 로즈 카르텍과 결혼하겠다고 했으니 그 마음이 오죽했겠나?"

에브는 너무도 놀라 입이 벌어졌다. 아르델리아, 엘로이즈와 아벨, 이봉 카르덱과 마리 아멜리 카르덱, 로즈와 아벨 르 파우……
이 모든 파란만장한 가지들은 얽히고설켜 매듭에 매듭을 이루면서
뤼네르에게까지 내려온 것이다. 그는 갑자기 자신 앞에 펼쳐진 이
진실의 엄청난 규모에 경악하지 않을 수 없었다.

"하느님의 길은 그 깊이를 측량할 수 없도다! 그렇지 않은가?"
신부가 미소 지었다.

두 개의 상반된 흐름이 희생자와 도살자의 후손을 합쳐놓은 것
이다.

"아니, 그렇다면," 다시 조가 말했다. "뤼네르와 아르델리아도
친척 관계란 말인데……"

"그렇네. 하지만 아르델리아는 뤼네르가 자신의 증손자임을 모
르고 죽었지! 자기 오빠의 후손이라는 사실을……"

"뤼네르에게는 자네가 알려줘야겠지…… 그애는 언제 보려는
가?"

"모르겠네. 그애에게서 소식이 없어. 전화를 해오면 모든 걸 들
려줘야지." 에브네제르의 어두운 시선은 더이상 아르델리아가 그
누구도 기다리러 나오지 않을 부두를 응시하고 있었다.

14
기누

마치 우물 속으로 떨어지는 돌멩이 같았다. 기누는 늙은 호두나무의 긴 가지를 부러뜨리며 어두운 정원으로 추락했다.

엄청난 격렬함으로 땅에 부딪혔다고 생각하는 순간, 눈앞의 풍경이 꺼져버렸다.

수천 마리의 벌들이 웽웽거리는 것 같은 견딜 수 없는 소리가 귀를 후비고 들어오며 끝없이 울렸다.

그리고 이제 모든 굴레와 고통에서 해방된 기누는 자신의 몸 위에 떠 있었다. 그는 위에서 모든 걸 내려다보고 있었다. 움직이지 않는 자신의 몸 쪽으로 뛰어오는 브누아, 정원, 부러진 호두나무 가지, 가지 높은 곳에 걸린 터진 공, 이 모든 세세한 것들이 놀라울 정도로 선명하게 보였다.

형은 어디 있었던 거지? 왜 저렇게 얼굴이 일그러졌지?

처음에 그는 풀 위에 누워 있는 그 가냘픈 몸의 주인이 자기라는 사실을 몰랐고, 잠시 후 간신히 그 사실을 깨닫게 되자 비로소 자신이 이런 상태가 된 것에 가슴이 아파왔다. 그 얼굴이 얼마나 창백했던지! 그는 부모님이 집에서 허겁지겁 뛰어나와 축 늘어진 헝겊 인형을 향해 달려가고, 아빠가 자신의 가슴을 거칠게 눌러대는 광경을 다 지켜보았다.

싫어! 놔둬! 날 가만히 놔둬! 그는 소리 질렀다. 하지만 그 누구도 고개를 들지 않았고, 누구도 그에게 관심을 주지 않았다.

그는 눈에 **보이지** 않게 된 것이다.

그는 자신의 몸을 함부로 다루고 있는 엄마 아빠의 손을 붙잡으려 했다. 왜 날 저렇게 아프게 하지? "날 내버려둬! 난 괜찮단 말이야!" 이렇게 말하고 싶었다.

난 **죽었어**. 그는 문득 이렇게 중얼거렸다. 그러자 기이한 행복감이 그를 사로잡았다.

그는 주위에서 들리는 모든 소리를 들을 수 있었고, 구급차가 도착하는 광경도 볼 수 있었다.

하지만 모든 것에서 분리되어 마치 남의 일인 양 내려다보는 이 구경꾼의 즐거움은 다음 순간 찾아온 강렬한 슬픔에 의해 갑작스레 사라져버렸다.

그는 외로웠다. 너무나도 외로웠다. 그가 거기 있다는 사실을 아무도 몰랐다. 다른 사람들에게 자신의 목소리를 들려주지 못해 어쩔 줄 몰라하고 있다는 사실을 누구도 전혀 알아채지 못했다.

그 순간, 기누는 어둠 속으로 미끄러져 들어갔다.

그는 어떤 좁은 통로 속으로 빨려 들어갔다. 물질적인 견고함이 느껴지지 않는 통로, 허연 증기처럼 유동하며 손에 잡히지 않는 밤의 통로였다. 그런데 이상한 일이었다. 그의 내부에서 무거운 불안감이 새어 나오려는 순간, 그는 누군가가 옆에 있음을 느꼈다. 곁에 바짝 붙어 있지만 그를 건드리지는 않고 호위해가면서 푸근한 열기를 전달해주었다.

그는 현기증 나는 속도로 계속 미끄러져갔고, 마침내 터널 끝에 이르렀다.

어둠의 한가운데서, 그는 희미한 형태와 윤곽을 분간하기 시작했다. 그리고 그 윤곽들은 점차 또렷해졌다. 그는 나무둥치와 잎사귀와 높직한 나무가 빽빽하게 늘어선 숲을 보았다. 멀리 떨어져 있는 것 같은 어떤 빛이 나무 뒤에서 희미하게 새어 나왔다.

그 희미한 빛은 그를 맞으러 다가오면서, 지극한 행복감으로 그를 감싸주었다…… 한 번도 느껴본 적 없는 깊고 강렬하고도 평온한 감정이었다. 그 비물질적인 존재는 그를 알고 있었다. 아주 오래전부터, 그가 갓 난착상*되어 옹알거리는 몇 개의 세포덩어리였을 때부터 그를 알고 있었다. 기누는 그 존재가 자신을 자석처럼 끌어당기고 있음을 느꼈다. 그 존재에게 되돌아가고 싶은 욕구, 숲을 통과하여 자신의 근원에게 다가가고 싶은 불타는 욕구를 느꼈다. 그 빛은 숲을 태우지 않으면서 불사르고 있었다. 빛에서는 어떤 에너지가 발산되었고, 그 에너지는 그것이 만지는 모든 것 위에

---

* 수정된 포유류의 난소가 자궁점막에 착상되는 것.

광채처럼 쏟아져내려왔다. 그리고 이 기이하고 굉장한 열기 속에서 기누는 진정한 자신의 모습을 볼 수 있었다. 그는 더이상 아들, 아이, 동생만이 아니었다. 그의 의식은 그의 모든 부분, 존재의 무한한 자원을 한꺼번에 조감하고 있었다.

그때, 기누는 그들을 보았다.

그들은 숲 언저리에 서 있었다. 몇 개의 실루엣이 그를 쳐다보면서 그에게 미소 지었다. 그는 곱슬머리의 조그만 여자아이와 기누 또래의 가냘픈 소년을 보았다. 또 그들과 가까운 곳에, 키만 껑청하니 빼빼 마른 적갈색 머리의 한 병사가 자기는 새들의 비밀을 알아냈노라고 말하고 있었다. 평온해진 그의 얼굴은 다시 젊어진 것 같았다. 마지막으로 기누는 한 부인을 보았다. 금발에 온화한 얼굴의 아름다운 부인이었다. 한 번도 본 일이 없지만 기누는 그녀를 알아보았다. 그래, 바로 그녀였다. 할머니였다. 그에 대한 사랑으로, 사람들에게서 이해 받지 못하는 슬픈 아이가 늘 상상하던 바로 그 사랑으로 빛나는 할머니였다.

실루엣들은 멀리 떨어진 곳에서 그를 기다리고 있었다.

그는 그들에게 가고 싶었다. 저들은 숲의 나무 사이로 새어 나오는 저 하얀 빛이 있는 곳으로 나를 데려가주겠지.

기누는 실루엣들을 향해 걸어갔다. 네 개의 얼굴은 그가 다가오자 한층 더 밝아졌다. 그리고 금발 곱슬머리의 여자아이는 포동포동한 손을 그에게 들어 올리며 즐거워했다.

이제 그는 그들에게서, 그리고 나무에서 불과 몇 미터 떨어진 곳에 있었다. 그는 숲을 향해 나아갔다. 평온하고, 행복하고, 홀가분한 마음으로.

하지만 손끝이 그들에게 닿는 순간, 기누는 느닷없이 뒤로 튕겨졌다. 보이지 않는 어떤 손이 그의 등을 세차게 잡아당긴 것이다.

그러자 할머니의 말씀이 들렸다. 아무런 단어도 입 밖으로 내지 않고 그의 머릿속에 직접 하는 말이었다. 기누, 넌 더이상 올 수 없어. 너의 시간은 아직 오지 않았단다. 그러니 다시 돌아가야 해. 그는 같은 방법으로 할머니에게 대답했다. 싫어요, 전 안 갈래요! 그는 단호했다. 그러자 할머니는 화를 내며 당장 돌아가서 엄마를 구해주라고 명령했다. 기누는 화가 치밀어오르는 걸 느꼈다. 저 아래로 돌아가고 싶지 않았던 것이다. 나를 그냥 여기 있게 해줘요! 그는 골을 내며 말했다. 하지만 보이지 않는 손은 그의 의사도 묻지 않은 채 그를 계속 잡아당겼다.

기누가 그의 뜻과 욕망에도 불구하고 아름다운 부인에게서 찢기듯 떼어져 멀리 끌려가는 중에도, 할머니의 얼굴은 여전히 사랑으로 빛났고, 눈으로는 그를 만나게 된 기쁨을 말하고 있었다. 때가 되면 다시 만나게 될 것이라고 했다.

기누는 다시 몸속으로 되돌려졌다. 집이 폭발하여 산산조각으로 날아가버리는 것만큼이나 갑작스럽고 난폭하고 고통스런 느낌이었다. 그는 자신이 더이상 원치 않는 이 몸, 고통에 불과한 이 몸속에 죽은 물체처럼 떨어져내리는 것을 느꼈다. 그것은 수천 개의 바늘이 동시에 찔러댈 때 느껴지는, 휘황하기조차 한 백열白熱의 고통이었다. 그의 정신을 담은 둑이 이 고통을 피하려고 스스로를 허물어뜨리자, 그는 그의 내부 깊은 곳, 아주 깊은 곳으로 휩쓸려가

꼴까닥 잠겨버렸다. 이렇게 비수에 찔린 사람처럼 표랑하던 기누는 메아리처럼 들려오는 여러 목소리를 들었다. 이상할 만큼 낮고 단조롭게 들리는 아빠의 목소리, 그리고 흐느낌에 부서지는 엄마의 목소리. 그는 그의 부재로 인해 일그러졌고 한없는 고통이 배어 있는 그 목소리들을 들었다. 모두가 처음 들어보듯 설게만 느껴지는 음성이었다. 그것과 섞이고 있는 의사며 간호사의 목소리처럼 말이다.

"맥박이 잡혀요! 맥박이 잡혀요!" 누군가의 목소리가 외쳤다.

기누는 더이상 자신의 몸 위에 떠 있지 않았다. 그는 다시 몸 안에 있었다. 너무나도 고통스러워 신음을 토하지 않을 수 없게 하는 그 새장 속에 말이다. 그는 눈을 뜨면서 팔과 다리와 부러진 옆구리에서 올라오는 고통을 막아달라고 호소했다. 눈을 뜨자 자기 위에 몸을 굽힌 브누아가 보였다. 그를 떠나지 않았던 브누아, 그가 허공으로 떨어진 이후 단 한 순간도 동생 곁을 떠나지 않은 브누아 형이었다. 소리 없이 새어 나온 눈물이 기누의 작은 얼굴을 뒤덮었다. 그것은 그토록 매력적이었던 죽은 이들의 나라에서 돌아와야만 했던 고통을, 아니, 그 벅찬 감동을 표현하는 눈물이었다.

"우리 아들에게 무슨 일이 일어난 거죠?" 에반이 르 바즈 교수에게 물었다.

마리안 르 바즈는 기누가 이송된 디낭 병원의 응급실 실장이었다. 정력적인 큰 체구의 이 50대 여인은 가늘고 우아한 회색 테 안경을 쓰고 있었고, 안경 뒤의 날카로운 눈으로 에반을 유심히 살펴보았다.

"잠시 동안 죽음과 가까운 상태에 다녀온 거예요." 그녀가 대답했다. "우리는 이것을 '임사臨死 상태'라고 부릅니다. 아주 운이 좋았던 셈이죠."

"임사 상태라고요? 하지만 맥박이 더이상 뛰지 않았는걸요! 분명히 죽었었다고요!"

"아마 아버님도 아시겠지만 과학적인 관점에서 죽음이란 정의하기 어려운 개념입니다. 최근에는 심장 활동이 정지하는 시점과 사망을 선언하는 시점 사이의 간격을 넓게 잡는 경향이 있어요. 다시 말해서 의학적 죽음과 뇌의 죽음은 구별해야 한다는 뜻이죠. 오늘날의 의학은 인간 생명의 기준을 심장보다는 뇌로 보고 있답니다. 몸이 아직 반응한다 하더라도, 뇌가 반응하지 않으면 사망했다고 판정하는 거죠. 의학적 죽음, 혹은 뇌의 죽음 언저리에는 여러 가지 은밀하면서도 신비한 상태가 존재해요. 혼수상태가 그 좋은 예죠…… 그때 무슨 일이 일어나는지, 이런 순간에 환자의 의식은 어느 정도이며 뇌는 얼마나 변질되는지, 이 모든 것은 아직은 신비일 뿐입니다. 요약하자면 아드님의 심장은 얼마 동안 정지되어 있다가 다시 뛰기 시작한 겁니다. 이 사이에 아이는 삶과 죽음 사이의 어떤 곳에 있었던 건데, 그것은 혼수상태는 아니에요. 다른 것이죠. 우리가 '임사'라고 부르는 것 말입니다."

"그러면 제 아들은 괜찮을까요? 혹시 어떤…… 후유증이라도?"

"의학적으로는 아무 문제 없어요. 골절이 여러 곳 있긴 한데, 곧 괴로운 추억으로만 남겠죠. 하지만 사고로 인한 후유증은 남을 수 있어요. 심리적, 정서적 후유증 말입니다. 몹시 큰 충격을 받았으니까요. 앞으로 몇 주 동안은 약간 혼란스럽고 약한 모습을 보일 수 있어요. 아무것도 아닌 일에 울음을 터뜨린다거나, 혼자 있는 걸 무서워한다거나, 갑자기 슬퍼하고 화를 낼 수도 있죠. 얼마 동안은 심리치료를 받는 게 좋을 겁니다. 하지만 조금만 참고 기다리시면 모든 게 정상으로 돌아올 테니 걱정 마세요." 그녀는 엷은 미소를 띠며 매듭지었다. "이제 아드님은 살아난 거예요."

여러 날 동안 기누는 자기가 겪은 일을 아무에게도 말하지 않았다. 그것을 묘사할 수 있는 적합한 말을 찾을 수 없으리라 확신했기 때문이다. 그와 같은 경험은 겪어본 사람만이 이해할 수 있을 터였다.

사람들의 극진한 간호와 관심에 둘러싸여 있었지만, 그는 우울했고 끔찍한 외로움을 느꼈다. 간호사들은 그를 깨지기 쉬운 도자기처럼 다루었고, 부모와 형제들은 교대로 그의 머리맡을 지키면서 만화책이나 초콜릿 등을 가져다주었다. 하지만 그는 자신이 더이상 그들과 같은 세계에 속해 있지 않으며, 그 경험 때문에 가족 가운데 이방인이 되어버렸음을 느꼈다. 그때 본 빛의 파장은 계속하여 그의 기억을 흔들어댔다. 마치 떨어져내린 돌멩이가 만든 파문이 점점 더 커다란 원을 그리며 멀어지는 것처럼……

기누는 심리치료사를 만나지 않겠다고 말했다. 돌이켜 생각해보니 블랑샤르 의사는 그리 믿을 만한 사람이 아닌 것 같았고, 그래서 다른 의사들도 다 한통속으로 여겨졌다. 내가 겪은 이야기를 들려준다면 그들은 어떤 반응을 보일까? 분명히 무슨 황당한 소리냐며 나를 비웃음 어린 눈으로 쳐다보겠지. 그런 사람들을 마주하고 싶은 생각은 추호도 없었다.

기누에게는 예전처럼 엄마가 사랑해주던 어린아이로 되돌아가고 싶은 마음이 아직 남아 있었다. 그는 이전의 습관에 다시 기대보기도 했으며, 엄마의 애무와 키스를 구걸하기도 했다. 하지만 속으로는 명확히 알고 있었다. 자신이 그 여행에서 다른 사람이 되어 돌아왔다는 것을. 이제는 더이상 죽는 것이 두렵지 않았다. 그리고 수없이 많은 다른 두려움의 근원이었던 죽음의 두려움이 사라지고 나니, 삶은 더이상 수많은 허들을 뛰어넘어야 하는 장애물 달리기가 아니었다.

오히려 문제는 엄마였다. 다시 태어나 이방인이 되어버린 자신을 받아들일 수 있게끔 엄마를 천천히 적응시켜줄 필요가 있었다. 그는 자신 안에서 어떤 힘을 느꼈다. 그것은 세계의 위대한 균형 안에 모든 것을 제자리로 되돌려놓는 힘이었다. 그런데 이 힘 앞에서 어머니는 당황해했다. 기누는 이런 어머니를 안심시켜주고 싶었다. 자신은 아직도 작고 겁 많은 아이일 뿐이라고 말해주고 싶었다. 하지만 그런 거짓말은 이제는 불가능할 것이다. 비록 그가 온몸에 깁스를 하고 누워 있는, 아직은 가냘픈 몸에 불과하지만 말이다……

가끔 에노가는 그를 기이한 표정으로 쳐다보곤 했다. 마치 아들의 비밀을 알아차린 듯한 표정이었다. 하지만 얼마 후, 그는 자신의 생각이 잘못되었음을 깨달았다. 엄마는 그저 머릿속에 떠오른 어떤 불쾌한 생각을 쫓아버리려 애쓰고 있었던 것이다. 이따금 그녀는 옛날처럼 아이 곁에 앉아서 동화책을 읽어주기도 했다. 엄마의 향기 속에서 잃어버린 과거의 편린을 잠시나마 맛볼 수 있는 순간이었다.

그는 이제 자신이 다른 사람들로부터 독립된 존재임을 인지했고, 누구와 경쟁하거나 그의 자리를 얻고 싶은 욕구를 더이상 느끼지 않았다. 이제 남은 것은 혼자 걸어가게 될 자신의 인생길의 입구를 찾아내는 일이리라.

어린 아들을 잃었다가 다시 찾게 된 그날 밤 이후로, 에노가는 자신이 결코 예전처럼 될 수 없다는 사실을 예감했다. 브누아가 "엄마!" 하고 울부짖으며 그 유난히도 달콤한 잠에서 그녀를 끌어내었을 때, 또 잠에서 완전히 빠져나오지 못해 손으로 주위를 더듬어가며 계단을 내려와 아들의 생명 없는 몸을, 높게 자란 풀 속에 축 늘어져 누워 있는 그 작은 몸을 보았을 때, 그녀 안의 작은 계집아이는 울부짖었다. 발밑의 땅이 흔들리도록 울부짖었다.

'이름 없는 그것'이 아들을 데려간 것이다. 그녀의 가장 소중한 것을, 그녀의 살에서 나온 그 보물을, 삶에 대한 욕구로, 사랑에 대한 그녀의 지치지 않는 욕망으로 빚어놓은 그 보물을 빼앗아간 것이다. 험난했던 어린 시절을 견뎌내고 살아남은 그 끈질기고도 풍요한 생명이 이제 아들과 함께 꺼져버리려 했다. 그녀가 평화롭게 잠들어 있던 사이에 그녀가 가장 두려워하던 일이 일어난 것이다. 수많은 세월 동안 물샐틈없이 방비해왔건만, 한순간 방심하니 모든 게 끝이었다. 다른 아이들에 대한 그 엄청난 사랑마저도 이 소용돌이에 맞서 싸우기에는 충분치 않을 것이다. 벌써 그녀의 온 존재는 소용돌이 속으로 빠져 들어가고 있었다.

에반조차 급류에 휩쓸려가는 그녀를 건져낼 수 없었다. 에노가는 그 자신의 고통으로 죽은 것이나 다름없는 상태였다. 그는 난파당한 사람을 안아주듯 그녀를 꼭 끌어안았다. 그녀가 힘을 내주길 바랐지만, 그녀 속의 모든 것은 이미 벼락 맞아 새카맣게 타들어갔다.

구급차를 타고 달려온 의사는 그녀에게 매우 신중하게 말했다. 마치 지붕에서 몸을 던지겠다고 위협하는 사람을 달래는 듯한 말투였다. 어쩌면 그녀의 상태가 위태로워 보였는지도 모른다. 어쩌면 그녀의 눈에서 새끼가 살해당한 암곰의 난폭한 결의를 느꼈는지도 모른다.

그녀가 말하는 모든 문장은 흐느낌으로 끝났다. 그녀 안의 작은 계집아이가 그녀 몸 안의 모든 눈물을 남김없이 쏟아내었다.

그녀는 브누아가 절망하는 모습을 보았다. 하지만 큰아들에게 다가가 품에 안아주고, 마음껏 울게끔 도와줄 수 있는 힘이 남아 있지 않았다. 상송은 2층에서 울고 있었다. 하지만 그녀는 몸을 움직일 수 없었다. 그녀의 내부는 마치 죽은 사람 같았다. 하지만 아무도 그 사실을 알아차리지 못했다.

그런데 갑자기 의사가 소스라쳤다. 방금 전 기계가 심장의 활동을 기록한 것이다.

그녀는 의료팀이 분주히 움직이는 모습을 멍하니 바라보았다. 그리고 간호사가 외쳤다. "맥박이 잡혀요! 맥박이 잡혀요!"

말도 안 돼! 저들이 착각하고 있는 거야. 정말로 잔인한 사람들이야. 조금 전 그녀는 아이가 조금이라도 열이 있다고 의심될 때면 늘 해보던 습관대로 아이의 이마에 입술을 대보았다. 그러고는 전율하며 화들짝 몸을 뗐다. 몸은 아직 미지근하고 부드러웠지만 이미 생명은 빠져나가 조금도 반응하지 않았던 것이다.

그녀는 자신도 모르게 외쳤다. "그만둬요! 그만두라고요!"

내게 헛된 희망을 주지 말아요! 당신들을 용서하지 않을 거야!

의사는 그녀에게 부드럽게 말했다. "부인, 아이의 심장이 다시 뛰기 시작했어요."

그녀는 겉으로 매우 차분해 보였는데도 의사는 마치 신경증 발작을 일으킨 사람을 다루듯 말했다.

에노가는 아들에게 다가가 몸을 굽혔고, 아들의 손목에 살며시 손가락을 대보았다. 적갈색 주근깨가 흩뿌려진 섬세한 피부 아래로 규칙적인 파장이 다시 느껴졌다.

오, 하느님! 이건 불가능한 거죠? 만일 가능한 일이라면 증명해주세요! 오, 괴로워서 죽을 것만 같나이다!

기누가 눈을 떴다. 아이는 울고 있었다. 살아 있었다.

"애가 살아 있나요? 정말 살아난 건가요?"

의사는 아이가 여러 군데 골절상을 입었으므로 병원으로 데려가야 한다고 설명해주었다. 아이의 심장이 다시 뛰게 된 이상 그들 모두 각자의 역할을 수행할 수 있게 되었다. 그 역할이란 죽은 자를 애곡하는 일이 아니라 산 자를 구하는 일이었다. 사람들은 기누를 무한한 정성으로 모포에 쌌다. 그녀는 구급차에 기어올랐고, 남편은 남은 가족을 보살피기 위하여 집에 남았다.

다음날 오전이 되어서야 뤼네르가 돌아왔을 때, 집에 있는 사람은 상송과 브누아뿐이었다. 에노가는 둘째 아들이 그날 밤 정원에 내려오지 않았다는 사실을 영영 모를 것이다. 또 그 일보다도 훨씬 더 큰 불행이 자신을 살짝 비껴갔다는 사실도 알지 못하고 지나갈 것이다.

그녀의 가슴은 감사로 넘쳤다. 이제 그녀는 어렴풋이 깨달을 수 있었다. 지금까지 자신이 하느님께 기도해왔다면, 그것은 어떤 파괴적인 힘에게 제발 우리를 해치지 말아달라고 살살 달래는 것과 같은 기도였다는 사실을 말이다. 그녀는 이 무서운 하느님의 진노를 피하기 위해 아들들에게 세례를 주었다. 하지만 항상 마음속 깊은 곳에서는 최악의 일을 두려워했다. 아니, 항상 최악의 일만을 생각해왔다. 그리고 하느님이 그녀와 아이들을 보살펴줄 수 있다는 생각은 꿈에도 해본 적이 없었다. 그런데 그날 밤 그분은 그녀에게 아이를 돌려준 것이다. 하느님의 손이 그 작은 아이 위에 임하여, 아이를 죽음에서 다시 빼앗아온 것이다. 이제 그녀는 분명히 알게 되었다. 기누가 죽었다가 삶으로 돌아오는 광경을 지켜보면서도 그녀는 아무것도 할 수 없었다. 그녀의 전능한 사랑마저 문 밖에서 기다리고 있어야 했다. 아들의 생명은 그녀의 손이 아닌 다른 손 안에 담겨 있었다.

어쩌면 이 생명이 그녀의 손 안에 있었던 적은 한 번도 없었는지도 모른다. 심지어는 아이가 너무도 연약하던 젖먹이였을 때조차. 어쩌면 그녀는 환상의 노리개였는지도 모른다. 그 오랜 세월 동안 보호자로서의 자신의 역할을 과장해온 그 어리석음이라니…… 갑자기 그녀의 모든 불안감은 사라져버렸고, 그 해묵은 공포와 강박관념에서 해방되었다. 마침내 그녀는 자신이 아이들을 생의 위험으로부터 보호해줄 수 없다는 사실을 받아들이게 되었다. 거추장스러운 권력의 일부분을 다른 누군가에게 넘겨주는 것을 비로소 받아들일 수 있게 되었다.

에반은 아이들 스스로 알아서 하도록 아이들 각자에게 모든 걸 일임할 터였다. 하지만 에노가는 그들을 완전히 믿을 수는 없을 것이다. 아침에 옷을 두껍게 껴입을 때나, 좋은 아가씨와 사랑에 빠질 때나, 재능을 꽃피울 수 있는 훌륭한 직업을 찾는 일에 있어서나…… 하지만 적어도 겉으로는 아이들을 신뢰하는 듯이 보일 것이다. 그리고 매일 저녁, 그 위대하신 수호자께 당신의 역사役事를 계속해달라고 기도할 것이다. 그런 특별한 은총을 받을 자격이 조금도 없을지라도……

그녀는 상처 입은 엄마를 홀로 남겨놓고 집을 나온 배은망덕한 딸이 아니었던가? 그녀가 엄마의 죽음을 알게 된 것은 브누아가 뱃속에서 발길질하던 어느 날 아침, 신문을 통해서였다. 로즈의 시체는 그녀가 층계에서 떨어진 지 사흘 후, 이웃들에 의해서 발견되었다. 엄마는 고통을 느꼈을까? 도와달라고 신음했을까? 또 그녀를 불렀을까? 책망할 때가 아니면 엄마를 쳐다보지도 않던 그 딸을? 아니면 질다 오빠의 이름을 불렀을까?

그 '기적'이 있고 난 후, 이러한 질문들은 그녀의 뇌리를 떠나지 않았다. 후회를 느끼지는 않았지만, 무한한 슬픔이 엄습해왔다.

부활절 주간의 어느 날 아침이었다. 가정은 정상적인 삶으로 돌아왔고, 에노가는 기누 곁에 앉아서 뜨개질을 하고 있었다. 깊은 상념에 잠긴 것 같았던 기누가 갑자기 엄마 쪽으로 고개를 돌렸다.

"엄마! 그런데 말이야, 내가 죽었을 때 있잖아, 나한테 한 가지 일이 일어났어." 그는 단숨에 털어놓았다.

에노가는 봄옷 천 아래의 섬세한 피부에 주름이 잡히는 것을 느꼈다. 호수의 잔잔한 수면이 문득 불어온 미풍에 파르르 잔물결이 이는 것처럼. 하지만 그 미풍은 이내 호수 밑바닥으로 사라져버렸다. 더 잘 듣기 위함이었다.

"내가 몸에서 빠져나왔는데, 다음 순간 어떤 터널에 있었어……거기엔 숲이 있었어. 왜, 엄마도 알잖아, 내가 어렸을 때 함께 밤 따러 가곤 하던 그런 숲…… 그리고 거기 나무들 뒤에서 빛이 나왔어. 아주 큰 빛이었는데 날 부르더라. 그쪽으로 몹시 가고 싶었어…… 근데 거기엔 아주 착한 사람들이 있었어. 죽은 사람들 말이야…… 한데 이상하게도 무섭지 않았어. 나를 몹시 사랑하는 어떤 부인이 나보고 돌아가라고 했어. 나는…… 미안해, 엄마, 하지만 난 정말 그곳에 있고 싶었어, 그곳이 너무 좋았거든…… 근데 그 부인이 나를 막 혼내는 거야. 그리고 내 머릿속에서 말했어. 엄마를 위해 돌아가야 한다고. 그때 난 그 부인이 누구인지 알게 됐어. 바로 우리 할머니였어. 돌아가신 할머니."

에노가는 몸을 돌렸다. 눈에서 불처럼 뜨거운 눈물이 넘쳐 올랐고, 지금껏 그녀가 억누르고 묻어버렸던 일들이 눈물에 섞여들었다. 작은 사내아이 방의 잠겨버린 문, 이중 자물쇠로 잠긴 듯 견고하기만 하던 그 정적, 엄마의 차가운 목소리, 무겁게 드리워진 커튼, 아빠의 시체, 검은 양복차림으로 영안실 한구석에 누워 있던 그 뻣뻣한 몸, 아빠의 차가운 얼굴을 만져보고 나서 죽음의 실체를 알게 된 엄마의 비명…… 처벌, 가출 전날 밤, 그리고 가방 하나를 들고 그 썰렁한 큰 집을 도망쳐 나왔던 그 가을 아침. 그때 그녀는 뒤도 돌아보지 않았고, 덧문이 굳게 닫힌 창문에 눈길 한번 던지지 않았지……

"엄마, 내가 한 말 믿어?"

에노가는 떨면서 고개를 끄덕였다. 그리고 기누를 끌어안았다. 자신의 포옹으로 아이의 뜨거운 몸이 부드러워지는 것을 느끼면서.

"엄마, 나 젖잖아!" 아이는 투덜대며 몸을 뺐고, 그녀는 눈물 사이로 미소를 보냈다.

15
브누아

기누의 심장이 다시 뛰기 시작했을 때, 브누아는 처음에는 그 사실을 받아들이려 하지 않았다. 엄마는 아들들에게 신앙을 전해주려고 노력해왔다. 하지만 그렇게 아들들에게 뿌려진 신앙의 씨가 싹을 틔울 전망은 별로 보이지 않았다. 열다섯 살 브누아는 마구간 지푸라기 위에서 탄생했다는 구세주의 이야기를 더이상 믿지 않았으며, 부활 또한 깊은 회의의 눈으로 바라보았다. 요컨대 그는 기적 따위는 믿지 않았다.

그는 동생의 맥박이 꺼진 것을 확인했고, 더이상 살 수 없을 것 같은 격심한 충격을 느꼈다. 그런데 잠시 후, 상상할 수 없는 일이 일어난 것이다. 얼이 빠진 그를 납득시키기 위해 의사 한 명이 그와 얼굴을 맞대고 설명해줘야 했다. 동생은 분명히 살아난 거라고, 이런 현상은 의학적으로 드문 게 아니라고, 따라서 이 현상의 의미를 이해하기 위해 굳이 바티칸 교황청까지 찾아갈 필요는 없노라고…… 반쯤만 살아서 숨만 깔딱대는 정도가 아니라, 완전히 살아났다. 뼈가 부러진 것이 아파서 엉엉 울 정도로 펄펄 살아 있었다.

그의 꿈속에서 작은 여자아이의 몸이 수면 아래로 완전히 사라져버린 것이 사실이었듯이, 기누의 몸이 죽음에 다가갔다가 다시 돌아온 것도 엄연한 사실이었다. 다시 눈을 뜬 동생은 눈물이 그렁그렁한 채로 큰형을 응시했다.

끔찍한 불행이 마치 『피노키오』에 나오는 고래처럼 그들 가족을 삼켜버렸다가 재채기하면서 다시 뱉어냈다는 사실을 알게 되자, 브누아는 이제 동생의 눈을 똑바로 쳐다볼 수 없었다. 눈물에 젖은 기누의 시선이 자신을 비난하고 있다고 느껴졌던 것이다.

그는 울부짖어 동생의 잠을 깨웠다. 기누가 떨어진 것은 브누아의 잘못이었다. 소년은 이미 수없이 들은 바 있다. 몽유병자들은 깨우는 게 아니라고. 그들은 자면서도 자신이 하는 행위를 다 알고 있으며, 가만히 내버려두면 밤중에 돌아다니다가 결국에는 침대로 돌아간다고. 하지만 그는 동생이 창문 밖으로 다리를 내놓는 걸 보고 너무도 겁이 났던 것이다. 만약 기누가 의사들이 말했던 '임사 상태'로 들어가지 않았더라면 이 이야기는 공동묘지로 끝이 났을 일이었다. 동생이 신비스럽게 생명을 되찾았다는 사실은 그의 죄책감을 조금도 덜어주지 못했다. 하여 브누아는 처음 며칠 동안은 기누가 입원해 있는 병원에 감히 찾아갈 수 없었다. 다른 가족들이 병원에 갈 때도 그는 상송을 돌보겠다고 하거나 다음날 제출해야 할 급한 과제가 있다고 둘러대며 함께 가는 것을 피하곤 했다.

어느 날 저녁, 아버지가 브누아의 방에 들어왔다. 지금 병원을 다녀오는 길인데, 기누가 큰형을 찾는다고 말했다. 하루도 빠짐없이 형을 보고 싶어하며, 형 소식을 묻는다는 것이었다. 브누아는 상송을 돌보려면 누군가 집에 남아 있어야 하지 않느냐고 물었다.

"내일은 토요일이니까 내가 상송을 병원에 데려가려고 한다. 녀석이 기누 형은 어디 있냐고 자꾸 물어. 그냥 설명만 해주니 이해를 못 하는 것 같아. 직접 보여줘야지."

브누아는 그들과 동행했다. 병원에서 그들은 회복중인 기누를 담당하는 의사와 이야기를 나눴다. 당당한 체격에 용모도 아름다운 의사는 브누아가 좋아하는 학급 친구 솔렌의 어머니였다. 하필 이런 특별한 상황에서 솔렌의 엄마를 만나게 되다니! 저분도 내가 얼마나 형편없는 녀석인지 들어서 알고 있겠지…… 바짝 주눅이 들었다. 부모님이 브누아를 소개해주자 르 바즈 교수는 하던 일을 잠시 멈추고 미소를 지으며 악수를 청했다.

"그래, 동생의 생명을 구했다는 애가 바로 너로구나! 기누는 정말 운이 좋았어. 마침 네가 거기 있었으니 살아난 거야."

너무나도 심술궂은 조소 앞에서 브누아는 쥐구멍이라도 찾아 들어가고 싶은 심정이었다. 아버지는 큰아들이 자랑스럽다는 듯 아들의 어깨에 팔을 둘렀다. 아니, 그렇다면…… 지금 르 바즈 부인은 진심으로 말하고 있는 건가?

지금 사람들이 엄청난 오해에 빠져 있다는 사실, 이것은 기누의 병실에 들어가자 분명히 확인되었다. '마틸드'라는 이름표를 달고 있는 젊은 간호사가 그를 영웅처럼 맞아준 것이다. 또 기누의 환한 얼굴은 더이상 조금의 의심도 남기지 않았다. 동생은 형에게 책임이 있다고 전혀 생각하지 않았다. 오히려 형을 구원자로 여기고 있었다. 브누아를 바라보는 이 빨간 머리 소년의 눈에는 벅찬 감동이 어려 있었다. 기누는 그 비극적인 밤에 ― 목숨을 잃을 수도 있었던 그 밤에 ― 형이 자신을 몹시 사랑하고 있다는 사실을 발견하게 된 것이다.

브누아는 살았구나, 하는 느낌이 들었다. 이제 가족의 심판정에 서지 않아도 되는 것이다. 불벼락이 떨어지리라 확신하고 눈을 질끈 감았는데 웬일인지 비껴간 것이다. 그것은 두번째 기적이었다. 언젠가 그는 자신에게 기적이 일어났다는 사실을 믿게 되리라. 하지만 지금, 의식은 여전히 그를 괴롭혔다.

몇 주일 후, 기누는 집에 돌아왔다. 학교 수업을 면제 받은 그는 정원에 놓인 긴 의자에 누워서 형들이 돌아오는 저녁이 되기만을 애타게 기다렸다. 특히 브누아가 나타나면 너무도 좋아하면서 깁스한 팔을 흔들어 반갑게 맞이하곤 했다. 뤼네르는 여전히 고독한 산책을 위해 사라지는 때가 많았다. 저녁식사 후에 두 형은 기누와 함께 오랫동안 보드게임을 즐겼다. 사고가 있기 전에는 항상 질질 짜기만 하는 멍청한 녀석이라며 동생을 무시하기만 했던 그들이 완전히 변한 것이다.

이제 기누는 질질 짜는 일이 거의 없었다. 기누 역시 달라진 것이다. 어떤 점이 변한 것인지는 정확히 집어낼 수 없지만 두 형은 분명히 느끼고 있었다. 예전의 기누는 생의 여기저기에 도사리고 있을지도 모르는 덫을 걱정하면서 시간을 보냈다. 하지만 지금은 행복하고 한결 편안해 보였다. 뜻밖의 방학을 즐기게 되어 그런 것일까? 하지만 예전의 기누 같았으면 온몸이 깁스에 싸여서 아무것도 혼자 할 수 없는 이런 생활을 불안해했을 것이다. 이런 의존적인 상태를 힘들어했을 것이다. 물론 지금도 가끔씩 답답해하고 신경질을 내기는 했다. 하지만 대부분의 경우에는 웃고, 심지어는 형들을 짓궂게 약 올리면서 시간을 보냈다. 기누가 이렇게 짓궂은 농담에 재능이 있다는 사실은 정말이지 의외의 발견이었다. 또 형들은 투명인간처럼 온몸에 붕대를 감은 그를 놀려댔다. 기누는 두 번 다시 몽유병 증상을 보이지 않았으며, 그렇게 될까봐 걱정하는 기색도 아니었다.

어느 날 오후, 아버지와 단둘이 있게 된 브누아는 아버지에게 털어놓아야겠다고 결심했다. 엄마에겐 도저히 말할 용기가 나지 않았던 것이다. 에반은 자라나는 상송을 위해 헛간에서 침대 틀을 수선하고 있었다. 브누아는 단도직입적으로 자신이 동생을 죽일 뻔했노라고 말했다. 그날 밤 사건의 자초지종을 단숨에 쏟아내었다. 먼 거리를 쉬지 않고 단숨에 달린 것처럼 허파가 타는 듯 아팠다. 아들의 이야기를 묵묵히 들은 에반은 그를 쳐다보았다.

"네가 정원에 내려가지 않았더라면 어떻게 되었을 것 같니?" 그가 물었다.

"잘 모르겠어요." 브누아가 대답했다.

모르긴 뭘 몰라? 기누는 착실한 몽유병자답게 다시 자기 방으로 내려가 침대에 누웠겠지. 그의 양심이 속삭여왔다.

아냐, 걔는 이미 창문 밖에 나와 있었어.

기누는 그 '실험'을 마치고는 천천히 발을 뒤로 거둬들여 들어갔을 거야.

기누의 몸은 허공 쪽으로 기울어져 있었어.

몽유병자들은 자신이 무얼 하는지 잘 알고 있다고! 깨우지만 않으면 그들에겐 아무 일도 일어나지 않아. 어떤 사람들은 지붕 위에서 걷기도 한대. 또 어떤 사람들은 자면서 아무 사고 없이 몇 킬로미터를 뛰기도 하고.

녀석은 허공에 뛰어내리려 했어.

그건 네 생각이지. 사실은 네 자신의 두려움을 그에게 투사한 것일 뿐이야.

"아빠는 어떻게 생각하세요?" 결국 답을 찾아내지 못한 브누아는 아버지에게 물었다.

"브누아, 기누 녀석은 떨어졌을 거야. 땅 위에 떨어져 생사를 헤매고 있었겠지. 아무도 모르는 사이에 말이야. 네가 아니었더라면 살아날 가능성이 거의 없었어."

"하지만 몽유병자들은…… 절대로 깨우면 안 되는 거잖아요. 기누가 떨어진 건 나 때문이었어요."

"브누아, 몽유병자들은 자주 창문에서 떨어진단다. 어떤 사람은 그러다가 죽기도 해. 흔히 일어나는 일이지. 아빠는 두 번이나 창에서 떨어졌다가 살아난 어떤 남자 이야기도 알고 있어. 그 사람은 그것 때문에 얼마나 무서워했는지 몰라. 그래서 평생을 1층에서 살았단다. 매일 저녁 방문을 꼭꼭 걸어 잠그고 창문에도 빗장을 질러놓고 말이야. 그는 밤마다 새가 되는 꿈을 꾸었대."

"하지만 기누 녀석은 내가 자기 목숨을 구해줬다고 믿고 있단 말이에요!" 브누아는 분개하며 말했다.

"기누 생각이 틀림없을 거다." 에반이 대답했다.

"…… 그애가 그런 짓을 다시 할까요?"

"모르겠다. 네 엄마는 더이상 그런 일은 없을 거라고 생각하더라. 죽음이 그애를 원하지 않았다고 하더구나. 엄마가 하는 말이니 틀림없지 않겠니?"

조금씩, 브누아는 사실에 대한 자신의 관점을 의심하기 시작했다. 어쩌면 자신의 생각이 틀린 것이었는지도 모른다. 어쩌면 그는 운명의 도구 이상의 존재인지도 모른다. 어쩌면 그는 자신이 이해할 수 없는 방법으로 정말로 기누를 구해낸 것인지도 모른다. 어쩌면 그는 썰물 지는 해변에 서 있는 무력한 구경꾼만은 아닌지도 모른다.

이 무렵, 그는 의사가 되겠노라는 예전의 거창한 꿈을 먼지 긴 구석에서 다시 찾아냈다. 그리고 그 꿈을 해저 잠수 교육을 받고, 솔렌 르 바즈의 마음을 사로잡고, 멋진 공상과학 만화를 창작하겠다는 다른 멋진 계획 옆에 나란히 놓았다. 더불어 그는 뤼네르와 사나이 대 사나이로서 대화를 한번 가져야겠다고 마음먹었다.

그리고 특히 고등학교에서 해방되자마자 브르타뉴를 떠나야겠다는 결심을 더욱 확고히 했다. 그때가 되면 위험한 내포가 여기저기 깔려 있는 이 해안지방을 떠나, 과연 다른 곳은 바람이 이곳보다 더 부드러운지, 바다는 덜 위험한지 살펴볼 계획이었다. 그는 하루에 다 돌아다닐 수 없는 대도시에 살 작정이었다. 혼자 생활할

넓고 현대적인 아파트를 얻어야지. 그리고 매일 아침, 아무도 서로를 알아보지 못하는, 소란스럽고 커다란 브라스리*에서 커피를 들면서 하루를 시작해야지. 휴가 때 집에 돌아오면 엄마는 더이상 나를 알아보지 못하겠지. 그때쯤이면 형제들과는 어느 정도 거리가 생겨 친구처럼 느껴질 거야…… 저녁때면 브누아는 미래의 삶을 상상하면서 한결 가벼운 마음으로 잠들었다.

---

* 맥주, 커피 등의 음료와 간단한 음식을 파는 대중적인 레스토랑.

16
뤼네르

　몇 주 전부터 뤼네르는 정기적으로 마을을 빠져나와 이곳에 앉아서 시간을 보냈다. 그 이상한 적갈색 고양이가 어느 날 그를 이끌어왔던 바로 그 장소였다. 그동안에 이 황량한 장소에도 이름이 있다는 사실을 알게 되었다. '펜마르크'*였다. 거대한 화강석 바위들이 이곳을 지키는 감시견 역할을 했다. 뤼네르는 당분간은 이 장소를 그 누구와도 공유하고 싶지 않았다. 동굴에는 더이상 들어가지 않았다. 대부분의 경우 그는 바위를 기어올라 가장 높은 곳에 걸터앉곤 했다. 끝없이 펼쳐진 바다, 레이스처럼 굴곡진 거친 해안, 그리고 울퉁불퉁한 높은 절벽들을 바라보기 위해서였다. 이제

---

* 브르타뉴의 서쪽 피니스테르 군의 반도에 위치한 면. 피니스테르(땅끝)라는 이름이 암시하듯, 이곳은 육지가 끝나고 바다가 시작되는 곳이다. '펜마르크'는 브르타뉴 어로 '말 대가리'라는 뜻이다.

는 이 경치를 볼 수 없다면 살 수 없을 것 같았다.

그 높직한 '관측소'에 자리 잡은 그는 오랫동안 꼼짝도 하지 않고, 길고 구불구불한 모래톱과 해풍에 비틀린 소나무 몇 그루가 솟아 있는 절벽의 선과 썰물이 버리고 간 바닷물 웅덩이를 내려다보았다. 그리고 그의 시선은 바다 멀리 수평선을 찾았다. 바다가 태양과 뒤섞이면서 난파자의 눈을 멀게 한다는 신기루만큼이나 황홀한, 그 눈부신 미소를 보내오는 곳을 말이다. 화창한 날씨였다. 시원한 바람은 실처럼 홀쭉하게 풀어진 구름 조각을 난바다 쪽으로 몰아내고 있었다. 소년은 손바닥을 모자챙처럼 눈썹 위에 대고 수평선 위에 정지해 있는 듯한 돛의 자취를 찾았다.

그것은 떠나가는 배에 유일하게 남아 있는 돛이었다. 하지만 물과 하늘 사이에 걸려 가물대는 그 돛은 너무나도 작고 희미하여 발견하는 순간부터 그 존재가 의심스러웠다. 떨리는 시야 속에서 승객들도 배와 함께 스러져가고 있었다. 육지에 남은 이들은 눈을 찌푸려도 보고 쌍안경을 조절해보기도 하며 애를 쓰지만, 떠나는 이들의 그 무엇도 잡을 수 없었다. 수평선은 그들을 그들의 사랑에게서 훔쳐가고 있었다.

에브네제르는 이렇게 말했다.

"네가 아주 먼 곳을 돌아다닌다 할지라도 이 풍경은 더이상 널 떠나지 않을 거다. 네 조상들도 결코 떨쳐버리지 못한 풍경이야. 이 바다…… 때로는 파랬다가 때로는 녹색이나 회색으로 변하면서 한 번도 똑같았던 적이 없는 이 바다, 순간순간 변하는 하늘, 그리고 모래의 색깔…… 이 모든 것들은 평생 우리의 망막에 붙어

다니지."

이 말은 뤼네르의 깊은 곳에 와 닿았다. 그의 가슴 속 어떤 은밀한 욕망이 점점 커지면서 혈관 속 피의 흐름을 더욱 세차게 했던 것이다. 하지만 그는 이 비밀을 아무에게도 말하지 않았다. 결과는 뻔한 것 아니겠는가? 엄마는 이 믿지 못할 선언에 상처를 입을 것이고, 아빠도 깜짝 놀랄 것이고, 형제들은 어쩌면 부러움이 섞인 눈을 하고 멍하니 입을 벌릴 것이다.

최근 그는 너무나 많은 비밀을, 너무나 중대한 비밀을 홀로 간직해왔다. 예전 같았으면 그럴 능력이 없었으리라. 하지만 그는 갑자기 성숙해졌다. 그래서 어떤 것들은 남들을 대신하여 혼자서 감당할 수 있게 되었다. 나의 이런 변화를 아르델리아 할머니가 안다면 축하해주시겠지…… 이런 생각이 떠오르자 가슴이 메는 것 같았다. 소년은 그녀의 부재에 제대로 적응할 수 없었던 것이다. 그다지 오래 사귀지도 않은 사람이 이처럼이나 그리워지다니, 참으로 기이한 일이 아닐 수 없었다. 할머니는 아주 늙으셨잖아! 그는 스스로를 책망했다. 그분이 영원히 살 거라고 생각했냐? 그런 멍청한 생각을 했냐고!

뤼네르는 며칠 전 에브네제르와 함께했던 그 기이한 순례를 떠올렸다.

그들은 쾨캉에 갔었다. 마치 무단침입자처럼 초인종도 누르지 않고 집 안에 들어갔다. 집 안에는 모든 것이 꺼져 있었다. 응접실을 향기롭게 채우던 케이크 냄새는 더이상 없었고, 두터운 슬픔이 소년의 가슴을 옥죄었다. 아르델리아의 소지품을 몇 가지 챙겨오려는데 같이 가서 도와달라는 에브의 부탁을 받아들인 걸 후회했다. 빨리 끝내고 돌아갔으면 하는 마음뿐이었다.

계단을 올라가 아르델리아의 침실을 본 뤼네르는 충격을 받았다. 낡은 목재 침대, 아주 조그만 자수 제비꽃이 흩뿌려진 하얀 침대 커버, 침대 머리맡 탁자에 놓인 마른 수국 한 송이, 침대 위 창문 가까이에 걸린 조그만 청동제 십자가, 그리고 그곳에 함께 매달린 회양목 가지 하나.

"할머니는 신앙이 없었잖아요? 아니었나요?" 뤼네르는 자신도 모르게 큰 목소리로 말했다.

"그분의 어머니는 신앙인이셨지……" 에브가 생각에 잠기며 대답했다.

노인은 아르델리아의 조그만 책상 서랍을 차례로 열어보았다. 마침내 그녀가 열여섯 살 때의 사진을 꺼냈던 그 신발상자를 찾아냈다. 에브네제르는 상자를 소년에게 내밀었다. 이건 네 거다, 라고 말하면서.

대체 무슨 권리로 그가 이걸 물려받을 수 있단 말인가? 아르델리아에게는 유족이 전혀 없는 것인가?

"그녀의 가족은 노르망디에 있어. 집과 가구 등 나머지는 그들이 상속받게 될 거야." 에브가 대답해주었다. "1년에 한 번, 성탄절 때나 카드 한 장 달랑 보내는 사람들에게는 그것도 과분하지…… 하지만 편지와 사진이 든 이 상자는 네가 간직해야 한다. 그래야 그녀가 좋아할 거다. 모든 책임은 내가 질게. 만일 그녀가 동의하지 않는다면 내가 그녀의 유령에게 따질 거란 말이다……" 그는 웃으면서 결론지었다.

이어 에브는 뤼네르에게 정말로 놀랄 것이 기다리고 있다고 말했다.

다시 차에 올라 디닝에 들어온 그들은 성벽 아래에 주차한 다음, 구시가까지 걸어서 들어갔다. 눈부시게 화창한 날이었다. 생말로 성당 앞 커다란 목련나무의 하얀 꽃은 쏟아지는 햇빛에 어찌나 환하게 빛나던지 산보객들이 눈을 들지 못할 정도였다.

뤼네르와 에브가 들어간 곳은 꼽추처럼 구부정하고 삐딱한, 아주 재미나게 생긴 집이었다. 그들은 적어도 백 년은 되어 보이는 오래된 층계를 올라가 괴상하게 생긴 문틀에 붙어 있는 방문을 두드렸다. 문을 열어준 사람은 이 집보다도 더 나이 들어 보이는 남자였다. 뤼네르는 노령으로 체구가 쪼그라든 이 남자가 누구인지 알아보았다. 바로 자신을 에브에게 보내주었던 신부님이었다. 하지만 뤼네르는 이해할 수 없었다. 이 신부님은 왜 나를 보고 저렇게 감격한 표정을 짓지? 마치 가까운 사람을 아주 오랜만에 재회하듯, 그는 뼈만 울퉁불퉁한 손으로 소년의 어깨를 꼭 잡았다.

세 사람은 녹색 안락의자에 앉았다. 가까이에 있는 탁자 위에는 두꺼운 마분지로 장정한 커다란 노트 한 권이 놓여 있었다. 그리고 에브네제르가 이야기를 들려주기 시작했다. 마리 루이즈 호가 출항하던 날 생말로 부두에서부터 시작되는 이야기였다. 그곳에서 아벨 루뎅이라는 이름의 청년은 약혼녀와 이별의 키스를 나누고 있었다. 하지만 청년은 두 번 다시 이 키스를 나눌 수 없게 된다는 사실을 모르고 있었다. 또 배가 떠날 채비를 하는 그 순간에, 그녀의 깊은 곳 어딘가에서 자신의 아이가 긴 여정을 시작했다는 사실을 전혀 모르고 있었다.

에브의 이야기는 계속 이어졌다. 이번에는 어떤 선장의 미망인에 대한 이야기였다. 바다에서 남편과 장남을 잃은 그녀에게는 아들이 하나 더 있었다. 그런데 어느 날, 그 아들마저 전장에 끌려나갔고, 몇 달 후에 아들의 소식을 듣게 되었다. 전투중에 정신 기능이 고장나 인간 사회에서 제거되어야 했기 때문에 어떤 치료요양원에 감금되었다는 소식이었다. 또 에브는 다른 사람들의 이야기도 해주었다. 자기 어머니와는 다른 인생을 살기로 결심한 어떤 소녀의 이야기, 그리고 걸핏하면 층계 밑 구석에 숨어들곤 하던 작은 사내아이의 이야기였다. 사내아이는 악몽 밖으로까지 쫓아나온 무서운 존재들에게 시달렸다. 결국 아이는 잠을 자면서 걷다가 창문으로 떨어져 죽어버렸다.

꼭 기누 같았구나!

"그 사내아이가 바로 네 어머니의 오빠였단다."

왜 같은 집안의 두 사내아이가 창에서 떨어졌을까? 왜 마리 루이즈 호의 난파 사건이 그의 악몽 속에서 재현되었을까? 그리고 어떻게 기누는 죽음에서 돌아올 수 있었을까?

사제와 철학자가 지닌 지식과 지혜를 모두 동원한다 해도 대답할 수 없는 질문들이었다. 하지만 그에 대한 대답 자체는 그렇게 흥미로운 것이 아닐지도 모른다. 중요한 것은 그들이 이 수수께끼를 통해 무엇을 얻었느냐 하는 것이었다. 뤼네르가 그의 두려움의 대상을 밝혀낸 방식, 바로 그것이었다.

466

자, 이게 그 결과다! 신부는 탁자 위에 놓인 커다란 노트를 펼치며 덧붙였다. 그것은 어떤 가계수도家系樹圖였다.

뤼네르는 매혹된 눈으로 노트를 펼쳤다. 그는 이름들을 훑어보았다. 아벨 루됭과 이봉 카르덱의 이름이 붙어 있는 맨 윗가지에서 시작하는 거대한 나무의 마지막 가지에 자신과 형제들의 이름이 걸려 있다는 사실을 발견하고는 놀라움을 감추지 못했다. 소년은 나무에 걸린 이름들을 하나하나 읽어나갔고, 아는 사람이 나올 때는 감탄했고 모르는 이름일 때는 눈썹을 찌푸렸다.

"이분들 이야기를 모두 다 해주실 거죠?" 그는 거의 애원하듯 물었다.

그렇게 이 모든 삶은 다시 만나고 있었다. 그들의 드라마와 그들의 의문과 그들의 감동이 거대한 강에 합류하고 있었다. 뤼네르와 형제들을 태어나게 한 그 강에, 그들을 도살자 이봉 카르덱과 희생자 아벨 루됭의 후손이 되게 한 그 도도한 강물에 다시 흘러 들고 있었다. 뉴펀들랜드 선원들의 피, 전쟁의 충격으로 미쳐버린 남자의 피, 그네의 행복을 빼앗아가려는 바다와 싸워야 했던 그 모든 여인들의 피, 어른들의 침묵을 해석하며 성장했던 그 모든 아이들의 피…… 이 모든 피가 그의 혈관 속에서 소란스레 서로 자리를 다투고 있었다. 대체 누구에게 눈길을 주어야 할지 모를 지경이었다. 이렇게 가계수도를 눈앞에 펼쳐놓은 뤼네르의 머릿속에 문득 지난날의 고민이 떠올랐다. 다른 아이들과는 달리 유독 자신만은 삼촌과 숙모, 사촌, 그리고 조부모가 없다는 사실이 몹시도 괴로웠다. 숱한 일화가 전승되고 변형되며, 아이들이 새싹처럼 돋아나는 그 토양이 그와 형제들에게는 없었던 것이다. 하지만 지금, 그는 갑자기 생긴 조상에 대해 자부심을 느꼈다. 보나파르트나 체사레 보르자의 후손인 것에 자부심을 느끼듯 말이다.

가계수도를 주의 깊게 살펴보던 뤼네르는 또 한 가지 놀라운 사실을 발견했다. 엄마에게도 형제들이 있었고, 그녀는 기누처럼 셋째 아이였던 것이다. 오빠들과 말다툼하는 엄마의 모습, 좀처럼 상상이 되지 않았다. 엄마의 큰오빠는 그녀가 태어나기도 전에 여섯 살의 나이로 죽었다. 그리고 둘째 오빠는…… 가계수도에 뭔가 착오가 있는 건 아닐까?

"아니야. 착오는 없어." 에브네제르가 대답했다. "그는 아직도 살아 있단다."

그렇다면 뤼네르에게도 삼촌이, 그것도 살아 있는 삼촌이 있다는 말이다! 에브의 말로는 장기항해선장이라는 삼촌 질다 르 파우의 이름을 뤼네르는 검지로 밑줄 쳐보았다.

"그는 세상 끝까지 항해를 하고 다니지. 모험을 찾아 헤매는 사람이란다. 가끔씩 조 신부에게 엽서를 보내오기도 해……" 에브가 차분한 얼굴로 덧붙였다.

지금 자신이 뤼네르의 가슴속에 그 철새 같은 삼촌을 찾아가고 싶은 욕망을 뿌려놓았다는 사실을 에브는 알고 있을까.

"질다는 훌륭한 선원이란다." 조 신부가 좀더 자세히 설명해주었다. "그런 면은 카르덱 영감에게서 물려받았을 거다. 그래, 다른 조부 쪽보다는 그쪽 피라고 할 수 있겠지."

그의 '다른 조부'…… 아벨 루뒝. 한심하기 그지없던 그 선원은 누구보다도 바다를 잘 알고 이해하는 아들을 낳았고, 또 이 아들은 장기항해선장을 세상에 내놓았다. 그리하여 아벨의 불행한 꿈은 후손들에 의해 실현되었으며, 그가 자신의 생명을 희생하여 써놓은 초안은 그들에 의해 수정되고 완성된 것이다. 결국 아르델리아의 오빠에게서 나온 것은 선원들의 혈통이었다. 그리고 이 혈통의 상속자들은 아벨을 그토록 난폭하게 거부했던 그 세계에 당당히 속해 있었다.

"아니, 그렇다면 아르델리아 할머니도 우리 가족이었겠네요!" 뤼네르가 외쳤다.

뤼네르는 이날 저녁을 오래도록 기억할 것이다. 너무나도 놀라운 많은 사실을 알게 되었지만, 그중에서도 가장 애착이 가는 것은 그를 아르델리아와 이어주는 끈이었다. 그의 외할머니 로즈 카르덱에 대해서는 아는 것이 전혀 없었다. 반면 아르델리아는 그에게 신비스런 요정 같은 존재였다. 늑대의 약점이나 갖가지 묘책을 알려주어, 숲을 무사히 통과하여 보다 강한 모습으로 빠져나올 수 있게끔 도와준 착한 선녀였다. 뤼네르는 매일 그녀를 생각하며 바다 쪽으로 걸어갔다. 그리고 매번 이 길들여지지 않은 힘에 한 걸음 더 가까이 나아갔다. 그러다 거기서 자유와 출발의 맛을 알게 될 위험이 있었지만……

아벨은 더이상 그의 꿈에 나타나지 않았다. 뚜껑문 밑은 이제 비어 있다. 선장이 분하여 발로 갑판을 굴러댔지만 아무 소용이 없었다.

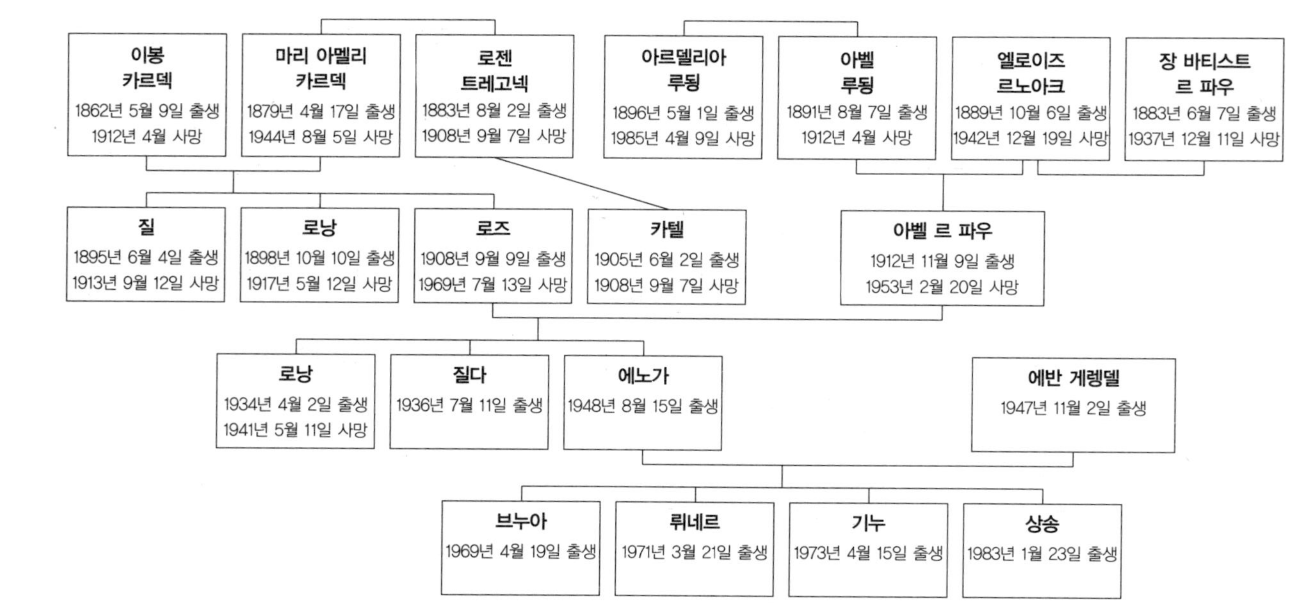

이봉 카르덱
1862년 5월 9일 출생
1912년 4월 사망
마리 아멜리 카르덱
1879년 4월 17일 출생
1944년 8월 5일 사망
로젠 트레고넥
1883년 8월 2일 출생
1908년 9월 7일 사망
아르델리아 루됭
1896년 5월 1일 출생
1985년 4월 9일 사망
아벨 루됭
1891년 8월 7일 출생
1912년 4월 사망
엘로이즈 르노아크
1889년 10월 6일 출생
1942년 12월 19일 사망
장 바티스트 르 파우
1883년 6월 7일 출생
1937년 12월 11일 사망
질
1895년 6월 4일 출생
1913년 9월 12일 사망
로낭
1898년 10월 10일 출생
1917년 5월 12일 사망
로즈
1908년 9월 9일 출생
1969년 7월 13일 사망
카텔
1905년 6월 2일 출생
1908년 9월 7일 사망
아벨 르 파우
1912년 11월 9일 출생
1953년 2월 20일 사망
로낭
1934년 4월 2일 출생
1941년 5월 11일 사망
질다
1936년 7월 11일 출생
에노가
1948년 8월 15일 출생
에반 게렝델
1947년 11월 2일 출생
브누아
1969년 4월 19일 출생
뤼네르
1971년 3월 21일 출생
기누
1973년 4월 15일 출생
상송
1983년 1월 23일 출생

두 형제

"그래, 네가 밤을 보냈다는 곳이 바로 여기야?"

브누아의 눈이 휘둥그레졌다.

"그것도 혼자서? 어이구야!" 그는 휘익 하고 감탄의 휘파람을 불었다. "나 같으면 심장마비 걸렸겠다."

"갇혀 있었거든." 뤼네르가 설명했다. "다른 방법이 없었어."

뤼네르는 불안스런 음색으로 킥킥대고 웃었다. 순간 두 소년의 시선은 동시에 동굴 입구 쪽으로 향했다.

"……만약의 경우를 대비해서 하는 말인데, 형 카랑바르 카라멜 좀 가지고 있겠지?" 뤼네르가 농담을 건넸다.

두 형제는 함께 웃음을 터뜨렸다. 하지만 그 웃음에는 약간의 소름이 돋아 있었다.

"어쨌든 근사한 장소이긴 하네!" 브누아가 고개를 끄덕였다.

브누아는 바위 속을 깎아 만든 우묵한 침대를 자세히 관찰했다. 조문祭文이 새겨진 목판과 토기 파이프는 사라지고 없었다. 두 형제는 나란히 앉아서 야생의 바닷물을 바라보았다. 바다는 큰 썰물에 휩쓸려 수평선 너머로까지 도망가 있었다. 바위틈에 난 물웅덩이에서 물벼룩들이 튀어 올랐다.

"근데 말이지, 네가 해준 이야기, 정말 굉장한 것 같다." 브누아가 불쑥 말했다. "네가 만났다는 할아버지, 할머니도 아주 멋진 분들이고! 내가 마주치는 노인네들과는 달라. 그들은 모두 장기나 두고, 수다나 떨고, 아니면 정육점 앞에 죽 늘어서 있는 한심한 늙은이들뿐인데 말이야."

"목을 잘못 잡아서 그래." 뤼네르가 미소 지었다. "언제 한번 내구역으로 데려가주지! 거긴 물이 좋거든!"

그들은 '노인네 낚시'라는 이 새로운 레저활동을 생각하며 다시 한번 웃음을 터뜨렸다.

"아르델리아라…… 예쁜 이름이야. 그래, 이 모든 이름이 다 우리 집안 사람들이라는 거 확실한 거야?" 브누아는 뤼네르가 동굴 바닥에 펼쳐놓은 가계수도를 처음으로 들여다보면서 물었다.

"그럼, 확실하고말고! 자, 이 사람 한번 봐!" 뤼네르는 카르덱의 이름을 손가락으로 짚으며 말했다. "이 사람 말이지, 정말로 개자식이야."

"내가 개자식의 후손이라니, 기분 좋은데?" 브누아가 한마디했다. "이제 이해가 되는군. 왜 엄마가 집안에 대해 절대로 말해주지 않았는지……"

벌써 백 번도 넘게 봐왔지만, 뤼네르는 복잡하게 얽힌 가계수도를 다시 한번 살펴보았다. 아무리 봐도 처음 보았을 때 느꼈던 경이감은 전혀 줄어들지 않았다. 그는 이 보물을 오래도록 혼자 간직하다가 마침내 형과 공유하기로 결심한 것이다.

"이것 좀 봐. 나무 꼭대기에는 여러 사람들이 있잖아. 로젠, 카텔…… 그런데 이 사람들은 누군지 잘 모르겠어." 뤼네르가 안타까워하며 말했다.

카텔의 이름을 발견하는 순간 브누아의 몸은 흠칫 굳어버렸다. 1905년 6월 2일 생. 1908년 9월 7일 사망.

"이 사람들에 대해서라면, 내가 좀 알려줄 수 있지……" 그는 목이 메어오는 걸 느끼며 중얼거리듯 말했다.

카텔. 너무도 작아서 선원의 장화 속에 집어넣을 수 있을 것 같던 아이. 콩알만큼 조그매서 물속에 떨어뜨리면 잃어버릴 것만 같던 아이. 밤마다 찾아 헤맸건만 허사였던 그 아이…… 그렇다면 그 헛된 수색을 이제는 그만둬도 된다는 말이었다. 어차피 너무 늦은 일이었다. 벌써 80년 전에 일어났던 일이니 손쓸 수도 없었다. 브누아의 몸은 갑자기 터져 나온 기묘한 웃음으로 뒤흔들렸다. 그것은 흐느낌이었고, 안도의 한숨이었고, 마침내 고통이 물러가는 것을 느끼는 웃음이었다. 그래, 그의 잘못은 전혀 없었던 것이다.

"왜 그래?"

"아무것도 아냐. 카텔은 물에 빠져 죽었어. 그 아이 엄마가 물에 빠뜨려 죽인 거지. 그런데 그 엄마가 아이를 뭐라고 불렀는지 알아? '나의 새'라고 불렀어. 상상이 가냐? '나의 새' '나의 예쁜이', 이렇게 부르면서 물에 빠뜨려 죽였어."

"근데 어떻게 형이 그걸……"

뤼네르는 질문을 하려다가 얼른 입을 닫았다. 밤마다 어두운 침실에서 보던 브누아의 모습이 떠올랐던 것이다. 머리는 온통 헝클어지고 꼭 미친 사람 같은 표정으로 잃어버린 여자아이를 찾던 형, 아이에게 자기를 두려워하지 말고 나타나라고 애원하던 형.

어색한 침묵이 갑작스런 안개처럼 그들을 둘러쌌다.

"나도 형한테 해줄 이야기가 있어." 뤼네르는 목청을 가다듬으며 말했다. "이 사람, 즉 아르델리아의 오빠인 아벨 루뎅에게 일어났던 이야기야."

뤼네르는 그 끔찍한 이야기를 들려주었다. 이야기를 해나갈수록 그것은 조금씩 성격이 바뀌었다. 바깥에 뇌우가 쏟아지는 밤이면 서로 재미 삼아 들려주곤 하는 귀신 이야기, 듣는 사람이나 들려주는 사람이나 모두 무서움에 벌벌 떨면서도 그처럼 무서워하는 자신들의 모습이 우스워 깔깔거리게 되는 그런 옛날이야기로 변해갔다.

그러자 그들 사이에 드리워졌던 안개는 걷혀버렸다.

그들은 무사히 바닷가에 서 있었다. 그들은 이야기를 나누었고, 그럴 수 있음에 마음이 조금 더 가벼워졌다.

- 끝 -

죽음의 바다, 사랑의 바다, 생명의 바다

1980년대 초, 프랑스 브르타뉴의 어느 소읍(플루발레)에 살고 있는 게렝델 가족. 겉으로 보기엔 너무나도 평범한 이 집안에는 그러나 끔찍한 비밀이 숨어 있다. 네 형제가 밤마다 저마다의 악몽에 시달리는 것이다. 이유 없이 나타나 아이들을 울부짖게 하는 정체 모를 괴물들…… 하지만 소년들은 그 끔찍한 공포를 자신만의 비밀로 간직한 채 철저히 함구한다. 결국 가장 용감한 뤼네르가 악몽의 비밀을 밝혀내어 그것을 파괴해버리고자 영웅적인 탐험에 나선다. 그리하여 사람인지 요정인지 모를 신비한 할머니 아르델리아를 만나게 되고, 악몽의 주인공들이 까마득한 과거에 실제로 존재했던 인물이라는 사실을 알게 되고, 또 그들에 얽힌 사연을 듣게 되며…… 마침내 소년들은 악몽에서 해방된다.

이상이 『백년의 악몽』의 대충의 '줄거리'이다.

또 하나의 흔한 환상소설인가? 사실 모든 요소가 다 있다. 악몽, 유령선, 유령, 요정, 괴물, 안개, 동굴, 잔혹성, 이국취미, 바다, 모험, 전쟁, 살인, 광기, 사랑과 증오, 죽음…… 거기에 보너스로 사후 세계 탐방과 부활의 기적까지! 그야말로 낭만적 환상문학의 종합선물세트라 할 만하지 않은가? 이쯤 되면 독자는 현실 가운데 '어둠의 세력'이 침입해오고, 주인공이 그 '괴물'들에 맞서 투쟁하는 고전적인 도식을 기대하지 않을 수 없다. 죄 없는 아이들을 괴롭히는 악몽의 정체를 밝혀내어 그것을 파괴해버리든(가슴에 말뚝이 박혀 시원하게 끝장나는 뱀파이어들처럼), 혹은 잘 설득해서 저승으로 되돌려 보내든(장화, 홍련 귀신처럼), 그것도 아니라면 그냥 패배를 인정하고 영원한 어둠과 공포에 몸을 맡기든(요즘의 공포물이 즐기는 도식), 한 마디로 이기든 지든 간에 영웅과 괴물이 서로 적대자가 되어 피터지게 한판 붙는 것을 기대할 것이다. 사실 이는 독자의 공연한 기대만은 아니다. 이 소설 자체가 그러한 기대를 은근히 유도하고 있다. 뤼네르 자신이 괴물을 정복하는 그리스 영웅(율리시즈)처럼 이성과 용기로서 악몽의 정체를 밝혀내고, 그럼으로써 악몽을 파괴하여 '영웅'이 되리라는 꿈에 부풀고, 실제로 그런 원정을 떠나고 있는 것이다.

하지만 이런 평범한 전개를 기대한 독자는 상당히 당황하게 될 것이다. 아니, 실망할 수도 있다. 기대했던 한판 승부가 일어나지 않기 때문이다. 괴물은 정복되지도 파괴되지도 않는다. 브누아의 괴물인 해변의 미친 여자, 기누의 흙말, 뤼네르의 카르덱이 통렬한 '한 방'을 맞았다는 언급은 좀처럼 찾아보기 힘들다. 그렇다면 이 소설이 말하고자 하는 바는 어둠의 힘의 궁극적인 승리인가? 절망 과 오싹함을 그 자체로서 즐기고자 함인가? 하지만 그것도 아닌 것 같다. 작품이 결국 해피엔드로 끝나기 때문이다. 어찌된 일인지 모르지만 악몽은 물러가고, 괴물들은 힘을 잃고, 게렝델 가족의 집 위에는 안개가 걷히고 화창한 햇빛이 비친다. 간단히 말해서 악몽 을 물리치고자 하는 기도企圖가 있었고, 그 뜻이 이루어져 악몽은 사라졌지만…… 기이하게도 그 과정만큼은 부재하는 것이다.

소설은 약속을 어긴 것일까? 과정을 생략한 채 성급히 해피엔드 에 도달한 것일까? 되다 만 환상소설일까?…… 물론 그렇지 않다! 이 소설에서는 분명히 악몽의 정체가 밝혀지고, 그것이 극복되는 과정 또한 묘사된다. 악몽이 파괴되는 결정적이고도 극적인 사건 들 또한 존재한다. 문제는 그 내용이 상당히 은밀한 방식으로 제시 되고 있다는 점이다. 텍스트의 행간에 감추어져 주의하고 살펴보 고 성찰하지 않으면—생의 중요한 진실들이 자주 그러하듯—금 방 눈에 띄지 않는다는 점이다. 그렇다면 왜? 작가가 신비 취향, 현학 취향이 있는 지적 속물이어서? 진실을 쉽게 말하지 않고 아 리송한 텍스트로 독자를 괴롭히며 쾌감을 느끼고 싶은 걸까?

텍스트가 시원스런 즉답을 미루고, 자꾸만 에둘러서 대답하려 하는 까닭, 그것은 '괴물'의 정체가 단순하지 않고 복합적이고 음험하고 미묘하기 때문이다. 결론을 앞질러 말하자면 게렝델 집안을 위협하는 괴물은 타자가 아닌 '나 자신'이다. 어린 딸을 삶의 위협에서 보호한답시고 질식시켜 죽이는 괴물 엄마 로젠은 바다에 대한 공포로 아이들을 집 안에 가두어놓는 '미친 여자' 에노가와 겹쳐지며(아내의 눈에 광기가 어른거린다는 에반의 농담은 단순한 농담만은 아니다), 나아가 엄마에게 반감을 갖지만 사실은 그녀의 공포와 강박증과 독선을 고스란히 물려받은 브누아 자신이다. 또 학교 교실까지 쫓아와 기누를 괴롭히는 그 흙말은 무엇인가? 그것 또한 기누를 닮지 않았는가? '합리성'이라는 이름의 폭군이 자행한 그 광란의 살육극(1차 대전)에서 처참하게 희생된 그 가련한 짐승은 사회의 천덕꾸러기요 열등생인 기누, 결국엔 큰할아버지 로 닝처럼 광인으로 몰려 감금되고 박해받게 될 기누가 아닌가? 뤼네르는 어떠한가? 가장 용감한 행동가 뤼네르, 결국 삼촌 질다처럼 선장이 되려 하는 뤼네르의 몸속에는 잔혹하지만 용감하여, 사실은 육지의 부르주아들을 먹여 살리는 모순적인 존재 카르덱의 피가 흐르고 있지 않은가?

결국 문제는 스스로의 괴물성을 발견하는 일이었고, 자신을 처단하는 일이었다. 하지만 그것은 다리에 붙은 거머리를 떼어 던져버리는 것처럼 간단한 일이 아니라, 내 몸의 일부분인 암 조직을 처리하는 일만큼이나 복잡 미묘한 작업이다. 이 괴물의 복합적이고도 모순적인 실체를 밝히기 위해 작가는 어떤 대상을 직접 지시하지 않는다. 예를 들어 에노가의 자식들에 대한 지극한 보호와 사랑의 이면에는 딸을 살해하고, 딸을 잡아먹는 괴물인 로젠이 숨어 있다는 사실을 어떻게 정상적인 논리로 설명할 수 있는가? '에노가, 당신은 사랑하는 아들들을 잡아먹는 식인귀요!' 라고 대놓고 말할 수 있는가? 그녀는 이해할 수도 없을 뿐 아니라, 만약 그 두려운 진실을 보게 된다면 오이디푸스처럼 미쳐버려 곧바로 자기 눈을 찔러버릴 것이다. 그 백열의 진실, 그 끔찍한 진실은 삼두견 케르베로스가 지키고 있어 아무도 들어가지 못하는 지옥이다……아르델리아와 뢰네르가 서로를 아끼는 마음으로 가장 깊고도 충격적인 진실을 감추려는 이유, 혹은 에둘러 말하려 하는 이유가 바로 여기에 있다.

괴물에 대한 추적이 과거로, 가족의 역사 쪽으로 향하게 되는 것은 결코 우연이 아니다. 시간이야말로 존재의 비밀이 밝혀지는 공간이기 때문이다. 게렝델 집안의 복합성과 모순성이 비로소 드러나게 되는 것은 복잡다단한 가지들이 얽히고설켜 있는 가계수도 가운데서다. 도살자 카르덱과 희생자 아벨(카인과 아벨?), 철천지 원수인 아르델리아와 카르덱(놀랍게도 두 사람의 이름은 '아르데 arde' 라는 동일한 운韻으로 연결된다)이 뢰네르라는 한 존재로 융합되는 공간, 선과 악, 사랑과 증오, 이성과 광기, 죽음과 탄생이 얽이고 소통하고 결합되는 기이한 공간이다.

그것은 게렝델 집안의 악몽이 어떻게 형성되었는지를 보여주는 역사이다. 백여 년에 걸친 '악몽의 연대기' 이다. 그리고 이 서사시와도 같은 연대기의 근원에는, 신화의 두 주인공인 양 아르델리아와 카르덱이 우뚝 서 있다. 이 두 인물은 우주의 두 모순적 원리의 체현이라 할 수 있다. 아르델리아…… 생명과 보존과 선과 사랑과 이성과 문명 쪽에 서 있는 땅의 여인, 그리고 카르덱…… 죽음과 파괴와 악과 증오와 광기와 야성을 몰고 오는 대양의 사내. 하지만 서로에 대한 격렬한 증오에도 불구하고 두 존재는 서로 분리할 수 없는 존재이다. 앞에서 말했듯이 아르델리아의 부유한 가정, 그녀의 순진무구했던 낙원을 음지에서 떠받치고 있었던 것은 바다 사나이 카르덱의 잔혹행위, 혹은 그의 희생 덕분이었다. 반대로 그렇게 도도하고 고귀한 아르델리아의 이성이라는 것이 사실은 얼마나 잔혹한 폭군인가는 아버지의 빨간 머리를 빼닮은 '병사 카르덱(로낭)'을 무참히 희생시키는 문명세계의 광기인 베르됭 홀로코스트를 통해 통렬히 고발된다. 여기서는 오히려 도살자 카르덱이 가련한 희생자로 모습을 바꾸어 나타난다(불교에서 말하는 업보業報에 대한 새로운 해석이리라).

사실 아르델리아와 카르덱은 증오만이 아닌 사랑으로도 연결되고 맺어져야 하는 사이였다. 하여 때가 되면 바다 사나이들은 뭍으로 올라와 여인들과 사랑의 밤을 보낸다. 또 아벨은 바다의 부름을 받아 바다로 떠났다. 그 바다의 부름은 위험한 부름, 곧 죽음의 부름이기도 했지만 아벨은 개의치 않았고, 오히려 기꺼이 죽었다. 결국 아벨은 생의 깊은 진실을 알고 있었던 것이다.

하지만 그 진실을 받아들이지 못하는 문제아가 딱 하나 있었다. 바로 아르델리아였다. 그녀는 평생 카르덱에 대한 증오에 갇혀 살았던 것이다. 바다, 이별, 그리고 죽음에 대한 증오와 공포 속에 갇혀 살았다. 그리고 이 아르델리아의 후예들이 있었다. 바다와 죽음

을 두려워한 여인들이었다. 로젠과 마리 아멜리와 로즈와 에노가가
바로 그들이다. 그런데 문제는 바로 괴물에 대한 그녀들의 공포가
그네들 스스로를 괴물로 만들었다는 사실이다("그렇단다! 우리는
우리의 적이 자신의 일부분이 되었다는 사실을 곧 깨닫게 되지.")

　아르델리아의 악몽은 무엇일까? 카르텍? 바다 그 자체? 하지만
아벨에게 있어서 카르텍과 바다는 그렇게 끔찍한 악몽만은 아니었
다. 오히려 그는 사랑하는 여인에게 끌리듯, 즐거이 바다의 부름에
응한 것이다. 아르델리아의 악몽…… 그것은 바다에 대한 그녀의
증오와 공포 그 자체였다. 게렝델 집안의 진짜 문제아는 누구인
가? 쓸데없는 근심걱정으로 집안에 침울한 구름을 몰고 오는 신경
증환자 에노가가 아닌가? 그녀의 바다와 위험과 죽음에 대한 염려
가 아이들에게 드리워져 아이들이 악몽을 꾸는 게 아닌가? 그렇
다, 아이들의 악몽은 바로 그들의 엄마, 에노가 자신이었다!
　여기서 우리는 비로소 악몽의 출구를 발견하게 된다. 그것은 바
로 자신이 죽는 것이다. 생에 대한 지나친 집착을 포기하는 것이
다. 살기 위해서는 죽어야만 한다. 자신의 죽음을 너그러이, 즐거
이 받아들여야만 한다. 그것이 바로 이 작품 전체를 관류하는 죽음
을 통한 부활, 즉 세례의 주제이다.
　하여 진정한 구세주, 죽음이 온다. 뤼네르가 들어가는 바닷가의
동굴, 그것은 바다로 들어가는 통로, 즉 자궁이며 무덤이다. 그 속
에서 관처럼 파인 돌침대에 누워 아이는 잠이 들고, 그 죽음 같은
혼곤한 잠속에서…… 비로소 아르델리아가 죽는다. 마침내 박살

이 난 카르덱의 배 위에서 아름답게 산화散華하는 것이다.

기누도 죽는다. 기누의 죽음은 실제로 이루어지는데, 저승구경을 하고 온 기누는 죽음의 두려움을 벗어버리고 아들의 부활을 믿지 못하는, 아니, 믿으려 들지 않는 에노가도 구해준다. 죽은 삼두견을 지나 지옥의 밑바닥으로 내려가보니, 그 막다른 골목의 끝에 구원의 창문이 열려 있었던 것이다.

브누아도 죽는다. 단단한 합리성과 이기주의의 껍질 속에 갇혀 자기 밖으로 단 한 걸음도 내딛지 못했던 브누아는 동생에 대한 사랑으로 자신도 모르게 소리침으로써, 동생을 위해 펑펑 눈물을 흘림으로써 껍질을 깨고 나와 동생을 구한다. 그런데 멍청하게도 브누아는 자신이 기누를 살렸다는 사실조차 모른다. 그의 사랑의 외침은 자신도 모르는 사이에, 그의 의식과 이성에 반하여 이루어졌기 때문이다. 이것이 그의 죽음이 진정한 죽음인 이유이다. 또 이 작품에서 괴물이 패배하는 장면이 눈에 잘 띄지 않는 이유이기도 하다. 악몽의 출구는 바로 자신의 죽음 안에 있었고, 그 죽음 또한 요란스러운 게 아니라 은밀하고 조용하고 또 겸허했다. 하지만 이는 모든 기적의 본질이 아니던가? 기적은 우리가 모르는 사이에, 우리가 가장 기대하지 않았던 순간에 은총처럼 조용히 찾아오는 게 아니던가? (물론 은총의 강림을 위해서는 간절한 열망이 있어야 하겠지만……)

악몽의 정체는 죽음에 대한 두려움이었고, 그 출구는 죽음을 받아들이는 데 있었다. 왜냐하면 죽음은 결코 끝이 아니기 때문이다. "죽음이란 인간 존재의 두 단계 사이를 건너는 한 걸음"이기 때문이다. 이 우주에는 수많은 세계들이 존재하며, 그 세계들은 '꿈' '바다' '죽음' 같은 통로를 통해 서로 연결되기 때문이다…… 소설 첫머리에 제시된 A. S. 바이어트의 인용문에는 이 소설의 열쇠가 되는 모티프들이 모두 포함되어 있다. 꿈, 바다, 죽음, 그리고 여기에다 '사랑'도 첨가할 수 있으리라. 아르델리아가 사망한 직후, 그녀가 비로소 모르방과 사랑을 나누는 장면이 이어진 것, 그녀의 죽음에 곧바로 사랑이 겹쳐진 것은 결코 우연이 아니었다. 모르방, 그리스 조각상의 얼굴과 추악한 괴물의 모습이 공존하는 사내, 그는 바로 카르덱의 분신이 아니었던가? 이렇게 '관대하지 못했던' 우리의 노처녀 아르델리아는 죽음이라는 거대한 꿈속에서, 그 거대한 사랑의 바다에서 비로소 철천지원수 카르덱과(간단히 말해서 '외간 남자'와) 사랑을 나눌 수 있게 된 것이다……

죽음은 곧 사랑이었고, 사랑은 곧 탄생이었다. 어머니는 생명의 근원이자 무덤이었고, 벗어나야 할 감옥이자 다시 돌아와 사랑을 나눠야 할 여인이었다(어머니를 벗어나 바다 사나이가 되는 뤼네르의 이야기가 있기에 이 작품은 참으로 감동적인 성장소설이기도 하다). 죽음과 사랑과 생명의 어머니, 어머니는 곧 바다였다…… 죽음(la mort 라 모르)과 사랑(l'amour 라무르), 죽음(라 모르)과 바다(la mer 라 메르), 그리고 바다(라 메르)와 어머니(la Mère 라 메르)…… 다양하면서도 결국은 하나인 이 모든 모티프들은, 대양에서 솟아나와 잠시 까불며 반짝이다가 다시금 대양 속으로 삼켜지는 물결처럼, 오싹한 안개와 따스한 햇살이 교차하는 이 소설의 섬세한 음악 속에서 행복하게 뒤섞인다.

이 모든 깊고도 섬세한 철학적, 시적 의미들을 환상소설이라는 형식 안에 아름답게 담아놓은 가엘 노앙은 올해 나이 서른다섯 살의 젊은 작가로, 이 작품은 그녀의 첫 소설이다. 하지만 신인작가의 첫 작품이라고는 믿어지지 않는 완벽한 구성과 깊은 철학적 성찰, 그리고 무엇보다도 이야기꾼으로서의 탁월한 재능은 대번에 프랑스 독자와 비평계의 절찬을 받았고, 2007년에 '레지당스 뒤 프르미에 로망' 상과 '랑크르 마린' 상을 수상했다. 역자 자신, 어떻게 번역이 끝났는지도 모를 정도로 깊은 매혹감 속에서 작업했으며, 개인적 소견으로는 이 작가가 곧 세계적인 명성을 얻게 되리라 확신한다.

결코 쉽지 않은 작품을 번역하는 데 있어 자상한 길잡이가 되어준 저자 가엘 노앙과 토마 멜빌 씨, 그리고 졸문을 다듬어주고 많은 잘못을 잡아준 문학동네 편집부에게 깊은 감사를 드린다.

임호경

옮긴이 **임호경**

전문 번역가. 서울대학교 불어교육과 및 동 대학원 불문과 졸업. 파리 8대학에서 마르셀 프루스트 소설 연구로 불문학 박사학위를 취득하였다. 역서에 『도끼와 바이올린』『번역의 윤리』『조르조 바사리』『움베르토 에코 평전』『중세의 기사들』『신비의 사기꾼들』『작은 물건들의 신화』『들라크루아』 등이 있다.

문학동네 세계문학
백년의 악몽

초판인쇄 2008년 6월 23일 | 초판발행 2008년 6월 27일

지은이 가엘 노앙 | 옮긴이 임호경 | 펴낸이 강병선

책임편집 이은현 조현나 허주미 | 디자인 김리영 이원경
마케팅 장으뜸 방미연 정민호 신정민 | 제작 안정숙 차동현 김정후

펴낸곳 (주)문학동네 | 출판등록 1993년 10월 22일 제406-2003-000045호
주소 413-756 경기도 파주시 교하읍 문발리 파주출판도시 513-8
전자우편 editor@munhak.com | 전화번호 031) 955-8888 | 팩스 031) 955-8855

ISBN 978-89-546-0591-5 03860

www.munhak.com